환상의 여자

幻の女
환상의 여자
가노 료이치 지음 | 한희선 옮김
황금가지

차례

과거는 사라지지 않고, 지나갈 뿐이다.

— 오모리 쇼조

제1장

재회

1

해 질 녘에 가을이 있었다. 그뿐인 계절이다.

어제와 구분이 가지 않을 정도로 정말 비슷한 하루가, 즐거운 밤의 도래를 기대하기 시작했다.

법원 건물을 나와 하루미도리 길 방향으로 사쿠라다도리 길을 걸었다. 바로 정면에 고쿄(皇居)의 녹음이 펼쳐져 있다. 각도가 낮아진 햇살이 해자 건너편 경사면에 수직으로 비추어 초록 잔디가 깊이 있게 빛났다. 황혼 때문에 하늘의 낮은 부분의 색깔이 짙어졌다. 차는 끊기지 않고 넘쳐흘렀지만 보도를 걷는 사람은 별로 없었다.

오늘 재판은 미리 제출한 증거신청서에 근거한 증인심문이었다.

상대측 변호사는 이전에도 두세 번 맞붙은 적이 있는 남자였다. 백발을 짧게 깎아 올린 이 남자에게는 어딘지 모르게 야쿠자 같은 분위기가 있었고, 한때는 법정보다도 단골 마작장에서 얼굴을 마주치는 경우가 많았다. 이번 소송 과정은 마작장에서만큼 진지해질 필요가 없었다. 서로 대강 결론을 알고 있기 때문에 그 쪽으로 이야기를 매듭짓기 위해서 재판다운 대화의 응수를 되풀이할 뿐이다. 정의는 말로 되어 있으니까.

이 섬나라의 실제 민사재판은 텔레비전 드라마 따위와 달리 대부분 준비서면이 오고 감에 따라 진행된다. 대부분의 변호사는 민사재판을 선호했고, 배우들처럼 형사재판에서 무죄를 따내는 일 따위는 바라지 않는다. 형사소송보다도 민사 쪽이 훨씬 돈이 된다. 설령 형사 사건으로 유명한 큰 사무소라도 실제로 다루는 사건의 70퍼센트 정도는 민사다.

내 경우는 독립한 이후 소속한 변호사회에서 보내는 국선변호인 할당 외에 형사재판은 거의 받지 않고 있었다. 국선변호인으로서 세 건 연달아 선택한 것은 마약 소지로 붙잡힌 초범 청년의 변호였다. 상습범이 되면 이야기는 다르지만 초범이라면 집행유예가 되니까 좋게 끝날 가능성이 높다.

사쿠라다몬(경시청이 있는 곳. 경시청의 별칭. —옮긴이)에서 지하철 유라쿠초 선에 타서 고지마치로 갈 작정이었다.

고지마치에는 고노 변호사의 사무소가 있다.

요 몇 년간 변호사의 수를 늘리기 위해 젊은 수험생의 사법시험 합격률을 높이는 시스템이 모색된 결과, 현역 변호사의 의견을 정리하는 연구대책위원회가 발족되었다. 고노의 사무소에서 다음 위원회를 위한 회의가 있었다.

내키지 않는 회의였다. 고노가 의욕을 보이는 이유는 이 위원회를 활발하게 운영한 공적으로 내년도 변호사 협회 부회장 자리가 굴러들어 오기를 노리기 때문이 틀림없다. 회장은 거물 변호사 중에서 뽑히지만 부회장은 젊은 사람도 될 수 있었다. 고노는 야심도 의욕도 있는 남자였다. 장래에 변호사가 될 사람에 그다지 관심이 없는 것은 나와 마찬가지일 것이다.

경시청 모퉁이, 하루미도리 길이 부메랑 모양으로 꺾인 끝 쪽에 지하철 사쿠라다몬 역으로 내려가는 입구가 있다. 내려가다가 걸음을 멈췄다.

한 여자가 밑에서 계단을 올라오는 참이었다.

여자는 옅은 베이지색 반코트에 연지색 줄무늬 스카프를 두르고 있었다. 내 넥타이와 무척 비슷한 색인데 상대방 쪽이 약간 밝았다. 코트 옷깃에서 판탈롱 바지가 보였다. 왼쪽에는 작은 핸드백을 메고 있었다.

목을 전부 가릴 정도로 긴 머리. 가운데에서 약간 왼쪽으로 가르마를 타서 왼쪽은 뒤쪽으로 쓸어 넘겨 끝은 귀 뒤로 넘기고 오른쪽은 이마에 늘어뜨리고 있었다. 늘어뜨린 머리카락이 완만한 커브를 그리며 눈썹에서 관자놀이에 걸쳐 옅은 그늘을 드리웠다.

두 눈은 크고 입술은 얇았다.

발밑을 바라보며 올라오니 속눈썹이 뺨에 겹쳐진 듯이 보였다.

광대뼈가 높고 볼의 살집이 얇아서, 실제로 보는 것보다 턱이 작다는 인상을 주었다. 미소를 지으면 입술 좌우의 살집이 갈 곳을 잃은 듯 가볍게 이랑을 이루는, 세로로 긴 보조개. 전체적으로 센 느낌이 드는 여자였지만 보조개는 10대 소녀처럼 귀엽고 눈썹은 대조적으로 쓸쓸해 보였다.

여자는 나를 올려다보고는 두 눈을 천천히 깜빡였다.

서로 스쳐 지나기까지 계단이 네다섯 단 정도 남았다. 여자는 눈을 깜빡인 다음 살짝 가늘게 떴다. 그에 따라 가는 눈썹의 균형이 살짝 무너졌다. 눈의 초점이 내 몇 미터 뒤의 어딘가에 맞춰진 듯이 느껴졌다.

여자는 얇은 입술을 약간 벌리고 작게 숨을 토해 냈다.

그게 아니라 뭔가를 말하려 한 걸까? 나로 말하자면 뭔가가 세게 튀는 소리를 듣고 있었다. 분명히 귓가에서 들었다.

여자가 또 한 단 계단을 올랐다. 나를 바라본 채로.

가냘픈 손가락이 살짝 움직이더니, 계단 옆 난간을 잡았다. 미소의 징후라고도 부를 수 있는 표정이 아주 순간적으로만 눈동자에서 입술에 걸쳐 스친 느낌이 들었다. 너무 지나친 생각이었다는 느낌도 든다. 고바야시 료코. 5년 전 내 곁에서 갑자기 사라져 버린 여자.

나는 숨을 들이마시고 내리쉬었다. 의도적으로 천천히 내뱉었다.

스스로를 둘러싼 시간이 부드럽게 녹은 사탕처럼 늘어날 듯이도, 탱탱하게 당겨진 가는 실처럼 조금이라도 힘을 더 주면 끊어져 버릴 듯이도 느껴졌다.

넥타이의 매듭을 천천히 바로잡았다. 법정에서 증인을 두고 밀고 당기기를 생각할 때 무의식적으로 하는 동작이었다.

"안녕."

쉰 목소리를 내고는 그런 멍청함에 혀를 찼다.

료코가 계단을 더 올라왔다. 그리고 아름답게 미소 지었다. 잠시 틈을 둔 다음, 그녀는 "안녕."이라며 같은 말로 대답했다. 허스키 보이스. 섹시함과 강함이 느껴지는 목소리였다. 인생의 덧없음이라고도 할 만한 뭔가에 맞서려는 느낌이 흘러넘치고 있었다.

나는 다음 말이 나오기를 기다렸다. 그녀 쪽에서도 기다리는 듯이 느껴졌다. 미처 기다리지 못한 것은 나였다.

"잘 지내고 있어?"

료코는 "잘 지내." 하고 앵무새처럼 대답했다.

지하철 계단을 넥타이를 맨 두 사람 일행이 올라왔다. 우리는 계단을 계속 올라가 보도에서 다시 마주 보았다. 정확히 말하면 내가 45도 정도 오른쪽을, 료코가 그만큼 왼쪽을 보는 듯이 해서 마주 본 것이다. 스쳐 지나려던 두 사람이 어떤 타이밍에 부딪치려다 서로를 피하려는 듯한 자세라고도 할 수 있었다.

료코의 얼굴을 살폈다. 고쿄의 해자와 하루미도리 길의 가로수로 시선을 돌렸다. 나는 지방법원에서 돌아가는 길이라고 말했다.

"민사 사건이 좀 있어서. 토지 소유권을 둘러싼 분쟁인데."

그녀는 힐끗 나를 보고 경시청 쪽에 시선을 돌리며 끄덕였다.

"여전히 바쁘구나."

입술이 미소를 지은 것 같았지만 눈동자는 굳어 있었다.

"그런 것도 아니야." 나는 거기서 말을 끊고 바로 덧붙였다. "장인어른의 사무소를 그만두고 독립했어. 2년쯤 전인데. 지금은 진보초에서 혼자 사무소를 하고 있지."

아내와는 헤어졌다. 아이는 아내가 맡았다. 그런 말을 목구멍에서 삼켰다. 그 대신 안주머니를 더듬어 가죽명함집을 꺼냈다.

그녀는 내 가슴께로 시선을 움직이며 오른손으로 명함을 받아들었다. 짙고 차분한 빨간색 매니큐어가 다섯 개의 손톱을 물들이고 있었다. 손톱은 모두 길고 끝이 예각으로 잘려 있다. 료코는 명함을 흘낏 보고는 주머니에 넣었다. 그게 왠지 아쉽게 느껴졌다.

"어떻게 지냈어?"

나는 료코의 얼굴을 바라보며 물었다. 아직 빌딩 사이에 숨기에는 시간 여유가 있는 햇살이 그녀를 비추었다. 눈꼬리에 가늘게 주름이 보였지만 피부는 5년 전과 변함없이 윤기가 있고 하얬다. 옅은 화장. 5년 전과는 달랐다. 그녀가 대답했다.

"그럭저럭."

"지금은 어디에 사는데?"

아무렇지 않게 물으려고 했다.

미소만이 돌아왔다.

나는 손목시계를 들여다보았다. 시간이 신경 쓰였던 것은 아니다. 근처 지도를 머릿속에 그리며 어디 앉아서 이야기를 할 만한 데가 없나 찾고 있었다. 제길, 그 전에, 어떻게 하면 아무렇지 않게 차 한잔 마시자고 권할 수 있을까.

"혹시 급한 일 있어?"

"지금?"

"응."

료코는 손목시계로 시선을 떨어뜨렸다. 내가 방금 보인 것보다도 훨씬 자연스럽고, 그만큼 갑작스럽게도 느껴지는 동작이었다.

료코의 긴 속눈썹을 보며 "차 한잔하는 건 어때?"라고 권했다. 속눈썹은 잠시 올라간 채 내려오지 않았다.

"잠깐 정도는 괜찮잖아."

거듭 권하니 다시 그녀의 입술에 미소가 떠올랐다. 나는 순간 두려움을 느꼈다. 내가 기억하는 바로 그 미소.

자취를 감추기 전, 그녀는 미소 짓고 있었다. 차갑게 식은 눈으로 나를 보고 있었던 것도, 고뇌와 쓰고 떫은 표정이 배어 나온 것도 아니고, 오로지 미소만 짓고 있었다.

"……하지만 이 근처에 딱히 차를 마실 만한 데가 있을까?"

나는 경시청 건물을 올려다보았다. 맨 위층에 찻집이 있기는 했다. 이런. 5년 만에 재회한 남녀가, 형사나 여경으로 둘러싸인 경시청 맨 위층 테이블에서 차를 마시며 무슨 이야기를 나눈다고.

"법원 지하에 식당이 있어."

료코는 내키지 않는 듯한 얼굴이었다.

"……미안. 사실은 그렇게 시간이 없어."

나는 입을 다문 채로 아래턱을 가볍게 떨어뜨려, 입안 양쪽의 살을 아래윗니 사이로 살짝 깨물었다.

"어디 가는데?"

"잠깐 일이 있어서……."

"그러면 뭐 어쩔 수 없지, 나중에 전화할게."

"……."

"그 정도는 괜찮지?"

료코는 이번에는 미소를 짓지 않았다. 아니, 역시 미소 짓고 있기는 했다. 그러나 그 표정을 만들고 있는 것의 정체가 결코 유쾌한 것도 다정한 것도, 그리움도 친근함도 아닌 듯이 느껴졌다.

당황스럽고 곤혹스러웠다. 한편으로 이유를 알 수 없는 분노도 느꼈다. 슬픔이라고 부르는 것이 제일 알맞으리라. 그녀의 미소 저편에 그런 것이 보인 느낌이 들었다.

"내가 전화할게. 진보초 쪽에 갈 일도 있을 거고."

"언제?"

"아마 곧."

"명함에 휴대전화 번호도 있어. 전원이 꺼져 있을 때는 음성메시지 서비스로 자동적으로 넘어갈 거야. 지금은 무슨 일을 해?"

"어떻게 보여?"

그녀는 힐끗 나를 보았다. 짓궂은 시선.

"……그렇게 물어보면 글쎄, 모르겠는걸. 결혼은 했어?"

"아니."

료코가 고개를 저었다.

"그러면 전화번호쯤은 알려 줘도 되잖아."

두 눈이 건조해졌다. 차갑지는 않지만 건조한 바람이 눈동자의 표면을 어루만지고 있었다.

료코가 수첩을 꺼내기까지 긴 시간은 걸리지 않았다. 그녀가 주저를 했는지 어떤지는 모르겠다.

여자 것치고는 커다란 수첩이었다. 바인더식으로 된 이른바 비즈니스 수첩으로 비닐 커버는 검은색이었다. 명함 정리용 바인더 페이지에는 명함이 잔뜩 꽂혀 있었다. 료코는 만년필 뚜껑을 열어 입에 물고는 수첩 한 페이지에 펜 끝을 놀렸다. 검지와 중지 옆에 만년필을 끼우고 엄지를 가볍게 덧붙였다. 손톱을 기르고 있어서 검지를 세워 쥘 수 없는 것이다. 매니큐어를 바른 약지의 손톱이 손바닥에 닿았다.

료코는 페이지를 천천히 찢어 두 개로 접어 내밀었다. 나는 메모를 받아들고 아무래도 상관없는 듯 주머니에 넣었다.

그녀가 만년필과 수첩을 핸드백에 다시 넣으면서 말했다.

"그럼 이만."

"그래."

나는 등을 돌리는 상대방에게 지지 않으려고 바로 뒤돌았다. 지하철로 내려가는 입구 계단, 그리고 계단 끝의 어슴푸레한 어둠을 바라보았다. 시선을 들고 입구 지붕에 달린 역 간판을 읽었다. 그러다 참지 못하고 돌아보았지만, 그녀는 돌아보지 않았다.

입 안쪽에서 쓴맛이 났다. 맛을 느끼는 부분은 미묘하게 나뉘어져 있어서 단맛은 혀 끝에서, 매운맛은 한가운데 근처, 그리고 쓴맛은 안쪽 끝에서 주로 느낀다고 한다. 아니, 매운맛이 끝이고 단맛이 한가운데던가. 아무래도 상관없는 것을 생각하려고 했다.

"잠깐만!"

나 자신을 멈출 수 없었다. 어찌 된 걸까. 제일 기피하려던 건데.

"5년 만에 만났는데 그것뿐이야?"

큰 목소리는 아니었다. 다만 상대방에게 내 목소리가 들릴지 어떨지 불안했을 뿐이다. 그렇게 자신에게 되뇌며, 또한 확실히 들리기를 바라며 그녀를 향해 다가갔다.

내가 가장 사랑하는 여자는 진심으로 곤혹스럽다는 얼굴로, 다가가는 나를 바라보고 있었다.

2

라가불린(Lagavulin, 싱글몰트 위스키 — 옮긴이)을 시켰다.

그 이상은 말하지 않았는데도 마스터는 알아서 기린 맥주와 라가불린 15년 병을 내밀었다. 쇼트글라스와 맥주 잔도 카운터에 놓아주었다.

우에키라는 이름의 마흔 전후의 남자였다. 나보다도 약간 짙은 콧수염을 깨끗하게 정돈했고, 짧게 자른 머리를 젤로 단정하게 뒤로 넘기고 있었다. 가로수처럼 조용하고 온화한 남자였다.

라가불린을 가르쳐 준 것은 우에키였다.

처음에는 요오드팅크 같은 맛이라고 생각할지도 모르지만, 한 번 빠지면 헤어 나올 수 없어지는 술입니다. 그 말대로였다.

긴자 7초메. 수도고속도로를 따라 뻗은 고리도 거리에 세워진 빌딩의 5층에 있는 가게였다. '포엠(poem)'이라는 센스 없는 이름은 시인을 지망했던 우에키의 젊은 시절 탓에 붙은 것 같았다. 시인이라는 직업이 지망한다고 될 수 있는 것인지는 잘 모르겠다.

손님은 테이블 자리에 일행으로 보이는 남자 두 사람이 있을 뿐이었다. 오늘 밤 나는 개인적으로도, 이 가게 기준으로도 무척 이른 시간에 '출근'을 했다. 고지마치의 고노 변호사 사무소에서 일찍 나온 후, 휴대전화로 내 비서인 소노지마 노리코에게 오늘은 돌아가지 않는다고 알리고는 유라쿠초 선을 타고 유라쿠초까지 가서 걸어왔다.

라가불린을 혀끝에서 굴렸다. 피어오르는 향기를 입천장으로 음미한 다음, 목구멍, 코 안쪽에서 느꼈다. 의도적으로 천천히 맛보고 나서 맥주로 입과 목을 축였다.

만나지 않는 게 나았다. 시간은 확실히 추억을 멀어지게 한다. 탈색하고, 무늬를 희미해지게 하고, 아픔을 잊어버리게 해 준다.

그랬었는데, 오늘 밤은 5년 만에 뚜렷한 윤곽을 수반한 료코의 모습이 머릿속을 떠나지 않았다.

후회에 시달리고 있었다.

"잠깐만! 5년 만에 만났는데 그것뿐이야?"

돌이킬 수 없는 한마디. 그렇게 생각되어서 견딜 수가 없었다. 멀어져 가려는 료코를 불러 세워 왜 그런 말을 해 버렸을까. 혹여 다시 만났을 때는 쌀쌀맞은 태도를 취해야 했었는데.

"미안해. 정말 급해서."

"왜 나를 피하는 거지?"

덤벼들고 말았다. 하물며 냉철한 대응을 하는 데 길들여진 변호사가 길거리에서 여자에게 덤벼들다니.

"피하는 게 아니야. 정말이야. 전화해."

그런 말을 남기고 그녀는 나에게 등을 돌렸다. 자기가 전화해 달라고 해 놓고는 도망치듯이 그렇게 뛰어가 버렸다.

생각하고 싶지 않았다. 비참함과 후회에 시달리면서 술을 마시는 건 딱 질색인데.

바로 정면에 창문이 있었다. 천장 부근에 닿는 높이의 열리지 않는 창문이었다. 벽을 채운 술 선반보다 카운터 쪽이 약간 길다 보니 제일 오른쪽 끝 스툴 두 개만은 앉았을 때 창문을 보고 마시게 되는 구조였다.

창의 시야는 넓었다. 신칸센을 포함해 몇 개나 되는 철도와 수도고속도로가 건너편에 펼쳐졌다. 그 상공에는 아무것도 없었다.

카운터에 두 팔꿈치를 올리고 기대듯이 해서 잔을 입으로 가져가는 내가 야경 속에 앉아 있었다.

괜찮다. 적어도 내게는 울적한 얼굴로 느껴지지 않았다. 오늘 밤도 시동이 걸리기만 하면 더 산뜻한 얼굴이 될 수도 있다.

30분 정도 조용하게 마셨다. 취기가 피부 표면에서 안으로, 위에서 다른 기관으로 퍼져 가는 것이 느껴졌다. 슬슬 머리도 표정도 타인과 이야기하기 위해 변해 가는 때였다. 즐거운 밤의 도래.

그다지 취하지는 않았다고 생각했는데, 착각이었다. 둘로 접은 종잇조각을 주머니에서 꺼내 들여다보고, 또 들여다보고 넣기를 반복하는 것을 깨달았다. 료코가 써서 건네준 쪽지였다. 언제부터 이런 짓을 되풀이하고 있었는지 생각하려 했지만 알 수 없었다. 알 수 없다는 사실에 새삼 깜짝 놀라고 말았다.

두 시간쯤 있다가 자리에서 일어났다. 도중에 화장실에 들러 손목시계를 본 기억으로 아마 두 시간 정도일 거라고 생각했을 뿐이다. 계산을 끝냈을 때는 언제 자신이 화장실에 갔는지도 대체 몇 시에 가게에 들어왔는지도 정확히 떠올릴 수가 없었다.

가게를 나가려고 할 때, 문이 열리더니 단골 화가가 들어왔다. 술이 들어가 있다고 해도 기껏해야 아직 맥주 정도나 마신 듯한 얼굴이었다.

"뭐야, 벌써 가는 거야?"

"내일 좀 일찍 나가야 해서."

거짓말이었다.

우에키가 엘리베이터 앞까지 마중해 주었다. "조심해서 들어가십시오."라는 평소대로의 정해진 문구에 "그렇게 취하지 않았어요."라고 대답했다.

유라쿠초 역을 향해 고리도 거리를 걷다 보니 발밑이 휘청거렸다. 리카 회관 모퉁이를 왼쪽으로 돌아 JR의 가교를 빠져나온 후 데이코쿠 호텔로 향했다. 긴자에서는 새벽 1시가 넘지 않으면 택시를 잡을 수 없다.

다행히 호텔 정면에 택시를 기다리는 줄이 없어서 바로 탈 수 있었다. 나는 "쓰쓰지가오카."라고 말하고 "고슈 가도를 타다가 역 앞에서 내려 줘요. 잠들었으면 역 앞에서 알려 주시고."라고 덧붙이고는 눈을 감았다.

눈을 계속 감고 있다가, 견디지 못하고 흘러가는 야경을 바라보았다. 계속 바라보다가 또 견디지 못하고 눈을 감았다. 눈을 뜨고 있든 감고 있든 추억이 되살아나는 것을 막을 수 없었다.

네즈의 작은 스낵주점.

거기서 료코와 만났다. 선배 변호사에게 끌려갔었다.

시노바즈도리 길에서 하나 뒤 골목에 있는 가게로, 야요이자카 언덕을 거의 다 내려가면 나왔다. 네즈 역에서는 걸어서 5분쯤 거리였다. 선배의 이름은 무라타 아키라. 나와 마찬가지로 내 장인이었던 시오자키 레이지로의 사무소에 근무하고 있었다. 사무소는 미타에 있었는데, 당시 나는 마치야에서 살던지라 니시닛포리에 사는 무라타 선배와는 집으로 가는 방향이 같았다. 함께 우에노히로코지라든지 유시마 등지에서 한잔하고 돌아간 적이 많았다.

네즈 근방은 전쟁 때 파괴되지 않았는지, 특히 뒷골목에 무척 오래되어 보이는 건물이 늘어서 있다. 료코가 일하는 스낵주점도 지은 지 몇십 년이나 지난 듯 보이는 2층짜리 목조건물로, 앞쪽에만 흰 벽을 만들어 골목에 있는 1층 반쯤을 점포로 쓰고 있었다. 흰 벽 2층 창문에 빨래가 흔들리던 것을 기억한다. 새것이라고는 노래방 기계뿐인, 정말 변두리 느낌이 물씬 풍기는 주점이었다.

노부부 둘이서 운영을 하고, 젊은 여자 한 명이 아르바이트를 하고 있었다. 그것이 료코였다.

29세. 귀엽다고 불릴 나이는 이미 지났다고 해야 할지, 실제로 첫 만남에서 내가 받은 인상도 귀여움과는 거리가 멀었다. 노래를 부르기 시작한 무라타 옆에서 나는 료코를 상대로 물로 희석한 술을 마셨다. 금세 붙임성 있고 느낌이 좋은 녀석이라고 느꼈다. 때때로 '녀석'이라고 부르고 싶어지는 여자가 있다. 료코도 그런 여자였다. 나와 한 살 차이. 생년월일로 따지면 실제로는 1년도 차이 나지 않아서 안심하고 마실 수 있는 상대 같았다.

료코는 그날 밤이 아르바이트 첫날이라고 말했다. 낮에는 시노바즈도리 길에 있는 세탁소에서 일한다고 했다. 우연히 모집 광고를 보고 저녁 이후에는 그 스낵주점에서 아르바이트를 해 보기로 했다고 한다. 어쩐지 의외였다. 순간적으로 그녀가 이전부터 계속 손님을 상대로 이런 장사를 했던 듯이 느껴졌기 때문이다. 마치 사람의 주의를 계속 끄는 기술 같은 것을 체득한 것처럼.

두 번째로 찾아간 것은 그로부터 약 한 달 정도 후였다. 집에 가는 길이라고는 해도 도중에 네즈에서 내릴 이유가 딱히 없었고, 혼자일 때는 노래방이 없는 가게에서 마시고는 했다. 그날 밤은 혼고에서 있었던 회의의 흐름상 어쩌다 변덕을 부려 보았다.

료코는 저번과 마찬가지로 일하고 있었다.

어쩐지 안도한 듯이 느꼈지만, 나중에 기억을 그렇게 수정했을 뿐일지도 모른다. 료코와 깊은 관계가 된 것은 한 달 정도가 더 지나서였고, 먼저 유혹한 것은 어떻게 봐도 료코 쪽이었다.

결혼하고 슬슬 만 4년이 되던 해의 일이었다. 이미 상당히 추워져 있었다. 완전히 노래진 은행잎이 인기척 없는 보도에서 바람에 흩날리면서 굴러가던 것을 기억하고 있다.

고슈가도는 혼잡했다.

구역질이 났다. 필사적으로 참는 동안 얼굴이 차가워지는 것을 느꼈다.

거칠지만 이 증세를 낫게 하는 방법을 안다. 일어나서 단번에 몸의 힘을 빼고 바닥에 쓰러져 엎드리는 것이다. 그러면 피가 머리로 가서 구역질이 거짓말처럼 날아간다. 쓰러진 후에 기분이 개운했던 경험을 떠올리며 어느 날 의도적으로 시험해 보고 이 방법이 잘 듣는다는 것을 알았다.

겨우 쓰쓰지가오카의 작은 터미널에 도착하자, 거스름돈을 받아드는 시간도 아까워하며 역 앞 자동판매기를 향했다. 우롱차를 사고는 가방에서 위장약을 꺼내 두 봉지를 연달아 삼켰다.

천천히 터미널 오른쪽 건너편에 있는 맨션을 향했다.

거품 경제의 끝자락에 빌린 곳이었는데 그 후에 집주인 쪽에서 집세를 약간 내리겠다고 했다. 그래도 이 근처 시세보다는 비싸서 민감하게 반응하는 주민은 다른 거처로 옮겼다. 이란인이나 동남아시아 사람의 모습을 요즘 맨션에서 자주 본다. 몇 명쯤 모여서 집을 나눠 쓰는 것 같다.

굴러 떨어지듯이 엘리베이터에서 내려 몇 미터 되는 복도를 비틀거리며 걸어가 문을 열었다. 제일 위층의 원룸이었다. 사실 여기에 남아 있는 이유는 그뿐이었다.

복도를 기어가듯 지나 거실 소파에 몸을 던졌다가, 떨어져 바닥에 엎드려 누웠다. 처음에는 무릎, 다음에는 손톱 끝을 써서 소파와 세트인 유리 얹힌 테이블을 건너편으로 밀었다.

천장을 바라보고 호흡을 가다듬었다. 넥타이를 느슨하게 풀었다. 상의를 벗고 싶었지만 아직은 몸을 움직이지 않는 편이 좋을 것 같았다. 등에 카펫의 차가움이 느껴지자 바로 재채기가 연달아 나왔다.

텔레비전 리모컨을 발로 더듬어 바닥에 떨어뜨렸다. 몸을 움직여 왼손으로 리모컨을 주워서 뉴스 프로그램에 맞췄다.

나쁘지 않았다. 이렇게 혼자 사는 집에 돌아와도 그다지 고독하지는 않다. 료코의 모습이 계속 생각났지만, 오늘도 하루를 무사히 넘길 수 있었다. 내일은 또, 아직 조금은 남아 있는 엘리트 의식의 꼬리를 질질 끌면서 씩씩하게 사무소로 출근할 것이다.

"나도 집에 갈래요."

네 번째 스낵주점을 찾아간 밤이었다. 내가 일어나는 것에 맞춰서 료코가 말했다.

성실한 근무 태도와 능숙한 손님 접대가 노부부의 마음에 든 듯 어느새 가게에서 비교적 자유로운 행동을 허락받게 되었던 것 같다. 게다가 시간도 12시에 가까웠다.

"큰길까지 같이 나가요."

가게 주인이 내게 "료코를 잘 부탁합니다."라고 말한 것을 기억한다. 내가 "그러면 택시로 아파트 앞까지 바래다줄게." 같은 말을 했기 때문일 것이다.

가게를 나가 걷다 보니 바람이 차가웠다. 큰길에 나가기 직전에 료코가 권했다.

"아는 가게가 있는데, 저기, 살짝 한잔 어때요?"

그 가게에는 30분 정도밖에 있지 않았다.

5년의 세월이 가게 안에서 나눈 대화를 완전히 기억 저편으로 밀어 버렸다. 그래서 지금은 그런 시간에 어쩌다가 30분 만에 그렇게 됐는지 의아하기조차 하지만, 그때는 가게를 나가는 순간 바로 입술을 맞댔다. 그리고 료코의 집으로 갔다.

그로부터 둘이서 한 일은 하나하나 잘 기억하고 있다. 요 몇 년간 사귄 몇 명과의 관계와 비교하면 상당히 어색한 절차를 밟았다. 게다가 나는 결국 그날 밤 그녀의 안에 들어갈 수 있는 상태가 될 수 없었다.

이틀 뒤에 다시 그녀의 아파트를 찾았다. 그때는 온갖 일이 술술, 그것도 요전보다는 잘할 수 있었다.

추억 따위 지겹다!

"자, 그럼."

나는 몸을 일으켜 부엌으로 기어가 냉장고를 열었다.

토마토 주스를 꺼내고 그 손으로 다시 유리잔을 잡고, 또 한 손에 글렌피딕 병을 들고 거실로 돌아왔다. "그럼."이라고 다시 한 번 중얼거리고 토마토 주스의 캔을 땄다.

천천히 위가 괜찮은지 가늠하면서 캔을 입에 기울였다.

구역질이 진정되면 다시 물에 희석한 술을 마실 수 있다. 밤은 아직 끝나지 않았다. 오늘 밤은 평소보다 조금 더 머리를 굴려야 할 뿐이다.

'여기에 있는 나는 내가 아니다.'

그렇게 생각하는 일이 때로 있다. 질리지도 않고 그렇게 생각한다. 아내와 헤어질 결심을 하고 나서일까. 재판에 져서 딸을 아내와 장인에게 빼앗기는 것이 확정되고 나서일까. 아니, 재판이라면 잊을 수 없는 그 법정이다. 나는 내 의뢰인이었던 그 남자를 믿었다. 그 남자의 무죄를 순진하게 믿었다.

20여 년 전에 일어난 회사원 강간 살인 사건.

1심 판결은 무기징역. 그러나 판결 직후부터 남자는 전부 경찰에게 강요당해서 자백했다고 주장했다. 원래 담당 변호사는 시오자키 변호사 사무소의 대선배인 세키야 무네키치였다. 과거의 오판을 따지는 재판의 경우, 재판 자료가 방대해지므로 정리하는 것이 무척 큰일이다. 그래서 나를 포함한 다섯 명의 변호사가 세키야를 보좌하고 있었다.

대용감옥(구치소와 달리 취조 시간 등을 경찰 마음대로 정할 수 있는 유치장—옮긴이)이야말로 경찰 수사의 악의 근원이다. 세키야는 변호사로서 일관되게 그 주장을 계속해 온 남자로, 나는 그를 존경했다. 장인인 시오자키 레이지로에게는 데릴사위인 내 변호사로서의 지명도를 높일 기회로 보인 게 틀림없었다. 나로서는 존경하는 세키야의 밑에서 변호사로서의 정열을 시험할 재판이었다. 더 근본적인 뭔가를 시험하려고 했을지도 모른다. 변호사로서 계속 살아가기 위한 무언가를.

나는 국립대학 법학부를 졸업한 해에 사법고시에 패스했다. 상당히 유명한 대학이었지만, 졸업 직후 사법고시에 합격한 사람은 같은 세미나에서는 나와 또 한 사람뿐이었다. 학생 시절 대부분은 공부만 했다. 공부가 목적이었던 것은 아니다. 거기에서 시작하는 인생이 목적이었다.

내 아버지는 조용히 관청에서 쫓겨나기까지 후생성(과거 의료·보건·사회 보장을 담당한 일본의 행정 기관—옮긴이) 공무원이었다.

정의의 비즈니스가 가진 신비. 아버지는 그런 것을 내게 여실히 보여 주었다. 백중날이나 연말에 받는 다양한 선물들이 당시에는 아버지에 대한 자랑스러움으로 이어지기만 했다. 관청에서 쫓겨난 이듬해 아버지가 자살을 한 이유도, 그때 중학생이었던 나는 이해하지 못했다.

어머니는 아버지가 공무원으로서 받는 정규 수입 이외의 돈을 부지런히 모아 지은 집에서 숨을 거두셨다. 지금으로부터 1년 반 정도 전의 일이다. 마지막까지 아버지를 존경했고 마지막까지 아버지가 세운 집을 애지중지하셨다.

나는 고등학교 2학년 때 장래에 변호사가 되기로 결심했다. 수험 공부를 위해 그때까지 속해 있던 검도부를 그만두고, 현역으로 국립대학 법학부에 합격했다.

정의의 비즈니스. 더러운 사회에서 정의 같은 것이 관철될 수 있다고 생각하지는 않았다. 그러나 비즈니스의 한 형태로서, 가능한 한 정의를 관철하면서 이치에 맞는 체계를 세우는 일이 가능하다고 생각했다. 아버지보다도 더 정확하고 철저하게.

사법 연수를 끝냈을 때에 시오자키 레이지로와 만났다. 사법시험 성적부터 연수 때의 내 평판이든 뭐든 그는 전부 알고 있었다. 알고 있었기 때문에 말을 걸었으리라. 변호사 서른 명이 있는 사무소. 변호사 사무소치고는 도쿄에서도 이례적 규모라고 할 수 있었다. 변호사로서 인생의 스타트를 끊는 내게는 최상의 무대였다.

어느 날 풍문으로 한 자살 사건을 듣게 되었다. 자살한 것은 대학에서 같은 세미나를 거쳐, 나와 마찬가지로 한 번에 사법고시에 합격한 남자였다. 소문에 따르면 그는 죽기 전 며칠이나 신경안정제에 의지하면서 격무를 계속 처리했다고 한다. 유서에는 단 한마디, '피곤하다'라는 글이 남아 있었다는 듯했다.

나는 피곤하지는 않았던 것 같다.

바쁜 일상에 쫓기면서도 변호사라는 일의 의미를 믿고 세키야 및 다른 변호사들과 함께 원죄(冤罪) 사건 해결에 정열을 불태우고 있었다. 국가가 정의라는 이름하에 무죄인 한 사람을 잘못 재판하는 데 제동을 걸 수 있는 것은 변호사밖에 없다. 정의는 언제나 우리와 함께 있었다.

그해 나는 료코와 만났다.

그래서 뭐 어쨌다는 거지? 그녀와 함께 있었을 때의 나 자신이 진정한 나였다고 생각하고 싶은 것인가. 그것은 그저 싸구려 불륜에 지나지 않았다.

료코에게서 받은 전화번호는 이미 외우고 있었다. 왠지 성가시고 화가 났다. 잔에 스카치를 부어 부엌으로 걸어가 냉장고에서 얼음과 물을 꺼내 넣었다.

그리고 마시기 시작했다.

3

다음 날 아침, 그녀의 죽음을 알았다.

평소와 다름없는 아침이었다. 위는 무겁고 사포라도 문지른 듯 거친 느낌이 들었다. 그렇다고 해도 하루를 제대로 지낼 체력은 나름대로 넘치고 있었다.

뜨겁게 샤워를 하고 면도를 하기 시작했다. 2년쯤 전부터 기르기 시작한 콧수염 끝을 정리했다. 전투태세. 그렇게 생각하면서 집을 나가는 일은 나쁘지 않았다. 설사 아무리 전날 밤새워 술을 마셨다고 해도 다음 날 아침까지 칙칙한 기분은 남기지 않는다는 게 내 신조였다. '채비를 다 하고 하루를 되도록 의미 있게 보내리라!'라는 그런 마음.

이를 닦은 다음 어제 하루 금연이 이어졌던 행운에 감사하고 그것이 하루 더 이어지기를 기도하면서 달력의 날짜를 지웠다. 그 다음은 실행할 뿐이었다.

신문을 뽑아들고 텔레비전을 켰다. 테이블 위 사진 속 딸에게 인사를 했다. 사진 속의 딸은 아직 초등학교 입학식 때의 모습이었다. 커피메이커를 켜고 가스레인지에 주전자를 올렸다. 물을 끓여 인스턴트 옥수수수프를 만들 생각이었다. 토스터에 식빵을 넣었다.

전화가 울렸다.

양복의 안주머니에 넣어둔 휴대전화였다.

부엌에서 거실로 돌아왔다. 테이블에 세워 놓은 거울로 내 얼굴을 들여다보았다. 양복에서 꺼낸 휴대전화를 입가로 옮겨 통화 스위치를 눌렀다.

내가 "여보세요?"라고 하는 것과 거의 동시에, "스모토 씨 되시죠?"라는 말이 들렸다. 남자 목소리. 서두른 느낌이 좀 있었지만 침착한 목소리였다. 내가 그렇다고 대답하니 남자는 다시 확인했다.

"스모토 세이지 변호사님이시죠?"

"스모토 맞습니다. 실례지만 누구십니까?"

약간 의아한 와중에 경계심이 머리를 쳐들었다. 휴대전화 번호는 일단 명함에 들어가 있긴 하다. 그러나 웬만한 용건이 아닌 한 사무소에 연락을 하는 것이 보통이다. 왜 나를 일부러 변호사라고 확인할 필요가 있는 거지?

"실례했습니다. 저는 경시청의 후지사키라고 합니다만."

"형사님……?"

관계가 있던 형사의 이름을 몇 개쯤 떠올려 보았지만, 후지사키라는 이름은 기억에 없었다.

"실은 고바야시 료코 씨라는 여성분 일로 연락을 드렸습니다."

나는 눈을 깜빡였다. 테이블 쪽을 다시 보고 거울을 향해 손을 뻗어 방향을 바꾸었다. 내 얼굴을 다시 비추어 보았다.

"이 이름에 짐작 가는 게 있으십니까?"

"예……. 알고 있습니다만 무슨 일이시죠?"

"실례지만 고바야시 씨와는 관계가 어떻게 되십니까?"

시계로 시선을 옮겼다. 9시 조금 전.

"경찰이 고바야시 씨와 관련해 제게 무슨 볼일이신지요."

"아침 일찍 죄송합니다. 사실 고바야시 씨가 선생님 명함을 갖고 있더군요. 그래서 연락을 드린 겁니다."

"그분에게 무슨 일이 있었습니까?"

약간의 침묵이 있었다. 형사 특유의 뜸 들이는 버릇 같았다.

"고바야시 씨와 어떤 관계이신지 말씀해 주시지 않겠습니까?

사건 의뢰인인가요?"

"아뇨, 개인적인 친구입니다. 어제 오랜만에 우연히 마주쳐서 연락을 달라고 명함을 건넸습니다."

"어제요?" 형사가 다시 물었다. "몇 시 정도입니까?"

"대체 무슨 일이죠?"

다시 침묵이 이어졌는데 이번에는 좋지 않은 느낌이었다.

"유감스럽지만 고바야시 료코 씨는 돌아가셨습니다."

'유감스럽지만'이라는 부분에 약간 힘이 들어가 있었다.

거울을 보고 그 옆에 있는 시계를 바라보았다. 거울에도, 시계 유리에도 내 모습이 비치고 있었다. 35세의 남자. 몸매는 마른 편이고, 보기에 따라서는 젊게도, 나이가 들게도 보이는 얼굴이었다. 어중간해서 애매한 얼굴. 시계 유리 표면에는 밖에서 빛을 받아 반쯤 실루엣으로 보이는 내가 서 있었다. 표정을 알 수 없는 만큼 마음은 평온했다.

시계에서 아무것도 꽂혀 있지 않은 꽃병과 스테레오세트로 시선을 옮겼다가, 끝내는 창문으로 시선을 돌렸다.

11층 베란다 밖, 기라라즈리(운모를 분말로 만들어 아교에 섞어 판화로 찍은 것. 탁한 은색을 띤다—옮긴이)처럼 어슴푸레 밝은 하늘에 태양이 연처럼 떠 있었다. 구름은 하늘 자체의 색과는 대조적으로 또렷한 흰색이었다. 나는 구름을 가만히 바라보았다.

휴대전화를 귀에 댄 채 이동해 창유리를 살짝 열었다. 갑자기 참을 수 없이 답답했다.

"오늘 새벽 1시가 지나서였습니다."

상대의 목소리를 귓가에 듣고서야 자신이 "언제요?"라고 물은 것을 깨달았다.

"어떻게 된 일입니까?"

막연한 물음. 법정에서는 전략상 하는 게 아니라면 절대로 입에 내지 않는 질문이다.

형사는 질문에 대답하지 않았다.

"가까운 관계셨지요?"

나는 말을 흐릴 뻔했다가 "예."라고 또렷이 대답했다.

"여러 가지 여쭈고 싶은 게 있어서 한번 뵙고 싶은데, 선생님은 지금 어디십니까?"

"집입니다. 10시 정도까지는 사무소에 갈 생각이었습니다."

"그럼 이만."

"잠시만요. 료코는…… 지금 어디입니까?"

"도쿄대 법의학 교실입니다."

침이 말랐다. 도쿄대 법의학 교실은 혼고에 있다. 나는 거기로 시신을 옮긴다는 일의 의미를 알고 있었다.

"……사법 해부는요?"

"오늘 아침에 이미 마쳤습니다."

"그렇다면?"

"살인 사건입니다."

변호사라서 묻는 것에 익숙하다고 생각했을까? 아니면 반응을 살필 생각이었는지 형사는 내뱉듯 시원스레 그렇게 말했다.

"현장은요?"

"전화로는 말씀드리기 곤란한 점도 있고 하니 자세한 이야기는 뵙고 하는 게 어떨까요?"

나는 작은 목소리로 "알겠습니다."라고 대답했다. 그런 다음 생각이 미치기도 전에 이미 입이 움직였다.

"시신의 신원 확인은 마치셨습니까? 아직 안 하셨으면 법의학 교실에서 만나는 건 어떨까요?"

피해자의 신원 확인은 수사의 첫걸음이다. 현장 부근 탐문을 할 때에도 형사는 반드시 사건 발생 상황의 수사와 함께 피해자의 정확한 신원 조사를 한다. 기소에는 피의자뿐 아니라 피해자의 정확한 호적도 당연히 필요하게 된다.

"선생님만 괜찮으시다면 그렇게 해도 됩니다."

전화를 끊으려는 기색을 느끼고 나는 허둥지둥 질문을 던졌다.

"저, 한 가지만 더 묻겠습니다. 제 명함은 어디에 있었죠?"

침착한 태도로 물은 것은 아니었다. 침착함을 가장하려고 했을 뿐.

"고바야시 씨의 가방 안에서 발견했습니다."

형사와 만날 시간을 정한 후 버튼을 눌러 통화를 끝냈다.

오른손 엄지를 오른뺨에 대고 나머지 네 손가락 끝으로 왼뺨을 쓰다듬었다. 손가락에 힘을 주어 입술 좌우 끝으로 집어 넣었다. 남은 수염을 찾아 손끝으로 더듬으면서 세면대로 이동했다. 머리를 가다듬었다. 빗을 손에 든 다음 다시 전기면도기를 들고 찾아낸 수염을 공들여 깎았다. 머리에 젤을 충분히 발라 힘을 주어 뒤로 넘겼다. 부엌 옆을 지나갈 때, 토스터에서 식빵이 튀어나오며 땡 하고 새된 소리가 났다.

깜짝 놀라 무심코 혀를 찼다. 그대로 잠시 움직일 수 없었다.

얼굴이 네모난 남자였다.

안경은 쓰지 않았고 눈썹이 짙었다. 피부는 제법 그을었고 더러웠다. 자잘한 선이 수없이 들어간 나무를 연상시켰다. 떡 벌어진 어깨에 땅딸막한 체형. '나는 형사다'라고 티를 내는 듯한 쭈글쭈글한 상의와 바지를 몸에 걸치고 있었다. 색은 짙은 갈색. 넥타이도 갈색인데, 바탕색보다도 짙은 갈색 격자무늬가 들어가 있다. 가죽구두는 운동화 타입의 부드러운 신발로, 끈이 달려 있고 둥근 끝부분 바깥의 반쪽이 약간 바래 있었다. 분명 마흔은 넘었고, 아마 마흔서너 살쯤일 것이다.

후지사키 형사는 담배 연기와 냄새를 온몸에 휘감고 접수대 옆 로비에서 기다리고 있었다.

받은 명함에는 후지사키 고스케라고 나와 있었다. 경시청 수사1과. 직함은 계장. 계급으로 말하면 경부보에 해당한다. 신장 160센티미터 전후. 나보다 14~15센티미터쯤 작아서, 일어나도 계속 나를 올려다보아야 했다.

"료코는요?"

형사에게 물었다.

말없이 쳐다보기에 재촉하듯이 다시 한 번 물었다.

"료코는 어디에 있습니까?"

"영안실입니다."

휴대전화에서 들었을 때보다도 약간 낮게 느껴지는 목소리였다. 그런 만큼 나이와 맞는 풍채와 위엄이 두드러졌다. 직업의 종류에 상관없이 갖은 고초를 겪은 남자의 공통된 목소리였다.

"영안실이 어디죠?"

"지하입니다. 그보다 아까 통화할 때 고바야시 료코 씨와 어제 오랜만에 만났다고 하셨는데요."

"질문은 나중에 하고, 우선은 료코를 만나 봐야겠습니다."

형사는 얇은 입술 좌우를 아래턱 쪽으로 일그러뜨리고 나를 쳐다보았다. 움직인 것은 입술뿐, 눈은 변하지 않았다.

나는 가능한 한 담담한 어조를 유지하려고 하면서 천천히 말을 이었다.

"제 눈으로 확인하기까지는 살해당했다고 믿을 수 없습니다."

"……알겠습니다. 그러면 가면서 이야기합시다."

형사가 가볍게 끄덕이고 앞서서 걸어 나갔다.

나는 형사의 옆에 나란히 섰다. 크림색 벽이나 천장이 청결한 느낌을 자아냈다. 그런 만큼 밋밋하고 멋없게도 느껴지는 로비 안쪽을 향해 걸어갔다.

"오랜만이라고 하셨는데, 대체 얼마 만에 만나신 거죠?"

로비 안쪽에 있는 계단을 내려가면서 형사가 대답을 재촉했다.

"5년 만입니다."

"호오." 형사는 그렇게 중얼거리며 때를 가늠하는 듯했다. "그럼 어떤 관계셨습니까?"

"애인 사이였습니다."

형사가 이쪽을 보는 것이 느껴졌다.

나는 계단의 발치를 보고 있었다. 준비해 둔 말이었다. 다른 대답은 하고 싶지 않았다.

"그러다 헤어지셨다……."

약간이지만 야유하는 말투로도 느껴졌다.

"예."

"왜 헤어지신 거죠?"

그런 무신경한 질문에 대답할 생각은 없었다.

"사실 가족분들께 연락을 하려고 했지만 집을 뒤져 봐도 연락처를 알 수 없더군요." 형사는 내 침묵에는 개의치 않는 듯 바로 다음 질문을 했다. "물론 바로 호적이 밝혀졌습니다만, 고바야시 료코 씨의 가족에 관해 뭔가 알고 계시면 알려 주시죠."

"부모님은 두 분 다 돌아가셨을 겁니다."

"형제는?"

"없다고 들었습니다."

"천애고독이다, 이 말이군요."

이 남자의 입에서 나오니 천애고독이라는 말이 어딘가에서 의미를 잃어버리고 온 듯이 느껴졌다.

"고바야시 료코 씨는 어디 출신이시죠?"

"후쿠시마 현이라고 들었습니다."

사실 '들었을' 뿐만 아니라, 주민표(한국의 주민등록등본과 같은 것 — 옮긴이)를 떼서 조사한 적이 있었지만 그 이야기를 여기서 할 생각은 없었다.

"후쿠시마 어디입니까?"

"분명 미하루라는 동네일 겁니다."

"아부쿠마 산지 옆이군요. 선생님은 그쪽에 가신 적 있습니까?"

"없습니다." 나는 고개를 젓고 바로 되물었다. "왜요?"

후지사키가 뭔가 생각에 빠진 듯하다는 느낌이 든 것이다.

"아닙니다." 형사가 고개를 흔들었다. "도쿄나 도쿄 근방에 친척이나 사촌이 있다는 이야기는 듣지 못하셨습니까?"

생각해 봤지만 떠오르지 않았다. 료코는 가족이나 친척에 대해 거의 말한 적이 없었다.

어째서 그녀가 자기 가족에 대해 안 말하려 했는지 파고든 적이 없었다. 말하고 싶지 않은 사람에게, 말하고 싶지 않은 이유야 산더미처럼 있을 것이다. 내 아버지는 국가공무원이고 어머니는 아버지를 사랑한 지극히 평범한 주부였다. 그러나 나는 두 분에 대해 타인에게 얘기하고 싶다고는 결코 생각하지 않는다.

복도를 꺾었다.

길을 꺾는 것과 동시에 나는 입술을 깨물었다. 영안실 표시가 눈에 들어왔다.

나는 후지사키보다 약간 뒤에서 걸었다. 형사가 갑자기 걷는 속도를 높인 것 같아 견딜 수 없었다. 천장의 형광등이 썰렁했다. 거리로 치면 약 10미터. 철문이 복도 좌우로 늘어서 있었다. 영안실 표시는 눈 깜짝할 사이에 내 바로 정면까지 다가왔다.

"……검시는 완전히 끝났습니까?"

문 앞에서 나를 돌아본 형사에게 물었다.

"예, 새벽에 이미."

나는 손가락 끝으로 왼뺨을 긁었다. 차가운 가슴속에서 심장만이 뜨겁게 존재를 의식시켰다. 귓속에서 울리기 시작한 고동이 한 번 칠 때마다 점점 커져 갔다. 심장 자체가 커져서 안쪽에서 갈비뼈를 압박하고 있었다.

"사인은?"

"흉기에 찔렸습니다. 가슴이나 배, 등이 열 군데 이상 찔렸더군요."

"……."

숨을 들이마시니 소독약 냄새가 강하게 느껴졌다. 냄새 밑에는 소독약과는 다른 느낌이 있었다.

귓가에서 파리가 날고 있었다. 그러나 사실은 에어컨이 천장 부근에 뚫린 가는 구멍에서 적정한 온도의 바람을 내뿜는 소리였다.

체중을 왼발에서 오른발로 옮겼다. 딱딱한 바닥이 신발 밑창을 통해 느껴졌다. 딱딱함은 정강이에서 무릎을 지나 허리뼈까지 전해졌다. 그럼에도 불구하고 몸이 꺼져드는 느낌도 들어서 서 있기가 고역이었다.

"괜찮겠습니까?"

나는 말없이 끄덕였다.

형사가 손잡이에 손을 대어 당겼다. 철문이 소리도 없이 열리고 그에 맞추어 공기가 움직였다.

희미한 온도차. 형사를 따라 방 안으로 한 걸음 발을 들임과 동시에 또렷한 한기를 느꼈다. 겁을 먹었다. 슬픔이 아니라 공포에 대한 경계심을 느꼈다.

형사가 벽의 스위치를 밀어 올리자, 복도 불만 비쳤던 어두컴컴했던 방이 멈췄던 숨을 되돌린 듯이 밝아졌다.

정면 벽에 가미다나(신을 모신 감실—옮긴이)가 있었다. 다리에 바퀴가 달린 침대가 가로 일직선으로 네 개 늘어서 있었다. 입구에서 봐서 제일 안쪽에는 아무것도 없이 침대에 깐 검은 비닐이 천장등에 빛나고 있었다. 나머지 흰 시체 가방 세 개가 각각 사람 모양으로 불룩해져 있었다.

"이쪽입니다."

후지사키가 속삭이는 목소리로 말했다.

나는 가장 오른쪽 끝 침대로 한걸음 뒤에서 다가갔다.

모르는 여자다! 나이도 머리모양도 다르다. 역시 모든 것이 잘못된 것이다. 그렇게 생각한 찰나, 당황한 후지사키가 지퍼를 다시 닫았다. 나는 시체의 얼굴에서 형사의 얼굴로 시선을 옮겨 입을 열려고 했지만 상대의 목소리에 제지당했다.

"이런, 죄송합니다. 제일 앞이라고 들었는데."

분노로 눈이 뜨거워지는 것을 느꼈다.

살의라고 착각할 정도의 감정이 덮쳐 왔다. 딱 한 순간이었지만 후지사키가 내게 뭔가 악의를 품었다는 느낌마저 들었다.

직접 옆 침대로 다가갔다. 시신이 누워 있는 한가운데 침대였다.

지퍼에 손을 뻗어 열었다. 손끝이 떨리지는 않았다. 그러나 손끝에 모든 신경을 모으려고 했기에 긴장으로 등이 저려서 차가운 함석판을 지고 있는 듯한 느낌이 들었다.

작은 턱.

시체의 특징은 빼끔히 아래턱이 떨어지는 것이다.

그녀도 또한 예외는 아니었다. 그래서 두 뺨에서 턱에 걸친 선이 그어져 턱이 한층 더 작아 보였다. 눈이 푹 꺼져서 동그란 안구가 또렷이 떠올라 있다. 작은 눈알. 축제날에 파는 작은 유리구슬 정도도 안 되는 크기였다. 빛바랜 입술. 어제 만났을 때보다도 피부가 훨씬 하얬다. 얇은 종이를 누군가가 거친 손으로 꾸깃꾸깃 뭉쳤다 다시 편 듯, 자잘한 요철과 주름으로 덮여 있었다. 죽고 나서 딱 몇 시간밖에 되지 않았는데, 그녀의 육체는 살아 있을 때와 다른 변화를 거친 것 같았다. 쭈그러들고 부패해서, 생생한 그녀를 시간 저편으로 밀어내어 버린 것이다. 무의식중에 숨을 멈추고 말았다. 숨을 들이마시니 눈앞의 광경이 갑자기 현실감을 띠었다. 그녀의 모습이 바로 앞에 와서 망막에 들러붙을 것 같았다. 어떻게든 그것을 거부하고 싶어서 아주 조금씩 숨을 토했다.

후지사키가 뭔가 말을 한 것 같았지만 들리지 않은 척했다. 실제로 뭐라고 했는지도 몰랐다. 봐 버린 것에 후회감이 들었다. 료코는 두 번 다시 내 곁으로 돌아오지 않는다. 두 번 다시 그 미소를 보기는 불가능하다. 아니, 이렇게 해서 돌아왔다. 그리고 이 모습인 채로 평생 내 안에서 계속 남을 것이다. 5년은 긴 시간이 아니었다. 그런 시간 정도야 동결해서 흐르지 않게 하는 것은 쉬웠다. 딱 몇 초 전까지 그녀는 살아 있는 몸뚱이의 인간으로 내 가슴속에 있었다. 그런데 앞으로 그녀를 떠올릴 때에는 반드시 이 죽은 얼굴이 눈앞에 떠오를 것이다. 이 얼굴밖에 떠오르지 않게 될지도 모른다. 웃는 얼굴도, 우는 얼굴도, 화나서 뚱한 얼굴도, 내 애무에 반응하면서 내 가슴속에서 눈을 살짝 감고 있던 얼굴도 죄다 사라져 버렸다. 이것은 료코의 허물에 지나지 않는다. 그런데 앞으로 내 곁에 남겨진 것이 이 빈 허물뿐이 된다는 말인가.

다리에 힘을 주려고 하면서 5년 사이 몇 번이나 자신에게 던졌던 물음을 일부러 들이대었다. 화가 났을 뿐이 아닐까? 단지 괘씸했을 뿐이었던가? 도망가는 사람을 보면 누구든 뒤를 쫓고 싶은 기분이 든다. 갑자기 닥친 헤어짐이 그저 몇 가지 착각을 낳아서, 정말로 더할 나위 없이 소중한 존재처럼 사랑스러워서 참을 수 없는 존재로 느껴졌던 게 아닐까?

답을 알고 싶지는 않았다. 그러나 방금 전 확실히 알아 버렸다.

처음에는 미웠다. 그리고 교묘하게 자기 긍정을 시험하면서 그녀가 사라져 버린 이유를 나름대로 납득하려고 했고, 그다음에는 잊어버리려고 했다. 계획은 조금씩 성공해서 몇몇 추억은 없었던 것이 되고, 몇몇은 입맛에 맞는 해석 속에 안착했다. 그리고 잊어버린 척하며 매일매일 살아왔다. 그런데 방금 깨달아 버렸다. 5년이다. 나는 그녀와 재회할 수 있기를 계속 바랐다. 내가 없었던 일로 하고 싶었던 것은 추억 따위가 아니라 그녀가 내 앞에서 사라져 버렸다는 사실이었다. 그녀의 마음을 되돌리고 싶었다. 내 인생도 그녀의 인생도, 모조리 다른 것으로 바꾸어 둘이서 다른 인생을 보내고 싶었다. 자신은 얼마든지 변할 수 있다는 것을 그녀와 함께 확인하고 싶었다…….

"고바야시 료코 씨지요?"

형사가 그렇게 물어보는 것을 알아차렸다.

나는 끄덕였다. 혀끝에 들러붙은 말이 바싹 말라 입안을 깔깔하게 만들었다. 후지사키 쪽은 돌아보지 않았다.

"슬슬 괜찮겠습니까?"

"……부탁입니다. 잠시 둘만 있게 해 주시겠습니까?"

그러고는 뒤를 돌아보았다. 대답이 없었기 때문이다.

형사는 더욱더 뜸을 들인 뒤 확실하게 고개를 저어 보였다.

"……규정 때문에 안 됩니다."

"잠깐이면 됩니다."

"죄송하지만 규정은 규정입니다. 원래대로라면 시신의 신원 확인도 관할서에서 유족에게 부탁하죠. 선생님이라면 아실 텐데요."

형사는 '선생님'이라는 부분에 힘을 주었다.

"무슨 뜻이죠?"

"변호사님이시니 아실 거라는 뜻입니다만."

분명 야유하는 느낌이 있었다.

악의를 느꼈다. 노골적인 것이 아닌 가슴속 깊은 곳에 감추어 놓은 악의였다. 아까부터 몇 번쯤 마주친 듯한 묘한 느낌이 악의라고 불러야 하는 것으로 또렷한 상을 맺었는지도 모른다.

망상일까? 하지만 스모토라는 성은 그다지 많지는 않다. 변호사 명단에도 딱 몇 명을 헤아릴 정도다. 내가 장인의 변호사 사무소에서 손을 댄 마지막 사건, 즉 피고의 무죄를 쟁취하기 위해 검경과 펼친, 어떤 의미에서는 억지라고도 할 싸움을 이 형사도 경찰 관계자의 한 사람으로서 기억하고 있다 해도 이상하지 않았다.

"그러면 조금만 기다려 주십시오."

후지사키는 그렇게 말하고 등을 돌렸다.

료코의 얼굴을 가만히 바라보았다.

백발이 한 가닥, 이마와 머리의 경계선에서 빛나고 있었다. 아니, 그 옆에 몇 가닥쯤 같이 자라 있었다. 빛 때문에 한 가닥만 빛났던 것이다.

무의식중에 손을 뻗다가 도중에 깨닫고 멈칫했다. 닿고 마는 것이 무서웠다.

손을 거두고 싶은 기분을 참고 나는 그녀의 이마를 만졌다.

차가웠다. 모발이 자란 쪽 잔머리가 화초 줄기의 솜털처럼 부드러웠다. 생일은 아직 지나지 않았으니까 나와 동갑이었다. 그런데 이제부터 그녀를 기다리고 있었을 30대 후반의 나날도, 40대의 나날도, 50대의 나날도 사라져 버렸다.

기묘하고 불합리하게 느껴져 견딜 수 없었다. 갑자기 그녀의 5년을 생각했다. 자취를 감추어 버린 후의 세월.

"감사합니다."

형사 옆을 스쳐 영안실 출구로 향했다. 가슴속으로 헤어짐을 고했지만 그것은 연기에 지나지 않았다. 아니, 그저 표면적인 헤어짐의 말이라고 해야 할 것이다.

이런 식으로 그녀에게 이별을 고할 수 있을 리가 없었다.

4

나와 형사는 구내 카페로 이동해 커피를 주문했다.

점심 식사를 하려면 아직 시간이 있었다. 잠옷 차림의 사람과 문병 온 손님으로 보이는 사람이 짝을 지어 서너 테이블을 채우고 있는 것 외에는, 의사로 보이는 백의의 남자들이 띄엄띄엄 앉아 있을 뿐이었다.

백의의 남자들은 다들 커피를 홀짝이며 신문을 펼치고는 때로위 수술을 앞둔 환자처럼 맛없다는 얼굴로 샌드위치를 먹고 있었다.

"사건이 일어났을 때의 상황을 알려 주시겠습니까?"

먼저 입을 연 것은 나였다.

형사는 담배를 꺼내어 천천히 불을 붙였다. 그리고 연기 너머로 나를 바라보았다. 담배를 끼운 손가락은 굵고 뼈마디가 울룩불룩했다. 손등이 손바닥의 몇 배나 그을려 녹색의 굵은 혈관이 잘못 그린 사다리타기를 연상시켰다.

계산했다고 할 수 있는 틈을 두고 형사가 입술을 움직였다.

"그 전에 고바야시 료코 씨와의 관계를 좀 더 자세히 말씀해 주실 수 있을까요?"

어쩔 수 없이 끄덕여 보이자 다시 한 번 더 연기를 내뿜었다.

"애인 사이라고 하셨는데 왜 헤어진 겁니까?"

"당시 제게는 아내가 있었습니다."

확실하게 말했다.

"그러면 이른바 불륜 관계라는 말이군요."

말없이 끄덕여 보였다.

"그러다 부인에게 들켰다?"

"아니요. 그냥 뜨뜻미지근한 제 태도에 질렸나 봅니다. 어느 날 갑자기 제 앞에서 자취를 감추어 버렸습니다."

그렇게 단순히 말할 수 있는 이야기는 아니었지만, 복잡하게 전할 생각은 없었다.

"그것이 5년 전이라는 것이고."

"예."

"어제는 어떻게 만나신 겁니까?"

"전화로 말씀드린 대로 순전히 우연입니다."

"어디서?"

"형사님의 직장 바로 앞입니다. 저는 지방법원에서 돌아가던 길이었습니다. 사쿠라다몬 역 계단을 내려가려던 참에 마침 밑에서 올라오는 료코와 맞닥뜨렸죠."

"몇 시쯤이었습니까?"

"오후 4시 전이었을 겁니다."

"고바야시 씨가 어디에 갈 거라는 말은 듣지 못하셨습니까?"

"아뇨, 아무것도 가르쳐 주지 않더군요."

"대화 속에서 뭔가 짐작하신 것은요?"

아주 잠시 생각했다. 그리고 "아니요."라고 고개를 흔들었다.

"그런데, 어제 새벽 1시경에는 어디에 계셨습니까?"

"알리바이를 확인하는 건가요?"

"그런 정식적인 게 아닌데요."

"관계자에게는 일단 다 묻고 있다는 말씀이군요."

나는 상대방이 말을 미처 끝내기도 전에 대답하고는 형사의 얼굴을 쳐다보았다.

형사는 담배를 재떨이에 눌러 끄고 새 담배를 갑에서 뽑아냈다. 그리고 손끝으로 그것을 만지작거리기 시작했다. 하이라이트. 나도 피우고 싶어져서 주머니의 껌을 꺼냈다.

"맨션에서 자고 있었습니다."

정확히는 여전히 술을 마시고 있던 시각이었다.

"그것을 증명할 수 있는 분은?"

"없습니다."

"어젯밤에 몇 시쯤 귀가하셨습니까?"

"10시 30분인가 11시경이었을 겁니다."

"그때까지는?"

"긴자에서 술을 마셨습니다."

가게의 이름을 말하니 후지사키는 가게를 나간 시각과 맨션 위치, 그리고 귀가할 때 이용한 교통수단을 하나하나 물었다.

"고바야시 씨의 댁을 찾아간 적은요?"

"어제 5년 만에 우연히 마주쳤다고 말씀드렸잖습니까. 없습니다."

알리바이에 관해서는 그 이상 파고들지 않았다. 형사는 누구나 많든 적든 변호사에 대해서는 조심하는 게 있다. 나쁜 인상을 주고 싶지 않고 섣불리 반격을 받고 싶지도 않다는 것이다.

내 쪽에서 물었다.

"사건에 대해서 좀 가르쳐 주십시오. 범인의 옷차림이나 특징은 아십니까?"

"여러 명이었다는 것은 알고 있습니다."

"어떤 남자들이었습니까?"

"그건 좀, 봐주시죠. 수사상 비밀 사항에 속하니까요."

"료코의 주소를 알려 주실 수 없습니까?"

"어제 만났을 때 묻지 않으셨나요?"

"예."

형사는 수첩을 꺼냈다.

"네리마 서의 히카와다이입니다."

그러고는 번지와 맨션 이름을 알려 주었다.

나는 그녀의 집 전화번호를 물었다. 형사가 말한 번호는 어제 그녀가 적어 줘서 어느새 기억에 스며들어 버린 것 같았다.

"범인은 짐작 가는 데가 있습니까?"

"아직입니다."

일단 물어본 것뿐이었다. 설사 짐작을 하고 있다 해도 형사가 이 자리에서 말해 줄 리 없었다.

경찰 내부에서조차, 공적이 될 만한 이야기는 남에게 발설하지 않는 것이 형사들의 특징이었다. 본능적으로 속을 감추고 싶어 하는 부분은 변호사나 형사나 마찬가지이다.

"현장 이야기를 더 자세히 들려주시죠."

"듣고 어쩌시려고요?"

"옛 애인이 살해당했습니다. 알고 싶은 게 당연하잖습니까. 남자들은 몇 명이었죠?"

"정확히는 아직 모릅니다."

"그럼 어째서 여러 명이라고 하신 거죠?"

"범행 전후에 맨션 앞에 주차 중이던 차가 목격되었습니다. 차는 시동이 걸린 채였고, 운전석에는 남자가 앉아 있었죠."

"차량 번호는?"

"모릅니다."

"차종은?"

"아직 단정할 수 없어요."

"흉기는 나왔습니까?"

"예, 집에 있었습니다."

"지문은?"

"그것은 앞으로 수사를 해 봐야 알 수 있을 것 같군요."

명백하게 거짓말이었다. 사건 발생부터 한나절 가까이 지났다. 일본 경찰이 그렇게 느긋할 리가 없었다.

"도둑의 소행 같습니까? 아니면 원한?"

"일단 둘 다 가능성을 두고 수사를 진행하다 보면 곧 기자회견도 있을 겁니다."

제길, 요리조리 빠져나가고 있잖아.

"신고는 관할서에 들어왔습니까?"

"110번 신고로요."

110번 신고는 경시청에 직접 연결된다.

"신고자는요?"

"비명을 들은 주민입니다."

"이름을 가르쳐 주실 수 있습니까?"

형사가 고개를 흔들었다.

"말씀드릴 수 없습니다."

커피가 오자 나는 껌을 포장지에 뱉었고, 형사는 담배를 재떨이에 껐다.

연한 커피를 혀 위에 머금고는 천천히 목구멍으로 넘겼다.

"선생님, 그보다 의견을 좀 들려주시죠."

딱딱한 암반과 마주하는 듯한 기분을 느끼며 내가 다음 질문을 고르고 있자니, 오히려 후지사키 쪽에서 내게 물었다.

"피해자는 그러니까, 파산이라거나 그런 사정으로 친족과 관계가 끊어진 건 아닌지요?"

형사의 얼굴을 쳐다보았다.

후지사키는 어느새 다시 만지작거리던 새 담배를 입술에 물고 100엔짜리 라이터로 불을 붙이려고 하고 있었다.

"5년 전에요?"

"예."

"왜 그렇게 생각하시는 거죠?"

"사실 좀 걸리는 일이 있습니다. 피해자의 집에 있던 주소록을 아무리 찾아보고, 수첩 주소록이나 명함 폴더를 뒤져 봐도 지금 현재는 친척으로 보이는 사람이 하나도 나오지 않더군요. 선생님이 아까 고바야시 씨의 고향이라고 하신 후쿠시마 현의 미하루도 주소록에 한 줄도 없었고."

"지인도 뭐도 안 나와 있었나요?"

"예."

천천히 끄덕이면서 형사는 내 눈을 바라보았다. 아까 그녀의 출신을 물었을 때 뭔가 생각에 잠긴 느낌이 든 이유를 알았다.

일반적으로 파산에 이른 인간은 친척한테 빚을 진 사람이다. 그녀의 주변에 친척 관계를 말해 줄 것이 무엇 하나 없었다면 파산이라는 것은 분명 생각할 수 있는 하나의 가능성일지도 모른다.

그렇게 생각함과 동시에 귀에는 들리지 않는 듯한 소리가 머릿속을 스쳐 간 느낌이 들었다.

혼자서 오도카니 거기에 있던 듯한 여자.

5년 전의 그녀를 떠올릴 때마다 그런 인상이 꼭 되살아난다.

하지만.

나는 일로 익숙해진 사고회로에서 실마리를 찾아 객관적인 감상으로 나아가기로 했다. 즉, 안타깝게도 남 일과 같은 어조가 된 것이다.

"파산이라는 추측은 가능성이 전혀 없지 않겠지만 상당히 근거가 약한 것 같은데요."

"고바야시 씨를 보시니 그런 느낌이 들지 않으시던가요?"

"객관적으로 생각해서, 파산했다고 해도 그 일로 친척 연락처를 전부 스스로 파기해 버리는 일은 말이 안 되지 않나요? 기본적으로 누구든 천애고아가 되기는 겁이 날 겁니다. 설사 부모가 죽어 버렸다 해도 친척이나 고향 사람 연락처는 적어 둘 거라고요."

형사가 생각에 잠기는 표정을 지었다.

하지만 그가 생각하는 것은 내가 지금 이야기한 것과는 다른 무언가였다. 법정 공방 때 상대방 변호사로부터 이런 느낌을 받은 적이 빈번히 있었다.

"그러면 그 외에 어떤 가능성이 있다고 생각하시는 거죠?"

그가 물었다. 지금 속으로 생각한 것은 그대로 덮어 버릴 작정이리라.

"혹시 범인들이 어떤 이유로 들고 갔다거나?"

"아니, 그건 아닌 것 같은데요. 친인척이나 고향 지인만 다른 주소록에 적혀 있는 것은 부자연스럽습니다."

"그러면 형사님은 어떻게 생각하십니까?"

"고바야시 료코 씨에게 전과(前過)는 없었습니다. 즉, 그래서 친척이 관계를 끊을 일은 없을 것이고."

"……."

"다만, 스모토 씨, 이런 건 어떨까요? 저희 경험으로 말씀드리면 집안에 범죄자가 있는 경우 가족이 원래 살던 곳에서 살기 힘들어서 다른 곳으로 옮겨 가는 케이스는 자주 있는데 말입니다."

나는 고개를 저었다.

"형사님이 말씀하셨듯이 분명 그런 경우에 고향이나 친척과의 관계가 지속되기 힘들어지는 것은 사실일 겁니다. 특히 장기형을 받은 사람의 가족 같은 경우는 변호사 협회의 조사에서 봐도 칠팔십 퍼센트가 원래 살던 곳에서 타지로 옮겼죠. 하지만 그렇다고 해서 친척과의 관계를 전부 끊을 작정으로 주소든 뭐든 파기해 버린다고는 생각할 수 없습니다."

"그러면 고향인 미하루에 가까이 가고 싶지 않을 만한 타당한 이유가 있었을지도 모르겠군요." 형사는 반쯤 중얼거리듯이 말하면서 내 얼굴을 살폈다. "뭔가 들으신 건 없고요?"

나는 고개를 저어 보였다.

"없어요."

"정말입니까?"

"정말입니다."

"정말 말할 수 없는 일이었을까요?"

혼잣말을 하는 듯한 말투였다. 내가 입을 다물고 가만히 있으니 형사가 물었다.

"5년 전에 일하던 곳은 아십니까?"

나는 료코와 만난 네즈의 스낵주점과 당시 그녀가 일했던 세탁소 이야기를 해 주었다. 주점의 이름은 기억하고 있었지만 세탁소 쪽은 생각나지 않았다. 후지사키는 내게서 대강의 위치를 캐내어 수첩에 적었다.

연필을 움직이는 형사에게 물음을 던졌다.

"그런데 료코의 시신은 어떻게 되는 거죠?"

"……무슨 말씀이신지?"

"친척을 찾을 수 없게 되면 구청에 인도되겠군요. 그렇게 놔둘 수는 없어요."

"어쨌든 미하루를 찾아가 보겠습니다."

열성적인 어조라고 하기는 힘들었다. 먼 친척을 찾았다고 한들 대개는 인수를 거부한다.

"친척을 찾으면 연락 주시겠습니까? 장례식 준비를 돕고 싶습니다."

"변호사님이오?"

"이제 인수해도 되는 상황입니까?"

"하루이틀 중으로 될 겁니다." 그렇게 말한 다음 형사는 바로 말을 이었다. "실은 선생님 말고도 가게 종업원이라며 직접 장례를 치르고 싶다는 사람이 있었는데요."

"가게?"

"예, 들으신 적 없습니까? 고바야시 씨는 이케부쿠로에서 클럽을 경영했습니다."

듣지 못했다. 다만 어제 그녀의 차림새나 분위기로 봐서 어쩌면 그럴지도 모르겠다고 생각했다.

매니큐어를 바르고 뾰족하게 기른 손톱. 살짝 갈색 빛이 도는 머리카락. 그리고 폴더에 명함이 대량으로 들어 있던 비즈니스 수첩. 상상할 수 있는 것은 물장사 관련 경영자이거나, 아니면 제법 가게의 중심 역할을 하는 호스티스였다.

게다가 스물아홉 때 세탁소에서 근무하고 스낵주점에서 아르바이트를 했던 그녀가 5년이 지나 혼자 살면서 할 만한 자연스러운 일 중 한 가지였다.

가게에서 있을 때에는 계속 짙은 화장을 하고 있었을 게 틀림없다. 그런 상상을 하다가 그만두었다.

"가게 이름과 종업원 이름을 가르쳐 주시겠습니까?"

형사는 수첩을 뒤적였다.

"종업원은 나토리 사요코 씨."

"여자네요." 무심코 중얼거렸다. 아무 이유 없이 남자라는 선입견이 있었던 것이다. "가게는요?"

"'라오'라는 이름이군요."

수첩에 가게 이름과 주소, 그리고 나토리 사요코라는 이름을 적었다. 사요코라는 여성의 아파트 주소도 알았다. 클럽 경영자가 죽었으니 오늘 밤은 가게를 열지 않을 것이다.

이 이상 이 남자와 할 얘기는 없었다. 영수증은 후지사키가 집어 든 채 우리는 나란히 일어섰다.

계산대에서 커피 값을 소비세까지 따로따로 계산했다.

"시간을 내주셔서 감사합니다."

형사는 예의 바르게 머리를 숙이고 나에게서 멀어져 갔다.

그 뒷모습을 보면서 나는 그 남자가 3년 전에 도쿄고등법원에서 있었던 '회사원 강간 살인 사건' 항소심에 관해서는 끝까지 한 마디도 하지 않았던 것을 행운이라 생각했다.

후지사키가 그 재판과 나의 관계를 알고 있다고 느낀 것은 단지 지나친 생각이었을까? 아니면 재판에서 이겨 피고의 무죄판결을 얻으면서도 진정한 의미에서는 패배한 변호사에게 빈정거릴 필요도 느끼지 않았던 것뿐일까?

나는 패배자라고 생각한 적은 없지만, 그 재판과 다음의 전개를 아는 몇몇 중 한 사람은 분명 나를 패배자라고 생각하고 있었다.

5

지하철에 탈 생각은 들지 않았다.

택시를 잡아타고 진보초라고 말했다.

조금 뒤 오차노미즈 역 앞에서 내려 달라고 고쳐 말했다. 지하철에 탈 생각이 들지 않았던 것과 마찬가지로 사무소에 돌아갈 생각 또한 들지 않았다.

오늘 오후는 방문 상담이 두 건. 한 건은 토지 상속에 얽힌 분할 문제에 관한 두 번째 상담이고, 또 한 건은 가옥의 대차 문제에 관한 상담이었다. 이 건은 사는 곳인 쓰쓰지가오카의 공민관에서 얼마 전 거행된 법률 상담에서 넘어온 것으로, 상세한 것을 다시 묻는 데부터 시작해야 한다. 게다가 평소처럼 계속해서 생기는 잡무. 완성해야 하는 신청서 하나에 증거신청서가 하나.

의뢰인이라는 것은 대개 어떤 인간관계 속에서 찾아온다. 고향의 라이온스클럽 지인이나 대학 동창회를 통해, 혹은 고향의 명사나 국회의원을 통하는 정도이다. 그래서 딱 잘라 거절할 수 없다. 변호사는 상당한 경영 재능이 없는 한 결코 제멋대로 할 수 없다. 혼자서 수지타산을 맞추면서 인간관계에 칭칭 매여 장사를 계속하는 프리랜서다. 상사도 부하도 없는 자유란 티끌만큼의 자유에 지나지 않는다.

똥이나 처먹으라는 기분이 평소의 몇 배 이상 강하게 들었다.

결국 오차노미즈 역 앞 간다가와 강에 도착해 차를 내렸다. 그대로 택시로 지나갈 길을 걷기 시작했다.

희미한 햇살. 빛과 더위가 바람을 제치고 내려오는 계절은 지났다.

평소에는 걸음이 빠른 것이 버릇이었지만, 멀리서 보면 지금 나는 마치 산책을 즐기는 듯이 보일지도 몰랐다. 마음은 달리고 있었다. 추억에 따라잡히지 않으려고 필사적으로 도망치고 있었지만, 실제로는 이미 눈앞에 있었다.

"……즐거워."

그녀의 목소리가 들렸다.

아니, 지금이 처음은 아니었다. 시신을 본 순간에 들린 목소리다. 아까 형사와 이야기하면서 그녀가 오도카니 혼자 있었다는 감개를 품었던 순간에 들렸던 목소리다. 아니, 아니다. 5년 동안 나는 이 목소리를 계속 들었을지도 몰랐다.

추운 밤이었다. 깊은 밤, 편의점에 들러 냄비요리세트를 샀다. 알루미늄 호일 용기에 모둠냄비 재료가 전부 들어 있는 것이었다. 아파트 방에서 휴대용 가스레인지를 고타쓰에 올려 끓였다. 그녀의 아이디어로 넣을 재료도 다 사 놓았다. 냄비를 뒤적이면서 일본술을 마셨다.

"……즐거워."

냄비 건너편에서 그녀가 중얼거렸다.

불륜을 한 적이 있는 사람이라면 누구든 느끼는 착각에 지나지 않았다. 자신은 이 여자와 있을 때야말로 행복해질 수 있다는, 몸을 맡기고 있으면 참을 수 없이 마음이 편하고 감미롭고 애절하고 그리고 어딘가 죄의 고통이 잠재해 있는 것조차도 기분이 좋은 착각.

마음이 따뜻한 여자였다. 딱딱한 껍질 속에 터무니없이 부드러운 웃는 얼굴을 지니고 있었다. 나는 단지 그녀의 온기 위에 책상다리를 하고 앉아 있었을 뿐이다. 울고 싶어진 것을 깨달았지만, 다른 한편으로 그런 나를 냉랭하게 보는 또 하나의 나도 있었다.

검도 동작을 해 보자. 사무소에 도착하면 제일 먼저 빌딩 옥상에 올라가 동작을 하는 것이다. 고등학교 검도부를 그만두고 나서도 계속 하고 있는 습관이었다. 땀과 함께 뭔가가 흐른다. 흐르는 것이 무엇인지가 문제가 아니라 무언가를 흘리는 것에 의미가 있었다. 그리고 다시 일상 속으로 돌아간다.

야스쿠니도리 길에 다다라 신호를 기다려 횡단했다.

진보초의 교차점을 꺾고 나서 스즈란도리 길을 걸었다. 헌책방이 늘어선 좁다란 길이었다. 차는 북쪽에서만 일방통행, 모조 돌을 붙여 놓은 보도가 골목 양쪽에 마련되어 있었다. 익숙한 풍경. 나쁘지 않았다. 오전 중에는 통행인이 적었다. 도쿄도 서점 앞 일방통행길을 왼쪽으로 꺾었다. 사무소는 이 골목 앞 오른쪽이었다.

낡은 건물의 더러운 계단을 오르면서 검도 동작만 마치면 당면한 일에 착수할 수 있을 듯한 기분이 들었다. 문을 열고 평소와 다름없는 방을 본 순간 그것이 커다란 착각이라는 것을 깨달았다.

사무소를 냈을 때부터 계속 비서를 하고 있는 노리코가 나를 웃는 얼굴로 맞으며 살집이 있는 몸을 의자에서 들어 올렸다.

응접실과 내가 일하는 방. 그 이외에는 노리코의 책상이나 파일 캐비닛이나 냉장고, 작은 테이블세트 등이 붐비는 방이 있을 뿐인 사무소였다. 그러나 응접실에는 벽 한 면을 일단 호사스러워 보이는 책장으로 장식해 놓았다. 책장에는 여느 변호사 사무실과 마찬가지로 판례시보, 민사법정보 등의 파일로 빽빽하게 채워져 있었다. 실용성과 허세를 겸비한 '세간살이'인 것이다. 장인이었던 시오자키 레이지로의 거대한 법률사무소에도 같은 '세간살이'를 갖추고 있었다. 변호사는 신용이 제일이다. 신용은 우선 표면에 머문다. 시오자키의 우쭐거리는 시니컬한 말솜씨를 그 무렵의 나는 좋아하기도 했고 싫어하기도 했다. 책장 구석에 《뉴스위크》와 과학 잡지, 경마 잡지 과월호를 꽂아 놓는 것이 내 취미였다. 과학 잡지도 경마 잡지도 중철식 제본이라 꽂아 놓으면 손님은 표지를 읽을 수 없으니 변호사 사무소의 품위가 손상되는 일은 없었다. 재판 기록은 노리코가 있는 방의 파일 캐비닛에 종이봉투에 넣어 정리해 놓고 있었다.

노리코에게 오늘 일정을 확인하며 내 방 문을 열었다. 방이라고는 해도 베니어판 정도의 얇은 벽으로 구분해 놓았을 뿐이었다.

"그리고 밤에 자동응답기에 메시지가 하나 들어왔어요. 의뢰를 하고 싶다는 것 같던데요."

상의를 옷걸이에 걸려던 내가 목검에 손을 뻗었을 때였다. 평소 습관대로 노리코는 그렇게 말하면서 내 책상에 있는 전화 메시지를 재생했다.

나는 목검을 집으려고 수그린 자세로 움직임을 멈추었다.

"……한 가지 상담해 줬으면 하는 게 있어. 내일 다시 전화할게."

자동응답기에서 흘러나온 것은 그립다고밖에 말할 수가 없는 료코의 목소리였다.

다가가니 노리코는 재빨리 물러서듯이 옆으로 비켰다. 내가 어떤 얼굴을 하고 있는지 상상이 되지 않았다. 숨을 깊이 들이쉰 다음 다시 재생 버튼을 눌렀다.

자세한 것은 아직 생각할 수 없었다.

다만, 한 가지.

그녀에게 내일이라는 날은 없었던 것이다.

제2장
추억

1

호출음 두 번에 연결되었다.

손목시계에 시선을 주었다. 정오 전. 아직 출근하지 않았을지도 모른다. 그런 생각이 스쳤지만 연결을 부탁하자 친구가 전화를 받았다. "이야, 오랜만인데."라는 굵은 목소리가 들렸다.

신문사 사회부에 있는 친구였다.

마지막으로 만난 것은 올해 5월경에 있었던 대학 동창회 자리였다. 같은 대학 법학부에 다닌 사이였다. 내가 4년에 끝낸 학점을 이 남자는 6년에 걸쳐서 땄다. 그 당시에 그저 내가 서두르고 있었을 뿐이다.

잠시 쓸데없는 이야기를 나눈 다음 용건을 말했다. 쓸데없는 이야기도, 용건도 예상했던 것보다 어색하지 않게 말할 수 있었다.

당연하지만 친구는 료코의 사건을 알고 있었다.

"히카와다이 사건? 조간에는 늦었던 것 같아."

"네가 담당하고 있어?"

"아니, 담당 방면이 달라. 나는 제6방면."

도쿄도 경찰서는 지구별로 여덟 개로 나누어져 있다. 제6방면이 어디인지까지는 몰랐다.

"사실은 그 사건을 조사하고 싶은데 친한 기자 중에 담당하는 사람은 없나?"

"후배가 있어."

친구는 별로 오래 생각하지 않고 그렇게 대답했다. 소개를 부탁하니 흔쾌히 오케이 해 주었다.

일을 무사히 마치고 4시를 조금 지나서 사무소를 나갔다.

오차노미즈까지 걸어가서 마루노우치 선을 타고 이케부쿠로에서 환승해 네리마로 향했다.

전철로 이동하는 동안 자동응답기에 남겨져 있던 그녀의 말을 머릿속에서 몇 번이나 반복하고 있었다.

"오늘은 미안했어. 서두르느라 제대로 이야기도 못 하고." 거기까지 단숨에 말한 어조는, 준비하고 있었던 것 같기도 했지만 자연스럽다고 생각하고 싶었다. 잠깐 뜸을 들인 다음 말이 이어졌다. "사실 고민했지만 거기서 당신을 만난 것도 인연이라는 느낌이 드는데, 괜찮으면 한 가지 상담해 줬으면 하는 일이 있어. 내일 다시 전화할게."

그뿐이었다. 메시지가 남겨진 것은 오후 10시를 지나서였다. 내가 아직 긴자에서 취해 있던 시각이었다. 그리고 그녀의 인생은 실제로는 이후 세 시간 정도밖에 남아 있지 않았다.

네리마 역 바로 옆에 네리마 경찰서가 있다. 기자와의 약속 장소는 경찰서와는 반대쪽 역 앞에 있는 찻집이었다.

빌딩의 2층 찻집은 바로 찾았다. 창문에서 센가와도리 길이 내려다보였다. 역 앞은 쇼핑하러 온 주부와 교복 입은 아이들로 꽉 차 있었다.

기자는 약속 시간에 왔다. 자기 회사의 신문을 오른손에 말아 들고 있던지라 눈이 마주친 내게 가볍게 들어 보였다. 그것을 표시로 하라고 친구로부터 전화로 들었다.

예상보다 젊은 남자였다. 사회부에 배속되어 처음 일하게 된 곳이 지금 이 경찰서인 건가? 넥타이를 제대로 매고 흰 와이셔츠를 입고 있었다. 황토색에 주황색 체크가 들어간 재킷과 검은 바지의 배합은 넥타이 없이 폴로셔츠라도 입는 편이 어울렸을 거라는 생각이 들게 했다. 잘 봐줘 봐야 '편한 옷차림'정도였다.

내가 앉은 곳에 오기 전에 웨이트리스에게 말을 걸어 커피를 주문했다. 얼굴을 안다고 느껴지는 어조였다.

"시간을 빼앗아서 죄송합니다."

나는 몸을 일으켜 머리를 숙였다.

기자도 머리를 숙이고 건너편 의자에 걸터앉았다. 오른손으로 안주머니를 더듬어 앉음과 동시에 명함을 내밀었다.

"신경 쓰지 마세요. 선배님에게 항상 신세를 지고 있거든요. 스모토 씨는 같은 대학 출신이라고 하시더군요. 실은 저도 대학 후배입니다. 같은 국제법 세미나였습니다."

"그렇군요."

대답하면서 명함으로 시선을 떨어뜨렸다. 활자를 잠시 바라보면 한 달 정도는 그 이름과 정확한 부서명까지 기억할 수 있다. 변호사가 된 지 2년째부터 몸에 밴 능력이었다.

기자의 이름은 고토 마스오였다. 고토가 말을 이었다.

"그런데 죄송하게 되었습니다만, 그다지 느긋하게 있을 수는 없습니다. 아무래도 경찰의 움직임이 눈이 팽팽 돌 정도로 빠르고 현장 취재도 도중이라서요."

"물론 상관없습니다. 되도록 시간을 빼앗지 않겠습니다."

"클럽 마담 살인 사건에 흥미가 있으시다고 들었는데요. 괜찮으시면 이것을 보시죠."

고토는 들고 온 석간을 내밀었다.

'클럽 마담 살인 사건.'

여성 직장인 살해, 학생 살해, 보모 살해, 간호사 살해…… 언제나 사건이 일어났을 때 살해된 사람의 이름이 아니라 직업이나 입장으로 그 사건을 부르는 것에 처음으로 위화감을 느꼈다.

"괜찮습니다, 이미 석간은 다 봤습니다."

고개를 저어 보였다.

진보초 근처는 3시경에 석간이 배달된다. 배달된 신문에다가 노리코에게 부탁해 지하철 역 매점에서 입수할 수 있는 신문은 전부 다 사들였다. 마지막의 방문객을 돌려보내고 나서 사무소를 나오기까지 삼사십 분 동안 석간을 계속 보고 있었다.

스포츠 신문이 근소하게 큰 정도였지, 어느 신문이나 사회면 구석에 작게 다루고 있을 뿐이었다. 사건 자체에 관한 보도는 어느 것도 거의 마찬가지. 후지사키라는 형사가 망설이며 들려준 이야기와 별 차이는 없었다.

이케부쿠로에 있는 료코의 가게 관계자에게도 취재를 한 듯, 경영 상태나 단골손님, 료코의 평판 등도 나와 있었다. 경영 상태는 그럭저럭, 평판도 그럭저럭. 신문에 따라 쓰는 방식이 다른데, 요컨대 부추기는 방식과 억측이 다를 뿐 범인 추정도 동기도 아직 파악되지 않았다는 점은 똑같았다.

범인이 여러 명이었다는 점에서 경찰은 폭력단 관계자의 범행도 고려하는 것 같았다. 누구나 상상할 수 있는 가능성이었다. 폭력단 관계자는 쓸어버릴 만큼, 그것도 우리와 아주 가까운 곳에 있다. 그 존재를 의식하지 않는 것은 각자의 생활에 아무런 균열도 발생하지 않을 때뿐이다. 균열이 생겼을 때는 그들과 경찰에게 앞다투어 얽히게 된다.

어차피 사건의 진상 해명은 앞으로의 수사에 진전이 있기를 기다릴 수밖에 없다. 신문 기사는 결국 그렇게 끝맺고 있었다.

와이드쇼 쪽이 훨씬 떠들썩했지만, 1분도 볼 수가 없었다.

"왜 이 사건에 흥미를 가지신 겁니까?"

주문한 커피를 입으로 옮기며 고토가 물었다.

"피해자가 오랜 친구입니다."

고토는 희미하게 놀라는 표정을 지은 뒤 신중한 손놀림으로 컵을 놓고 동정하듯이 끄덕여 보였다.

나는 바로 물었다.

"경찰의 움직임은 어떻습니까?"

"40명 정도의 카운터가 섰습니다."

'카운터'란 합동수사본부를 말한다. 40명이라면 이런 살인 사건치고는 보통 규모로 보아야 할 것이다.

"수사가 난항인 것 같습니까?"

"그것은 아직 모르겠지만, 방금 전 경찰 발표에서 새로운 사실이 하나 나왔습니다. 감식 보고에 따르면 현장에는 고바야시 씨 본인의 혈흔 이외에 다른 혈흔이 또 한 종류 남아 있었다는군요."

"다른 사람의……."

"그것도 출혈량으로 봐서 그 사람도 상당히 큰 부상을 입었을 거랍니다. 조금 더 이른 시각에 기자회견을 열어 줬으면 텔레비전에 뒤처지지는 않았을 텐데. 요즘 어느 경찰서도 대개 석간에 맞출 수 없는 시간에 회견을 비껴 넣거든요."

"혈액형과 성별은?"

"A형 남자입니다."

"료코…… 아니, 고바야시 씨를 습격한 남자 거라는 말이죠?"

"일단 그럴 가능성은 높겠지만 다른 가능성도 검토 중입니다."

"무슨 뜻입니까?"

"피해자를 살해한 흉기는 현장에 남아 있었어요."

"예, 그것은 저도 형사한테 들었습니다."

"그 흉기에는 피해자의 혈흔밖에 묻어 있지 않았습니다. 즉, 남자를 상처 입힌 흉기는 다른 것이라는 뜻이 되죠."

료코의 혈액형은 분명 AB였다. AB형 사수자리. 예술가 기질에 조용하지만 내면에 격렬한 감정을 가지고 있는 타입. 본인이 농담으로 그렇게 말한 적이 있었다.

"다른 흉기는?"

"아직 아무 데서도 발견되지 않았습니다."

어떻게 된 일이지? 습격한 패거리가 들고 간 건가? 그렇게 생각하다가 문득 깨달았다.

"피해자와 가해자 말고 다른 사람이 그 자리에 있었다는 겁니까?"

"그 가능성도 생각할 수 있습니다."

"목격자는?"

"아무래도 심야 1시경의 일이라서."

"하지만 경찰은 맨션 밖에 시동이 걸린 차가 정차해 있었다는 것은 알고 있다고 하던걸요."

"예, 택시로 귀가한 주민이 목격한 것 같은데 그 이상은 아직 모릅니다."

"누군가가 고바야시 씨를 습격하는 참에 우연히 그 남자가 왔다는 겁니까? 경찰은 어떻게 보는 걸까요?"

"……혹은 원래 집에 있었거나요. 어쨌든 심야이니까요. 그 시간에 집을 찾아갔거나 아니면 집에 올라갔다는 것은 피해자와 상당히 친한 관계였다고 보고, 고바야시 씨의 남자관계를 자세하게 조사하고 있습니다."

내 표정이 딱딱해졌다. 료코에게 남자관계가 있었을까? 있는게 당연하지만…….

질문을 계속했다.

"동기에 관해서는?"

"아, 그 점에 관해서는 아직 불명입니다."

"남겨진 흉기는 어떤 종류죠?"

"25센티미터쯤 되는 단도입니다."

"지문은 어떻습니까?"

"지문은 나오지 않았습니다."

"또 다른 가해자의 대한 단서는요?"

"맨션 밖에 있던 차가 회색 쿠페였던 점은 부장형사를 물고 늘어져 캐냈지만, 번호는 정말 모르는 듯해서 뭐라고도 못 하겠군요."

빠뜨린 게 없는지 얼마간 질문을 계속했지만 그 이상의 정보는 없었다. 뭔가 새로운 것을 알게 되면 연락을 달라고 부탁했다.

고토는 커피를 싹 비웠다.

기분은 이미 직장에 돌아가 있는 것 같았지만 세상 이야기라도 하지 않으면 안 된다고 생각한 모양이었다.

"선배로부터 들었습니다만, 대학 졸업하시고 바로 사법시험에 합격하셨다고 하더군요."

고토가 그런 식으로 말을 걸었다.

"운이 좋았죠."

"말도 안 됩니다, 운이 좋다고 다 붙겠어요? 대단하신 거죠."

나는 이번에는 말없이 작게 고개를 저어 보였다.

밤의 이케부쿠로는 오랜만이었다.

선샤인 빌딩이 생긴 것은 내가 10대 초반일 무렵이었다.

나는 다이토 구에서 태어난 덕에 도쿄의 번화가는 나름대로 익숙했지만 이케부쿠로의 이미지는 이 고층 빌딩의 탄생과 더불어 상당히 변했다. 거리는 훨씬 깨끗해졌고 그만큼 부랑자나 걸식, 실업자로 떼를 지어 있던 일용직 노동자 등, 눈길을 돌려도 시야 한구석에는 반드시 있었던 패거리들이 없어졌다. 시야 한구석에 있는 것과 완전히 자취를 감추어 버린 것은 하늘과 땅 차이였다.

신문기자와 헤어진 다음 료코가 살던 맨션을 보고 싶은 생각도 들었지만, 결국은 곧바로 이케부쿠로로 이동했다. 사건 현장으로. 경찰이 봉쇄한 집 안을 볼 수 있을 리가 없었고, 신문기자나 방송국도 아직 진을 치고 있을 게 틀림없다.

몹시 붐비던 역 터미널을 나와 동쪽 출구의 큰길을 횡단했다.

그대로 큰길을 따라 조금 걸어서 고사로 길을 선샤인 쪽으로 들어갔다. '육십계단길'이라 불리는 길이다.

세 번째 골목을 왼쪽으로 꺾었다. 미리 지도로 확인해서 대충 알고 있었다.

가게는 쉽게 찾았다. 제복 경관이 혼자 빌딩 정면에 묵묵히 서서 지키고 있었기 때문이다.

가게 이름인 라오는 '羅宇'라고 한자로 쓰는 것을 알았다. 빌딩 옆쪽에 가게 이름들이 늘어서 있었다. 다양한 바탕색으로 꾸민 간판의 제일 밑, 하얀 바탕에 짙은 녹색으로 '羅宇'라고 씌어 있었다. 빌딩 지하였다.

경관이 서 있는 곳은 지하로 내려가는 계단 입구 같았다. 지하에는 라오 외에 두 점포가 들어가 있는 것 같았다. 거기에 경관이 서 있으니 오늘 밤 매상은 한숨이 나올 정도라는 것은 짐작이 갔다.

가게 안의 상황을 살피기는 포기하고 '육십계단길'로 돌아갔다. 선샤인으로 흘러가는 인파를 타고 묵묵히 걸었다. 눈앞의 하늘에는 호화로운 초고층 빌딩이 치솟아 있었다.

초고층 빌딩으로 이어지는 지하 통로의 입구를 그냥 지나쳐 고속도로의 가교를 빠져나가니, 거짓말처럼 인파가 끊겼다. 아주 새롭고 아름다운 번화가의 기세가 끊기고, 가로등까지도 방치된 듯

볼품이 없어졌다.

10분쯤 걸으니 지역 주민에 동남아시아나 콜롬비아, 이란 등지에서 돈을 벌러 나온 사람들이 삶을 영위하는 지역에 들어갔다. 이 섬나라에 불법으로 존재하는 사람들에게도 인권이 있다고 떠드는 좌측에 가까운 동업자들이라면 이 지역을 더 잘 알 것이다.

만나기로 한 찻집은 가스가도리 길가에 있었다.

벽이 장식 벽돌인 3층 맨션의 1층에 있는 가게로, 옆에는 라멘가게의 포렴이 있었다. 찻집이라고 해도 라멘가게와 경쟁할 정도로 메뉴가 풍부해서 길 쪽 창유리에 고로케 정식, 햄버그 정식, 커리, 필라프라는 글자가 길쭉한 종이에 매직잉크로 적혀 있었다.

다섯 명 정도 손님이 있었다. 나는 창가 자리에 앉아 커피를 주문했다.

약속한 7시까지 아직 조금 시간이 있었다. 가방에서 포켓 지도를 꺼내, 후지사키 형사에게 물어서 적어 놓은 나토리 사요코라는 여자의 아파트 위치를 다시 확인했다.

진지하게 아파트 위치를 검토하기 시작한 것은 약속 시간에서 5분쯤 지나서도 여전히 여자가 나타나지 않아서였다. 집에 전화를 걸어 보았지만 호출음만 이어질 뿐, 자동응답으로 넘어가지 않았다.

20분이 지나자, 바람맞았다는 의심이 점점 강해졌다. 료코의 오랜 지인이다, 유족을 찾아내어 그녀의 장례식을 할 생각인데 만나서 이야기를 하고 싶다, 전화로 그렇게 말하니 나토리 사요코는 만남은 승낙했지만 어딘가 경계하듯이 응답했었다.

바로 아파트를 찾아갈지 말지 고민하던 참에 가게 문에 달린 방울이 울렸다.

들어온 아가씨는 안을 둘러보고 내 쪽으로 곧바로 다가왔다.

청바지에 트레이너, 그 위에 얇은 점퍼를 지퍼를 채우지 않고 걸치고 있었다. 파란 트레이너의 가슴께에 'CANADA'라고 쓰여 있고 큰 사슴 캐릭터가 하얀 이를 드러내며 웃고 있었다.

키가 큰 여자였다. 나와 별로 차이가 나지 않았다. 농구나 배구 선수를 연상시켰다. 모델인가? 동안으로 20대 초반이라는 느낌도 들었지만, 파마를 한 머리를 다듬은 것을 보면 더 나이가 들었을지도 모른다. 화장을 하고 아름다운 드레스를 입고 미소 지으면 설령 손님이 키가 더 작더라도 단골 몇 명쯤은 확실하게 붙들 수 있을 게 틀림없는 미모였다.

2

"나토리 사요코 씨입니까?"

가방을 옆 의자에 다시 놓으면서 묻자 여자는 말없이 끄덕였다.

그녀는 벗은 점퍼를 개어서 내 정면의 의자에 놓고 자신은 대각선 방향에 앉았다. 말도 없고, 눈조차 깜빡이지 않았다.

"뭔가 마시겠습니까?"

내가 재촉하니, 그녀는 틈을 두지 않고 바로 말했다.

"맥주 마셔도 돼?"

작은 입술에서 나오기에 적절한 귀여운 목소리였지만, 말투 자체는 그렇지 않았다. 도발하는 듯한 얼굴이었다. 이것만큼은 확실히 알 수 있었던 것을 보면 상당히 그렇게 의식하고 있는 게 틀림 없었다.

"물론. 나도 마시고 싶은 참이었어."

나는 미소 지어 보였다. 표정을 바꾸지 않는 아가씨로부터 눈길을 돌려 가게 여종업원에게 맥주를 주문했다.

"시간을 내달라고 해서 미안해. 오늘은 경찰에서 이것저것 질문을 받아서 힘들었을 텐데."

존대는 하지 않기로 했다. 정중하게 말한다고 마음을 터놓을 수 있는 부류의 상대는 아니라는 예감이 들었다.

"변호사님이라면서?"

"그래."

"가게에서는 만난 적이 없는 얼굴이네."

아가씨는 내뱉듯이 말하고 점퍼 주머니에서 꺼낸 담배를 테이블에 놓았다. 가느다란 멘솔이었다.

"전화로 말했듯이, 오랜 지인이야. 가게에 간 적은 없어."

아가씨가 담배에 불을 붙였다.

"지인인데 어째서 온 적이 없어?"

"가게 위치를 몰랐으니까."

"오랜 지인인데?"

"차였거든."

"그래서 가게에 드나들 수 없게 됐다는 거야?"

"아니, 그보다 훨씬 전의 일이야. 5년 정도 전. 가게는 오늘까지 몰랐어."

맥주가 와서 이야기가 중단되었다.

500밀리리터짜리 맥주 병을 테이블에서 집어 들어 그녀의 잔에 부었다. 아가씨는 내가 내 잔에 붓기를 기다리지 않고 맥주에 입을 댔다. 담배를 손가락에 끼운 채, 가볍게 핥는 느낌이었다.

"훨씬 전에 차인 사람이 어째서 마담 장례식을 치르고 싶어 해?"

"료코." 일부러 그 이름을 불렀다. "……에게는 가까운 친척이 없잖아. 그렇지?"

"그렇다고 해도 당신이 왜?"

"정확히는 나라서 해야 한다는 게 아니야. 경찰로부터 못 들었나? 연고자를 찾았는데 인수를 하지 않으면, 규정상 시신은 구청에서 화장해."

아가씨는 담배를 재떨이에 눌러 끈 다음, 또 한입 핥듯이 잔을 홀짝였다. 재떨이에 꺼진 담배는 끝부분이 약간 재가 되었을 뿐이고, 끄는 동작도 어쩐지 담배가 익숙하지 않은 것처럼 느껴졌다.

"그런 이야기는 아무래도 좋아. 왜 당신이 마담 장례식에 관여하고 싶어 하는지 묻잖아."

"좋아했으니까."

"마담은 미인이지. 하룻밤에 세 명은 그렇게 말했고."

"하지만 이렇게 장례식을 치르겠다고 말하는 사람은 그렇게 많지 않을 텐데."

"명함 보여 줘."

나는 입술을 굳게 다문 채 주머니에서 명함집을 꺼냈다. 그리고 말없이 한 장을 아가씨의 정면에 놓았다.

아가씨는 명함을 손에 들고 뚫어져라 들여다보았다. 뭔가 생각에 잠긴 모양이었다. 얼굴을 들어 찌를 듯한 시선으로 쳐다보았다.

"아무래도 변호사라는 건 진짜인가 보네."

"이 배지가 증명하지."

가슴의 배지를 엄지손가락 끝으로 가리켰지만, 아가씨는 눈길을 주려고도 하지 않았다.

"있잖아, 솔직히 대답해 줘. 마담의 오랜 지인이라는 건 거짓말이지?"

"이런 걸 거짓말한다고 무슨 소용이 있다고 그래."

"가사오카가 고용한 변호사 아냐?"

"가사오카가 누구지?"

내가 캐물으려고 하자 사요코가 말을 끊으며 내뱉었다.

"자, 솔직하게 대답해. 사실은 장례식을 치르고 싶다거나, 그래서 마담의 친척을 찾고 싶은 게 아니잖아?"

"무슨 사정이 있는지 모르겠지만 좀 과하다고 생각하지 않나? 나는 가사오카라는 남자를 알지도 못하고 무슨 수상한 목적이 있는 것도 아니고, 누군가에게 부탁받아 여기에 온 것도 아니야."

"그러면 이유를 말해 봐. 스스로도 이상한 소리를 한다고 생각하지 않아? 옛날 지인인데, 그것도 오랫동안 연락 한 번 한 적 없는 사람이 갑자기 찾아와서 장례식을 치르고 싶다니 말이야."

그 말이 맞았다.

"동정이라면 됐어. 마담이 기뻐할 리 없으니까."

"동정 같은 게 아니야."

"그러면 뭐야? 부탁이니까 좋아해서라느니 뭐 이런 싸구려 같은 소리는 마."

아가씨의 눈을 쳐다보았다.

맥주를 다 비우고 더 따랐다. 아가씨의 잔에 다시 부어 줄 생각은 없었다.

오른손을 안주머니에 넣었다. 그러다가 비로소 담배를 찾고 있다는 것을 깨달았다. 이곳은 금연 구역이었다. 마음먹은 일은 계속하는 것이 내 모토였다. 어린 아가씨를 상대로 화를 내어 본들 소용없었다.

"……어제, 료코와 우연히 마주쳤어. 그래서 연락처를 교환했지. 그런데 오늘 아침 갑자기 경찰에서 전화가 와서 사건을 알게 됐어. 뭐가 뭔지 아직 나도 잘 몰라. 하지만 료코에게 가까운 친척이 없다는 것은 알아. 옛날에 정말로 좋아했던 여자야. 그래서 장례식을 생각했어. 정말로 그뿐이야. 그건 좀 알아 줘."

"비용을 전부 낼 생각이었던 거야?"

"비용 문제가 아니야."

아가씨는 새 담배를 끄집어내어 불을 붙였다.

"가사오카라는 사람은 누구지?"

"마담의 옛 남자. 당신보다 훨씬 최근이지만. 본인은 아직도 지금 남자라고 생각할지도 몰라."

"……."

"충격받았어? 5년이나 전에 헤어졌잖아. 남자가 있어도 이상하지 않다고 생각하지 않아? 순진하네. 하지만 남자는 다 그런가? 여자가 평생 자신을 생각하리라고 여기는 거."

입을 열려다가 다물고 넥타이의 매듭을 고쳤다. 법정에서 의도적으로 하는 동작이었다. 언제라도 이렇게 하면 다시 침착해질 수 있다. 나는 표정을 감추었다. 어째서 이렇게 어린 여자 때문에 그녀의 일로 불쾌해져야만 하나.

"너는 가사오카라는 인간에게는 료코의 장례식을 치르게 하고 싶지 않은 것 같은데."

"맞아."

"왜지?"

"그 남자는 시시하니까." 사요코는 한 번 말을 끊었다. "그리고 당신에게도 치르게 하고 싶지 않아. 우리 손으로 할 거야."

"우리라니, 누구?"

"당연하지. 가게 여자들."

"모두 찬성하는 거야?"

"응."

쳐다보고 있으니 여자가 처음으로 눈을 돌렸다.

"너는 료코에게 어째서 거기까지 해 주는 건데?"

주어는 '너희들'이 아니라 '너'라고 했다.

"마담이 우리에게도 그 정도까지 해 줬으니까."

사요코는 복수형으로 대답했다.

"열심히 일해 달라고 그런 게 아닐까?"

"참 말을 심술궂게 하시네."

"너 정도는 아니지."

서로 째려본 다음 나는 맥주를 아가씨의 잔에 따랐다. 맥주병은 이미 다 비어 있었다. 여종업원를 향해 빈 병을 흔들어 보이고 추가 주문을 했다.

"가사오카라는 남자에 대해 더 자세히 가르쳐 줘."

"왜?"

"료코의 사건을 직접 조사할 생각이야."

"가사오카가 관계있다는 거야?"

"네가 가르쳐 주지 않으면 아무것도 몰라. 하지만 경찰도 물었지? 이 사건에는 료코와 교제가 있는 남자가 얽혀 있을 가능성이 있다고."

"……맞아, 그랬어."

"경찰에게도 가사오카에 대해서 말했어?"

"했지."

당연하다는 어조였다.

"어떤 이야기야?"

아가씨는 테이블을 내려다보았다. 주저하는 것이다.

"료코는 언제 거기에 가게를 열었지?"

"올해로 4주년. 이번 여름에 기념 파티를 막 한 참이었는데."

"너는 언제부터 그 가게에 있었어?"

"2년 정도 전부터. 처음은 낮에도 일했지만 그러다가 매일 밤 들어오게 됐어."

"그 무렵부터 가사오카는 료코와 사귀고 있었나?"

"개업 당시부터야. 처음에는 마담의 후원자였지."

내 곁에서 사라지고 1년 후. 그 세월을 길다고 해야 할지 짧다고 해야 할지 알 수 없었다. 그로부터 3년 후에 나는 아내와 이혼했다. 료코는 1년 후에 후원자를 잡아 이케부쿠로에 가게를 차렸다. 비교를 해도 의미가 없는 각자의 인생이었다.

"뭐하는 남자야?"

"본인 말로는 투자가라는 것 같아. 하지만 실제로는 비열한 총

회꾼이야. 그래서 지금은 이미 형편없지. 버블 때는 나름대로 경기도 좋았던 것 같지만 요 몇 년은 경찰 압박도 심하고 회사도 요령만 피우는 것 같고. 게다가 무엇보다 주가 자체가 형편없잖아."

갑자기 능수그레한 말투가 된 듯했다. 가게에서 주워들은 이야기를 갖다 붙였을 것이다.

"돈이 떨어지면 인연도 끝이라는 건가."

"그 훨씬 전에 끝났어."

아가씨가 나를 째려봤다. 아니, 멸시하는 눈빛인가.

"마담은 가게의 개업 자금을 가사오카한테 받은 게 아니야. 빌렸을 뿐이지. 차용증도 제대로 만들었다고 했어. 여자가 그런 건 훨씬 제대로 잘하거든. 그렇게 생각 안 해?"

아마도 '어떤 여자들은'이라고 해야겠지만 나는 감상을 말하지 않았다.

"그래서?"

"딱 3년 만에 다 갚았댔어. 그 후에도 계속 따라다닌 건 가사오카 쪽이야."

"따라다니다니, 대체 어떤 식으로?"

"가게에 불쑥 찾아와서는 계속 눌러앉거나, 가게 끝나고 마담이나 우리를 데리고 어딘가로 술 마시러 가려고 하거나. 항상 후원자인 척, 호탕한 척."

"따라다닌 게 아니라, 그냥 계속 좋아했던 거 아니고?"

사요코의 눈동자에 떠오른 질렸다는 표정을 나는 무시했다.

"료코는 가사오카의 그런 권유는 거절했나?"

"어쩔 수 없이 몇 번에 한 번은 따라가 줬지만 전혀 즐기는 것 같지 않았어."

"가사오카가 료코의 장례식을 치르고 싶다는 이유는 뭐지?"

"당연하잖아. 마담의 돈. 내연의 남편인가 뭔가라면서 마담이 남긴 돈을 관리할 속셈이겠지."

"공동 경영 같은 걸로 되어 있나?"

"그런 건 아니지만……."

"점포는 임대인지 아니면 료코가 사들인 사유 재산인지 알아?"

"임대야."

"료코가 가사오카에게 돈을 빌려준 게 아닐까?"

"모르겠지만, 그럴 수는 있어……. 어쨌든 가사오카는 이미 최악의 상황이니까."

마지막은 중얼거리는 듯한 목소리였다. 이렇게 구체적이고 세세한 질문을 부닥쳐 보면 된다. 분명한 근거가 없는 경우는 자신의 말에 설득력이 느껴지지 않게 된다.

그래서 뭐 어떠냐는 것은 아니었다. 이제부터는 가사오카가 실제로 어떤 남자인지 직접 조사할 필요가 있었다.

"가사오카 말고 료코에게 마음이 있던 남자는 있었나?"

"당연하지. 마음이 있던 남자라면 잔뜩 있었어."

"료코가 마음에 둔 사람은?"

말없이 고개를 흔들었다. 쳐다보고 있으니 입을 열었다.

"없는 것 같아. 마담 쪽에서 반한 남자는 없었을 거야. 그런 건 우리 집에서는 모두 그다지 확실하게 드러내지 않았지, 특히 마담의 경우. 아마 없었던 게 아닐까 해."

"폭력단 관계자의 출입은 어땠지?"

"왜?"

"사건에 폭력단 관계자 같은 남자들이 관련되었을 가능성도 있으니까."

"가사오카의 지인 외에는 생각할 수 없어."

이 아가씨는 이 의견을 경찰에게도 말했을 게 틀림없다.

"가사오카와 관계가 있는 폭력단 관계자를 알고 있어?"

"구체적으로는 모르지만 류진회 패거리와 교제가 있다면서 취해서 제 입으로 말한 적이 있거든."

류진회는 이케부쿠로 일대를 세력권으로 하는 폭력단이었다.

"손님 중에는 조폭 같은 녀석은 없었어?"

"내가 아는 한 단골 중에는 없었어."

"사건이 일어난 날에 대해 말해 줬으면 좋겠는데, 그날은 몇 시쯤까지 가게에 있었지?"

"으음. 그날 마담은 쉬었어."

"전부터 쉬기로 되어 있던 건가?"

"그게 아니라 전화로 감기에 걸려서 열이 있다고 했어."

"그건 몇 시쯤?"

"6시쯤이었던 것 같아."

"그날에 전화가 와서 쉬는 건 자주 있던 일이야?"

"아니야. 개근상 받을 정도니까. 다만 요즘 약간 컨디션이 좋지 않다면서 자주 힘이 빠진 듯 보인 적도 있긴 한데."

"네가 봤을 때 힘이 빠져 보였던 건 언제부터였지?"

"글쎄……. 그냥 그렇게 생각했을 뿐이니까."

"힘이 빠질 만한 이유는 생각나는 거 없어?"

사요코는 잠시 가만히 있다가 묵묵히 고개를 저었다.

"화제를 좀 바꿔서, 료코의 고향 이야기를 들은 적은 없어?"

"고향 이야기?"

"약간 마음에 걸리는 게 있어서. 료코는 친척들과 인연을 끊었던 것 같아."

"친척 같은 게 의지가 될 리가 없잖아."

강한 어조였다. 가정 환경과 관계가 있을지도 모른다. 료코의 장례식을 제 손으로 치른다고 우기는 것도 그것과 관계있을까? 듣고 싶지는 않았다.

"하지만 모두와 인연을 끊었다면 좀 심상치 않다는 느낌이 들지 않나?"

"나도 몇 년이나 친척 따위 안 만났어."

"료코의 고향을 알아?"

"후쿠시마 현이라고 했어."

"고향에 갔다 왔다며 선물을 준 적은 있어?"

사요코는 고개를 흔들었다.

"동향 친구를 데려온 적은?"

"없어."

"생각해 봐. 정말로 아무도 없었어? 료코의 고향에 대해 아는 사람을 만나고 싶어. 료코의 친척이 동의해 주지 않는 한, 유체는 구청에 인도되니까."

아가씨는 잠시 생각한 다음, 다시 고개를 흔들었다.

"미안. 생각나지 않아."

빈 잔에 손을 뻗어 빈 맥주병에 눈길을 주고 나서 아가씨 쪽을 보았다. 겨우 상대가 말을 좀 하게 되었는데, 이대로 돌려보낼 수는 없었다.

"저녁 식사는 했어? 괜찮으면 먹을 걸 주문할까?"

"질문 공세를 받으면서 저녁을 먹다니 딱 질색이야."

"그러면 더 이상 질문은 안 할게."

사요코는 잠시 내 가슴께를 쳐다보았다.

얼마 후 얼굴을 가까이 가져와서 작은 목소리로 속삭였다.

"그러면 옆 가게로 옮기자. 여기 음식은 최악이거든."

3

옆의 라멘가게는 잘 되고 있었다.

빨간 카운터 건너편의 커다란 솥에서 김이 무럭무럭 피어오르고 있다. 음식은 바로 나왔다. 면을 불어서 입에 가져가는 사요코 옆에서 나는 묵묵히 소흥주를 마셨다.

"나쁜 사람은 아닌 것 같네."

아가씨가 말했다. 연하의 여자가 생각하는 것보다 연상의 남자는 대개 나쁜 사람이다.

"일단 나쁜 사람이 되지 않도록 주의해서 살고 있지."

"주의하지 않으면 된다는 거야?"

"아마 누구나 그럴걸."

"나, 지금 세무사 자격을 따려고 공부하고 있어."

나는 감탄한 얼굴로 끄덕여 보였다.

"가게는 어쩌고?"

"올해 들어서는 일주일에 사흘만 나가. 수입은 줄었지만 여태까지 저축한 돈도 있어서 괜찮아. 있지, 내심으로는 지금 '그래서 어쩌라고.'라고 생각했지?"

"아니야."

"마담은 아니었어. 응원해 준다고 했고, 무엇보다도 내가 세무사 면허를 따고 싶다고 상담했을 때 자기 일처럼 기뻐해 줬어. 응원할 테니까 계속 도전해 보라고 했어. 가족보다 훨씬 친절하게 대해 줬지."

"어디 출신이야?"

"아오모리."

"사투리 안 쓰네."

"사람 무시하지 마."

비난하는 느낌은 없었다. 나는 소흥주를 입으로 가져갔다. 사요코는 딱 예의상이라는 정도로 홀짝일 뿐이었다. 그래도 희미하게 볼이 발개졌다. 원래 술에 그다지 강한 편은 아닌 모양이었다.

"작년에 말이야, 가게에서 일했던 애가 죽었어."

잔을 입 앞에서 멈추고 그대로 가만히 아가씨를 쳐다보았다.

"남자친구 오토바이 뒤에 탔다가 사고가 나서 그대로 죽었어."

"료코가 장례를 치른 거야?"

"좀 사정이 있던 애라서. 아버지는 돌아가셨고 어머니는 오래전에 재혼해서 완전히 인연이 끊긴 상태였어. 시집간 곳에 전처 아이가 있고, 또 새로 낳기도 했고. 그래서 전 남편 딸에는 신경 따위 쓸 수도 없었겠지. 따로 사는 여동생이 있어서 상주는 그 애가 했지만 마담이 책임지고 치렀어. 부모란 것들도 참 냉정하더라."

끄덕였지만 납득한 것은 아니었다. 나는 양친을 미워하기는 해도 내심 사랑하기도 했다. 부모자식 관계는 끊을 수 있는 것이 아니다. 끊어진 듯 보일 때에는 언제나 본인들밖에 모르는 특수한 사정이 있다. 끊지 않는 편이 마음의 부담은 훨씬 적다. 친척에 관해서도 마찬가지라고 할 수 있다. 그리고 고향도 그렇다.

"그래서 이번은 너희들이 마담의 장례를 치러 줄 차례라는 거야?"

사요코는 말없이 끄덕였다. 그녀의 태도를 살펴본 한으로는 정말 가게에서 일하는 모두가 이 아가씨와 같은 마음이라고는 생각할 수 없었다.

"료코가 죽었는데 가게는 어떻게 될 것 같아?"

"모르겠지만, 만일 가사오카가 어떻게 할 작정이라면 나는 그만둘 거야."

"그렇게 되지 않으면 어떻게 할 거지?"

뭔가를 감추는 침묵은 아니었다. 가게가 없어진다는 사실을 입에 올리고 싶지 않은 것이리라.

"마담의 가게에 가기로 한 건 마침 남자친구와 막 헤어졌고, 그렇다고 아오모리에 돌아가기도 싫어서 혼자서 어떻게 하나 했을 때였어."

"그렇군."

나는 중얼거렸다.

"아." 아가씨가 소리를 냈다. 내 쪽으로 돌린 얼굴에 빛이 한 줄기 비친 느낌이 들었다. "혹시 당신 담뱃대 써?"

"……무슨 소리야?"

"저기, '라오(羅宇)'라는 의미 알아?"

"담뱃대를 말하는 거잖아. 정확히는 앞의 대통과 입을 대는 부분 사이의 대나무관을 의미했던가? 『라쇼몬』의 '라(羅)'에 우주의 '우(宇)'."

"상당히 유식하네. 가게 손님들 중에서 반은 모르던데."

"왜 료코는 자기 가게를 '라오'라고 지은 거지?"

"……방금 말했잖아. 대통하고 입 대는 곳을 잇는 대나무. 즉 커뮤니케이션의 다리라는 말이야."

희미한 침묵을 두고 대답이 돌아왔다. 방금 전에 표정에 스친 밝은 빛은 꺼졌다.

"담뱃대를 좋아했던 남자가 있었군."

아가씨는 잠시 아무것도 대답하지 않고 거의 국물만 남은 사발을 쳐다보고 있었다.

"……한번 마담에게 가게 이름은 '라오'라고 한 이유를 들은 적이 있어. 대답은 두 가지였는데, 처음에 가르쳐 준 이유는 방금 내가 말한 것처럼 사람과 사람의 커뮤니케이션의 다리가 되고 싶다는 거였어."

"두 번째는?"

"그 후에 다시 어느 정도 술을 마신 뒤에 가르쳐 줬는데…… 옛날에 신세를 진 사람 중에 담뱃대를 모으는 게 취미였던 사람이 있었대."

이것으로 가사오카라는 남자에 이어 두 번째. 그 또한 내가 아니라는 이야기였다.

"미안. 쓸데없는 이야기를 했나 봐."

나는 고개를 흔들어 보였다.

"아니야, 어떤 남자인지 조금 더 자세히 들려주지 않겠어?"

"들어서 어쩌려고?"

아까처럼 비아냥거리는 말투는 아니었다. 차라리 그런 편이 나았다.

"말했잖아. 직접 료코의 사건을 조사한다고. 뭐든 알고 싶어."

사요코는 시선을 내 얼굴에 고정시킨 채 천천히 몇 번 눈을 깜빡였다.

"……미안. 그 이상은 아무 것도 말해 주지 않았어. 마담은 옛날이야기를 하는 걸 좋아하지 않는 것 같았어. 그때도 취해서 툭 튀어나온 느낌이지, 아무리 찔러도 웃어넘기고 더 이상은 아무것도 가르쳐 주지 않았거든."

나는 상대를 쳐다본 채로 끄덕였다.

"이야기를 다시 바꿔서, 혹시 료코가 요즘 변호사가 필요한 일로 고민하지는 않았나?"

"변호사? 그러니까 당신을 말이야?"

"어젯밤에 내 사무소의 자동응답기에 메시지를 남겼더라고. 상담하고 싶은 일이 있다면서."

아가씨는 카운터 표면을 바라보며 가만히 생각에 잠겨 있었다.

"아니, 모르겠어. 가사오카 때문인가……?"

아닐 것이다. 남자관계에 관해 나와 상담을 할 만한 여자가 아니었다.

"고마워. 시간을 빼앗아서 미안해. 뭔가 더 생각이 나면 명함에 있는 번호로 연락 주지 않을래? 휴대전화 번호도 있으니까."

아가씨가 카운터를 가리켰다.

"아직 거의 먹지도 않았잖아."

"이 정도면 충분해." 나는 지갑을 꺼내며 말을 이었다. "경찰이 호적을 조사하려면 시간이 좀 걸릴지도 몰라. 료코의 고향인 미하루에 직접 가 볼 생각이야. 친척을 찾으면 연락하지."

"알았어. 고마워."

"그리고 아까 이야기 말인데, 가사오카라는 남자, 주소는 알아?"

"만나러 갈 거야?"

"그렇지 않으면 묻지 않지."

사요코는 잠시 생각에 잠긴 것 같았다.

"저기, 변호사 선생님. 당신 정말로 마담을 좋아했어?"

"아마도."

"그렇다면 만나지 않는 편이 좋을 거야."

마음이 착한 아가씨였다.

정확한 주소는 아파트에 돌아가야 알 수 있지만 맨션의 위치는 대강 아니까 데려다 준다고 자청했다. 나는 거절했다. '그러면 아파트에서 휴대전화로 연락 주겠어?' '대충 위치를 가르쳐 주면 그쪽으로 이동할게.' 그런 대사를 반복하고 사요코와 헤어졌다. 마음이 착할 뿐 아니라 상냥한 아가씨이기도 했다. 상냥함이 부담이 될 때도 있다는 것을 아직 모를 나이였다.

가스가도리 길에서 이케부쿠로 무쓰마타 육교 쪽으로 나갔다. 거기서 메이지도리 길을 우회전해서 도보로 10분도 걸리지 않는 곳에 있는 임대 맨션이라고 했다.

주소는 가미이케부쿠로의 3초메에 해당하는 것 같았다. 그 이상 자세한 번지는 메이지도리 길에 접어들어 잠시 걷다 보니 전화로 가르쳐 주었다.

"도로 왼쪽을 쭉 걸어가. 표지는 작은 신사의 도리이(신사 입구에 세워진, 신계와 세속을 구분하는 문 — 옮긴이)가 있는데 그 앞 골목길에서 꺾는 것 같아. 분명 술집이 있는 모퉁이였을 거야. 가미이케부쿠로 교차점까지 가면 지나친 거고."

나는 고맙다고 하고 전화를 끊었다.

곧 불그스름하게 바랜 도리이가 보였고 어렵지 않게 맨션까지 도착했다. 반쯤 편의점이 된 술집 모퉁이를 왼쪽으로 도니 있었다.

202호실. 3층 맨션에 엘리베이터는 없었다. 건축법상으로는 5층 건물 이상이 되어야 엘리베이터 설치가 의무였다.

망했다. 가사오카라는 남자를 가리켜 사요코는 그렇게 말했다. 망하기 전부터 여기에 살았던 게 아니라는 것은 한눈으로 확신할 수 있었다. 전용으로 달린 것은 자전거 정거장뿐, 차를 둘 공간은 없었다. 입구 우편함은 전체에 녹이 슬어 있고 바닥에는 먼지와 쓰레기가 쌓여 있었다.

콘크리트가 낡아 거무스름해진 계단을 올라 2층으로 갔다. 옥외 복도 한편에 때가 탄 문과 기름투성이인 부엌창이 교대로 늘어서 있었다. 창문은 가는 깔쭉깔쭉한 무늬가 있는 불투명유리로 창살 안쪽에는 집집마다 세제나 조미료, 인스턴트 커피병 등이 세워져 있었다.

202호실 창에는 아무것도 없었다. 다만 안쪽 방에서 켠 듯한 빛이 비치며 먼지와 황토색으로 변색한 기름때를 보이고 있었다.

표찰을 확인하고 초인종을 눌렀다. 가사오카 가즈오라는 이름이 적혀 있었다. 종이에 쓴 위에 플라스틱 커버를 달았을 뿐이었다. 잠시 기다렸다가 다시 눌렀다.

세 번째를 약간 세게 누르려고 했을 때 문 바로 뒤에서 뭔가가 쓰러지는 소리가 났다.

"가사오카 씨."

나는 이름을 부르면서 문을 두드렸다.

"……누구야?"

불쾌함을 고스란히 담은 듯한 목소리가 대답했다.

"'라오'의 고바야시 씨 일로 잠시 이야기를 듣고 싶습니다."

"누구야? 경찰은 이제 지긋지긋하다고."

"경찰이 아니고 변호사입니다."

"……변호사가 나한테 무슨 볼일인데."

취한 목소리였다. 혀가 제대로 돌아가지 않았다. 아마 바닥에 쓰러진 채 멍하니 몸을 누이고 있을 것이다.

"고바야시 씨 일로 이야기를 듣고 싶습니다." 나는 되풀이한 다음 한 호흡 두고 덧붙였다. "혹시 도움이 될지도 모른다고 생각해서 말입니다."

가사오카는 침묵했지만 머지않아 잠금을 푸는 소리가 들렸다. 문이 열림과 동시에 며칠이나 통풍을 하지 않는 방 특유의 시큼한 냄새와 강렬한 술 냄새가 덮쳤다.

이미 소흥주를 상당히 마신 내 코가 민감한 것은 아니었다. 내 앞에 있는 남자는 겨우 눈을 뜬 데다 간신히 서 있어서, 숨을 규칙적으로 쉬는 것조차 큰일로 보였다. 부스스한 머리에는 윤기가 없었고 눈에는 빛도 없었다. 기름기가 빠진 뺨이 푹 패어 주름 잡혀 늘어진 피부는 턱이 경첩 역할을 수행한 덕분에 가까스로 정리되어 있었다. 뺨에는 반창고를 붙이고 있었다. 그 외에도 자잘하게 베인 상처가 있어서 정말 잘 들지 않는 면도칼로 수염을 깎았거나 뜻밖의 상황에 처했던 게 틀림없었다.

얼굴은 나쁘지 않았다. 들어가야 할 곳은 적당히 들어가 있었다. 꼿꼿하게 허리를 펴기만 하면 그늘진 미남으로도 보일 수 있을 것이다. 그늘에 온몸이 잠식되면 누구든 이렇게 된다. 예상은 했지만 이 남자의 뭔가를 인정할 기분이 든 것은 아니었다.

"어디 변호사인데, 나한테 도움이 되어 준다는 거야?"

목이 잠겨 있었다.

"경찰이 무슨 질문을 했습니까? 바람직하지 않은 상황이라면 도움이 될 겁니다."

남자는 듣고 있지 않았다. "제길." 하고 내뱉고는 얼굴을 찌푸리면서 몸을 수그렸다.

발치의 매트리스가 젖어 있었다. 빈 유리잔이 매트리스 부근에 떨어져 있다. 아까 쓰러졌을 때 같이 떨어뜨렸을 것이다. 주워 들고 상반신을 일으킨 남자는 수그릴 때보다도 더 얼굴을 찌푸리고 있었다.

두통이 난 것이다. 남자는 매트리스에 떨어진 얼음을 발끝으로 쳐서 콘크리트 바닥에 떨어뜨렸다. 사막의 여행자가 물통에 남은 마지막 한 방울을 마시듯 빈 유리잔을 기울였다. 이런 부류의 남자가 이런 식으로 마시는 이유는 하나밖에 없었다. 현실 도피. 경찰에게 실컷 추궁을 당해 이 이상 생각하기가 싫어진 것이다. 마시면 생각할 필요가 없다는 말이다.

"어떻게 도움이 될지 말해 봐……."

남자는 중얼거리면서 쿵하고 주저앉았다.

나는 아무 대답도 하지 않았다. 인내심과 혐오감을 저울에 달아 보았다. 대답은 바로 나왔다.

"아무래도 때가 안 좋은 것 같군요. 다시 오겠습니다."

그렇게 내뱉고 나는 등을 돌렸다.

계단에 다다라서도 문 닫는 소리는 들려오지 않았다. 몸을 움직여 손을 뻗는 것조차 안 되는 모양이었다.

사요코가 방금 전 해 준 충고를 떠올리면서 스스로를 향해 물음을 던졌다. 나는 단지 그녀의 추억을 더럽힐 뿐인 게 아닐까.

4

북쪽을 향하니 가을이었다. 고오리야마 역에서 반에쓰히가시선으로 갈아탐과 동시에 신칸센과 그 연선에 남아 있던 도쿄의 자취가 옅어져 갔다.

신칸센은 확실히 도쿄의 그림자를 다양한 지방 도시에 나르고 있다. 작은 모방을 셀 수 없이 만들어 내어 토건업자와 지방 출신 정치가를 즐겁게 하고, 실제로 그곳에 사는 사람들에게는 표면적인 편리함을 보란 듯이 내세우며 원래의 경치를 빼앗아 갔다. 시대의 변화라는 미사여구 속에서 과소와 과밀을 조장해 어느 쪽도 그다지 행복하게 만들어 주지 않았다. 그것이 아마 이 작은 섬나라가 돌진해 온 발전의 정체일 것이다.

반에쓰히가시 선은 열차 두 량이 연결되어 있었다.

고오리야마 역을 지나니 잠시 집 장수가 지은 집들이 점점이 있었고, 이웃 역인 모기에는 고오리야마의 베드타운 같은 면모도 있었지만, 그곳을 지나치니 시대가 서서히 돌아왔다.

창밖의 밭과 그 안쪽의 지붕을 새로 이은 농가를 보면서 종이팩에 든 차를 찔끔찔끔 홀짝였다.

내일은 가나가와 현 지방법원에 가야 한다. 일은 도쿄 외에도 사이타마, 지바, 가나가와에 걸쳐 있어서 때로는 도쿄도 외의 지방법원에 가야 한다. 가능한 한 한꺼번에 가도록 법정 날짜를 조정하기 때문에 그런 출장은 한 달에 두세 번이지만, 일단 가면 반나절 이상은 잡아먹는다. 내일도 예외가 아니라서 재판이 오전과 오후에 한 건씩 있었다. 미하루에 가려면 오늘밖에 없었다.

오늘 아침은 9시에 사무소에 출근했다. 잡무를 마치고 우에노발 11시 6분 야마비코 열차를 잡아탔다. 고오리야마에 도착한 것은 12시 27분. 신칸센을 내리기 직전에 허겁지겁 점심 식사를 마쳤다. 우에노에서 열차에 탈 때 산 마쿠노우치 도시락이었다.

그녀의 고향은 후쿠시마 현 미하루.

본적을 다시 확인할 필요는 없었다. 5년 전에 한 번, 그녀의 주민표를 떼서 확인한 적이 있으니까.

가방에서 수첩을 꺼내, 끼워 놓았던 그녀의 사진을 바라보았다. 어젯밤에 온 집을 뒤져 찾아낸 것이었다.

아니, 찾아냈다는 것은 거짓말이다. 요 5년 동안 그 사진이 집

안 어디에 잠들어 있었는지 언제라도 바로 맞힐 수 있었다. 다만 떠올리지 않도록, 잊은 척을 했을 뿐이다.

내가 갖고 있던 포켓 카메라로 별다른 이유도 없이 찍은 사진이었다.

평소대로 네즈 어딘가에서 같이 밥을 먹고, 그리고 그녀의 집으로 굴러들었다. 돌아갈 때에 포켓 카메라를 들고 있던 게 생각이 나서 렌즈를 돌렸다. 그녀는 사진 찍히는 걸 싫어해서 나를 째려보았다.

"하지 마, 정말. 심술궂긴. 이런 때 사진이라니."

그래서 지금 사진 속의 그녀 또한 째려보는 듯한, 삐진 듯한 눈을 하고 있다.

당시 그녀는 머리가 길었다. 희미하게 갈색 빛이 도는 머리가 가냘픈 어깨를 다 덮었고, 끝은 옆구리 밑까지 늘어져 있었다. 폭이 좁고 뾰족한 코. 그 코가 내 품 안에서 살짝 씰룩거리던 모습을 지금도 기억하고 있다. 그 외에도 많이 기억하고 있었지만 떠올려 봐야 의미가 없었다.

사진을 찍고 몇 주일 후였다.

만나기로 한 곳에서 그녀를 30분 기다렸다. 아파트에 전화를 걸어도 받지 않아서 오는 도중이라고 생각했다. 한 시간 후 그녀의 집을 찾아가 여벌 열쇠로 안에 들어가서 텅 빈 광경을 보았다.

양 옆집 주민에게 물어보고, 닫힌 가게의 셔터를 두드려 세탁소의 부부에게 물어보고, 그녀가 아르바이트를 했던 스낵주점까지 갔다. 아파트 주인을 찾아내어 이미 늦은 시간이었음에도 불구하고 그녀에게 방을 알선한 부동산 업자까지 깨웠다.

누구 하나 그녀의 행방은커녕 갑자기 아파트를 떠난 이유조차 아는 사람이 없었다. 낮에 근무하던 세탁소에도 아르바이트하던 주점에도 그날 갑자기 그만두고 싶다는 이야기를 꺼냈다는 것이다.

그녀의 집에서 밖이 훤해질 때까지 있었던 것은 그날이 처음이었다. 어처구니가 없는 이야기였다. 본인이 있을 때는 날이 밝기 전에 허둥지둥 돌아갔지만, 본인이 없어진 집에서 나는 아침을 맞이했다.

다음 날부터 부근을 탐문했다. 같이 간 적이 있는 레스토랑이나 술집도 빠짐없이 돌았다. 직업을 이용해 그녀의 주민표를 떼서 아는 흥신소에 의뢰해 이사를 맡은 운송회사를 찾게 했다. 그녀는 주민표를 옮기지 않았고, 아무리 기다려도 이사를 도운 운송회사를 알 수 없었다.

끝내는 그녀가 없는 스낵주점에 틀어박혀 이유도 없이 술을 마시게 되었다. 이미 다른 사람이 입주한 아파트 앞에 서서 한 시간이나 담배를 피웠던 적도 있다. 어째서 자신이 그렇게까지 한 여자에게 집착하는지 알 수 없었다. 아니, 그게 아니다. 집착 따위는 하지 않았다. 납득을 할 수 없었던 것이다. 어째서 그녀는 갑자기 사라져 버렸나. 행복했을 텐데. 그런데 왜 갑자기 자취를 감추어 버렸을까. 몇십 번, 몇백 번 그런 같은 질문을 되풀이했다.

문득 어젯밤 본 가사오카 가즈오가 떠올랐다. 만취해서 숨도 겨우 쉬었고 현관에 나와 제대로된 대응조차 할 수 없었던 남자. 어쩌면 그 남자는 경찰이 이것저것 물어봐서 현실도피를 하고 싶었던 게 아니라 료코를 잃은 충격 그 자체에 그렇게 취했던 게 아닐까? 일단 그렇게 생각하니 오히려 그것을 알아차리지 못했던 것이 더 이상하게 느껴졌다.

그녀의 고향까지 직접 온 나도 그 남자와 마찬가지일지도 몰라.

나는 알고 있었다. 사실 나는 스스로 생각하는 정도로 냉정한 인간은 아닌 것이다.

미하루 역은 변두리에 있는데 지도에서 확인해 보니 중심부까지 일이 킬로미터 정도 거리였다.

역사는 바로 최근에 새로 지은 듯이 청결하고, 슈퍼 하나 없는 역 앞 터미널도 만듦새 자체는 깨끗하게 정돈되어 있었다. 대기 중이던 택시에 올라탔다.

"어디서 왔소?"

"도쿄요."

그런 대화를 나누면서 출발했다.

살짝 열린 창에서 들어오는 바람에서 가을이 느껴졌다. 택시는 JR 선로를 넘은 다음, 낡아서 바래 버린 민가가 양측을 둘러싼 포장도로를 올라갔다. 길이 좌우로 구불구불했다.

미하루(三春)는 매화, 벚꽃, 복사꽃이 동시에 피기 때문에 붙은 이름이라는 것을 택시기사에게서 들었다. 관광객에 익숙한지 기사는 싹싹한 느낌으로 이것저것 관광 안내식의 이야기를 해 주었지만 나는 그저 적당한 맞장구를 칠 뿐이었다.

시내에 들어옴과 동시에 눈앞에 옛 성터인 높다란 산이 보였다. 창고나 절이 많은 동네였다. 창고를 주거로 사용하는 집도 있고 주점이나 찻집 간판을 올린 창고도 섞여 있었다. 기와지붕이 하늘에서 내리쬐는 빛으로 빛나고 있었다. 시내를 통과하고 있어서 도저히 국도라고는 생각할 수 없었지만, 표식은 국도 288호선으로 되어 있었다.

집 사이를 채우듯이 띄엄띄엄 뽕밭이 있었다.

"이곳은 양잠하는 동네였거든요."

기사가 가르쳐 주었다.

여기저기에 가지가 늘어진 벚나무가 있어서 이 계절에는 어쩐지 쓸쓸한 인상이었다. 시내 중심인 삼차로를 직진하여 '한코쇼 정문'이라고 구리 장식으로 쓰인 문 바로 앞의 길 오른쪽에 주민 센터가 있었다.

"잠시 기다려 주세요."

기사에게 그렇게 말하고 차를 내렸다.

주민 센터에는 평온하기 보다는 오히려 나른한 공기로 가득 차 있었다.

도쿄에서 태어나 자란 사람에게는 시골 생활에 대한 동경도 있다. 나 또한 질리지도 않고 그런 몽상을 하는 사람 중의 하나였지만, 그것이 몽상에밖에 지나지 않으며 실행해야 할 것은 아니라고 느낀 것은 이런 시골 공기를 맡았을 때였다. 나는 아마도 좋든 싫든 상관없이 찬물을 끼얹은 듯한 법원의 정숙과 그 안에 떠도는 긴장감을 필요로 하고 있다.

변호사용 신청서에 자신의 등록번호와 사무소 전화번호, 주소, 소속 변호사회 이름, 그리고 신청 이유를 써서 제출했다.

등록번호도 전화번호도 물론 진짜였지만 신청 이유는 '법원 제출'이라고만 썼다. 어떤 경우라도 이 난에는 이렇게 쓰면 충분하다. 타인의 호적 등본을 쉽게 뗄 수 있는 것은 변호사라는 직업의 장점 중 하나다.

껌을 두 개 씹으면서 기다렸다. 하나를 뱉고 또 하나를 입에 넣는 게 아니라 하나의 맛이 없어질 때쯤 새 껌을 다시 입에 넣었다. 부드러운 껌에 다시 길쭉한 모양의 새로운 껌을 섞어서 씹는 느낌이 좋았다.

덧옷을 입은 담당 남자가 신청한 등본을 내밀었다.

전에 들은 대로 양친은 사망했기 때문에 호적의 기준자는 그녀 자신. 부친의 이름은 고바야시 다이키치. 그것을 확인하고 이번은 부친이 호적 기준자였던 당시의 호적을 뗐다. 모친은 다에. 사망해서 제적이 된 것은 다이키치가 1977년 6월에, 다에가 그 8년 후 3월. 각각 지금으로부터 20년 전과 12년 전이었다. 아버지가 죽었을 때 그녀는 열다섯. 그 8년 후인 스물세 살 때에는 모친도 죽은 것이 된다.

긴 의자에 앉아 다음을 읽었다.

부표에 따르면 고바야시 일가는 74년에 나란히 미하루의 본적에 해당하는 주소에서 다른 현으로 전출했다. 전출한 곳은 나가노 현의 시나노오마치. 재빨리 계산하니 료코가 열두 살 때의 일이라는 것을 알았다. 월은 7월. 중학교에 올라가 한 학기가 끝날 무렵이다.

그 후 료코 혼자만 시나노오마치에서 오사카로 주민표를 옮겼다. 1980년. 열여덟 살. 고등학교를 졸업한 해였다. 그 3년 전에 부친은 죽었다. 오사카에는 일하러 나간 것일지도 모른다. 스물네 살 때 오사카에서 나고야로 이사했다. 그 후, 스물아홉 살에 다시 도쿄로 이사. 이사한 주소는 네즈. 나와 만난 동네였다.

다시 신청 서류를 기입해 고바야시 다이키치의 부모 대의 호적으로 거슬러 올라갔다. 료코의 백부, 백모의 존재를 찾으려면 한 대 올라간 호적과 부표를 뗄 필요가 있었다.

조부모는 죽었다. 백부는 한 사람 있었다. 다이키치의 형으로 나이는 다이키치와 두 살 차이. 역시 죽었다. 이름은 다로. 다로의 호적을 조사해서 다로의 배우자, 즉 료코의 백모를 조사했다.

찾았다.

게다가 다로와 그 배우자인 스즈코는 부표에 따르면 도쿄로 이사를 갔고, 스즈코는 현재도 가쓰시카 구에서 살고 있었다. 이사한 해는 그녀의 일가와 마찬가지로 74년. 스즈코에게 연락이 되면 료코의 시신을 구청에 넘기지 않고 우리가 정중하게 장사 지내 줄 수 있다.

택시로 돌아와 그녀의 본적 주소를 말했다.

미하루에 온 목적이 하나 더 남아 있었다. 어째서 그녀의 주소록에 스즈코라는 백모의 이름도, 미하루에 사는 친구나 지인의 이름도 무엇 하나 없었을까?

"찾는 집이 어디요?"

사이드브레이크를 풀면서 기사가 묻기에 '고바야시 다이키치'라고 부친의 이름을 말했다.

기사는 상반신을 뒤틀어 바로 후방을 확인하고 나서 차를 출발시켰다. 작은 동네치고는 교통량이 많은 것 같았다. 자갈을 실은 트럭이 아까부터 때때로 지나갔다. 어딘가 안쪽에서 근면한 토건업자가 산을 무너뜨리고 있을 것이다.

"고바야시라, 들은 적 없는데."

"고바야시 씨 댁은 20여 년 전에 가족 전체가 이 마을에서 나갔습니다."

백미러 너머로 기사와 눈길이 마주쳤다.

"그건 또 왜 그렇습니까? 손님, 도쿄의 형사요?"

"그렇게 나쁜 인상은 아니지 않습니까?"

가벼운 말투는 그다지 잘 통하지 않았다.

"하지만 손님이 가는 근처에 지금은 아무 집도 없을 텐데."

"근처에 고바야시 씨를 기억하는 분이 계신지 어떤지 확인하고 싶습니다."

"흐음, 기억하는 사람이라. 그렇다면 뭐 상관없지만, 이 근처는 별로 집도 없는 곳이라서."

작은 동네를 바로 벗어나 조금 전의 삼차로를 오른쪽으로 꺾었다.

습곡을 이룬 구릉 밑을 달리는 느낌이 들었다. 계단식 밭이 언덕의 비탈을 띄엄띄엄 메우고 있다. 북향의 언덕은 그늘졌고 남향 언덕도 맞은편 언덕의 그림자를 받아 상당한 높이까지 그늘이 져 있었다.

좌우 경사면의 간격이 줄어들어 길이 더욱더 좁아졌을 때 기사가 중얼거렸다.

"이쪽 근처 같은데."

분명 계단식 밭 외에는 아무것도 없는 곳이었다. 일가가 이사가 버린 폐가 정도를 기대했던 나는 김빠진 기분과 곤혹감을 감출 수 없었다. 그녀가 태어나 자란 집을 보고 싶었다. 미하루에 오기로 결심했을 때부터 그런 바람이 생겼다.

"잠깐만." 그렇게 말하면서 기사가 지도를 꺼내 조사해 주었다. "역시 주소는 이 근처 맞는데. 어떻게 할 겁니까? 더 정확한 장소를 알고 싶으면, 사무소에 전화해서 고참에게 물어봐 줄까요?"

"근처에서 물어보고 싶었는데……."

둘러봐도 집은 없었다.

"그러면 기억이 나는데, 1킬로미터쯤 전에 농가가 있었고. 또 이 길을 1킬로미터 정도 쭉 가면 임업과 농업을 반반으로 하는 집이 있는데."

"연세 드신 분은 어느 쪽에 계실까요?"

"양쪽 다요."

빈번하지는 않지만 변호사도 탐문 조사를 행할 때가 있었다. 부근을 샅샅이 뒤지러 가는 것이다. 이야기를 물어볼 대상이 일단 두 집밖에 없다는 것은 도쿄에서는 꿈도 못 꿀 상황이었다.

"우선은 안쪽 집으로 가 주세요."

부탁하니 기사는 "오케이."라고 대답하고 이번에는 후방도 확인하지 않고 차를 출발시켰다. 차가 간신히 마주 지나갈 정도인 길이었지만 길 폭이 좁아지고부터는 마주 오는 차도 뒤따라오는 차도 아예 없었다.

구릉 사이에 낀 좁은 골짜기의 음지에 그 농가가 세워져 있었다.

길을 따라 가로로 기다란 집이었다. 현관이 제일 오른쪽에 있고 그 옆으로 마루가 뻗어 있다. 마루는 새것 같고, 유리창의 위쪽 반이 불투명하고 밑은 투명했다. 투명한 유리 안쪽으로 흰 장지문이 보였다. 지붕 기와의 색이 좌우가 미묘하게 달랐다. 다른 색깔을 경계로 해서 반은 증축한 것 같았다.

기사에게 또다시 기다려 달라고 부탁하고, "차를 돌려놓겠소." 라는 대답을 등 뒤로 들으면서 현관으로 걸어갔다.

돌담이 길과 앞뜰을 가르고 있다. 문은 없고 돌담 한 모퉁이가 작은 계단으로 되어 있었다. 뜰에 빨래가 흔들리고 있었다. 플라스틱으로 된 삼륜차 한 대가 쓰러져 있는 그 옆에 개집이 있고, 시바견이 앞발에 머리를 올리고 새근새근 자고 있었다.

"실례합니다."

잠시 기다리니 유리문 안쪽에 있던 사람 그림자가 일어섰다. "네네." 하는 시원스런 대답과 함께 여자가 밖으로 나왔다. 아이를 업은 마흔 살 전후의 여자였다. 넥타이에 정장 차림인 나를 보더니 상냥했던 표정이 약간 쌀쌀맞게 바뀌었다.

나는 여자에게 고개를 숙였다.

"바쁘신데 죄송합니다. 실은 좀 여쭙고 싶은 게 있어 찾아뵈었는데, 여기서 조금 시내 쪽으로 내려간 곳에 옛날 고바야시 씨 댁이 있었던 것을 기억하십니까?"

여자는 눈을 끔뻑이면서 고개를 갸우뚱했다. 몸을 뒤로 옮겨 뒤쪽 택시로 시선을 돌렸다. 여자의 어깨 건너편에서 아기의 검은 콩 같은 까만 눈이 보였다.

"고바야시 씨……." 여자는 그렇게 중얼거린 다음, 조금 있다가 되풀이했다. "고바야시 씨라."

'그게 어쨌다는 건지.'라고 되묻는 건가 했지만 여자는 중얼거리면서 그대로 등을 돌려 집 안쪽을 향해 말을 걸었다.

"할아버지. 고바야시 씨 댁을 아세요?"

어두컴컴한 복도에서 한 노인이 민달팽이처럼 천천히 나왔다.

"뭐라고?

그렇게 되물은 노인은 여자가 다시 설명하는 동안 말라서 주름투성이인 얼굴을 찡그리고 주름 한 줄 정도밖에 보이지 않는 두 눈을 슴벅거렸다.

"고바야시라……."

기억을 더듬고 있는 건지 하품을 삼키는 건지 짐작이 가지 않았다. 어지간히 필요한 증인이 아닌 한 70세 이상의 인간을 법정에 데려오는 것은 삼가야 했다. 그런 일상의 철칙이 머리를 스쳤다.

노인은 여자를 바라본 채로 중얼거렸다.

"다이키치 말인가?"

"기억하십니까?"

"고바야시 다이키치라면, 옛날에 이것저것 상담해 주곤 했지."

"그러면요, 할아버지. 이 사람이 말이에요, 뭔가 물어보고 싶은 것 같아요. 가르쳐 줄 수 있어요?"

노인은 비로소 내 얼굴을 올려다보았다.

나는 바로 질문을 했다.

"고바야시 씨 댁에 료코라는 여자아이가 있었지요?"

"그렇지, 이름까지는 기억 못 하지만, 분명 딸이 하나 있었어."

"고바야시 씨 댁이 이곳을 떠날 때의 사정을 알고 싶습니다."

노인은 울대뼈를 아래위로 움직이더니 물어왔다.

"들어서 어쩌려고?"

"사실 료코 씨가 얼마 전 돌아가셨습니다. 제가 가까운 친구여서, 그래서 그녀의 고향을 보고 싶었습니다."

여자가 '어머나, 안됐게도.'라는 얼굴을 했다.

노인이 물었다.

"몇 살이었지?"

"서른다섯이었습니다."

"뭘 하고 있었나?"

"도쿄에서 음식점을 경영했습니다."

노인은 다시 울대뼈를 아래위로 움직이고 '그렇군.'이라는 얼굴로 끄덕였다. 잠시 기다린 다음 내가 다시 말을 꺼내려고 하자 자기가 먼저 중얼거렸다.

"다이키치네는 야반도주를 한 거나 마찬가지였어……."

"뽕밭이 지금도 띄엄띄엄 남아 있지."

노인은 그런 식으로 이야기를 시작했다.

여자는 내게 가볍게 인사를 하고 집 안으로 들어가 버려서 현관 앞에 선 것은 나와 노인뿐이었다. 시골 주부는 내가 상상할 수 없는 다양한 일들로 바빠서, 갑자기 찾아온 손님과 노인의 옛날 이야기를 들어 줄 짬이 없을 것이다.

"옛날에는 말이지, 이렇지 않았어……. 가정에서 대부분 다락 같은 데서 누에를 기르면서 누에 씨, 누에 씨라고 하며 귀하게 다뤘지. 지금은 우리 손자도 그렇지만 누에 씨를 보고 기분 나쁘다고 하는 지경이니까. 중국에서 온 값싼 견에 밀려서 양잠 농가는 어디든 점점 잘 안 되게 됐어. 어제오늘 시작된 게 아니야. 오랜 세월 동안 점점 그렇게 된 거지." 노인은 그리고 숨을 잇는 정도의 틈을 두었다. "맞아, 맞아. 하지만 딱 한 번 조금 좋았던 시절은 있었어. 천안문 사건 알지? 그걸로 대륙제 견이 중단됐을 때는 미하루가 활기에 찼지."

"고바야시 씨 댁도 양잠 농가를 하셨습니까?"

이야기가 빗나가는 것이 염려되어 물어보았다.

"맞아. 부친 대부터 했지."

료코에게는 조부에 해당했다.

"대충 한 게 아니야. 다이키치는 농가를 하는 것을 고집했지. 형님도 그랬고. 둘은 이웃해서 살고 있었거든. 그건, 그렇지, 인플레이션으로 견 따위가 팔리기 힘들어진 시대였어. 견 가격 자체도 올랐지만 중간 업자가 돈을 벌 뿐이지 농가에서 사들이는 가격이 변하는 게 아니라서."

호적에 있던 부표에 비추어 보아 73~74년경의 이야기라고 짐작을 했다.

중동 전쟁이 계기가 된 석유 파동이 시작된 것은 1973년. 한편 그 전해에 수상이 된 다나카 가쿠에이가 내세운 '일본 열도 개조 계획' 이후 전국의 토지 가격이 급속히 오르던 시대다. 연합 적군파 사건. 연속 기업 폭파 사건(동아시아 반일무장전선이 구 재벌 기업 등에 폭탄을 설치해 폭파한 사건 — 옮긴이). 김대중 납치 사건. 토일렛 페이퍼 패닉(석유 파동을 계기로 물자가 부족해질 것으로 예상해 일어난 화장지 사재기 소동 — 옮긴이). 국철 노조는 걸핏하면 파업을 해서 화가 난 승객이 도쿄 도내 서른여덟 군데의 역에 방화를 한 적도 있었다. 가마가사키에서는 노동자와 경찰의 분쟁이 되풀이되었고, 미나마타병은 진흙탕 속의 재판으로 들어가려 하고 있었다. 내 나이 대 사람에게는 전부 텔레비전 뉴스에서 보거나 어른들이 이야기하는 것을 들었을 뿐인 사건이었다. 하지만 이 나라가 지금과는 또 다른 모양으로 우왕좌왕을 거듭하며 변하려던 시기였다는 것은 어쩐지 모르게 실감하고 있었다.

"다이키치 형제는 운이 나빴어. 모험심이 많았다는 사람도 있겠지만, 모험심이 없으면 살아 나갈 수 없지. 살아남는 방법을 모색하는 중에 그 형제는 누에 씨의 품종 개량에 노력해서 대규모 양잠 경영을 동네 사람들에게 제안했어. 각 농가가 개별적으로 작업을 하는 게 아니라 넓은 양잠장을 만들어 누에 씨를 기르는 것부터 견 생산까지 분담할 수 있게 하고 싶다든가, 그런 것을 강력하게 주장했지. 그러기 위한 자금 모금과 설득에 열심이었지만 다들 주저하는 부분도 있었고."

이 노인은 어땠을까? 물어보고 싶었다.

"……형제는 그해에 시험적으로 누에 씨에서 직접 견사를 만들어 천을 짜서 판매 루트에 올려 본다며 돈을 빌려 사업을 확장했어. 하지만 운이 나쁘게도 마침 그때 화재가 나서."

"화재요?"

"그래, 누에 씨는 전멸. 집도 거의 전소했어. 남은 건 빚뿐이지."

"원인은?"

"소방서에 따르면 프로판 가스가 샜다더군."

"그래서 빚은 어떻게 됐습니까?"

"집안 땅을 팔아치우고 밭을 마을의 관리지로 해서 어떻게든 다른 사람에게 민폐를 끼치는 일은 없었지. 다만 더 이상 여기에 있기도 힘들었을 거야."

"이 마을을 나간 다음, 고바야시 씨 일가는 신슈로 옮겼는데,

그 후에는 뭔가 전해 들으신 것은 없습니까?"

"그래, 분명 신슈에 간다고 몇몇에게만 밝혔지. 신슈에서 와사비 농원을 하는 친구가 오라고 한 것 같아. 그 이상은 모르겠네."

고맙다고 하고 고개를 숙이니, 노인은 다시 원래의 잠든 듯한 얼굴로 돌아가 "뭘."이라고 하며 얼굴의 주름을 깊게 만들었다.

5

일가의 야반도주.

야반도주라고까지는 할 수 없다고 해도 가족 전체가 고향을 버린 것이 된다. 당시 중학교에 막 올라간 료코에게는 주위 어른들이 아버지와 큰아버지를 배신한 듯이 보였을지도 모른다.

그것이 그녀를 고향인 미하루에서 멀어지게 한 이유일까.

택시기사는 내가 앞에 있는 미하루 중학교에 가고 싶다고 하니 시간 단위로 대절하라고 제안했다. 그편이 기다리는 시간에 미터가 올라가지도 않으니 더 이득이라고 했다.

과거로 거슬러 올라가려면, 잘 알려지지 않은 좋은 방법이 있다. 출신 학교의 학적부와 졸업 앨범. 오래 보관하는 학교가 많아서 보관 의무가 5년밖에 되지 않는 일반 기업의 사원 이력서나 의사의 진료기록카드보다 훨씬 도움이 된다. 의무보다도 선의 쪽이 장수하는 것이다.

미하루에는 초등학교가 세 군데 있었다. 료코의 예전 주소를 보고 기사가 바로 모교를 짐작했다. 시골 동네의 통학 구역은 알기 쉬웠다.

교문 앞에서 택시를 내려 교정으로 들어갔다. 인기척은 거의 없고 구석의 모래사장에서 고작 아이들 몇몇이 모래장난을 할 뿐이었다. 아동용으로 보이는 입구는 바로 알았지만 방문객용 입구는 보이지 않았다.

철근 건물을 따라 들어가니 나타난 차양 지붕 안쪽이 교원과 방문객용 현관인 것 같았다.

차양지붕 밑으로 들어갔을 때 건물 안에 있는 화단에 사람 그림자가 보였다. 작업복을 입은 초로의 남자가 계절에 맞지 않는 밀짚모자를 쓰고 어깨에는 하얀 손수건을 걸치고 밭일을 하고 있었다. 나는 꽃은 잘 모른다. 피어 있는 꽃 이름은 몰랐다. '용무원'이라는 말은 거의 사어가 되었으리라고 생각하면서 다가갔다.

"죄송한데 직원실은 어디입니까?"

남자는 네모난 얼굴을 이쪽으로 돌려 미소 지었다.

"입구를 들어가면 복도 바로 오른쪽입니다." 남자가 허리를 들어 올려 작은 철제 삽을 든 오른손등으로 얼굴의 땀을 닦았다. "어느 선생님을 찾아오신 거죠?"

"졸업생 일로 여쭙고 싶은 게 있습니다."

"학부형이십니까?"

"그렇지는 않습니다만."

나는 애인이 며칠 전에 죽었는데 그녀가 이곳의 졸업생인 것 같다고 말했다. '애인'이라고 하는 편이 협력을 얻기 쉽다는 판단이 들었다.

남자는 "그렇습니까?"라고 중얼거리고 일단 몸을 굽혀 삽을 화단의 흙에 박고 손수건을 풀어서 양손을 닦았다.

"그래서 몇 년쯤 전의 졸업생입니까?"

23년 전이라고 하니 남자가 얼굴을 찌푸렸다.

"이런. 제가 부임 오기 훨씬 전이군요. 어쨌든 교장실에 들어오십시오. 조사해 보겠습니다."

감사를 표하고 남자를 따라 입구를 들어갔다.

오사다라는 남자는 나를 교장실 응접 소파에 앉히고 일단 교실을 나갔다. 내가 변호사 명함을 꺼내어 졸업 앨범과 학적부를 보여 주겠냐고 부탁했기 때문이다. 그때야 비로소 남자가 교장 본인이라고 깨달은 것을 애써 감추어야 했다.

돌아왔을 때 남자는 노안경을 코에 걸치고 있었다. 은테에 가로로 기다란 노안경이 남자를 약간은 교장다운 풍모로 바꾸었다. 그는 내 건너편에 앉아 앨범 뒤쪽을 펼쳐 내밀어 주었다.

"분명 고바야시 료코 씨는 그해 졸업생이 맞습니다."

나는 주소록에 있던 료코의 이름을 확인했다. 주소는 본적과 같았다.

앨범을 앞으로 넘겨 학급 사진의 페이지를 펼쳤다. 내가 다닌 초등학교는 열두 반인가 열세 반이 있었는데, 료코가 졸업했을 때의 학급 수는 전부 세 학급이었다.

희미한 긴장을 느끼면서 졸업 사진에 눈을 고정했다. 교사는 한가운데에 서고, 학생들은 두 줄로 늘어서 있었다. 남자아이는 전원 반바지에 80퍼센트는 까까머리였다. 여자아이는 반 정도가 치마에 단발머리였다. 이름과 대조하기 전에 사진을 훑어보았다. 결국 누가 료코인지 알아보지 못하고 사진 아래에 붙은 이름에서 찾았다.

약간 덩치가 큰 탓인지 뒷줄에 서 있었다. 역시 단발머리였다.

그 얼굴을 구멍이 뚫릴 정도로 바라보았다. 너무 봐서 인쇄 입자의 모음으로밖에 보이지 않을 정도로. 눈과 코의 느낌이 비슷했다. 그렇게 느꼈을 뿐일지도 모른다. 이렇게 카메라 앞에 서고 약 17년 후 료코는 도쿄에서 나와 만났다. 23년 후에 단 한 번 스쳐 지나듯 재회하고 그다음 날에는 죽어 버렸다. 그녀의 인생에서 나와의 접점 따위 아주 사소한 것에 지나지 않았다.

오사다가 차를 내어 와서 내 앞에 놓아주었다.

"드시죠."라는 말의 울림이 너무 따뜻해서, 내가 어떤 얼굴을 하고 있는지 짐작이 갔다. 애인의 죽음으로 인한 충격을 받아들이지 못하고 이렇게 그녀의 모교에 와서 졸업 사진을 바라보며 창백해진 남자…….

하지만 사실 그녀는 5년 전에 이유도 무엇 하나 말하지 않고 나를 버린 여자이며, 나는 아내도 아이도 있었던 남자에 지나지 않았다.

학적부를 열었다. 그녀의 성적이나 교사가 느낀 성격이 누렇게 된 종이에 적혀 있었다. 성적은 그다지 좋지는 않았다. 성격은 온화하고 협조성 있음. 내 어린 시절과는 정반대였다.

"죄송하지만 복사기를 빌려도 될까요?"

나는 침착한 어조를 유지하도록 노력했다.

교장은 상냥하게 웃으며 끄덕이고 알려 주었다.

"이쪽입니다."

나는 상대의 웃음에서 눈을 돌리고 뒤를 따라갔다.

썰렁한 직원실은 교사 두 사람이 2인용 책상에서 빨간 펜을 놀리고 있었다. 교장실과 직원실을 잇는 문 옆에 있는 복사기에서 료코가 찍힌 졸업 앨범과 학적부를 복사했다.

같은 반 학생은 서른두 명. 남자가 열일곱에 여자가 열다섯 명이었다.

우선 여자 동급생에게 닥치는 대로 전화를 걸었다. 중학교에 올라간 뒤 그녀는 1학년 1학기 때 전학을 갔다. 중학교를 바로 찾아가기보다는 초등학교 동급생 중에 친했던 사람을 찾는 편이 나았다. 변호사의 습관 때문인지 노인의 말도 확인하고 싶었고, 무엇보다도 그녀의 어린 시절 이야기를 듣고 싶었다.

택시로 이동하면서 전화를 걸었다. 도중에 캔 커피를 사서 하나를 기사에게 건네고 하나를 마셨다. 택시를 주차장에 남겨 놓고 성터의 약간 높은 언덕에 올라, 벤치에 걸터앉아 마을 경치를 눈 아래로 보면서 계속 전화를 걸었다.

성터를 고른 이유는 없었다. 작은 마을이었다. 찻집에서 전화를 걸어서 묘한 소문을 남기는 것은 망설여졌다. 택시 뒷좌석에서 전화를 걸어 대기도 주저되어서 차분하게 앉아 있을 수 있는 장소를 기사에게 물어보니 성터로 데려와 준 것이었다.

여자 동급생은 대부분이 이미 시집을 가서 주소록에 나온 친정에서 시집간 곳의 전화번호를 물어봐야 했다. 다만 시집간 곳만 알면, 해 지기 전인 이 시간에는 대개 본인이 집에 있어서 이야기를 제법 들을 수 있었다. 고바야시 료코라는 이름을 말해서 바로 떠올리는 사람은 별로 없었다. 이상한 이야기는 아니었다. 나도 어느 날 갑자기 전화가 와서 초등학교 동급생 이름을 대며 뭔가 기억나는 게 없냐고 질문을 받아도 그저 곤혹스럽기만 할 테니까. 농가에서 자란 사람들 몇 명쯤은 료코의 부친이 실험했던 계획을 기억하고는 있었지만 낮에 만난 노인 이상으로 상세한 것을 아는 사람은 없었다. 먼 옛날의 이야기인 것이다.

왜 그녀는 자기 과거에 관해 단 한 마디도 하려 하지 않았을까?

전화를 계속 걸면서 그런 물음을 되풀이했다.

아니, 그렇지 않다. 5년 전에 료코가 사라지고 나서 몇 번이나 자신에게 계속 물었고, 그때마다 후회되어 견딜 수 없었던 것은 왜 그녀의 과거를 제대로 물어보려고 하지 않았는지였다. 물으려고 하면 교묘하게 이야기를 돌렸다. 그런 질문은 받고 싶지 않은 거라 생각해 묻지 않았던 것이 과연 배려였을까?

나는 내 과거를 이야기하고 싶지 않았다. 20년 이상 마음속에 봉인하고 누구에게도 말하지 않고 살아왔다. 꼬치꼬치 질문받으면 참을 수 없이 고통스러웠을 것이다. 캐물으려던 사람과는 거리를 두었고, 대략 7년에 걸친 결혼생활 동안에도 아내에게조차 제대로 이야기하지 않았다. 아내는 부친인 시오자키 레이지로의 조사를 통해 내 과거를 이미 알고 있었던 게 틀림없다. 시오자키는 그런 남자였다. 딸의 반려를 선택하는 데에 모든 것을 조사하지 않고 결론을 내릴 리가 없었다. 아내는 알면서 묻지 않은 것이다.

료코로 말하자면, 내가 먼저 말을 꺼내기 전까지는 역시 무엇하나 물으려 하지 않았다. 그 또한 배려일 것이다. 그러나 나는 어떤가. 언급하기가 귀찮았다. 말하고 싶어 하지 않는 것에는 반드시 무거운 의미가 있다. 다만 거기서 눈을 돌리고 있고 싶었을 뿐이 아닌가. 과거를 털어놓으려 하지 않는, 30대를 눈앞에 둔 여자가 네즈라는 동네에 오도카니 홀로 있었다. 그런 여자가 속에 안고 있는 것을 내게 보이지 않았으면 했던 게 아닐까…….

아부쿠마 산지가 내다보였다.

산들이 솟은 모양은 여성적인 느낌으로 온화했다. 높게 치솟은 오타키네 산이 어딘지 짐작이 갔지만, 모양도 평범하고 대단한 높이는 아니었다. 미하루는 동네 전체가 언덕의 주름 같은 틈 사이로 펼쳐져 있었다. 용마루가 무수하게 이어져 있었다. 용마루의 느낌의 차이로 절이 상당히 많다는 것을 새삼 느꼈다.

마당에서 뭔가를 태우는 듯, 군데군데 연기가 피어 올랐다.

연기는 전부 부드러운 바람에 밀려 흘러가, 산 능선 높이에 다다르기 아득히 전에 사라졌다.

이런 시간에 야외에서 바람을 맞은 것은 참으로 오랜만이었다. 료코의 친척이 가쓰시카 구에 있는 것은 확실했다. 이제 물러나면 될지도 몰랐다. 그런 식으로 생각했지만, 오히려 돌아갈 기분은 좀처럼 들지 않았다.

그저 해가 지기까지의 한때를 그녀가 태어난 동네에서 보내고 싶었을 뿐일지도 몰랐다.

기사는 이마무라 주류 판매점을 알고 있었다.

외동딸이 시집을 갔다가 잘 안 되어서 돌아온 것까지 알아서 술술 이야기해 주었다. 딸의 이름은 가즈에라고 했다. 전화를 한 후 바로 찾아가기로 한 집은 이것으로 세 번째. 첫 번째 집은 반장이었다는 남자의 집으로, 밭일이 한창이었지만 일손을 놓고 내 질문에 대답해 주었다. 두 번째는 반에서 료코의 옆자리였던 여성의 집이었지만, 중학교에 올라가고 나서는 거의 교제가 없어서 별 대단한 이야기는 듣지 못했다.

이마무라 주점은 좁은 골목에 있었다.

덩치가 큰 여자가 맞아 주었다. 긴타로(헤이안 시대의 전사 사카타노 긴토키의 아명. 긴타로를 묘사한 그림에 따르면 눈썹이 짙고 커다란 눈에 힘이 세 보이는 인상이다—옮긴이)를 연상시키는 듯한 얼굴. 료코의 동급생이니까 나와도 동갑이겠지만 생김새로 보면 조금 연하라는 느낌이 들었다. 전화로 료코의 죽음을 알렸으므로 웃는 얼굴로 기다리지는 않았을 것이다.

"어서 오세요. 안으로 들어오시죠."

여자는 몸에 어울리지 않는 가느다란 목소리로 말하고 가게 안의 응접실로 권했다.

"놀랐어요……. 설마, 료코가 죽었다니."

그러고는 얼굴을 숙인 채로 말하며 찻잎을 찻주전자에 넣고 포트에 뜨거운 물을 부었다.

살해당했다는 이야기는 덮어 둔 채였다. 전화로 할 만한 이야기가 아니다. 가즈에뿐 아니라 신문이나 텔레비전의 '클럽 마담 살해'와 동급생이었던 료코를 연결 짓는 사람은 없었다. 20년 이상의 세월은 살인 사건의 피해자와 과거의 동급생을 연결시키기에는 너무 길었다. 다만 가즈에의 경우는 다른 동급생들과 달리 료코의 이름에 바로 반응했다.

"친한 친구였다고 하시던데……."

나는 차를 내밀어 준 여자에게 고개를 숙이고 말을 꺼냈다.

"네. 초등학교도 같고, 중학교도 1학년 때 같은 반이었어요. 하지만 료코는 집안 사정으로 중학교 1학년 때에 전학을 가 버렸어요."

"그 이야기는 다른 분한테 이미 들었습니다. 아버지와 큰아버지가 하려던 양잠소가 화재로 타 버려서 잘 안 됐다고."

"……맞아요."

추억을 더듬도록 화제를 돌렸지만 낮에 만난 노인에게 들은 이상의 이야기는 나오지 않았다.

나는 솔직하게 말을 꺼내기로 했다.

"사실은 약간 마음에 걸리는 일이 있는데, 료코 씨의 주소록에 이 마을 분들의 이름이 하나도 없더군요."

가즈에가 시선을 들었다.

"하나도 없다고요……?"

"예. 아무리 고향을 떠나 오랜 시간이 지났다고 해도 그렇게 완전히 고향과 관계가 끊길 수 있나 싶어서요."

"……역시 료코는 그 사건으로 무척 상처받았군요……. 우리 집은 주류 판매점이니까 부모님은 직접 관련은 없었지만, 그 후 몇 번쯤 이야기를 들은 적이 있어요. 그때는 정말로 야반도주나 마찬가지였대요. 료코도 1학기가 거의 끝나려던 어느 날 갑자기 학교에 오지 않게 되고 그게 끝이었어요."

"이마무라 씨도 료코 씨가 고향과 소원해진 것은 그 일이 원인이라고 생각하십니까?"

"아마도……."

"어떤 아이였습니까?"

"심지가 강했어요. 남자아이를 상대로도 여간해선 물러나지 않는 느낌이었죠."

"그 후에 만나거나 편지가 온 적은 있습니까?"

"없어요. 동창회에도 한 번도 오지 않았고 무엇보다 아무도 료코의 주소를 몰랐거든요. 언젠가 사과해야 한다고 생각했지만, 이렇게 됐네요."

"사과하다뇨?"

"……료코, 저 때문에 부상을 당한 적이 있어요."

"부상을요?"

"네." 가즈에는 숨을 들이쉬고 말을 계속했다. "초등학교 졸업 직전이었어요. 그 무렵은 학교 뒤쪽은 대숲이 섞여 있는 잡목림이었거든요. 대개 거기서 노는 것은 남자애들이었는데, 저도 료코도 활발하고 개구쟁이여서 같이 놀았죠. 그날은 나무 위에 매달린 굵은 덩굴을 잡고 경사면을 날아갔다가 되돌아오는 타잔 놀이를 하고 있었어요. 그런데 몇 번째쯤에 제 손이 미끄러져 버렸죠. 그때 감각이 아직 손바닥에 남아 있는 느낌이 들어요. 그 경사면은 상당히 급하고 깊었거든요……. 앗, 하고 생각한 아주 한순간의 일이어서. 원래 위치로 돌아갈 수 없이 균형을 잃어버렸어요. 순간적으로 뻗은 오른손을 료코가 꼭 잡아 줬지요."

"……같이 굴러 떨어진 겁니까?"

"하늘과 땅이 몇 번이나 뒤집어지고 어느 쪽이 위인지 아래인지 알 수 없었어요. 운 좋게 저는 긁힌 상처 정도였는데 료코는 대나무 그루터기에 허벅지가 찔려 버렸어요. 피가 나서 정말 큰일이었죠. 그때의 료코 얼굴을 생생하게 기억해요. 눈물 한 방울 보이지 않고 입술을 꼭 깨물고. 남자애들은 어른들한테 혼날 거라 생각했는지 모두 도망가 버렸고. 저도 사실은 무서워서 '괜찮아, 괜찮아.'라고 하면서도 도망가고 싶어 혼났을 정도였어요. 그랬더니 료코가 제일 어른스럽게 손수건으로 다리를 꼭 동여매고 괜찮다며, 오히려 저를 위로하려고 일어났어요. 전 료코를 집에 데려다 주지도 않았어요. 그로부터 20년 이상 지난 지금도 정말 나는 못된 아이였나 하는 생각에 정말 안타까워요. 나중에 들었더니 다음 날 병원에 가서 몇 바늘인가 꿰맸다고 하더군요."

말하는 도중에 가즈에의 얼굴이 벌게졌다.

아까의 초등학교를 떠올렸다. 그 뒤에 있는 언덕에서 노는 료코의 모습이 눈앞에 선했다. 허벅지에서 피가 나는데 눈물 한번 보이지 않고 묵묵히 돌아갔다고 하는 것이 무척 그녀다웠다.

"사진 있어요?"

가즈에가 작은 목소리로 물었다.

나는 윗옷의 수첩에서 사진을 꺼냈다. 가즈에는 양손으로 살짝 감싸는 듯이 해서 사진을 받아들었다.

"20년이나 지나니 사람은 느낌이 확 변해 버리네요."

"……."

"정말 예뻐졌구나……. 도쿄에서 많은 일이 있었겠죠……. 무슨 일을 했어요?"

"음식점을 했습니다."

나는 말을 흐렸다. 동성에 대해 '예뻐졌다'라고 중얼거리는 의미에는 반드시 칭찬만 담겨 있는 것은 아니다.

"경영하고 있던 거예요?"

"네."

"대단하네요." 가즈에는 중얼거리고 덧붙였다. "불쌍하게도. 죽어 버리다니……." 그러고는 자신의 뇌리에 인상을 새기듯이 사진을 다시 보고 나서 돌려주었다. "료코랑은 언제부터 사귀셨어요? 결혼 약속을 하셨다거나."

"아니요. 거기까지는……."

그 후로 할 수 있었던 것은 단지 말을 계속 흐리는 것뿐이었다.

6

택시 기사가 고오리야마 역까지 데려다 주었다.

고맙다고 인사하고 약속한 금액에 1000엔짜리를 두 장 더 올려 건넸다. 특등석인 그린 지정석을 사서 개찰구를 통과했다.

플랫폼에는 사람이 적었고 그 때문에 쌀쌀함이 느껴졌다. 주위는 완전히 땅거미에 묻혀 플랫폼의 형광등 빛이 묘한 쓸쓸함을 빚어냈다.

신칸센에 탐과 동시에 간이식당에서 캔맥주를 샀다. 조미 오징어 팩도 사서 좌석에 앉자마자 마시기 시작했다. 통로를 다가온 카트 판매원으로부터 원컵 일본주와 고등어누름초밥을 샀다. 취기는 쥐꼬리만큼도 보이지 않았다.

객차 승강구로 나가 사회부 기자인 고토 마스오에게 연락을 했다. 네리마 서 기자실 직통이었지만 전화를 받은 동료로부터 고토는 외출 중이라는 말을 들었다. 이름을 대고 어제 부탁한 건으로 뭔가 진전이 있으면 연락을 바란다고 메시지를 남겼다.

전화를 끊으니, 열차의 진동음이 고막에 들러붙었다. 좌석에 돌아가 원컵 술을 홀짝홀짝 마셨다.

신칸센은 경치를 즐기기에는 너무 빨랐다. 창에 기대어 먼 불빛에 눈길을 주었다. 정신이 드니, 창에 비치는 내 얼굴에 초점이 맞춰져서 불쾌했다.

그 마을에 있던 것은 그저 그녀의 과거일 뿐이었다.

과거의 상처가 꼭 쉽게 사라지는 것은 아니라는 것을 나는 잘 알고 있었다. 다른 사람에게는 보이지 않는 마음의 상처가 있으면 있을수록 뿌리가 깊다. 그녀는 고향 사람들을 용서할 수 없었을지도 모른다. 아버지와 큰아버지를 배신한 사람을 두 번 다시 떠올리고 싶지 따위 않았던 게 아닐까.

하지만 잊으려고 해도 잊을 수 없는 것도 있다.

내게는 아버지의 자살이 그랬다.

아니다. 아버지의 자살이 아니다.

내가 아버지를 죽인 것일지도 모른다는 것이다.

그날 아버지의 눈. 눈꺼풀을 닫으면 언제든 그곳에 있다. 아니, 이렇게 창에 비치는 내 얼굴을 보고 있으면 아버지의 얼굴이 겹쳐 온다. 아버지와 아들. 특히 서른을 넘은 뒤 내 얼굴은 아버지와 무척 닮아졌다. 그 무렵 아이였던 나는 몰랐다. 어른의 마음이 그리 부서지기 쉽다는 것을. 어른이라는 게 사실 그렇게 확고한 존재가 아니며, 한 사람 한 사람은 발붙일 곳이 위태위태하다는 것을.

아버지가 당신 서재에서 목을 매고 난 후, 내가 학교를 가지 않게 되기까지 대략 반년이 걸렸다. 경야(經夜, 발인 전 고인의 유해를 모시고 밤샘을 하는 것 — 옮긴이)와 장례가 무사히 끝난 다음, 나는 전과 완전히 똑같이 아침에 데리러 온 친구와 학교에 가서 함께 수업을 듣고 담담하게 공부를 하고 귀가하기를 실로 반년에 걸쳐 계속했다.

중학교의 마지막 학년이 되어 내가 등교 거부를 시작해도 담임은 그 배경으로 아버지의 자살을 고려하기는 했지만, 내 등교 거부와 아버지의 죽음을 직접적으로 연결해 생각하지 않았다. 생활지도 교사도, 어머니조차 수험으로 인한 일종의 노이로제가 틀림없다고 생각했다.

교사는 지망 학교의 순위를 하나 낮추자고 권했고 어머니는 학교 순위와 당신이 그리는 아들의 장래를 저울에 달아 보면서 거듭 내 진로를 고민했다. 내 고통이 미래가 아니라 과거에 있다는 것을 알려고 했던 인간은 누구 하나 없었다. 내가 끝내 감추었던 것이다. 나의 그 한마디가 아버지가 스스로 목숨을 끊게 한 커다란 원인일지도 모른다. 어떻게 그런 이야기를 타인에게 할 수 있을까.

유원지. 밤하늘에 거대한 관람차가 아름다운 빛을 밝히고 천천히 회전하고 있었다. 아버지와 둘이서 햄버거를 먹은 것을 기억하고 있다. 하나 반씩 먹었다. 세 개를 사서 그중 하나는 반씩 나눠 먹었던 것이다. 그 무렵의 아버지에게는 이미 거의 식욕이 없었다. 감자튀김과 콜라도 샀다. 겨울밤, 문 닫기 직전의 유원지에 사람 그림자는 적었다. 우리는 야외에 설치된 철지난 둥그런 흰 테이블에 나란히 앉아 관람차를 올려다보며 햄버거를 입안 가득 우물거리고 있었다.

추웠지만 나는 춥다고 말하지 않았다. 그렇게 말하면 아버지가 슬퍼할 듯한 느낌이 들어서였다. 그러나 나는 분명히 내심 짜증을 내고 있었다. 그날 밤 아버지는 학원 앞에서 나를 기다리고 있다가 갑자기 유원지에 가자고 손을 끌었다. 손을 끈 아버지의 다정함 속에 숨어 있던 겁에 질린 작은 동물 같은 눈빛이 나를 짜증나게 했다. 직장에서 쫓겨난 후 집에서 얼이 빠진 듯한 얼굴로 지내던 아버지. 그 전까지는 정의의 사도라고 생각했던 아버지가 정확한 이유도 알 수 없이 갑자기 약해 빠진 남자가 되어 버린 것에 짜증이 났을지도 모른다.

관람차에 탔다. 천천히 관람차가 올라감에 따라 유원지 부지 건너편에 선로가 보였다. 선로를 따라 치솟은 빌딩. 상가가, 주택이, 구름 많은 회색 하늘을 배경으로 펼쳐져 있었다. 희미한 바람 소리. 관람차는 작게 삐걱거리는 소리를 동반하며 아주 조금씩 앞뒤로 흔들렸다. 나는 나답지 않게 들떠 있었다. 거기서 끝이면 좋았다. 그것이 끝이기만 했다면 그날 밤의 기억이 그 후 20년 이상 동안 내 몸에 새겨지지는 않았을 것이다.

나는 알아차렸다. 아버지는 전혀 들떠 있지 않았다. 그러기는커녕 동네의 풍경이 내려다보이는 순간 침울한 표정을 짓는 아버지를 봐 버렸다. 아버지는 바깥의 풍경을 보고 있던 게 아니었다. 역 앞에 하나, 그 아득한 건너편에 하나. 밤중에 또렷하게 치솟은 병원의 창 불빛을 바라보고 있었다.

아버지는 말했다. 저것은 자신이 짓게 한 병원이라고. 구청 녀석들을 움직여 하나는 노인 의료를 충실하게, 다른 하나는 그 당시 아직 일반에게는 알려지지 않았던 호스피스 기능을 갖춘 병동을 만들게 한 것이다. 너는 아직 모르겠지만, 지방자치단체는 아무것도 못 해. 중앙에서 우리들이 컨트롤을 하기 때문에 복지 행정이 비로소 성립되는 거야.

지금은 나는 그럴지도 모른다는 마음도 있고, 중앙 관청 공무원의 말일 뿐이라는 느낌도 든다. 당시에는 아무것도 몰랐다. 하지만 하나만은 알고 있었다. 그리고 어두운 얼굴로 이야기를 하는 아버지의 옆얼굴을 본 순간, 내 안에 자리 잡고 있던 짜증이 제어를 잃고 폭발했다.

나는 아버지에게 내뱉었다.

"아버지는 거짓말쟁이야."

아버지는 바로 내 쪽을 보지는 않았다. 자기 아이가 말하는 의미를 알 수 없다는 당혹감을 아버지다운 미소 속에 숨기면서 살짝 내게로 시선을 옮겼다. 무슨 뜻이냐? 아버지가 말했다. 아버지가 병원을 만든 게 아니야. 나는 그런 의미의 말을 했다.

"그러면 왜 직장을 관뒀어? 어째서 일을 그만둬야 한 건데."

대답은 없었다. 아버지가 아무 대답도 하지 않는 동안 관람차는 조용히 지상에 닿았다.

다음 날 아침, 서재에서 목을 맨 아버지의 시신을 어머니가 발견했다.

인과관계. 변호사가 되고 난 후 나는 언제나 철저하게 그것에 집착해서, 때로는 거기서 정의를 주장하고 때로는 그것으로 누군가를 죄로 몰아넣기도 했다. 그러나 진정한 인과관계는 당사자밖에 모른다. 당사자조차 모를지도 모른다.

내가 아버지를 죽인 것일까? 내 한마디가 아버지를 자살로 몰아넣은 최후의 한 걸음을 내디디게 해 버린 것일까? 아버지는 이미 상당한 신경쇠약에 빠져 있었을 것이다. 성실한 사람이었다. 성실한 사람이기 때문에 수뢰가 완전히 발각되어 잡혀가는 공포를 참을 수 없었을지도 모른다. 자신의 손으로 몇 군데의 병원을 짓고, 양로원을 짓고, 복지 행정에 한 몫 두 몫을 했다는 자부심을 마지막 기댈 곳으로 삼았던 것일지도 모른다.

지금은 더 모르겠다.

확실한 것은 아들이 매도의 말을 내뱉은 그날 밤에 부친이 서재에서 목을 매고 죽어 버렸다는 사실뿐이다.

내가 그것을 극복한 것은 지망 학교의 순위를 하나 낮추었기 때문은 아니었다. 그래도 제법 괜찮은 고등학교라는 것을 고려한 교사들이 내 내신에서 등교 거부 경력을 지워 주어서 안심하고 수험 공부를 할 수 있게 되었기 때문도 아니었다.

'혼자서 짊어지고 있을 수밖에 없다.'

중학교 3학년이었던 한 소년은 그것을 어느 날 스스로 깨닫고, 그리고 짊어지고 갈 결심을 했다.

다만 짊어진다는 것은 대체 무엇일까? 인생은 애처로울 정도로 끊임없이 이어져 있다. 아이는 다른 청년은 되지 않는다. 청년은 다른 어른이 되지 않는다. 고등학교 2학년 때 검도부를 그만둔 것은 검도에 열중해 봐야 도망칠 수 없다고 생각했기 때문이었다. 나는 법학부를 목표로 공부했다. 그다음 목표는 사법시험, 그다음 목표는 변호사로 정의를 관철하는 것. 그러나 나는 정의를 조금도 믿지 않는다.

제길! 어째서 지금 이런 걸 떠올린 걸까.

화가 나는 이유를 알고 있었다.

"당신은 자신에게서 도망치고 싶어 하는 거야."

포켓 카메라로 사진을 찍은 날 밤에 그녀가 말했다.

"괴로우니까 도망친다고 생각하겠지만, 도망치니까 괴로워지는 거야."

나는 바로 부정했다.

그 무렵의 나는 바빴다. 억울한 누명을 밝힌다는 정의를 쟁취하기 위해 계속 싸우고 있었다. 동시에 몇 건의 법정 사건을 떠안고 있었다. 장인과 서로 눈치 싸움을 하며, 장인의 변호사 사무소에서 2인자로서 좌지우지해 나갈 발판을 다지기에도 바빴다. 변호사 일의 폭은 실적과 인간관계로 정해진다. 장인의 인맥과 사무소의 실적을 이어받아 내가 거기부터 앞길을 개척해 간다는 게 결코 나쁜 일은 아닐 터였다. 아내는 내게 잘해 주었고 딸의 시선이 언제나 나와 아내가 좋은 부친과 모친을 연기하도록 해 주었다.

그런데 료코가 맞혔다. 그 무렵은 그것이 화가 나 견딜 수 없었다. 증오까지 품었을지도 몰랐다. 싸움을 했다. 그러나 그것은 그 자리에서만의 싸움으로 끝난 것 같았다. 그 후에도 몇 번쯤 데이트를 거듭하고 침대에서 사랑을 나누었다. 그리고 그 몇 주일 후, 그녀는 갑자기 내 앞에서 자취를 감춰 버렸다.

료코는 미소 뒤에 자신의 마음을 감추고 있던 게 틀림없었다. 아버지가 자살한 후, 내가 반년 동안 내 마음을 계속 감추고 묵묵히 학교에 다녔던 것과 마찬가지로, 자신의 마음을 감추고 데이트를 거듭하며 내게 미소 짓고 있었던 건 아닐까?

아마도 분노였을 것이다.

료코는 '상담할 것이 있다'라는 단 한 통의 메시지를 자동응답기에 남긴 채 이번에는 영원히 사라져 버렸다. 사건을 제 손으로 조사해 보고 싶다는 것은 농담이 아니었다. 상담할 일이 뭐였는지는 아무래도 상관없었다. 나는 그녀와 이야기를 더 하고 싶었을 뿐이다. 그녀의 이야기를 내가 듣고 내 이야기를 그녀가 듣길 바랐다. 정말은 그녀를 사랑한다는 말을 하고 그녀와의 세월을 살아 보고 싶었다.

이를 악물 수밖에 없는 것을 나는 알고 있었다. 도망 따위는 칠 수 없이 다만 계속 앞으로 나아갈 수밖에 없다는 것은 알고 있었다. 아니, 앞으로 갈 이외에는 방법을 몰랐다. 그러나 정말로 나는 앞으로 나아가기 위해서 수험 공부에 몰두했을까? 변호사가 되어 인생을 계속 살아온 것일까?

도망치고 싶었던 것만은 아니었나? 그렇지 않다면 어째서 그녀와 보낸 반년 동안 굶주림을 달래듯이 그녀를 원했던 것일까? 매달리듯이 그녀와 만날 수 있기만을 생각했던 것이다.

눈앞에 있던 때에는 깨닫지 못한 것을 그녀를 잃은 뒤에 알아차렸다. 5년이 지난 지금은 이제 거의 확신에 가까웠다. 그녀에게는 냄새가 있었다. 비슷한 뭔가를 짊어지고 있다. 그렇게 느끼게 해 주는 냄새였다. 그래서 나는 단 한 사람, 그녀에게만 아버지가 자살한 날 밤의 일을 말했다. 그녀와 함께라면 서로 이해해 나갈 수 있다. 과거에서 도망치기 위해 앞으로 가는 것이 아니라 그저 이를 악물고 앞으로 나아갈 수 있다.

그것은 내 착각에 지나지 않았다.

그녀는 미하루에서 있었던 일을 단 한 마디도 입에 올리지 않았다. 가만히 자기 혼자 끌어안고 있었을 뿐이었다.

열차 칸이 비어 있다는 사실에 감사했다. 뺨의 근육이 굳어 있었다. 내게 눈물을 흘리는 습관은 없었다. 그 일이 그런 습관을 빼앗은 것 같다. 대신에 뺨이 경직되어 얼굴이 붓는다. 눈이 마르고 표정이 완전히 없어진다.

갑자기 공기가 희박해졌다.

몇 번이고 이런 느낌과 맞닥뜨린 적이 있다. 때로는 법정의 다툼에서 내게 승리를 가져다주고, 때로는 단지 착각일 뿐 아무 도움도 되지 않는 신호이기는 했다. 그러나 어느 쪽이든 뭔가가 등을 떠밀었다.

이 경고는 무시할 것이 아니다. 경험적으로 그것을 알고 있었다.

심호흡을 반복했다.

먼 곳의 불빛에 시선을 집중했다.

뭔가가 묘했다. 기억의 바닥에서 부르는 소리와 자신의 지각 사이에 뭔가가 어긋났다. 술에 취한 머리가 저주스러워졌다. 저주하는 동안에 신칸센은 신시라카와를 지나 나스시오바라에 진입하려 하고 있었다.

그리고 갑자기 명확해졌다. 휴대전화를 주머니에서 꺼내어 좌석에 앉은 채로 통화 버튼을 누르려고 했다. 그러다 멈춘 것은 열차 안에서 통화하면 안 되는 규정이 생각났기 때문이 아니라, 다시 한 번 생각을 정리해 볼 필요를 느껴서였다.

승강구로 나갔다.

졸업 앨범에서 복사한 주소록을 꺼내어 미하루의 이마무라 주류 판매점에 거니, 가즈에가 바로 전화를 받았다.

인사말을 하고, 단어를 골라서 질문했다.

"사소한 일이라 죄송하지만 한 가지 알려 주시겠습니까?"

"뭐죠?"

"좋지 않은 기억을 떠올리게 해서 죄송합니다만, 료코 씨가 대숲에서 부상을 당한 이야기입니다." 침묵한 상대를 향해 신중하게 말을 이었다. "료코 씨가 찔린 대나무 그루터기는 어느 정도의 굵기였습니까?"

"……그렇게 굵지는 않았던 것 같아요."

왜 그런 것을 묻느냐는 말투가 되었다. 그럴 만도 했다.

"허벅지 어느 부분에 찔렸죠?"

"뒤쪽이에요."

"어느 쪽 다리입니까?"

"왼쪽인 것 같아요."

"엉덩이에 가까운 쪽인가요, 아니면 무릎 쪽이었습니까?"

캐묻는 어조가 된 것은 깨달았지만, 멈출 수는 없었다.

"어째서 그런 것을 묻는 거죠?"

"죄송합니다. 그러면 하나만 더요. 오늘 제가 보여 드린 사진 속 여성이 정말 친구였던 고바야시 료코 씨라고 생각하십니까?"

가즈에는 왜 그런 것을 묻냐고 되풀이하고는 전화를 끊었다.

분명히 어처구니없는 물음이었다.

그러나 그녀는 왜 고향 이야기도 가족 이야기도 내게 하려고 하지 않았을까. 어째서 주소록에 친척 이름도 고향 친구 이름도 없을까. 거의 야반도주로 고향을 떠났으니까, 같은 것이 아닌 얼토당토않은 이유는 생각할 수 없을까…….

상흔은 평생 사라지지 않는다. 피부가 죄어든 자국이 반드시 남는다. 그래서 검시에서도 재판에 제출하는 검찰 자료에서도 과거의 상처는 본인인지 어떤지를 판단하는 데에 중요한 증거가 된다. 가즈에의 이야기가 틀림없다면 료코는 대나무에 찔린 다음 날에는 상처를 꿰매기 위해 병원에 갔다고 한다. 꿰맬 정도의 상처였던 것이다.

어째서 내가 사랑하고 소중히 여기던 료코의 몸에는 허벅지 어디에도 상흔이 없었던 것일까.

제3장

의혹

1

대개 형사는 명함을 두 종류 들고 다닌다.

탐문 때 나누어 주기 위한 자택 전화나 호출기 번호까지 인쇄된 것에 최근에는 휴대전화 번호를 넣은 형사도 있다. 또 한 종류는 소속 경찰서 대표번호만 기록한 명함으로, 이쪽은 예의상으로 내밀어야 할 때의 것이다.

경시청의 후지사키 고스케가 내게 건넨 명함은 후자였다. 내가 후지사키와 가깝게 지내고 싶지 않다고 생각했던 것과 마찬가지로 그쪽도 그렇게 생각한 게 틀림없었다.

수사본부가 세워진 네리마 서에서도 경시청에서도 후지사키를 만날 수는 없었다.

연락을 하고 싶다. 내게 꼭 전화를 해 달라고 전해 달라. 나는 그렇게 말하고 만약을 위해 휴대전화 번호를 다시 말해 놓았지만 우에노에 돌아와도 여전히 휴대전화가 울리지 않았다.

우에노 역에서 다시 한 번 네리마 서에 전화를 거니 아까와는 다른 목소리가 같은 대답을 되풀이했다. 메시지가 전달되었는지 물어도 "그럴 겁니다."라며 무슨 근거로 말하는지 알 수 없는 대답을 들려줄 뿐이었다.

역 구내를 걸으며 생각했다. 네리마 서에 쳐들어가 봐야 하나? 피해자의 시신은 '증거물'의 하나로, 사건 담당 관할서에 보관되는 것이 통례이다. 사람은 숨진 순간부터 법률적으로는 그저 물건에 불과하다. 사정을 말하고 시신을 바로 확인해 보는 게 어떨까?

그저 머릿속의 생각일 뿐이었다.

내 이야기를 진지하게 받아들여서 시체안치소에 들여보내 주지는 않을 것이다. 만일 들여보내 주었다고 해도 그녀의 몸을 뒤집어 허벅지를 조사할 수 있을 것인가.

시체를 본 적은 몇 번이나 된다. 시체 검안 증거 사진을 찍을 때도 있었고, 유언 집행이나 형사 사건에서 구속된 의뢰인의 요구에 따라 직접 시체를 확인한 적도 있었다.

다만 내가 사랑한 여자의 시체는 아니었다.

중앙 입구를 나갔다. 시간적으로 역에서 나오는 사람보다도 아메요코 시장과 히로코지에서 역으로 오는 사람이 더 많다. 인파에 질려 바로 오른쪽 커피숍에 들어갔다. 미하루보다 훨씬 찌는 날씨였다. 도쿄라는 곳을 고작 몇 시간 나가 있었을 뿐인데 평소 잊고 있던 숨막힘이 노골적으로 느껴지는 것 같았다.

남자와 여자 사이의 변변찮은 기억.

그런 식으로 부를 수밖에 없는 것이었다. 나는 그녀를 뒤집어

눕혀, 입술로 등을 훑는 것을 좋아했다. 등뼈를 따라 허리의 잘록한 부분으로 내려가 거기에서 부드러운 봉긋함에 올라갔다가 허벅지로 미끄러졌다.

내게는 오른쪽 둔부에 상처가 있다. 어린 시절에 해수욕장 바위밭으로 미끄러져 생긴 것이었다. 물에 불은 피부가 바위 모퉁이에 깊게 찢어졌다.

그녀에게 그 둔부의 상처 이야기를 한 적이 있었다. 그녀의 등에도 둔부에도 허벅지에도 상흔 따위 없었던 것을 확실하게 기억하는 데는 그 탓도 있었다.

그녀는 오늘 하루 돌아다녀 본 미하루에서 소녀 시절을 보낸 고바야시 료코가 아닐지도 모른다.

신칸센 안에서 몇 번이나 고개를 쳐든 의심을 가능한 한 냉정하게 생각해 보기로 했다. 마음이 진정되어 갈수록 어처구니없다는 생각이 자꾸 들었다.

같은 본적과 이름을 가진 사람이 다른 사람일 리가 없다. 우리는 세상에서 가장 호적 정리가 잘된 나라에 살고 있다.

그녀가 고향 이야기를 하고 싶어 하지 않았던 것은 야반도주나 마찬가지로 가족끼리 고향을 떠난 것에 분명 마음의 부담이 있어서였다. 아버지와 큰아버지의 양잠 사업 확대 계획에 다른 사람들이 전혀 거들떠보지 않았던 일이 마음의 상처로 남았기 때문임에 틀림없을 것이다. 주소록에 미하루의 친척 이름이 하나도 없었던 것은 실제로 친척이 아무도 없었기 때문이고, 친구나 지인의 이름이 없었던 것도 또한 야반도주에 얽힌 마음의 부담과 상처로 인한 것이다.

"사람은 느낌이 확 변해 버리네요."

가즈에의 말이 되살아났다.

23년의 세월.

시험 삼아 중학교 1학년 때 친구 얼굴을 떠올려 보려 했지만 바로 기억이 나는 것은 고작 친했던 두세 명 정도였다. 중학교 반 동창회는 고등학교에 올라간 해 이래로 하지 않았다. 그때도 모인 것은 대여섯 명인 것 같고 나도 출석하지 않았다. 조건적으로는 가즈에와 료코의 관계나 마찬가지다. 만일 내게 갑자기 동급생이었던 남자의 사진을 누가 보여 준다고 해도 다른 사람이라는 구별을 할 수 있을까? 여자라면 어떨까? 자신은 없다. 구별할 수 있을 것 같기도 하고 없을 것 같기도 하다.

그럴 리는 없다. 다른 사람이라면 확실히 맞힐 수 있을 것이다. 아무리 20년 이상의 세월이 흘러도 기억은 그렇게까지 애매해지는 게 아니다.

그러나 나 자신도 졸업 앨범에 있던 아이 때의 사진에서 그녀의 흔적을 본 듯한 느낌이 들었다. 생김새가 닮았다면 20년 세월이 다른 사람과 구별이 가지 않을 정도로 기억을 애매하게 할 가능성은 없을까? 하물며 남자와 여자는 다르다.

아니, 오히려 23년 전의 고바야시 료코는 아직 소녀였고, 사진 속 그녀는 어른이었다는 것을 생각해야 했다. 아이 때와 성인이 된 후의 얼굴은 인상이 크게 다르다. 나는 어머니의 장례식 때 십몇 년 만에 만난 사촌의 얼굴을 몰라봤다. 그를 사촌이라고 알아차린 것은 어린 시절의 인상이 남아서가 아니라, 그곳이 어머니 장례식장이고 친척 이외의 사람은 동석하지 않는다는 것을 알기 때문이었다.

그러나 잘린 대나무 그루터기 사건에서 가즈에의 착각이 들어갈 가능성은 없을까? 자기 탓으로 료코가 부상을 입었다는 죄의식 때문에 아이였던 가즈에에게는 료코의 상처가 실제 이상으로 과장되게 느껴진 것이다. 고작 긁힌 상처 정도였지만 상처를 꿰매러 병원에 갔다는 기억까지 만들어 버렸다.

아니, 내 기억이야말로 의심해 보아야 할 것일지도 모른다. 허벅지에 상흔이 없었다는 것은 단지 틀린 기억이 아닐까. 어린 시절의 상처라면 거의 눈에 띄지 않게 되었을 것이다. 료코는 모든 것을 내게 보여 주었다. 그렇다고 해서 상흔이 기억에 남아 있다고 단언할 수 있을까? 그녀의 몸에 취해 있었기 때문에야말로 눈에 들어오지 않았을 가능성은 없을까?

기억은 언제나 그 시점의 감정이나 놓인 상황에 좌우된다. 법정에서의 경험으로 인해 아플 정도로 잘 알고 있었다. 그런 애매한 것에 의존하는 것 외에 우리는 아무 데도 기댈 곳이 없다.

손목시계에 시선을 주었다.

10시가 되려고 했다.

수첩을 끄집어내어 휴대전화로 전화번호 안내국에 걸었다. 료코의 백모인 스즈코라는 여자의 주소를 말하고 번호를 문의했다.

전화번호는 안내국에 등록되어 있지 않았다. 호적에 따르면 료코의 백부 부부에게 자식은 없었다. 스즈코의 남편인 다로는 몇 년쯤 전에 죽었다. 혼자 사는 여자의 경우 번호 안내에 등록을 거절하는 경우가 많았다.

커피숍을 나가 택시 타는 곳으로 걸었다. 스즈코의 주소는 가쓰시카 구 요쓰기. 우에노에서 그다지 멀지 않은 거리였다.

심야 1시.

지친 몸을 끌고 쓰쓰지가오카의 맨션에 돌아왔다.

주소를 더듬어 찾아낸 고바야시 스즈코의 집은 아야세가와 강둑 가에 선 작은 이층집이었다. 날짜가 변하기까지 기다려도 집은 여전히 빈 채였다. 현관에 자신의 연락처를 적은 메모를 끼워 놓고 물러날 수밖에 없었다.

돌아오기 전에 다시 한 번 네리마 서와 경시청에 전화를 걸었지만, 후지사키와 통화할 수는 없었다. 몇 시라도 상관없으니 전화를 달라는 메시지를 부탁했다.

집에 들어가도 여전히 울리지 않는 휴대전화를 테이블에 세워 놓고 옷을 다 갈아입은 다음, 휴대전화를 째려보면서 물을 타서 연하게 한 위스키를 마셨다.

전화가 울린 것은 2시를 지났을 무렵이었다.

"밤 늦게 죄송합니다. 아직 일어나 계셨습니까? 급히 연락을 달라는 메시지가 있어서 폐를 끼치는 줄 알면서도 걸어 봤습니다."

전화 건너편에서 후지사키의 목소리가 들렸다.

"기다리고 있었습니다."

일부러 천천히 말했다. 그다지 술을 많이 마신 것은 아니지만 혼자서 말도 없이 계속 마시면 생각 외로 혀가 잘 돌아가지 않게 되는 일이 있다.

"그래서, 무슨 용건이십니까?"

형사가 말을 함과 거의 동시에 조금만 기다려 달라고 말하고 휴대전화를 놓고 세면대에 섰다. 차가운 물로 실컷 얼굴을 씻었다.

방에 돌아와 호흡을 가다듬고 전화를 입가로 가져갔다.

"미안합니다. 화장실에 뜨거운 물을 틀어 놔서."

변명을 자르듯이 후지사키가 입을 열었다.

"스모토 선생님. 죄송하지만, 이쪽은 무척 빡빡한 상황입니다. 용건은 짧게 말해 주시겠습니까?"

"오늘 미하루에 갔다 왔습니다."

일단 그렇게 말을 시작했다.

아무 반응도 없었다. 빨리 계속해서 이야기하라는 것이다.

"거기서 약간 이상한 이야기를 들었습니다. 료코가 초등학생 때 대나무에 허벅지에 찔려 부상을 입었고 병원에 가서 꿰맨 적이 있다고 하더군요."

"그래서요?"

"그런데 제 기억으로는 료코에게 그런 상흔은 없었습니다."

다시 한 번 "그래서?"라고 되묻는 것을 보고 상대방이 이쪽 이야기에 아무런 흥미도 갖지 않았다는 것을 알았다.

"시체 검시 결과 보고서를 좀 훑어보시죠."

"허벅지에 상흔이 있는지 어떤지를 조사하라는 겁니까?"

"예."

후지사키가 입을 다문 이유를 어떻게 이해하면 될지 알 수 없었다.

"료코가 다닌 초등학교에도 가서 졸업 앨범을 복사해 왔습니다. 앨범에 찍힌 여자아이의 얼굴이 어딘지 료코와는 다른 것 같다는 느낌이 들어요."

"……이상한 말씀을 하시는군요."

"저도 이상한 이야기라고 생각합니다. 분명 졸업 사진의 얼굴이야 한 사람 한 사람은 다 작으니까, 닮았다고 느껴지지 않을 거라 생각합니다. 하지만 상흔은 아무래도 걸립니다."

"선생님 말씀은 알겠습니다."

"그러면……."

"하지만 오늘 밤은 정말 빡빡합니다. 내일 다시 전화를 할 테니까 그때까지 기다려 주시겠습니까?"

"……."

"괜찮겠지요?"

형사가 전화를 끊을 것 같아서 나는 허둥지둥 입을 열었다.

"잠깐만요. 검시 보고서를 잠깐 봐 주기만 하면 됩니다. 그 정도의 수고도 못 하신다고요?"

"일정이 너무 빡빡하다고 말씀드렸을 텐데요."

"하지만 주소록에 고향 사람의 이름이 하나도 없는 게 걸린다고 말씀하셨잖아요."

"분명 어제 시점에서는 그랬죠."

"졸업 앨범은요?"

"무슨 말씀입니까?"

"료코 집에 졸업 앨범이나 그것 말고도 미하루에서 찍은 것으로 보이는 사진은 있었습니까?"

"듣고 보니 없군요."

"그러면……."

"스모토 선생님. 저도 말할 틈 좀 주시죠. 선생님, 취하셨지요?"

싸늘한 목소리가 나를 침묵하게 했다. 순간 화가 났다.

"사람 말을 주정뱅이 헛소리라고 생각하는 겁니까? 만일 그녀가 고바야시 료코 본인이 아니라면 틀림없이 이것은 사건입니다. 살해된 이유도 그 때문인지 모른다고요."

그렇게 내뱉은 다음 내 말에 나도 깜짝 놀랐다.

만일 그녀가 고바야시 료코가 아니라면 고바야시 료코 본인은 어떻게 된 것인가. 그것이 하나의 사건이라면 어떤 형태로 범죄를 꾸민 것은 고바야시 료코로 행세한 그녀 자신이 된다.

"그러면 선생님은 그녀가 고바야시 료코 씨의 호적을 어떤 방법으로 불법 입수했다는 겁니까?" 형사는 내가 입을 다문 틈을 타고 더욱더 끼어들었다. "우리도 고바야시 씨 신변을 조사하지 않은 게 아닙니다. 그녀의 일가는 미하루에서 신슈 쪽으로 옮긴 게 맞지요. 그 후 신슈에서 양친은 사망했습니다. 그녀는 신슈에서 오사카로 돈을 벌러 나갔습니다."

"……예. 저도 부표의 주소에서 그런 흐름은 확인했습니다."

"양친이 사망한 뒤, 그것도 어린 시절에 살았을 뿐인 고향과 완전히 연락이 끊어져도 이상하지 않습니다. 고바야시 씨가 졸업 앨범을 갖고 있지 않았던 것이 그렇게 문제가 됩니까? 제 것도 오래전에 어디 갔는지 없어져 버렸습니다. 하물며 고바야시 료코 씨의 경우는 이사를 몇 번이나 했습니다. 그러던 도중에 잃어버렸다 정도로 생각하는 게 어떨까요?"

"그녀에게는 도쿄에 친척이 하나 있습니다. 큰아버지 부부죠. 큰아버지는 죽었지만 스즈코라는 큰어머니는 살아 있습니다."

"물론 알고 있습니다."

"그러면 스즈코 씨에게 확인은 하셨습니까?"

"예."

"스즈코 씨의 이름이 주소록에 있었습니까?"

"있었습니다."

"하지만 어제는 친척 이름은 하나도 없다고 하셨는데요."

"스모토 씨, 그만 좀 하시죠. 미하루에서 무엇을 조사하셨는지 모르겠지만, 실제로 고바야시 스즈코라는 피해자의 백모에 해당하는 인물이 단언했습니다. 대체 어디에 의문을 제기할 여지가 있다는 겁니까. 완고한 분이라는 소문은 들었지만 자기 주장이 너무 강하시군요."

무슨 말입니까……. 그렇게 말을 하려다 삼키고 말았다. 역시 어제 만났을 때 느낀 인상은 틀리지 않았다. 처음 만나는 형사가 내 소문을 들었다면, 그 원죄 사건 이외에는 있을 수 없다. 3년 전에 도쿄고등법원에서 거행된, 20년 전 '회사원 강간 살인 사건'의 항소심. 우리 변호사들이 국가를 상대로 정의를 관철한 싸움.

우리는 검찰에 이겼다. 검찰이 제출한 증거의 신빙성을 하나하나 무너뜨려 유죄의 결정적 증거가 결국은 자백밖에 없었다는 것을 증명해서, 일본 경찰의 자백 우선주의에 이의를 제기했다. 그리고 한 남자를 철창 밖으로 내보냈다. 정치적이라고 해야 할 시오자키의 공작으로, 선배 변호사인 세키야 무네요시가 병으로 쓰러진 후에 피의자의 담당 변호사가 된 것은 나였다. 나도 또한 일약 각광을 받아 그 남자와 나란히 기자회견을 하게 되었다.

그러나.

감옥을 나온 남자가 스무 살 여대생을 강간해 살해하기까지는 그로부터 1년도 걸리지 않았다.

그 아가씨의 장례식의 기억이 어떻게 해도 지워지지 않는다. 비가 왔다. 모친이 딸의 사진을 품에 안고 있었다. 부친이 배우자와 자신에게 내리치는 비를 피하기 위해 우산을 받치고 있었다. 아가씨의 관이 영구차에 실려 빗속을 뚫고 화장장을 향해 사라져 갔다……. 그녀를 범하고 살해한 것은 그 남자다. 그러나 그 남자를 사회에 내보낸 것은 우리다. 우리는 틀렸다. 패배감. 열등감. 아니, 순수한 공포였다. 무엇이 정의인지 따위가 문제가 아니었다. 문제는 죄 없는 한 아가씨가 목숨을 잃었다는 사실이었다.

몸이 경직되는 것을 느꼈다.

나는 이미 아무도 상대하지 않는 변호사로 전락한 게 아닐까?

언제부터인가 생긴 강박관념. 시간이 경과되면서 죄의식이 아주 약간 희미해졌다고 생각한 순간에 기다리는 것은 이 강박관념이었다. 부정하고 앞으로 나아가려고 하면, 또다시 같은 과오를 저지르는 게 아닌가 하는 공포심이 도졌다. 한쪽 다리를 들면 남은 한쪽 다리가 빠지고, 빠져드는 다리를 들려고 하면 다른 한 다리까지 빠지는 그런 기분이었다.

"상흔을 조사해 주십시오." 나는 우겼다. "피해자는 고바야시 씨의 이름으로 보험증을 갖고 있고, 고바야시 씨로서 치료도 몇 번이나 받았습니다. 인감등록도, 물론 은행 계좌도 고바야시 씨 것입니다. 그래도 다른 사람이라고 하실 겁니까?"

"제일 오래된 치료 기록은 언제죠?"

"알려 드릴 필요가 있는 것 같지는 않군요."

"그것을 조사했다는 것은 역시 신원에 대해 어떤 의문을 느끼신 게 아닌가요?"

"죄송하지만 그것은 어제 시점이라고 했는데요. 게다가 신원 조사는 수사의 기본입니다. 처음부터 제대로 시작했습니다. 나중에 변호사 선생님한테 이래저래 비난받지 않도록 말이죠."

비아냥을 흘려 넘기는 척했다.

"어제 시점이라는 게 무슨 말이죠? 그 이후에 뭔가 바뀌었습니까?"

"범인이 체포되었습니다. 그래도 주범은 죽었지만요. 아직 이 이상은 말씀드릴 단계가 아닙니다. 이쪽은 지금 취조와 증거 확인으로 정신이 없습니다."

"……."

"스모토 씨, 힘드신 기분은 모르는 것도 아니지만, 사건은 현실적인 해결을 향해 움직이고 있습니다. 끊습니다."

입을 열려던 나는 수화기에서 흘러나오는 기계음을 듣고만 있을 수밖에 없었다.

신문기자인 고토 마스오와 연락이 되었다.

고토가 조간에 맞추려고 용의자가 체포된 기사를 쓰고 있어서 손이 비면 직접 전화를 하면 안 되겠냐고 하기에 나는 잘 부탁한다고 말하고 전화를 끊었다.

그 후로는 술을 마시지 않았다. 커피를 끓여 첫 잔째는 재빨리 마시고, 두 잔째는 시간을 들여 홀짝였다. 내일은 가나가와에서 재판이 있다. 공판의 재판 자료를 정리해 가방에 넣었다. 기분을 전환할 목적도 있어서 천천히 재검토하면서 넣었지만 그래도 기대한 만큼의 시간은 걸리지 않았다.

다음에는 아무것도 할 것이 없었다. 텔레비전을 켜 두었지만 그저 눈을 화면에 돌리고 있을 뿐, 그것이 금붕어 어항이더라도 마찬가지였을 것이다.

3시가 지나서 전화가 울렸다.

"죄송합니다. 완전히 늦었습니다."

천사의 목소리처럼 들렸다.

"저야말로 무리하게 전화 드려서 죄송했습니다. 피곤하실 테니 짧게 물어보겠습니다만, 범인은 대체 누굽니까?"

"주범은 구로키 교스케(黒木京介)라는 남자입니다. 서른일곱 살. 흑백할 때 흑 자에 나무 목 자. 교토의 경 자에 개호의 개를 씁니다. 그런데 고바야시 씨에게 찔린 상처가 원인이 되어 이미 사망했습니다."

"료코에게 찔린 상처……."

"예. 고바야시 씨의 집에 있던 본인 이외의 혈흔은 구로키라는 남자의 것과 일치하더군요."

"체포 상황은?"

"오프더레코드입니다만, 제보 같습니다. 네리마 서의 형사장에게 달라붙어서 캐물었더니 여자였다고 하더군요. 제보를 받아 집으로 간 수사원이 구로키가 사는 와세다의 맨션에서 놈의 시체를 발견했어요."

"구로키의 신원은?"

"사이카와 흥업이라는 폭력단 조직원입니다."

"단독으로 저지른 범행이 아니었다던데요?"

"공범도 밝혀졌습니다. 사와무라 히토시(沢村仁). 히토시는 인의(仁義)의 인 자를 씁니다. 구로키와 마찬가지로 사이카와 흥업 직원으로 동생뻘입니다. 구로키가 죽고 완전히 겁을 먹었는지 시체가 발견되자마자 바로 자수했습니다. 급전직하로 해결됐다는 거죠. 사와무라에 따르면 구로키가 고바야시 씨를 짝사랑했던 것 같습니다. 차인 분풀이로 폭행하려 했는데 고바야시 씨가 저항했고, 그래서 찔렀더니 오히려 구로키도 찔려서 사와무라에게 이끌려 달아났다는 겁니다. 사와무라 같은 동생들이 어느 정도 처치를 했던 것 같지만 의사처럼은 안 된 거죠. 출혈 과다로 죽었습니다."

"남자 두 사람이 있는데 여자 혼자 구로키를 찔렀다는 건 좀 이상하지 않습니까?"

"아, 집에 들어간 것은 구로키뿐이고 사와무라는 맨션 정면에 주차한 차에서 기다리고 있었다고 합니다."

"구로키가 칼에 찔리고 나서 혼자 차까지 도망쳤다고요?"

"그렇게 됩니다."

"하지만 한밤중에 갑자기 찾아갔는데 왜 문을 열었을까요?"

"남자와 여자 사이의 일이니까, 그런 건 뭐라고도 할 수 없고……. 열어 주는 사이였다고 할 수밖에 없지 않을까요?"

약간 조심스러운 어감이 있었다.

치정에 의한 살인.

후지사키가 말했던 현실적인 해결이라는 녀석이다. 내일 신문에 게재될 기사를 상상할 수 있었다. 밤거리에서 일어난 흔해 빠진 사건의 하나로 지면 한구석을 채울 것이다.

"구로키를 찌른 흉기는 발견되었습니까?"

"아직입니다. 뽑으면 출혈이 더 심해질 거라 생각해 찔린 채로 도망친 것 같습니다. 형사가 추궁하니 사와무라는 구로키가 죽은 뒤에 무서워서 맨션 옆의 간다가와 강에 버렸다고 했다더군요."

"자수한 이유는?"

"구로키의 시체 처리에 곤란했다고 합니다. 조직에도 숨겨둘 수 없고, 그저 명령받아서 도와줬을 뿐이어서 자수하는 쪽이 이득이라고 생각했다고 증언했습니다."

"제보한 여자의 정체는 밝혀졌습니까?"

"아뇨, 아직 안 밝혀졌습니다. 부장형사는 시체 처리가 곤란해진 사와무라가 지인인 여자에게 제보하게 했다는 선도 생각하는 것 같습니다."

싸운 것이 구로키와 료코인 이상, 사와무라의 죄는 그렇게 무겁지는 않을 것이다. 콩밥을 먹어도 고작 1년이나 2년. 시체유기죄까지 뒤집어쓰거나 조직 윗사람들에게 구로키의 죽음을 추궁당하기보다는 자수하는 편이 낫다고 판단했을까.

"구로키가 언제쯤 료코와 만났고 어떤 관계였는지에 대해서 자세한 이야기는 나왔습니까?"

"구로키 본인이 죽어 버려서 그쪽은 아직 애매합니다. 사와무라는 그날 밤에 구로키가 잠깐 도와 달라고 한 것뿐이라고 하고요."

"료코와 함께 있던 가능성이 있는 또 한 남자는 어떻게 됐을까요?"

"그 가능성은 부정되었습니다. '여자에게 찔린' 구로키는 사와무라에게 확실히 그렇게 말했다고 합니다."

"방에서 구로키의 지문은 발견되었습니까?"

"아니요, 장갑을 꼈다고 합니다."

"장갑은 발견되었습니까?"

"예, 피에 물든 장갑이 압수되었습니다."

"사이카와 흥업에서 구로키라는 남자의 지위는 어떻습니까?"

"지위라고 할 정도의 지위도 없습니다. 그냥 양아치라서."

나는 고맙다고 하고 전화를 끊었다.

컵 바닥에 남은 커피를 다 마셨다.

온몸이 피로감으로 찌들어 있었지만 머리의 심지는 맑았다. 글렌피딕에 얼음을 넣고 마시기 시작했다. 내일은 가나가와에서 재판이 있다. 잠옷으로 갈아입고 침대에 들어가 가만히 잠이 들기를 기다려야 했지만 잠은 신기루처럼 멀리 있었다.

창밖이 희미하게 밝아질 무렵 조간을 우편함에서 뽑아 왔다. 사회면 한쪽 구석에 실린 사건 기사를 훑어보았다. 고토가 말한 것과 같은 내용이 무미건조한 글자로 서술되어 있었다.

2

찝찝한 느낌이 가시지 않았다.

알람 소리를 멀리서 듣고 눈꺼풀을 열어 천장을 바라본 순간에 그렇게 느꼈다. 잠들었다고도, 그저 침대에 몸을 누이고 있었을 뿐이라고도 할 수 있는 잠이었다.

나는 고토의 설명이 조금도 납득되지 않았다. 조간을 장식한 '사실'이라는 녀석을 조금도 납득할 수 없다. 근거를 밝히자면 그녀의 허벅지에는 상흔 따위 없었다는 개인적인 기억에 지나지 않았다. 그러나 그 찝찝함은 샤워를 하는 동안에도 아침 식사를 급히 먹는 동안에도 전철로 가나가와 지방법원으로 향하는 동안에도 가시지 않았고, 희미해질 기색조차 보이지 않았다.

당연하다고 할까, 공판을 하는 동안은 집중할 수 있었다. 그것이 내 일이고 일상이니까.

그러나 오전과 오후의 공판 사이의 점심 식사 시간에는 완전히 정신이 나가 있는 상황이었다. 사실 한창 공판이라는 것 따위는 안중에 없었다. 해 오던 대로 대화만 틀리지 않으면 된다. 재판에서 진실이란 그렇게 해서 만들어질 뿐이다.

오후의 일도 무사히 끝내고 요코하마 지방법원의 석조 건물을 나갔다. 오전에는 증인심문이었지만, 오후는 준비서면 제출뿐이어서 시간은 별로 걸리지 않았다.

JR 간나이 역으로 이어지는 은행나무 가로수길을 걸었다. 아직 나뭇잎들은 푸르렀다.

이렇게 법원에 간 덕분에 몸 자체는 상당히 일상으로 돌아와 있었다. 어제 미하루에 갔을 때 같은 흥분은 거의 가라앉았다.

찝찝한 마음에 매달릴 이유는 아무것도 없을 것이다.

설령 료코의 허벅지에 상흔이 없었다고 해도 동급생인 이마무라 가즈에의 착각일 수도 있다. 병원 진료기록카드의 보관 의무기간은 5년. 20년까지는 절대 보관되지 않는다. 료코가 치료를 받은 외과의 진료기록카드가 남아 있을 가능성은 전무에 가까웠다. 한편 그녀는 고바야시 료코로서 보험증을 갖고 있고, 그것을 들고 찾아간 병원이 존재하는 것도 확실하다.

무엇보다 후지사키에 따르면 료코의 큰어머니인 스즈코라는 여자가 시신을 보고 고바야시 료코 본인이라고 확인했다. 큰어머니가 확인했으면 착오가 발생할 리가 없다. 상식은 우리를 사회와 붙들어 매는 닻이다. 사람이 바뀐다는 것 따위 상식적으로 생각해서 있을 수 없었다.

5년 전 세탁소에서 일하면서 작은 스낵주점에서 아르바이트를 하며, 처자식 있는 변호사와 사귀었던 여자는 그 후 그 변호사가 모르는 곳에서 돈을 만들어 가게를 열었다. 가게는 나름대로 잘됐지만 어느 날 갑자기 불행이 그녀를 덮쳤다. 시시껄렁한 조폭 양아치가 클럽 마담인 그녀에게 반해 장난을 좀 치려다 잘못해서 죽여 버렸다.

언론은 이것을 '클럽 마담 살해사건'이라 명명했다.

남은 것은 구로키라는 조폭의 동생뻘이었던 사와무라 히토시라는 남자의 송치, 구류, 기소를 기다려서 공판이 성립하는 것이고, 이것으로 사건이 끝난다. 그냥 그뿐인 이야기가 아닌가…….

거꾸로 만일 그녀가 고바야시 료코가 아닌 다른 인간이라고 하면 어떻게 되나?

만일 그렇다면 그녀 자신이 어떤 범죄에 얽혔을 가능성이 있다. 일본 경찰은 무능하지 않다. 그녀가 고바야시 료코가 아니라면, 그녀의 범죄와 함께 늦든 빠르든 그 사실을 밝혀낼 것이다. 그것은 변호사인 내 일은 아니었다. 나는 그저 내가 알던 그녀가 고바야시 료코라고 믿고 유족의 허가를 얻어 장례를 치러서 조용히 보내 주면 된다. 자동응답기에 남아 있던 그녀의 메시지 따위는 잊어버려라. 이마무라 가즈에가 한 이야기도, 상처에 대한 의문도 아무래도 상관없다. 그리고 다시 나 자신을 달래며 매일을 살아 나가면 된다.

그렇지 않다.

사무소에 돌아오자마자 용건을 말한 내게 비서인 노리코는 놀라움의 시선을 보내며 입을 반쯤 벌렸다.

"……무슨 일이세요?"

노리코가 조심스레 물어봐도 나는 똑같은 말을 되풀이했다.

"그러니까 앞으로 일주일간 공판 전체에 대해 기일 변경 신청을 법원에 제출해 주십시오. 변경 일정 조정은 소노시마 씨에게 맡기겠습니다."

"하지만 왜 그러시는 거죠?"

"본격적으로 조사해 보고 싶은 사건이 생겼어요. 그래서 스케줄을 좀 비워야겠습니다."

노리코는 아랫배 근처에서 굵은 손가락을 깍지 끼고 가끔 보이는 어머니 같은 눈빛을 지었다. 40대 후반의 그녀에게는 대학생과 고등학생 아들이 있었다.

"그럼 선생님, 변경 신청 이유는 어떻게 하시려고요?"

"저는 아직 맹장 수술을 받지 않았는데…… 그것을 뗀다는 것으로 해 둘까요?"

노리코는 웃음으로 답해 주지 않았다.

"모레에는 고지마치의 고노 선생님과 약속해서 맡은 공판도 있어요."

"고노에게는 제가 전화해 두겠습니다."

노리코가 입을 열려는 기색에 나는 미리 말했다.

"그리고 또 일주일 동안은 약속도 전부 연기해 주십시오. 사무소에 하루 종일 나올 수 없는 날이 있을지도 모르겠습니다."

노리코는 더더욱 어머니의 얼굴이 되었다.

걱정하는 것은 당연했다. 변호사는 잡탕 같은 세상을 살고 있다. 한 사건을 입에 넣고 씹으면서 바로 다음 사건으로 젓가락을 뻗는다. 휴가 외에 일주일의 시간을 통째로 비우는 사태는 노리코가 여기에서 일하고부터에 한정하지 않더라도 내가 변호사가 되고 나서도 처음이었다.

그러나 나는 움직일 결심을 했다.

억지가 아니었다. 그저 그렇게 정한 것이다. 내게 료코의 죽음은 신문의 한구석을 장식할 뿐인 사실도, 나 이외의 누군가가 파악한 사실에서 해결이 되는 사건도 아니었다.

사실은 언제나 기억 속에 있다. 법정에서는 그것을 타인의 기억 속 이야기에서 찾아간다. 그렇다면 나 자신이 가진 기억에 의지해 사실에 도달할 수도 있다는 말이다.

"하지만 선생님……. 완전히 매달려야 할 사건이라는 게 대체."

한층 더 조심스러운 어조로 중얼거리는 노리코를 가볍게 째려보았다.

자세한 사건 이야기를 말할 수 없는 경우가 있다. 2년 전에 노리코를 고용한 이후 서로가 암묵적으로 지켜온 양해 사항이었다.

"폭력단 관련 자료를 가져다주십시오. 그리고 후쿠시마 현 미하루 부근에 있는 외과 의사에게 전부 전화를 해서 23년 전에 상처를 꿰맨 고바야시 료코라는 소녀의 진료 기록이 남아 있지 않은지 확인해 주셨으면 좋겠습니다."

메모 용지에 '고바야시 료코'라고 써서 노리코에게 건네주었다.

경찰의 수사가 그렇게까지 날림이라고는 볼 수 없지만, 어떤 특별한 사정으로 큰어머니인 스즈코가 거짓말을 했을 가능성도 고려하지 않을 수는 없다. 스즈코 본인과는 오늘 중에 다시 가서 만날 작정이었다.

손목시계에 시선을 주고 얇은 벽으로 칸막이된 내 방으로 들어갔다.

오후 4시가 다 되었다. 블라인드를 내려 석양을 피했다. 책상에 앉아 껌을 입에 던져 넣고 재빨리 고노에게 전화를 걸었다.

수화기를 놓기 전에 노리코가 어느새 가져다준 자료를 펼쳤다. 구로키 교스케라는 남자가 속해 있던 사이카와 흥업 관련 항목을 꼼꼼히 읽었다. 도중에 노리코가 차를 놓고 가 주었지만 더 이상 아무 말도 하려 하지 않았다.

사이카와 흥업은 구성원이 20명 정도 되는 폭력단으로 우에노에서 다와라마치에 걸친 일대를 자신의 돈벌이 구역으로 하고 있었다. 구 요시와라의 홍등가를 포함한다. 두목은 2대째인 사이카와 야스시, 연령 45세. 초대 두목이었던 사이카와 노보루의 친아들이 아니라 양자 결연 후에 조직에 넘어왔다고 했다. 10년쯤 전에 오사카 조직에서 후계자로 데려온 것이다. 조폭 세계의 스카우트였다. 빈번히 일어나는 일은 아니지만 후계자가 될 인재가 내부에 없는 경우에는 다른 조직에서 싹수가 있는 인간을 빼 와서 양자결연을 맺곤 했다. 스카우트를 하는 곳은 역사와 전통이 풍부한 조직이 많았다. 후원도 같이 받으려는 노림수였다.

사이카와 야스시의 예전 성은 와쓰지. 와쓰지 야스시였다. 당시 속했던 조직은 광역 폭력단 교와회 계열인 스에히로회.

사이카와 흥업의 모(母)조직도 교와회다. 와쓰지 야스시가 사이카와 야스시가 되어 2대째를 이은 경위를 자세히 알려면 교와회와 스에히로회의 관계를 조사해야 할 것이다. 머나먼 서쪽 출신 남자를 2대째 두목으로 골랐다면 사이카와 흥업의 선대 한 사람의 결단이라기보다 상부 조직을 통한 교섭의 결과일지도 몰랐다.

사이카와 흥업의 주소와 간부로 판명된 사람의 이름을 수첩에 기록했다.

책상 끝에 있는 컴퓨터의 전원을 켰다. 데이터베이스에 접속해 기업 가이드에 접속했다. 예상대로 스카우트된 2대째는 상당한 수완가인 것 같았다. 불법적인 돈벌이에 의존하지 않고, 바깥 세상으로 제대로 진출을 하고 있다. 그것이 폭력단 대책법에 의해 망하지 않은 이유였다. 사이카와 야스시는 두 회사의 임원이었다. 하나는 세토나이에 있는 일반폐기물 처리회사, 또 하나는 조직의 본거지에 있는 토목자재 반입업이었다. 이름이 드러나지 않는 장사는 아마 이보다 몇십 배는 더 많이 있을 터였다.

상세 사항을 출력했다.

경시청의 후지사키에 전화를 했지만 여전히 부재중이었다.

이번에는 다른 것을 물어보았다.

"후지사키 씨가 담당하시는 사건의 피해자인 고바야시 료코 씨의 친구입니다만, 시신은 언제까지 관할서에 있습니까?"

이유를 묻기에 유족과 함께 장례식 준비를 하고 싶다고 대답했다. 상대방은 잠시 기다려 달라고 하더니 잠시 후에 '아직 모른다'고 대답할 뿐이었다. 사 놓은 껌의 포장을 뜯어 하나를 더 입에 던져 넣었다.

주소록을 뒤적이면서 잠시 생각한 다음 다시 전화를 걸었다.

젊은 여자의 목소리가 바로 대답했다.

"기요노 흥신소입니다."

사장인 기요노 노부유키를 바꿔 달라고 했다.

역시 진보초에 사무소가 있는 흥신소 경영자다웠다. 기요노는 과거 경시청의 총무로 근무했지만, 공공연하게 알릴 수 없는 사건을 계기로 퇴직했다. 본인은 결코 말하고 싶어 하지 않지만, 상당히 확실한 관계자의 이야기에 따르면 경시청 내의 돈을 장부상으로 속여 노름빚을 갚으려 했던 것 같다. 경찰 공무원의 안정된 생활을 내놓는 대가로 모든 것을 없던 일로 했다고 했다.

전화를 받은 기요노는 "여어, 안녕하세요." 하고 장사꾼을 연상시키는 어조로 말했다. '일은 잘 되고 있구나.'라는 근거 없는 차분함을 느끼게 하는 목소리였다.

"일을 좀 부탁하고 싶습니다."

"알겠습니다. 바로 사람을 보내죠."

내 감과 기억이 틀림없다면, 여기로 파견할 수 있는 사람이란 본인 외에는 없을 것이다. 설마 숨길 작정은 아니었겠지만, 나와 마찬가지로 파트타임 비서를 고용할 정도의 자영업을 하고 있으니.

"아뇨, 저도 시간이 없어서 용건을 바로 말씀드릴 테니 준비해 주십시오. 조사해 주실 것은 사이카와 흥업의 구로키 교스케라는 남자입니다."

"미행입니까, 아니면 신변 조사?"

무엇이냐에 따라 요금이 달랐다.

"구로키는 이미 사망이 확인되었습니다. 네리마 구에서 클럽 경영자가 살해당한 사건입니다."

"잠깐 기다려 주십시오."

기요노는 그렇게 말하고 신문을 가져온 것 같았다. 그러고는 "흠." 하고 중얼거린 다음 다시 입을 열었다.

"조사 목적은 이 살인 사건 관련이라고 생각해도 되겠지요?"

"그렇습니다. 피해자가 경영하는 클럽은 이케부쿠로에 있었습니다. 구로키가 속한 사이카와 흥업의 구역은 아사쿠사입니다. 이케부쿠로 인근은 류진회의 구역이고요. 피해자가 아사쿠사 인근으로 나갔다고도 볼 수 없습니다."

"둘의 접점을 찾고 싶으신 거군요."

"그것과 조직 안팎의 구로키의 평판이나 사람 됨됨이도 조사해 주십시오." 생각이 나서 덧붙였다. "두목인 사이카와 야스시에 관해서도 자세한 정보를 알게 되면 좋겠습니다."

"기한은?"

"가능한 한 빨리요. 조사된 것부터 보고해 주십시오."

"알겠습니다. 그런데 참 신기하네요. 스모토 씨가 형사사건에 손을 대다니."

나는 그 말에 애매하게 웃고는 전화를 끊었다.

수첩에서 '라오'의 호스티스였던 나토리 사요코의 전화번호를 찾았다.

사요코는 집에 있었다.

"잡혔던데, 범인……."

속삭이는 듯한 목소리였다.

"신문 읽었군."

"너무해."

더욱더 작은 목소리가 되었다.

"그 일 때문에 전화를 했는데, 가게에서 구로키라는 양아치를 만난 적이 있나?"

"요전에 얘기했잖아. 가게에 폭력단 관계자는 오지 않았다고."

"하지만 가사오카는 류진회와 관련이 있다고 하지 않았나?"

"기억력 좋네. 하지만 구로키란 남자는 류진회는 아니었는걸."

"그것은 그렇지만, 신문에 나온 구로키 사진이 나왔는데, 본 적은 없었어?"

"아니. 난 없어."

"료코가 구로키나 사이카와 흥업의 이름을 말한 적은?"

"미안. 기억이 안 나."

"부탁 좀 들어줄래? 가게 사람 전부에게 구로키를 기억하는지 어떤지 확인해 줬으면 좋겠어. 기억하는 사람이 있으면 료코와의 관계를 가능한 한 자세히 물어줘."

사요코는 바로 "알았어."라고 답했다.

희미한 망설임과 같은 틈을 둔 것은 그렇게 대답하고 나서였다.

"저기, 변호사님."

"변호사님이라고 하지 마. 스모토라고 불러."

"그럼 스모토 씨. 내 쪽에서도 연락할 생각이었는데 오늘 밤 잠깐 시간을 내줘. 장례식 일로 다시 한 번 상담해 주면 좋겠어."

감이 왔다. 사요코의 감상적인 기분을 이해는 해도, 장례를 같이해 줄 정도의 금전적 여유가 있는 사람은 없는 것이다.

"알았어. 아직 시간은 잘 모르겠는데 어차피 가사오카의 아파트를 다시 한 번 찾아갈 거야. 용건이 끝나면 전화할게."

"됐어. 내가 사무소에 갈게. 짜증이 나서 이제부터 밖에 나가려던 참이었어." 그녀는 일단 말을 끊은 다음 참지 못한 듯이 말을 이었다. "다들 너무해. 마담에게 그만큼 신세를 졌으면서 막상 장례식을 치르자고 하니까 돈 때문에 다들 망설이잖아."

"어쩔 수 없어. 나름대로 사정이 있겠지. 그보다 너와 둘이서 장례식을 치른다고 해도 친척의 승낙도 아직 못 받았잖아."

"오늘 내가 받았어."

"누구한테?"

"가쓰시카 구에 있는 큰어머니. 고바야시 스즈코라고 하던데."

"어떻게 알았어?"

"장례식 상담을 하고 싶다고 경찰에게 말했더니 가르쳐 줬어. 하지만 당뇨 때문에 입원했고 남편도 죽어서 도저히 직접 장례를 치를 수 없대. 다른 친척이 없는지 물어보니까 고개를 저어서, 시신을 인수하겠다는 승낙만 해 주면 우리가 납골까지 전부 다 한다고 맡았어. 도와줄 거지?"

"물론."

내가 그렇게 대답하니 아가씨는 가슴을 쓸어내린 것 같았다.

"스즈코 씨는 장례식을 치러 줄 만한 다른 친척은 없다고 한 거지?"

"응, 그렇게 말했어. 잘됐네. 스즈코 씨도 기뻐할 거야. 누가 인수하지 않으면 시신이 구청에 넘어가 버린다고 했더니 잘 보이지 않는 눈을 깜빡거리는 게 정말 슬퍼 보였어."

3

게이세이 선 요쓰기 개찰구에서 기다리고 있으니 10분 정도 늦게 사요코가 왔다.

얇고 빨간 스웨터에 청바지. 오늘도 편한 옷차림이다. 굽이 높은 샌들을 신고 있는 탓도 있지만 키는 나와 거의 비슷했다. 동안과 몸매 때문에 스무 살을 넘긴 여학생 같은 인상이었다. 물장사 하는 여자가 평소에 멋을 내지 않는 것은 일 생각이 나는 게 싫어서일까.

“미안해, 갑자기 같이 가자고 해서.”

사요코가 방향을 가리켜서 그곳으로 나란히 걸어가면서 말하니 귀여운 미소를 지었다.

“괜찮아. 기분 전환하러 밖에 나갈 생각이었다고 했잖아.”

“병원 가는 게 기분 전환은 아니잖아.”

“하지만 다시 찾아가는 것도 나쁘지 않아. 그 할머니, 안 좋은 느낌은 아니었거든. 사과를 좋아한다고 해서 사다 드렸어. 파란 사과. 오린이라는 건데 부드러워서 먹기 좋아.”

팔꿈치에 매단 비닐봉지를 들어보였다.

“그 할머니는 눈이 그렇게 나빠?”

“당뇨의 영향이래. 같은 증상이 있는 삼촌이 있는데, 인공 렌즈를 넣지 않으면 실명해 버릴지도 몰라.”

“료코 사진은 갖고 왔어?”

“마담은 사진을 별로 좋아하지 않아서 찾느라 고생했어.” 사요코가 핸드백 안을 더듬었다. “작년 말에 가게 사람들이랑 온천에 갔거든. 그때 찍은 사진이야. 대부분은 마담이 셔터를 눌러서 마담 사진은 별로 없지만."

한 권이 필름 한 통의 분량이 되는 미니앨범이었다.

걸으면서 들추어 보았다. 몇 장째인가에 화장을 지운 료코가 미소 짓고 있었다. 지금의 사요코와 마찬가지로 청바지, 스웨터에 주니치 드래건스의 야구모자. 더 넘겨 보니 장소가 온천여관으로 바뀌었고, 료코도 유카타에 솜옷을 입은 편한 차림을 하고 있었다. 상당히 술이 들어간 듯 여자들이 다들 눈동자가 멍했다. 손님이 있는 곳에서는 절대로 그렇게 마시지 않았을 것이다. 료코가 찍힌 것은 그 두 장뿐이었다.

내가 갖고 있는 사진보다 얼굴이 또렷한 것은 아니었다.

"나중에 스즈코 씨에게도 보여 달라고 부탁할지도 몰라."

나는 앨범을 돌려주었다.

"근데 무슨 일이야?"

나는 스즈코를 만난 뒤에 이야기하겠다고 말을 흐렸다.

선입견은 주지 않는 편이 좋다. 아가씨에게가 아니라 나 자신에게. 말을 해 버리면 그것이 내 선입견이 된다. 아무리 당뇨의 영향이라고 해도 다른 사람을 자기 조카딸로 착각할 리가 없다. 하지만 나는 고바야시 료코라고 여겨졌던 여자가 다른 사람일지도 모른다고 생각하고 있다. 선입견이 앞서면 유도 심문이 될지도 모른다.

병원까지는 걸어서 10분 정도였다.

4층 건물이 두 동. 부지는 그다지 넓지 않았고 바싹 옆으로 서 있다. 두 동의 외견이 다른 이유는 증축 때문일 것이다. 입구를 들어가 접수에서 병문안객 대장에 기입하고 사요코와 로비를 가로질렀다. 고바야시 스즈코의 병실은 안쪽 건물 3층이었다.

6인실의 명찰에 이름이 늘어서 있었고, 스즈코는 오른쪽 가장 위였다. 침대는 명찰 순서대로였고 오른쪽 창가에 백발 노파가 장식품처럼 앉아 있었다.

정말 노파라는 느낌이 확 들었다. 잠옷 위로 봐도 유방보다 견갑골이 더 뚜렷했다. 가슴은 완만하게 아랫배로 뻗어 있었다. 머리는 두피가 보였고 눈밑에는 윤곽을 더듬듯이 가는 주름이 새겨져 있었다. 피부가 희기 때문에 검버섯이 눈에 띄었다. 일흔이 될까 말까 하는 정도일까.

노파는 멍하니 창을 보고 있었다. 창의 시야는 넓었고, 빈틈없이 늘어선 주택이나 고속환상선을 느릿느릿 이동하는 차, 그 건너편의 아라카와 강까지 내려다보였다. 흐린 날이라서 그런지 경치 전체가 침침하게 가라앉아 있었다.

"할머니, 사과 사 왔어."

사요코가 말을 거니 노파는 멍하니 이쪽을 보았다.

시간차를 두고 웃는 얼굴이 몇 초쯤 늦게 떠올랐다.

"뭐야, 또 왔구나……."

노파는 지방도 근육도 거의 느낄 수 없는 힘줄뿐인 팔을 들어 올려 기쁜 듯이 손바닥을 팔랑팔랑 흔들었다.

"사과 먹고 싶다고 했잖아. 또 소개하고 싶은 사람도 있어서."

이야기 도중에 노파가 이쪽을 보았다. 나는 말없이 그녀를 직시하고 있었다. 그렇게 하고 있으면 보통은 반응을 보일 것이다.

스즈코는 웃음을 띤 채 나를 보고 있을 뿐이었다. 오른쪽 눈은 확실히 탁해서 마치 한천에 쌓인 것 같았다. 정확히는 내 얼굴에서 살짝 오른쪽으로 빗겨난 한 점을 바라보는 느낌이 들었다.

“이 사람 말이야, 료코 씨의 오랜 지인인데 우리와 함께 장례를 치르고 싶다고 해서.”

사요코가 소개하니 노파는 깊숙이 고개를 숙였다.

“정말 미안하게 됐네……. 다이키치 씨 부부는 아주 옛날에 돌아가셔서 몸이 이렇지 않으면 내가 해 주고 싶지만…….”

말하는 게 전부 혀에 착 달라붙는 듯했다. 폐활량이 작은지 자주 숨을 이어야 해서 말이 뚝뚝 끊어졌다. 그녀를 의심하려고 하니 나는 마음이 불편해졌다.

병실에 약품과 소독약 냄새와 함께 감도는 것이 가래 냄새라는 걸 깨달았다.

“아주 친한 친구입니다. 그렇게 말씀하지 마십시오. 그보다 료코 씨의 이야기를 들려주시겠습니까?”

“착한 아이였지.” 노파는 턱을 앞뒤로 흔들면서 말하고, 사요코에게 얼굴을 돌렸다. “양갱이 있단다. 받은 건데 먹으렴. 포트에 뜨거운 물도 있고 선반에 차도 있으니까.”

“할머니가 좋아하는 사과를 깎아 줄게. 칼 있어?”

“착하기도 하지……. 선반 밑에 있단다.”

칼을 찾아낸 사요코가 침대 옆 둥근 의자에 앉아 비닐봉지에서 사과를 꺼냈다.

나는 옆의 환자에게 양해를 구하고 둥근 의자를 빌려와 침대 반대쪽, 스즈코 바로 옆에 앉았다.

“미하루에 갔다왔습니다.” 나는 말을 꺼냈다. “고바야시 씨가 사셨던 곳에도 다녀왔습니다.”

스즈코는 의외라는 얼굴을 했다. 이야기를 듣고 싶어 하는 것 같아서 어제 보고 온 마을의 모습을 들려주었다.

"미하루를 떠난 것이 분명 74년이었다우." 노인은 생각에 잠겨 있었다. "……쇼와 49년인가 50년(74년, 75년 — 옮긴이)이었을 거요."

"떠나신 때의 사정은 대충 들었습니다. 동생분 가족도 같은 때에 나가노로 가셨더군요."

"다이키치 씨네가 한 달쯤 빨랐던가. 와사비 농원을 도와 달라는 친구가 있어서요. 우리는 갈 곳이 있어서 도쿄로 나온 건 아니었고. 나도 남편도 이미 그렇게 젊지 않았고 석유파동으로 엄청났던 시절이어서 나와도 어떻게 될지조차 몰랐지만……. 그대로 미하루에 있을 수는 없었지."

"그 후에 동생분들 가족과 교류는?"

"그야, 뭐 친척이니까."

"자주 왔다 갔다 했습니까?"

"도쿄와 나가노니까 빈번히는 아니었지만 다이키치 씨와 다에 씨가 죽기 전까지는 1년에 한두 번 정도 만났지. 전화로 이야기도 했고. 우리도 다이키치 씨도 술을 좋아해서."

약간 수다스러워진 느낌이 들었다. 같은 질문을 경찰로부터 세세하게 받았을 것이다.

"료코 씨는 고등학교를 졸업한 해에 오사카에 갔지요."

"……착한 애였어."

일순 반응이 늦었다.

"일하러 간 겁니까?"

"그랬지, 그랬어."

이번은 반응이 빨랐다. 변호사가 항상 신경을 쓰는 것은 상대가 무엇을 말했는지 보다는 어떤 식으로 말을 했는지이다. 사람은 반드시 거짓말을 한다. 거짓말이라고 할 수는 없어도 자신에게 유리하게 뉘앙스를 바꾼다. 우선은 그렇게 생각해야 한다.

"어떤 곳에서 일했는지 들으셨습니까?"

"글쎄. 옷가게였는지, 백화점이었는지……, 그런 이야기를 들은 것 같기도 하네."

"옷집이라면 의류 관계라는 뜻입니까?"

"그런가? 잘 기억이 안 나우."

"료코 씨와 마지막으로 만난 것은 언제입니까?"

다시 잠시 침묵이 이어졌다.

"……마지막이라, 갑자기 물어보니 잘 모르겠네."

잠시 노파를 바라보았다.

"최근에도 만나셨습니까?"

"몇 년이나 만나지 않았어. 무엇보다 도쿄에 있는 것도 이런 일이 있기 전까지는 몰랐지……."

"료코 씨가 오사카에 가고 나서 만난 적은 있습니까?"

"다에 씨 장례식 때에 만났나? 그 후 한 번 정도 만났는지 어떤지……."

모친인 다에가 죽은 것이 12년 전. 고바야시 료코는 스물셋이었다는 계산이 된다.

"연하장이라든지 편지는?"

"몇 번쯤 받았지만, 옛날 일이지. 우리 남편이 죽었을 때도 료코의 연락처를 몰랐거든……. 아이가 없어서 그 애가 어릴 때는 상당히 귀여워했는데……."

"료코 씨가 보낸 연하장이나 편지는 남아 있지 않습니까?"

"없을 거야. 할아버지가 죽고 나서 옛날 것은 처분해 버렸어. 나도 별로 미하루의 일은 떠올리고 싶지 않았고……."

필적을 확인하고 싶어서 내가 끈질기게 물으니 노파는 일단은 찾아본다고 약속했지만, 별로 기대는 할 수 없을 것 같았다.

"시나노오마치의 와사비 농원 주소는 어떻습니까?"

"와사비 농원?"

"시동생이 미하루를 떠난 뒤 일하셨던 와사비 농원 말입니다."

"왜 그런 걸 알고 싶어 하나?"

"료코 씨가 살아온 곳을 알고 싶습니다."

"……글쎄. 다에 씨가 죽은 것도 10년 이상 전 일이고 그 후로는 완전히 왕래도 끊겼어."

"할머니, 사과 다 깎았어. 종이 접시도 썼어."

사요코가 사과를 내밀었다. 솜씨 좋게 깎은 사과가 초승달 모양으로 잘려 있다. 노파는 고맙다고 하고 내게 먼저 권했다. 내가 양보하니 노파는 하나를 집어 들어 작은 입가로 가져갔다. 뻗은 손의 움직임은 무난했고, 더듬는다는 느낌도 없었다.

나는 안주머니에서 수첩을 꺼냈다.

"경찰이 료코 씨의 시신을 확인해 달라고 했죠."

"으응."

"바로 경찰서에서 시신을 보셨습니까?"

"……별로 좋은 기분은 아니지만 친척은 이제 나뿐이니까. 확인해 주지 않으면 그 아이도 못 떠나잖아."

말을 하지 않고 있다. 그런 인상을 받았다. 입을 다문 채 기다려 보았지만 노파는 그 이상 아무것도 말하려 하지 않았다.

나는 료코의 사진을 스즈코에게 내밀었다.

"잠시 이 사진을 봐 주셨으면 좋겠습니다."

노파는 사요코가 건네준 휴지로 손을 닦고 사진을 받아들었다. 사과를 잡았던 때와 마찬가지로 무난한 손놀림이었다.

노파가 눈을 찌푸렸다.

그러고는 늦게 입을 열었다.

"언제 찍었지?"

"……잘 봐 주십시오. 정말 료코 씨가 맞습니까?"

"무슨 뜻인가?" 스즈코가 되물어보면서 사진을 돌려주었다. "보게, 이것저것 묻지만 말고 료코의 이야기도 들려주게나."

"다시 한 번 봐 주세요. 정말로 료코 씨 맞습니까?"

순간 노파의 얼굴에 당혹감이 스쳤다가 짜증으로 바뀌려 하더니 바로 풀어졌다.

"아가씨, 미안하지만 저기 안경집이 있거든?"

노안경 렌즈 너머로 노파의 눈가가 커지고 눈 움직임이 확실해졌다. 그녀는 눈을 가늘게 뜨고, 살짝 깜빡이다가 다시 가늘게 떴다.

"조금 마른 것 같네."

그러고는 사진을 돌려주었다.

"스즈코 씨." 내가 노파의 이름을 불렀다. "제 뺨에 점이 있는데 어느 쪽인지 아시겠습니까?"

이번에는 짜증이 더 큰 것 같았다.

"오른쪽이네."

나는 끄덕이고 미소 지어 보였다. 미소는 노파에게 전해졌을 것이다. 시야 끝에서 사요코가 째려보고 있었다. 나는 모르는 척하면서 입을 열었다.

"그런데 경찰이 료코 씨 집에서 증거로 압수한 목록을 보시고 사인을 하시지 않았습니까?"

경찰은 압수 품목에 관해 유족의 양해를 얻을 의무가 있다. 경찰이 압수품을 반환했을 때 자유롭게 조사하기 위해서는 이 노파와 우호적인 관계를 계속해 둘 필요가 있었다.

"그래, 읽고 도장을 찍었어."

"사본을 보여 주시면 좋겠습니다."

노파는 분명 선반 속에 있을 거라고 가르쳐 주었다.

"무슨 일이야?"

엘리베이터를 타자마자 사요코가 물었다. 책망하는 느낌이 있었다. 우리 말고는 탄 사람이 없었다.

"할머니를 추궁했잖아. 변호사님은 항상 그런 식으로 말하는 거야? 분명히 말해서 내 눈에는 좋게 안 보였다고."

나도 마찬가지였다. 그 노파는 추궁을 받을 만한 나쁜 사람이 아니었다.

"엉뚱하다고 생각할지도 모르지만, 우리가 알던 고바야시 료코와, 호적상 미하루 출생인 고바야시 료코는 다른 사람이 아닌가 하는 느낌이 들어."

사요코는 내 얼굴을 가만히 올려다본 채 아무 대답도 하지 않았다. 그러다 계속 눈을 깜빡거리며 내 가슴께로 시선을 내렸다.

"무슨 말이야?"

엘리베이터는 곧바로 1층까지 내려갔다. 문이 열리고 로비와 이어지는 복도로 나가서 나는 다시 입을 열었다.

"미하루에서 료코의 어린 시절 친구한테 들었는데, 그녀는 초등학교 때 대나무 그루터기에 허벅지를 찔린 적이 있는 것 같아. 병원에서 꿰맸을 정도였다더군. 그런데 내 기억으로는 그녀의 허벅지에 상처 따위 없었어."

"그뿐이야?"

"그뿐이면 안 되나?" 주머니에 손을 넣고 졸업 사진의 복사본을 끄집어냈다. "미하루의 초등학교에서 받아온 거야. 누가 료코인지 알겠어?"

사요코가 복사본에 얼굴을 가까이 가져가더니, 내 손에서 복사본을 잡아채고는 멈춰 서서 바라보았다.

"이거야." 사요코가 료코의 얼굴을 가리켰다. "이름이 있잖아."

"얼굴만 보고 안 게 아니잖아."

"남자들은 모르시겠지만, 여자란 남자보다는 몇 배 이상 느낌이 변해. 나도 아오모리 시골에서는 빰이 사과 같은 둥글둥글한 여자애였어."

"그 얼굴을 보고 정말로 료코라고 실감할 수 있어?"

"스모토 씨는 할 수 있었어?"

"뭐라고도 못 하겠다는 게 솔직한 심정이야."

"미하루의 친구에게 아까 사진을 보여 주지 않았어?"

"보여 줬지. 다른 사람이라는 말을 들은 건 아니야."

"스즈코 할머니의 눈이 잘 보이지 않는다고 염려한 것 같은데, 할머니는 사과도 잘 집었고 내 얼굴도 기억했어."

"하지만, 내 얼굴에 점은 없는데."

"오른쪽인지 왼쪽인지라고 물었잖아, 심술궂긴."

"너라면 점은 없다고 대답했겠지."

사요코는 입을 다물었다.

"그리고 또 하나. 스즈코 씨는 아마 뭔가 숨기고 있는 것 같아."

"……무슨 소리야? 사실 마담은 고바야시 료코가 아닌데 거짓말한다고 말하고 싶은 거야?"

"아니." 고개를 흔들고 나서 생각을 계속했지만, 적확한 대답을 찾을 수 없었다. "확실히 말할 수는 없지만 뭔가 감추고 있는 것만은 확실해."

"왜 그렇게 생각해?"

"스즈코 씨는 이미 경찰로부터 조카딸일지도 모르는 시신의 신원 확인을 부탁받았어. 당연하지만 이것저것 질문을 받았을 거야. 아까 내가 료코와 마지막으로 만난 건 언제냐고 물었을 때의 대답을 기억해?"

"……."

"'마지막이라, 갑자기 물어보니 잘 모르겠네'. 잠시 짬을 두고 그렇게 대답했잖아."

"그게 어때서?"

"살인 사건의 경우에 특히 경찰은 모든 관계자에게 반드시 이 질문을 해. 하물며 시신의 신원 확인을 부탁받았어. 분명히 경찰이 같은 질문을 했을 거야. 그러니까, 내 질문은 적어도 스즈코 씨에게는 두 번째가 되는 거지. 너라면 거기에 '마지막이라, 갑자기 물어보니 잘 모르겠네'라고 대답할까? 대답하는 데 짬을 둔 것은 뭔가 시치미를 뗄 작정으로 둘러대려고 했던 거야."

"지나친 생각인 것 같은데."

"그렇지 않아."

"……하지만 그 할머니는 전혀 나쁜 사람으로는 안 보였는데."

"나쁜 사람이 아니라도 숨기는 게 있으면 거짓말도 하는 거지."

"하지만 마담이 자신의 조카가 아닌데 그렇다고 거짓말을 할 이유가 있을 것 같지 않아."

그 말이 맞다.

현관을 나가 계단을 내려갔다.

"경찰은 그렇게 대충대충 하는 건가." 사요코가 말했다. 생각이 나서 중얼거린 것 같았다. "저기, 피해자 신원 조사를 그렇게 대충 하는 거야?"

"신원 확인은 수사의 첫걸음이지. 제대로 해 두지 않으면 기소 때 곤란하니까. 우리보다도 먼저 스즈코를 만나러 갔고 신변 조사도 당연히 확실히 했을 거야."

"그러면……."

"마흔 명에 가까운 수사원이 수사본부를 구성하고 있다더군. 경찰 조사란 실제로 엄청난 거지. 하지만 생각해 볼 것은 그녀가 어디의 누구든 고바야시 료코로서 살아온 이상 그것을 증명할 증거도 산더미처럼 있는 게 당연해. 고바야시 료코라고 증명하는 쪽이 오히려 쉽다고 할 수 있을지도 몰라. 그리고 또 한 가지. 조직에는 조직의 약점이 있어. 누구 하나가 공공연히 의문을 제시하지 않는 한, 한 번 결정된 방침을 뒤집지 않아. 하지만 조직 안에서는 주위가 믿는 것에 좀처럼 의문을 제기하기는 힘들지."

"방침이 아니라 사실이 뭐냐는 문제잖아."

생각보다 총명한 아가씨 같았다. 총명한 아가씨에게 조직에 있어서의 사실과 방침의 차이를 설명하기는 귀찮았다.

"어느 쪽이든 덕분에 하나는 확실해졌어. 설령 큰어머니라고 해도 증언을 그대로 받아들일 수는 없다고. 그렇잖아."

그러나 어디까지나 증언은 증언으로, 수사에서도 재판에서도 대단한 무게를 가지는 것을 아플 정도로 알고 있었다. 스즈코는 뭔가를 감추고 있다. 그것은 확실했다. 그러나 그렇다고 해서 사요코도 지적한 것처럼 무슨 사정이 있어서 자신의 조카도 아닌 여자의 시신을 조카라고 단언한다는 말인가. 그 이유를 밝히지 못하는 한, 늙은 여자의 증언은 절대적인 무게를 가진다. 경찰에게뿐 아니라 내게도.

매수되었다는 상상은 난센스였다. 일반인이 매수되었다면 거짓말을 한다는 냄새가 풍길 것이다. 나는 그렇다 쳐도 수사의 프로인 경찰이 놓칠 리가 없다. 그렇다면 형사의 엄격한 눈앞에서도 드러나지 않았을 정도로 사소한 일이라는 말인가. 그것이 몇 가지쯤 쌓여 결과적으로 조카라고 증언하게 만들었다고 생각해야 할 것인가.

그런 일이 실제로 있을 수 있을까?

"그래서 이제부터 어떻게 할 거야?"

사요코의 물음에 오래 생각할 필요는 없었다.

"후지사키라는 형사를 만나러 가야지. 경찰에게 대항할 생각은 없으니까 허벅지에 상처가 있었는지 어떤지 시체검안서 내용을 물어볼 생각이야."

"나도 같이 데려가 줘."

"됐어. 놀러 가는 게 아니야."

"놀러 갈 생각 따위 없어." 사요코가 째려보았다. "마담이 다른 사람일지도 모른다는 이야기를 들었는데 나도 불안하잖아."

"휴대전화 있어?"

"있는데, 왜?"

"뭔가 알게 되면 꼭 전화할게."

사요코가 입을 열려는 것을 잘랐다.

"아까 내가 부탁한 대로 가게 사람들을 만나서 구로키 교스케라는 남자와 료코의 관계를 아는지 어떤지 확인해 주지 않겠어? 같이 움직이기보다는 그 편이 훨씬 도움이 되니까."

"……."

"작업 분담이야. 서로 협력하자고."

4

경시청 로비에서 기다렸다.

전화를 해서 지역서에서 돌아온 것을 확인했다. 접수에서 나와 후지사키의 이름을 대니 형사부실에 전화를 한 뒤 여기서 기다리라는 말을 들었다.

약 20분 정도 지나, 후지사키가 느릿느릿 나타났다.

"몇 번 전화를 하셨다고 했는데 죄송합니다."

형사는 예의 바르게 말하며 고개를 숙였다. 나도 예의 바르게 고개를 숙였다.

"앉으세요. 검시보고서 건 말이시죠."

"허벅지에 상흔이 있었는지 어떤지 확인해 주실 수 없습니까?"

나는 서론도 없이 물었다. 쓸데없는 대화를 나눌 생각은 없었다.

"예. 분명 선생님 기억대로 고바야시 씨의 허벅지에 상흔은 없습니다."

곧바로 그런 말을 들었다. 나는 입을 열려다 상대방의 표정을 보고 이 사실의 의미를 나처럼은 이해할 생각이 없다는 것을 알아차렸다.

그대로 뭐라 말을 잇는지 기다리기로 했다. 형사도 내가 뭐라고 말할지를 기다리고 있었다. 먼저 애가 탄 것은 저쪽이었다.

"지금도 선생님은 고바야시 씨가 다른 사람과 바뀌었다고 생각하십니까?"

"가쓰시카에 있는 고바야시 스즈코 씨를 만나고 왔습니다."

"호오. 그래서 뭐라고 하던가요?"

"고바야시 료코가 틀림없다더군요."

"그렇다면 제가 들은 이야기와도 일치하는군요. 스즈코 씨에게 신원 확인을 부탁한 것은 다른 형사이고, 저는 수사회의에서 보고를 들었을 뿐이지만요."

"스즈코 씨가 당뇨병 때문에 백내장을 앓는 것은 아십니까?"

"그것도 보고를 받았습니다. 하지만 완전히 다른 사람과 조카딸을 착각할 정도는 아닐 겁니다. 제 친척 중에도 백내장을 앓은 사람이 있습니다. 잉크를 물에 떨어뜨린 것처럼 시야에 막이 씐 것 같답니다. 하지만 비교적 깨끗하게 보이는 부분도 있다고 하고."

결말이 나지 않는다.

"정말 주소록에 고바야시 스즈코의 이름이 있었습니까? 아까 만났을 때 형사님은 미하루의 경찰서에 지원을 요청할 생각이라고 하셨지요. 고바야시 스즈코의 현주소는 주소록을 보고 밝혀낸 겁니까? 호적의 부표에 나온 게 아닙니까?"

"부표를 보고 알았습니다."

분노를 안에서 억누르기에 적지 않은 노력이 필요했다.

"그렇다면 전화로는 거짓말을 하셨습니까?"

"선생님이 취하신 것 같아서요. 그렇게라도 말해야 했습니다."

"선생님이라고 부르지 말아 주시죠?"

"변호사를 대할 때의 습관이라서."

우리는 서로 째려보았다. 오래 그런 건 아니었다. 시선을 돌린 형사는 안주머니에 손을 집어넣어 담배를 입에 물었다.

나는 연기를 바라보며 물었다.

"사건 당일 밤 상황은 그 후에 더 확실해졌습니까?"

"확실해졌냐니요?"

"깊은 밤 갑작스런 방문자에게 그녀가 왜 문을 열었는지가 아무래도 석연치 않습니다."

"석연치 않다고 하셔도 실제로 열었으니까요. 선생님 같은 직업을 가지신 분은 아실지 모르겠지만, 물장사하는 사람은 본능적으로 조폭을 무시할 수 없습니다. 조폭에게 찍히면 어떻게 할 수가 없으니까요."

"체포당한 사와무라는 구로키가 어떻게 집에 들어갔는지에 관해서 뭐라고 했습니까?"

"취조 중이라서 말씀드릴 수 없습니다."

"저는 사와무라 히토시의 변호를 담당할 생각입니다."

헛소리였다. 만일 변호를 담당한다면 사와무라에게 불리한 행동은 취할 수 없어진다.

"그렇다면 정식으로 담당하시고 나서 와 주십시오."

나는 말없이 일어났다. 허벅지에 상흔이 없었던 것이 확실하니 충분하다.

"잠시만 기다려 보시죠."

후지사키가 말을 걸어 왔다. 일단 붙들고 나서 다음 말을 생각하는 듯했다. 내가 내려다보고 있으니 형사는 다시 한 번 연기를 내뱉고 나서 물었다.

"스모토 씨는 피해자가 다른 사람이라면 어떻게 하실 생각입니까?"

"그거야 당연하죠. 내 손으로 그녀의 진짜 정체를 밝힐 겁니다."

"10년 전입니다."

내 말이 끝나기도 전에 후지사키가 그렇게 내뱉었다.

"……뭐가요?"

"10년 전의 치아 진료 기록이 당시 살고 있던 나고야의 치과에 남아 있었습니다. 치아의 형태가 피해자와 완전히 일치했죠."

"……."

"우리도 졸고만 있는 게 아닙니다. 구로키의 아우뻘인 사와무라는 자백을 시작했습니다. 피해자의 백모는 조카딸이라고 확실히 증언했습니다. 그에 비하면 변호사님 주장의 근거는 고바야시 료코라는 여성의 허벅지에 상흔이 있었을 거라는 무척 애매한 것뿐입니다. 냉정하게 생각해 봐요. 어느 쪽이 이치에 맞는지는 명백하다고 생각하는데, 어때요? 기분은 알겠지만 이것은 단지 치정에 의한 살인 사건입니다. 현재 증거 확보를 서두르는 참입니다."

희미하지만 동정의 느낌도 들어 있었다.

"나고야의 치과 기록이 어떻게 이렇게 빨리 밝혀진 거죠?"

"집에서 옛날 진료권이 발견되었습니다."

"10년이나 전, 그것도 나고야의 진료권이 남아 있었다고요? 일부러 남겨 두었을 가능성도 생각할 수 있어요."

"뭐 때문이죠?"

"10년 이상 전에 그녀는 고바야시 료코가 되었습니다. 그리고 자신이 고바야시 료코인 것을 증명하기 위해 치과의사에게 갔다가 진료권을 남겨 놓았을지도 모릅니다."

"억측은 그만두시죠. 선생님 생활을 되짚어 봐요. 집 안 어딘가에 그냥 옛날 진료권이 놓여 있을 수도 있을 겁니다."

그 말이 맞다. 이대로 나가려 했지만, 입이 멋대로 움직였다.

"후지사키 씨. 고작 클럽의 마담 살해이니, 피해자가 10년 이상 전에 누군가와 바뀌었다고 해도 당신에게는 상관이 없다는 겁니까? 피해자는 물장사하는 여자고 가해자는 폭력단원. 그리고 동기는 치정 관계. 그렇게 결론 지으려는데 훼방당하고 싶지 않다는 게 본심 아닙니까?"

"참 알 수 없는 사람이구만. 아무도 그런 말 안 했습니다."

"당신이 해야 할 것은 정말 피해자가 고바야시 료코인지 어떤지를 다시 한 번 제대로 확인하는 겁니다."

"수사에 대한 참견은 필요 없습니다. 졸고 있는 게 아니라고 말씀드렸습니다. 거기까지 말씀하시니 말이죠, 스모토 씨는 10년 이상 전에 누군가와 신원이 바뀐 여성이 그 때문에 살해당했다고 생각하십니까? 그렇다면 이유는 대체 뭔데요? 공범이 잡혀서 이유를 증언했는데도 불구하고 그렇게 주장하는 근거를 가르쳐 줘 보시죠."

"구로키와 료코의 관계를 입증할 증거를 잡았습니까?"

"제 질문에 아직 대답하시지 않았는데요."

일순간 나는 할 말을 찾았지만 헛된 일임은 명백했다.

"현재로서는 없습니다."

"그러면 수사 방침에 참견하지 마십시오."

"가르쳐 주십시오. 구로키와 료코의 관계는 증거가 확보됐습니까?"

"현재 하고 있습니다."

"제보한 사람의 정체는 뭡니까?"

"어떻게 그런 것을 알고 있는 거죠?"

"주범인 구로키가 죽었습니다. 녀석만 진짜 이유를 알고 있었을지도 모릅니다."

"적당히 좀 하시죠. 주민표, 호적, 의료 진료기록카드, 근처 탐문, 친척에게 신원 확인. 우리는 모든 수를 다 썼습니다. 저를 납득시키고 싶으시면 고바야시 스즈코가 왜 생판 남을 고바야시 료코라고 인정했는지도 포함해서 확실한 이유나 근거를 보여 봐요."

"나고야의 치과를 조사했으면 미하루의 외과도 조사해 주십시오. 20년 이상 전의 진료기록이라도 남아 있을지도 모르니까."

나는 내뱉듯이 말하고 고개를 숙인 뒤 대답도 기다리지 않고 등을 돌렸다.

알고 있었다. 완패였다. 이것이 만일 법정 공방이었다면 정말 그녀가 고바야시 료코와는 다른 사람이라는 부분에서 그런 사실은 존재하지 않는 것이 된다. 설령 내게 악감정을 갖고 있다고 해도 후지사키의 주장에는 정당성이 있었다.

보이는 것과 똑같은 것 따위, 이 세상에는 무엇 하나 존재하지 않는다. 하지만 모든 것이 외견대로여도 지장은 없다. 그것이 세상이다. 나는 상식의 소굴인 경시청을 뒤로했다.

손목시계를 확인하고 사쿠라다몬 지하철로 내려가는 입구를 향했다. 걸어가는 도중에 그만두자는 생각이 들었다. 택시를 잡아야겠다.

늦었다. 걸음을 멈추지 못하고 지하철 입구가 다가왔다. 겨우 사흘 전 여기서 그녀와 마주쳤다. 시각은 약간 일렀다.

관공서에서 돌아가는 것이 틀림없는 과묵한 남자들이 지하철역으로 내려갔다. 나는 움직이는 사람들 무리에서 벗어나 가드레일에 기댔다.

그녀와 나눈 대화 하나하나가 가슴을 스쳐 갔다.

훨씬 일찍 알아차려야 했던 의문이 떠오른 것은 멍하니 시간을 흘려보낸 뒤였다.

역을 나간 그녀는 어디로 갈 작정이었을까?

경찰은 사건 당일 그녀의 발자취를 어디까지 파악하고 있을까.

그날 그녀는 감기라며 가게를 쉬었다. 해 질 녘에 이곳에 있던 것은 무엇 때문이었을까?

제일 가까운 역이 사쿠라다몬인 곳은 관공서 합동청사나 법원, 경시청, 그리고 중참의원회관이나 국회의사당 정도다. 다른 교통기관으로 환승하기 위해 이용하는 사람은 없다. 사쿠라다몬에서 내리는 사람은 보통 딱딱한 직업인 것이 통념이다.

그때 그녀는 서두르고 있다고 했다.

나를 피하기 위해서가 아니라 정말 서두르고 있던 게 아닐까?

그녀와의 대화를 다시 생각해 보았다.

설마.

"법원 지하에 식당이 있어."

내가 그렇게 말하자 정말 내키지 않는다는 얼굴이 되었다.

지나친 생각일까……. 내 권유를 거절했을 뿐일까? 그러나 만일 '법원'이라는 말에 반응했다면, 그녀는 나와 함께 법원으로 가고 싶지 않았던 게 아닐까?

이 시간에 법원은 이미 텅 비었다. 휴대전화를 꺼내 비서인 노리코의 집에 전화를 걸었다.

몇째인지 알 수 없지만 아들이 전화를 받았다. 노리코에게 저녁 식사 때 전화한 것을 사과하고 용건을 말했다.

"내일 오전 중에 지방법원에 가서 사흘 전 4시 대의 '기일부'를 전부 조사해 주셨으면 합니다."

3시는 법정의 러시아워이지만 다행히 4시부터 시작하는 법정의 숫자는 그 정도는 아니다. 법원도 관청의 하나에 지나지 않으므로 5시를 지나 재빨리 일을 끝내기 위해 4시부터 시작하는 재판은 가능한 한 피하는 경향이 있다.

5

역시 그녀의 죽음 때문에 갈팡질팡하고 있었다.

그녀는 변호사인 나의 사무소에 '상담할 것'이 있다는 메시지를 남겼다. 상담이라고 하면 재판에 관한 것이라고 생각하는 게 자연스럽지 않을까.

그녀는 그날 지방법원으로 향하는 도중이었던 게 아닐까? '사실 고민했지만, 거기서 당신을 만난 것도 인연이라는 느낌이 드는데, 괜찮으면 한 가지 상담해 줬으면 하는 일이 있어.'라는 말이 입을 뚫고 나온 게 아닐까.

소토보리도리 길을 히비야 방향으로 걸으면서 앞으로의 어떻게 나갈지 생각을 짜냈다. 그녀가 고바야시 료코가 아닐지도 모른다는 의문이 설령 망상이라고 해도, 그것을 직접 증명하기 위해서는 매달려 봐야 한다.

그날 재판은 내일 노리코가 기일부를 떼어 오기를 기다려 보는 수밖에 없다. 내가 알던 그녀가 고바야시 료코가 아니라면 왜 거짓말을 할 필요가 있는지 고바야시 료코의 주변을 조사할 필요가 있었다.

아니, 그보다도 내일 첫차로 신슈에 가야 한다. 미하루를 나온 고바야시 료코의 일가가 옮겨 산 시나노오마치를 찾아가 고등학교 시절을 아는 사람을 찾아내는 것이다. 신슈라면 그녀가 고바야시 료코인지 어떤지를 사진으로 바로 판단할 수 있는 사람이 반드시 있을 것이다.

거기까지 생각하다가 가슴속에서 문득 이질감을 느꼈다.

그녀가 고바야시 료코와 신분을 바꿔치기한 게 원인이 되어 살해당했다면 구로키와의 관계는 10년 이상 전까지 거슬러 올라갈 것이다. 아니면 설령 다른 사람으로 바뀌어 살아왔다고 해도 그것과 구로키라는 양아치에게 살해당한 것과는 관계가 없을까? 10년 전에 고바야시 료코로서 나고야에서 치과 치료를 받은 이상, 그 시점에서 고바야시 료코로서 살고 있었다는 것은 확고한 사실이다.

10년. 긴 시간이다. 시간이 그렇게 경과했는데 고바야시 료코로 탈바꿈한 것 때문에 살해당했다면, 대체 어떤 동기를 생각할 수 있을까. 그 동기를 찾아내지 못하는 한 진상이 밝혀지는 일은 없을 것이다.

우선은 기초부터 메워 가야 했다. 마음에 걸리는 것은 문 열쇠였다. 구로키의 습격이 치정 따위가 아니라 그녀가 고바야시 료코로 바뀐 것에 원인 있다라고 하자. 그러면 그녀가 밤중에 경계도 하지 않고 문을 열었다는 것은 지극히 부자연스러웠다.

여벌 열쇠를 썼을 가능성은 낮은 것 같다. 여벌 열쇠를 손에 넣었다고 해도 문에 체인이 걸려 있으면 어쩔 도리가 없다. 계획적인 살인이라면 체인이 걸려 있는 경우에 밀고 들어올 수 없는 계획을 세울 리가 없다.

또 한 가지. 확실한 살의가 존재했었다면, 정말 구로키 혼자 쳐들어간 걸까? 여러 명이었을 가능성도 충분히 생각할 수 있다. 그렇다면 여자 혼자 저항해서 구로키에게 치명상을 입힐 수 있을까?

역시 집에는 그녀 외의 인물이, 구로키의 상처를 생각하면 아마도 남자가 있었던 게 아닐까? 그녀 주변을 탐색하면 분명 밤중에 집에 있던 남자의 정체를 알 수 있을 것이다.

그러나 그럼 다른 의문이 생긴다. 구로키가 남자에게 찔렸다면, 자수한 사와무라라는 아우뻘은 위증을 한 게 된다. 형님을 찌른 상대를 감쌀 이유 따위가 있을까?

알 수 없는 것은 또 있었다. 경찰에 제보한 여자는 누구이며, 어떻게 구로키 일당이 범인이라는 것을 알았을까?

사고가 꽉 막혀갈 때 갑자기 아까 가슴에 생겨난 이물감의 정체를 알았다.

고바야시 료코로 바뀐 것이 살해당한 이유라면 구로키 일당은 그녀가 다른 사람이라는 것을 감추고 싶어 했을까, 아니면 감출 필요가 없다고 생각했을까?

감추고 싶어 했다면 시체가 집에 남겨진 것이야말로 이상했다. 일본 경찰은 결코 무능하지 않다. 시체라는 확실한 증거를 경찰 손에 넘기는 일은 그녀가 고바야시 료코와는 다른 사람이라는 것을 감추고 싶은 사람에게는 위험이 너무 컸다.

돌발적인 일!

집 안에서 싸움이 나서 그녀를 찌르고 구로키도 중상을 입고 도망친 것은 계획을 벗어난 사건이었던 게 아닐까?

맨션 밖에는 시동을 걸어 둔 차가 세워져 있었다. 그녀를 납치할 계획이었다면? 납치해 비밀리에 처리해서 시체를 어둠에 묻어 버린다. 그러나 집에 예기치 않은 사람이 또 하나 있어서 계획이 엉망이 되었다. 그녀가 그 집에서 살해당한 것은 계획이 좌절된 결과라고 생각해야 하지 않을까.

호적의 부표의 흐름에 따르면 고바야시 료코는 신슈까지는 가족과 함께였다. 오사카로 나간 것이 열여덟 살 때. 스물네 살 때에는 나고야로 옮겼다. 그 후 스물아홉 살에 도쿄의 네즈로 이사. 그녀가 고바야시 료코로 바뀌었다면 오사카에 있던 6년 동안이라는 것이 된다. 스물네 살 때 오사카에서 나고야로 주민표를 옮겼을 때가 요주의할 부분이었다. 그녀와 고바야시 료코의 접점은 오사카에 있다고 생각해야 할 것이다.

그 전에 어쨌든 도쿄에서 확인해야 할 관계자가 둘. 어느 쪽도 마음이 내키는 상대는 아니었다.

고민하고 있을 때 휴대전화가 울렸다.

통화 버튼을 눌러 귀를 대니 사요코의 목소리가 들렸다.

"지금 어디? 경찰이야?"

목소리에 서두르는 느낌이 있었다.

"아니, 방금 형사와 헤어진 참이야. 무슨 일 있어?"

대답을 듣고 나는 한 시간쯤 전에 헤어진 아가씨에게로 갈 약속을 했다.

아가씨는 설령 마음이 내키지 않아도 내가 만나 봐야 하고, 그것도 오늘 밤 중에라도 만날 가능성이 있는 남자와 이미 함께 있었다.

가스가도리 길에서 택시를 내렸다.

이케부쿠로의 무쓰마타 육교 쪽에서 봐서 사요코와 처음 만난 찻집의 조금 앞이었다. 목표물인 주유소를 찾았다. 해가 짧아지기 시작했다. 서쪽 하늘이 어슴푸레 밝은 정도로, 맨 위는 짙은 군청색이었다. 주위는 땅거미에 둘러싸여 있었다.

주유소 앞에는 물이 뿌려져 있었다. 기름 냄새와 뒤섞여 하루치의 햇볕을 받은 아스팔트에서 피어오르는 여름의 여운의 냄새를 맡았다.

옆골목으로 들어갔다.

주유소 외벽을 따라 돌아들어가 막다른 골목에 있는 것이 전화에서 들은 가시와소 아파트였다. 모르타르를 발라 놓았다. 아스팔트 포장이 끊어진 끝에는 흙이 그대로 드러나 있었고, 자전거가 몇 줄이나 바퀴 자국을 그리고 있었다. 화분에는 꽃이 시들어 있었다.

철제 계단으로 2층으로 올라갔다. 나토리 사요코라는 표찰을 확인하고 노크했다.

아가씨는 바로 문을 열었다.

"고마워, 와 줘서."

"어디에 있어?"

"어쩔 수 없어서 재웠어."

현관을 들어가니 바로 작은 부엌이 있었고 그 안쪽에 좌우로 긴 방이 하나 있었다. 현관에서 보이는 곳에는 이불도, 누운 남자의 모습도 없었다.

"들어와. 나 혼자서는 자초지종을 캐묻는 것도 어떻게 하면 좋을지 모르겠어. 정말 와서 다행이야."

나는 구두를 벗으면서 물었다.

"왜 가사오카한테 갔어?"

"구로키와 마담의 관계를 아는 사람이 없는지 확인해 달라고 했잖아."

"가게 사람들에게 연락을 해서 물어봐 달라고 한 거지."

"일단은 그쪽도 물어볼 생각이지만 가게 사람은 안 돼. 남자관계는 마담도 우리에게 밝히지 않았고, 우리도 그랬으니까. 이런 장사를 하니까 서로 감추는 건 당연해. 남자의 질투는 여자보다 무섭거든. 이런 때는 가사오카가 제일이라고 생각했어. 앉아 있어. 차 가져올게. 차가운 게 좋을까?"

차가운 것으로 부탁하고 안쪽 방으로 들어갔다.

창가에 공부 책상이 있었다. 책상도 의자도 심플한 것이었지만 의자등에는 빨간 천에 귀여운 자수를 놓은 커버가 씌워져 있었다. 곰 그림이 있는 작은 방석. 책상 옆에 작은 책장. 2단에 걸쳐 참고서와 문제집이 늘어서 있었고, 하단에는 B4판 해답용지가 쌓여 있었다. 원래 시험용지가 B4라서 시판 문제집도 그에 맞춘 것이다.

재무제표론, 부기론, 법인세, 법인세 법규집, 법인세 취급 통달집.

책등에 재빨리 눈길을 돌렸다.

책상에는 노트와 전단지가 흩어져 있었다. 전단지는 뒤가 흰 광고지였다. 전단지 위에 왠지 잘게 꺾인 성냥개비 몇 개가 있었다.

방이 하나라고 생각했지만 착각이었고, 부엌 바로 옆에 방이 또 하나 있었다. 원래는 부엌에서도 통하는 모양이지만, 선반으로 막아서 이쪽 방에서밖에 왕래할 수 없게 만들어 놓았다.

침대에 누운 가사오카 가즈오의 모습이 보였다.

벽장을 등지고 2인용 소파가 놓여 있기에 나는 거기에 앉았다.

"원래는 좋아하는 남자밖에 재우지 않는 침대야."

사요코가 유리잔에 든 콜라를 가져다주며, 소파 앞의 작은 사이드테이블에 놓았다. 나는 고맙다고 하고 한입 마셨다.

"저쪽을 막아 놔서." 사요코가 그렇게 말하며 부엌을 가리켰다. "날이 밝아도 잠들기 괜찮아."

"법인세 쪽을 선택했어?"

세무사 시험은 1년에 한 번. 재무제표론과 부기론은 반드시 따야 하지만, 법인세와 소득세는 선택이고 그 외에 상속세법, 소비세법, 국세징수법 등 일곱 과목 중 두 개를 합격해야 했다.

"사무소를 열려면 법인세 쪽이 메리트가 크니까."

"어디까지 패스했어?"

"아직 전혀. 대학 안 갔으니까 부기 1급부터 따야 하고."

"학교는?"

오차노미즈에 있는 비교적 유명한 전문학교의 이름을 말했다.

"일주일에 두 번 가. 일해야 하니까 그게 한계야. 주말에는 집에 틀어박혀 있어."

이 아가씨는 세무사 시험을 몇 년 준비할 생각일까. 꿈꾸는 것은 나쁘지 않다. 이루어져도, 이루어지지 않아도 그것을 좇는 동안은 사는 보람이 있으니까.

"가사오카에게 물어보기 전에 네가 본 것을 자세히 이야기해 봐."

말을 꺼내자 아가씨는 어깨로 한숨을 쉬고 책상 의자에 털썩 앉아서 책상에 흩어진 성냥개비를 하나 집어 들었다.

"자세히는 잘 몰라. 맨션 가까이에서 마침 입구에서 나오는 가사오카가 보였어. 남자 두 사람이 양쪽에서 팔을 끼고 있었고. 차가 앞 골목에 대기하고 있었는데 거기 타려던 참이었어."

"남자들 얼굴은?"

"모르는 사람이야."

"다시 한 번 보면 알 수 있어?"

"아마도. 둘 다 선글라스를 꼈지만 분위기는 기억하니까. 한 사람은 덩치가 크고 셔츠가 찢어질 듯이 몸이 좋았어. 또 한 사람은 음침하고 마른 남자. 키도 작고. 덩치 큰 쪽은 반삭을 했고 작은 쪽은 숱이 듬성듬성한 머리카락을 뒤로 쓸어 넘겼고."

"차림은 어땠지?"

"둘 다 검은 정장에 컬러 셔츠. 일단 넥타이는 했어."

"점이라든지 상처라든지, 아니면 수염이나, 뭔가 인상에 남을 만한 특징은 없어?"

"……없었던 것 같아."

"그래서?"

나는 다음을 재촉했다.

"모처럼 찾아왔으니까 말을 걸려고 했을 때 가사오카가 이쪽을 보았어. 눈이 마주친 순간 등이 오싹했어. 필사적인 눈빛이랄까. 그래서 '가사오카 씨!' 하고 큰 목소리로 불렀어. 무서웠지만 그 사람이 차에 타 버리면 엄청난 일이 될 것 같아서……. 그랬더니 남자들이 째려봤어. 선글라스 때문에 눈의 느낌은 알 수 없었지만 오싹한 얼굴이었어. 침울해 보이는 쪽이 바로 나한테 다가왔고."

그때 덩치 큰 남자가 가사오카의 배에 댄 칼이 보였다는 것이다.

"배가 찔릴 정도로 세게 대고 있어서 끝이 배에 들어가 있었어. 그런 때는 비명이 목에서 올라오지 않더라고. 가위에 눌린 것처럼. 남자의 손끝이 몸에 닿기 직전에 겨우 비명을 지를 수 있었어. 운 좋게 마침 주류 판매점의 경량 밴이 골목에 들어와서 헤드라이트로 우리를 비췄지."

여섯 개. 그때까지 이야기하던 도중에 시요코가 집어 들고 꺾어 버린 성냥개비의 숫자다. 하나하나를 신경질적으로 더 잘게 꺾었다. 휴대전화로 목소리를 들은 순간의 직감은 틀리지 않았다. 사요코는 겁에 질려 있었다. 다만 놀랍게도 이 아가씨는 그것을 어떻게든 타인에게 들키지 않도록 감추려고 했다.

"남자들이 탄 차 종류는?"

"보통 세단인데, 나는 운전을 안 해서 무슨 차인지는 몰라."

"번호는?"

사요코는 말없이 고개를 흔들었다. 일어나 담배를 갖고 와서 불을 붙였다. 요전과 같은 가느다란 멘솔이었다.

"경량 밴의 아저씨가 몇 번이나 경적을 울려서 맨션 1층이랑 건너편 집 주민이 창문이 열고 이쪽을 봤거든. 그래서 녀석들은 도망갔지."

"경찰은?"

"안 불렀어. 가사오카는 내부의 싸움이라고 했어. 밴 아저씨에게 고맙다고 하지도 않고 협박하는 말투로 얘기했어. 하지만 우리 둘만 남으니까 바로 축 늘어지더라. 그때 알았는데 오른손 손가락이 엄청나게 부었고 얼굴이 새파랬어. 어쨌든 둘이서 큰길까지 가서 택시를 잡았지. 병원에 갈까 했는데."

"싫다고 했나?"

"얼굴은 안 다쳤지만 다른 데는 상당히 지독하게 당한 것 같아. 집에 데리고 오자마자 잠시라도 좋으니까 쉬게 해 달라면서 멋대로 침대를 차지하고 쓰러졌어. 계속 배를 누르고 있던데 거기를 엄청 맞았을지도 몰라. 손가락은 얼음으로 식혀 줬지만, 그것 말고는 만지는 것도 싫어해서 그대로 놔뒀어. 술냄새는 여전했고." 사요코가 내 쪽으로 약간 몸을 기울였다. "이 정도면 됐지?"

침실은 은은한 향기에 둘러싸여 있었다. 향수 종류가 아니라 비누 냄새였다. 가사오카에게 다가가니 그 향을 밀어내듯 술냄새가 풍겨 왔다.

사요코가 말했던 대로 오른손 검지와 중지, 약지 세 개가 뿌리부터 비엔나소시지처럼 부풀어 올라 있었다. 얼굴은 상처 입히지 않는 대신 손가락을 부러뜨리고 배처럼 눈에 띄지 않는 곳에 타격을 주었다. 일반인의 소행이 아니었다.

나는 가사오카의 어깨에 손을 올리고 이름을 부르면서 가볍게 흔들었다. 더 힘을 넣자 가사오카가 눈썹을 찌푸리면서 눈을 떴다. 눈부신 듯이 깜빡거린 다음에는 얼굴에 공포가 가득 찼다.

"그저께 한번 찾아갔던 변호사 스모토라고 한다."

확실하게 말하니 남자는 "스모토……."라고 반복했다. 그리고 머리만 나른한 듯이 들어 올리고 방 안을 둘러보았다. 격심한 통증이 스쳐간 게 틀림없다. 가사오카는 신음을 흘리고 원숭이처럼 얼굴을 찡그렸다.

"……사요코는 어디야?"

"내 집이잖아. 여기 있어." 건너편 방에서 소리가 났다. "계속 침대를 차지하고 있지는 말아 줘. 목마르지? 시원한 걸 준비해 줄게."

가사오카는 상반신을 일으켜 세우다가 다시 신음을 흘렸다. 왼손으로 옆구리를 누르고, 오른손을 침대에 짚고 양발을 살짝 바닥에 내렸다. 얼음이 든 비닐봉지를 발견하고는 왼손으로 오른손에 댔다. 흐, 하고 숨을 토했다.

나는 전혀 손을 빌려주지 않았다. 그저 가사오카가 소파까지 이동하기를 기다렸다.

"콜라 같은 건 됐어. 술이 좋아."

소파에 주저앉은 가사오카는 사요코에게 무뚝뚝하게 말했다. 목이 쉬어서 목소리가 희미하고 작게 떨리고 있다.

"먹고 싶으면 직접 사 와. 집 안에서 술은 안 마셔."

"……맥주도 없냐?"

"없어."

남자는 들으라는 듯이 혀를 차고 상의 주머니를 뒤졌다.

"변호사 형씨. 담배 좀 주시겠소?"

"안 피워."

"여긴 아무것도 없구만."

"멘솔이라도 괜찮으면 피울래?"

사요코가 내밀자 가사오카는 다시 혀를 차면서 손을 뻗었다.

"아픈가?"

물었을 뿐, 동정은 없었다.

"아무 일도 아니야." 안색은 반대로 창백했다. "아마 늑골에 금이 갔을 거야……. 술이 없으면 진통제 좀 줘."

"이야기하면 주지. 당신을 데려가려고 한 건 누구야?"

“……몰라.”

“거짓말하지 마. 모르는 놈이 갑자기 집에 찾아와서 와 달라고 했다고?”

“형사라고 했어. 안 열 수가 없잖아. 그런데 갑자기 때리고 차고 폭행하고.”

“뭘 물었지?”

“뭐라고?”

나는 턱을 내밀었다.

“그 손가락, 놈들이 부러뜨렸잖아. 하나하나 꺾으면서 입을 열게 하려고 한 거 맞잖아.”

“그런 거 아니야…….” 가사오카는 얼굴을 돌리고 멘솔을 입으로 가져가 연기를 뿜었다. 담배를 끼우고 있는 것은 왼손이고, 오른손은 얼음주머니에 가만히 대고 있었다. “대체 뭐 때문에 이 사건에 관여하려는 거지?”

나는 가사오카의 되물음을 무시했다.

“질문에 대답해. 녀석들은 누구고 대체 어떤 걸 물었어?”

“몰라…….”

“사이카와 흥업 놈들인가?”

“……왜 그렇게 생각하지?”

“아니야?”

“전혀 모르겠어.”

“당신, 구로키 교스케라는 남자 알지?”

“료코를 죽인 놈이잖아.”

“전부터 알았는지 묻는 거야.”

"몰라."

"당신 여자였다면서. 짝사랑한다는 녀석을 모르고 있었어?"

"경찰도 물었지만 모르는 건 모르는 거야. 그 가게 근처는 류진회의 세력권이었어. 구로키라는 녀석은 공공연히 가게에 얼굴을 내밀지는 않았겠지……."

나는 가사오카의 얼굴을 가만히 바라보았다. 이 녀석은 입에 발린 말만 하고 있었다.

안주머니에서 휴대전화를 꺼냈다.

"다시 한 번 묻겠는데 아까는 사이카와 흥업 녀석들이 아닌 거지?"

"그래."

"그러면 사이카와 흥업에 물어보지."

"웃기지 마."

"연락처는 알고 있어. 마침 조사해 봐야겠다고 생각했는데 잘됐어."

내키지는 않지만 조사할 필요는 있는 상대였다. 눈앞에 있는 남자 다음은 사이카와 야스시 차례였다. 수첩에 끼워 놓은 복사용지를 펼쳐 가사오카에게 건넸다. 사무소 데이터베이스에서 출력한, 사이카와 야스시가 임원으로 있는 기업의 상세 정보. 수첩에 메모한 사이카와 흥업 번호를 눌렀다.

"어이, 잠깐 기다려. 기다리라고 하잖아. 침착해."

호출음이 흘러나오는 휴대전화를 몸을 수그려 가사오카의 귀에 넘겼다. 바로 가사오카가 경직되었다. 상대가 나온 것이다. 가사오카는 말없이 나를 바라보고 고개를 좌우로 흔들었다. 입술을 굳게 다물고 콧구멍을 씰룩거리면서 숨을 쉬고 있었다.

나는 휴대전화를 내 귀에 댔다. 이미 끊어져 있었다.

"다시 한 번 걸어 볼까?"

"어이없는 짓은 관둬. 오늘 녀석들은 사이카와 흥업 놈들이 아니야. 당신은 아무것도 몰라. 놈들을 자극해서 어쩌려고."

"사이카와 흥업이 아니라면 어디 놈이지?"

"몰라. 진짜야, 믿어 줘. 하지만 사이카와 흥업과 대립하는 놈들인 게 틀림없어."

"대립?"

"그래, 그래서 전화 따위 하지 말라고 한 거야. 이유를 알 수 없는 싸움에 말려드는 건 딱 질색이라고."

"왜 대립하는 놈들이라고 생각했지?"

"사이카와 흥업에 대해서 이것저것 물었으니까. 아무리 모른다고 해도 믿지 않았어. 놈들에게 료코를 판 게 내가 아니냐면서."

"팔았다고?"

"그래, 그렇다고. 어이, 변호사 형씨. 이건 분명 연애에서 비롯된 치정 살인 따위가 아니야. 료코가 살해당한 것에는 뭔가 내막이 있어. 우리 일반인이 건드리지 않는 편이 좋은 내막이 말이야."

6

가사오카는 진통제를 물과 함께 마셨다.

복용량의 몇 배쯤의 정제를 먹은 그에게 사요코가 새 얼음을 채운 비닐을 건네주었다.

질문을 재개했다.

"당신이 아는 한 사이카와 흥업과 료코는 전혀 관계가 없는 거지?"

"아까도 말했잖아. 이케부쿠로는 류진회의 세력권이야. 아사쿠사의 사이카와 흥업 따위 나도 료코도 계속 관계가 없었어. 물론 그 여자가 나와 만나기 전의 이야기는 모르고."

"오늘의 패거리가 동네의 류진회 녀석일 가능성은 없어?"

"없어. 놈들이 내게 이런 짓을 할 리가 없어. 게다가 놈들은 아마도 도쿄의 인간이 아닐 거야. 부분부분 간사이 사투리가 섞여 있었거든."

"둘 다?"

"그래."

"료코가 오사카에 있었던 건 알고 있지?"

"슬쩍 이야기를 들었지만, 자세한 것까지는 몰라. 그 여자는 아무것도 말하고 싶어 하지 않았으니까."

"오사카에서 뭘 했는지, 이야기한 적은 없나?"

"같은 물장사였다고 들었을 뿐이야."

"백화점이라든지 의류 관계 혹은 옷집에서 일했다고 하는 이야기는 들었나?"

"헛, 들은 적도 없어. 원래부터 밤에 장사하는 여자였다고."

"오사카 어느 가게에 있었는지 아나?"

"몰라."

"더 곰곰이 생각해 봐."

가사오카가 나를 쏘아보았다.

"나도 계속 생각했어."

"그것 말고 놈들한테 들은 거 없나?"

"이제 그만해. 아파서 돌아 버릴 것 같으니까."

"곧 약이 들을 거야. 큰일은 없었잖아."

"쳇, 남 일이라고……. 그 외에 물은 건 나와 그 여자의 관계야. 언제 만나서 어떻게 사귀었는지."

나는 잠시 생각했다.

"나한테도 말해 봐. 당신과 료코의 관계는 언제 어떤 식으로 시작됐지?"

"그런 건 들어서 뭐 하려고."

그렇게 내뱉은 다음, 가사오카의 표정이 살짝 변했다.

"그렇군. 왜 변호사가 이 사건을 조사했나 했더니, 그년의 옛날 남자였던 변호사구만."

"……."

"얼굴을 보니 제대로 맞혔나 보네."

남자의 눈이 비열하고 교활하게 느껴졌다.

"그게 뭐?"

"아무것도 아니야. 변호사가 오다니 이상하다 했는데. 아직도 정의의 용사를 흉내 내는 건가? 뉴스를 기억하고 있어. 료코 그년이 그 재판 뉴스를 자주 텔레비전으로 봤으니까. 웃기시는 정의의 영웅. 그러다가 결국 잡새가 잡은 강간 살인마를 일부러 감옥 밖으로 내보내서 여대생을 죽이게 했고."

구역질이 났다. 사람을 때리는 습관은 없었다. 마지막으로 싸움을 한 것은 고등학교 2학년 때였다. 수험 공부 때문에 검도부를 그만두고 싶다고 말한 나를 어떤 선배가 욕했다. 그 자리에서 내가 덤벼들었다.

폭력은 변호사의 자기부정으로 이어진다. 하지만 사람을 때리고 싶은 충동 자체가 사라질 리는 없었다. 넥타이의 매듭을 고치고 숨을 깊게 들이쉬었다.

"당신과 료코의 관계를 묻고 있잖아."

"아직 내 말은 끝나지 않았어. 녀석이 말했지. 그런 정의의 용사 흉내를 참을 수 없었다고."

"거짓말이야."

어기가 강해지는 것을 알았다.

"어째서 거짓말이라고 생각하지?"

"그런 말을 할 여자가 아니니까."

"그렇다면 당신한테는 대체 어떤 여자였지? 흥, 이러니까 변호사 같은 건 도련님이라는 거야. 가르쳐 주지. 나와 만났을 때 그 여자는 급 떨어지는 가게의 호스티스였어. 돈만 있으면 몇 배나 큰 가게를 꾸릴 수 있다며 위세만 당당하더군. 나도 그 무렵에는 잘나갔으니까. '담보'를 가져오면 돈을 융통해 준다고 했지. 그랬더니 어쨌을 것 같나? 고작 일주일도 고민하지 않더군. 그다음은 사이좋게 침대에서 같이 잤어. 내가 있었기 때문에 그 가게를 할 수 있었다고. 그런데 은혜도 잊고 내가 망했다고 냉정하게 대하다니. 이래 봬도 나는 말이야, 진심으로 좋아했어."

나는 가사오카를 때리지 않았다.

그 전에 사요코의 손이 뺨으로 날아갔다. 인정사정 없이 기습 공격을 받은 가사오카의 뺨이 요란한 소리를 냈다. 사요코는 크게 가슴을 부풀려 마른 온몸에 공기를 끌어들이고 그대로 단숨에 지껄였다.

"응석부리지 마! 남자란 정말 이놈이고 저놈이고. 돈을 목적으로 안기면 안 되는 거야? 마담은 차용증도 썼고, 게다가 이미 전부 갚았잖아. 은행은 그런 일로 돈을 빌려주지 않지만 당신은 빌려줬어. 그것뿐이잖아. 불경기에 다 큰 남자조차 빌린 돈을 갚지 않고도 뻔뻔스레 다니는데, 여자가 몸을 던져 돈을 벌어서 전부 갚았다고. 대단하다고 생각해. 그런데 언제까지 투덜댈 거야? 원래라면 두 번 다시 가게에 못 오게 해야 했어. 그런데 사람 좋은 마담에게 달라붙어서. 하나밖에 없는 자기 몸을 담보로 한다는 게 어떤 건지 알아? 진심으로 좋아했다느니 어쩌니, 웃기지 마. 몇 잔이나 공짜 술을 처먹었냐고. 위세를 잃으면 꺼지는 게 남자야."

나는 사요코를 때리려 덤비는 가사오카를 소파로 밀어냈다. 가사오카는 어깨를 들썩일 정도로 숨을 쉬며 고통과 증오를 번갈아 토해 냈다.

사요코가 내게 얼굴을 돌렸다. 나는 무심코 눈을 돌렸다. 상기된 그녀의 얼굴에 당황했다. 사요코가 드러낸 분노 때문이 아니다. 그저 키 크고 마른 아가씨라고만 생각했던 사요코가 분노와 함께 드러낸 섹시함 때문이었다.

"캐물을 건 이 정도로 됐어?"

나는 압도된 채로 '됐어'라고 말하려다 가볍게 고개를 흔들고 다시 가사오카를 내려다보았다.

"어제 료코의 고향인 미하루에 갔다 왔어."

"……그래서 어쩌라고."

가사오카는 얼굴을 옆으로 돌린 채, 될 대로 되라는 식으로 말했다.

"아무래도 이상해서 말이야. 그 마을에서 유년시절을 보낸 고바야시 료코는 그녀와 다른 사람 같다는 느낌이 들어서."

가사오카가 흘끗 이쪽으로 시선을 던졌다.

"그건 대체 무슨 뜻이지……?"

"말 그대로야. 당신은 그녀가 고바야시 료코가 아닐지도 모른다고 생각한 적 없나?"

"그만둬. 그런 이야기는 듣고 싶지도 않아. 나는 아무것도 모르고 상관도 없어. 전에 무슨 일이 있었거나 알 게 뭐야. 몰라? 사이카와 흥업과 아까의 패거리와 조직이 둘 다 움직이고 있다고. 이 이상 말썽을 만들고 싶지 않아. 당신도 두 번 다시 내 앞에 나타나지 마."

나는 가사오카를 계속 쳐다보고 있었다. 그저 두려움일 뿐인지 뭔가를 숨기고 있는지를 가려내고 싶었다.

"이제 됐지? 가겠어."

가사오카가 몸을 일으키는 것을 그대로 막지 않고 서게 놔뒀다.

"어디로 갈 생각이지?"

"내버려 둬. 집으로 돌아갈 정도로 바보는 아니니까."

왼손으로 늑골 근처를 누르고 오른손은 얼음주머니를 쥔 채 가사오카는 천천히 현관을 향했다. 구두주걱을 정말 힘들게 움직여 신발을 신고는 짜증스럽다는 듯 내던지고 나갔다.

"고마워, 도움이 됐어."

가사오카가 현관에서 자취를 감춤과 동시에 사요코에게 고맙다고 했다.

“저놈 입에서 귀중한 정보를 몇 가지나 들었어.”

상대의 눈은 보지 않았다.

“……헤헤.” 사요코는 웃음을 흘렸다. “사나운 여자라서 질렸지? 하지만 가게에서는 잘못해도 손님한테 손 안 들어.”

“알아.”

나는 희미하게 미소 지어 보였다.

콜라를 비우고 집을 나가려고 하니 사요코가 나를 불러 세웠다.

“조금 더 있다가 가면 안 돼? 내 말 좀 들어 줘.” 그리고 한 박자 후에 말하기 힘든 듯 말을 이었다. “있잖아, 아까 가사오카가 말했던 재판이란 거 무슨 말이야?”

“다시 연락할게. 녀석의 뒤를 밟으려고. 어디로 가는지 확인은 해 두는 편이 좋거든.”

“……알았어. 그러면 꼭 연락해.”

현관을 향하는데 사요코가 다시 불러 세웠다.

“저, 스모토 씨.” 희미한 침묵 뒤에 사요코가 말을 이었다. “스모토 씨는 어떻게 그렇게 무조건적으로 마담을 믿을 수 있어?”

나는 어정쩡하게 돌아볼 뿐이었다.

“……그렇게 보이나?”

“믿는 거잖아. 그렇지 않으면 가사오카에게 아까 같은 말은 할 수 없는데.”

서두르는 척을 하고 신발을 신었다.

뭔가를 말하면 거짓말이 된다는 느낌이 들어 견딜 수 없었다.

택시미터로 대충 두 미터.

가와고에 가도에서 JR 선로를 넘어 첫 번째로 나오는 큰 십자로를 좌회전. 거기서 거꾸로 역 방향으로 살짝 돌아가서 가사오카는 차를 내렸다.

운전수에게 말해서 가사오카의 택시를 앞지른 곳에서 차를 세웠다. 인도에 내려선 가사오카가 천천히 골목으로 들어가는 것을 본 뒤 차를 내려 빠른 걸음으로 골목 입구로 다가갔다.

그 앞에 류진회의 사무소가 있었다. 택시가 이케부쿠로 인근을 떠나지 않아서 어느 정도 예상은 하고 있었다. 뱀 길은 뱀이 잘 안다고, 조직이 얽힌 말썽으로부터 잠시 몸을 감추기 위해 다른 조직을 의지하는 것이다. 누군가에게 의지하면 안심하고 한숨 돌릴 수 있다고 생각하는 남자라면 싫을 정도로 많이 알고 있었다.

디자인 사무소라도 입주했나 싶을 정도로 깔끔한 3층 건물이었다. 1층은 청초한 흰 차광 커튼을 친 커다란 유리를 끼워 놓았다. 빌딩에 맞춘 것 같은 세련된 가로등이 입구 근처에 하나, 양쪽에 하나씩 있었다.

10분 정도 나는 아무것도 하지 않고 가만히 골목에 서 있었다.

가사오카로부터 캐낸 이야기를 어떻게 평가해야 할지 생각하고 있었다. 오사카의 자취. 단언은 할 수 없지만 가사오카를 납치하려고 한 남자들의 말에 간사이 사투리가 섞여 있었고, 그녀가 오사카에서 고바야시 료코로 변했을 가능성과 뭔가 관계가 있다는 생각이 자꾸 들었다.

수상한 두 남자들은 가사오카에게 그녀를 사이카와 흥업에 판게 너냐는 말을 했다고 한다. 그렇다면 패거리는 그녀 쪽 사람이라는 말이 된다. 그녀의 과거에는 어떤 조직과의 관계가 숨겨져 있을까? 사이카와 흥업이 그녀를 노린 것은 그 조직과의 다툼 때문일까?

손목시계의 시간을 확인했다. 아직 8시 전. 조금 이동했지만 빌딩 입구가 보이지 않는 곳까지는 가지 않았다. 휴대전화로 낮에 한 번 연락을 취한 흥신소의 기요노 노부유키에게 전화를 했다. 간단히 용건을 전하고 승낙을 얻은 다음 다시 한 통 전화를 걸었다.

기다릴 필요 없이 "여보세요."라는 품위 있는 목소리가 들렸다.

나는 내 직업과 이름을 확실히 댔다.

거기서부터 대화가 제대로 되지 않았다.

"사이카와 야스시 씨와 이야기하고 싶습니다만."

상대가 무슨 볼일이냐고 되물었다.

"사이카와 씨와 직접 이야기하지 않으면 안 되는 이야기입니다."

변호사다운 냉정한 어조를 유지하자, 잠시 후 다른 남자가 전화를 받았다.

"사장님께 무슨 용건입니까?"

목소리도 어조도 처음 전화를 받은 양아치보다 훨씬 침착했다. 나는 사이카와와 직접 이야기하지 않으면 안 되는 이야기라는 말을 되풀이했다.

"사장님은 현재 자리를 비우셨습니다. 부재중이실 때는 제가 전부 일을 맡고 있습니다. 무슨 용건이십니까?"

나는 세토나이카이에 있는 마을의 이름을 말했다.

"사이카와 씨가 경영하시는 그쪽의 폐기물 처리장 건인데요."

"그게 어쨌다는 겁니까?"

나는 그 회사의 소재지를 비롯해 설립 연도, 자본금, 간단한 경영실적 등 데이터베이스에서 끌어낸 지식을 자못 대단한 일인 듯이 나열했다. 암기한 게 아니라 출력한 데이터를 눈앞에 펼쳐 놓고 있었다.

한 박자 짬을 두고 "이건 틀림없겠지요?"라고 냉정한 어조로 물었다.

상대는 잠시 입을 다물고 있었다.

"예, 뭐, 저는 세세한 부분까지는 모릅니다만."

"고노 고지라는 이름을 들어 보신 적은 있으신가요?"

"없습니다."

있을 리가 없었다. 고지마치에 사무소를 가진 변호사인 고노에서 연상했을 뿐이다.

"고노 씨가 폐기물 처리장에 관해 소송을 걸 생각입니다."

"잠깐만요, 변호사님. 그것은 지방자치단체의 허가도 받은 멀쩡한 쓰레기 처리장입니다."

"어쨌든 사이카와 씨 본인과 한번 만나서 이야기를 나누고 싶습니다."

"부재중이라고 했잖습니까."

"제 고객은 내용증명을 보낸다고 하십니다만."

"말도 안 돼. 우리는 제대로 법대로 하고 있습니다."

"그렇다면 합의에 응해 주시죠."

"당신 말이야, 말투가 상당히 고압적이잖아!"

점점 본성이 나왔다.

"고압적으로 되지 않도록 이렇게 전화를 하는 겁니다. 제 의뢰인에게도, 사이카와 씨에게도 말입니다. 내일 아침 일찍이라도 좋으니 한번 시간을 내주시죠."

무척 떨떠름한 어조로 어쨌든 사이카와 씨에게 연락을 취해 본다는 남자에게 휴대전화 번호를 말했다.

전화를 끊고 껌을 입에 넣었다.

잠시 후 휴대전화가 울렸다.

"사이카와 흥업입니다."

방금 전의 목소리가 회사 이름을 대기에 "스모토입니다."라고 대답했다.

"사장님이 만나시겠다는군요. 내일 쯤 아사쿠사뷰 호텔 로비에서 어떨까요?"

7

한 시간까지는 지나지 않았을 때 류진회 앞에서 떠났다.

가사오카가 남자 둘에 이끌려 차로 나가는 것을 확인했다.

은신처든 류진회와 친한 병원이든, 지금 상황에서 행선지까지 필요하다고는 생각할 수 없었다. 패거리가 가사오카를 쫓아내지 않은 이상 앞으로는 류진회를 파 보면 가사오카를 잡을 수 있을 것이다.

택시로 긴자에 나갔다.

'포엠'의 문을 여니, 기요노 노부유키는 이미 스툴 의자에 자리를 잡고 얼음 넣은 위스키 잔을 기울이고 있었다. 양이 많고 색이 열은 것을 보니 하프록 같았다.

카운터 제일 구석, 붙박이창에서 바깥이 보이는 내가 좋아하는 자리였다.

제대로 된 정장 차림. 머리를 짧게 깎고 두꺼운 렌즈의 검은 테 안경을 쓰고 있었다. 은행 지점장 혹은 안정된 회사의 부장급 같은 분위기를 지닌 남자였다. 경마장이나 장외 마권장에 다닐 때만은 인상이 180도 변한다고 했다. 그렇지 않았으면 아직 경찰에 있었을 것이다. 원래 그런 분위기를 겉으로 풍기고 있었다면 노름에서 진 것을 경찰 돈으로 메우려고 했더라도 현실적으로 실행할 수 있는 지위는 얻을 수 없을 것이고, 1년 365일 견실하게 살 수 있었다면 지금도 잘리지는 않았을 게 틀림없다. 변호사를 하면서 절실히 느끼지만, 성격이라는 것은 본인을 행복하게 하기보다는 오히려 불행의 원인이 되는 편이 많은 것 같다.

잘리고 나서도 경찰 시절과 마찬가지로 외견을 단정히 하고 불륜 조사나 변호사 허드렛일로 분주했다. 사람을 몇 명쯤 쓰는 듯한 분위기를 풍기고, 저음의 또렷한 목소리와 독특한 풍채로 상대에게 신용을 주지만 얼마나 내실이 있는지는 아무도 몰랐다. 요컨대 경찰관이 아니게 된 뒤에도 가능한 한 경찰관처럼 행동하고 싶어 하는 남자일 수도 있었다. 일부 예술가나 종교가가 생각하는 정도로 다른 인생에 발을 내디딘다는 것은 쉬운 일은 아니었다.

매니저인 우에키에게 라가불린을 주문하고 기요노 옆 의자에 엉덩이를 걸쳤다.

"미안합니다. 갑자기 시간을 빼앗아서."

"뭘요, 매일 밤 어디서든 마시고 있습니다. 불러 주셔서 기쁩니다. 세어 봤습니다."

"뭘요?"

"스모토 씨와 만난 지 몇 년이 되는가 하고. 처음은 시오자키 씨 회사였지요."

"6년 전이던가요?"

"햇수로 7년이 됩니다. 하지만 함께 마시는 것은 처음이죠."

"그렇군요."

그렇게 대답하는 것밖에는 할 말이 떠오르지 않았다. 나는 변호사 동료나 일하는 동료로부터 '삐딱이'로 불리고 있다. 그리고 이 남자와 거의 비슷하게 나도 또한 엄청난 경마광이라는 것은 모를 것이다. 웬만해서는 일 이외의 이야기를 하지 않으니까. 그래서 나는 삐딱이로 불린다.

라가불린을 목 안쪽으로 털어 넣었다. 첫 잔은 홀짝이지 않고 털어 넣는 것이 맛있다. 우에키가 병 라벨을 이쪽으로 돌려놓았다.

이 의자를 마음에 들어 하는 이유를 문득 생각한 적이 있었다. 붙박이가 된 창 밑에서 뻗은 수도고속도로와 JR 선로. 그 어느 쪽을 써도 좋다. 취해서 최고의 기분으로 도쿄를 떠나면 그날 밤 안에 어디까지 갈 수 있을까? 한번 시험해 보고 싶었다. 물론 돌아오는 것은 전혀 생각하지 않았다.

아마 거짓말일 것이다. 어리석은 사람이나 낙천가를 위장할 수는 있어도 어느 쪽도 제대로 못한다. 그것이 내 정체였다. 경마에서 땄을 때 안심되는 기분. 묵묵하게 조사한 데이터를 머리에 두드려 넣고는 말의 얼굴을 바라본다. 인간보다도 훨씬 수명이 짧은 동물의 경주를 눈앞에 둔 반짝거림을 읽어 내려고 시험해 본다.

그리고 직감이 틀리지 않은 것을 증명할 수 있었을 때, 나를 기다리는 것은 기쁨보다 안도였다.

"사이카와 흥업의 사무소에 한 명 붙여 놓고 근처 탐문도 시켰습니다." 기요노가 말했다. "원하시면 사이카와 야스시에게도 따로 한 명 붙일 수 있는데 어떠신지."

기요노는 바로 영업을 시작했다. 평소 하던 대로 데리고 있는 조사원 숫자를 부풀렸다. 자산 조사, 기본요금 10만. 결혼 조사는 본인 대상이 6만, 가족 전반이라면 7만. 최근 유행으로는 도청기 발견이 5만. 미행 조사가 되면 훌쩍 뛰어올랐다. 하루 여덟 시간을 기본으로 어림잡아 20만이 기본. 거기에 영업 안내 팸플릿에는 '보수는 성공 보수가 아닙니다.'라는 정중한 안내 문구가 들어 있었다.

"붙여 주십시오. 뭔가 들어온 게 좀 있습니까?"

"아직입니다. 조직원이 살인 사건에 연루됐습니다. 사무소 분위기는 험악한 듯하고 사이카와도 바쁘게 돌아다니는 것 같더군요."

"돌아다닌다고요?"

"물론 공공연히 알려진 경우에 한한 일이지만, 특히 폭력단 대책법이 제정된 이후에 야쿠자 조직은 일반인이 얽힌 살상 사건에 신경을 쓰고 있습니다. 사이카와도 상부조직 놈들에게 조직원의 부주의를 사과할 필요가 있다는 겁니다."

이것이 단지 조직원의 치정에 의해 벌어진 살인이라면 그렇게 돌아다닐 것이다. 그러나 사이카와 흥업이라는 조직의 계획에 의한 살인이라면 사이카와 야스시의 행동도 다른 의미를 띤다.

기요노는 상반신을 비틀어 살집이 제법 붙은 얼굴을 이쪽으로 돌렸다.

"그래서 또 상담이라는 건 뭡니까?"

나는 상대의 입가를 바라보았다.

"본격적으로 도와주셨으면 좋겠습니다."

"……무슨 뜻입니까?"

의식의 몇 퍼센트쯤은 자기 생각에 몰두한 표정이었다. 이마 속 몇 밀리미터 부분에 있는 전용 계산기의 숫자를 읽고 있으리라. 나쁜 것은 아니었다. 노름빚을 몇 년이나 경찰 돈으로 정산했어도 들키지 않았고, 들켰어도 그저 잘리기만 했을 뿐 형무소행을 면한 이 남자에게는 그 나름의 재주가 있었다. 지금 필요한 것은 바로 그것이었다.

"일주일간 재판도 상담도 통째로 취소했습니다. 하지만 혼자서는 움직일 수 있는 범위에 엄청난 한계가 있어요."

기요노는 정면으로 얼굴을 되돌렸다.

"상당히 몰두하시는군요. 이 사건의 무엇을 조사하고 싶으신 거죠? 설마 범인이 따로 있다고 하시는 겁니까?"

"우선 피해자가 살해된 이유입니다. 치정에 의한 살인 같은 게 아니라고 생각합니다."

"근거는?"

"오늘 저녁, 피해자와 교제가 있던 남자가 수상한 남자 두 사람에게 납치될 뻔했습니다. 습격한 것은 서쪽 사람들 같습니다. 남자들은 그에게 폭행을 가하고 사이카와 흥업에게 그녀를 판 게 너냐고 추궁했다고 합니다."

"팔았다고 했다니 심상치 않은 이야기군요. 남자들의 정체는 짐작이 가십니까?"

"아직은 아무것도 모르겠습니다. 단지 수법으로 봐서 명백히 조직에 속한 놈들입니다. 또, 고바야시 료코가 과거 오사카에 있었다는 사실이 있습니다."

"누군가를 오사카에 파견하고 싶다는 겁니까?"

"아니요." 고개를 흔들었다. "곧 부탁하게 될지도 모르지만 지금은 아닙니다."

"그러면……."

"내일 가능하면 첫차로 나가노의 시나노오마치에 사람을 보내 주시겠습니까?"

"시나노오마치?

"고바야시 료코는 후쿠시마 현 미하루에서 태어나서 본인이 열두 살 때 가족이 시나노오마치로 이사했습니다."

수첩에서 그녀의 사진을 꺼냈다.

기요노는 사진의 끄트머리를 잡고 손바닥에 올려 가만히 들여다보았다.

"왜 나가노입니까?"

"사진의 여자가 정말 호적상 고바야시 료코와 동일인물인지를 확인해 주셨으면 좋겠습니다. 정확히 말하자면 다른 사람이라는 확실한 증거를 찾아오시면 좋겠습니다."

"다른 사람이라니, 세상에. 무슨 말씀이신지 잘 모르겠군요." 오늘 밤 처음으로 기요노가 흥미를 느끼는 것을 알았다. "그 술 제가 마셔도 됩니까?"

그가 라가불린을 가리키기에 우에키에게 쇼트글래스를 가져오라고 해서 아이라 몰트를 따라 주었다. 기요노는 한 입 홀짝이고 숨을 내쉰 다음 처음으로 나를 보았다. 맛있다고 느낀 것도 같고 그렇지 않다고 느낀 것도 같은 얼굴을 하고 있었다.

"그런데요, 스모토 씨. 경찰은 뭐라고 합니까?"

"제 생각을 무시하더군요."

"담당 형사는?"

"수사본부를 이끄는 게 누군지는 모르지만 제가 만난 것은 후지사키라는 형사입니다."

"경시청 후지사키 말입니까?"

"아십니까?"

되물으니 기요노는 "동기입니다."라고 대답하고 쇼트글래스 안에 든 것을 입안으로 털어 넣었다. 잠시 말없이 기다렸지만 기요노는 그 이상은 아무 말도 하려고 하지 않았다. 그러고는 "또 한 잔 하겠습니다."라고 하고 라가불린을 따르면서 내게 물었다.

"그 사람이 고바야시 료코가 아니라고 생각하시는 근거는요?"

나는 허벅지의 상처에 대해 말했다.

기요노는 입을 다물고 잠시 뭔가를 가늠하는 듯한 표정을 지었다. 그러고는 아주 잠시 입술을 열어 그 틈으로 다시 라가불린을 흘려 넣었다.

"미하루의 외과 진료기록카드는?"

"그것은 제 쪽에서 조사하겠지만, 20년 이상 전 일입니다. 보존되어 있을 가능성은 적겠지요."

"치형은요?"

"10년 전에 나고야에서 치료한 고바야시 료코의 것과 일치합니다."

"상흔 이외의 근거는?"

"없습니다. 출신 초등학교를 찾아가 졸업 앨범 사진을 복사해 왔지만, 동일 인물 같기도 하고 다른 사람 같기도 합니다."

"여자는 변하니까요."

기요노는 그렇게 말하고는 미소 지었다.

"친했던 급우에게 이 사진을 보여 줬는데 다른 사람이라는 말은 듣지 못했습니다. 게다가 료코의 큰어머니에 해당하는 여성도 만났습니다만."

"잠깐만요, 스모토 씨. 아무리 그래도 친척이 조카딸 얼굴을 잘못 볼 거라고는 생각하긴 힘든데요."

"그 여성은 백내장을 앓고 있습니다. 게다가 뭔가를 감추는 것은 확실합니다."

"그렇다고 해도 자기 조카딸이 아닌 사람을 조카딸이라고 위장할 이유가 있을 것 같지는 않은데요."

"저도 그렇습니다. 그래서 신슈에서 그 이유를 조사해 주셨으면 합니다."

눈이 마주치자, 기요노는 작게 코웃음을 웃었다.

"고집이 세시네요."

나는 아무 반응도 보이지 않았다.

"자기 주장이 강하다고 해야 할지도 모르겠습니다."

"아시겠지만 성공 보수가 아닙니다."

"알고 있습니다."

"오마치의 주소는요?"

미하루의 관청에서 뗀 부표의 주소를 말해 주었다.

"부친은 와사비 농원을 도왔던 것 같습니다. 와사비 농원 이름까지는 모르겠습니다."

"뭐, 당시 주소와 와사비 농원이라는 단서가 있으면 어떻게든 됩니다. 이 사진은 이대로 제가 맡아도 괜찮겠습니까?"

"필름이 있으니까 상관없습니다."

나는 우에키에게 말을 걸어 라가불린을 온더록으로 해 달라고 부탁했다. 그대로 마시는 것은 두 잔까지만이다.

창에 비치는 기요노의 얼굴에게 물었다.

"저와 그녀의 관계를 묻지는 않으십니까?"

"물을까요?"

"아니요."

"의뢰의 이유는 필요한 때밖에는 묻지 않습니다. 경영 방침이거든요. 오히려 왜 저를 고르셨는지 묻고 싶습니다. 흥신소라면 얼마든지 아실 텐데요."

"하지만 기요노 씨와 일한 지가 제일 오래됐잖아요. 제일 신용하고 있습니다."

"그렇게 말씀해 주시니 기쁘군요." 조금도 기쁜 것 같지는 않았다. "다만 쓸데없는 참견일지도 모르겠지만 만일 일주일 안에 정리가 되지 않으면 어떻게 하실 생각이죠? 방금 하신 이야기가 사실이고 신분이 뒤바뀐 거라면 엄청난 일입니다. 상당히 복잡한 사건일지도 모르고요."

"정리가 되지 않으면 될 때까지 계속할 겁니다."

기요노는 약간 놀란 표정을 지었다. 아마 이 남자가 아는 나라는 인간과는 거리가 먼 말이라 생각했을 것이다.

나는 라가불린을 홀짝이고 다시 상대의 얼굴을 바라보았다.

"변호사는 형사와 별로 사이가 좋지 않습니다. 특히 제 경우는 좀처럼 우호적인 관계가 되지 않아요."

"압니다. 서로를 대접한다면서 실제로는 경원시하고 있으니까."

이 남자도 그 구체적인 이유를 모를 리가 없겠지만 말하려고 하지는 않았다.

"또 하나 부탁이 있습니다. 옛날 지인 중에 가능하면 후지사키라는 형사 말고 이번 사건의 수사 본부와 관계있는 형사를 찾을 수 없을까요?"

"경찰 내부 정보를 원하시는 겁니까?"

"특히 사건이 있던 날에 대해서 상세히 알고 싶습니다."

"후지사키에게서 캐내지 못했습니까?"

"싸우고 헤어졌습니다."

"그렇군요." 기요노는 나를 흘끗 쳐다보고 나서 창에 비치는 내 얼굴에 시선을 향했다. "스모토 씨, 죄송하지만 그건 못 합니다."

"……."

"분명 뇌물로 얼마쯤 건네면 정보를 제공해 줄 예전 동료는 있습니다. 쓸데없는 고집이라 생각하실지도 모르지만 한 가지 정해 놓은 게 있습니다. 경찰에게서 내부 정보 같은 것은 일체 캐내지 않는다. 지금 회사를 차린 뒤 계속 지켜 온 방침입니다. 제가 본청을 그만둔 이유에 관해 들으셨을 텐데요. 대부분 맞을 겁니다. 잘못한 것은 접니다. 본청은 그런 저를 내쫓았을 뿐입니다. 퇴직금으로 써 버린 돈을 메우게 하고 조용히 처리해 준 것을 감사해야 하고, 어이없는 원망에 지나지 않을 겁니다. 하지만 알고 있어도 어떻게 할 수 없는 게 있습니다. 두 번 다시 사쿠라다몬에는 가까이 가고 싶지 않습니다. 과거를 돌아보면 앞으로 갈 수 없습니다. 그렇게 생각하지 않습니까, 스모토 씨."

나는 부탁한 것을 사과했다.

"사과하지 마십시오. 그 대신이라면 뭐하지만 우수한 남자를 신슈에 파견하겠습니다. 그쪽에서 뭔가 잡으면 그대로 그 남자를 오사카로 보내는 게 어떻습니까?" 기요노는 빙긋 웃고 담배에 불을 붙이며 라이터를 잡은 쪽의 엄지손가락을 세웠다. "그러니까 제가 직접 간다는 겁니다. 솔직히 말하면 경찰의 수사 방침에 반대 의견을 주장하는 것이 마음에 들었습니다. 경찰을 깜짝 놀라게 해 주면 제 속이 후련해질 겁니다."

그는 일단 말을 끊은 다음 내 얼굴을 시선으로 훑었다. 순간 심술궂은 얼굴이 살짝 보인 것은 착각이 아닐 터였다.

"스모토 씨. 사실 제게 의뢰하신 건, 저라면 그렇게 생각할 거라고 예상했기 때문이 아닙니까?"

나는 아무 대답도 하지 않고 라가불린을 입으로 가져갔다.

막연하지만 알게 되고부터 7년 가까이 이 남자와는 별로 친해지고 싶지 않다고 생각했던 이유를 깨달았다.

허세를 부리고 타인에게 마음을 허락하려 하지도 않고 쉽게 신용하려고도 하지 않는다. 자신에게는 감추어진 힘이 있다고 믿으며 그것을 타인이 알아주지 않는 것은 전부 타인이 나쁘다고 생각하고 있다.

이 남자와 나는 아마도 무척 닮았을 것이다.

기요노와 헤어져 밖에 나오니 가랑비가 내리기 시작했다.

맨션에 돌아오자마자 침실 벽에 세워 둔 죽도를 들고 거실을 가로질렀다.

사무소에 있는 목검은 사무소 개업 후에 샀지만, 이것은 고등학교 시절에 쓰던 것이었다. 검도는 여섯 살 때에 시작했다. 도대회 우승. 사춘기의 작은 꿈. 검도로 먹고살 수 있을 리가 없었다. 포기하고 수험 공부에 매진했다. 어머니는 기뻐했다. 아버지보다 대단한 사람이 되기를 바라셨다. 뭐든 상관없었다. 다만 아버지보다는 대단하다고 어머니가 생각할 수 있는 사람이 되려 했다. 현역으로 대학 합격. 그리고 사법시험 합격. 사춘기의 꿈과 바꾸어 얻은 것이 그렇게 대단한 것이었는지 생각해 봐야 하는 것은 나 자신이었다.

여기에는 나 혼자밖에 없다. 그렇게 느끼는 것은 조금도 힘든 것이 아니었다. 하지만 언제나 나밖에 없다고 느낄 때가 가끔 있었다. 그것은 고통스러워 견딜 수 없었다.

발코니에 나가니 맨발에 닿는 콘크리트가 차가웠다. 그 위로 내린 비는 오히려 따뜻하게 느껴졌다. 안개 같은 비가 몸에 달라붙었다. 잠들기 시작한 거리가 아래로 보였다.

자세를 잡고 죽도를 내려쳤다. 오랫동안 죽도를 손에서 놓으면 무겁게 느껴진다. 처음 열 번 정도는 무게에 계속 끌려갔다. 도중에서부터 서서히 기합이 들어가서 쉬워졌다.

땀이 배어날 정도가 되었지만 더더욱 집중을 할 수 없었다.

“어째서 그렇게 무조건적으로 마담을 믿을 수 있어?”

사요코의 말이 그대로 머리에 달라붙어 있었다.

어느 정도의 신뢰와 어느 정도의 배신.

아마도 일상생활은 그런 것으로 이루어져 있을 것이다. 나는 대체 료코의 무엇을 믿고 있을까? 5년 전 료코가 사라지고 난 후 정말 오랫동안 자신의 불성실함을 힐책했다. 제멋대로의 불륜 관계를 제쳐 놓고도 그녀의 배신을 증오하고 비난했고 끝에 가서는 나와의 관계 따위 일시적 직업에 지나지 않았다고까지 생각하게 되었다. 일단 그렇게 생각해 버리면 도미노가 쓰러지듯 그녀와의 추억 하나하나가 전부 다른 의미로 느껴져서 견딜 수 없었다.

아니, 그런 것조차 아닐지도 모른다.

어머니와 살고 있었을 때에도 결혼 생활에서도, 또 그 후에도 나는 자신의 삶에 관해 계속 의심만 해 왔을지도 몰랐다. 믿고 그곳에 머무르기가 불가능했을 뿐인 게 아닐까? 나는 자살한 부친의 인생을 어머니가 완전히 받아들인 것처럼 믿을 수가 없었다. 아버지는 업자로부터 받은 돈으로 집을 세웠고, 끝내는 그 대가를 치르듯 스스로 목숨을 끊었다. 그래도 어머니는 마지막까지 아버지를 믿었고 아무도 이 집을 몰수하러 오지 않는 것은 아버지가 무죄라는 증거라고 계속 말하다가 돌아가셨다. 그런 어머니를 틀렸다고도 어리석었다고도 할 수는 없었다. 때로는 사랑스럽고 때로는 역겹게 느낄 뿐이었다.

때로 내가 찾아가면 어머니는 언제나 툇마루에서 어린애 손바닥만도 못한 마당을 보며 깨어 있는지 알 수 없는 눈을 게슴츠레 뜨고 자그마한 등을 구부리고 있었다. 남쪽에 맨션이 서고 나서는 마당에 해가 비치는 것은 아주 짧은 시간뿐이었다. 남편도 아들도 사라진 집은 어머니 혼자 지내기에는 너무 넓었다.

어머니 안에는 가족이라는 존재가 있었다. 아버지도 그것을 끝까지 지켰다. 나는 가정생활에 실패했다. 아내인 후미코도, 장인인 사오자키 레이지로도 아닌 나 스스로가 부숴 버렸다. 그것은 감상도 무엇도 아닌 그저 인정해야 할 사실이었다. 그 사실이 시간이 가는 동안 내 자신을 망가뜨리고 예기치 못한 형태로 나를 고통스럽게 했다. 내게는 가정에 안주한다는 욕구 자체가 원래 없었다. 그렇게 생각해서 납득할 수 있는 순간은 있었지만, 그것은 어디까지나 순간이고, 인생의 버팀목이 될 수 있을 정도로 긴 시간은 아니었다.

나와 아내 후미코, 그리고 나와 장인 시오자키 레이지로 사이에는 장래나 지위 같은 것을 포함한 다양한 약속이 존재했던 게 아니었을까? 존재시키고 있었던 것은 주위의 누군가가 아니라 나 자신이 아니었을까? 나는 변호사로 사는 것을 일이나 직위 이상으로 믿은 적이 있었을까?

좀처럼 자세에 의식이 집중되지 않는다.

술김에 바보 같은 짓을 하고 있을 뿐이었다. 자꾸 연기하는 듯이 느껴져 발코니 난간에 기댔다.

나는 내 과거에 집착하는 것도, 그녀의 과거에 집착하는 것도 아닐지 모른다. 자신을 완전히 신뢰하지도 못하고 '삐딱이'라고 불리는 데다 불면증까지 걸린 한 변호사가 앞으로 나아가기 위해서는, 그저 계속 조사를 할 필요가 있을 뿐일지도 모르겠다. 늪에 빠지는 것처럼 조금씩 몸이 움직일 수 없게 되었다. 몸을 움직일 수 없게 하는 것은 누군가 다른 사람이 아니라 나 자신이 아닐까. 그것이 내가 걸어온 엘리트 코스라는 것과 그 후에 겪은 좌절의 정체였다.

핑계가 아니었다. 내 손으로 그녀가 누구였는지, 어떤 문제를 안고 있었는지를 알아내야 했다.

눈 아래로 펼쳐진 야경을 멍하니 바라보는 동안 재채기가 크게 한 번 나왔다.

제4장

부재

1

다음 날 아침, 오전 9시를 넘어 사무소에 들어갔다.

자동응답기에 메시지가 세 통 남아 있었다. 두 개는 재판을 연기한 것에 대한 의뢰인의 불평이었고 세 번째는 변호사 친구인 고노로부터였다.

'뭔가 움직이고 있는 것 같군. 내게 의뢰한 재판뿐만 아니라 전부를 연기했다는 소문을 들었어. 큰 사건을 잡은 거라면 한몫 끼워 줘. 감당할 수 없는 사태에 휘말렸다면 상담해 주지. 어느 쪽이든 내키면 연락해.'

의뢰인의 메시지에는 마음이 아팠고 고노의 메시지에는 당황했다. 도쿄에서 일하는 변호사는 전부 해서 약 7000명. 좋게 말하면 결속이 단단하고 나쁘게 말하면 소문이 빠른 폐쇄적인 세계다. 변호사의 수를 늘리자는 말은 그저 구호에 지나지 않았고,

그에 따른 재판의 신속화도 완전히 표면상의 원칙이었다. 숫자를 늘리면 제 몫이 줄어드는 법. 의사들의 상황을 타산지석으로 삼아 똑똑한 변호사들은 같은 실수를 범하지 않았다.

그렇게 결속이 두터운 '엘리트들'의 집단 안에서 재판을 전부 연기한다는 소문이 존경받을 리는 없었다.

비서인 노리코의 메모가 책상에 놓여 있었다. 어제 퇴근 전에 적은 것이다. 원래 내가 없을 때 퇴근하게 되면 노리코는 바지런히 메모로 보고를 해 놓는다. 결혼하기 전에 딴 듯한 '비서 검정시험 1급' 자격이 이력서에 자랑스럽게 쓰여 있었던 것을 기억한다. 다음의 외과의원에 진료기록 유무를 확인했지만 찾을 수 없었다고 하며 목록이 첨부되어 있었다. 주의 깊게 고오리야마까지 조사한 합계 여덟 곳의 명단이 나와 있었다.

얇고 굵은 선이 그어진 대학노트를 모아 둔 선반에서 노트 하나를 꺼내 왔다. 표지에 사건 날짜를 적고 첫 페이지에 오늘 날짜를 적고는 아는 것을 하나하나 쓰기 시작했다. 마주친 사람의 일람을 만들고 그들의 발언을 세세한 것까지 포함해 조목별로 썼다. 추측은 일체 쓰면 안 된다. '회사원 강간 살인 사건'의 재판에서 함께 싸운 선배 변호사인 세키야 무네요시로부터 배운 방법이었다. 추측을 쓰면 사실이 추측에 끌려간다.

옛날에는 사건에 관계할 때마다 이렇게 메모를 했지만 독립하고 나서는 간단한 메모만 하게 되어 무척 소홀히 해 온 습관이었다. 변호사에게는 상상보다 훨씬 서류 작업이 많다. 서류를 가능한 한 피하는 것은 일종의 자연적 이치라고 할 수 있었다. 법정에서의 준비서면을 워드프로세서로 초고를 쓰고, 시간을 좀 둔 후 세세한 점을 재검토해 완성한다. 최근 2년 동안은 기껏 그 정도로 끝나는 일밖에 하지 않았고, 그것이 일이라고 생각하려 했다.

형사인 후지사키 고스케. 신문기자인 고토 마스오. 호스티스인 나토리 사요코. 미하루에서 만난 노인과 이마무라 주류 판매점의 이마무라 가즈에. 그리고 가사오카 가즈오. 료코의 난에는 딱 한 줄밖에 쓸 것이 없었다. '상담하고 싶은 것이 있다', 그뿐이다.

한 줄을 띄우고 사이카와 야스시의 이름을 적었다. 어떤 발언이 나올지는 앞으로 몇 시간 지나지 않아 밝혀지리라. 폭력단 두목은 만나서 반가운 상대는 아니었다. 만나지 않으면 아무것도 되지 않는다. 변호사로서 단련한 방법으로 부딪쳐 볼 수밖에 없었다.

시계를 확인하고 스즈란도리 길에 있는 속성 현상 사진관에 가서 추가 인화한 료코의 사진을 가져왔다. 탐문 상대에게 건네려고 인화를 많이 맡겼다.

다용도 빌딩 입구에서 계단을 올라가는 노리코의 등이 보였다.

"법원에 가서 기일부를 떼 왔습니다."

말을 거니 노리코는 돌아보며 웃는 얼굴로 그렇게 보고했다. 어제 법정 일을 취소해 달라고 부탁했을 때와 같은 불안한 표정은 보이지 않았다. 부지런히 움직이며 돌아다닐 일이 있어서 일단 안심한 것인지도 모른다.

"고맙습니다. 메모를 봤습니다. 미하루, 고오리야마 부근 외과 중 아직 몇 군데쯤 연락하지 않은 곳이 남아 있습니까?"

"예, 아직 몇 군데는."

"그러면 거기에 연락해 주십시오."

나는 내 책상으로 돌아가 기일부를 훑어보았다.

료코가 방청을 위해 방문했다면 증인심문일 것이었다. 같은 공판이라고는 해도 준비서면 제출은 십몇 분 만에 끝난다. 신체검사하는 것처럼 변호사가 줄을 지어 명목뿐인 '개정'을 기다린다. 자, 다음의 정의는 누구십니까. 어느 변호사도 사건 관계자는 되도록 법정에 부르지 않았고 관계자도 어지간한 일이 아니면 오고 싶지 않을 것이다.

4시부터 시작하는 증인심문은 세 건.

사건 번호에 동그라미를 쳤다.

법원으로 전화를 걸어 서기관실로 연결했다. 법원 사무 수속은 서기관이 처리한다. 이 세 건을 담당한 변호사 이름을 조사하기 위해 지인인 서기관을 불러내어 저녁 식사를 한턱 낼 약속을 잡았다.

민사가 두 건, 피고, 원고 쌍방 담당 변호사가 네 사람. 나머지 한 건은 형사이고 변호사는 한 사람.

민사 한 건은 세타가야 구의 토지 상속으로, 다투는 사람은 사에키 도모코라는 미망인과 전처의 아들인 사에키 마사야라는 남자. 또 한 건은 신바시의 토지 소유권을 둘러싼 것으로 기일부에 있던 피고의 이름은 스도 쇼이치 외 두 명, 원고는 니시가미 류지. 형사 쪽은 광역 방화 사건으로, 그날의 증인심문은 방화범의 정부였던 다카하시 기요미라는 여자였다.

합계 다섯 곳의 변호사 사무소를 적어서 방을 나갔다. 한 군데는 이바라키 현이었지만, 그 외에는 모두 도쿄 시내였다.

"이쪽에서도 연락하겠지만 만일 진료기록카드의 존재가 확실해지면 휴대전화로 연락 주십시오."

"외출하세요? 커피를 끓이는 중인데."

"만날 사람이 있습니다."

"저기 선생님. 아까 기일부 관련 조사는 그걸로 됐나요?"

"그것은 직접 약속을 잡아서 찾아가 보겠습니다."

변호사는 기본적으로 비밀주의다. 법정 전후에 누구와 만났는지를 묻기에는 미묘한 배려가 필요해서 노리코를 시켜 전화를 해서 될 일은 아니었다.

사무소를 나가 계단으로 걸어가려는 참에 노리코가 불러 세웠다.

"선생님 전화인데요, 어떻게 할까요?"

"용건만 물어봐 주세요."

"그런데 급한 용건이래요, 나토리 사요코 씨라는 분인데."

사무소로 돌아갔다. 보류 상태를 해제하고 전화를 받았다.

"미안, 바쁠 텐데."

"아니, 괜찮아. 무슨 일이지?"

"고바야시 스즈코 씨가 지금 전화를 했는데 경찰이 내일 오전에 시신을 돌려준다고 연락했대. 어떻게 하면 좋을까?"

"그럼 장의사 수배는 내가 바로 할 테니까 걱정 마. 스즈코 씨에게도 그렇게 전해 줘."

"알았어."

나는 어제 스즈코가 보여 준 증거품 압수 리스트를 떠올렸다. '증거품'인 유체를 넘겨준다는 것은 유족의 정당한 신청이 있으면 압수품도 반환할 가능성이 생겼다는 것이다.

"오늘 일정은 어때?"

"괜찮아. 뭐든 말해."

"그러면 스즈코 씨에게 료코의 집 정리를 하고 싶다고 하면서 경찰한테 집 열쇠를 받을 허가를 얻어 주지 않을래?"

"그러고 나서 경찰에 가는 거네."

"또 한 가지. 스즈코에게 편지를 써 달라고 해서 경찰이 압수한 것 중 주소록과 수첩류, 은행 예금 통장, 그리고 가게 장부와 외상 장부 반환을 신청해 줘. 경찰이 내켜하지 않을 경우에는 휴대전화로 연락 주면 내가 유족 대리인 자격으로 경찰에 가지."

일기는 압수 품목에 들어 있지 않았다. 있으면 당연히 압수되었을 테니, 쓰지 않았다는 얘기가 된다. 그러나 예금 통장이나 장부 종류는 인간관계를 아는 데에 커다란 단서가 된다. 그리고 그런 돈이 얽힌 증거품은 경찰도 반환을 거절하기 힘들 것이다.

얄궂은 기분을 금할 수 없었다. 나는 고바야시 스즈코가 그녀의 큰어머니라고는 전혀 믿지 않는다. 그럼에도 불구하고 내 손으로 그녀를 애도하고 압수된 증거품을 경찰로부터 돌려받기 위해서는 어디까지나 그 노파를 그녀의 유족으로 취급해야 했다.

"응, 알았어."

사요코에게 고맙다고 말하고 전화를 끊었다.

커피를 홀짝이며 비교적 친하게 지내는 장의사의 번호를 찾아봤다. 유산 상속은 변호사로서 수입이 괜찮은 경우가 많다. 장의사와는 친하게 지내 두는 게 좋다.

손목시계에 눈길을 주며 연락은 이동하면서 휴대전화로 하기로 했다. 커피를 다 마신 후 노리코에게 고맙다고 하고 사무소를 나왔다.

스즈란도리 길을 걸으면서 장의사에게 연락을 하고 진보초의 교차로 부근에서 택시를 잡았다. 내가 설명한 사정을 들은 장의사 사장은 시체 안치소에서 장례식장까지 운반을 맡아 주었다. 그는 몇 명쯤 참석할 것 같으냐는 질문에 순간 대답이 막힌 내게 대강의 친척 숫자와 고인의 직업을 물어보았다. 친척은 없고 직업은 클럽 경영자라고 하니 제일 작은 식장이면 된다는 대답이 바로 돌아왔다.

"경험적으로 봐서 틀림없어요."

그는 그렇게 딱 잘라 말했다.

니시아사쿠사 3초메 십자로에서 택시를 내려 남자와 만났다. 그 남자가 내게 말을 건 순간, 곤혹과 불신감을 감추어야 했다.

기요노 흥신소의 조사원이었다. 어제부터 사이카와 흥업에 붙은 남자로 명함에는 하세 쓰구오라고 씌어 있었다. 날씬하고 제법 미남이었다. 20대 중반을 지난 것 같은데 그 나이에 이런 머리를 하고 이런 일을 하는 인간을 만나기는 처음이었다. 청바지에 카우보이 부츠. 데님 재질의 윗옷 밑으로 검은 트레이너를 입고 있었다.

"사이카와와 한 약속은 정오였지요?"

하세 쪽에서 물었다.

"예."

"그러면 아직 조금 시간이 있습니다. 사이카와 흥업 사무소를 봐 두시겠습니까? 바로 코앞입니다."

나도 그럴 생각으로 일찍 온 것이다.

"상황은 어떻습니까?"

나란히 걸으면서 물었다.

"특별히 이상한 점은 없습니다. 사이카와는 오늘도 여전히 아침부터 뛰어다니고 있습니다. 어떻게 할까요? 지금 상세한 것을 보고하는 편이 좋으시면 걸으면서 이야기하겠습니다."

나는 흘끗 손목시계를 보고 나서 "나중에 해 주십시오."라고 말했다. 첫인상으로 사람을 판단하는 것은 피해야 한다. 그러나 기대할 수 있을 것 같지 않았다. 인재가 정말 부족한 것인가, 조사원에 관해서는 기요노가 내 예상보다 훨씬 어처구니없게 허세를 부리는 것인가.

"그러면 구로키 교스케에 관해 탐문한 결과를 먼저 말씀드리겠습니다." 하세는 내 의구심에도 무관심한 듯 말을 시작했다. "구로키의 출신은 이바라키 현이고 조직에 들어간 것은 5년 정도 전입니다. 고향의 윤락업소나 술집에서 평판을 물어봤더니 두목인 사이카와가 상당히 마음에 들어 했던 것 같습니다. 의외로 고향의 평판도 그다지 나쁘지는 않았습니다. 일단 술집 외상 같은 것도 제대로 다 갚았고, 업소 아가씨 등에게도 용돈을 척척 줬답니다."

"구로키와 고바야시 료코의 접점은?"

일단 물어보았다. 가사오카가 말한 대로 사건이 사이카와 흥업과 간사이 조직 사이의 대립에 의해 일어났다면 구로키는 조직 명령으로 움직였을 뿐, 그녀와 개인적인 접점 따위는 없다고 봐야 할 것이다.

"아직 모르겠습니다."

잠시 말없이 걸었다.

고토토이도리 길의 한 골목 북쪽. 절 뒤쪽 작은 빌딩에 사이카와 흥업이 자리 잡고 있었다.

지명으로 하면 이리야에 해당한다. 비교적 작은 절이 많은 지역이다. 경내에 서서 이야기를 하는 척하면서 빌딩의 상황을 살폈다. 1층이 주차 공간에 3층 건물. 스무 명 정도 되는 조직의 빌딩치고는 호화롭고 훌륭해 보였다. 정면에 검은 벤츠가 몇 대쯤 대어져 있었다.

"쓸데없는 질문일지도 모르지만 한 가지 괜찮으십니까?" 일단 조심스럽게 물었다. "그 머리는 흥신소 조사원치고 너무 눈에 띄는 것 같은데요."

나는 시선으로 하세의 머리를 가리켰다. 나름대로 그런 커트의 이름이 있을지도 모르지만, 내게는 산발한 걸로밖에 보이지 않았다.

게다가 금발로 물들였다.

하세는 히죽 웃었다. 그래서 불신감은 진짜가 되었다. 앞니가 엉망이었던 것이다. 레몬을 너무 많이 먹은 스포츠맨은 아닐 터였다.

"그런 말 많이 듣죠. 하지만 뒤집어 보면 이런 머리를 한 인간이 조사원이라고는 아무도 생각하지 않습니다. 나무를 숨기려면 숲 속이 좋다 이거죠."

적당한 비유라고는 생각할 수 없었다.

"게다가 검은색이든 보라색이든 바로 염색할 수 있거든요. 인상이 확 바뀌죠."

나는 헛기침을 했다.

"알고 싶은 게 있는데, 기요노 씨 회사에 진짜 조사원은 몇 명 있습니까?"

"저 말고요?"

"예."

하세가 쿡 하고 웃었다.

"없습니다. 소장은 비밀로 하는 것 같지만 제가 일하게 된 것도 1년쯤 전입니다. 좋게 말하면 외로운 한 마리 늑대이고, 나쁘게 말하면 세상의 탈락자일까요."

대화는 그만하기로 했다. 깐깐한 중년 변호사의 얼굴을 드러내고 싶지는 않았지만, 이미 충분히 보였을 것이다.

검은 차가 하나 골목을 서행해 와서 사이카와 흥업 정면에 섰다.

국산차였지만 가격은 보통 차를 두세 대 살 수 있을 만한 고급차다. 차창에 차광 필름을 붙여 놓아서 차 안은 알 수 없었다.

운전수가 뛰어나와 뒷좌석 문을 열었다.

"사이카와입니다."

차에서 내려서서 허리를 곧게 뻗는 남자를 보고 하세가 재빨리 말했다.

얼굴 윤곽이 뚜렷해서 일순 혼혈처럼 보이는 남자였다. 조사에 따르면 45세이겠지만, 멀리서 보면 30대 후반 정도로 느껴졌다. 자세가 좋고 균형이 잡힌 몸매였다. 일주일에 몇 번쯤은 개인 트레이너를 붙여 헬스클럽에 다니는 게 아닐까. 피부색을 보면 헬스클럽에 선탠 살롱이 붙어 있는 것 같았다. 단정하게 손질한 머리에 눈썹은 짙다. 옅은 갈색 선글라스. 머리에도 눈썹에도 흰색은 보이지 않았다. 치켜 올라간 어깨. 마오 칼라라고 하는 것 같은데, 중국인을 연상시키는 깃이 높은 윗옷에는 감색 바탕에 연지색의 가는 선이 들어가 있었다. 가슴 단추를 두 번째까지 풀었고 안에는 파란 와이셔츠가 보였다. 걸음을 내디디기 전에 사이카와는 선글라스를 벗어 안주머니에 넣고 두 번째 단추를 채웠다. 손가락에 낀 커다란 반지가 동작에 맞춰 빛을 띠었다.

맞으러 나온 남자들이 고개를 숙였고 그 가운데를 시시하다는 얼굴로 빠져나갔다.

나는 손목시계를 확인한 다음 금발 조사원과 헤어져 아사쿠사뷰 호텔로 향했다.

2

시간에 정확한 남자였다.

정오 5분 전에 로비 입구를 들어왔다. 부하가 두 사람. 하나는 젊은 두목을 연상시키는 차분한 40대 남자, 또 하나는 보디가드인지 어깨가 각진 젊은이였다.

일어나서 인사를 한 나에게 세 사람이 천천히 다가왔다. 사이카와와 40대 남자가 나란히 있었고 젊은이는 한 걸음 뒤였다.

"스모토 씨입니까?"

사이카와가 직접 입을 열었다. 예상보다 목소리가 높은 남자였다. 새되다고 하는 편이 적절하리라.

나는 끄덕이고 명함을 내밀었다.

"제 얼굴을 아십니까?"

사이카와가 물었다.

"분위기로 짐작했을 뿐입니다."

"어떤 분위기라고 생각하셨을지 좀 무섭군요." 사이카와가 미소를 지으며 카페 쪽을 가리켰다. "저쪽에서 이야기를 들어 볼까요."

테이블까지 따라온 것은 40대 남자뿐이고 젊은이는 로비에 남았다. 커피를 주문한 후 사이카와는 명함을 내밀고는 예의 바르게 고개를 숙였다.

"사이카와입니다. 잘 부탁드립니다."

40대 남자는 성만 대고 이름은 말하지 않았다.

"그쪽 분은?"

내가 그렇게 재촉하니 젊은 남자는 "아마노입니다."라고 낮은 목소리로 대답했다.

남자가 내민 명함에는 쓰레기 처리장 소장이라는 직함과 다케시라는 이름이 씌어 있었다.

어두운 눈을 하고 있었다. 굵고 짧은 목에 등이 구부정했다. 걸어오는 동안에도 맞은편에 앉은 후에도 짧은 목과 구부정한 등이 합쳐진 데다 턱을 당겨 눈을 치떠서 흰자위가 눈에 띄었다. 레스토랑에 장식된, 밀랍으로 만든 계란프라이의 흰자처럼 생기가 느껴지지 않고 탁했다. 이름을 말하는 목소리는 좋지 않은 끈적이는 느낌이 있었다. 그러나 정말로 싫은 상대가 되는 것은 그런 야쿠자가 아니라 무엇 하나 거리낌이 없다는 듯 밝은 목소리를 내는 쪽임이 틀림없었다.

"세토나이 폐기물 처리장에 대한 건이라고 하시던데." 사이카와가 말했다. "경우에 따라서는 이곳에서 말할 수 없는 것도 있습니다. 그러니까 동업자를 동석시키지 않으면 안 된다는 말이죠. 사회봉사를 한다는 마음으로 하는 사업이라서 설마 고소당할 거란 생각은 못 했습니다만.”

“그렇습니까?”

“이야기의 골자를 들려주시죠.”

이번에는 적당한 타이밍을 노렸다.

“사이카와 씨. 가능하면 둘이서 이야기하고 싶습니다만.”

째려본 것은 아마노라는 남자였다. 사이카와는 여전히 미소를 짓고 있었다.

“실질적으로는 폐기물 처리장 경영을 이 친구에게 맡겨 두어서 말이죠. 저 혼자 응대할 수는 없습니다.”

“쓰레기 처리장 일은 나중 문제라고 할까, 확실히 말하면 아무래도 상관없습니다.”

“……무슨 뜻입니다?”

“고바야시 료코 씨의 건에 대해 묻고 싶습니다.”

미소에는 조금도 변화가 없었다. 대답하기까지의 사이에 아주 약간 공백을 두었을 뿐이다.

“사정은 잘 모르겠지만 거짓말로 나를 불러내셨다고요? 불쾌하군요. 아마노는 일부러 세토나이에서 왔습니다. 고바야시 료코 건과 폐기물 처리장이 무슨 관계가 있습니까?”

불쾌한 어조였지만 실제로는 신중하게 태세를 취한 것을 불쾌한 듯한 태도로 감춘 느낌이 들었다.

“거짓말이라면 거짓말이지만, 직접 만나고 싶어서 말이죠.”

내가 그렇게 말하니 아마노가 낯빛을 바꿨다.

“변호사 양반, 당신 무슨 생각이야?”

호통을 친 것은 아니었다. 옆 자리에조차 들리지 않을 정도의 목소리였다. 분노를 담은 것이 아니라 게가 거품을 뿜듯 나직한 어조였다. 그러는 편이 훨씬 더 위압감을 준다.

사이카와가 오른손을 아마노의 무릎을 대며 제지했다.

"고바야시 씨 건은 우리 사원이 일으킨 불미스러운 일입니다. 저한테도 어떤 사회적 책임이 있다고는 생각합니다. 하지만 스모토 씨, 이런 방법은 조금 기분이 안 좋군요. 어떤 일인지 설명해 주시겠습니까?"

"고바야시 씨는 제 의뢰인이었습니다."

"……의뢰인?"

"살해당하기 전날에 상담할 것이 있다는 말을 들었습니다."

미소가 사라졌다. 그리고 나타난 것은 냉정한 표정뿐이었다.

"어떤 상담이었습니까?"

"이제부터는 둘이서 이야기하고 싶습니다."

사이카와는 거의 주저하지 않았다.

"알겠습니다." 그는 그렇게 끄덕이고 얼굴을 아마노에게 돌려 말했다. "차에서 기다려."

그러고는 일어선 아마노를 향해 "차는 밖으로 돌려놔."라고 덧붙였다. 시간이 걸리지 않을 것이라는 뜻일까.

"먼저 말씀드리겠습니다만, 구로키는 이미 어제 시점에서 파문했습니다." 둘만 남자 사이카와가 바로 술술 말을 했다. "우리와 구로키의 관계는 과거지사라는 말입니다."

"상당히 냉정하시군요. 아끼던 조직원이라고 들었습니다. 게다가 죽은 사람을 파문한다고는 생각도 못 했습니다.

"원칙은 원칙입니다. 치정 사건에 아우를 데리고 가서 상대 여성을 죽이다니, 도저히 부하로 인정할 수 없습니다."

"구로키와 같이 있었던 사와무라라는 아우뻘 남자도 파문입니까?"

"녀석은 명령을 받고 따라간 것뿐이라고 합니다. 그렇게까지 할 생각은 없습니다."

"제가 볼 때는 구로키가 고바야시 료코 씨를 죽인 이유가 달리 있다고 생각합니다만."

"그 말씀은?"

"예를 들면 누군가의 명령을 받아 납치하거나 비밀리에 처리할 작정이었다거나. 그런데 생각지 못하게 표면화해 버린 거죠."

"재미있군요."

"어제는 높은 분들께 구로키의 불미스런 일을 사과하느라 바쁘셨습니까?"

"뭐, 그렇지요. 아랫것들이 일반인에게 손을 대는 바람에 제 감독 능력도 의심받을 수 있으니까. 이래봬도 저희도 상당히 조심스럽게 살고 있습니다."

"높은 분들 사이를 돌아다녀야 했던 이유가 더 있었던 게 아닙니까?"

"무슨 말씀입니까. 스모토 씨, 말씀대로 저도 바쁜 몸입니다. 고바야시 씨가 상담한 일이란 게 뭡니까?"

"신경 쓰이십니까?"

"이상한 소리를 하시는군요. 먼저 말을 꺼내시니까 물었을 뿐입니다."

나는 상대방의 눈을 똑바로 쳐다보았다.

그쪽도 내 눈을 쳐다보았다. 어디에 박력이 있는지는 확실했다. 다만 공포는 느끼지 않았다. 나 자신보다도 박력이 있는 상대는 얼마든지 있어서 익숙했다.

"의견을 들려주시면 좋겠습니다. 그 여성이 사실은 고바야시 료코가 아니라면 어떻게 하실 겁니까?"

침착하던 표정이 벗겨졌다. 그 밑에서 드러난 것은 나무로 만든 가면처럼 표정이 사라진 얼굴이었다.

"무슨 일이신지. 피해자는 고바야시 료코 씨가 아니었습니까?"

사이카와는 내 입 쪽에 시선을 고정하고 있다. 미묘하게 시선을 비낀 채 미동도 하지 않았다.

"고바야시 료코가 태어난 고향인 미하루에 갔다 왔습니다." 나는 천천히 말을 시작했다. "그다음에 이사 간 곳인 나가노 현에도 지금 사람을 써서 조사하는 중입니다."

"그래서?"

"어떤 사정이 있어서 그 여성이 원래 호적을 버리고 고바야시 료코라는 여자가 되었다고, 저는 그렇게 추측하고 있습니다. 미하루에서는 그녀와 고바야시 료코가 다른 사람이라는 확신은 얻지 못했지만, 고바야시 료코는 고등학교를 졸업하기 전까지 나가노에 있었습니다. 나가노에서는 다른 사람이라는 확증이 반드시 발견될 것 같습니다."

"그러면 범죄를 저질렀군요. 저희는 법률은 잘 모르지만 호적을 어떻게 했다는 그런 죄가 되겠네요."

"그건 아무래도 상관없는 일입니다."

"아무래도 상관없다니 정의의 편인 변호사님 입에서 나올 말은 아닌 것 같습니다."

"우리는 정의를 위해서 일하는 게 아닙니다. 의뢰인을 위해 일하는 겁니다."

사이카와는 유쾌한 듯이 웃었다. 나는 그의 웃음이 끝나기를 기다렸다.

"제가 관심이 있는 것은 그녀가 정말은 대체 어디의 누구이고, 왜 다른 사람으로 바뀌어야 했는지라는 점입니다."

"변호사님의 상상은 상상으로 볼 때는 재미있지만 제 쪽에서도 묻고 싶군요. 어째서 저한테 그런 말씀을 하시는 겁니까?"

"사이카와 씨라면 뭔가 아시지 않을까 해서."

"잘못 짚으셨군요. 왜 그런 식으로 생각하셨는지는 잘 모르겠습니다. 그런데 고바야시 씨의 상담은 어떻게 됐습니까?"

커피 세 잔이 왔다. 당황한 웨이트리스를 올려다보고 사이카와는 세 잔 다 놓고 가라고 했다. 내가 설탕통을 건네자, 사이카와가 말했다.

"됐습니다. 당분은 자제하고 있습니다."

커피를 입에 댈 기미는 없었다.

나는 크림만 컵에 흘려 넣고 저어서 입으로 가져갔다. 전부 천천히 했다.

그렇게 하면서 생각했다. 슬쩍 발을 들이면 그만큼 위험한 태도로 나올지도 모른다. 아니면 이미 들어가 버린 것일까? 야쿠자가 무섭다는 것을 모르지는 않았다. 변호사에게 오는 분쟁 중에서 미해결이 되는 비율이 압도적으로 높은 것은 폭력단이 얽힌 경우이다. 경찰 통계에서 자살이나 행방불명으로 처리된 사람의 몇십 퍼센트쯤은 그 어느 쪽도 아닌 이유로 사회에서 사라졌다.

"어떤 일에 관한 조사를 의뢰받았습니다."

"뭐라고요?"

"고바야시 씨로부터요."

"무슨 조사입니까?"

"구체적으로 말씀드릴 수는 없지만 고바야시 씨가 살해당한 이유는 댁의 구성원이었던 구로키와의 치정 관계 따위가 아니라고 저는 생각합니다."

살피는 듯한 눈. 눈 속을 들여다보려 하고 있다. 오랜 시간은 아니었다. 도리어 내가 들여다본다는 것을 알아차린 것이다.

나는 말을 잇지 않고 상대가 뭐라고 말할지 기다렸다.

"그래서 이렇게 만나러 오신 거군요."

"그렇습니다."

"그 조사와 당신이 이때까지 말한 억측이 관계가 있다는 거죠?"

"의뢰인이 살해된 이유는 거기에 있다고 생각합니다."

"……스모토 씨. 저는 잘 모르겠지만 의뢰인이 죽어 버린 경우 그래도 여전히 의뢰라는 게 유효합니까?"

"변호사 마음입니다."

"하지만 의뢰인도 없이 소송을 제기할 수는 없습니다. 조사 결과를 대체 누구에게 보고할 생각입니까."

"사회에 보고합니다."

"나쁜 말은 안 하겠습니다. 잊어버리시는 게 좋을 겁니다."

"협박하시는 겁니까?"

"설마. 비즈니스를 하는 사람의 충고입니다. 죽은 사람 일은 잊어버리고 살아 있는 사람끼리 잘 사는 겁니다. 사회정의 따위는 똥이나 먹으라죠."

마지막 부분만 완전히 동감이었다. 사이카와의 손가락이 영수증으로 뻗었지만 내가 먼저 집어 들었다.

"시간을 내주셨으니 제가 내겠습니다. 또 뵐 일도 있을 것 같고."

"그러면 잘 마셨습니다."

상대가 일어나려는 것을 제지하고 나는 말했다.

"간사이 쪽에서 문제가 생긴 게 아닙니까?"

"무슨 말이신지? 이런 식으로 만날 이유가 없어요. 가겠습니다."

그렇게 내뱉은 때에 이미 사이카와는 일어나 있었다.

사진에 찍힌 사이카와 노보루는 체구가 작은 노인이었다.

회색이 들어간 딱딱해 보이는 머리카락이 똑바로 하늘로 치솟은 것을 젤로 억지로 뒤로 쓸어 넘겼다. 굵고 치켜 올라간 눈썹. 꾹 다문 입술. 노인의 과거를 모르는 사람이 보면 목수 우두머리나, 고집 있게 메밀국수를 반죽하는 장인, 다다미 장인을 연상할 것이다. 흰 바탕에 갈색으로 왼쪽 어깨에서 밑으로 닻 같은 모양을 짜 넣은 스웨터를 입고 있었다. 사이카와 야스시와 나란히 맨션 입구를 나오는 모습이 폴라로이드 카메라로 사진에 담겨 있었다.

사이카와 노보루와 야스시 외에 마른 초로의 남자가 함께였다. 사이카와 노보루보다 젊은 듯이 보였지만 이런 사람의 정확한 나이는 외견으로 판단하기가 힘들었다. 몸의 실루엣이 드러난 정장을 입고 있었다. 아르마니였다.

수염을 기르고 짧은 머리를 꼼꼼하게 7대3으로 가르고 있었다.

외꺼풀의 두 눈이 어딘가 파충류를 연상시켰다. 수험 전문 학원 강사라는 느낌이다. 눈앞에 있는 사람을 사람 취급하지 않는 것이 품격 있는 애정이라고 믿고 있을 듯한 남자로 보였다.

"사이카와 야스시가 2대째인 것은 아십니까?"

운전석에 앉은 하세의 말에 나는 사진을 바라본 채로 "예."라고 끄덕여 보였다.

"오사카의 스에히로회에서 스카우트된 남자입니다."

차는 지금 센소지 뒤에 세워져 있었다. 차창 밖으로 보도를 사이에 두고 절의 정원이 펼쳐져 있다. 점심시간이었다. 여사원이나 회사원이 좋은 곳에 자리 잡고 앉아 햇볕을 쬐거나 샌드위치를 먹고 있었다. 에어컨의 방출 열로 더운 여름날이 이어지는 계절에는 볼 수 없었던 풍경이다.

"오전 중에 사이카와 야스시가 간 곳은 네 군데. 이발소도 포함하면 다섯 군데입니다. 다와라마치에 있는 자택 근처 이발소에서 매일 아침 면도를 하고 머리를 다듬는 게 습관인 것 같습니다. 그 다음에 자신이 경영하는 '사이카와 개발' 사무소에 얼굴을 내민 다음, 한 시간 후에 사이카와 노보루의 맨션으로 향했습니다."

'사이카와 개발'이란, 전날 뽑은 데이터베이스에도 있던 토목자재 반입 회사였다. 주소는 닌교마치. 사이카와는 그곳의 임원 책임자로 되어 있었다.

"선대인 사이카와 노보루의 맨션 위치는?"

"후카가와입니다. 8년쯤 전에 조직을 사이카와 야스시에게 넘긴 다음 일품요릿집을 하는 여자와 은거하고 있습니다. 에타이바시 다리 옆에 세워진 고급맨션인데, 일품요릿집 코앞입니다."

"후계를 넘겨준 이유에 관해서는 뭔가 알아냈습니까?"

"건강 상태 때문인 것 같습니다. 선대는 심장에 지병이 있는 듯해서. 후계를 정하기 전에 한 번 입원을 오래했다고 하니까 그래서 은퇴를 생각한 게 아닐까요."

"이 사진에 선대와 사이카와 야스시와 함께 찍힌 남자의 신원은 어떻게 됩니까?"

"모르겠습니다."

"조사해 주십시오."

"알겠습니다."

"사이카와 야스시가 선대의 맨션에 있던 시간은?"

"한 시간 정도였습니다. 그 후 '데라키 흥산'이라는 사무소로 갔습니다. 데라키 쪽 사진은 못 찍었습니다. 필요하시면 다시 붙겠습니다. 이름은 데라키 데루오. 야스시의 형님뻘에 해당하는 남자로 야스시가 선대로부터 사이카와 흥업을 넘겨받는 것과 거의 같은 시기에 독립해 데라키 흥산을 세웠습니다."

보기 좋게 쫓겨났을 것이다. 후계 상속의 말썽을 피하기 위해 야쿠자는 자주 이런 수를 쓴다. 유력 후보만 조직에 남기고 그렇지 않은 남자는 독립이라는 명목으로 다른 조직을 만들게 하는 것이다. 선대로부터 이어진 조직인 이상 관례적으로 어느 정도 받들어지는 부분은 있겠지만 결국은 본가 산하일 수밖에 없다. 서쪽 조직에서 스카우트된 남자를 평생 눈엣가시로 여기며 살아가는 불행을 떠안은 것이다.

하세는 사이카와가 이곳에 있던 시간이 딱 30분 정도였라고 덧붙였다.

"그러니까 오전에 선대나 형님을 방문한 것은 형식적이라고 할 수 있지 않을까요. 세상을 시끄럽게 해서 정식으로 사과를 하러 간 것 같습니다만."

바로 수긍하기는 힘들었다.

하세의 추측대로라면 사건에 뒤가 있더라도 사이카와 야스시는 선대나 형제들에게는 이번 건을 어디까지나 조직원의 치정에 의한 불미스런 사건이라 설명하는 것이 된다. 그러나 서쪽 조직과 분규가 있었다면 도움을 부탁하러 갔다고도 생각할 수 있다.

선대의 맨션에서 함께 나온 아르마니를 입은 남자는 누구일까. 이 남자의 정체를 알면 사이카와 야스시가 선대를 찾아간 목적도 더 확실하게 추측할 수 있을지 모른다.

"데라키 흥산 다음은?"

"아사쿠사에 돌아오기 전에 또 후카가와에 있는 '스즈리오카 건설'이라는 회사에 들렀습니다. 이것도 자세한 것이 필요하면 계속 조사하겠지만, 사이카와가 경영하는 토목자재 반입 회사의 거래처일지도 모릅니다."

"스즈리오카 건설의 누구를 찾아간 겁니까?"

"확실하지 않습니다."

"사이카와 개발과의 거래 상황도 포함해 조사해 주세요."

만일 스즈리오카 건설이 사이카와의 주 거래처이고 담당자의 이름을 알면 그쪽에서 파고드는 방법도 찾을 수 있을지 모른다. 바깥 세계와의 비즈니스는 조직에게 확실한 수입원도 되는 반면, 상대가 말썽을 꺼리기 때문에 아킬레스건도 될 수 있다.

"그런데 사이카와와 만난 것은 어떻게 됐습니까?" 하세는 금발을 쓸어 올리며 물었다. "뭔가 나왔나요?"

"오늘은 얼굴을 본 걸로 됐다고 해 두죠."

말을 흐렸지만 깐깐한 중년 변호사를 연기하고 싶었기 때문은 아니었다.

대화를 나누는 동안 기요노 노부유키가 이 남자를 고용한 이유를 조금씩 알게 되었다. 겉모습은 아무래도 상관없었다. 제대로 된 보고를 할 수 있는 남자는 머리 회전이 빨랐다. 머리 색깔이 무슨 색이든지 상관없었다.

하세가 해야 할 일을 다시 확인해 주고 조수석 문을 열었다.

"그런데 '괴인 이십면상'(에도가와 란포의 1936년도 작품, 스무 개의 얼굴을 지닌 변장의 귀재인 도둑과 명탐정 아케치 고고로가 등장한다 — 옮긴이) 콘셉트입니까?"

나는 목만 하세에게 돌리고 물었다.

"예?"

"아, 그게, 그런 차림은 변장인가 해서."

하세는 나를 잠시 바라보다가 웃음을 터뜨렸다. 웃는 얼굴이 인상을 어려 보이게 했다.

"스모토 씨, 변호사 양반들은 의외로 시시한 농담을 하네요."

흐음, 그런가? 나는 이런 청년을 그렇게 싫어하지는 않는다. 갑옷을 두르지 않고 거리낌 없이 타인과 만날 수 있는 그런 사람을.

차에 내려 동업자의 사무소로 가기 위해 지하철역으로 향했다.

갑옷을 두른 세계의 남자들에게로.

3

찾아가야 하는 변호사는 다섯 명.

신바시에 있는 변호사 사무소의 주인은 마루타 요시키라는 남자였다. 기일부에서 조사한 신바시 토지 매매 관련 분쟁의 피고측, 즉 스도 쇼이치 외 두 남자의 대리인을 맡은 변호사였다. 약속은 2시 30분. 마른 남자였지만 와이셔츠의 배는 희한할 정도로 둥그렇게 나와 있었고 턱살도 이중삼중으로 늘어져서 윤곽을 애매하게 보이게 했다. 둥그스름한 어깨에 좌우와 뒷머리를 쳤다. 티셔츠에 멜빵바지 차림이 어울릴 법했다. 우리 세대나 아래 세대에게는 멋지게 「세서미 스트리트」의 쿠키몬스터를 연상시키는 체형과 얼굴이었다.

나는 바로 본론으로 들어갔다.

"고바야시 씨요?"

마루타는 입속에서 웅얼거리고는 송구하다는 듯이 고개를 흔들어보였다.

"죄송합니다만, 그날 법정 전후에 그런 여자분과 만난 적도 없고 짐작도 가지 않습니다."

나는 료코의 사진을 내밀었다.

"이 여성입니다만, 당일 방청석에 있었던 기억은 없습니까?"

마루타는 사진을 가만히 바라보았지만 다시 고개를 좌우로 흔들었다.

"죄송합니다."

배심원 제도 때문에 방청석도 포함한 법정 전체를 자기편으로 만들 필요가 있는 미국 같은 나라와 달리, 이 섬나라의 재판에서 변호사는 방청석에 주의를 기울이는 일이 없다. 대법정이 아닌 한 방청석은 그다지 넓지는 않고 초만원이 되는 일도 드물기는 하지만, 그 얼마 안 되는 방청인의 인상조차도 거의 남지 않는 것이 보통이었다.

"간단하게라도 좋은데, 맡으신 사건의 개요와 그날 법정의 내용을 알려 주실 수 있습니까?"

내가 말을 꺼내자 마루타는 담배를 입에 가져가 불을 붙였다.

"바로 요 옆 맥아더도리 길을 아십니까? 패전 시에 맥아더가 지나간 곳의 통칭인데 말이죠. 신바시 역에서 하마마쓰초 쪽으로 도보로 10분쯤 가면 있는 길입니다. 원고는 그 길 한 모퉁이에 일식 요릿집을 하고 있습니다."

"니시가미 류지 씨죠."

수첩에 적어 놓은 이름을 보고 확인하니 마루타는 턱살을 한 층 더 처질 정도로 끄덕였다.

"예. 종전 후에는 지프에 탄 맥아더의 모습이 멀리에서도 보였다고 합니다만, 지금은 빌딩에 둘러싸여 있고 좁은 길이에요. 도쿄도의 방침과도 맞아떨어져서 몇 년 전부터 도로 확장 계획이 생겼습니다. 그와 동시에 길가의 점포나 가옥 등을 뒤로 물러나게 할 필요가 발생한 거지요. 원고의 가게는 딱 십자로 모퉁이에 있어서 점포를 뒤로 빼기보다는 다른 곳으로 이동시키는 편이 합리적이었습니다. 원고에게도 피고에게도 말입니다. 조건은 등가교환에 의한 신축 빌딩의 점포로 이동 및 그에 상응하는 퇴거료."

"소송이 일어난 것은 언제입니까?"

"작년 일입니다."

"니시가미 씨 측이 고소한 이유는 뭡니까?"

"신축되어야 할 빌딩이 계약한 위치에 세워지지 않았습니다."

"왜 그렇게 됐습니까?"

"그게 대외비에 속하는 사항이라서."

질문을 바꾸기로 했다.

"고소 내용은요?"

"계약불이행. 원고의 가게는 이미 해체업자가 부쉈고 확장된 십자로에 수용되어 버렸습니다. 그에 따른 위자료 청구와 장사를 못 한 몇 개월간의 손해에 대한 배상 청구를 한 거죠."

마루타는 상당히 진지한 남자일지도 모른다. 방금 전의 설명으로 대강의 경과가 짐작이 갔다.

"법정으로 넘어오기 전 상대편의 주장은 사기입니까?"

솔직하게 묻자 마루타는 동업자에게만 통하는 종류의 웃음을 띠며 끄덕였다.

"피고는 부동산 중개업자와 어떤 대규모 시중은행의 영업과장, 그리고 등가교환으로 점포가 이동할 예정이었던 빌딩의 주인 스도 씨 세 사람입니다."

아마 90퍼센트 정도 사기일 것이다. 그리고 우리 같은 변호사가 그러한 인상을 받을 때는 거의 명백히 사기였다. 그러나 빌딩 주인, 시중은행의 영업과장, 부동산 중개업자 삼자가 짠 이상, 사기가 입건당하지 않도록 정당한 서류가 균형 좋게 배치되어 있다고 봐야 한다. 그것을 마루타도, 상대측 변호사도 알기 때문에 사기로 고소하는 것이 보류되었을 것이다. 이 나라에서는 바로 정면으로 법정에서 싸운다고 해도 노력에 상응하는 성과를 올리는 일이 드물었다. 그래서 그러한 조정 역할을 하는 것도 또한 어떤 의미에서는 변호사의 일 중 하나였다.

"폭력단이 관련되어 있습니까?"

"아니요. 아시겠지만요. 버블 붕괴 이후에 땅 관련으로 나쁜 짓을 하는 것은 야쿠자보다는 오히려 평범한 얼굴을 한 놈들입니다. 어떤 의미로는 이번 경우도 보통 사람이 야쿠자를 이용한 겁니다."

신바시의 길이 확장이 되면 그에 상응해 이권이 얽힌다. 지역 야쿠자도 돈을 벌 때였을 것이다. 그럼에도 불구하고 단물을 빨아먹은 것은 시중은행과 부동산회사와 빌딩 주인이라는 '건전한 직업에 종사하는 분들'뿐이라는 말인가.

담배를 재떨이에 눌러 끄는 마루타의 얼굴을 바라보며, 나는 약간 몸을 앞으로 내밀었다.

"피고의 연락처를 가르쳐 주시겠습니까?"

마루타는 시선을 들어 고개를 흔들었다.

"그건 좀, 죄송하지만 안 되겠습니다. 아까 그 고바야시 씨라는 여성을 아는지 어떤지를 알고 싶으시다면 제가 물어보겠습니다."

예상한 대답이었다. 의뢰인의 주소를 쉽사리 동업자에게 알려 줄 변호사는 없다.

"잘 부탁드립니다." 머리를 숙이고 되도록 빨리 해 달라고 부탁했다. 료코의 사진을 마루타에게 맡기고 가능하면 얼굴을 아는지도 확인하고 싶다고 덧붙였다. "살인 사건이 얽힌 일입니다."

마루타는 끄덕이고 맡아 주었다.

사요코로부터 휴대전화로 연락이 온 것은 마루타의 사무소를 나가고 잠시 지났을 때였다.

나는 신바시 역 히비야 출구에 있는 D51 광장에 접어들고 있었다. 니시가미 류지라는 원고측 변호사의 사무소도 신바시에 있었고 JR 선로 건너편이어서 걸어서 가는 참이었다. 광장에서는 아오조라 헌책 시장이 열리고 있어서 사람을 피하면서 나아갔다.

"경찰 앞에서 걷고 있는데 스모토 씨는 어디야?"

"신바시. 일은 어떻게 됐어?"

"스모토 씨가 말한 대로 스즈코 할머니에게 편지를 써 달라고 한 게 다행이었어. 형사가 투덜거리기는 했는데 끈질기게 달라붙었더니 열쇠를 돌려줬어. 가게 열쇠도 같이."

사건으로부터 사흘이 지났다. 경찰도 어지간한 이유가 없는 한 현장 보존 명목으로 피해자의 주거 등을 압류할 수 있는 최대한의 시간이 지난 것이다.

"주소록이나 장부는?"

"그것도 받았어. 여기서 마담의 맨션까지는 먼 거리가 아니야. 몇 시에 올 수 있어?"

사요코는 나와 함께 료코의 집을 방문할 작정인 것 같았다.

"이제부터 한 건 더 조사할 게 있어서." 나는 손목시계에 시선을 떨어뜨렸다. "5시에 역 앞에서 만나는 건 어떨까?"

"그럼 맨션에 먼저 가 있을게."

"그러지 마."

반사적으로 말렸다. 진행방향을 바꾸어 광장 한가운데에 있는 분수로 다가가 인파를 피했다.

"하지만 두 시간이나 기다릴 건 없잖아. 괜찮아, 마담의 과거를 알아낼 물건을 찾아내면 되는 거지?"

"말은 쉽지만 짐작 가는 게 있나?"

"찾으면서 생각하지, 뭐. 소중하게 간직한 건 전부 스모토 씨에게 보여 줄 테니까 괜찮아. 마담 집에는 몇 번쯤 놀러 간 적이 있거든. 내가 어디를 찾으면 되는지는 더 잘 알 것 같은데."

살인 사건이 일어난 집이었다. 전문가가 이미 구석구석 조사했다. 아가씨가 생각하는 만큼 단순한 일은 아니었다. 게다가 또 한 가지 말해 두어야 할 것이 있었다.

"집은 마룻바닥이야, 아니면 카펫이야?"

"왜?"

"사건 당일 밤의 피 얼룩이 아직 남아 있을지도 몰라."

"……알았어. 각오하고 갈게."

계속 기다릴 생각은 없는 것 같았다. 사요코의 제안을 받아들일 수밖에 없었다.

나는 장의사 수배를 해 놨다고 말했다.

"관할서에서 장례식장으로 운구하는 것도 포함해서 해 줄 거야. 아는 업자니까 안심해도 돼. 시체검안서나 사망신고서 같은 서류 수속은 내가 할 테니 됐고."

"고마워. 그러면 5시에 봐."

사요코는 그렇게 말하고 전화를 끊었다.

휴대전화를 주머니에 다시 넣고 걸어 나가려다가 문득 분수 주위를 훑어보았다.

아까 진행 방향을 바꿔 분수에 다가갔을 때 누군가의 시선을 시야 끝에서 느낀 느낌이 들었다.

미행. 설마. 아무리 그래도 사이카와가 갑자기 미행을 붙일까? 그러나 설마 하고 생각하는 근거라면 아직 그런 일을 당한 적이 없다는 전혀 신뢰할 수 없는 경험밖에 없고, 오히려 미행의 가능성을 생각한 경우에는 고작 몇 시간 전 사이카와의 사람을 잡아먹을 듯한 얼굴과 내가 입에 올린 헛소리가 커다랗게 그 존재를 주장하고 있었다.

스모그와 배기가스로 더럽혀진 희미한 햇살 속에서 분수 물보라가 나름의 청결함을 상쾌하게 흩뿌리고 있었다. 나는 그것으로 눈을 잠시 쉬게 한 척을 하고 나서 걷기 시작했다.

밤길을 혼자서 걷지 말자. 스스로 할 수 있는 대항책은 지금은 그 정도밖에 없었고, 싸움을 걸어오는 것 같다면 거기서 파고들 틈을 내게 주는 것이기도 하니까 상대도 신중하게 움직일 것이다. 일단 그렇게 대수롭지 않게 여기기로 했다.

소토보리도리 길에서 JR의 가교를 빠져나갔다.

원고 측 변호사 사무소는 주진 병원 뒤쪽에 세워진 다용도 빌딩 3층이었다.

이름은 네모토 히데오. 마루타와 비슷한 나이로 보였지만 대조적으로 살집이 있었다. 게다가 서글서글하고 솔직해서, 좋게 말하면 생각을 솔직하게 말하는 남자라고 형용할 수도 있었다.

"사기도 사기 나름이죠. 지독한 이야기입니다. 악한 3인조가 다가와서 퇴거에 난색을 표하던 원고를 쫓아내 버렸다. 제 개인의 의견을 말하면 똑같은 짓을 한 것이 다른 사람이었다면 훨씬 전에 쇠고랑을 찼을 겁니다."

굵은 목소리로 말해서 분개하고 있나 했더니, 네모토는 폐에 숨을 들이쉬는 잠깐의 틈을 두고 나서 호쾌한 웃음을 터뜨렸다. 바지 벨트에 꽂아 놓은 부채를 뽑아서 좋은 소리를 내며 펼쳐 얼굴을 부쳤다.

나는 어깨 폭 너비로 무릎을 벌리고, 몸을 소파에 깊게 파묻으며 불쾌한 일 따위 하나도 없는 듯한 표정을 지었다.

네모토도 마루타와 마찬가지로 법정 전후에 료코와 만난 적은 없었고 이름을 들어도 몰랐다. 사진을 보여 줬지만 기억에도 없었다. 다만 의뢰인의 연락처를 가르쳐 달라고 부탁하니 접은 부채 끝으로 창을 가리켰다.

"신바시의 다른 곳을 찾아 가게를 열었습니다. 전보다는 역에서도 떨어졌고 가게도 작아졌지만요. 큰 일 때문에 작은 일이 희생되어도 변하는 건 없습니다. 직접 칼을 다룰 능력이 있으니까 강한 거죠. 가 보시겠습니까?"

의뢰인 일인데 완전히 남 일이라는 말투였다. 솔직한 사람인 것이다. 게다가 융통성 없는 소리를 하지 않는 싹싹한 남자였다.

나는 "예, 꼭 가보고 싶습니다."라고 끄덕여 보였다. 바로 조사하는 것보다 확실한 것은 없다. 네모토는 큰 소리로 비서를 불러 니시가미 류지의 가게 주소와 전화번호를 알아보라고 지시했다.

"마루타 변호사 쪽에 먼저 갔다 오신 겁니까?"

"예."

"그건 좀 안타깝네요."

"뭐가 말입니까?"

"이제부터 가신다면 메시지를 하나 부탁할까 했습니다. 너무 괴롭히지 말라고."

상대가 웃음을 짓기에 나는 희미하게 미소로 답했다.

니시가미 류지의 가게는 히비야도리 길의 오나리몬 신호등에서 왼쪽으로 꺾어지는 골목 한 모퉁이에 있었다. 가게 이름은 '고사이'라고 했다. 같은 신바시여도 길 하나 건너 앞은 시바코엔 1초메였다. 택시를 탔다. 사요코와의 약속이 마음에 걸려서 조금이라도 시간을 단축하고 싶었다.

히비야도리 길에서 내려 골목 안쪽으로 가면서 니시가미가 재판을 건 것도 당연하다는 생각이 들었다. 역 앞 번화가와 상당히 거리가 있었다. 지케이 의대나 미나토 구청, 일본적십자회관 등이 가까웠지만 다들 술집으로 흘러드는 손님과는 인연이 없다. 보기 좋게 원래 가게를 쫓겨나 고작 이런 곳에 새 가게를 얻은 것이다.

골목 양쪽에는 3층 건물 정도의 다용도 빌딩이 늘어서 있었다. 1층에는 작은 인쇄 공장 등 차를 대는 것이 필요한 장사나 옛날부터 영업하고 있는 듯 보이는 두부가게, 생선가게, 이발소 등이 띄엄띄엄 들어가 있었지만 2층부터 위로는 대부분 작은 사무소인 것을 알 수 있었다.

'고사이'는 새로 생긴 빌딩 1층에 입주해 있었다. 2층은 비었지만 3층에는 치과 간판이 나와 있었다. 버블 붕괴 이후, 도쿄에서 새 빌딩이 완전히 다 차는 일은 드물었다.

가게는 아직 포렴을 밖에 내걸지 않았다. 유리문 안쪽에 남색 포렴이 보였다. 교토풍 일식 요리를 간판으로 걸고 있었다.

유리문으로 다가가 포렴 틈으로 가게 안을 들여다보았다.

일고여덟 명만 앉아도 꽉 차는 카운터 외에 테이블 자리가 셋. 소주병이 카운터 안쪽 선반을 채우고 있었다. 이것이 교토풍 일식이라면 나도 큰 변호사 사무소 오너라고 할 수 있다. 청결하고 세련된 것만큼은 내 본거지보다 낫기는 했다.

마르고, 어느 쪽인가 하면 침울한 느낌의 작은 남자가 카운터 안쪽에서 부지런히 양손을 움직이고 있었다. 재료 준비로 한창인 것 같다. 마흔 중반 정도일까. 머리숱이 적었고 피부는 나이에 맞게 처져서 탱탱함이 없었다. 안경은 쓰지 않았고 눈길을 끈 것은 둥근 코였다. 요리의 기름이 뱄는지 열린 모공이 여름 밀감 껍질처럼 울퉁불퉁했다. 모양과 크기로 보면 유자라고 할 수 있을 것이다. 남자는 일사분란하게 일에 열중하고 있었다. 그럴 때 그저 열중하는 듯이 보이는 사람이 있고 이 남자처럼 침울하게 보이는 사람이 있다.

미닫이에 힘을 주자 스르르 열렸다.

남자가 시선을 들어 나를 보았다.

"죄송합니다, 잠시 괜찮으십니까?"

억지웃음을 띠고 말하니 붙임성은 하나도 없는 얼굴로 "당신, 누구시오?"라고 되물었다.

"스모토라고 합니다. 변호사입니다. 니시가미 씨 되시죠?"

"변호사라. 변호사는 됐어. 질렸달까."

입술을 살짝 일그러뜨리는 것을 보니 가벼운 농담일지도 몰랐다.

"일하시는 중에 죄송합니다만, 실은 네모토 씨에게 소개받아 찾아오게 되었습니다."

말하면서 슬쩍 가게를 돌아보았다. 안에 방이 있는데 반쯤 열린 장지 건너편으로 다다미가 보였다. 화장실 문 오른쪽 옆이다. 어두컴컴했다. 장지 앞의 신발 벗는 곳에 구두 한 켤레와 샌들이 한 켤레. 구두는 뱀가죽이고 샌들은 온천지에서 볼 수 있는 싸구려였다. 장지 건너편에 인기척이 느껴지지 않는 것을 보면 니시가미의 구두일 것이다.

"네모토라." 니시가미는 관심 없다는 듯 말하면서 식칼을 잡은 오른손 손등으로 턱밑을 쓰다듬었다. "연합군이라도 꾸려서 재판에 임해 준다는 건가."

네모토의 화제를 건드리면 악감정을 가질 것 같은 느낌이 들었다.

"니시가미 씨가 네모토 변호사에 의뢰하신 것과는 다른 건입니다. 여쭙고 싶은 게 좀 있어서."

"변호사 선생이 나 같은 사람한테 뭘 묻고 싶은데?"

이미 상당히 나쁜 감정을 가지고 있었다. 당연하다. 나는 네모토나 마루타와 동업자이고, 바라든 바라지 않든 때와 경우에 따라 비슷한 행동을 할 것이 틀림없는 인간이다. 의뢰인에 대해 전력을 다했다 따위의 소리를 하면서 실제로는 그다지 편을 들어주지 않는다.

나는 또다시 웃음을 지었다

"나흘 전에 법원에 가셨지요?"

"그래, 가야 했지. 혼자서 버티고 있을 수도 없는 서민이니까."

니시가미는 슬쩍 하얀 이를 드러냈다. 침울함 속에 좋은 인간성이 숨어 있을지도 모른다. 손님을 상대로 장사를 하는 남자니까. 내게 취한 태도는 네모토와 동업자이기 때문일 것이다.

"그때 재판 전후에 고바야시 료코라는 여성을 만나셨습니까?"

"고바야시 료코라고?" 니시가미는 되묻고 나서 다시 한 번 오른손등으로 턱을 쓰다듬었다. "그게 누구지?"

"만났습니까?"

그는 내 얼굴을 쳐다보며 고개를 흔들었다.

"당신 인텔리잖아. 머리를 써 봐. 만났다면 그게 누군지 묻겠냐고."

나는 주머니에서 그녀의 사진을 꺼내 카운터 너머로 내밀었다.

"이 여성입니다만, 보신 적 없습니까? 니시가미 씨의 법정과 같은 시간에 도쿄지방법원에 있었을 겁니다."

"모른다고 했잖아."

니시가미는 그렇게 말하면서도 식칼을 도마에 놓고 앞치마에 가볍게 손을 닦고 나서 사진을 받아들었다.

가만히 쳐다보았지만 그다지 긴 시간은 아니었다.

"모르는 여자야. 이 여자가 어쨌는데."

"살인 사건 피해자입니다. 그래서 사건 당일의 행적을 추적하고 있습니다."

"변호사도 그런 경찰 같은 일을 하는 건가?"

"네, 뭐."

그렇게 말을 흐렸다.

니시가미는 더 이상 흥미를 보이지 않고, "미안해. 도움이 되지 못해서."라고 관심 없다는 듯이 말했다. 이렇게 바로 대답을 들은 것만으로도 충분했다.

고맙다고 하고 가게를 나와 히비야도리 길에서 택시를 잡았다.

택시 안에서 휴대전화로 신주쿠에 사무소가 있는 야베라는 변호사에게 전화를 걸었다.

또 한 건의 민사 사건, 세타가야 구 토지 상속 건에서 미망인을 담당하는 변호사였다. 방침을 바꾸어 전화로 물어보기로 했다. 솔직히 말해 헛수고를 하는 느낌이 들지 않는 것도 아니었다.

같은 재판이라도 이 건이 보수로 치면 네모토와 마루타 두 사람보다도 훨씬 좋은 액수를 받을 게 틀림없었다. 상속 관련 재판은 변호사에게 커다란 돈벌이 중 하나였다.

야베는 다행히 사무소에 있었고, 사정을 설명한 내게 협력해 주었다.

마루타나 네모토와 마찬가지로 고바야시 료코라는 이름에 짐작 가는 것은 없다고 했다. 의뢰인에게 확인을 하는 대로 연락을 달라고 부탁하고 전화를 끊었다.

이어서 이바라키 현의 변호사에게 전화를 걸었다. 세타가야 구의 토지를 놓고 계모와 다투고 있는 사에키 마사야의 대리인이었다. 사에키는 이바라키 사람일지도 모른다. 처음 건 전화에서는 상대방에게 손님이 와 있어서 연결을 거절당했지만, 택시가 네리마 구에 들어갈 무렵에 다시 건 전화에서는 이야기할 수 있었다. 고바야시 료코라는 여자는 모른다고 대답했지만, 의뢰인에게 물어본다고 해 주었다.

또 한 건의 형사 사건을 맡은 변호사는 휴가로 부재중이어서 내일까지 기다려야 했다.

눈을 감고 료코의 맨션이 가까워지기를 기다렸다.

접촉을 해 본 변호사에게 고맙게 생각하기는 했지만 누구 하나 완전히 신용하지는 않았다. 거꾸로 생각해 보면 완전히 믿을 수는 없었다. 내가 동업자에게서 같은 질문을 받을 경우, 내 나름대로 의뢰인이 그 여자를 안다고 해도 그렇게 인정했다가 현재 진행 중인 법정에서 불리해진다면 절대로 사실을 말하지 않을 것이다. 서로 보여 줄 수 있는 범위 내에서만 성의껏 사실을 말한다고 믿을 수밖에 없다.

변호사의 필요조건 중 하나는 아무렇지도 않게 거짓말을 하는 것이었다.

4

잎을 따니 장뇌의 냄새가 났다.

옛 기억이었다.

맨션 건너편에 어린 시절에는 도쿄에서도 빈번히 볼 수 있었던 거대한 녹나무가 서 있었다. 농가 같은 집의 마당이다. 태양은 녹나무 건너편에 있어 황혼이 뒤로 데려온 햇빛이 만든 기다란 그림자를 맨션 입구를 향해 늘어뜨리고 있었다. 잎의 그림자가 빛을 끌어들여 아스팔트에서 튀고 있었다.

택시에서 내린 순간에 느낀 긴장감은 입구 계단을 올라감과 동시에 한층 더 높아졌다. 로비에 들어가자마자 넥타이를 바로 고쳤다.

특별히 고급이라고는 할 수 없지만 깨끗하게 꾸며진 로비였다.

벽은 하얀 타일을 발랐고 천장도 흰색. 바닥만은 옅은 연지색이었다. 입구 오른쪽 옆에 우편함과 나란히 관리인실 창문이 있었다. 창문 안으로 파마를 한 중년 여자가 고개를 숙이고 잡지를 읽고 있었다. 얼굴을 만화적으로 변형시켜 표현하기 좋을 듯한 둥근 얼굴에 둥근 안경을 낀 여자였다.

내가 다가가도 여자는 얼굴을 들려 하지 않았다. 사건 당일 밤의 상황에 관해 이야기를 들어 볼까 했지만 나중으로 돌리고 엘리베이터를 향했다. 등을 떠밀리는 듯한 기분으로 걸음을 멈출 수가 없었다.

료코가 살던 곳은 맨션의 제일 위층이었다. 복도 막다른 곳의 끝집이다.

초인종을 울리자 "스모토 씨?"라는 목소리가 났다. 체인이 풀리는 소리에 이어 잠금이 열렸다.

신발을 벗기 전에 알아차린 것은 그녀가 갖고 있는 수많은 구두였다.

신발장 위에 플라스틱 수납박스가 쌓여 있었고 신발장에 다 들어가지 못한 신발이 가득 채워져 있었다. 내게는 모두 똑같은 검은 하이힐로밖에 보이지 않았지만, 옷에 맞게 미묘하게 다른 구색을 갖추고 있었을 것이다.

현관에서 마루가 깔린 복도가 쭉 뻗어 있었다. 그 끝이 거실인 듯, 세로로 긴 유리를 끼운 문이 반쯤 열려 있었다.

콘크리트 바닥에서 올라와 바로 있는 왼쪽 문을 사요코가 손가락으로 가리켰다.

"마담은 이 방을 수납용 방으로 써서 아까부터 여기를 뒤지고 있었어."

사요코의 뒤를 따라 그 방에 들어갔다. 제일 먼저 거실의 상태를 보고 싶은 기분도 들었지만, 가슴속이 공허해서 그녀가 권하는 대로 몸이 움직여 버렸다.

다다미 네 장 반 정도의 크기로 장방형 방이었다. 옷장 옆에 비닐로 된 옷장이 늘어서 있다. 옷장은 값이 나가 보였지만 비닐 옷장은 통신판매에서 자주 보이는 물건이라 어울리지 않았다. 오른쪽 벽은 워킹클로짓으로 안길이가 1미터쯤 되고 안에도 옷이 잔뜩 걸려 있었다.

"……물건을 오래 썼나 보네."

내가 그렇게 중얼거리니 사요코가 가볍게 고개를 흔들어 보였다.

"좋아서 그런 게 아니야. 나도 벽장 속에는 옷이 잔뜩 걸려 있으니까."

옷장을 열어 보았다.

방충제 냄새에 섞여 비누향이 났다. 비누가 아닐지도 모르지만 청결함을 연상시키는 향기였다.

5년 전의 기억이 되살아났다. 바싹 다가붙어 있을 때 느꼈던 향기를 그녀가 죽어 버린 후에 맡고 있다. 그보다 놀라운 것은 지금도 내가 그 향기를 선명하게 기억하고 있고, 비로소 그것이 청결함을 연상시키는 향기라고 깨달은 것이었다.

옆으로 사요코의 시선을 느꼈다.

"주머니가 있는 옷은 전부 뒤집어서 뒤져 봤어. 그런 데에 뭔가가 들어가 있을 수도 있잖아."

"그래서 찾았어?"

"별건 없었어."

살인 사건이 일어난 방이다. 있었으면 경찰이 압수했다.

"……그녀는 향수는 썼나?"

"아니. 사적으로는 모르지만 가게에서는 쓰지 않아. 향수를 잔뜩 뿌린다고 오해하는 손님이 많은데 냄새에는 취향이 있고 술 마시는 데 방해가 되니까 쓰지 않아. 마담은 구취에도 무척 신경을 썼으니까 식사 초대 자리 같은 데서도 절대로 냄새가 강한 것은 먹지 않았고."

나는 "그렇구나." 하고 맞장구를 쳤다.

"있잖아, 먼저 집을 안내해 줄게. 스모토 씨도 그편이 낫겠지?"

아가씨의 얼굴을 보았다가 고개를 돌리고 작게 끄덕였다.

"……그래. 그렇게 하는 편이 좋을지도 모르겠네."

어딘가 어색한 분위기. 아가씨뿐 아니라 내게도 원인이 있다. 아니, 원인의 대부분은 내게 있을 것이다. 가슴속에 차가운 덩어리가 눌러앉아 사라지지 않았다. 어떻게든 없애버리고 싶었지만 그 뒤에 끈적끈적하게 녹은 감정의 웅덩이가 흘러넘쳐 몸을 움직일 수 없게 될 듯한 느낌도 들었다.

방을 나가려고 하자 사요코가 불러 세웠다.

"그전에 하나 말해 둘 게 있는데, 거실에는 카펫이 깔려 있었어. 당신이 말한 대로 검은 것은 핏자국일 거야……."

이번에는 말없이 끄덕여 보이고 사요코를 재촉해 방을 나갔다.

복도 건너편에 방이 또 하나 있었다. 문은 닫혀 있었다. 사요코는 그곳으로는 가지 않고 복도 안쪽으로 향했다.

"화장실과 목욕탕이 나란히 있어."

화장실 앞을 지나쳐 세면실을 열었다. 불투명 유리를 끼운 문 안쪽이 욕조였다. 세면실에는 유리 꽃병이 놓여 있었다. 시든 꽃이 머리를 숙이고 있다. 세탁기도 세면실에 놓여 있고 그 위에 가정용 건조기, 세면대에는 빗, 세안 용품, 크림, 면도칼, 헤어팩과 헤어매니큐어. 칫솔꽂이에 칫솔이 다섯 개…….

두 개가 아닌 것에 안심했다.

"마담은 우리가 자고 갈 때면 칫솔을 준비해 줬어. 그리고 오해하지 마. 면도칼은 여성용이니까."

사요코가 태연한 어조로 말을 계속했다.

"……그런데 이상해. 마담은 이 닦는 것을 좋아했는데."

나도 알고 있었다.

내가 집을 찾아갔을 때도 침대에 들어가 전에 반드시 끈질길 정도로 이를 닦았다. 세면실에서 닦다가 칫솔을 문 채 방으로 나와서 창가에서 닦고 때로는 거품투성이 입으로 나와 대화를 하기도 했다. 마치 하루의 더러움을 전부 씻어내어 티끌 하나도 삼키지 않겠다는 듯이.

"이게 내 칫솔이야."

사요코가 오렌지색 칫솔을 손에 들고 웃었다. 정말이든 거짓말이든 상관없었다. 변호사가 거짓말을 해도 당연한 것과 마찬가지로 남자를 재우는 일이 있어도 당연한 일일 것이다.

질투라는 감정이 죽은 사람에게도 일어난다는 것을 알았다.

거실로 향했다.

거실과 복도를 구분하는 문을 빠져나간 순간, 희미하게 콧구멍이 움직였다. 거기부터는 옅은 주홍색 카펫이 깔려 있고 거무스름해진 핏자국이 선명했다. 마룻바닥은 닦을 수는 있어도 카펫을 새로 깔지 않으면 얼룩은 지워지지 않는다. 왜 사요코가 거실을 피해 옷방을 찾고 있었는지 이유는 명백했다.

상상 이상의 범위에 걸쳐 얼룩이 있었다.

기울어 가는 햇빛이 레이스 커튼 너머로 비치고 있었다. 열린 창으로 아래에서 길을 달리는 자동차 소리가 때때로 올라온다. 바람은 거의 없었지만 희미하게 커튼을 움직였다. 그 그림자가 흔들리면서, 얼룩과 겹쳐져 작은 벌레가 떼를 지어 있는 듯한 착각을 느꼈다. 유달리 피얼룩이 짙은 곳은 창문에 가까운 구석이었다. 틀림없었다. 그녀는 그곳에 쓰러져 숨졌을 것이다. 내 여자는 이 방에서 살해당했다. 몸에 칼을 찔려 피를 흘리며 아픔과 고통과 분함 등 상상하기 힘든 온갖 감정에 휩싸여 숨졌을 게 틀림없었다. 가슴속 깊이 눌러 앉은 덩어리가 팽창해 목구멍에서 튀어나올 것 같았다.

"……테이블이나 소파는 네가 원래대로 해 놓은 거야?"

평정을 가장해 물었다.

"소파는 그대로 있었지만 테이블은 구석에 밀려 있어서 원래대로 해 놨어." 말을 끊고 나서 사요코가 덧붙였다. "어쩐지 그렇게 하는 편이 좋을 것 같아서."

"……너는 저쪽 방을 뒤져 봐."

카펫을 바라본 채 말했다.

"이 방은 나 혼자 해도 돼."

얼룩에서 눈을 떼지 않았다. 시선을 돌려봐야 아무 의미도 없다. 그대로 버텨서 뛰어넘어야 하는 것이다.

숨을 들이마시고 내뱉었다. 몇 번쯤 되풀이하고 나서 얼룩을 밟지 않도록 주의하며 창가로 이동했다. 사요코가 따라왔다.

창가에서 방을 돌아보았다. 나와 사요코의 그림자가 두 개, 실물보다도 가까이 달라붙어 카펫에 뻗어 있다. 오른쪽 벽과 나란히 놓인 스테레오세트. 그 옆에 2인용 소파. 소파 앞에 검은 테이블. 스테레오세트와는 반대쪽에 있는 시디수납박스. 그녀가 교향악을 잘 틀었던 것을 기억한다. 그렇지만 클래식 음악의 팬은 아닌지 작곡가는 베토벤이나 바흐 정도밖에 몰랐다. 왼쪽 벽에 붙박이로 된 전화 받침대. 전화 뒤에 달력. 달력 사진은 어딘가 먼 남쪽 섬의 풍경이었다. 하얀 해변. 야자나무. 투명한 푸른 하늘. 이곳과는 관계없는 세상이었다. 창문에서 정면에 있는 키친 카운터로 시선을 옮겼다. 그곳에도 꽃병이 있었고 세면대와 마찬가지로 꽃이 완전히 시들어 있었다. 따지 않은 비싼 양주병이 두 개. 옆에는 무민 동화에 나오는 스너프킨 인형이 하나 새침한 얼굴로 앉아 있었다.

거실을 가로질러 부엌을 향하는 나를 사요코는 따라오려고 하지는 않았다.

시스템 키친은 깨끗하게 정돈되어 있었다. 식기 선반에 취향이 괜찮은 유리잔이 늘어서 있다. 냉장고만 낡았다. 그 냉장고는 본 기억이 있었다. 그것을 깨달음과 동시에 추억이 북받쳐 올랐다. 최신형과는 달리 모터 소리가 컸다. "낡은 냉장고야. 소리가 좀 거슬려." 그녀는 이불 안에서 그런 말을 했다. 그 시절 그녀의 아파트에는 다다미 여섯 장 방 하나에 아주 작은 부엌밖에 없었고, 냉장고는 바로 코앞에 있었던 그것이다. 문을 열면 텅 빈 냉장고

속에 스위스치즈가 들어 있었다. 그리고 같은 상표의 건강 드링크. "탄산과 단맛의 균형이 좋아." 싱크대 옆에 커피메이커. 쓴맛이 괜찮은 모카가 좋았다. 조미료와 나란히 인스턴트 된장국과 수프 봉지. 찬장을 뒤져도 인스턴트 라면을 찾을 수는 없을 것이다. "인스턴트 라면은 안 돼. 몸에 제일 안 좋아!" 나는 식기 선반으로 눈을 되돌렸다. 그 시절에는 딱 하나밖에 없었던 커트글라스가 지금은 선반의 한 단 전부를 메우고 있었다. "가득 사 모을 수 있으면 좋을 텐데. 소소한 바람이야. 웃기지……." 그런 희망을 실행으로 옮긴 거였다. 얼굴이 부어오르는 것을 느꼈다. 뺨이 퉁퉁 붓는 느낌이 들었다.

거실로 돌아왔다.

사요코는 아무 말도 하지 않았다.

시디수납박스로 걸어가 깔끔하게 나열된 라벨을 읽었다. 곡 취향도 변하지 않았다. 그녀를 잃고 나서 깨달은 것이 있다. 그녀는 음악을 즐긴 것이 아니었을지도 모른다. 바이올린 소리도 쳄발로 소리도 하프도 큰북도 오보에도 피아노도, 자신을 분발하게 하려고 들었을지도 모른다는 것이다. 음악을 들을 때의 모습. 무릎을 껴안고 상반신을 약간 앞으로 숙여 가만히 한 점을 응시하면서 귀를 기울였다. 편안한 자세가 아니었다.

확실히 알았다. 그녀가 고바야시 료코이든 아니든 어느 쪽이라도 상관없다. 어떤 이유로 타인으로 바뀌었다고 해도 문제가 아니다. 여기서 안 것은 틀림없이 5년 전의 그녀이고 내가 알고 싶은 것은 그녀가 어떤 문제를 안고 있었는가라는 것이다. 무슨 일이 있든 나는 그녀의 편에 선다. 변호할 필요도 정당성을 주장할 필요도 없다. 다만 그녀의 인생을 받아들이는 것이다. 어째서 그녀가 살아 있을 때, 내 앞에서 떠나지 않았을 때, 나를 사랑해 주었을 때 이렇게 간단한 것을 몰랐을까. 내 인생에는 다른 이를 받아들이려는 자세가 계속 빠져 있었다.

사요코를 돌아보기 전에 침착한 얼굴을 꾸몄다. 그다지 실패는 하지 않았을 것이다.

"그래서 뭔가 찾았어?"

사요코가 천천히 고개를 흔들었다.

"……세어 봤더니 다섯 번이었어."

나는 가볍게 고개를 갸우뚱해 보였다.

"여기서 다섯 번 묵은 적이 있어. 처음은 가게에 근무한 지 얼마 안 되어서였어. 그때 나, 남자랑 갓 헤어졌거든. 좋은 놈이었지만 결국은 내가 하고 싶은 것을 알아주지 않아서. 그런 이야기도 들어 줬어……."

"가게 사람들도 자주 왔나?"

"그렇게 자주는 아닐 거야. 내가 제일 많을걸. 이 창문에서 건너편 커다란 나무가 내려다보이잖아. 아침이 되면 작은 새들이 마구 지저귀기 시작해. 마담이 빵조각을 뿌려 주니까 베란다까지 오는 작은 새도 많았고."

말없이 사요코에게 다가가 레이스 커튼을 걷었다.

건너편에 선 녹나무가 내려다보였다. 황혼의 햇빛을 받아 잎의 음영이 또렷하게 부각되어 있었다. 잎 그늘은 조용한 바람에 흔들려 하루치 햇빛을 부지런히 비축한 듯 반짝반짝 빛나고 있다.

"참, 마담은 집에 있을 때는 엄청난 차림을 하고 있어. 프리사이즈 셔츠에 트레이닝 바지라거나. 머리카락은 반다나로 묶기만 하고. 취하면 트레이닝 바지는 벗어서 밑에는 팬티 하나일 때도 있었어. 가게에 있으면 피곤할 때도 웃어야 하잖아. 그래서 그냥 웃어도 약간은 뭔가 다른 웃는 얼굴이 되거든. 하지만 집에서 마셨을 때는 무척 편하게 웃는 표정을 지었어."

나는 어떤가 하면 잘 웃을 수가 없었다.

"여기에." 내가 자신의 두 눈 사이를 가리켰다. "여기에 작은 주름이 잡혀."

"뭐?"

"정말 즐거워서 웃으면 눈이 선을 그은 것처럼 가늘어지고 코 윗부분 약간 위에 주름이 잡히지."

생각이 나자마자 바로 고통스러워졌다.

창가를 떠나려고 했다.

사요코의 가냘픈 손이 뻗어와 내 움직임을 제지했다. 소맷부리를 잡혔을 뿐인데, 몸을 전혀 움직일 수 없게 되어 버렸다. 아가씨의 손은 작게 떨리면서 끝이 살짝 내 팔의 피부에 닿아 있었다.

"이런 식으로?"

사요코가 말하며 웃는 표정을 지었다.

바로 윤곽이 흐려져 지히로(이와사키 지히로, 일본의 화가, 동화작가—옮긴이)가 그린 아이 얼굴처럼 되었다. 웃는 얼굴과 우는 얼굴은 종이 한 장 차이였다.

"그런데…… 너무해…… 이렇게 피를 흘리다니……. 분명 무척 아팠을 거야. 다정한 사람이었는데 너무해…… 스모토 씨."

사요코의 목소리가 잠겼다.

내 가슴에 뛰어들어 얼굴을 와이셔츠에 눌러 댔기 때문이다.

사요코가 미웠다. 역시 나 혼자 와야 했다. 내게 우는 습관은 없었다는 것을 깨달았을 때에는 이미 그런 습관은 사라졌다. 어릴 때 나는 감정을 드러내지 않는다는 말을 들었다. 그리고 감정 표현이 서투른 청년으로 불렸고, 지금은 삐딱한 변호사. 훌륭하다. 언제까지나 자기 본위라서 다른 이의 고통을 배려하는 기분이 없다는 것이다.

그러나 울고 싶을 때는 있다.

순간 주저하다가 오른손을 살짝 등에 올렸다. 깡마른 등에서 견갑골도 등뼈도 또렷하게 느껴졌다. 나는 얕은 호흡을 되풀이한 채 상대가 울음을 그치기를 기다리기로 했다.

갑자기 나를 밀어낸 사요코가 눈물이 맺은 눈으로 째려보았다.

"이상해, 스모토 씨. 어째서 항상 그렇게 냉정한 거야. 왜 이 집을 봐도 가만히 있을 수 있냐고."

나는 두 눈을 휘둥그레 떴을 것이다.

그리고 엄청난 얼굴로 아가씨를 째려보았을 것이다.

사요코가 눈을 돌렸다.

"……미안. 그런 게 아니었구나."

등 뒤로 들었을 뿐이다. 양말을 신은 채 베란다에 내려가 난간에 양손을 짚었다. 색이 짙어져 가는 하늘로 시선을 돌렸다.

나 자신이 진정되기까지 그렇게 하고 있을 작정이었다.

5

소파에 앉아 있는 사요코는 내가 방에 돌아가도 시선을 들려고 하지 않았다.

"경찰이 반환한 것을 보여 줘."

그렇게 말하자 내 가슴께를 보고 끄덕였다. 거실 구석으로 성큼성큼 가서 쇼핑백을 가져왔다. 소파에 나란히 앉았다. 눈물자국이 남아 있다. 두 눈 다 눈꺼풀이 부었지만 전혀 신경 쓰지 않는 모양이었다. 조금 전의 대화에 관해서도 그런 것 같다.

"이거 두 권이 주소록. 그리고 명함집도 같이 돌려줬어."

주소록은 소형 수첩 사이즈가 하나, 문고본 크기가 한 권이었다. 명함집은 A4 크기로 상당히 두꺼웠다.

문고본 사이즈의 주소록을 팔랑팔랑 넘겼다. 4행 페이지를 펼쳐 무릎에 놓고 소형 주소록과 대조했다. 대개 주소록에서는 사행에 이름이 제일 많았다. 같은 이름이 양쪽에 존재하는 것을 확인했다. 두 권을 나누어 쓰는 게 아니라 소형은 휴대용이었다.

명함집은 무거웠다. 한 페이지에 열두 장씩 들어가는 형식의 폴더였다. 이 두께라면 쌓았을 때 천장 가까이 갈 것이다. 손님들의 주소는 명함으로 정리한다고 보면, 주소록에 있는 이름은 사적으로 교제하는 사람들이었다.

사요코는 손 안을 들여다보았다.

"가까운 단골에게는 경야와 발인 시간을 알려 주려고 하는데……, 있지, 어떻게 생각해? 술집 마담이 죽었다는 그런 연락이 가면 남자들은 황당할까?"

게다가 살인 사건에 신문이나 텔레비전 보도에서는 폭력단 조직원이 건드렸다가 서로 찔러 죽였다는 식으로 되어 있었다.

나는 조용히 고개를 저었다. 친했던 손님이라면 그렇지 않지 않을까? 그렇게 말하려고 했는데 다른 뉘앙스의 단어가 입을 나왔다. 현실적인 대응을 한 것이다.

"정말로 가까웠던 손님을 골라서 전화를 해 보면 어떨까?"

사요코는 아직 생각에 잠긴 얼굴을 한 채 "응, 그렇게 해 볼게." 라고 끄덕였다.

"예금 통장과 외상 장부는?"

고개를 끄덕이고 줄에 묶인 통장 다발을 꺼냈다. 손님의 입금에 통장이 몇 권이나 필요했는지 척 봐도 사오십 권은 되었다. 음식점의 경우 예금 통장, 외상 장부, 전표 종류는 5년에 걸쳐 보존할 의무가 있다. 과거에는 가명으로도 통장을 만들 수 있었지만, 상법 개정 이후 본명으로밖에 만들 수 없다. 세무서 관계로 일적인 통장과 사적인 통장은 별도로 되어 있을 텐데, 표지를 보기만 해서는 알 수 없었다.

"그리고 이것이 마담의 핸드백. 안에 시스템 수첩이 들어 있어. 같이 돌아왔네."

사요코가 마지막으로 쇼핑백에서 꺼낸 것은 내가 사쿠라다몬에서 마주쳤을 때 들고 있던 가방이었다.

"통장을 훑어봐서 사적인 계좌를 찾아 줘."

그렇게 부탁하고 일어섰다.

"스모토 씨는 어떻게 할 거야?"

"가게의 권리증 같은 걸 찾아보려고. 이 집은 임대인지 분양받았는지 알아?"

"임대야."

"그러면 임대계약서를 찾으면 누가 보증인이 되어 있는지 알겠지."

"……가게의 보증인은 가사오카 녀석으로 되어 있을 거야. 여기도 그렇지 않을까……."

"내 눈으로 확인해 보지 않으면 뭐라고도 할 수 없지."

그렇게 말해 두고 거실을 나갔다. 그와 동시에 작은 숨을 토해냈다. 사요코도 나도 아까의 대화는 없던 것으로 하는 계획에 성공한 것 같다.

중요한 서류를 두는 곳은 대개 한정되어 있다.

복도를 돌아가 옷방으로 들어갔다.

가게의 임대차계약증서와 이 집의 임대계약서는 지역 경찰서가 발행하는 풍속영업허가증과 보건소의 영업허가증, 그리고 식품 위생 책임자의 수첩과 함께 옷장 안에 놓인 주머니에 들어 있었다.

사요코가 말한 대로 가게도 이 집도 보증인은 가사오카였다. 다만 둘 다 2년 전에 갱신되었고, 갱신 후의 증서에는 보증인의 이름이 없었다. 착실히 집세를 내면 갱신할 때에는 건물주도 그다지 까다롭게 굴지 않는다. 가사오카 같은 남자는 더 이상 필요가 없었던 것인가.

옷방을 나와 건너편의 문을 열었다. 사요코가 문 앞을 그냥 지나갔을 때부터 알아차렸던 대로 그곳이 침실이었다. 세미더블 침대가 방 가운데 자리 잡고 있었다. 숨이 막히는 것을 느껴 커튼과 창문을 순서대로 열었다. 건물 끝방이라 창문은 바깥과 접하고 있어서 난간 건너 맨션 옆쪽에 있는 주차장과 쓰레기 버리는 곳이 내려다보였다.

침대 발치 쪽에 있는 옷장으로 걸어갔다.

안길이는 그다지 깊지 않고 네 단으로 구분되어 밑에서 두 단은 서점 커버로 깨끗하게 싸인 단행본이 나열되어 있었다. 두 권 정도 뽑아내어 펼쳐 보니, 둘 다 요 몇 년간 화제가 된 소설책이었다. 소설을 좀처럼 읽지 않는 나는 어느 쪽이든 제목만 알 뿐이었다.

위의 두 단에는 티슈와 화장지, 형광등 따위와 함께 골판지 박스가 들어가 있었다. 전부 네 개. 하나에는 '문고본'이라고 되어 있었다. 나머지 세 개는 아무것도 씌어 있지 않았지만 두 개는 상자를 보고 선풍기와 바비큐용 철판세트라는 것을 알았다. 마지막 하나를 들어 올리니 가벼웠다.

발밑에 놓고 몸을 굽혀 뚜껑을 열었다.

내용물을 바라본 다음 침대를 돌아보았다. 얄팍한 고양이 인형이 베개와 나란히 잠들어 있었다.

서른다섯 살이란 어른일까?

아니면 완전히 어른이 되지 못하는 부분이 남아 있는 것일까? 다른 사람에게는 보이지 않게 감추고 있는 어딘가에…….

그녀는 요 4년 동안 이케부쿠로의 클럽을 꾸려 왔다. 몸을 담보로 가사오카에게 돈을 빌렸다. 싫은 손님도 산더미처럼 있었을 것이다. 어느 때라도 웃음을 지으며 대응을 해 왔음이 틀림없었다. 사요코 등 직원들의 상담 상대가 되어 격려하거나 위로도 했을 것이다. 손님이 안고 와서 떨쳐 놓고 가는 생활의 때를 웃으며 받아들였던 게 틀림없다.

부엌 카운터에 놓여 있던 스너프킨 인형을 떠올리면서 상자에 잠든 기린 인형에 손을 뻗었다.

귀여웠다.

코끼리도 호랑이도 실물의 몇십 배나 귀엽다. 클럽의 마담이 좋아하기에는 지나치게 귀엽다. 대충 봐도 열 개 가까이는 있었다.

기린의 머리를 쓰다듬었다. 함께 들어 있던 자수 세트를 꺼냈다. 그곳에도 기린이 있었는데, 목에서 몸통의 일부밖에 완성되지 않았다. 독신 생활로 돌아오고 나서 발견한 것이 있다. 슈퍼에 장 보러 가면, 아내나 딸과 살고 있었을 적에는 상상도 하지 못했던 식품을 때때로 사들여 버린다. 콩과자나 레토르트 카레, 고래 고기 통조림 등. 전부 어린 시절의 맛을 기억하고 있는 것뿐이다. 옛날 그대로의 자기 자신이 있는 것 같다.

기린을 상자에 다시 넣으려고 했을 때 깨달았다.

인형을 치우고 바닥에 깔려 있던 앨범을 꺼냈다. 필름 한 통을 넣는 형식의 얇은 앨범이다. 가슴이 뛰었다. 아무 의미도 없이 이런 곳에 감출 리가 없다.

하지만 안을 열어 봄과 동시에 허탕을 쳤다. 사진은 한 장도 들어 있지 않았다.

현장 검증을 한 형사가 찾아서 들고 갔을까? 그렇다면 그녀가 고바야시 료코와 다른 사람인 것을 나타내는 사진이었을까, 본인임을 증명하는 사진이었을까. 전자라면 후지사키 형사는 완전히 나를 속인 것이 된다. 경찰도 그녀를 고바야시 료코와는 다른 사람이라고 판단해 독자적으로 수사를 진행하고 있는 것이다. 후자라면 내가 자신의 실수를 인정하고 끝이 난다.

그러나 확고한 증거가 나왔다면 어제 격렬하게 서로 말을 주고 받았을 때 그렇다고 말하지 않았을까. 무엇보다 증거품으로써 압수했다면 정식으로 수속을 밟을 텐데(그렇지 않으면 법원은 증거능력을 인정하지 않는다.) 스즈코가 갖고 있던 압수 품목 리스트에 사진이라는 항목은 없었다.

경찰이 들고 간 게 아니라면 가능성은 두 가지였다. 그녀가 인형을 넣어 둔 상자 바닥에 싸구려 빈 앨범을 한 권 넣어 두고 잊어버렸거나, 경찰 외의 제3자가 꺼내서 가지고 간 것이다.

침대 베갯맡 화장대로 다가가 세심하게 서랍의 내용물을 조사했지만, 아무것도 찾을 수는 없었다. 인기척을 느껴 돌아보니 입구에 사요코가 서서 내 쪽을 바라보고 있었다.

눈이 마주치자 시선을 돌리고 꺼질 것 같은 웃음을 지었다.

"파친코야." 사요코는 의미를 알 수 없어서 되물은 내 쪽을 보려고 하지도 않고 골판지 상자와 인형을 가리켰다. "마담은 경품으로 그런 것만 받았어. 소녀 취향이지. 한 번 같이 한 적이 있는데 담배를 물고 대를 튕기는 게 어엿한 조직의 누님 같았어. 그런데 환금 일부를 인형으로 하는 게 너무 안 어울리잖아."

아무 대답도 하지 않았다.

"사적인 통장이 어떤 건지 알았는데, 다음은 뭘 하면 돼?"

나는 아가씨에게 미소 지어 보였다.

"고마워. 이제는 알아서 할게."

차갑게 보이는 미소였을지 모르겠지만 여유가 없었다.

"그런 말 하지 마. 어떻게 하면 될지 가르쳐 줘."

"그러면, 부탁 좀 하지." 나는 말하면서 수첩을 꺼내어 끼워 놓은 메모를 내밀었다. 기일부 사본이었다. "부탁할 것은 두 가지야. 하나는 이 일람과 같은 이름이 없는지 사적인 통장, 가게 입금용 통장, 외상 장부, 주소록을 순서대로 조사해 줘. 그리고 네가 가게에서 만난 적이 없는 사람에게는 동그라미를, 주소가 나가노나 오사카나 나고야로 된 인물에게는 이중으로 동그라미를 쳐 줘."

"알았어. 나가노, 오사카, 나고야 말이지."

"그래."

"이 일람은 뭐야?"

나는 제대로 설명했다.

"있지, 또 한 가지 걸리는 걸 찾았는데." 사요코가 시스템 수첩을 내밀었다. "수첩에 나온 동그라미 표시야."

"동그라미 표시?"

사요코가 펼친 페이지에 시선을 떨어뜨렸다. 토요일과 일요일 날짜 주위를 동그랗게 그려 놓았다. 2주일 전 주말이다.

"이 다음 일요일에 마담은 가게를 쉬었어."

"확실해?"

"응. 그리고 이거."

동그라미가 쳐진 페이지의 오른쪽 페이지에 전화번호가 메모되어 있었다. 번호만 있고 주소도 누구 것인지 적혀 있지 않았다.

아가씨가 눈을 들었다.

"어때, 마음에 걸려?"

"나중에 확인해 보자."

수첩을 일단 아가씨에게 돌려주고 손목시계에 눈길을 떨어뜨렸다. 5시 30분이 되려는 참이었다. 관리인은 입주로 일하지 않는 한 대개는 6시나 6시 30분까지 근무한다.

"잠깐 이웃집과 관리인에게 좀 물어보고 올게."

일어나서 벽으로 걸어가 천장 등의 스위치를 밀어 올렸다.

땅거미가 창밖으로 솟아올랐고 창유리에 방이 떠올랐다. 우리는 어느 쪽이랄 것도 없이 창유리에 비친 자신들을 쳐다보았다. 창가로 걸어가 잠시 생각한 다음 창은 연 채로 커튼만 닫았다.

"혼자 있어도 괜찮아?"

"괜찮아. 아까까지도 혼자였는데."

사요코는 어스름에 흘끗 시선을 스치고 나서 웃어 보였다.

복도로 나와 옆집 초인종을 눌렀다. 문패를 읽어 보니 부부 외에 1남1녀가 있다.

잠시 기다렸다가 다시 누르니 인터폰에 여자 목소리가 응답을 했다. 내가 신분을 대고 잠시 이야기를 들려주지 않겠느냐고 하자 문을 열어 주었지만 환영하는 표정과는 거리가 멀었다.

옆집에서 사람이 살해당했다. 사건이 난 뒤 그녀와 남편은 매일 밤 예금 통장의 잔액을 들여다보며 이사를 할 궁리를 하고, 아이 교육이라든지 주거 환경에 관해 논쟁을 벌이고, 그러다가 살인 사건이 일어난 데 대해 불운을 한탄해 온 것이 틀림없었다.

경찰로부터 몇 번이나 같은 질문을 받았을 것이다. 그녀는 내가 질문을 꺼내자 그때마다 재깍재깍 대답해 주었지만, 내용을 말하자면 대답하지 않은 거나 마찬가지였다. 즉 비명도 듣지 못했고 옆집에서 다투는 소리도 듣지 못했다고 한다. 창문을 닫고 자고 있었는지 물으니, 그것이 뭐가 잘못이냐는 얼굴로 대답했다.

"그래요."

맨션에서는 윗집 발소리 같은 것은 제법 들려도 옆집 소리는 거의 들리지 않는다.

"실례지만 침실은 복도 쪽입니까?"

"아니요, 안쪽 방입니다."

"그러면 바로 앞방은 아이들 방입니까?"

"예"

"자녀분들은 뭔가 듣지 못했습니까?"

"밤이 깊었어요. 자고 있었죠."

"사건 후에 남자 몇 명이 고바야시 씨의 집에서 도망쳤습니다. 복도 소리 같은 것은 못 들으셨습니까?"

"못 들었어요."

결과적으로는 그저 무의미했던 질문을 몇 개쯤 계속한 다음 엘리베이터로 1층에 내려갔다

관리인 여자는 아까와 마찬가지로 가만히 손으로 시선을 깔고 있었다. 말을 건 나를 올려다본 얼굴에는 독서가 중단되어 현실에 끌려온 것에 대한 불만이 가득 차 있었고 관리인다운 붙임성은 보이지 않았다.

"잠시 여쭙고 싶은 것이 있습니다." 그렇게 말하면서 나는 명함을 여자에게 내밀고 손끝으로 천장을 가리켰다. "고바야시 료코 씨의 사건을 조사하고 있습니다만, 사건 당일 밤에도 여기에 계셨습니까?"

여자가 덮은 신서판 사이즈의 책에 눈길을 주니 유명한 로맨스 시리즈였다. 한여름의 빛이 넘치는 남쪽 바다의 해변이나 가을색

이 아름다운 고도, 눈으로 반짝이는 스키장 등 여기저기에서 세기의 사랑이 펼쳐지고 있다는 이야기였다.

"고바야시 씨 말이죠." 여자는 한 번 그렇게 확인하고 나서 나의 얼굴을 쏘아보았다 "없었어요. 경찰한테도 질문을 받았지만 저는 매일 6시까지 있거든요."

여자는 명함을 집으려고도 하지 않은 채 손목시계에 눈길을 떨어뜨렸다. 5시 45분. 곧 근무가 끝난다.

"고바야시 씨는 자주 보셨습니까?"

"봤느냐고 하시면 그거야 봤지요. 맨션을 출입하려면 모두 여기를 통과해야 하니까요."

"고바야시 씨를 죽였다는 구로키 교스케라는 남자를 본 적은요?"

"없습니다."

"고바야시 씨가 남자와 같이 있는 것을 본 적은 있습니까?"

"경찰에게도 질문을 받았지만 기억 못 해요. 50세대 이상이 들어와 있으니까요. 사시는 분들 얼굴은 일단 알지만 고바야시 씨와 가까웠던 남자라고 하셔도 말이죠."

"누군가 출입하는 것을 본 적은 없습니까?"

"모르겠습니다. 어차피 그런 장사를 했으니 밤 시간대에는 많은 일이 있었겠지만 아까 말한 대로 저는 6시까지 근무라서."

자기 자신은 활자에 깃든 아름다운 로맨스의 세계에 있다는 말인가.

"사건이 났던 날에 뭔가 마음에 걸리는 일은 없었습니까?"

"글쎄요."

잘 생각해 달라고 재촉했지만 결과는 마찬가지였다.

"그런데 여벌 열쇠에 관해서 말인데, 맨션의 열쇠는 어떻게 되어 있습니까?"

귀찮은 듯이 왼쪽 벽을 가리켰다.

"저 박스 안에 들어 있어요. 관리실은 제가 돌아갈 때 잠가 두고 나가니까 멋대로 꺼내 가기는 불가능합니다."

"경찰에게도 같은 질문을 받았습니까?"

"예."

"이 집 열쇠는 조사했습니까?"

"조사했어요. 문제가 있다는 말은 못 들었습니다."

덤벼들 듯한 말투였다.

여자의 남은 근무시간에 몇 가지 질문을 거듭했지만 성과는 없었다. 맨션 안을 돌아다니면서 물어보고 경찰에게 신고한 주민과 목격자를 찾아내는 것이 큰 의미가 있는지 없는지는 조금 더 상황을 보면서 판단해야 될 것이다. 그녀 집 열쇠 문제도 의문인 채로 미뤄 둘 수밖에 없었다.

여자에게 고맙다고 하고 명함을 집어 들었다. 여자는 미처 내가 등을 돌리기도 전에 읽던 책을 펼치려다가 시계를 확인하고 퇴근할 채비를 시작했다. 집에는 어떤 로맨스가 기다리는 것일까.

엘리베이터를 기다리면서 돌아보니 관리인실을 잠근 여자가 힐 소리를 울리며 출구로 가는 참이었다.

한 남자가 여자와 스치듯이 들어오는 것이 보였다. 엘리베이터가 열려서 내가 탔더니, 남자가 기다려 달라는 신호를 보내듯이 가볍게 손을 들고 빠른 걸음으로 다가왔다. 그러고는 "죄송합니다."라고 작은 목소리로 말하면서 미소를 지었다.

가죽점퍼에 치노 팬츠 차림의 커다란 남자였다. 겉보기에는 노는 사람풍이지만 목소리의 느낌은 온화해서 딱딱하지 않은 직종의 경영자를 연상시켰다. 어떤 배우와 닮은 미남이었지만 그게 누군지는 떠오르지 않았다.

엘리베이터가 닫히고 내가 제일 위층 버튼을 누르니 따라서 뻗던 손을 멈췄다. 내가 오른쪽 구석에 남자가 왼쪽에 섰다. 층수를 나타내는 둥근 램프가 올라간다. 나는 램프를 가만히 바라보았다. 시선이 느껴져 흘끗 보니, 이쪽을 곁눈으로 보고 있는 남자와 시선이 맞았다. 이유도 모르게 느껴지는 안 좋은 느낌. 동물적인 감과 지극히 가까웠다. 나와는 별로 인연이 없는 것이었다.

다시 정면을 향하고 숨을 마시고 아무 일도 없었던 듯이 내뱉었다. 그렇게 하고 있어도 시선이 느껴져 견딜 수 없었다.

신바시의 D51 광장에서 느낀 미행자의 그림자가 무대를 가로지르듯이 오른쪽에서 왼쪽으로 스쳐 지나갔다. 심장이 소리를 내었지만 인정할 기분은 들지 않았다. 황혼 녘 도시의 맨션이다. 게다가 피해자의 맨션이고 주위의 눈이 예민해져 있는 데다, 뭔가가 생각난 형사가 현장으로 다시 돌아올 가능성도 있다. 어떤 대담한 미행자가 일부러 상대방과 같은 엘리베이터에 탄다는 말인가.

주저하면서 남자를 훔쳐보았다.

남자는 완전히 얼굴을 이쪽으로 돌리고 가만히 나를 쳐다보고 있었다. 조금 전에 느낀 온화한 인상은 흔적도 없이 사라졌고 눈동자가 유리처럼 차가웠다.

여기서 나가! 머릿속 어딘가에서 소리가 났다. 보통 쓰는 뇌세

포와는 다른 어딘가였다.

램프가 나타내는 바로 위층의 버튼을 누르려고 팔을 움직였다.

거대한 그림자가 덮쳐 왔고 도려내는 듯한 충격이 옆구리를 강타했다.

신음하며 온몸의 숨을 내뱉은 나는 아픔보다도 우선 머리카락 하나하나가 서늘해지는 것을 느꼈다. 공포였다. 남자는 몸을 앞으로 꺾은 내 어깨를 잡고 이번에는 명치를 때렸다. 주먹이 등뼈까지 닿은 느낌이 들었다. 토해 낼 숨이 남아 있지 않았고 머릿속이 하얗게 되었다. 숨을 들이쉬려고 했지만 명치의 충격이 방해했다. 중심을 잃은 것을 느낌과 동시에 휘청했고 정신이 드니 엘리베이터의 차가운 바닥이 뺨에 들러붙어 있었다. 틈새로 바람이 빠져나가는 소리. 그게 아니라 나는 목구멍을 가늘게 울리면서 폐로 숨을 들이마시려고 버둥거리고 있었다.

머리만이 바닥에 떨어져 있고, 몸은 다른 곳에 있는 듯이 느껴졌다. 끌어당기려고 생각한 찰나, 맞은 순간에 스쳐 간 고통이 되돌아와서 물결치며 고통이 심해졌다. 구역질을 느끼고 아픔을 참으면서 몸을 움직이자 구두, 다리, 허리, 마지막으로 이쪽을 내려다보는 얼굴이 보였다. 남자는 재미없다는 표정을 짓고 장갑을 끼려던 참이다. 늘 하는 간단한 수술을 앞에 둔 외과의사 같았다.

남자는 몸을 굽혀 억센 손으로 내 머리카락을 잡아 올렸다. 몸에 힘이 들어가지 않아서, 나는 머리 가죽이 벗겨질 것 같은 힘에 그대로 끌려 일어섰다. 남자가 미소 지었다. 바로 다시 한 방. 완전히 같은 위치, 정확히 명치에 들어왔다. 위액이 올라왔다. 남자는 공들여서 다시 한 번 명치를 때리고 나서 머리카락을 놓았다. 나는 바닥에 털썩 주저앉아 그대로 옆으로 뒹굴었다. 몸을 오므리려고 할 때 구두 끝이 날아왔다. 에나멜제의 뾰족한 구두였다. 몇 번쯤 피하려고 했지만, 실제로는 뒹굴려고 해 봐야 움직일 수 없었다. 그저 몸을 오므리고 있을 수밖에 없어지고 나서도 등이고 옆구리고 간에 몇 번이나 차였다. 살려 달라고는 하지 않았다. 누군가 우연히 나타나서 다행히 이 밀실 상태가 끝날 가능성을 내심 계속 빌었지만, 1층이 아닌 곳에서 올라가는 엘리베이터에 타는 주민은 거의 없다는 것을 알고 있었다. 도시의 엘리베이터는 밤길보다도 사람 눈이 존재하지 않는다. 온몸에 열이 나고 혀가 부어 입안에 달라붙었다. 고통 이외의 것은 아무것도 알 수 없었고 머리가 반쯤 몽롱해졌을 때 다시 머리카락을 잡혔다.

"너 누구야?"

남자가 낮은 목소리로 말했다.

간사이 사투리였다. 나도 모르게 그렇게 생각하면서 희미하게 눈을 뜨고 상대의 얼굴을 쳐다보았다.

반삭발한 머리. 셔츠가 찢어질 듯 두꺼운 가슴. 가사오카를 덮친 놈들 중 하나일까. 머릿속 한켠으로 문득 생각했다. 뭔가를 생각할 수 있는 부분이 약간이라도 남아 있는 것은 기뻤다.

나는 입을 열려다가 일단 다물고 혀를 축였다.

"……당신이야말로 누구지?"

쉰 목소리밖에 나지 않았다.

남자가 '이것 봐라?'라는 얼굴을 한 것 같았다. 바로 왼뺨을 맞았다. 뼈와 뼈가 부딪히는 소리가 귓속에서 들렸다. 얼굴의 반이 마비되고 턱뼈가 어긋난 느낌이 들어 한층 더 몽롱했다.

"묻는 건 이쪽이야. 너 누구야? 여자 집에 뭐 하러 왔지?"

나는 다시 한 번 혀를 축여 "당신은 누구야?"라고 물었다가 왕복으로 뺨을 맞았다. 세 번인가 네 번 왕복으로. 되묻지 말라는 것인가. 몽롱한 머리 한구석으로 그렇게 생각하면서 "당신은 누구야?"라고 다시 한 번 물었다.

남자는 혀를 찬 다음 이번에는 순간적으로 유쾌한 얼굴을 했다. 공포로 등이 쪼그라들었지만 그것을 들키기는 죽어도 싫었다.

손이 날아오지 않는 대신 남자가 윗옷 옷깃의 배지를 잡았다. 뒤에 조폐국제라는 글자와 변호사 등록번호가 새겨진 진짜 변호사 배지였다. 고분고분해질 생각은 없었지만 몸이 말을 듣지 않았다.

남자는 내 주머니를 뒤졌다.

"방 열쇠는 어떻게 했어?"

"무슨 말이야?"

"잡아떼지 마. 여자 집 창문에 불이 켜졌어. 네가 안에서 이것저것 했다는 거야. 그렇지?"

"……."

"왜 이 사건에 흥미를 가졌나? 어디서 열쇠를 입수한 거지?"

입을 다물고 있으니 남자는 엘리베이터의 표시 램프를 읽고 오른손을 점퍼 주머니에 넣었다. 오싹할 틈도 없이 나이프가 목줄기를 눌렀고, 눈 안쪽이 찡하고 뜨거워졌다. 우리 일반인이 건드리지 않는 편이 좋아. 가사오카가 했던 말을 떠올리고 무심코 두 눈을 감았다.

"일어서. 알겠나, 목소리를 내거나 쓸데없는 짓을 하려고 하면 바로 푹 찔러 버릴 테니까."

오랫동안 써 왔을 협박 문구였다. 상대가 비슷한 문구를 몇 사람에게 써 왔는지 모르겠지만 처음 듣는 쪽에게는 충분한 효과가 있었다. 나는 얌전하게 끄덕이고 나이프가 목을 긋지 않았던 행운에 감사하면서 조심조심 일어섰다.

엘리베이터는 제일 위층에서 섰고 복도에 천천히 밀려 나왔다. 옆구리에 칼이 바싹 대어져 있었다. 복도 끝에 있는 그녀의 집까지 20미터 정도, 그동안에 어딘가로 사라져 버리고 싶다는 말도 안 되는 생각을 했다.

이대로 가면 사요코까지 남자의 손아귀에 떨어진다. 사요코가 안쪽에서 잠금을 걸어 놓았기를 바랐지만, 내 이성은 그렇지 않을 거라 말하고 있었다. 바로 돌아온다고 하고 집을 나왔으니까.

"집 열쇠 따위 없어. 당신은 뭔가 착각한 거야."

고통으로 온몸의 근육이 경직되어서 여전히 쉰 목소리밖에 낼 수 없었다.

남자는 내 눈을 들여다보듯이 얼굴을 가까이 대고 짧게 웃음을 떠올렸다.

"주머니에 들어 있지 않다는 것은 잠기지 않았다는 뜻이군. 서류가방은 어쨌어. 방에 두고 온 건가?"

집 앞에 도착하자 남자가 말없이 재촉했다. 움직이지 않고 있으니 남자는 직접 손잡이에 손을 댔다. 그러고는 나를 현관에 밀쳐 넣고 손을 뒤로 해서 문을 닫고 문을 꼭 잠갔다.

남자가 잭나이프를 접어 주머니에 넣으려던 참에 침실에서 사요코가 나타났다. 그녀는 눈을 휘둥그레 뜨고 나와 남자를 교대로 바라보았다.

"뭐지, 또 하나 있었나?"

남자는 동요한 기미도 없이 시시하다는 듯이 그렇게 말했다.

그리고 칼날을 다시 한 번 세워, 재주를 부리기 전에 준비운동이라도 하듯이 손끝으로 흔들었다.

6

"안쪽 방으로 가. 언니, 당신도."

곤혹스러운 얼굴로 바라보는 사요코에게 나는 살짝 끄덕여 보였다. '괜찮아, 맡겨 둬.'라는 의미로 받아들였다면 말도 안 되는 오해다.

사요코는 등을 돌려 한 걸음 앞서 거실로 향했다. 나는 남자에게 질질 끌리듯이 걸었다. 심장이 경종처럼 두근거리고 있었다.

남자는 거실 카펫에 퍼진 핏자국을 보고 쳇 하고 작게 혀를 찼다. 거실 전체를 둘러보고 "이런 곳에 살고 있었나."라고 중얼거렸다. 혼잣말로 느껴지는 어조였다. 그리고 나를 소파까지 끌고 가서 짐을 던지듯이 뿌리쳤다.

늑골이 맹렬하게 아팠다. 구역질은 전혀 나아질 기미가 없었고, 위는 젖은 신문지라도 쑤셔 넣은 듯이 무겁게 뭉쳐져 있는 데다 허리에서 밑으로는 체중을 들어 올릴 만한 힘이 없었다.

남자는 사요코 옆을 스쳐 지나 창가로 걸었다. 창유리와 커튼을 차례대로 닫았다. 땅거미가 밖으로 밀려났고 그만큼 밀폐된 느낌이 강해졌다. 남자가 우리를 돌아보고 칼을 텔레비전 위에 놓은 뒤 주머니에서 작은 크기의 접착테이프를 꺼냈다.

"아가씨, 잠깐 뒤를 돌아봐."

"여자는 상관없어. 난폭한 짓은 하지 마."

내가 일어나려 하자 남자는 희미하게 웃고는 "앉아 있어."라고 명령했다.

"솔직히 말하면 저 아가씨를 몰아세울 생각은 전혀 없어. 안심해. 저쪽에서 조용히 있게 할 뿐이야."

사요코가 흘끗 나를 보고 입을 열려다 닫았다.

남자의 목소리가 거칠어졌다.

"내 말이 안 들리나? 저쪽을 보라고 했어."

어깨에 손을 뻗고는 눈썹을 찡그리고 사요코의 턱 밑에 오른손 검지를 넣어 들어 올렸다.

"너, 어디서 본 얼굴인데."

사요코는 눈을 피하려고 했지만 천성적으로 기가 센 성질이 이긴 것 같았다.

"실례야. 손 떼. 누구야, 당신. 마담과 어떤 관계인데?"

"마담이라고?" 남자는 그렇게 중얼거린 다음 끄덕였다. "그렇군, 과연. 가사오카 녀석은 잘 있나?"

"몰라. 그런 남자는."

"그런가? 뭐, 그렇다고 해도 상관없지만."

"가사오카를 잡아서 어떻게 할 생각이었어?"

"너 화내니까 섹시하네."

남자는 사요코에게 웃음 짓고 팔을 마구 비틀어 올렸다. 그는 사요코가 "뭐하는 짓이야!"라고 고통과 분노로 소리 지르는 것을 무시하고 양손을 등 쪽으로 동여맨 뒤 마지막으로 작게 자른 테이프로 입을 막았다.

"걱정하지 마. 아무 짓도 하지 않아."

남자는 사요코를 끌고 목욕탕으로 사라졌다. 혼자 나와서 돌아오나 했더니 침실과 옷방을 향했다. 그는 내가 도망칠 수 없다는 것을 알고 있었다. 자신이 입힌 데미지를 정확히 아는 것이다.

"자, 그러면 이야기를 들어 볼까."

남자는 거실로 돌아와서 내 정면 테이블에 다리를 꼬고 앉아 그런 식으로 말을 걸었다. 담배를 주머니에서 한 개비 뽑아내어 불을 붙이고 테이블의 재떨이를 손끝으로 끌어당겼다.

"우선 이름부터 말해."

"사람에게 뭔가 물을 때는 자기부터 이름을 대라고."

숨이 끊어질 듯이 내가 겨우 말을 하자 상반신을 가까이 댔다.

"어이, 변호사 양반. 당신이 허세를 부릴 수 있는 상태인지 어떤지 거울을 안 보면 모를 정도로 바보인가 본데."

"스모토다."

"스모토라. 처음 만났는데 명함 줘 봐."

내가 입을 굳게 다물고 움직이지 않고 있으니, 상의를 잡아들고 안주머니를 더듬어 가죽 명함집을 꺼냈다.

"거짓말은 하지 말도록 해."

남자는 중얼거리면서 명함 한 장을 주머니에 넣었다.

그러고는 정리해서 명함집으로 옮길 시간이 없었던 최근의 명함을 트럼프 칠 때처럼 들여다보았다. 다 보고는 더 이상 흥미가 없어졌다는 듯 뿌려서 버렸다. 다른 주머니도 뒤졌지만 남자가 흥미 있을 물건은 아무것도 들어 있지 않았다.

"알겠나. 한 번밖에 묻지 않아. 어째서 고바야시 료코에게 흥미를 가졌지?"

내 연인이었다. 그 말이 목구멍까지 올라왔지만 말하지 않았다. 이런 상태로 말하면 비참한 기분이 더해질 뿐이다.

"재미있는데. 변호사 놈치고는 드물게 기개가 있구만."

오해였다. 고집쟁이일 뿐이다. 남자를 다리를 다른 방향으로 꼬았다.

"네 의뢰인은 누구야? 고바야시 료코의 방 열쇠는 왜 갖고 있지?"

나는 호흡을 가다듬었다. 필사적으로 머리를 정리하려고 했다. 이 남자는 방 열쇠에 대해 신경 쓰고 있다. 그렇다는 것은 나와 마찬가지로 그녀가 살해당한 날 밤의 상황에 어떤 의문을 갖고 있는 게 아닐까?

사건과 어떻게 얽힌 남자일까? 이 남자와 파트너 2인조는 그녀를 사이카와 흥업에 판 것은 너냐고 하면서 가사오카를 추궁했던 것 같다. 그녀 쪽 사람일 가능성이 높다고 보아야 할 게 아닐까? 나도 그저 고집을 피우기만 해서는 안 될 듯했다. 거기까지 생각이 미쳤지만 입은 제멋대로 움직이기 시작했다.

"내겐 비밀을 엄수할 의무가 있어. 의뢰인이 누군지는 말 못 해."

남자가 연기를 내뱉었다.

"재미있는 놈이구나. 그렇게 몸조차 지탱할 수 없게 되는데 의무고 뭐고 무슨 상관이야. 고집부리다가는 팔이 부러질걸."

아무 대답도 하지 않는 나에게 계속 내뱉어 왔다.

"솔직히 말해. 사이카와 흥업에서 고용했나?"

"아니다."

"그렇다면 왜 사이카와 야스시의 명함을 갖고 있지?"

역시 괜히 명함을 들여다본 것은 아닌 모양이었다. 아니, 이 남자 내지는 그 패거리가 사이카와 흥업에서부터 나를 미행했던 거라면 사이카와의 관계를 물어보는 게 당연했다.

"낮에 만났으니까."

"왜 만났지?"

"당신과 무슨 상관이지?"

"너 말이야."

"고바야시 료코가 살해당한 사건 조사 때문이다."

"설마, 고바야시 료코가 네 의뢰인이라고 말하고 싶은 거냐?"

"그래."

"더 자세히 말해 봐. 언제 여자와 만났지?"

"사건이 있던 날 낮이다."

"뭘 의뢰받았어?"

"몰라."

남자가 연기를 내뱉었다.

"다시 한 번 맞고 싶나?"

나는 소파에서 몸 위치를 바로 하려고 했다. 짜부라진 개구리처럼 몸을 옆으로 누인 것은 내 자존심이 견딜 수 없었다. 잘 쓰는 팔로 짚어 힘을 주니 팔이 떨렸다. 욕이 나오는 것을 간신히 참으며 엉덩이를 옮겨 어떻게든 평소대로 앉았다. 그렇게 한 순간 왼쪽 갈비뼈에 맹렬한 통증이 스쳐서 몸이 반사적으로 오른쪽으로 기울었다.

"사무소의 자동응답기에 메시지가 남아 있었는데, 상담해 주면 좋겠다는 말을 들었을 뿐이야. 그 몇 시간 후 살해당해 버렸지만. 상담 내용은 몰라."

"웃기지 마. 내용도 모르면서 변호사가 뭐 때문에 움직이지?"

"그녀를 위해서. 그러는 당신은 사건과 무슨 관련이야?"

"변호사 양반." 남자는 살짝 고개를 저었다. "하나 가르쳐 주지. 나는 다른 사람이 질문하는 걸 싫어해."

"고바야시 료코가 살해당한 것은 치정 문제 때문이 아니라 다른 이유가 있는 게 아닐까? 뒷처리하는 것은 사이카와 흥업의 사이카와 야스시지."

"너 말이야. 나를 우습게 보면 정말 팔을 부러뜨릴 거야. 제대로 대답해. 어째서 자동응답기만으로 의뢰를 받기로 했지? 애당초 의뢰인은 죽었어. 조사해서 어쩔 속셈이야?"

"사이카와에게도 같은 질문을 받았는데. 어떻게 할지는 아직 생각하지 않았어."

남자는 담뱃재를 턴 다음 끝을 엄지손가락과 검지로 잡아서 껐다. 그러고는 가만히 이쪽을 봤다.

"너, 아까 그녀를 위해서라고 했지?" 남자는 재미있다는 듯이 입술을 일그러뜨렸다. "전화가 왔던 건 그날 몇 시쯤이었나?"

"10시쯤이다."

"전화를 한 이유는? 전부터 아는 사이였나?"

"그래, 고바야시 료코가 가게를 열기 전에. 요 몇 년간은 만나지 않았어. 무슨 일에 휘말려서 변호사였던 나를 떠올렸겠지. 이게 전부야. 이제 솔직하게 말했으니까 됐지?"

"이 사건이 치정에 의한 게 아니라고 생각한 이유는 뭐지?"

"변호사인 내게 상담할 일이 있다는 것은 분명 골치 아픈 일에 휘말렸다는 거야. 그렇잖아."

"치정 문제로 상담하고 싶을지도 모르지."

"남자 일을 내게 상담할 여자가 아니야."

남자가 코웃음을 쳤다.

"그래서 사이카와 흥업에 대해 뭔가 알아냈나?"

"지금 현재로서는 아무것도 몰라."

"그건 다행이군. 어떻게 해서 집 열쇠를 입수했지?"

"왜 열쇠를 신경 쓰는 거야?"

"질문에 대답해."

"고바야시 료코의 큰어머니에게서 장례식 등 일체를 부탁받았어. 큰어머니의 대리인으로서 경찰로부터 열쇠를 받았다."

"네가 고바야시 료코의 장례를 치른다고?"

나는 말없이 끄덕였다.

"여기서 지금까지 뭘 하고 있었지?"

"뭔가 단서가 될 게 없나 해서 온 거야. 그리고 장례식 통지를 보낼 지인의 주소도 조사하고 싶었고. 당신에게도 보내 줄 테니 주소를 가르쳐 줘."

남자가 일어섰다.

"충고하지. 이 이상 이 건에 관여하지 마. 다음에 눈에 띄면 더 지독한 일을 당할 테니까."

나는 허리에 힘을 주었다.

소파에 손을 짚고 갈비뼈의 아픔을 떠올리지 않도록 애쓰면서 허리를 들었다. 나가려는 남자에게 한 걸음 다가가니 남자가 이쪽을 돌아보았다. 난 끄떡없어. 대단한 부상도 아니야. 제 발로 서서 걸을 수 있다고.

"당신들과 사이카와 흥업의 문제라는 건가?"

그렇게 내뱉다가 다시 머리채를 잡혔다. 맞을 것을 예상해 반사적으로 어금니를 꽉 물었다. 억센 손이 뺨을 만졌다. 파충류처럼 차가웠다. 몸에 열이 있기는 한 것인가.

"알고 있잖아. 바깥 사회의 인간이 참견할 일이 아니야."

남자는 그렇게 내뱉고 내 뺨을 철썩철썩 때렸다.

몸이 가볍게 밀쳐졌다.

그것만으로도 나는 소파 옆 벽으로 날아갔다. 시디수납박스가 나 때문에 쓰러져 시디가 흩어졌다. 남자가 등을 돌려 거실의 출구로 걷는 것이 보였다. 고바야시 료코라는 여자는 정말로 누구지? 목구멍까지 나온 물음을 속에 담았다. 물어도 대답을 얻을 수는 없을 것이다.

남자가 문의 저편으로 사라짐과 동시에 몸을 들어 올렸다. 나는 별거 아니라고 다시 한 번 스스로에게 중얼거렸다. 변호사가 되고 난 후 처음으로 폭력 사태에 휘말렸을 뿐이다. 다음부터는 이 정도의 충격은 없어진다. 주위를 돌아보고 어정쩡하게 일어서서 명함집을 주워들었다. 명함을 한 장씩 주워 모아 다시 넣었다.

거기까지가 한계였다. 쓰러질 듯이 창문으로 가서 알루미늄새시를 열고 베란다에 상반신을 꺾었다. 동시에 위 속에 든 것이 성대하게 입을 뚫고나와 구토하면서 앞으로 쓰러졌다.

잠시 동안 떨림이 멈추지 않았다. 곧 근육이 아픔으로 경련한다는 것을 알았다. 조금씩 편안해졌다. 겁먹어서 떠는 게 아니다. 호흡을 가다듬으면서 아픔이 낫기를 기다리기로 했다. 마음이 변해서 조금이라도 편해지기를 기다리기로 했다. 아픔이 낫기를 기다릴 생각이라면 다음 날까지 움직일 수 없다.

호흡을 세기 시작했다. 들이쉬고는 내쉬는 동물로서의 기본적인 동작의 반복. 깊게 들이마실 수는 없었다. 폐가 부풀어 오르면 갈비뼈가 따끔따끔했다. 금이 갔을까? 밤하늘을 보았다. 지상의 빛이 반사되어 어슴푸레 구름의 표정이 눈에 띄었다. 구름을 보면서 호흡을 되풀이하고 있으니 모든 것이 귀찮아지는 기분이 되었다.

몇 분이 지났을까. 밤하늘을 등지고 기는 듯이 거실을 가로질러 목욕탕으로 향했다.

키 큰 아가씨가 욕조 안에 밀어 넣어져 있었다. 입이 테이프로 막혀 있어서, 큰 두 눈과 강한 눈빛이 돋보였다. 반사하는 수면처럼 무수하게 세세한 표정이 깃든 눈동자였다.

입의 테이프를 벗겨 주기는 간단했지만 손발은 큰일이었다. 이쪽은 구부리는 동작조차 힘든 처지였다.

"갔어?"

"응."

사요코는 욕조 안에서 일어서서 "괜찮아?"라고 내가 먼저 묻고 싶었던 것을 물어왔다.

"응."

다시 대답하고 목욕탕을 나왔다.

세면실 거울 속에는 기억에 없는 것도 아닌 남자가 있었다. 눈주위도 뺨도 곧 더 부어오를 것이다. 입술이 찢어져 있었다. 눈동자는 충혈됐고 안색은 환자처럼 창백했다. 외견 따위 아무래도 상관없었다. 문제는 몸을 조여 오는 고통과 윙윙 울리는 머리, 여전히 잦아들려 하지 않는 작게 떨리는 경련, 두 다리의 나른함, 그것보다 무엇보다 갈기갈기 찢어진 자존심이었다.

치고 박고 싸운 경험이 없었다. 남자에게 있어 맞는다는 것의 의미를 모른 채 살아왔다. 다행히도 지금은 달랐다. 생각하지 않으려 해도 좀 전부터 알아 버렸다. 힘으로 타인에게 굴복을 강요당한 것은 온갖 핑계를 넘어 정신적인 데미지가 되었다.

"거실로 가. 세수하고 바로 갈게."

나는 걱정스러운 듯이 바라보는 사요코에게 눈을 맞추지 않은 채 말했다.

사요코는 아무 말도 하지 않았지만, 내 옆을 떠나 세면실을 나가려는 기색도 없었다.

수도꼭지를 비틀어 양손으로 감싸듯이 해서 얼굴을 씻다가 바로 후회했다. 입술도 뺨도 뜨거운 물을 맞은 것처럼 아팠다. 꾹 참고 물을 계속 대니 피부 표면만은 식기 시작했지만 안에 남은 열은 어떻게 할 수 없었다.

사요코가 손수건을 내밀어 주었다. 나는 작은 소리로 고맙다고 하고 받았다.

손수건을 개어서 돌려주니 사요코가 "인형은?"이라고 물었다.

나는 의미를 알 수 없어서 그녀를 쳐다보았다.

"있어 봐."

화난 듯한 목소리였다.

침실로 가는 사요코의 뒤를 휘청거리며 따라갔다.

침실 문에 서서 안을 들여다보니 골판지 박스에서 곰 인형을 꺼낸 아가씨가 이쪽을 돌아보았다. 검은 유리구슬로 눈을 붙고 갈색실로 입을 수놓았다. 페인트공을 연상시키는 모자를 꿰매어 붙여 놓았고 감색 멜빵바지를 입고 있었다.

"이거."

사요코가 멜빵바지를 벗기는 것을 멍하니 보고 있었다.

마술처럼 아가씨의 손가락이 종잇조각을 뽑아내는 것을 보고도 나는 멍하니 있었다. 두 번 접은 A4 반 정도 크기의 종이였다. 펴 보니 신문을 복사한 것이었다. 두 장 있었다.

"다행이야, 안 들켜서. 계속 두근두근했어." 아가씨가 그렇게 말하면서 다시 한 번 곰 등에 손끝을 넣었다. "그리고 이건 아마 대여금고 열쇠일 거야."

사요코가 의기양양하게 콧구멍을 움직였다. 내가 옆집이나 관리인을 상대로 쓸데없는 질문을 하는 동안 그녀는 대활약을 한 것이다.

나는 미소 지으려 했지만 그렇게 보였는지는 알 수 없었다.

제5장
상흔

1

넓은 길로 나와 택시를 잡았다.

택시는 냉방을 틀어 놓고 창을 완전히 닫아 놓아서 나는 내 쪽 창문을 살짝 열었다. 구역질이 아직 완전히 가라앉지 않았다. 그나마 바람 속에서 호흡하는 편이 조금이라도 기분이 나아질 것 같았다.

행선지를 묻는 운전수에게 진보초라고 대답하려다 "게이오 선 쓰쓰지가오카 역 앞으로 가 주세요."라고 말했다. 간나나에서 고슈 가도로 들어가면 그다지 시간이 걸리지 않고 도착한다.

"괜찮아?"

낮은 목소리로 사요코가 물었다.

"끄덕 없어. 하지만 사무실까지 돌아갈 기운은 없네. 미안하지만 같이 가 줘. 쓰쓰지가오카에 살고 있어."

숨이 거칠어지려는 것을 가라앉히며 호흡을 가다듬었다.

"그보다도 인형에 들어 있던 복사지를 다시 한 번 보여 줘."

절망의 구렁텅이의 바닥까지 가라앉았다가 필사적으로 물을 헤치고 올라왔더니 물가에는 반짝반짝 빛나는 행운의 여신이 우뚝 서 있었다는 그런 것을 기대했다.

사요코는 끄덕이고 무릎에 소중한 듯 올려놓은 곰이 입고 있는 멜빵바지 작업복을 벗겼다.

손끝의 떨림을 들키지 않도록 애쓰면서 복사지를 받아들었다. 온몸의 통증과 신경 자체의 흥분 상태로 지금도 떨림이 잦아들지 않았다.

한 장은 뺑소니 사건을, 다른 한 장은 백골 시체의 발견을 전하는 기사였다.

흔들리는 차 안에서 자잘한 글씨를 읽다 보니 어질어질했지만, 몇 번이나 눈을 쉬면서도 그녀의 집에서 대충 훑어보기만 한 신문기사를 천천히 읽어 나갔다.

뺑소니 사건의 피해자는 야마기시 후미오, 36세. 신문 사진에는 눈빛이 매서운 상고머리의 남자가 찍혀 있었다. 마르고 약간 하관이 벌어졌다. 사건이 일어난 세토나이카이의 동네 이름을 다시 보는 순간, 기억이 불쑥 얼굴을 내밀었다. 사이카와 야스시가 경영하는 폐기물 처리장이 있는 마을이었다.

우연일까? 이런 의문이 생김과 동시에 멀리서 속삭이는 소리를 들은 것 같았다. 잠시 의식을 집중해 본 결과 확실해졌다. "아니면, 고바야시 료코 씨 건과 폐기물 처리장이 무슨 관계가 있습니까?" 사이카와 야스시는 분명 그런 식으로 말했다.

폐기물 처리장은 내게 그저 녀석과의 만남을 이루어 내기 위한 방편에 지나지 않았는데, 사이카와 쪽에서 료코 사건과 그 마을의 폐기물 처리장을 연결 짓기를 무의식적으로 두려워하고 있었다고는 할 수 없을까? 그러나 그것은 단지 막연한 느낌이며 생각을 보강할 재료는 찾을 수 없었다.

복사본을 계속 읽어 나갔다.

야마기시의 시체가 발견된 것은 심야 2시경. 11월로 계절은 늦가을. 시골 마을이라면 온 마을이 잠들어 있을 시각이었다. 발견자는 스낵주점을 경영하는 남자. 귀가 도중 길에 쓰러져 있는 야마기시를 발견해 바로 119에 신고를 했지만, 그 시점에서 이미 사망했던 것 같다. 현장 검증 및 검시 결과, 사인은 전신 타박에 따른 내장 파열로 판명, 뺑소니 사건으로 판단되어 수사가 개시되었다. '목격자는 현재 나오지 않았다'까지가 이 기사가 게재된 시점에서 알 수 있었던 것이다.

다만 신문기사는 사건의 주변을 한층 더 설명하는 형태를 취하면서, 이 마을의 공장 유치 및 그와 병행하는 공해 문제를 언급하고 야마기시가 이 공장 유치에 암약한 토지 브로커였던 사실을 지적한 뒤 뺑소니와 공장 유치 문제의 관련에 의문을 던지고는 펜을 놓았다.

'나라 산 속에 신원불명의 백골 시체.'

다른 기사에는 그런 표제어가 붙어 있었다. 발견한 것은 다섯 명의 등산객. 차도에서 삼사십 미터쯤 안으로 들어간 장소라는 기술과 함께 약도가 삽입되어 있었다. 그 며칠 전에 간사이 지방을 통과한 태풍의 영향으로 토사의 일부가 흘러나와 시체가 밖으로 나온 듯했다. 검시 결과 사후 이삼 년이라고 결론을 짓기는 했지만, 의류 등에서 신원을 확인할 단서는 이 기사가 나온 시점에서는 발견되지 않았다.

손끝으로 두 눈 위쪽을 주물렀다. 나라 산 속에서 발견된 백골 시체와 빵소니 사건……. 어떤 관계가 있을까. 게다가 내 마음을 강하게 사로잡고 떠나지 않았던 것은 이 두 기사가 모두 최근 것이 아니라 11년 전과 13년 전의 기사라는 점이었다.

나라 산 속에서 백골 시체가 발견된 것이 11년 전……. 빵소니 사건은 13년 전……. 그러나 복사본 자체는 새것이고 최근 복사한 것이었다. 왜 그녀는 이 두 기사에 관심을 보였을까?

창밖을 멍하니 바라보았다. 중간에 2년의 공백이 있지만 백골 시체의 사후 경과 시간은 2년에서 3년. 피해자가 살해된 것은 지금부터 14년 전에서 13년 전의 어디쯤이라는 것이 된다. 즉 빵소니 사건이 있었던 해와 겹칠 가능성이 있었다.

연속 살인.

공포를 느꼈다. 그녀가 다른 사람으로 바뀌어야 했던 이유가 바로 이 두 사건에 있다면……. 사람을 죽인 여자가 사건과 자신의 관계를 완전히 끊으려 할 때 제일 좋은 방법 중 하나는 완전히 다른 사람이 되어 버리는 것일 터였다. 어제 경시청 후지사키가 한 이야기에 따르면 10년 전의 그녀는 이미 고바야시 료코로서 치과 치료를 받았다.

이런 상태로 뭔가를 생각하는 것은 무의미했다. 상상은 아무런 의미도 없었다. 중요한 것은 그녀가 이 복사본과 대여금고의 열쇠를 인형에 감추었다는 사실뿐이었다. 나는 그렇게 자신을 타일렀다. 우선은 이 사건의 그 후의 전개를 조사할 필요가 있었다. 각 사건의 범인은 체포된 것일까? 수사는 어디까지 도달했을까? 그리고 열쇠는 어느 은행 것이고, 금고 안에 무엇이 들어 있을까? 두 사건의 어딘가에 고바야시 료코로 바뀌기 이전의 그녀가 있었을 게 틀림없었다. 녹초가 되어 도착한 물가에는 역시 행운의 여신이 있었다고 해야 할까.

"이 정도의 기사는 별다른 단서도 못 될까?"

사요코가 당황스러운 듯 말을 해서 나는 확실하게 고개를 저어 보였다.

"큰 발견이야. 집에서 컴퓨터로 신문과 잡지의 데이터베이스를 검색하면 이 두 장을 단서로 열 배 이상의 기사가 나올 거야."

사요코를 거실 소파에 앉히고 침실에서 옷을 갈아입었다.

제일 편한 차림을 하려고 티셔츠에 트레이너를 입고 아래는 스웨트팬츠로 했다. 넘어지지 않고 다리를 끼워 넣으려면 벽에 기댈 수밖에 없었다. 상하를 검은색으로 맞췄다. 샤워를 하고 약이라도 바르고 싶은 생각도 들었지만 거기까지 할 기운은 없었다. 뜨거운 샤워를 하면 통증으로 부어오를 것이고 그다음은 침대에 드러눕고 싶어질 게 틀림없었다.

부엌 냉동고에서 얼음을 꺼냈다. 비닐봉지에 넣고 작은 수건으로 싸서 뺨에 댔다. 그대로 이번에는 냉장고를 열어 우롱차 페트병을 꺼내 컵에 따랐다. 그리고 쟁반에 올려 거실로 돌아갔다.

사요코는 나를 걱정스럽게 바라보았다.

"의사에게 안 가도 괜찮아?"

"괜찮다고 했잖아."

찬장에서 아스피린을 꺼내 우득우득 씹어 우롱차로 넘겼다. 입 속에 퍼지는 쓴맛에는 익숙해져 있었다. 10대 시절의 유산 중 하나였다. 씹어서 먹는 편이 효과가 빠르다. 검도를 했을 적에 생긴 미신을 그 후에도 습관적으로 계속해 온 것이었다. 이만큼 대량으로 먹은 적은 한 번도 없었다.

"하지만 늑골에 금이 갔을지도 모르잖아."

"그런 느낌이 들 뿐이야. 금이 간 경험이 없으니까 뭐라고도 할 수가 없네. 나중에 내가 찜질을 하면 돼."

우롱차를 권해 주고 테이블 건너편의 좌식 의자에 앉았다. 그다지(거의, 라고 해야 할까.) 손님이 오는 집이 아니어서, 2인용 소파 하나와 놓여 있고 좌식 의자가 있을 뿐이었다.

"통장이나 주소록 조사는 어떻게 됐지?"

"나한테 준 메모와 같은 이름은 없었어. 지시한 대로 내가 모르는 손님에게는 동그라미를 쳐 놨지만 나가노나 오사카, 나고야가 주소인 사람은 주소록에는 하나도 없었어. 외상 장부 쪽에는 세 사람 있었는데, 나도 아는 손님이고 이쪽에 본사가 있어서 전근으로 오사카에 간 사람거나, 이쪽 회사와 거래를 하는 오사카 회사 사람들이었어. 청구한 곳은 개인이 아니라 법인이고."

"그렇군." 나는 우롱차에 입을 댔다. "흥신소에 부탁해서 나가노를 조사하고 있어. 오늘 밤이나 내일 중에는 그녀가 고바야시 료코인지 다른 사람인지 결론이 날 거야. 나는 경야와 장례가 끝나면 오사카에 갔다 오려고 해."

"오사카에?"

"그래. 다른 사람이라면 그렇게 바뀐 건 오사카가 아닐까 해서."

그리고 아까 기사에 있던 세토나이카이의 동네 이름을 댔다.

"사이카와가 경영하는 폐기물 처리장이 같은 마을에 있는 게 마음에 걸려."

"잠깐만." 사요코가 말을 잘랐다. 말을 꺼내기 어려웠는지 잠시 입을 다물고 있었다. "당장이라도 마담의 장례식을 할 생각이구나."

"당연하지. 너하고도 약속했잖아."

"하지만……." 사요코는 내 가슴께를 쳐다본 채로 시선을 들려고 하지 않았다. "……마담은 고바야시 료코가 아닐 가능성이 높겠지. 그렇다면 고바야시 료코의 큰어머니는 마담과는 아무 상관도 없는 사람이잖아."

사요코의 얼굴을 쳐다보았다.

그녀는 눈을 깔고 우롱차를 딱 한 모금 입에 댔다. 멘솔 담배에 불을 붙이고 연기를 가늘게 내뱉었다.

금연을 시작한 뒤 거실에는 재떨이를 두지 않았다. 부엌 찬장으로 가서 유리 재떨이를 가져다주었다.

테이블에 놓으니 사요코가 작은 소리로 말했다.

"미안. 스모토 씨는 피우지 않았지?" 그리고 말을 끊은 다음 같은 어조로 계속했다. "나, 사실은 너무 무서워……. 생각하지 않으려고 했지만 마담이 고바야시 료코가 아니라면, 진짜는 어떻게 된 거지?"

"이 나라에서 같은 호적을 가진 사람이, 그것도 10년 단위의 긴 기간 동안 둘이 존재하기는 불가능해."

"그러면?"

"99퍼센트, 고바야시 료코라는 여자는 죽었을 거야."

"……마담이 죽였다는 말이야?"

"그 가능성도 생각할 수 있지."

"아까 기사 말인데, 그 피해자도 마담이 죽였다는 거야? 그래서 원래대로 있을 수 없어져서 고바야시 료코로 바꿔치기한 거라고?"

나는 같은 말을 되풀이했다. 이 세상은 가능성으로 이루어져 있다.

사요코는 잠시 아무 말도 하지 않았다.

"……마담을 믿는 거지?"

얼굴이 붓지 않았다면 사요코도 내 표정이 움직인 것을 알아차렸을 것이다. 얼음주머니를 뺨에 고쳐 대었다.

"왜 얼마 전에 내가 그렇게 물었을 때는 대답해 주지 않았어?"

"믿는 게 그렇게 중요한가?"

"중요하지."

"왜 그런 대답을 내 입에서 듣고 싶지? 믿는다면 지금 상황이 뭐가 바뀌나?"

목소리가 굳어진 것을 느꼈지만 멈출 수 없었다. 나 자신도 마찬가지로 그녀가 사람을 몇 명쯤 처리한 살인범일 가능성을 두려워하고 있다.

"아무도 너에게 이 사건을 같이 조사해 달라고 부탁하지 않았어. 무서우면 잊어버리면 되는 거지. 경야도 장례식도 내가 전부 할 테니까."

사요코가 입술을 깨물었다.

"그런 말이 아니잖아."

"그러면 무슨 말을 하는 건데?"

"부탁이니까 믿는다고 해."

"몇 번이나 같은 말을 하게 만들지 마."

"스모토 씨한테는 믿지 않으면서도 조사할 용기가 있어? 마담을 믿지 않는다면 뭐 때문에 사건을 조사하는 거야?"

아가씨의 얼굴을 쳐다보았다. 눈을 깜빡거리고 웃음을 지으려고 했다. 반쯤은 잘 되었다.

"그런 이야기는 다음에 하자. 내가 어째서 사건을 계속 조사하고 있으냐고 하면, 분명 그녀의 뭔가를 믿고 있기 때문이겠지. 앞으로는 모르겠고. 사람을 완전히 믿으라고 한다면 강요밖에 되지 않는 것 같아. 어쨌든 뭔가에 도달하기까지는 아무것도 판단할 수 없어. 그렇게 생각 안 해?"

사요코는 담배를 재떨이에 눌러 끄고, "강한데."라고 중얼거렸다. 그런 발언에 어떤 의미가 있다고는 생각할 수 없었다.

그녀는 몇 번쯤 호흡을 되풀이한 다음 미소를 지으며 일어섰다. 뭔가를 털어낸 것은 아니지만 그런 것처럼 행동할 수 있는, 아마 그런 여자이리라.

"있잖아, 잠시 쉬어. 여기 소파 편하잖아. 아니면 잠시 누울래? 하는 방법을 가르쳐 주면 내가 신문기사를 컴퓨터에서 뽑아 줄게."

보기보다 훨씬 똑똑한 아가씨였다. 직접 접속만 하면 다음은 가르쳐 준 순서를 따라 해 줄 것 같은 느낌이 들었다. 게다가 똑똑할 뿐 아니라 실은 살림도 잘하는 타입일지도 모른다.

나는 고개를 저어 보였다.

"아니, 직접 할게."

"그럼 잠시 전화를 빌려도 돼? 컴퓨터를 쓰는 동안은 못 써?"

"괜찮은데, 어디에 걸려고?"

한 회선을 반으로 나눠 독립적으로 쓰기 때문에 동시에 이용할 수 있었다.

"가게 사람들 중 아직 연락이 되지 않은 몇 사람에게 장례식 장소를 알려 주고 싶고, 정말 친했던 손님에게도 역시 알려 주고 싶어. 스모토 씨는 몸이 그런 상태니까 내일 장례식장에서 관리는 나한테 맡겨 줘."

나는 전화가 있는 곳을 턱으로 가리키고 일어섰다.

"이 방에서 전화를 걸어도 돼. 나는 저기 책상에서 컴퓨터를 만지고 있을게."

사요코가 불러 세웠다.

"그리고 죽이나 그런 먹기 좋은 것을 만들어 줄게. 찜질약은 있어? 없으면 약국이 열려 있을 때 사 오고."

나는 고개를 저으려다 그대로 방을 나갔다.

2

노트북을 책상에 놓고 전원 코드와 전화선을 접속해 액정 화면을 열었다. 사무소에서는 데스크톱 컴퓨터를 쓰지만, 집에서는 거추장스러울 것 같아 노트북을 골랐다.

NIFTY 서버에 접속해 로그인 메시지를 멍하니 바라보았다. 뉴스 카테고리에 들어가서 커맨드 검색 창에 야마기시 후미오의 이름을 쳐 넣었다. 뺑소니 사건의 피해자. 동성동명의 사람도 포함해 기사 중에 야마기시의 이름이 있는 뉴스는 전부 나왔다.

검색된 기사는 열세 건이었다.

상세 내용을 클릭해 보니, 검색 숫자를 봤을 때부터 반쯤 예상한 대로 사건은 범인이 잡히지 않은 채 미궁에 빠져 있었다. 수사 자체에 관해 후속 보도 중에서 주의할 점은 그다지 없었다. 아스팔트의 타이어 자국에 브레이크를 밟은 흔적이 없는 것, 근처 주민이 그날 심야 1시를 지나 뭔가가 부딪히는 커다란 소리를 들었던 것. 그 두 가지가 가장 큰 단서에 지나지 않았고 더 이상 진전된 소식은 없었다. 비오는 밤이었던 것이 현장 검증이 난항에 부딪힌 큰 원인인 것 같다.

다만 토지 브로커인 야마기시 후미오에 관해 지극히 흥미로운 기술이 있었다. 야마기시의 배후에 있었다고 보이는 조직은 오사카의 스에히로회였다. 사이카와 야스시가 선대와 양자 결연을 하기 이전, 성이 와쓰지였을 무렵에 속해 있던 조직이었다. 사이카와 야스시가 관계된 폐기물 처리장이 그 마을에 있는 것은 역시 우연이 아니었다. 그 마을과 사이카와는 적어도 13년 전부터 관계가 있었다.

얼음주머니를 눈꺼풀에 댔다. 눈꺼풀 뒤에서 복잡한 곡선이 춤추고 있었다. 그대로 잠시 생각하려 했지만 실제로는 잠깐 쉬고 있었을 뿐이었다.

백골 시체 기사 검색으로 옮겼다.

빙고! 일순 피로도, 아픔도 잊고 갓 태어난 상쾌한 몸으로 의자에서 뛰어올랐다.

범인은 결국 알 수 없었지만, 경찰은 졸고 있었던 게 아니었는지 백골 시체의 신원을 바로 밝혀냈다.

이름은 아쓰미 요시노부. 야마기시 후미오가 뺑소니를 당한 마을에서 공장 유치를 추진하던 시청의 개발과장이다.

우롱차로 목을 축이고 문 쪽으로 시선을 돌렸다. 사요코에게 알리는 것은 조금 더 상세한 사항을 파악하고 나서 하기로 하고, 백골 시체에 관한 기사 데이터를 전부 플로피 디스크에 넣은 다음 이번에는 그 마을의 공장 유치에 검색의 초점을 맞추었다. 두 피해자를 연결하는 포인트는 그곳에 있다.

대량의 데이터가 걸렸다.

조건을 추가한 '앤드(AND) 검색'으로 범위를 좁혀 보려고, 키워드에 야마기시 후미오와 아쓰미 요시노부를 치려다가 생각을 바꾸어 전부 보기로 했다. 처음에는 그물을 크게 쳐 봐야 한다.

프린터 스위치를 넣어 데이터를 뽑았다. 인쇄된 것을 읽는 편이 몸에 부담이 적을 것 같았다.

몇 건쯤 훑어보고 나서는 대학노트를 책상에서 펼쳐 메모를 하면서 읽어 나갔다.

공장 유치 계획에 관해 시장과 고등학교 동창인 재계인(지역 출신이라는 말이다.)을 초청해 개발 계획을 설명하고 협력을 청한 것은 지금으로부터 20년 전.

이듬해에는 '산업개발회의'가 발족해서 구체적인 유치 기업과의 접촉이 시작되었다. 회의에는 건설, 운수, 통산 각 정부 부처 관료들의 이름도 늘어서 있었다. 중앙 정부 없이 지방 단독으로 개발을 진행하기는 어려운 법이었다. 조사 및 시안 작성에 1년, 마스터플랜 완성에 1년. 17년 전에는 용지 취득이 시작되었다. 개발 대상이 된 토지는 논밭, 원야 삼림, 모래밭, 그리고 택지. 문제는 농지와 택지였다.

반대 운동의 불씨가 각지에 있었던 것이다.

시장은 대책으로 '농공양립'의 슬로건을 내세워 농지의 단순 매수는 행하지 않기로 했다. 용지 입수 때에는 반드시 대체지를 준비한 다음 6할은 대체지와 교환하고, 나머지 4할은 현금으로 사들인다. 농업 보호 육성을 목적으로 하는 '육사방식'이란 이름의 시스템이었다.

지역 설명회를 되풀이하는 한편, 같은 해에는 용지 취득의 실행 부대가 되는 '공업지역 개발조합'을 발족시켰다. 지역 유지에게 개발 추진 위원을 부탁하고 관련 촌장을 추진 위원으로 임명해서 주변 지역을 일체화하는 개발 조직을 만들었다.

이러한 흐름 속에서 용지 취득을 시작한 지 1년 후, 즉 16년 전에 시의 비서과장이었던 아쓰미 요시노부가 개발과장에 임명되었다. 신문에서는 '발탁'이라는 단어가 사용되었다. 나는 노트에 '발탁'이라고 적고 둥글게 테두리를 쳤다. 토지 브로커나 투기를 목적으로 한 토지 취득자가 활개칠 것을 우려해서 유치 공작의 이름은 거의 직전까지 비밀로 했고, 공해 문제를 감안해 대학 교수나 지식인을 포함한 대책 위원회도 발족되었다.

몇 년이나 지난 후의 기사를 순서대로 읽어 나가니 묘한 기분이 들었다. 조금이라도 역사를 돌이켜 보며 토지 수용에 관한 재판이나 공해재판 등을 보면 명백한데, 어느 사회나 지역이든 보이지 않는 의지에 이끌리듯 똑같은 전개로 빠져든다. 반대가 되풀이 되는 가운데 사태가 진전해서, 끝내는 발전 개발이라는 명목으로 망가진 토지와 강요된 행복, 어떤 이에게는 커다란 희생을 남기고 마을도 인간도 변해 가는 것이다.

이 시의 경우, 개발파는 개발추진위원으로 주변 지역의 촌장을 끌어들이려 했지만, 의견을 통일하지 못하는 바람에 머지않아 주변의 세 마을 중 하나가 개발 반대를 표명했다. 개발파는 와해 작전을 실행했지만 최종적으로는 일괄 개발을 단념할 수밖에 없어져서 1기, 2기로 계획을 분산시켜야 하는 상황에 직면했다. 머지않아 1기 계획 지역만 공장 건설과 이동을 시작한 결과, 행정 조사나 행정이 의뢰한 학자의 조사에서는 전혀 예상하지 못한 공해가 발생해서 반대파는 한층 더 완강한 자세를 견지했다. 그런 간극을 메우는 듯 토지 브로커의 존재가 더 뚜렷해져서 토지 가격이 올라 2기 공사를 위한 토지 취득이 더 힘들어졌다.

브로커였던 야마기시 후미오가 뺑소니를 당한 것은 2기 계획이 그런 교착 상태에 빠졌을 무렵이었다.

'육사방식'이라는 토지 취득 방식에 관해 자세하게 메모를 하기로 했다.

토지매매계약서를 작성하는 창구는 '공업지역 개발조합'으로 일체화되어 있었다. 주민과 기업의 직접 매매를 없애서 브로커를 배척할 목적이었다. 바로 대체용 토지를 제공할 수 있는 경우에는 '대체지취득서'가, 대체지의 조성이 늦어지는 경우에는 조성하는 대로 입수할 수 있다는 요지의 내용을 적은 '각서'가 발행되었다.

그러나 토지 브로커는 이 각서를 사들여 가격을 올렸다. 행정

측은 브로커가 모은 각서를 '개발조합'의 창구에 가져가도 사들였을 때와 같은 가격으로 회수하므로 문제는 없다는, 강 건너 불구경 식의 코멘트를 했다. 하지만 일단 사람의 손에 돌기 시작하면 토지 굴리기와 마찬가지로 가격이 치솟는 것은 막을 수 없었다. 어린애들도 아는 이치였다.

땅값이 상승한 만큼, 농가 가운데서도 보상을 높여 주지 않으면 시장의 요구에 응할 수 없다고 주장하는 곳도 나왔다.

대체지가 될 농지 조성이 지지부진하게 진행되었다는 점이 사태를 한층 곤란하게 만든 듯했다.

시간이 지남에 따라 발행할 수 있는 대체지취득서의 비율은 줄었고, 그 대신 각서의 비율이 늘었다.

행정부 특유의 헛된 공약, 즉 민간이 하면 욕을 먹을 듯한 처치가 공무원이라면 버젓이 통했다. 그런 데다 대체지의 채소 재배나 축산의 부진도 현저했다. 행정부가 준비한 대체지는 농업에 그다지 적합하지 않았던 것이다.

이러한 상황에서 결국 시 의회도 시장과 갈라져 시장에게 '농공양립'의 슬로건을 철회하라는 제의를 했다.

그것이 13년 전. 야마기시 후미오의 뺑소니 사건이 일어난 해였다. 6월에 있었던 일로 야마기시가 죽은 것이 11월이었으니까 반년 정도 거슬러 올라간다.

개발 계획에서 7년 후 '공업지역 개발조합'이 생겨 용지 취득이 시작되고 나서 4년 후에 '농공양립'은 사실상 붕괴한 것이 된다.

신문은 야마기시의 사망과 시의 개발 계획 사이에 어떤 관계가 있었을 가능성은 암시하고 있지만, 구체적인 것은 아무것도 씌어 있지 않았다. 추측의 영역을 벗어날 정도의 일은 당시에는 발견되지 않았다는 말인가.

어느 쪽이든 '농공양립' 철회는 시에도 시장에게도 떨떠름한 선택이었던 게 틀림없었다.

'앞으로는 '육사방식'과 그에 수반하는 가서의 발행을 중지하고, 농민과 현금 직접매매로 토지를 취득할 것을 목표로 한다.'

시장이 시의회에서 한 발언은 찬성파, 반대파 구별 없이 커다란 충격으로 다가왔다. 토지를 소유한 농가는 시정에 대한 불신감을 표명했고, 이미 대체지로 옮긴 농가 사이에서도 커다란 불만의 목소리가 솟구쳤다. 원래 개발 반대를 내세웠던 촌장이 같은 날 뉴스에서 "시민에 대한 시정의 배신 행위다."라고 코멘트를 했다.

그 이틀 후, 개발과장이었던 아쓰미 요시노부의 자살이 신문을 통해 알려졌다.

비서과장에서 개발과장으로 발탁된 아쓰미 요시노부는 '농공양립'의 슬로건을 선두에 나서 설득하며 지역 농민들 사이를 분주히 돌아다니고 있었다. 시장이 슬로건을 철회한 다음다음 날, 현장 책임자인 이 남자는 마을 변두리의 곶에서 몸을 던졌다.

유서와 가방이 곶에 남아 있었다고 한다.

아쓰미 요시노부에 관한 부분을 프린트한 데이터를 골라내면서 저절로 공무원의 비애를 생각하게 되었다. 비서과장을 지냈던 아쓰미는 시장의 한마디에 의해 개발과장에 발탁되었다. '육사방식'을 시장이 직접 철회했을 때 아쓰미 발밑의 사다리가 치워진 것이다. '성실한 성격으로 책임감이 강한 남자.' 이 남자도 이런 경우에 누구나 입을 모아 말하는 평가를 동료들로부터 받았다. 유서에는 가족과 시민에 대한 사과의 말이 적혀 있었다고 한다. 유서는 아주 짧았던 게 아닐까? 반사적으로 그렇게 생각했다.

아버지 때도 그랬다. 공무원에게는 비밀 엄수 의무가 있다. 죽은 순간에는 소멸하지만 그 직전까지는 존재한다. 본인이 안고 죽을 수밖에 없는 비밀이 있다. 아버지는 진심으로 그렇게 믿었던 게 아닐까. 아쓰미라는 남자도……. 아니, 비밀 엄수 의무 같은 듣기 좋은 것이 아니라 온갖 직업에 공통되는, 동료를 지키려는 의식의 발현이라고 해야 할까. 남자라는 것들은 집단 속에서밖에 자신을 찾아내지 못하는 생물일지도 모른다.

그렇다고 해도.

곶에서 바다에 몸을 던진 개발과장의 사체가 2년이 경과한 후 나라의 산 속에서 백골화해 발견되다니…… 노아의 방주가 아라라트 산 꼭대기에 도착한 전설만큼 놀라운 기적이 아닌가.

3

기적에 관해 신문기사는 아무 대답도 해 주지 않았다.

그러나 희미하기는 하지만 기억이 되살아났다. 이 뉴스라면 그 시기에 본 적이 있다. 나는 아직 사법연수생이었다. 나라 산 속에서 백골화한 시체가 사실 그 2년 전에 유서를 남기고 사라진 공무원이었다는 뉴스는 나름대로 충격적으로 보도된 기억이 있다.

그러나 안타깝게도 당시 나는 신문기사를 꼼꼼하게 읽지는 않았고, 텔레비전 뉴스에도 귀를 기울이지 않았다. 우리 집에서 이런 종류의 뉴스는 금기였다. 어머니에게 아버지의 일을 떠올리게 하고 싶지 않았고 슬퍼하는 얼굴을 보고 싶지는 않았다. 아니, 어머니를 핑계로 대는 것은 비겁하다. 나도 마찬가지로 자살한 아버지가 연상되는 뉴스 따위 보고 싶지도 듣고 싶지도 않았다.

희미한 기억은 지금 조금씩 나를 과거로 되돌리려 하고 있었다.

아마 잡지일 것이다. 전철 천장에 매달린 광고가 어딘가에서 팔랑팔랑 넘어간 정도라는 느낌이 들지만 기억의 바닥에는 이 사건에 관해 인상에 남은 것이 있다. 그렇기 때문에 눈을 돌렸다고 해야 할 것이다.

신문기사 정보 서비스에서 나와 잡지 정보에 접속했다. 신문 데이터와는 달리 표제어밖에 나오지 않는다. 상세한 기사는 잡지를 직접 볼 수 있는 오야분코까지 가서 과월호를 보는 수밖에 없었다.

그러나 몇몇 표제어가 내 주의를 끌어서, 자연스럽게 기억을 재확인해 주었다.

'개발과장의 죽음과 브로커 뺑소니 사건의 기묘한 관계', '지역개발에 검은 그림자! 유치기업 리스트 누설 의혹', '개발과장의 오직(汚職) 의혹'. 생각이 났다. 나는 당시, 오직이라는 단어에서 눈을 돌렸다. 단순한 공무원의 죽음의 의혹이 아니었다. 이 이상하기 짝이 없는 사건은 얼마 후 주간지에 오직 의혹에 연관시켜 보도되기 시작했다. 내게 무엇보다 보고 싶지 않은 범주의 사건이었다.

8할의 과장과 2할의 진실. 대부분의 독자가 잡지 기사는 그런 것이라 생각한다. 나도 그렇지만, 바꿔 말하면 2할의 진실이 숨어 있다는 것을 의미한다. 그렇지 않으면 잡지사는 명예훼손 소송 때문에 전부 망했을 것이다. 천만 독자에게 보도하는 신문에서는 쓸 수 없는 진실을 전하고 있다고도 바꿔 말할 수 있다.

신문사라면 잡지 과월호도 어느 정도는 보존하고 있다. 반사적으로 네리마 서 붙박이가 된 고토 마스오를 소개해 준 친구나 고토 본인의 얼굴이 스쳤다. 녀석들에게 과월호 복사본을 팩스로 받는 것은 어떨까?

생각만 했을 뿐이었다. 이 이상은 삼가는 편이 좋았다. 녀석들이 냄새를 맡으면 내가 알 수 없는 곳에서 독자적으로 움직이기 시작할 터였다. 그녀가 사건과 어떻게 얽혀 있는지 전혀 짐작이 가지 않는 지금, 매스컴이 움직이는 위험은 무릅쓸 수 없었다. 오야분코는 게이오 선 역세권에 있어서 쓰쓰지가오카에서 신주쿠 방향으로 네 번째 역이다. 내일을 기다리면 된다.

컴퓨터 전원을 끄고 프린트해 둔 데이터를 클립으로 묶고, 같은 데이터를 저장한 플로피디스크를 챙겨서 방을 나갔다.

"근데, 아쓰미 요시노부라는 개발과장을 죽인 게 토지 브로커인 야마기시 후미오일 가능성은 생각할 수 없을까?"

설명을 다 들은 사요코가 말했다.

"쉽게 결론을 낼 수는 없어."

"그렇구나……."

사실 설명하면서 내심 나도 그렇게 생각하고 있었다. 그러나 생각이 앞질러 가는 것은 위험했다. 지금은 아직 상상에 지나지 않았다. 하지만 사요코도 같은 상상을 했다.

출력된 데이터 속에 아쓰미의 사건과 야마기시의 뺑소니를 직접 연결시킨 신문기사는 없었다.

신문 기자는 억측으로 기사를 쓸 수 없다. 경찰은 아쓰미 요시노부 살해와 야마기시 후미오 살해 사이에 확실한 관계를 찾아내지 못했다는 얘기였다. 아쓰미의 시체가 발견되기까지의 2년이라는 세월과 시체가 발견되기 아득히 전에 야마기시가 뺑소니를 당한 것이 수사상 커다란 장애가 되었던 게 아닐까.

하지만 백골 시체 발견으로부터 11년이 지난 지금, 나와 사요코는 당시의 신문이 몰랐던 사실을 하나 알고 있다.

다른 게 아니라 고바야시 료코로서 살아온 그녀의 방에 두 신문 기사가 함께 감추어져 있었다는 것이다. 그녀는 두 사건이 관련이 있다고 생각했거나, 관련이 있다는 것을 알고 있었다.

그리고 모종의 이유로 사건을 조사하는 과정에서 당시 와쓰지 야스시로서 스에히로회에 소속했고, 현재는 사이카와 흥업의 이대째 두목이 된 사이카와 야스시에 도달했다.

아쓰미가 자취를 감춘 시점에서 살해당했다고는 볼 수는 없지만, 살해당했을 가능성은 충분히 있었다. 당시 토지 브로커로서 그 마을에 있던 야마기시가 범인이고, 야마기시 또한 어떤 이에 의해 살해당했다고 생각할 수도 있었다.

그 마을의 오직 의혹을 상세히 조사해 아쓰미와 야마기시의 접점을 거기서 찾아낼 수 있을지 어떨지를 알아볼 필요가 있었다.

"몇몇 주간지가 후속 기사를 썼어. 데이터베이스에서는 표제밖에 확인할 수 없는데, 공장 유치에 얽힌 오직 의혹과 야마기시의 뺑소니 사건의 관계를 추적하는 기사도 있더군. 내일 아침 일찍 그런 주간지를 찾아볼 거야. 아쓰미의 얼굴 사진도 확인하고 싶고."

데이터베이스에서 검색할 수 있는 것은 본문뿐, 사진은 할 수 없었다. 야마기시의 얼굴 사진은 사요코가 찾아낸 신문의 복사본에서 확인할 수 있었지만, 아쓰미는 신원불명 단계의 기사여서 얼굴을 모르는 채였다.

의문이 스쳤다.

어째서 그녀가 갖고 있던 것이 이 두 기사의 복사본이었을까? 둘 다 사건의 발단에 지나지 않았다.

대여금고.

두 기사는 조사했던 것의 핵심이 아니라 아마도 단서일 것이다. 대여금고에 보관할 필요도 없어서 집에 남겨져 있었다……. 그녀가 알고 있었던 더 큰 사실, 알려고 했던 것을 나타내는 무언가가 대여금고에 있지 않을까.

"같이 있던 열쇠 말인데." 사요코가 말을 걸었다. "어디 열쇠인지는 어떻게 하면 알 수 있을까?"

"그렇게 어렵지 않아. 그녀의 계좌가 있는 은행을 찾아가 보면 될 거야."

그녀는 가게의 입금 때문에 세 군데의 은행에 계좌를 갖고 있었다. 모두 이케부쿠로 지점이다. 전화로 문의하면 확실해진다.

대여금고를 열려면 등록인과 비밀번호가 필요하다. 인감은 가게 권리증이나 임대계약서 등과 함께 들어 있었는데 그중 하나일 것이다. 대개는 통장 같은 것으로 생각하면 지장이 없다. 나는 맨션을 나갈 때 들어 있던 인감을 전부 갖고 왔다.

비밀번호는 그 수천 배나 어렵다. 그러나 나는 변호사였다. 게다가 '고바야시 료코'의 유일한 친척인 고바야시 스즈코로부터 위임을 받아 경찰로부터 압수품을 반환받고 경야와 장례식 준비를 하고 있었다.

"나도 같이 가고 싶어."

고개를 저어도 듣지 않는 아가씨라는 것은 이미 충분히 알고 있었다.

내가 끄덕여 보이니 사요코는 "근처에 약국 있어?" 하고 물었다.

"그리고 식욕이 돌 만한 음식이 생각나면 말해. 같이 사 올게. 뱃속이 텅 비었잖아. 그 전에 쌀이 있는지 봐야겠네. 전기밥솥 눌러 둘게. 같이 먹어도 되면 두 그릇 앉히고."

아가씨가 나가니 원래의 내 집으로 돌아왔다.

소파에 푹 파묻혀 있다가 곧 무선전화기를 집어 들었다. 비서인 노리코의 집으로 전화를 하니 두 아들 중 누군가(아직 목소리로는 구별이 가지 않는다.)가 전화를 받아 "어머니!" 하고 불렀다.

"무슨 연락 온 거 없습니까?"

노리코는 메모를 읽듯이 정확한 어조로 보고해 주었다. 실제로 메모를 보고 있었을 것이다.

"야베 변호사 사무소와 구스노키 씨라는 변호사로부터 전화가 왔어요."

협력을 부탁한 변호사들이었다.

"메시지는요?"

"두 분 다 같았어요. 의뢰인인 고바야시 료코라는 여성은 모르겠다고 하던데, 이러면 아시겠어요?"

"알겠습니다. 고맙습니다."

그리고 아직 대답을 받지 못한 것은 신바시 사건의 피고 측을 담당하는 마루타 요시키의 의뢰인 세 사람과, 휴가를 받았던 형사사건 담당 변호사였다.

"그 외에는?"

"고지마치의 고노 씨가 전화를 주셨는데, 자리를 비웠다고 하니 전화를 했다고 전해 달라고만 하셨어요."

사무소의 자동응답기에 들어 있던 고노의 메시지를 떠올렸다. 걱정이 되어 다시 전화를 준 것일 터였다.

"그리고 미타의 시오자키 선생님이 전화하셨어요."

"……본인이 말입니까?"

무심코 되물었다.

노리코는 시오자키 레이지로와의 관계를 알고 있었다. 한 번도 내 사무소에 얼굴을 비친 적도, 직접 전화를 한 적도 없었다. 그러나 딸의 친권을 놓고 후미코와 다투게 되었을 때 그쪽 변호인을 담당한 것은 과거의 장인인 이 남자였다. 당시 나는 이미 시오자키의 변호사 사무소를 그만두고 지금의 사무소를 열었다.

모든 의미에서 승산이 없는 싸움이었다. 시오자키와 그가 데리고 있는 엘리트 변호사 집단, 그리고 발군의 조사력을 가진 흥신소. 그에 비해 나는 가정을 지킬 의지가 결여되어 있는 것으로 보이는 상태로, 딸의 양육을 인정받을 수 있는 생활과 크게 멀어지기 시작했다.

아무 이득이 없는 싸움이기도 했다. 나를 재판으로 몰아넣은 것은 딸에 대한 애정이 아니라 시오자키에 대한 오기에 지나지 않았을지도 모른다.

"네, 그렇게 밝히시더군요."

"무슨 용건이었습니까?"

"선생님이 부재중이라고 말씀드리니 직접 용건은 말씀하시지 않았지만, 그게……."

"뭡니까?"

"선생님이 공판 일정을 전부 취소하고 있다는 소문이 정말이냐고 하셔서……."

법조계. 과연 대단한 엘리트 집단이다. 겨우 이틀째에, 제일 알려지고 싶지 않은 사람에게까지 소문이 귀에 들어간 것 같다. 무엇보다도 변호사 협회 기강위원회를 비롯해 몇 개쯤의 위원장을 겸임하고 있는 데다 차기 회장의 유력한 후보였다. 법조계의 늙은 능구렁이에게 재판을 전부 연기한 내 소문이 들어가지 않는 편이 이상할 것이다.

"그리고 새로운 일 의뢰가 두 건 있어서요……. 어떻게 대답해야 좋을지 몰라서 연락처를 사무소에 남겨 놓았는데……."

"알겠습니다. 그건 내일 처리하죠. 흥신소의 기요노 씨로부터는 연락이 없었습니까?"

"아니요, 못 받았어요."

어쨌든 오후에는 한번 사무소에 들르겠다고 하고 전화를 끊었다. 노리코가 아직 뭔가 말하고 싶은 듯한 분위기를 느꼈다. 사무소를 열었을 때부터 같이해 준 비서의 마음에 다시 불안의 그림자가 머리를 쳐들고 있는 것은 명백했지만 어떻게도 할 수 없었다.

그대로 소파에 푹 파묻혔다. 공복감이 그다지 없었던 것은 온몸의 아픔과 강렬한 피로감 탓이었다.

시계를 올려다보고 '사요코가 돌아올 때가 됐나?' 하고 생각했다. 어떤 상황이든 상대가 누구든, 그런 기분은 나쁘지 않았다. 아내와 헤어지고 나서 3년 동안 맛보지 못한 기분이었다.

시스템 수첩을 집어들었다. 사쿠라다몬에서 그녀가 갖고 있던 수첩이었다.

주말에 동그라미가 두 개 나란히 그려진 페이지를 펼쳐 메모해 둔 전화번호를 가만히 노려보았다. 지역 국번으로 보아 그 마을이라는 것만은 확실했다. 번호가 누구 것이냐는 문의에 104번은 대답해 주지 않았다. 피로감이 평소의 나라면 절대로 하지 않을 듯한 행동을 하게 만들었다.

전화를 받는 사람은 없었다. 밤에 아무도 없는 방 안에서 전화가 울리고 있었다. 간 적도 본 적도 없는 마을 어딘가의 집이다. 아마 그녀가 예전 인생의 어떤 시간을 보낸 마을이리라. 어떤 소녀였을까? 어떤 청춘을 보냈을까? 어떤 식으로 사람을 사랑하고 사랑받았을까? 그런 모든 것을 버리고 다른 사람이 되어 살 결심을 한 것은 왜일까.

전화 건너편에서 그녀가 숨을 죽이고 모든 대답을 알아낸 내가 웃음 짓기를 기다리는 듯한 느낌이 들었다. 지금의 나와 마찬가지로 몹시 지쳐 불안과 적막감과 고독을 껴안고 있지만, 서로 마주 보고 웃기만 하면 문제는 무엇 하나 없어질 거라고 믿고 가만히 전화를 바라보고 있을 듯한 느낌이 들었다.

어처구니없는 착각은 길게 이어지지 않았고, 통화 종료 버튼을 누르자마자 나는 안도의 한숨을 쉬었다. 연결되지 않아 다행이었다. 번호 주인이 누구이든 어떻게 추궁해야 될지도 모르는 채 접촉을 하면 귀중한 단서 하나를 버리게 될 수도 있었다.

가볍게 눈을 감고 두 눈 위쪽을 주물렀다. 눈동자만 쉬게 할 생각이었다. 정신이 드니 사요코가 내려다보고 있었다. 반사적으로 시계를 올려다보았다. 이삼십 분이 어딘가로 사라져 날아갔다. 게다가 어느새 담요를 덮고 있었다. 잠들었다고 하기보다 정신을 잃었다는 게 적절할 터였다.

"미안. 깨워 버렸네."

그 말을 들으니 담요를 덮고 있었던 것이 아니라 방금 사요코가 덮어 주었다는 것을 알았다.

"잠깐 기다려. 바로 준비할 테니까."

말없이 끄덕였다. 본의 아니게 어린아이 같은 반응을 했다는 느낌이 들어 몸을 움직이려다, 늑골이 아파서 얼굴을 찡그렸다.

사요코는 찜질약과 석간신문을 내밀고는 등을 휙 돌려 부엌으로 들어갔다. 찜질약은 붕대 없이 피부에 직접 붙이는 방식이었다.

"찜질약 붙이는 게 어때?"

부엌 카운터 건너편에서 사요코가 말했다.

"응. 나중에 샤워하고 붙일게." 조금 지나고 나서 나는 사요코에게 물었다. "작년 시험은 도쿄에서 쳤어?"

"응."

"그러면 더워서 힘들었겠네."

사요코는 손 쪽을 보다가 이쪽으로 얼굴을 들고 훗 하고 살짝 웃음을 흘렸다.

"어떻게 알아?"

"사법시험도 거의 같은 시험장을 쓰거든. 아무데도 에어컨이 없는 대학의 큰 강의실이야. 하긴 와세다의 시험장은 작년쯤부터 냉방이 들어오게 됐다지만."

"그렇구나. 나, 작년에는 더위를 먹어서 올해는 오사카에서 보려고 했어. 도쿄의 세무사 학교 중에서는 6월쯤부터 냉방을 꺼버리는 곳도 있어. 시험장이 한증탕이니까 수업도 한증탕 상태로 하지 않으면 시험에 익숙해질 수 없다면서."

오사카에서 보는 편이 현명하다. 보고 싶은 곳에 원서를 내기만 하면 어느 지방에서도 볼 수 있었다.

"어째서 세무사가 되고 싶지?"

"자격이 있으면 혼자서 살아갈 수 있잖아."

"그렇군."

그렇게만 대답했다.

"왜 변호사가 됐어?"

"한마디로 말하긴 힘들어."

"만족해?"

"아마, 일단은."

별로 솔직한 대답은 아니었다. 어느새 이 아가씨에게는 말을 편하게 하고 있었다.

"쉬는 날에는 뭐 해?"

"쉬는 날은 가능한 한 일정을 잡지 않으려고."

"주말에도 사무소에 나간다는 말이야?"

"그런 건 아닌데 평일에 정리 못 한 서류를 들고 오거나 골프 모임에 가거나 지역 클럽 파티에 얼굴을 내밀거나, 이것저것 해. 변호사라는 단어에서 상상하기보다 훨씬 일상이 지루하고 잡무가 많아."

"취미는 없어?"

"경마."

이번에는 솔직히 대답했다. 사요코는 의외라는 표정을 지었다.

"내기 같은 거 안 하게 보이는데."

"그런 말 듣는 게 싫어서 시작한 면도 있을지도 모르겠어."

"왜 싫은데?"

"그냥. 그런데 시작해 보니 재미있더군. 내기가 다 그런지는 모르겠지만 적어도 경마라는 것은 세세한 데이터가 쌓이거든."

"그래도 대부분은 잃잖아."

"그런 거야. 그래서 다른 눈으로 데이터를 다시 보고 역시 딸 수 없었다고 납득하지."

"끼워 맞추기잖아."

사요코는 유쾌한 듯이 눈을 가늘게 떴다. 매력적인 표정이었다.

"그럴지도 몰라. 하지만 경마를 하고 있으면 졌을 때는 데이터적인 필연이었고, 이겼을 때는 뭔가 우연이 작용한 듯한 느낌이 들어. 그게 기분이 좋은 거지."

이번에는 생각에 잠긴 얼굴을 했다. 생각에 잠기게 할 만한 이야기를 한 적은 없었다. 조금 더 경마의 데이터에 관해 이야기하고 싶은 기분도 들었지만, 사요코가 휴일에 무엇을 하는지 묻고 싶은 것 같기도 했다.

어느 쪽도 하지 않다가 전화가 울렸다.

전화를 귀에 대니 몇 년 만에 듣는 남자의 목소리가 흘러나왔다. 긴장을 풀려던 기분이 날아가 버렸다.

"스모토 군인가?"

시오자키 레이지로는 자신을 밝히고 나서 그렇게 말했다. 나는 "오랜만입니다."라고 정중히 대답하고 부엌 카운터 건너편에 선 사요코를 흘끗 보았다. 아가씨는 도마 소리를 내기 시작했다.

"사무소에 전화를 하셨다고 들었습니다."

"목소리를 듣고 싶어서 말이지. 사무소에는 돌아오지 않을지도 모르겠다고 해서 전화를 해 봤는데 집에 와 있어서 다행이구만. 이삼십 분쯤 후에 도착할 것 같은데 찾아가도 될까?"

2년 가까운 공백을 거쳐 오랜만에 떠올랐다. 이 남자에게 상대방의 사정을 물어보는 것은 이미 자신이 어떻게 할지 정한 다음이었다. 상대방에게 남겨진 선택은 쓸데없이 반대 의견을 말해 보거나 순순히 굽히는 수밖에 없었다.

"손님이 와 있습니다."

"이야기는 10분도 걸리지 않아."

"그렇다면 지금 전화로 말씀하시는 건 어때요?"

몇 번쯤 말이 오고 갔다. 입씨름이 되지 않은 것은 시오자키가 구사하는 풍부한 어휘와 그것을 내세우는 능란함, 목소리와 말투, 틈을 두는 법, 그 모든 것이 완벽하게 변호사 자질이 흘러넘쳐 상대를 신사적으로 행동하게 해 버리기 때문이었다.

예전 장인의 방문을 신사적으로 받아들여야 하게 된 다음, 나는 전화를 끊었다.

식칼을 움직이던 사요코가 잠시 후 "누구야?"라고 물어서 "일 관련 변호사."라고 대답했다.

그 이상은 말하지 않은 채 저녁이 되기를 기다리기로 했다.

시오자키에 대한 신사적이고 보잘것없는 저항이었다.

4

초인종이 울렸을 때 우리 둘의 저녁 식사는 끝나 가고 있었다. 요리가 손에 익은 사요코는 간 무를 곁들인 구운 꽁치에 나물무침을 내어 주었다. 모시조개 된장국과 달걀부침, 그리고 채소절임도 식탁에 놓였고, 그 대부분이 우리 배로 들어갔다. 나는 내 자신의 식욕에 놀랐고, "이랬으면 그냥 밥을 먹고 싶었는데."라고 하며 죽을 두 그릇 싹 비우고 나서 농담까지 했다. 나는 맥주 한 캔을 거의 하나 다 마셨고, 사요코는 반 정도를 마시고는 볼이 살짝 발개져 있었다.

세무사 시험 공부를 하는 방법에 관해 내가 질문하고 사요코가 대답한 뒤 내가 약간의 조언을 하기를 되풀이하고 있었다. 나는 머지않아 초인종이 울린다는 일 따위 잊어버린 척하고 있었고, 실제로 어느 정도는 잊어버렸다.

헤어진 아내의 부친인 남자를 맞기에는 제법 적격인 상황이었다.

"선배 변호사가 살짝 얼굴을 내밀러 왔을 뿐이야. 바로 돌아갈 테니까 신경 쓰지 마."

소파에서 일어나 사요코가 눈치 빠르게 식탁에 놓인 것을 쟁반에 옮겨 부엌으로 치우기 시작했다.

'이 남자는 아무것도 바뀌지 않는다.'

문 밖에 선 시오자키를 본 순간 새삼 그런 느낌이 스쳤다.

시오자키에게 세월의 흐름은 늘어난 백발과 얼마간 불어난 체중에서 약간 배어나왔지만, 그것은 본인이 뭉개려고 하면 바로 뭉개져 버릴 수 있을 듯한 사소한 것으로밖에 느껴지지 않았다. 뭉개 버릴 수 없는 것 따위, 이 남자에게는 존재하지 않았다. 굵고 짧은 목. 치솟은 어깨에 묵직하게 자리 잡은 네모난 얼굴. 키는 170센티미터가 채 못 되지만 얼굴 크기는 농구 선수처럼 큰 남자에게도 뒤지지 않았다. 뺨에 두텁게 살집이 붙어 있었다. 살이 늘어지지 않고 기름기가 돌아 번들번들했고, 안쪽의 살로 인해 피부가 팽팽해진 듯이 보였다. 바늘로 찔러서 뚫은 것 같은 눈. 그 작은 눈을 덮어 감추듯 눈썹이 굵고 짙었다. 이 남자는 대개의 것은 갖고 있지만 눈썹만은 하나밖에 없었다.

왼쪽 뺨에 커다란 점이 있었다. 해에 잘 그을렸다. 골프, 마작, 낚시, 여행. 격무에 시달리는 중에 잘도 간다고 할 정도로 취미가 많은 남자였다. 독특한 취미는 무엇 하나 없었지만, 어떤 취미도 독자적인 방법으로 계속 즐기고 있는 게 확실했다. 지금도 격무를 해치우는 중간중간에 취미를 즐기고 사무소와 부하들과 친구 및 지인 몇몇과 딸과 손녀를 사랑하고 사랑받으며 충실한 나날을 보내고 있음에 틀림없었다.

시오자키는 내 얼굴을 보고 상당히 변했다고 느낀 모양이었다.

이 남자치고는 큰 놀람이 희미하게 두 눈과 눈썹에 감돌았다. 경멸도 증오도 애정조차도 조용히 등 뒤로 감추어 덮을 수 있는 남자였다.

"드문 일이시네요. 저희 집을 찾아올 생각이 드셨다니……."

시오자키는 내 말을 자르듯이 물었다.

"어떻게 된 거야, 그 얼굴은?"

"일적으로 좀 문제가 있었습니다."

웃으려고 했다. 상처를 입은 것이 되도록 예전이고 데미지가 되도록이면 별거 아니란 듯이 행동하고 싶었다. 얼굴 근육이 경직되었을 뿐 잘 웃어졌을지는 자신이 없었다.

"어쨌든 안으로 들어오십시오."

그를 맞아들여서 앞장서서 거실로 왔다.

부엌과 거실을 구분하는 것은 고작 키친 카운터뿐이었다. 내가 돌아보았을 때 시오자키는 멍한 얼굴로 부엌을 쳐다보았고, 설거지를 하던 사요코가 가볍게 고개를 숙이려 하고 있었다.

"친구인 나토리 씨입니다. 이쪽은 변호사 시오자키 씨."

나는 각자를 소개했다.

시오자키는 예의 바르게 사요코에게 고개를 숙이고 거실 한가운데로 이동해 "여기면 될까?"라고 소파를 가리키면서 앉았다.

내가 냉장고의 문에 손을 뻗자 "됐어. 내가 해 줄게."라고 사요코가 말하고 우롱차 페트병을 꺼내 주었다.

"미안. 그러면 식기 선반 안의 유리잔을 아무거나 써."

나는 그렇게 말하고 거실로 걸어가서 시오자키의 건너편 좌식 의자에 앉았다. 테이블에 놓여 있던 맥주 빈 캔을 구겨 버렸다.

"전화로 말씀드린 대로 손님이 와 있어서요. 송구스럽지만 용건만 들려주시겠습니까?"

"뭐, 그렇게 서두르지 말지. 어떤가, 일은?"

"특별히 좋지도 나쁘지도 않습니다."

시오자키는 우롱차를 들고 온 사요코에게 고맙다고 하고 "밤늦게 미안하네. 바로 실례하겠소."라고 여전히 예의 바르게 말했다.

사요코가 어색하게 고개를 숙이고 부엌으로 돌아간 후에도, 시오자키가 아무 말도 할 기색이 없어서 어쩔 수 없이 내가 입을 열 수밖에 없었다.

"그쪽 사무소는 어떻습니까?"

시오자키는 히죽하고 웃었다.

"가난뱅이가 시간 여유도 없다는 거지. 이것저것 떠맡아서 소속 변호사 스케줄 관리와 건강 관리에 쫓기고 있다네."

우롱차를 입에 가져갔다.

"그래서 오늘은 대체 어떻게 된 겁니까?"

다시 한 번 재촉했다.

"제대로 하고 있는 것 같구만."

"뭘 말입니까?"

"내가 가르쳐 준 그거 말이야." 시오자키는 턱을 내밀어 소파 옆 사이드보드에 올려놓은 대학노트를 가리켜 보였다. "사건 관계자의 발언은 직접 손을 움직여서 적어 둬야 해. 손을 움직이면 머릿속이 재구축되거든."

나는 아마 불쾌하다는 표정을 짓고 있었으리라.

"최근에는 완전히 소홀해졌습니다. 머리를 재구축할 필요에 쫓길 만한 사건을 마주치는 일도 거의 없고요."

시시한 반발심이라는 것은 알고 있었다. 그러나 반발심이라는 녀석은 시시한 만큼 뿌리가 깊다.

시오자키는 나를 쳐다보고 "그런데."라고 말을 꺼냈다. 보통사람이 아니라는 것은 잘 알고 있었다. 대화의 우선권을 차지할 확신을 가졌을 때 이 남자는 이렇게 말을 꺼낸다.

"네리마 클럽 경영자 사건에 손을 대고 있다는 이야기를 들었는데 정말인가?"

나는 어이가 없었다.

공판을 연기한 이유까지 알고 있다고는 생각하지 못했다.

"누구한테 들으셨습니까?"

"신주쿠의 야베 군과 같은 공부 모임에 나가는 사이라서."

시오자키는 내가 전화로 고바야시 료코에 대해 물어봤던 야베의 이름을 말했다.

공부 모임이란 파벌의 연회를 의미했다. 변호사를 한 마리 늑대라고 표현하는 것은 겉치레에 불과하고, 실제로는 일인일당주의인 척하고 있기 때문에 복잡한 파벌 관계가 존재한다. 변호사 협회 선거 전이 되면 나 같은 사람에게조차 몇 방면에서 투표 청탁이 오곤 했다.

시오자키는 살집이 두툼한 양손을 무릎 위에 깍지 끼고 커다란 얼굴을 응접 테이블 너머로 가까이 대어 왔다.

"스모토 군, 솔직하게 대답해 주게. 그 얼굴은 대체 어떻게 된 건가?"

"일 문제라고 말씀드렸습니다. 그 이상은 드릴 말씀이 없습니다."

"대체 자네는 뭘 하고 다니는 게야?"

"상관하실 일이 아닙니다."

"변호사가 얼굴에 그런 상처를 입다니 부끄럽지도 않나?"

"딱히 얼굴로 변호사를 하고 있는 게 아니라서요."

"내 말 진지하게 듣게. 네리마 클럽의 경영자는 고바야시 료코라는 여자지?"

말없이 시오자키를 쳐다보았다.

"왜인가?"

"……그 사람을 아십니까?"

어느새 질문을 하고 있었다.

시오자키가 벌레라도 씹은 듯한 얼굴을 했다.

"어째서 고바야시 료코의 사건에 끼어든 거냐고 물었네. 대답해 주게."

"언제부터 그 사람을 아셨습니까?"

"물은 것은 나네."

"……상관하실 일이 아닙니다."

"세이지 군." 시오자키는 옛날처럼 나를 불렀다. "정당한 이유도 없이 공판을 연기하는 것이 어떤 일인지 알고 있나?"

"알고 있습니다."

"그렇다면 왜 그런 짓을 하는 겐가. 설마 해서 묻는데 고바야시 료코라는 여자의 사건에만 집중하기 위한 건 아니겠지?"

"왜 설마라고 하시는 거죠?"

시오자키는 입술을 굳게 다물고 잠시 나를 쳐다보았다. 내가 제일 질색하는 표정이 눈동자에 떠올라 있었다. 경멸뿐이라면 몰라도 그 뒤에는 애정이라 부를 만한 것이 붙어 있었다. 물론 넘칠 정도는 아니지만, 이런 상황에서 충고하러 올 정도로는.

걱정과 내 미래에 대한 배려를 담은 애정이었다. 게다가 균열이 생긴 이후에도 여전히 나 또한 이 남자를 어딘가에서 인정하고 있었다. 경애에 가까울지도 몰랐다. 그저 경멸당하기만 하면 된다는 이야기는 아닌 것이다.

"하나 묻고 싶네. 의뢰인이 있는 일인가?"

대답할 수 없었다.

"대담하게, 의뢰인은 있는 건가?

"그런 문제가 아닙니다."

"그러면 무슨 문제란 겐가. 의뢰인이 없는데 변호사를 한다는 말인가?"

"의뢰인은 있습니다."

"누구야."

"본인입니다."

"그러면 의뢰인이 사망한 것인데."

"의뢰는 의뢰입니다."

"뭘 의뢰받았나?"

"제가 설명할 필요는 없습니다."

"후미코의 아버지로서 묻는 거네."

"그만하십시오. 그것과 이것은 별개의 이야기입니다."

무심코 목소리가 거칠어졌다.

시오자키의 바늘구멍 같은 눈이 일순 이마 주름까지 끌어들일 정도로 커졌다. 그만큼 휘둥그레져도 흰자위는 거의 보이지 않았고 검은자위 부분이 확대된 것처럼 느껴졌다. 나는 눈을 돌리지 않았다. 상대의 눈 속을 읽으려고 했다. 시오자키도 역시 그렇게 하고 있었다.

시오자키의 오른손이 안주머니로 움직였다. 눈을 돌린 것은 굵은 손가락이 담배를 끄집어 내고 나서였다. 옛날과 다름없는 골루아즈. 지포라이터의 불을 담배 끝으로 가져갔다.

오른쪽으로 움직이는 시오자키의 시선을 따라가다가, 사요코가 거실 구석에 서 있는 것을 알아챘다.

사요코는 나를 본 후 시오자키를 보고 다시 나를 보았다.

"아가씨, 정말 죄송한데 잠시 둘이서만 이야기를 하고 싶소. 잠깐이면 되니까 둘만 남겨주지 않겠소?"

시오자키가 온화한 목소리로 말하는 것을 내가 잘랐다.

"마음대로 말씀하지 마십시오. 제 손님입니다."

"스모토 씨." 사요코가 불렀다. "나, 슬슬 시간도 이렇게 됐으니까 갈게."

사요코는 그렇게 말하고는 작은 백을 집어 들고 우리에게서 등을 돌렸다.

나는 주머니에서 지갑을 꺼내 사요코를 쫓아 복도로 나갔다.

"냉장고에 식사 후에 먹으려고 산 딸기가 들어 있어. 씻어서 꼭지를 뗐으니까 나중에 먹어."

구두를 신으면서 사요코가 말했다.

"이야기는 바로 끝날 거야. 같이 먹자."

사요코가 나를 보고 미소 지었다.

"괜찮아. 어려운 이야기 같은데. 내가 없는 게 말하기 편하잖아."

우리는 현관을 나갔다.

"저, 공판을 연기하다니 무슨 말이야?"

내가 손을 뒤로 돌려 현관문을 닫음과 동시에 사요코가 물었다.

"뭐, 잠시 시간을 비워 두는 게 좋을 것 같아서 그렇게 했을 뿐이야."

"하지만 저 사람 말처럼 변호사의 신용 문제인데."

"괜찮아. 신용은 이미 충분히 쌓아 놨어. 네가 걱정할 일이 아니야."

엘리베이터에 도착했지만, 나는 내려가는 버튼을 누르지 않고 말을 이었다.

"미안해. 기분 상한 거 아니야?"

"괜찮아." 사요코가 미소 지었다. 그리고 그 미소를 지우지 않은 채로 물었다. "누구야, 저 사람은?"

"헤어진 아내의 부친이야."

사요코는 작게 끄덕였다.

"그렇구나. 전 부인의 아버지도 변호사구나." 그녀가 눈을 들었다. "저 사람이 올 거라서 나랑 같이 밥을 먹은 거지?"

"……그런 건 아니야."

나는 고개를 흔들었다.

"하지만 오는 사람이 그런 사람이라고 말하지 않았잖아."

사요코가 조용한 어조를 유지하며 엘리베이터의 버튼을 눌렀다. 나는 입을 열려다 다물었다.

"아래층까지 데려다줄게."

엘리베이터에 같이 타려는 나를 사요코가 말렸다.

"여기서 됐어. 손님을 기다리게 하면 안 돼. 내일 대여금고에 데려가 줘."

나는 스웨트팬츠 주머니에서 지갑을 꺼냈다.

"피곤할 테니까 이걸로 택시 타고 가."

만 엔 지폐를 쥐여 주려고 하자 사요코는 고개를 흔들었다.

"괜찮아. 이런 시간에 택시 타는 거 이상해. 그럼 내일 봐, 스모토 씨."

엘리베이터 문이 닫혔다.

마지막까지 아가씨가 조용한 어조로 말을 계속한 것이 오히려 내게는 자기혐오로 이어졌다.

방에 돌아가니 골루아즈 하나가 완전히 재가 되었고, 시오자키는 두 개비째의 담배 연기를 토해 내고 있었다.

"사유리는 어떻게 지냅니까?"

나는 그렇게 말을 걸었다.

오랫동안 입에 올린 적이 없는 이름이었다. 내 딸. 입에 올린 후에서야 아내였던 후미코의 이름을 먼저 말해야 했나, 하고 생각했다. 시오자키의 딸.

"잘 지내네. 후미코에게 들었는데 봄에 학습용 컴퓨터를 보내줬다면서?"

"예."

내게는 초등학교 2학년 생활이 어떤 것인지 상상이 가지 않았다. 『빨강머리 앤』을 보내면 좋을지 소꿉놀이세트가 좋을지 알 수 없었다. 생각난 것 중에서 의미가 있으면서 제일 값나가는 것을 보냈다. 애정이라는 녀석은 대상과 떨어진 시간이 길어질수록 표현 방법을 모르게 되는 것 같다.

시오자키는 한 박자 틈을 두고 나서 뭔가 덧붙여야 한다고 생각한 듯 말했다.

"신나게 쓰고 있다더군."

"그렇습니까?"

나는 우롱차를 홀짝였다. 작년 봄에는 란도셀 책가방을 보냈다. 초등학교에 입학하는 해였다. 보내고 싶은 것은 그 외에도 잔뜩 있었지만 생각만으로 끝냈다. 내 그림자는 조금씩 희미해져 가는 편이 좋겠다는 느낌이 들었다.

"올해 여름에 와글와글 캠프에 다녀왔어. 무라타 군 가족과 후미코, 사유리, 나, 여섯 명이. 무라타 군네 아이가 조금 언니라서 사유리를 잘 돌봐 주더군."

무라타는 예전 선배였다. 5년 전 료코가 일하는 네즈의 스낵주점에 나를 처음 데려간 남자다. 시오자키의 입에서 무라타의 이름이 나온 것은 어떤 암시일지도 몰랐다. 암시와 표정에 의해 대화를 진행시키는 것을 즐기는 남자였으니까.

"그렇습니까?"

나는 다시 한 번 맞장구를 쳤다.

다음 말을 찾다가 나오지 않아서 입을 다물었다. 아까 마신 맥주의 영향으로 늑골의 통증이 도졌다.

"고바야시 료코와 자네의 관계는 당시부터 알고 있었네."

시오자키가 말했다.

나는 다시 잠시 생각하고 나서 "그렇습니까."라고 중얼거렸다.

필사적으로 충격을 감추려고 노력했다. 이른바 불륜 관계가 자기들만의 비밀이라고 생각하는 것은 왕왕 당사자들뿐인 경우가 많다. 나는 다른 사람의 불륜에 관해 그런 진실을 알고 있었다. 시오자키라면 그녀를 알고 있어도 이상할 것이 없었다. 어째서 한 번도 그 가능성을 생각하지 않았을까?

"다른 할 말은 없나?"

"뭐가요?"

"그 '그렇습니까'라는 녀석 말이야. 옛날에는 그런 마음도 없는 맞장구를 치는 남자가 아니었는데."

한 번 더 '그렇습니까'라고 말할 뻔했으나, 대신 "후미코는 고바야시 료코에 대해서 압니까?"라고 물었다. 입에 올리기 지겹기는 매한가지였다.

"말할 리가 있겠나?" 시오자키는 눈동자에 분노를 드러내며 연기를 내뱉었다. "게다가 그 여자 건까지 들지 않아도, 자네는 이미 남편으로서도 아버지로서도 적당하지 않다고 판단하기에 충분한 요건을 갖추고 있었어."

"그렇습니까."

내뱉은 후에야 또 그렇게 말해 버린 것을 깨달았다.

눈이 마주쳐서 그만 어색함을 감추기 위해 미소 지으니 시오자키도 비슷한 웃음을 지었다.

시오자키는 담배를 재떨이에 눌러 끄고 바로 다음 담배를 꺼냈다. 반 정도 피우고 꺼 버리는 남자였다. 줄담배를 피우는 것이 어떤 정신상태일 때인지도 나는 잘 알고 있었다.

"상처받은 딸을 가진 아버지의 기분을 아나?"

말없이 눈을 돌렸다.

"아버지라서 그렇게 보이는지 모르지만 좋은 딸이야. 제대로 교육도 했고 제대로 된 딸로 키웠다고 생각해. 애 엄마를 일찍 잃어서 신경을 못 쓴 부분도 많았을 거네. 하지만 제멋대로 굴도록 키운 기억은 없어. 한 사람의 아내로서 어머니로서 충분히 잘 해나갈 수 있는 딸이라고 생각하네. 사회의 규칙도 남에게 친절하게 대하는 마음도 내 나름대로 잘 가르쳤고."

"……."

"나도 여자와 놀기는 했지. 하지만 그 자리에서뿐이었네. 가르쳐 주지 않겠나, 세이지 군. 왜 5년이나 지나서 고바야시 료코라는 여자에게 집착하는 것인지."

"고바야시 료코와 이혼은 별개의 문제입니다."

"그런 이야기를 듣자는 게 아니야. 세이지 군, 확실히 말하겠네. 누가 뭐라고 하든지 불륜은 불륜이고, 물장사하는 여자는 그냥 물장사하는 여자야. 공판을 전부 연기하고 의뢰인도 없는 일을 하다니 정신이 제대로 됐다는 생각이 안 드네. 선배 변호사로서도 후미코의 아비로서도 충고하지. 이런 일로 더 이상 자신을 더럽히는 것은 즉각 그만두게."

"그런 식으로 말씀하지 마십시오."

"그러면 어떤 식으로 말하라는 건가? 우리 사무소를 나간 후의 일에 관해 아무것도 못 들었다고 생각하나? 옛날의 정열은 어떻게 된 건가. 스스로를 멸시하고 있다는 것을 모르겠나? 아니면 5년도 전에, 그것도 일방적으로 사라진 여자가 변호사로서의 일도 신용도 잃으면서까지 밝혀낼 정도로 대단한 존재라는 건가?"

"……."

"어때, 세이지 군. 고작 불륜 상대였던 여자가 아직 그렇게 소중하다는 거야?"

이 남자는 나를 괴롭히러 온 건가? 순간 그렇게 생각했다. 예전 장인에게 그런 식으로 대답할 수 있을 리 없다는 것을 알고 있었다. 어떤 말을 하면 내가 가장 괴로워할지 아는 남자였다. 아니, 후미코의 부친으로서 당연한 분노였다. 나는 나 자신이 괴로워할 게 당연할 짓을 했다. 후미코에게는 아무런 잘못도 없었다.

다정한 여자였다. 좋은 아내이자 어머니였다.

좋은 남편을 계속할 수 없고 좋은 아버지를 계속할 수 없었던 것은 나였다.

이혼은 료코가 사라진 지 3년째 여름, 직접적인 계기는 원죄 재판 후 나와 시오자키 사이에 생긴 균열이 결정적이었다. 그러나 그것은 어디까지나 계기에 지나지 않았다. 부친이냐 나냐, 나는 후미코에게 선택을 강요했다. 그것 또한 표면상의 일이었다. 나는 후미코가 나를 선택하지 않게 만들었다. 지금이 되고 보니 알았다. 하지만 료코의 일이 영향을 준 것도 아니었다. 나는 3년 전에 나를 버린 여자의 존재를 질질 끌어 이혼이라는 지극히 현실적인 선택을 할 수 있을 정도의 로맨티스트도, 멍청이도 아니었다.

"……죄송합니다만 돌아가 주십시오."

눈을 돌리고 조용히 말했다. 왼손으로 아픈 늑골을 눌렀다.

시오자키는 골루아즈의 연기를 빨아들이고 뱉었다. 기다란 재가 부서져 나와 시오자키의 사이에 떨어졌다.

"그날도 자네는 그렇게 말했지."

"……."

"자네도 제몫을 하는 변호사야. 몇 번이나 충고할 생각은 없지만 이런 일을 하다가는 어떻게 되는지 스스로 잘 생각해 보게. 변호사는 신용이 제일이고 우리들 장사는 인간관계로 유지되니까."

"돌아가 주십시오."

"한 번만 더 말하지. 멍청한 짓은 바로 그만두고 제대로 된 생활로 돌아가게."

"충분히 제대로 하고 있습니다. 당신에게 그런 말을 듣고 싶지 않습니다. 제게는 더 이상 당신 명령을 지킬 필요는 무엇 하나 없습니다."

"세이지 군, 이런 말을 하면 자네는 정말로 무너질 거네."

"당신에게 말입니까?"

그렇게 내뱉은 다음 무심코 시선을 깔았다. 아주 잠깐 시오자키가 슬픈 눈을 했기 때문이다.

담배를 재떨이에서 뭉갰다. 더 이상 참을 수 없어졌다는 것이다. 그 편이 더 나았다. 경멸하는 편이 인간적인 감정을 가지기보다 훨씬 나았다.

"……5년 전에 제대로 이야기를 했어야 했어."

하지만 시오자키의 입에서 나온 것은 예상한 것보다 훨씬 작고 예상한 것과는 다른 뭔가가 담긴 목소리였다.

"요 5년간 계속 그렇게 생각했네. 말해 두겠지만 자네를 위해서가 아니야. 후미코와 사유리를 위해서지. 하지만 그때는 도저히 제대로 이야기를 할 자신이 없었네. 딸이 불행해지는 사태에 어떻게 대처해야 좋을지 몰랐지. 자네도 후미코도 아이가 아니야. 게다가 사유리의 아비와 어미야. 지켜보고 있으면 어떻게든 될 거라 스스로를 달래고 있었지." 사오자키가 새 골루아즈를 꺼냈다. 불을 붙이지 않은 채 손가락에 끼고 있을 뿐이었다. "……사유리의 친권 재판을 했을 때 후회했네. 끝나고 나서는 더 후회했지. 법정이나 법률이 사태에 해결은 가져와도 누구도 치유해 줄 수는 없다는 것을 자네보다는 몇 배나 더 잘 알고 있으니까. 후미코를 생각하면 어떻게 해야 좋을지 몰랐네."

천천히 시선을 들어 이쪽을 보는 것을 느꼈다. 나는 눈을 들

수 없었다.

"오지 않았어야 했을지도 모르겠군. 자네가 고바야시 료코의 사건에 관계해서 공판을 연기하고 있다고 들었을 때 나 자신을 자제할 수 없었네. 5년 전에 말해야 했던 것이 머릿속에서 소용돌이쳤어……. 아니, 그저 자네를 비난하고 싶었던 건가……."

시오자키는 골루아즈를 담뱃갑에 다시 넣은 뒤 주머니에 담고 일어섰다. 갑자기 이야기가 중단된 느낌이 들었다. 이 남자는 내게 솔직한 얼굴을 보인 것을 후회하고 있으리라.

나도 이 남자의 부친으로서의 솔직한 얼굴을 보고 싶지는 않았다. 고통이 더해질 뿐이었다.

"어쨌든 내일부터 변호사 일을 재개하는 거네. 알겠나?" 시오자키는 분노를 담은 목소리로 말하고 등을 돌렸다. 그리고 현관에서 구두에 발을 넣고 돌아보았다. "딱 좋은 타이밍이군. 한 가지 알아 둘 것이 있네. 후미코는 얼마 후 재혼할지도 모르네."

나는 시오자키의 얼굴을 바라보고 눈을 깜빡이며 물었다.

"상대는요?"

"변호사네."

"사무소에 있는 사람입니까……?"

"왜 그렇게 생각하지?"

"그냥 그런 생각이 들었습니다."

시오자키는 틈을 둔 다음에 "그래."라고 대답했다.

"최근 그 녀석과 이야기한 적 있나?"

"사유리와 한 달에 한 번 면회할 때가 얼마 안 남았습니다."

"그렇군." 시오자키가 끄덕였다. "그러면 그때 후미코가 직접 말할지도 모르겠구만."

"……."

문을 연 시오자키는 이쪽을 돌아보지 않으며 덧붙였다.

"재혼하면 사유리와 면회는 삼가 주게. 이유는 잘 알겠지. 후미코와 사유리를 생각한다면 또 다시 법정에서 다투는 일은 무슨 일이 있어도 하지 말게."

나는 시오자키는 대답을 듣지 않고 문을 닫았다.

5

사요코가 씻어 둔 딸기를 팩째로 가져와서 입에 물었다.

물을 탄 위스키를 마시고 싶어졌다. 취기가 돌기 시작하자 늑골이 욱신거려서 아스피린을 씹었다. 씹으면서 다시 딸기를 집어 먹었다. 마시면서도 사건을 메모한 대학노트를 펼쳐 보았지만 내용이 머리에 들어오기 전에 스르르 무너져 버렸다.

창밖으로 조금 전부터 빗소리가 났다. 장대비에 강해질 기색도 그칠 기색도 보이지 않았다. 밤이 깊어지기 전에도 제일 위층까지 올라오는 지상의 소리는 적었다. 비가 내리는 밤은 방이 평소보다 좁게 느껴진다.

노트를 덮고 빗소리에 귀를 기울이는 동안에 시오자키의 작은 착각을 떠올렸다. 대학노트에 메모를 하는 습관을 내게 가르쳐 준 것은 시오자키가 아니었다. 그 재판에서 함께 싸운 세키야 무네요시였다.

"시오자키 군이 아직 새내기 변호사이고 내가 검사였을 적에 가르쳐 준 거지. 그렇기는 해도 내가 그 친구에게 가르쳐 준 것은 그 정도야."

나와 만난 첫날에 세키야는 그런 식으로 말했다.

나중에 동료로부터 들으니 첫 대면한 후배에게는 대학노트에 메모를 하라는 이야기밖에 하지 않는 남자였던 것 같다. '얼치기' 검변호사. 검사를 그만두고 변호사가 된 사람을 법조계에서는 흔히 그렇게 부른다. 멸시와 애교와 차별과 친밀감. 여러 가지를 포함한 이름이다. 같은 사법시험을 통과했으면서도 다른 인생을 선택해 '적'이 된 사람에 대한 복잡한 감정이 들어 있다.

대용감방의 문제성. 세키야는 검찰 시절부터 계속 일관되게 해온 주장에 집중하기 위해서 변호사의 길을 다시 선택했다. 나이가 어리고 친하게 교제하고 있던 시오자키의 사무소에 들어갔다. 첫인상은 깐깐한 말붙이기 힘든 남자. 그 후에도 인상은 바뀌지 않았다. 그렇게 느끼면서도 예상 이상으로 친해졌다.

세키야는 우리가 이긴 재판에서 석방된 남자가 후에 저지른 여대생 강간 살인 사건을 모른 채로 죽었다. 남자의 무죄가 결정되기 몇 개월 전에 컨디션이 안 좋다고 하더니 간에서 암이 발견되었다. 수술 때문에 마지막 재판에도 입회하지 못하고 병원 침대에서 결과를 기다렸다. 판결 날, 나는 직접 병원으로 갔다. 고등법원에서 차로 가면 한조몬의 병원까지는 그다지 먼 거리가 아니었다.

무죄 판결을 들었을 때의 세키야의 얼굴을 잊을 수 없다. 기쁨은 속에서 시간차를 두고 얼굴의 표면으로 배어 나왔다. 그때까지 얼굴을 두텁게 덮고 있던 것은 허탈한 표정이었다. 40대에 변호사가 되자마자 만난 원죄 사건. 그로부터 20년 가까이 세키야는 변호사로서 그 남자의 무죄를 쟁취하기 위해 싸워 온 것이다. 짊어지고 왔던 짐을 그 순간에 내려놓을 수가 있었다는 그런 안도의 표정인 것이 틀림없었다.

술을 좋아하는 남자였다.

진지한 얼굴이 술을 입에 가져갈 때만은 풀어졌다.

더구나 병원에서는 수술을 끝낸 직후인 몸이기도 해서 축하연을 열 수 없었다. 호지차로 건배를 했다. 포트의 물은 미지근했고 호지차는 희미한 맛과 색이 들었을 뿐이었다.

여대생 강간 살인 용의로 그 남자가 다시 체포되었을 때 세키야는 두 번째로 입원을 하고 있었다. 암이 전이된 것이었다. 내가 병문안을 갔을 때에는 이미 침대에서 움직일 수 없는 상태가 되어 몸을 지탱할 힘도 많은 것을 읽을 기력조차 남아 있지 않았다. 부인이 복사한 시대 소설을 몸을 누인 채로 매일 열 장쯤 읽는 것을 유일한 낙으로 삼고 있었다. 신문도 라디오도 멀리했다. 나는 미리 부인에게 귀띔을 받았다.

세키야의 얼굴을 보기 직전까지 그녀의 귀띔 따위는 무시할 생각이었다. 사실은 그날 세키야를 찾은 것은 우리가 틀렸다는 사실을 세키야에게 말하기 위해서였다.

나라가 판단한 유죄에 20년에 걸쳐 투쟁에 임한 남자. 대용감옥에 의한 강제적 자백이 만들어 낸 원죄 가능성에 주목해 검찰을 그만두고 변호사로서 제2의 인생을 선택해서 신념 속에서 격투를 계속해 온 남자. 그러나 인생의 마지막에 실수를 저질렀다. 세키야로부터 담당을 이어받은 내게는 재판의 진정한 결말을 말할 책임이 있다. 세키야의 얼굴을 보기 직전까지 그렇게 생각했다.

내 앞에 누워 있던 것은 죽음을 목전에 둔 노인이었다.

전에 입원했을 때보다도 열 살이나 스무 살은 더 늙어 보였다. 죽음을 수용하려 했던 것인지 싸우려 했던 것인지 알 수 없었다. 어느 쪽이든 세키야는 더 이상 함께 재판에서 싸워 온 남자가 아니었다.

나는 사실을 말하지 않았다.

일주일 후에 부인의 전화로 세키야의 죽음을 들었다.

세키야는 무죄 판결이 확고부동한 정의라고 믿으며 살 수 있었던 아마도 단 한 명의 남자였다. 세키야 무네요시에게 그 싸움은 정의가 승리한 채 끝났다. 행복하지는 않지만 행운이었다고 할 수 있었다. 이어받은 것은 우리만으로 충분했다. 동정은 아니었다. 죽어 가는 자에 대한 위로도 애정도 아니었다. 모든 신념은 고귀하며 타인에 의해 더럽혀져야 하는 것이 아니었다. 동시에 신념은 그저 신념일 뿐이었다.

"그날도 자네는 그렇게 말했지."

아까 시오자키가 내뱉은 말이 머리에 단단히 들러붙어 있었다. 사표를 내던 밤. "죄송합니다만, 돌아가 주십시오."라고 방금 전과 완전히 똑같은 말을 했다. 이혼 신고를 하기 전의 일이었다. 나와 자신뿐 아니라, 나와 후미코의 관계에서도 사무소에 던진 사표가 이혼 신고 이상으로 커다란 의미를 가진다는 것을 시오자키도 느끼고 있었음에 틀림없다. 그래서 일부러 밤이 된 후에 우리 맨션을 찾아온 것이다.

"둘이서 이야기하지."

그렇게 말하고 시오자키는 심야까지 문을 여는 패밀리 레스토랑으로 나를 권했다. 나는 사표를 낸 것을 아직 아내에게 말하지 않았고 시오자키는 그것을 받아든 것을 딸에게 말하지 않았다. 나중에 그 일이 후미코를 심각하게 상처입혔다. 후미코는 딸과 아내이기 이전에 한 여자였다. 나도 시오자키도 당시에는 그것을 깊이 이해하지 못했다.

어리석게도 패밀리 레스토랑에서 나와 장인이 나눈 이야기는 사표를 낸 것으로 결혼생활이 어떻게 되는지가 아니라 재판 이야기였다. 사표를 내고 내가 장인의 곁을 떠나면 우리 부부의 관계가 어떻게 될지 둘 다 예측했지만, 변호사 사무소의 경영자와 고용된 변호사로서 일의 자세를 논쟁하는 듯한 대화를 계속했다.

"자네는 그 남자 일을 너무 신경 쓰고 있네."

"어떻게 우리가 범한 과오를 그렇게 쉽게 잊어버릴 수 있습니까?" 내가 말했다. "그 재판은 완전히 잊혀 버렸다는 겁니까? 우리가 잘못한 탓에 연속 강간 살인마가 사회에 풀려나, 여대생 한 명이 강간당하고 살해당했습니다."

"잘못 따위 저지르지 않았어. 피고의 무죄를 따내는 것은 우리의 일이야. 일사부재리. 검찰이 상고하지 않은 이상 20년 전의 유죄 판결 자체는 어디까지나 틀렸다는 거네."

"그런 이야기를 하는 게 아닙니다."

"우리 일은 그런 거야."

"일 이야기도 아닙니다."

"그러면 무슨 이야기라는 말인가?"

무슨 이야기일까? 지금도 알 수 없다. 네 명의 변호사가 세키야를 돕고 있었다. 젊음으로 보나 관련된 순서로 보나 내 입장은 뒤에서 세는 편이 빨랐다. 그중 두 남자는 검사 출신 변호사로, 세키야와 개인적인 관계로 얽혀 있었다. 나와 또 한 사람은 시오자키의 사무소에 소속했고, 거기에는 시오자키의 계획이 움직이고 있었다.

아무리 그래도 시오자키가 사무소의 인지도를 높이기 위해서만 세키야를 도왔다고는 생각하지 않는다. 그때 장인에게는 나이 많은 세키야에 대한 우정도 존경의 뜻도 있었을 것이다.

그러나 세키야가 쓰러진 후 담당 변호사를 내가 하도록 한 배경에는 사건을 어디까지나 시오자키 변호사 사무소의 실적으로 꾸며 사위를 스타 변호사로 유명하게 만들 계산이 작용했으리라. 문제는 나 자신이 그렇게밖에 생각할 수 없었다는 것이다.

시오자키의 사무소에 근무한 지 딱 10년. 후미코와 결혼을 하고 시오자키를 '아버님'으로 부르게 된 지 6년의 세월이 지나려 하고 있었다. 나는 그동안 계속 쌓인 응어리를 깨끗하게 토해 낼 계기를 기다리고 있었을 뿐일지도 모른다.

장인이었던 6년 동안 시오자키는 여러 의미에서 진짜 부친보다 더 부친다운 존재였다. 강함과 공평함과 주위를 강력하게 이끌어가는 통솔력과 완고함, 그것을 감추는 유머까지 겸비한 남자였다. 확실한 신념과 상대를 안심시키기도 추궁하기도 하는 애정도 있었다.

실제 부친은 그렇지 않았다.

아버지는 언제나 뭔가를 겁내고 있었다. 어머니가 지키던 가정에 폭 둘러싸여 아주 슬쩍 보이는 정도에 지나지 않았지만, 아들의 기억 속에 되살아난 아버지는 항상 어딘가 겁을 먹고 쓸쓸함을 느끼게 하는 존재였다. 아버지를 불안하게 한 원인이 뭔지 잘 알 수 없었다. 내가 아버지를 자살로 몰아넣은 것인지 어떤지와 마찬가지로 아직도 잘 모르겠다. 아니면 아버지의 불안을 기억하는 나 자신이 안고 있던 불안인 것일까.

확실한 것은 시오자키의 딸과 결혼을 해서 시오자키를 '아버님'으로 부르게 됨과 동시에 부친이란 이런 것일지도 모른다고 어디선가 생각했던 것 같다. 지금도 나는 시오자키를 미워함과 동시에 존경한다. 친애의 정을 품고 있다. 증오와 애정. 그 양쪽을 가진 번거로움을 부모와의 사이에서 싫을 정도로 맛보았음에도 불구하고 말이다.

"어째서 그렇게 고집을 피우는 거야."

아내의 시선이 기억에 강하게 남아 있다.

고집을 피우는 게 아니야. 나는 그런 말을 되풀이했다. 우리 잘못으로 강간 살인마를 세상에 내보내어 한 아가씨가 목숨을 잃었어. 그 책임을 지는 것뿐이야. 그런 말을 되풀이했다.

의뢰인의 이혼 조정은 무수하게 했고 타인의 신상 이야기는 내다 버릴 정도로 들어 왔지만, 어디에서 결혼 생활이 잘되지 않게 되었는지를 맞히기는 불가능하다는 것을 나 자신이 이혼을 경험하기 전까지 알지 못했다.

서로의 마음이 부서져 버린 것은 내가 아내에게 아무런 의논도 하지 않고 사표를 낸 그 순간일 것이다.

후미코는 언제부턴가 나의 귀가가 늦는 것, 딸과 놀아 주지 않는 것, 주말에 식사할 때 비디오에 열중하는 것 등 그러한 사소한 일에 대한 불만을 털어놓게 되었다. 하지만 시간이 지남에 따라 후미코가 사소한 일에 집착한 게 아니라, 그것이 아내 마음속의 뭔가를 내가 충족시키지 못한 데다 보려고조차 하지 않았던 결과에 지나지 않는다는 것을 알게 되었다.

사무소를 그만둔 지 두 달 후에 우리는 별거했다. 반년이 지나 어떤 유부녀와 바람을 피웠다. 대학 시절의 친구를 통해 알게 된 여자로 세 살 연하였다. 남편은 혼자 회사 때문에 암스테르담에 살고 있었고, 그녀는 딸의 학교 때문에 도쿄에 남아 있었다.

세 번 단둘이서 술을 마신 다음 침대에 들어가는 관계가 되었다. 유혹을 한 것이 어느 쪽인지도 확실하지 않은 관계였다. 확실한 것은 밤늦게까지 술을 마시기보다 내가 예약해 둔 호텔에서 낮에 만나는 편이 딸과 사는 그녀에게 더 편했다는 점이었다. 서로가 서로를 위로한다는 달콤한 환상을 품기에 조건이 딱 맞는 상대였다.

이혼 조정에도 사유리의 친권 다툼에도 이 유부녀를 들고 나오지 않고 끝난 것은, 나와 시오자키 둘 다 그것을 바라지 않았기 때문이었다. 유부녀 본인을 위해서가 아니라 후미코의 마음을 생각한 일이었다.

조정에서 딸의 친권 분쟁에 이르는 일련의 수속을 내가 우위에서 진행하기는 불가능했다. 그 시기에 나는 술 냄새가 밴 채로 사무소에 출근하게 되어, 의뢰인 몇 명을 바보자식이라고 부르고 한 번은 법정 모욕죄에 걸릴 뻔한 적도 있었다. 의뢰인만으로 만족하지 않고 재판관과 검찰까지 바보 자식이라고 불렀다. 불륜 증명 따위 하지 않아도 남편으로서도 부친으로서도 적당하지 않은 남자로 인정하기에 충분했다.

수세에 몰린 채 공방을 계속한 결과, 아내와 딸은 법률적으로도 멀어지고 나는 원하던 대로 외톨이가 되었다. 안심하고 마음대로 삐딱이가 되었고, 나 자신을 유지하는 법도 터득하여 의뢰인이나 재판관을 바보자식이라 부르는 우도 범하지 않게 되었다.

비뚤어져도 사귀어 보면 그다지 나쁜 녀석이 아니다. 그렇게 생각해 주는 골프 친구나 술 친구가 몇 명쯤 생기고 단골 술집이 생겼다. 어느새 편하게 있을 수 있는 사무소와 비서와 일도 나름대로 있었다. 해가 잘 드는 좋은 맨션과 조금씩 늘어가는 저금, 그에 따라 어느 정도 약속된 미래의 자유도. 주식 투자로 약간 실패했지만 큰 손해는 입지 않았고, 경마는 실패해도 기쁠 정도였다.

월요일부터 금요일까지는 나름대로 긴장하며 보내고 주말에는 긴장을 풀지만, 지나치게 느긋하게 지내는 일은 없었다. 과거를 떠올릴 여유 따위는 갖지 않은 채로 다음 월요일을 맞아 씩씩하게 사무소로 출근했다.

그러나 놀랍게도 나는 내가 이렇게 하고 있는 것을 어딘가에서 후회하고도 있다. 때로 어처구니가 없을 정도로 슬퍼진다. 가장 최근에는 심야에 텔레비전에서 오즈 야스지로의 「도쿄이야기」를 봤을 때였다. 노부부가 놀러 와도 아이들은 아무도 상대를 해 주지 않는다. 부부가 2층에서 멍하니 있으니 사위가 말을 건다. "아버님, 목욕탕이라도 가시겠습니까?" 돌아오는 길에 안미쓰(삶은 완두콩에 한천, 새알심, 당밀, 팥앙금 등을 올린 디저트 — 옮긴이) 드시지 않겠습니까? 좋지, 갈까…….

후미코와 이루려고 했던 가정생활로 돌아가고 싶은지 물으면 고개를 저을 수밖에 없었다. 아버지와 어머니, 그리고 내가 있던 그 시절로 돌아가고 싶은지 물어도 대답은 '아니다'였다. 그러나 어딘가로 돌아가고 싶었다. 자신이 아닌 다른 사람이 기뻐하는 것을 생각하면서 지내는 생활로.

누구에게도 비밀로 한 이야기가 있다.

딱 한 번, 딸이 다니는 초등학교 바로 옆까지 가서 교문에서 나오는 딸의 모습을 찾은 적이 있다. 한 달에 한 번 정해진 면회일이 아닌 날이었다. 그 석 달 전에는 모친이 병원에서 돌아가셨다. 술집 여자에게 지독하게 차이고 그 술집에서 마시는 습관과 술친구를 잃은 참이었다. 부업이어야 할 주식에서 예상 외의 손해를 입었고, 사무소의 벽지가 마음에 들지 않는데 갈아 버릴 생각은 들지 않고, 금연에도 실패한 데다 집에서 마시는 글렌피딕이 주류 판매점에서 다 떨어져 버렸다. 문득 정신을 차려 보니 학교 앞에 있었다. 얼굴만 볼 거야. 내가 보낸 란도셀 책가방을 메고 학교에서 돌아가는 딸을 보기만 할 거야. 그렇게 다짐을 하고 있었다.

결국은 보지 않고 떠났다. 만나는 것은 한 달에 한 번이라는 규칙이 있었다. 깨면 나 자신이 더 안 좋아질 것 같았다. 혼자 있기에 실패하면 앞으로 뭘 붙잡고 살아야 할지 알 수 없었던 것이다.

6

기요노 노부유키가 최고의 조사 결과를 가지고 의기양양하게 전화를 했을 때, 나는 물 탄 위스키를 석 잔째 마시고 있었다.

첫 잔은 타성으로 대학노트를 보면서 마셨고 두 번째 잔은 노트를 덮고 텔레비전 뉴스를 보는 것도 안 보는 것도 아니게, 세 번째 잔에 이르러서는 발코니에 떨어지는 비를 멍하니 보면서 마셨다. 이 정도로 취할 리가 없었다. 하지만 기분이 낭떠러지 밑에서 기어오르기에 충분한 양이라고는 할 수 없었다. 아스피린이 나름대로 효과가 있었는지 견디기 힘들었던 고통은 누그러들었지만, 소파에서 일어나 전화로 향하는 도중에 늑골에 통증이 도졌다.

"여보세요, 연락이 늦어져서 죄송합니다."

그렇게 말을 시작한 기요노는 나와는 대조적으로 상쾌할 정도로 기세가 등등했다.

"고바야시 료코가 일했던 와사비 농원은 망해 버렸습니다. 우선 그것 때문에 시간을 잡아먹었습니다. 그 외에도 시간이 걸린 이유는 있지만 결론부터 말하면 말이죠, 스모토 씨 말씀대로였습니다. 농원의 전 경영자에게 맡겨 주신 사진을 보여 줬더니……."

"고바야시 료코가 아니라고 증언했군요."

내가 말하니 기요노가 김빠진 듯한 목소리를 냈다.

"뭐야, 놀란 목소리를 듣고 싶었는데. 거기서도 뭔가 알아냈습니까?"

"아뇨, 확실한 것은 아닙니다. 역시 나가노에 보내길 잘했군요."

상대방과 나 양쪽의 기분을 위해 그렇게 말하고 흥분을 돋우려고 물 탄 위스키를 입에 흘려 넣었다.

그녀의 집에서 찾은 신문 복사본 이야기를 했다. 소파로 돌아와 늑골을 감싸면서 살짝 걸터앉았다.

"……그렇습니까? 토지 브로커 뺑소니 사건과 바다에 몸을 던졌다고 알려진 개발과장의 백골 시체라. 제법 엄청난 이야기가 됐군요. 게다가 어젯밤 들은 이야기에 따르면 도쿄에서는 사이카와 흥업이, 서쪽은 서쪽대로 어떤 조직이 움직이는 것 같고. 여자가 다른 사람이 되고 싶어 했다고 해도 당연하다는 느낌이 들지 않는 것도 아니군요."

"기요노 씨. 하지만 그녀가 고바야시 료코가 아닐 경우, 이해할 수 없는 것은 왜 고바야시 스즈코가 그녀를 조카딸이라고 증언했는지입니다."

"그 질문을 해 주시면 제가 이쪽에 온 보람이 있죠."

"이유를 알아내셨습니까?"

이번은 만족한 듯 해냈다는 듯한 목소리가 되었다.

"아니 뭐, 간단한 거였습니다. 요컨대 큰어머니인 고바야시 스즈코라는 여성은 조카의 얼굴을 잘 몰랐을 거라 생각합니다."

"뭐라고요……?"

수화기를 고쳐 잡고 반사적으로 대학노트를 펼쳤지만 무엇을 쓰면 좋을지 짐작이 가지 않았다.

"고바야시 료코의 부친과 큰아버지는 고향인 미하루에서 양잠을 본격적으로 하려다가 실패했다고 합니다. 료코의 집은 신슈의 와사비 농원을 하는 지인에게 갔고, 고바야시 스즈코와 남편은 도쿄로 나가 회사원이 됐습니다."

"미하루를 떠났을 때의 자세한 상황은 어떻습니까?"

"같은 해에 떠났는데 고바야시 료코의 가족이 한 달쯤 빨랐다던가 그랬습니다. 그 이상 자세히는 듣지 못했습니다만, 미하루를 떠나고 나서도 1년에 한 번 정도는 서로 왕래도 하고 통화도 했다고 합니다."

"그래서 고바야시 료코와 마지막으로 만난 것은 언제입니까?"

나는 잠시 기다려 달라고 말하고 대학 노트를 펼쳤다. 고바야시 스즈코의 페이지를 다시 보면서, 물 탄 위스키를 한 모금 더 마시고 전화를 다시 입가로 가져갔다.

"료코 모친의 장례식 때 만난 것이 마지막이라고 하는데 그게 지금으로부터 12년 전이니까, 료코는 그때 스물세 살이었을 겁니다."

"스모토 씨, 그건 전부 엉터리입니다."

"무슨 말입니까?"

"망한 와사비 농원 경영자 말로는 고바야시 스즈코와 남편이 미하루에서 양잠에 실패한 후, 빚을 전부 고바야시 료코의 가족에게 떠넘기고 자기들만 몇 달 일찍 미하루에서 도망쳤다는군요."

"……야반도주라는 겁니까?"

"예. 그렇습니다."

"……."

"자기들 밭을 판 돈을 그대로 들고 가 버려서 양잠 사업의 실패에 따른 빚은 료코의 양친이 전부 부담하게 됐다는 겁니다. 빚을 몇 년짜리 대출로 변경해서 부지런히 갚았던 것 같습니다."

"……하지만, 미하루에서 이야기를 물어본 사람들은 그런 말은 하지 않던데."

"형이 야반도주를 해 버려서 빚을 뒤집어썼다는 이야기는 고바야시 료코의 양친도 고향 사람들에게는 소문을 내고 싶지 않았을 겁니다. 하지만 이쪽에 오고 나서는 원망하는 말을 했다고 합니다. 형님 부부는 행방을 알 수 없고 자신들도 두 번 다시는 만나고 싶지 않다고 했답니다. 스즈코가 스모토 씨에게 말했듯이 1년에 한 번 왕래했다거나 통화를 했다는 이야기는 노파가 꾸며낸 거짓말입니다. 짐을 전부 시동생 쪽에 떠넘긴 것이 뒤가 켕겨서 그런 말을 했을 겁니다."

아니면 친척을 잃은 외톨이 병원 생활이 노파의 머릿속에서 그런 거짓된 과거를 낳은 것일까.

"아시겠습니까? 이게 중요한 부분인데, 고바야시 스즈코는 미하루를 떠나기 전 초등학교 6학년인가 중학교에 갓 들어간 무렵의 고바야시 료코의 얼굴밖에 모르는 것이 됩니다. 스모토 씨도 초등학교 졸업 앨범의 얼굴을 보고 죽은 여자가 고바야시 료코와 다른 사람인지 본인이 맞는지 판단할 수 없었잖습니까."

"뭐, 그렇습니다만……."

"마찬가지로 고바야시 스즈코도 정확한 판단을 할 수 없었던 겁니다."

"잠시만요." 나는 기요노의 말을 막았다. "설령 어릴 적 얼굴밖에 모른다고 해도, 큰어머니와 조카딸이라면 뭔가 위화감을 느낄 것 같은데." 말을 끊은 다음, 스스로 정정했다. "아니, 제가 말하고 싶은 것은 고바야시 스즈코가 조카딸 얼굴을 잘 모른다면 경찰에게 그렇게 증언하지 않겠냐는 겁니다. 자신들이 빚을 떠넘기고 도망친 이야기는 아무한테도 말하고 싶지 않았을지도 모릅니다. 하지만 그것을 감추고도 몇 년이나 교류가 없었으니까 조카인지 단정 못 하겠다고 솔직히 말할 수도 있었잖아요. 그렇게 생각하지 않으십니까?"

"아뇨, 지당하십니다. 말씀대로 거기서부터 다음은 아직 추측

단계인데 조사가 필요하겠지만요. 상상해 보십시오. 고바야시 스즈코는 백내장으로 눈이 잘 보이지 않았다. 조카딸과는 미하루를 떠난 이래 만난 적도 없는데 만난 듯 행동하고 싶었다. 그래서 고바야시 료코의 시체를 확인할 때 자신이 없는데도 조카딸이라고 단정해 버렸다. 그럴 가능성이 없다고는 할 수 없습니다. 하지만 분명 지금 말씀하신대로 확신할 수 없다고 고개를 저을 가능성도 있습니다. 그렇다면 제가 생각한 가능성은 두 가지입니다." 기요노는 일단 입을 다문 뒤 말을 골라 가며 계속했다. "경찰관도 그 일로 급료를 받는 직업입니다. 신원 확인을 소홀하게 할 리는 없고 가능한 열심히 조사했겠죠. 그러나 피해자는 고바야시 료코로 죽었고 주범은 죽었지만 공범이 자수해서 치정에 의한 살인이라고 증언하고 있었습니다. 호적은 물론 주민표도 가게 경영허가증도 10여 년 전 나고야의 치과 진료기록카드도 그녀가 고바야시 료코라는 사실을 나타내고 있고요. 남은 것은 유족에 의한 신원 확인뿐인데 신원 확인을 요청할 수 있는 사람은 고바야시 스즈코 하나뿐이었습니다. 그렇게 되면……."

"설령 고바야시 스즈코에게는 단언할 수 있을 만큼 자신은 없어도 형사 쪽에서 그녀가 자신을 가질 수 있게 설명을 해서 확신하게 만들어 줬다는 겁니까?"

기요코는 낮은 웃음소리를 내고 말했다.

"상당히 점잖게 말씀하시는군요."

그 말대로, 전직 경찰관인 이 남자를 배려해서 그렇게 말한 것이었다. 변호사끼리의 대화라면 '담당 형사에 의한 유도심문'이라고 확실히 말했을 것이다.

"담당 형사에게 할당된 것은 가해자가 아니라 피해자 신원 확인이고 기분이 나쁘실지도 모르겠지만 피해자는 치정으로 살해당한 물장사하는 여자에 지나지 않습니다. 공범자는 증언을 시작했고, 끝이 벌써 보이는 겁니다. 경찰의 수사는 물론 대부분 은밀하게 진행되지만 무척 날림인 면도 있습니다. 사람이 하는 일이니까요. 절차상 고바야시 스즈코에게 증언을 강요했다고 치죠. 강요까지는 아니겠지만, 노인이 확인만 해 주면 담당 형사는 다음 작업으로 옮길 수 있었다고 봅시다. 스즈코 쪽은 고바야시 료코의 가족에게 빚진 게 있으니까 옛날이야기를 다시 꺼내고 싶지 않아서 어쨌든 시체가 고바야시 료코라고 하고 싶었겠죠. 그런 둘의 희망이 합쳐져서 하나의 증언을 만들어 버린 겁니다."

보일 듯 말 듯 했지만 과거의 직장에 대한 비아냥이 담겨 있다.

'약간의 인간적 요인.'

나는 동료들 사이에서 떠도는 말을 떠올리고 있었다. 원죄는 많은 경우가 이런 '약간의 인간적인' 착오에 인해 발생한다. 아무리 과학 수사가 진보해도 인간들은 완전히 엄밀해질 수는 없다.

"그러니까 말입니다, 그렇다면 후지사키 녀석의 엉덩이라도 한 방 차서 다시 한 번 고바야시 스즈코를 조사하게 하면 될까요? 또 하나의 가능성을 생각하면 약간 묘하게 되겠지만."

"……그게 무슨 말씀이죠?"

"이것을 알아보러 다니느라 시간을 좀 잡아먹어 버렸는데요." 시간이 좀 걸린 만큼 있는 체를 하며 기요노가 말을 시작했다. "고바야시 스즈코가 자신의 조카딸인 고바야시 료코와 바뀐 다른 여자, 즉 이번 사건에서 살해된 여성의 얼굴을 몇 년쯤 전에 이것이 고바야시 료코라고 듣고 아마 사진으로 봤을 가능성입니다."

"무슨 말입니까?"

"먼저 하나 확인하고 싶은데, 스모토 씨는 미하루에서 고바야시 료코의 호적을 떼어 보셨지요?"

"예."

"고바야시 료코의 조부까지 조사하신 거지요?"

"조부 대부터 미하루입니다."

"그렇군요. 실은 고바야시 료코의 부친과 백부는 료코의 조부, 즉 자신들의 부친으로부터 옛날에 토지를 조금 나눠 받은 것 같습니다. 잡목림이 펼쳐진 경사면이라 별로 아무것도 아닌 토지였던 것 같은데, 실제로 미하루에서 빚을 갚기 위해 팔아치운 것을 보면 빚 변제에도 충분하지 않았던 것 같습니다. 그런데 말입니다. 8년쯤 전에 그 땅의 한 부분이 시 복지센터인지 뭔지의 건설 예정지가 된 것 같습니다."

"땅값이 뛴 겁니까?"

그렇게 되물었지만, 기요노가 무슨 말을 하고 싶은지는 아직 알 수 없었다.

"뭐, 뛴 것까지는 아니지만 나름대로 값이 올랐겠지요. 료코의 부친이 받은 토지의 상속권은 고바야시 료코에게 있습니다. 그래서 말이죠, 스모토 씨, 이게 흥미를 끄는 부분인데요, 그 당시 도쿄의 신용조사소에서 와사비 농원에 전화를 해서 오늘 제가 한 것처럼 고바야시 료코의 행방에 대해 이것저것 물었다고 합니다."

"8년 전에 말입니까?"

무심코 끼어들고 말았다.

10년 전에 그녀는 고바야시 료코로서 치과 치료를 받았다. 신용조사소 사람이 8년 전에 고바야시 료코를 찾았다고 한다면, 그것은 진짜 료코가 아닌 그녀였던 것이 된다.

"그렇습니다. 토지 매수를 할 때는 놀랄 만큼 집요하게 토지 소유주가 있는 곳을 찾아내더군요. 어딘가 한 군데라도 매수가 끝나지 않으면 건물을 세울 수가 없으니까 당연하다고 하면 당연하겠지만요."

"그 신용조사소 사람이 그녀와 접촉해서 어떤 기회에 사진을 찍었고, 그것을 소식이 끊겼던 큰어머니인 고바야시 스즈코에게도 보였을 가능성이 있다는 말씀입니까?"

"네. 저는 그렇게 생각하는데, 어떻게 생각하시죠? 흥신소의 습관이라고 할까요, 제가 그 일을 받아들였다고 한다면 반드시 사진을 찍을 겁니다. 상대가 싫어하는 것 같다면 몰래라도요. 스즈코 쪽도 미하루의 땅 때문에 접촉이 있었을 테니까 조카딸이 있는 곳을 알게 되면 가르쳐 달라, 사진 한 장쯤은 보여 달라고 부탁했다 해도 이상하지 않고."

당시 고바야시 료코의 양친은 이미 사망했다. 스즈코의 배우자인 다로도 마찬가지였다. 혼자 사는 스즈코가 조카딸이 사는 곳이나 어른이 된 모습을 알고 싶어졌다고 하는 것은 당연한 일이었다. 빚을 떠넘긴 과거에 가책을 느끼고 있다고 해도, 한편으로는 피가 이어진 사람과는 만나고 싶었으리라. 그런 것이다.

"게다가 말입니다, 스모토 씨. 경찰의 시신 확인이라면 형사가 고바야시 스즈코에게 조카딸인지 어떤지를 캐물을 겁니다. 하지만 갑자기 사진을 보여 주면서 몇 년이나 만나지 않은 조카따님의 성장한 모습이라는 말을 듣는 것은 그것과는 크게 다릅니다. 물론 극단적으로 얼굴의 느낌이 다르다든지 점이나 멍 같은 특징이 있다면 몰라도 말이죠. 보통 우리는 사람이 바뀐다는 일 같은 것은 생각도 못 하니까요."

"그게 사실이라면 고바야시 스즈코는 시신을 자신의 조카딸인 료코라고 단정한 게 아니라 바뀐 여자라고 단정했던 게 되는데."

나는 혼잣말을 하듯이 중얼거렸다.

"맞습니다."

"고바야시 료코를 찾던 조사소의 연락처는 알아내셨습니까?"

"아직은 모르지만 시의 시설 건설을 위한 토지 매수였으니 비교적 쉽게 찾을 수 있을 겁니다. 그 점은 맡겨 주십시오. 그래서 말이죠, 스모토 씨. 저는 지금 나고야로 갈 겁니다. 아직 마지막 특급 열차 시간에 맞으니 오늘 밤 중에 들어가서 내일 아침 일찍부터 조사하는 건 어떨까 하는데요. 신슈에서 더 조사하기보다 그쪽이 빠른 길입니다. 부표에 나온 10년 전 고바야시 료코의 주소도 단서이고, 미하루의 토지 매수 쪽에서도 찾을 수 있습니다."

"부탁드립니다. 여기서도 조사하고 있지만, 저도 가능한 한 빨리 합류하겠습니다. 야마기시 후미오와 아쓰미 요시노부의 사건을 조사하려면 직접 세토나이까지 가서 공장 유치와 그에 얽힌 오직 의혹을 조사해 볼 필요도 있고요. 같이 해 주실 수 있습니까?"

"알겠습니다. 하지만 그녀가 고바야시 료코로 바뀐 것이 언제이고 어떻게 했는지 알려면 오사카도 조사해야 할 겁니다. 어느 쪽이든 잘하면 다시 바로 놀라운 이야기를 들려 드릴 수 있을지도 모르겠군요. 내일 밤 이 시간쯤에 다시 연락드려도 될까요?"

"부탁합니다."

"그런데 말입니다, 스모토 씨. 이렇게 상황이 바뀌어서 여쭙고 싶은 게 있는데, 피해자가 고바야시 료코가 아니라는 이야기는 경찰에 하실 겁니까?"

"지금 현재로서는 그럴 생각은 없습니다." 나는 확실하게 대답했다. "저는 고바야시 스즈코로부터 고바야시 료코의 장례식을 부탁받았고, 대리인 자격으로 경찰에게서 압수품을 반환받았습니다. 피해자가 고바야시 료코가 아니게 되면 법적으로 그것을 이쪽에서 갖고 있을 근거가 없어집니다. 게다가 그녀가 갖고 있던 대여금고의 열쇠를 찾았거든요."

"대여금고 열쇠?"

"네, 내일 그 내용물을 조사할 생각입니다."

"피해자는 고바야시 료코였다고 해 두는 편이 좋은 거군요."

"네."

내 대답에 기요노는 "후훗." 하고 코웃음을 쳤다.

7

전화를 끊고 나서 글렌피딕을 온더록으로 바꾸었다.

물을 타서 마시면 계속 잠들지 못하고 괜시리 유리잔만 쌓일 뿐이다.

초반에는 기요노와 대화한 흥분의 여운을 느끼고 있었다. 내 기억은 틀리지 않았다. 허벅지에 상흔이 없었던 여자, 역시 어린 시절에 대나무숲에서 부상당한 고바야시 료코와는 다른 사람이었다. 다음은 그녀가 누구였는지를 찾으면 될 뿐이다. 그녀가 누구인지를 알아내는 것은 다른 사람이었다는 사실을 아는 것보다 몇 배나 어려울 것 같기도 했지만, 지금의 나는 앞으로 한 걸음만 더 가면 될 것 같은 기분으로 있을 수 있었다. 정말 좋은 술이다.

대여금고 안에 분명 수수께끼를 풀 열쇠가 있다. 나고야에도 있을 것이다. 미하루의 토지 취득을 위해 '고바야시 료코'의 발자취를 더듬은 녀석들을 알게 되면, 그녀의 당시 주소나 어떻게 살았는지를 알 수 있다. 오사카 시절의 그녀를 아는 사람을 찾아낼 수 있을지도 모른다. 그것은 기요노가 해 줄 터였다. 내일 아침 일찍 그녀의 계좌가 있는 은행 지점에 순서대로 전화하자. 그리고 오야분코에 가서 마을의 공장 유치와 그에 얽힌 오직 사건에 관한 기사를 모아야 한다. 야마기시 후미오와 아쓰미 요시노부의 주변을 철저하게 조사해야 한다. 어딘가에 반드시 고바야시 료코로 바뀌기 전의 그녀가 있다. 대여금고로 전부 알 수 있을지도 모른다. 내일 밤 기요노의 보고로 모든 것이 판명될지도 모른다.

온더록을 한 잔 더 마시니 희망은 더 부풀었다. 희망을 즐기면서 마시니 기분이 좋았다.

마음의 톱니바퀴는 이상할 정도로 쉽게 바뀐다.

그게 아니라 마음에 걸리던 것을 억누르고 마치 전혀 신경 쓰지 않았던 듯 행동했을 뿐일지도 몰랐다.

"고바야시 료코와 자네의 관계는 당시부터 알고 있었네."

시오자키가 말한 그 한마디.

시오자키의 성격은 알고 있었다. 그녀와 나의 관계를 알고 있으면서 그것을 딸에게도 사위에게도 감추었던 것은 그 남자 나름의 애정이라고 봐야 할 것이다.

하지만 애정은 그 이상의 행동으로 그 남자를 몰아넣지 않았을까? 사위의 어리석은 행위를 바로잡기 위해 불륜 상대의 집에 직접 찾아가, 혹은 사람을 보내어 조용히 물러나 달라고 재촉하는 행위까지……. 그녀가 갑자기 사라져 버린 것은 그 때문이었던 게 아닐까?

알고 있었다. 5년이나 지나 버린 지금, 그리고 그녀가 죽어 버린 지금, 그런 생각은 의미가 없다. 하지만 내 마음에 들러붙어 떨어지지 않는 이 생각이 정말이라면 그녀와 나에 대한 모욕으로 느껴져 견딜 수 없었다. 나는 아내를 모욕하고 상처입혔다. 시오자키를 탓할 수 없다. 그렇게 나를 달래려고 했지만 그것은 핑계에 지나지 않았다. 욕설을 내뱉었다. 시오자키에게가 아니라 혼자 즐겁게 마시는 한때를 망치려는 나 자신에게 화가 났다.

상상에 지나지 않았다. 그런데 모욕당한 느낌이 자꾸 들었고, 일단 그런 생각이 들면 흔들리기 힘든 사실로 생각되었다. 5년간 계속 내 마음속에 그녀가 있었다. 그리고 그녀를 잃어버린 아픔이 언제나 그 생각에 다가붙어 있었다. 왜 그녀는 내게 한 마디도 못하고 사라져 버렸을까? 나는 몇 번이나 같은 질문을 되풀이하며 원인을 나 자신의 태도나 말에서 찾으려고 했다. 그 징후를 그녀 표정의 작은 변화나 말을 떠올리는 것으로 찾아내려고 했다. 결정적인 이유가 확실하지 않은 채로 들이닥친 갑작스런 이별을 도저히 받아들일 수 없었다.

그것이 만일 장인이었던 남자가, 내가 모르는 곳에서 그녀와 만나 내게서 멀어지도록 한 결과라고 한다면…….

술을 그만 마시기로 했다.

차가운 토마토 주스를 병째 직접 마시고 소파에 고쳐 앉아 그녀 가게의 외상 장부를 훑어보기 시작했다. 조사하자. 앞으로 나아가야 했다. 과거를 돌아보고 화를 내 봤자 별 수 없었다.

외상 장부에 사요코는 자신이 모르는 손님에게 표시를 해 놓았다. 법인명과 함께 기입된 청구 대상도 많았다. 시선을 지나치지 않도록 주의하면서 손님들 이름을 순서대로 읽었다. 데이터베이스에서 뽑아낸 뉴스 데이터를 보는 일과 비교하자니 자칫하면 집중력이 끊어질 듯한 작업이었지만, 그편이 지금의 내게 좋았다. 다른 사람 이름에 의식을 집중하는 것만 생각하고, 다른 생각을 전부 머리에서 들어내어 버리면 되니까.

전혀 졸리지 않았다. 피로에다 아스피린을 과용한 탓도 있는지 나른함이 몸에 들러붙어 있었다. 하지만 머리의 중심은 차갑고 맑았다.

어느 정도 지났는지 알 수 없었다. 언제까지나 단순작업에 계속 몰두하고, 그러는 동안 안 좋은 일은 전부 사라져 버린 느낌이 들었을 때 어떤 법인명이 기억의 어딘가를 자극했다.

'스즈리오카 건설.'

생각해 내려고 했지만 기억은 도망칠 뿐, 머릿속이 맑다고 생각한 것은 그저 착각에 지나지 않았다. 대학노트를 펼치려던 순간에 떠올랐다. 흥신소의 하세로부터 들은 이야기에 나온 회사 이름이었다. 오늘 오전에 사이카와 흥업의 사이카와 야스시는 스즈리오카 건설을 찾아갔다. 토목 자재 반입업을 하고 있는 사이카와 개발의 단골손님이었다. 사이카와 야스시는 스즈리오카 건설로 조직원인 구로키 교스케의 불미스러운 일을 사죄하기 위해 갔을지도 몰랐다. 오전의 시점에서는 하세도 나도 그런 식으로 예측했을 뿐이었다. 하지만 그녀의 가게에 스즈리오카 건설 사람이 술을 마시러 온 적이 있다면 사정은 달라지는 게 아닐까? 사건과 더 깊이 관련되어 있다고 보아야 할 터였다.

날짜는 지난달 말일. 그녀가 살해되기 3주 정도 전이었다. 청구서에 기재된 손님 수는 다섯 명. 청구 대상은 총무부의 기노시타 소로쿠라는 남자였다. 앞으로 돌아가 다시 조사했지만 기노시타 앞으로 된 청구서는 이 한 통뿐, 스즈리오카 건설의 다른 사람 이름도 없었다.

만약을 위해 사이카와 흥업이나 사이카와 개발의 이름에도 주의를 기울였지만 없다는 것을 확인한 것에 지나지 않았다.

그녀의 명함집을 뒤졌다. 기노시타 소로쿠의 명함은 없었고 스즈리오카 건설 사원의 직함을 가진 다른 명함도 없었다. 청구서를 발행한 손님의 명함을 받지 않았을 리가 없었다. 그렇다면 그녀가 직접 그 명함만 다른 곳에 두었거나 누군가가 명함집에서 가져간 것인가?

주소록을 꺼내어 '카(か)'행 페이지를 펼쳤다. 이쪽도 사요코가 이미 훑어보고 아는 사람과 그렇지 않은 사람을 구별해 놓았다.

'기노시타 소로쿠'의 이름은 없었다.

덮으려던 주소록을 바라보다가 손끝으로 아래턱의 수염을 뽑았다. 손끝에 힘이 들어가는 것을 느꼈다.

무척 음침하고 머리숱이 별로 없는 중년 남자.

무뚝뚝하게 요리 재료를 매입하고 있던 요리사 차림의 니시가미 류지가 떠올랐다. 사요코에게 부탁해서 주소록과 대조한 재판소의 기일부 사본에는 니시가미의 이름이 있을 뿐이었다. 사요코가 주소록을 조사했을 때 놓친 것도 당연하다고 할 수 있었다. 가보기를 잘했다. 나도 직접 가지 않았다면 니시가미가 경영하는 가게 이름까지는 기억하지 못했을 것이다.

'고사이.'

니시가미가 경영하는 선술집 이름이 주소록 카 행에 있었다.

제6장

탐색

1

잠에서 깸과 동시에 기묘한 자세로 몸이 꺾여 있다는 것을 알아차렸다.

움직이려고 하니 온몸이 비명을 지르며 어제의 구타를 일깨워주었다. 침대에서 나올 용기가 좀처럼 나지 않아서, 할 일을 머릿속에서 다시 정리한 뒤 과감하게 몸을 일으켰다. 샤워실로 기어가 침대로 다시 돌아가고 싶은 기분을 억누르고 뜨거운 샤워를 했다.

몇 번쯤 온도 조절 스위치를 조작하다가 그 동안 차가운 물을 때때로 맞으니 뭉친 근육이 풀려 가는 것을 느꼈다. 샤워실을 나와 속옷을 입고 전기면도기를 조심조심 얼굴에 댔다. 내뱉는 숨에서 술 냄새가 약간 났다. 거울 속의 나는 다른 사람이 되어 있었다. 왼뺨과 눈 부근에 커다랗고 퍼런 멍이 있었고 눈꺼풀은 부어 있었다. 그것만으로도 인상이 상당히 변했다. 아니, 눈빛이 무슨 일을 일으킬지도 모르는 남자에 가까워져 있었다. 지나친 생각에 지나지 않는다고 자신을 토닥이면서 직업용 웃음을 지어 보았다. 성공하지 못했지만 별로 상관은 없었다.

이를 닦고 화장실을 쓴 뒤 부엌에 들어가 커피를 끓였다. 기계적으로 달력의 날짜를 하나 지우려고 사인펜 뚜껑을 뽑았을 때 깨달았다. 그녀가 죽었다는 소식을 들은 지 오늘로 닷새째였다.

신문을 대강 훑어보았지만 고바야시 료코 살해 사건의 속보는 전혀 나오지 않았다. 용의자가 체포되어 마무리된 사건을 사회가 잊기에 닷새는 충분한 시간이었다.

토마토 주스를 꺼내고 빵을 토스터에 집어넣었다. 텔레비전 뉴스를 틀고 새 찜질약을 늑골 위에 붙였다. 금이 갔다면 테이핑을 해야 할지도 몰랐다. 토마토 주스와 함께 비타민제를 많이 먹었다. 어제보다는 적은 양의 아스피린을 와작와작 씹어 먹었다.

식사를 끝냄과 동시에 전화를 걸어 대여금고가 있는 은행을 알아냈다. 담당자에게 사정을 설명해 찾아갈 시간을 상담하고 전화를 끊었다. 사요코에게 전화를 걸어 만날 장소를 정했다. 나도 사요코도 쓸데없는 이야기는 하지 않았다.

평소대로 회색 정장을 입고 상복은 여행 가방에 넣고 집을 나갔다.

오야분코에서 한 시간 정도 있었다. 검색한 잡지 일람을 담당자에게 보여 주고 기사를 전부 복사하고 싶다고 부탁한 다음은 기다리는 것뿐이었다. 담배 대신에 껌 몇 개를 입에 넣었다가 뱉어 버렸다. 이케부쿠로로 이동하면서 기사를 훑어보았다. 사요코와 세이부 백화점 입구에서 만난 때는 이미 다 훑어보고 빨간 볼펜으로 체크를 한 다음이었다. 그 시점에서 희망의 빛은 반쯤 환상으로 변했지만 사요코에게는 말하지 않았다. 스스로도 생각하지 않으려고 했다. 대여금고의 내용물을 대조하기만 하면 잡지 기사에서 말한 주변의 사실이라는 것이 많은 의미를 띠게 될 거라고 생각했다.

오늘의 사요코는 바로 빈소에 갈 생각인지, 검은 원피스에 얇은 검정 재킷을 걸치고 있었다. 동안의 아가씨가 어른스러워 보였다. 나이에 맞다고 해야 할까.

은행 담당자인 남자에게 면회를 요청하고 자신의 신분증명서를 제시한 뒤, 그녀의 방에서 가져온 금고 열쇠와 모든 인감을 내밀었다. 어느 것이 맞는지 골라 달라고 한 것이다. 필요한 서류에 변호사 등록번호를 같이 기입하면 비밀번호는 몰라도 '열려라 참깨'의 주문으로 바꿀 수가 있었다.

희망의 빛은 거기까지였다.

나와 사요코는 텅 빈 대여금고 박스를 앞에 두고 얼굴을 마주 보았다.

"기록을 조사해 주셨으면 좋겠는데, 고바야시 료코 씨가 대여금고를 개설한 것은 언제입니까?"

방을 나와 카운터로 돌아간 나는 침착한 어조로 물었다.

남자는 잠시 기다려 달라고 하고, 문득 생각이 난 듯 "앉으십시오."라고 의자를 권했다. 카운터에 놓인 컴퓨터의 키보드를 두드렸다. 미간에 주름을 잡은 얼굴은 제법 잘생겼다. 만원 전철 안에서 영자 신문을 읽는 남자는 대개 이런 얼굴이다.

사요코가 내 옆에서 작은 백을 열어 멘솔 담배에 불을 붙였다. 연기가 콧구멍을 자극해서, 나는 껌을 입에 던져 넣었다.

"이달 2일이네요."

남자가 대답했다.

"마지막으로 대여금고가 이용된 것은 언제입니까?"

다시 컴퓨터에 문의해 얻은 대답은 '그녀가 죽기 사흘 전'이었다.

"그때 대여금고를 열러 온 것이 본인인지 어떤지 알고 싶은데, 서류를 체크해 주실 수 있습니까."

남자는 다시 "잠시만요."라고는 자리에서 일어나 멀어져 갔다. 파일 폴더를 들고 돌아와서 손끝에 침을 묻혀 팔락팔락 넘겼다.

"본인이네요."

"사인을 보여 주실 수 없을까요?"

"필요한 일입니까?"

쓸데없는 이야기를 전혀 하지 않는 대응을 하던 남자가 처음으로 되물었다.

관청이나 은행 같은 딱딱한 직업을 가진 사람은 서류 종류를 직접 조사해 상대에게 대답하는 방법을 선호하고, 서류 자체는 어떤 사소한 것이라도 외부 사람에게 보이고 싶어 하지 않는다.

"사인을 눈으로 확인하고 싶습니다."

나는 부어오른 얼굴에 예의 바른 미소를 지으며 그에 지지 않는 예의 바른 말투로 말했다. 남자는 잠시 생각했다가 몇 배나 완벽한 미소를 지으며 파일을 내밀었다.

"이쪽이 고바야시 씨의 사인이고, 이것은 인감입니다." 그리고 다른 서류를 앞으로 넘겼다. "이쪽이 대여금고를 개설하셨을 때의 인감. 그리고 본인이 쓰신 이름의 필적입니다. 확인해 주십시오."

나는 잠시 대조했다.

"마지막으로 금고 속의 물건을 갖고 간 것은 어떤 사람이었는지 기억하세요?"

옆에서 내 손을 들여다보던 사요코가 남자에게 시선을 옮겨 물었지만, 남자는 생각하는 척도 하지 않고 대답을 했다.

"글쎄요. 그런 것까지는."

서류와 인감과 비밀번호, 거기에 대여금고 열쇠가 사이에 있을 뿐인 사이였다.

사요코가 재떨이에 담배 끝을 문질렀다.

나는 남자에게 고맙다고 하고 사요코를 재촉해 일어섰다. 같은 필적에 같은 인감이라고 판단할 수밖에 없었다.

"대체 마담은 거기에 뭘 맡겼던 걸까?"

밖으로 나가니 사요코가 중얼거리는 목소리로 말했다. 은행은 메이지도리 길에 있었고 이케부쿠로 역 동쪽 출구가 코앞이어서 행인들이 바쁘게 왕래하고 있었다.

"모르겠어. 하지만 네가 열쇠와 같이 발견한 신문 사본과 관련된 뭔가인 것은 확실한 것 같아."

"왜 그것을 꺼냈을까? 누가 협박했거나……."

억측은 위험했다. 하지만 대여금고가 빈 이상, 가능한 한 순서대로 추측은 해 둘 필요가 있었다.

"어제 말했던 잡지 기사에서는 뭐 안 거 있어?"

"직접적인 정보로서 별로 대단한 것은 알 수 없었어. 어디서 커피라도 마시자. 잠시 머리를 정리하고 싶어."

"그럼 이케부쿠로까지 왔으니까, 가게에 가자. 뭔가 찾을 수 있을지도 모르잖아. 커피라면 내가 가게에서 끓여 줄게."

'라오'의 열쇠도 그녀 집 열쇠와 함께 돌려받았다. 바라던 바였다.

텅 빈 폐허.

사요코가 가게 안을 너무 밝게 한 탓이었다. 남자들이 생활의 때를 벗기 위해, 거래처와의 관계를 좋게 하기 위해 혹은 하룻밤의 사랑이나 만족감을 찾아, 불평을 들어 줄 상대를 찾아, 자신은 원래 생각하는 것보다 더 나은 인간일지도 모른다는 착각을 구하러 왔을 그녀의 성은 지금 내 눈앞에서 쓸쓸한 폐허를 연상시키는 분위기를 풍기고 있었다.

입구에서 왼쪽으로 꺾은 복도 끝이 물품 보관과 계산대를 겸한 카운터. 거기에서 오른쪽으로 꺾은 끝 벽은 양쪽 다 고급 술병들로 가득 차 있었다. 막다른 곳에 스툴이 예닐곱 개 늘어선 바 카운터가 있고, 그 안에 놓인 병은 종류가 풍부했다.

스툴에 걸터앉았다. 내가 좋아하는 라가불린도 갖추어져 있었다. 보모어 30년도.

스툴을 돌려 가게 안으로 시선을 돌렸다. 부드러워 보이는 소파를 디귿자 모양으로 늘어놓은 섬들이 좌우의 벽을 따라 여섯 개씩. 구석의 소파는 많은 사람을 앉힐 수 있도록 공간을 확보해 놓았다. 지하인 탓인지 천장은 높지 않았다. 벽에서 튀어나온 조명 조도를 낮추면 분위기가 나겠지만, 지금은 그저 새까맣게 칠해진 낮은 천장에 지나지 않았다. 호스티스가 손님을 시중들기 위한 둥근 의자는 전부 뒤집혀서 테이블에 놓여 있었다. 실내를 넓게 보이게 하기 위해 안쪽 벽은 어른 허리부터 위 근처까지 전부 거울이 설치되어 있었다. 거울 속에 나와 사요코가 오도카니 나란히 있었다.

"손님은 커피면 되겠죠?"

사요코가 미소 지으며 카운터로 들어갔다. 몸을 굽혀 커피메이커를 꺼냈다. 원두를 갈고 드립할 수 있는 방식이었다.

나는 카운터에 팔을 괴었다.

"실은 물어보고 싶은 게 있어. 스즈리오카 건설이라는 회사 들어본 적이 있어?"

"스즈리오카 건설……?"

"어젯밤 네가 돌아간 다음 가게의 외상 장부를 다시 조사해 봤는데, 스즈리오카 건설 총무부 앞으로 청구서를 끊어 놓은 것을 찾았어."

스즈리오카 건설 사장은 스즈리오카 겐고라는 남자로 생년월일로 계산하면 올해 일흔둘. 본사의 소재지는 후카가와로, 창업은 34년 전. 스즈리오카다이헤이 토목이라는 자회사를 같은 동네에 거느리고 있다. 자본금, 임원명, 거래은행 등, 회사 정보로 판명된 것은 전부 확인이 끝났다. 준 대기업에 해당하는 급의 건설회사인데, 버블 때의 방만한 경영이 문제가 되어 요 몇 년간은 별로 좋은 상태는 아닌 듯했다.

메모용 대학노트를 꺼내어 메모를 손가락으로 되짚었다.

"청구한 곳은 정확히는 총무부의 기노시타 소로쿠. 지난달 말에 다섯 명이 왔어. 보통 청구서를 보내는 곳으로 총무부가 지정

되는 일이 많으니까 손님 중에 기노시타 본인이 있었는지 어떤지 모르겠고."

사이카와 흥업과 스즈리오카 건설의 관계를 설명하고 나서 청구서의 날짜를 말했다.

"기노시타라. 그거 무슨 요일이었지?"

요일을 말했다.

"미안. 나는 가게에 나오지 않은 날이었어. 그 사람들이 온 것은 그날 밤 한 번뿐이지?"

"그래, 그 이전에도 이후에도 스즈리오카 건설의 이름은 나오지 않아."

"그날 밤 온 다섯 명 중에 사이카와 야스시가 있었는지 어떤지 알고 싶은 거야?"

"사이카와인지 어떤지는 모르겠지만 손님이 누구였는지 확인하고 싶어. 그녀는 자신의 과거로 돌아가 아쓰미 요시노부와 야마기시 후미오에 대해 조사하고 있었어. 그리고 사이카와 야스시가 얽혀 있는 것도 아마 밝혀냈을 거야. 하지만 과거는 사라지지도 않지만 무슨 일이 없으면 지금의 삶에 관여할 리도 없거든."

"이날 온 손님 중에 누군가가 그 계기가 되었을지도 모른다는 말이구나."

"옛날에 알던 사람일지도 모르고, 그때 나눈 대화로 뭔가 떠올랐거나 혹은 모르던 사실을 알려 줬을 수도 있고. 그녀가 아까 그 은행에 대여금고를 개설한 것은 이달 초야. 지난 달 말에 이곳에 온 손님이 계기가 되어 뭔가를 조사하다가 알아낸 것을 보관해 두기 위한 대여금고를 열었다는 가능성도 생각할 수 있겠지."

"오늘 밤 빈소에는 작은 마담이 꼭 온다고 했고, 다른 아이들도 대부분은 올 거야. 그때 다 물어볼게."

"부탁해. 나도 그렇지만 들어온 적이 없는 클럽에 갈 때는 일행 중 누가 아는 곳이거나 아니면 그 가게 아이가 다른 가게에 있을 때 알았거나 둘 중에 하나야."

"그러게. 분명 처음 오는 손님이 훌쩍 들어올 리는 없으니까. 우리 중에 그 다섯 명 가운데 누군가랑 친분 있는 사람이 있을지도 모르겠네."

"그래. 스즈리오카 건설을 직접 찾아가면 내 움직임을 바로 들킬 거야. 네가 가게 사람한테서 알아봐 줬으면 좋겠어."

"알았어."

사요코는 스위치를 켜고 커피를 갈았다. 좋은 향기가 퍼졌다.

"그런데 마담의 수첩에 있던 그 마을 국번이 붙은 전화번호의 주인과 연락은 됐어?"

"아니, 무턱대고 전화하는 것보다 주인을 어떻게든 조사하는 게 먼저라고 생각해."

"나 아까부터 생각했는데 마담이 마지막으로 대여금고를 이용한 날짜 말이야. 수첩에 동그라미가 쳐진 주말에서 며칠 지나지 않았잖아. 그 주말에 마담은 아쓰미 요시노부와 야마기시 후미오의 사건을 조사할 목적으로 마을에 간 게 아닐까? 그리고 뭔가 결정적인 것을 발견해서 조사한 사실과 대조해 보려고 대여금고를 개설하러 갔어. 아니면 복사를 다시 하든지 해서 어떤 방법을 써서 사이카와에게 들이민 거지. 어때?"

"나도 그녀는 그 마을에 갔을지도 모르겠다는 생각이 들어. 하지만 돌아와서 대여금고의 내용물을 전부 꺼냈다는 점에 대해서는 아직 잘 모르겠어. 내용물을 꺼내고 나서 살해당하기까지 사흘이 있어. 그 안의 것을 복사했다고 해도 다시 되돌려놓기는 충분히 가능했을 텐데. 대여금고가 집이나 역 코인로커보다 훨씬 안심되잖아. 그런데 그렇지 하지 않은 건 왜인지 모르겠어."

그녀가 결정적인 증거를 잡았기 때문에 사이카와에게 살해당했다면, 명줄이라고도 할 수 있는 소중한 증거를 대여금고에 되돌려놓지 않은 것은 너무나 멍청한 일이었다. 되돌려 놓지 않았던 이유가 뭔가 있을 터였다.

사요코는 턱을 당기고 커피를 드립하기 시작했다.

나는 커피포트에 떨어져 내리는 짙은 밤색의 액체를 쳐다보았다. 옛날 그녀가 있던 마을. 과거를 떨쳐내고 살아온 그녀에게 있어 그곳은 웬만한 일이 없으면 발을 들이고 싶지 않았던 장소임에 틀림없었다.

그 마을에 가서 뭔가를 조사하려 했다면 어지간한 결심이 필요했던 것은 아닐까.

"잡지 기사에서는 뭘 알았어?"

커피 컵을 내민 사요코가 물었다.

나는 표제어가 제법 대단해서 마을의 당시 상황을 자세히 알기에는 나름대로 도움이 되었지만, 결국 야마기시 후미오 살해와 아쓰미 요시노부 살해 자체에 관해서 별다른 것은 나와 있지 않았다고 말했다. 우유도 설탕도 마다하고 그대로 커피를 마셨다.

"오직 의혹이란 건 뭐야?"

"수상한 소문이란 거지."

다량의 각서를 사 모으러 다닌 브로커인 야마기시 후미오에게는 커다란 위험이 하나 있었을 것이다.

어제 내가 신문기사 데이터를 훑어보면서 막연하게 생각했던 것을 잡지 기자 몇몇도 알아차린 것 같았다.

각서를 사 모아 그것을 굴려서 땅값을 올려 매매 차익을 번다는 의미에서 각서 매매는 땅 굴리기와 같은 것이다. 그러나 각서와 토지매매 사이에는 한 가지 큰 차이가 있다. 토지 매매는 등기가 필요하지만 각서 매매에는 필요가 없다.

당시 암약한 브로커는 야마기시 후미오 한 사람이 아니었고, 야마기시보다도 하찮은 인물로 볼 수밖에 없는 잔챙이가 몇 명이나 있었다. 몇 명쯤은 경찰에 체포되었다는 기사도 있고, 체포 이유는 탈세였다. 각서에 의한 돈의 움직임은 등기부를 고쳐 쓸 필요가 없기 때문에 세무서가 알기 어렵다. 그것을 파악하고 몇몇 잔챙이들이 세금 신고를 게을리하다가 잡히고 말았다.

등기를 필요로 하지 않는 땅 굴리기.

토지 브로커는 각서를 사 모은 만큼 비싸게 팔아 매매 차익을 벌 가능성도 높아지는 한편, 나중에 불리해질 위험도 높아진다.

신문 데이터 중에 "개발조합의 창구에 제출된 각서는 전부 규정대로의 가격으로밖에 매수하지 않으므로, 그것이 투기적인 매매에 이용되는 일은 없다."라는, 공무원의 코멘트가 있었다. 그림의 떡과 같은 코멘트에 지나지 않지만, 한편으로 그것이 토지 브로커에게는 각서에 늘 따라다니는 위험이 된다.

법률적으로 보아 그 마을의 각서가 유가증권과 동급으로 취급될지 어떨지는 간단히 판단이 서지 않았다. 판례집을 조사해 볼 필요가 있었다. 하지만 포인트는 판례에서 봐서 어떤 판단을 내릴지가 아니었다. 각서를 유가증권과 동등하게 기능시켰던 토대가 '농공양립'이라는 슬로건과 거기서 만들어진 '육사방식'에 의한 토지 취득이라는 시스템 자체에 있다는 점이었다.

이 시스템을 만든 행정 측의 의도는 농지를 그저 사들이기만 해서 농업을 쇠퇴시키는 것이 아니라, 대체지를 준비해 농업의 개발 육성에도 힘쓰는 나름의 이상에 있었을 터였다. 동시에 시에서 토지 취득 창구를 일체화해서 투기 목적의 땅 굴리기를 배척할 목적도 있었을 것이다.

그러나 그것은 한편으로 각서는 최종적으로 시가 사들여야 한다는 단순한 사실도 의미한다. 토지 브로커들로서는 '육사방식'에 의한 시의 토지 취득 시스템이 기능하는 한, 각서를 확보해 두기만 하면 시가 어찌할 수 없다는 것이다. 각서는 토지를 등기한 것과 동등한 의미를 가진다.

브로커들에게 유일하고 가장 큰 위험은 '농공양립'의 슬로건과 '육사방식'이 백지로 돌아가는 것이다. 각서는 토지의 등기부등본이나 유가증권과 다르다. 토지 소유 농가와 '공업지역 개발조합'이라는 단체 사이에 주고받은 서약서에 지나지 않는다. 물론 토지 매매에 관한 각서를 제3자로서 실제로 입수한 토지 브로커에게도 법률적인 권리를 주장할 수 없는 것은 아니다. 그러나 각서를 유가증권과 동등하게 취급하여 그것을 입수한 제3자에게 전면적인 권리를 인정할지에 관해서는 많은 법률 관계자가 나와 마찬가지로 골치를 앓았을 것이다. 자칫하면 법률 논쟁이 될지도 모른다.

법률 논쟁이 되기라도 하면 야마기시 같은 토지 브로커는 법정에 끌려간다. 토지 브로커뿐 아니라 멀쩡히 생업에 종사하는 사람 중에서도 법원에 나가기를 원하는 사람이 있을 리가 없다. 재판 상대가 관청일 경우는 더 그렇다. 공무원들은 몇 년 간격으로 담당이 바뀐다. 재판도 전임자로부터 이어받은 일 중의 하나이고, 게다가 자신이 담당일 때 지는 일만은 피하려고 한다. 재판에서 공무원과 대등하게 겨룰 수 있는 민간인은 없다. '육사방식'이 철회되어 '농공양립'이라는 시스템이 붕괴된 경우에 한해서는 공무원 중 누군가가 말한 "개발조합의 창구에 들어온 각서는 전부 규정대로의 가격으로밖에 매수하지 않는다."는 코멘트가 현실적으로 힘을 띠게 된다. 그렇게 된 경우 토지 브로커에게 남겨진 현실적인 해결책은, 입수했을 때의 몇 분의 1쯤의 가격으로 각서를 처분하는 것밖에 없다.

상당히 대대적으로 각서를 사들였던 야마기시 후미오에게 유일한 걱정거리는 여기에 있었을 것이다.

'농공양립'은 시장이 내건 슬로건이다. 게다가 공장 유치 반대도 뿌리가 깊었고, 1기 유치 공장 지역의 공해도 문제화되었다. 그러던 중에서 '농공양립'의 슬로건을 철회하는 것은 시장 본인의 정치 생명과도 관계할 것이라는 예측은 있었을 것이다. 그러나 예측만으로 만족할 수 있는 사람은 없다. 하물며 시의회까지 개발 추진파와 반대파로 나뉘어 있었다. 추진파가 주류가 된 것은 당연하지만, 반대 운동이 몰아쳐서 공장 지역 개발을 1기, 2기로 나누게 되고부터는 반대파도 세력이 커졌는지 새 시장 후보를 세워 선거전으로 들어갈 움직임까지 있었던 듯했다. 야마기시 같은 브로커에게 전망을 예측할 수 없는 그레이존이 상당히 존재하는 상황이었다고 봐야 했다.

확실한 정보원.

이런 경우 누구나 할 수 있는 생각은 상대방 내부에 확실한 정보를 전해 주는 사람이 있으면 된다는 것인데, 그런 사람을 잡기 위한 수단은 정해져 있다.

"어느 잡지는 시장이 의회에서 '농공양립'을 철회하고 금전에 의한 토지 직접 취득을 표명하기 직전에 야마기시 후미오가 각서를 공업지역 개발조합에 팔아치운 사실을 알아냈어."

나는 그렇게 설명을 계속했다.

"아니, 야마기시라기보다는 야마기시의 뒤에 있던 사람들이라고 해야 할 것 같군."

"뒤에 있는 사람이라니?"

"이름이 '무로이'라는 것밖에 알 수 없는 사람이 당시 야마기시 뒤에서 얼쩡거렸던 것 같아."

"무로이……."

"야마기시 후미오 쪽도 다른 이름의 명함을 몇 개쯤 만들었으니까, 무로이도 아마 가명일 거야. 야마기시가 오사카의 스에히로회와 관련이 있었다는 것은 알고 있어. 이 무로이라는 남자는 그것을 이어 주는 역할이었을지도 모르고, 아니면 더 거물이라서 각서를 사들여 지역 땅값을 올렸던 흑막일지도 모른다고 잡지 기사에서는 보고 있어. 아무래도 흑막이거나 아니면 흑막에 상당히 가까운 남자가 아닐까 하는 느낌이 들어. 아직 추측에 지나지 않지만 야마기시 후미오가 아쓰미 요시노부를 살해한 범인이고, 자신도 그 사실을 숨기기 위해 살해당했다고 하면, 이 무로이라는 남자가 계속 종적을 감추고 정체가 밝혀지지 않은 채 두 사건이 미궁에 빠졌다고 보면 이치가 맞아떨어지지. 어느 쪽이든 시장이 '농공양립'을 철회하기 직전에 개발조합이 야마기시가 확보한 각서를 사들인 것은 누가 보아도 단순한 우연으로 보이지는 않겠지."

"그러니까 정보가 샜다는 거야?"

"그렇지 않았으면 각서가 휴지 조각이 되기 직전에 팔아 버릴 수 없었겠지."

"개발 조합은 뭐라고 해?"

"시장의 의회 연설이 정말 갑작스러워서 아무도 예상을 못 했다고 취재진에게 대답했어. 분명 몇몇 신문들은 시장 측근들조차 슬로건 철회를 아닌 밤중의 홍두깨로 받아들였다고 썼으니까 완전히 신빙성이 없는 코멘트라고도 할 수 없을 거야. 어느 기사도 야마기시가 연설 내용 정보를 누구에게서 확보했는지까지는 밝히지 못했어."

"하지만 그러면……."

"잠깐. 그다음 이야기가 있어. 하지만 시장에게 발탁되었고 공업지역 개발조합과도 깊은 관련이 있는 아쓰미 요시노부라면 미리 알고 있었을 가능성은 충분히 있어. 잡지 특유의 검은 연기를 폴폴 풍기는 방식으로 그렇게 추측하고 있더군."

사요코는 입을 다물었다.

나는 식어 가는 커피를 다시 한 모금 마셨다.

사요코가 커피포트를 내밀었다가 내가 고개를 저으니 자기 잔에 따랐다.

"아쓰미 요시노부의 시체가 발견된 것은 곶에서 몸을 던졌다고 알려진지 2년 후잖아. 그동안 공장 유치는 어떻게 됐어?"

"금전에 의한 직접 취득으로 토지 취득이 다 끝나서 시장의 의도대로 순조롭게 공장 건설이 진행됐지. 공해 반대파도 공장 건설 반대파도 포기하지는 않았던 것 같지만, 마을의 발전 개발이라는 것은 다 그런 거야."

"그 시장은 그다음에 어떻게 됐어?"

"2기 공장 유치도 무사히 해내고 이듬해에 국회의원으로 입후보해서 당선됐어. 자민당의 가와타니 고조."

2

커피를 다 마시고 나서 약간의 희망을 안고 가게 안을 조사했지만 아무것도 발견할 수 없었다.

"그래서 이제부터 어떻게 할 거야?"

그렇게 물은 사요코에게 신바시에 같이 가 주면 좋겠다고 말했다.

"신바시?"

"응, 네가 얼굴을 확인해 줬으면 하는 남자가 있어. 주소록에 니시가미 류지가 경영하는 '고사이'라는 선술집이 적혀 있었어. 기억해? 어제 내가 법원의 기일부라는 것의 메모를 보여 주고 주소록이나 외상 장부와 대조해 달라고 했잖아. 내가 그녀와 마주친 날에 법원에서 열린 법정에 이 남자는 원고로 출석했어."

"……하지만 내가 얼굴을 확인해야 한다는 건 뭐야?"

"니시가미와는 어제 만났어. 어쩐지 음침한 느낌에 머리숱이 별로 없는 왜소한 남자더군."

"아, 가사오카를 덮친 두 사람 중 하나가 니시가미라는 남자일지도 모르겠네."

"그래. 어제 지독한 짓을 한 커다란 남자의 파트너가 아닌가 해서. 만일 그렇다면 그놈들 중 하나의 신원이 밝혀지는 게 되니까."

대여금고가 비어서 그녀가 조사하던 것이 확실하지 않은 이상, 주변부터 공격해 나갈 수밖에 없었다. 나를 습격한 그 커다란 남자의 말투를 보면 그녀의 어떤 사정에 관해 녀석들은 자세히 알고 있었을 것이다. 그녀가 정말 누구인지까지 아는지도 몰랐다. 그래서 일반인은 관여하지 말라고 나를 협박한 게 아닐까?

그 커다란 남자나 동료 중 누군가가 사이카와 홍업을 감시하고 있었던 게 아닐까? 그리고 사이카와가 나와 만나는 것을 목격했다. 내 뒤를 밟으니 당치 않게도 동료인 니시가미 류지의 가게를 찾아갔다. 녀석들의 관심은 내가 어떤 사람인지로 옮겨 가서 추궁할 생각으로 덮쳤다. 그 정도쯤일까.

우리는 문단속을 하고 밖으로 나갔다.

이케부쿠로에서 점심을 먹은 후 지하철을 타고 신바시로 향했다.

'고사이'에 도착함과 동시에 무심코 욕설이 나왔다. 니시가미의 가게는 닫혔고, 게다가 잠시 가게를 쉰다는 말이 적힌 종이가 붙어 있었다.

"어머, 이게 무슨 일이지?"

대각선 건너편 빌딩에 있는 찻집에 물어보니 경영자로 보이는 중년 여성은 고개를 갸우뚱해 보였지만 딱히 이상하게 생각하는 것 같지는 않았다. 길 건너의 일에는 그다지 관심이 없는 듯했다.

점심시간이 지났는지 찻집에는 거의 손님이 없었다. 런치메뉴를 적은 작은 칠판이 입구 옆에 세워져 있었지만, 점심시간이라도 그다지 잘 안 되어 보이는 가게였다.

"감기라도 걸렸나. 가끔 아르바이트도 쓴 것 같은데 평소에는 주인이 혼자 꾸렸던 것 같아. 감기로 누워 버리면 어쩔 수 없으니까."

감기 정도로 잠시 휴업한다는 종이를 붙일 리는 없었다.

"그렇게 가게를 갑자기 닫는 일이 가끔 있었습니까?"

그렇게 물어보니 여자는 어깨를 으쓱해 보였다.

"건너편을 감시하는 게 아니니까 잘은 기억이 안 나. 그러고 보니 요 한 달 사이에 몇 번쯤 있었던 것 같은데."

"점심시간에도 하는 가게입니까?"

"일단 2시 정도까지만 하고 저녁에."

재판 때문에 가게를 닫은 걸까? 그러나 여자가 '요 한 달 정도'라고 구분한 것이 마음에 걸렸다. 한 달 사이에 관심이 없는 여자의 눈에 띌 정도로 가게를 닫았다는 말이다. 재판은 분명 날짜도 시각도 특정할 수 있지만 그렇게 빈번히 출석해야 하는 것은 아니다.

"니시가미 씨와는 친한 사이셨습니까?"

"무슨 뜻이지?"

"그러니까 함께 상가 여행에 갔다거나."

"여기는 상가가 아닌데."

"니시가미 씨의 사진을 갖고 있습니까?"

물어보았지만 헛일이었다.

변호사 네모토 히데오는 내 말을 듣고 의외라는 얼굴로 작게 고개를 저었다.

"아니, 니시가미 씨가 말입니까?"

네모토는 볼록 나온 배를 오른손으로 쓰다듬고는 윗옷 안쪽에 손을 비집어 넣고 와이셔츠 위에서 왼쪽 가슴을 긁었다.

나는 끄덕여 보였다.

"그렇습니다. 고바야시 료코 씨는 니시가미 씨의 재판 때 방청석에 있었거나, 그 전후에 니시가미 씨를 만났을 겁니다. 그런데도 어제 내가 찾아갔을 때 그는 거짓말을 한 게 됩니다."

"흠, 거짓말이라……."

네모토가 그렇게 중얼거리면서 사요코를 흘끗 보고 몸을 슬쩍 시선으로 훑었다. 어떤 사정으로 함께 움직이는 아가씨인지 나는 네모토에게 설명하지 않았고 내가 얼굴이 부은 이유도 또한 역에서 굴렀다고밖에 대답하지 않았다.

"그런데 시간을 내달라고 한 것은 부탁드릴 게 있어서인데, 혹시 네모토 선생님은 니시가미 씨 사진을 갖고 계십니까?"

"사진 말입니까……."

곰곰이 생각하는 듯했지만 오랜 시간은 아니었다.

"도와 드리기 어렵겠네요. 아시다시피 우리 일은 얼굴 사진과 별로 인연이 없지 않습니까."

그의 말대로였다. 변호사는 필요에 따라 의뢰인을 알몸으로 만들 정도로 여러 가지 서류를 입수한다. 주민표는 말할 필요도 없고, 호적도, 은행이나 카드회사의 재정 명세도, 부동산 관계의 서류도 입수한다. 하지만 단 하나, 얼굴 사진과는 거의 인연이 없다.

"어디에 가면 입수할 수 있을지 혹시 짐작 가시는 곳은 없습니까?"

물어보니 네모토는 벨트에 끼워 놓은 부채를 작은 칼처럼 뽑아서, 어제와 마찬가지로 시원하게 펼치고는 자신의 오른쪽 뺨을 부쳤다. 어제와는 그림이 다른 부채였다.

"그렇군요……. 입수할 수 있을지 어떨지는 단언할 수 없지만, 맥아더도리 길 파친코 가게 주인이라면 갖고 있을지도 모르겠습니다. 아카기라는 남자인데, 동네 사람들을 모아서 낚시 클럽을 주최하고 있거든요."

"니시가미 씨도 그 클럽에 있습니까?"

"예. 그 사람 가게는 전에 아카기 씨 파친코 가게 바로 옆에 있었습니다. 저한테 니시가미 씨를 소개해 준 것도 아카기 씨입니다. 다만 아카기 씨에게는 제 이름을 밝히지 말아 주십시오. 살인사건에 얽힌 조사라고 하니까 협력하는 건데, 동업자지만 의뢰인의 이야기를 떠드는 건 곤란하니까요."

"알고 있습니다. 협력에 감사드립니다."

머리를 숙였다. 네모토는 나와 사요코에게 똑같이 미소를 보냈다. 천진난만한 웃음이었다. 나는 이런 남자가 좋지는 않았다.

"네모토 씨. 한 가지만 더 가르쳐 주시겠습니까?" 나도 마찬가지로 웃는 얼굴로 서류가방을 열어 메모용 대학 노트를 꺼냈다. 기억하고 있는 페이지를 펼쳐 시선을 떨어뜨리고 다시 입을 열었다. "사실 어제 피고 측 대리인인 마루타 선생님이 이런 말을 하셨습니다. 버블 이후에 토지에 관련해 지독한 짓을 하는 것은 야쿠자보다도 오히려 보통 사람들이라고."

"동감입니다."

선의의 변호사가 대답했다.

"그리고 이번 케이스도 일반인이 야쿠자를 제물로 삼은 듯한 거라고 했습니다. 들은 순간에는 그쪽 의뢰인 세 사람이 지역 폭력단을 끼워서 단물만 빨아먹는다는 의미인가 했는데, 돌이켜 생각해 보니 아무래도 아닌 것 같은 느낌도 듭니다. 네모토 씨는 니시가미 씨가 간사이에 있었을 때 무엇을 했는지 아시지 않습니까?"

네모토는 부채를 접고는 내 눈을 흘끗 보았다.

"저는 사람을 과거로 판단해서 색안경을 끼는 것을 안 좋아합니다. 그런 의미에서 물으셨다면 아무것도 대답할 수 없습니다."

하지만 대답한 것이나 마찬가지였다.

"소속했던 조직의 이름은 아십니까?"

"우즈키 파라고 했습니다. 오사카의 어디가 구역이었는지까지는 모릅니다."

나는 정중히 감사의 뜻을 표하고 니시가미 류지의 자택 주소를 물었다.

네모토는 니시가미가 조직을 빠져나왔을 때의 자세한 사정까지는 몰랐다. 하지만 조직의 두목이 죽고 나서 분열 소동이 일어났을 때, 야쿠자 세계에 신물이 나 손을 씻고 도쿄로 나왔다는 이야기는 본인의 입에서 들은 적이 있다고 가르쳐 주었다. "상당히 오래된 것 같습니다."라고 할 뿐 정확히 몇 년 전인지는 몰랐다.

니시가미에게는 새끼손가락이 있었다. 나는 그것이 흥미로웠다. 손을 씻은 뒤에도 새끼손가락이 무사히 남아 있는 야쿠자는 드라마나 영화 속에서밖에 없다. 제대로 마무리를 하지 않고 바깥 세계로 돌아오고 싶어 하는 인간을 조직은 결코 용서하지 않는다. 새끼손가락이 남아 있는 것에는 나름의 이유가 있을 것이다. 그 일과 니시가미가 어제의 덩치 큰 남자와 함께 움직이는 것 사이에는 어떤 관련이 있을까?

"아, 니시가미 씨와는 낚시 친구라서요. 한 달에 한 번 정도는 같이 나갑니다. 보소로 가는 일이 많았던가? 낚싯배를 빌려서 앞바다에서 합니다."

아카기는 머리가 벗어진 남자였다. 콧수염을 기르고 검은 테의 튼튼한 안경을 끼고 있었다. 말하는 것을 좋아하는지 잠시 낚시 이야기를 계속했다. 사요코의 맞장구가 필요 이상으로 능숙했던 것이다.

파친코 가게의 사무소 벽에는 멋진 어탁과 낚시 콘테스트에서 입상한 표창장이 함께 멋진 액자에 들어가 있었다.

적절한 때를 노려 물어보니 아카기는 "사진이라."라고 중얼거리면서 벗어진 머리를 쓰윽 쓰다듬었다.

"집에 가면 회원들끼리 찍은 게 있을 것 같은데, 저런저런." 아카기가 얼굴을 빛냈다. "아, 맞다. 요전에 보소에서 찍은 것을 사람들에게 주려고 추가 인화한 것이 마침 다 되어서 왔습니다."

그는 일어나서 "나는 사진도 취미라서요."라며 벽 쪽의 책상으로 걸어가 서랍을 열었다. 그리고 "이거다, 이거." 하고 사진관의 봉투를 꺼냈다.

"하지만 변호사님. 대체 뭐 때문에 니시가미 씨를 조사하는 겁니까?"

"아, 별일 아닙니다. 현재 제가 조사하는 사람과 니시가미 씨가 어디서 만난 것 같은데, 오늘은 가게를 쉬시는 것 같아서 일단 사진이 있으면 그 사람인지만이라도 알 수 있을 것 같아서요."

뭔가 실체가 있는 설명을 한 것 같지는 않았다. 대충 입에서 나오는 대로 말하는 편이, 수다쟁이인 상대방에게 더 잘 통할 듯했다.

아카기는 "호오."라고 대답하고 납득한 것 같기도 하고 하지 않은 것 같기도 한 얼굴을 했다.

"어쨌든 니시가미 씨가 무슨 일을 저지른 건 아니지요?"

"물론입니다."

아카기는 그 말에 안심한 것 같았다.

"오른쪽 끝에 찍힌 것이 그 사람입니다."

보소의 어느 항구일 것이다. 바닷가에서 바비큐 불을 둘러싸고 찍은 사진이었다. 다섯 명. 모두 남자뿐이었다. 아카기가 셔터를 눌렀는지, 본인의 모습은 찍혀 있지 않았다.

나는 사진의 오른쪽 끝에서 맥주가 든 투명한 플라스틱 컵을 한 손에 들고 슬쩍 미소 지은 남자의 얼굴을 바라보았다. 어제 가게에서 만났을 때 같은 음침함은 느껴지지 않았지만, 회원들의 중심에 서서 난리를 칠 남자로는 보이지 않았다.

사요코에게 시선을 주니 흘끗 나를 보고 분명히 끄덕였다.

나는 아카기에게 사진을 빌려 달라고 부탁했다.

3

니시가미 류지가 사는 맨션은 게이힌도호쿠 선 오모리에 있었다. 신바시까지 전철을 타면 10분이 걸리지 않지만 야마노테 선 안쪽보다도 집값은 싸다.

신바시 역에서 사요코와 헤어져 혼자서 오모리로 향했다.

그녀의(정확히는 고바야시 료코라고 해야 하겠지만) 빈소를 차리는 것에 관해 장의사와 상담해야 하는데, 그것은 사요코에게 맡기기로 했다.

또, 니시가미를 추궁해야 하게 되었을 때 사요코가 같이 있지 않는 편이 낫다고 생각했다. 내게는 우격다짐으로 상대의 입을 열게 하는 것은 도저히 불가능하다. 어떻게 니시가미의 입을 열게 할지 상상이 가지 않는다는 것이 솔직한 심정이었다.

그것은 기우로 끝났다.

네모토가 가르쳐 준 번지를 소형 지도와 대조하면서 게이힌도호쿠 선 선로를 따라 돌아오는 식으로 몇 분 걸었다. 선로가에 세워진 오래된 맨션의 3층이 니시가미가 사는 곳이었지만 집은 비어 있었다.

맨션 입구가 보이는 곳에 자리 잡고 30분 정도 기다렸다. 선로의 다리 밑으로 뻗은 가늘고 긴 작은 공원 안이었다. 머지않아 휴대전화로 연락을 주고받던 하세 쓰구오의 차가 나타났다.

공원 끝에 주차한 차에 올라타니 하세는 놀라워하면서, 대놓고 사람 얼굴을 가리키며 "어떻게 된 겁니까?"라고 물었다.

나는 짧게 말해 주고 나서 니시가미의 사진을 보였다.

"니시가미 쪽에서도 내가 알아낼 거라고 예측했다면, 잠시 여기에 돌아오지 않을지도 모릅니다. 하지만 지금은 니시가미만이 사이카와 흥업에 대항하는 조직의 움직임을 알아낼 유일한 단서입니다."

"알겠습니다. 어쨌든 잠복하겠습니다. 니시가미를 찾으면 어떻게 합니까?"

"바로 휴대전화로 전화를 해 주십시오." 나는 내 엄지손가락으로 가리켰다. "여러 가지로 거친 일을 하는 녀석들일 겁니다. 하세 씨도 함부로 혼자 움직이지 마세요."

하세는 내 얼굴을 바라보며 그다지 연기를 하는 것 같지도 않은 느낌으로 크게 끄덕였다.

"사이카와 흥업에 뭔가 움직임은 없습니까?"

"아뇨, 제가 지켜본 한에서는 없습니다."

그다음부터는 하세에게 부탁한 조사의 보고를 받았다.

즉, 어제 오전에 사이카와 야스시가 선대의 사이카와 노보루의 맨션으로 갔을 때 둘과 나란히 나온 아르마니를 입은 남자의 정체와 그 후 사이카와 야스시가 혼자서 찾아간 스즈리오카 건설의 상세 및 사이카와 개발과의 관계에 관해서였다. 스즈리오카 건설의 중요성에 관해서는 이미 내가 설명을 다 해 놓았다.

"교와회의 마키 야스키라는 간부였습니다. 몰래 찍은 폴라로이드를 친하게 지내는 4과 형사에게 보였더니 바로 알려 주더군요."

"교와회의 마키……."

나는 중얼거렸다.

사이카와 흥업도 오사카의 스에히로회도 모두 교와회의 산하

조직이었다.

"예. 그러면 스에히로회의 젊은 두목이었던 와쓰지 야스시를 사이카와 흥업에 소개한 것이 마키일지도 모른다고 생각할 수 있습니다. 그 점도 형사에게 확인했더니 예상대로였습니다. 마키는 사이카와 흥업의 선대와 형제간의 언약을 맺었다고 하는데, 마키 쪽에서 사이카와 노보루에게 2대째로 와쓰지 야스시를 추천했던 것 같습니다. 10년쯤 전 일이라고 합니다."

나는 아래턱의 수염을 손끝으로 더듬었다.

"스모토 씨. 이렇게 되면 사이카와 야스시는 자기 조직원의 불미스러운 일을 선대에게 사죄하러 간 게 아니라 상부 조직의 마키와 같이 뭔가 의미심장한 의논을 했을 것 같습니다. 니시가미 류지를 뒤에서 움직이는 녀석들과의 사이에서 이미 생겼거나 혹은 생기려는 트러블에 관해 상부 조직의 마키에게 상담했다고도 생각할 수 있고."

나도 같은 의견이었다.

"니시가미 류지는 옛날에 속했던 우즈키 파에 관해 자세히 아십니까?"

하세가 물었다.

"아직 모릅니다. 두목이 죽고 분열 소동이 일어난 것 같습니다. 니시가미는 그 시점에서 손을 씻고 오사카를 떠나 이쪽으로 나온 것 같은데, 상세한 것은 이제부터 조사해 볼 생각입니다. 스즈리오카 건설에 관해서는 뭔가 알았습니까?"

하세가 엉망이 된 앞니를 드러냈다.

"사이카와 개발과의 관계에 관해 재미있는 것을 알았습니다.

사이카와 개발은 2대째인 사이카와 야스시가 만든 회사라는 것은 아시지요?"

"예."

"멍청하게도 창립 이래 이 사이카와 개발의 거래처는 스즈리오카 건설과 자회사인 스즈리오카다이헤이 토목 두 회사뿐입니다. 그 이외의 영업 활동은 전혀 없습니다. 이 두 회사와 거래하기 위해 설립된 회사라는 겁니다. 빨판상어처럼 스즈리오카 건설에 딱 달라붙어 오른쪽에서 왼쪽으로 건설 자재를 옮기기만 하면 담보가 들어오죠. 사이카와 야스시가 스즈리오카 건설을 위해 뭔가 다른 일을 하면서 그 담보로 이 단물을 빨고 있다고 생각하는데요."

"아니면 과거에 뭔가 해 준 것의 보답일지도 모르고."

내가 중얼거리니 하세는 재미있다는 듯이 끄덕였다.

"그것 말인데요, 스모토 씨."

그렇게 말하고 나서 하세가 잘난 척을 하는 듯 잠시 침묵했다.

아무래도 뭔가 내가 알지 못하는 것을 놀리는 식으로 말하고 싶어 하는 것은 소장인 기요노 노부유키와 똑같은 듯했다. 옆에서 보면서 흉내 내고 싶은 기분이 들었을까.

"스즈리오카 건설의 하청을 하는 회사 사장에게서 캐냈는데, 스즈리오카 건설은 스모토 씨가 어젯밤 이야기했던 공장 유치와도 깊게 관련되어 있습니다."

"뭐라고요?"

"유치된 공장 건설의 대부분은 본사가 그 마을에 있고, 주된 일은 시나 현에서 발주하는 토목 공사입니다."

"……."

"스모토 씨, 사이카와 흥업과 스즈리오카 건설은 하나입니다. 아니, 그 마을에 공장이 유치되었을 때부터 계속 하나였다고 해야겠죠."

기요노 노부유키로부터 전화가 걸려 온 것은 사무소에 돌아가는 도중의 JR 전철 안에서였다.

통화 버튼을 누르니 기요노의 목소리가 들렸다.

"알았습니다." 약간 의욕적인 느낌이었다. "역시 어제 제가 알아낸 대로 미하루 시청이 복지센터를 세우기 위해 고바야시 료코의 조부가 소유했던 토지를 취득했더군요. 그때 나고야까지 사람을 보냈습니다. 도쿄의 신용조사소 사람인데, 그게, 요컨대 저희 같은 흥신소인데 방금 전에 그쪽과 연락이 됐습니다."

"그래서 고바야시 료코 본인을 찾은 겁니까?"

"자세한 이야기는 움직인 조사원과 아직 연락이 닿지 않아서 모르겠지만, 실제로 미하루에 복지센터가 세워졌으니 그럴 가능성은 큽니다. 그래서 스모토 씨, 그쪽 소장이 지금 조사원에게 연락을 하고 있는데 어떻습니까, 스모토 씨가 만나 보시겠습니까?"

"물론입니다. 그쪽에 꼭 그렇게 전해 주십시오."

"알겠습니다. 그러면 괜찮은 시간을 물어보겠습니다."

다시 전화가 울린 것은 진보초 역을 내려 사무소로 향하는 도중이었다. 도쿄 역에서 오테마치로 지하 통로를 지나서 지하철을 타서 그동안은 휴대전화의 전파가 통하지 않았던 것일지도 모른다.

"늦은 시간이라면 괜찮다고 해서 9시에 신주쿠 마이시티 위에 있는 바에서 만나는 것으로 했는데, 괜찮으십니까?"

그녀의 경야 시간을 생각하면 내게도 괜찮은 시간이었다.

좋다고 말하고 기요노가 그쪽 사장에게서 들은 조사원의 이름과 차림새를 기억해두었다.

사무소에 도착하자마자 노리코에게 부탁을 했다.

"NTT 서비스센터에 가서 전화번호부에서 이 번호에 해당하는 사람을 조사하고 싶습니다."

요 몇 년쯤은 특히 여자 혼자 사는 경우도 그렇지만 전화번호부나 104 전화번호 안내 등록을 거절하는 사람이 증가하고 있다. 노리코에게 헛수고를 강요하는 것이 될지도 몰랐지만, 그녀의 수첩에 있던 전화번호의 주인을 밝혀낼 수단은 지금 현재로서는 이 정도밖에 떠오르지 않았다.

얇은 벽으로 구분 지어진 내 방에 들어가니 책상에 어젯밤 노리코가 전화로 말한 메모가 두 장 놓여 있었다. 새로 내게 변호를 맡기고 싶다는 기특한 사람의 연락처였다. 나는 친구인 고노의 사무소에 전화해서, 이 두 건의 의뢰를 받아 주지 않겠느냐고 부탁했다. 고노는 처음에 "어이, 어떻게 된 거야?"라고 놀리다가 그다음에는 조금 심각한 목소리가 되어 의논할 일이 있다면 들어 주겠다고 했고, 마지막에는 아무것도 묻지 않고 내 부탁을 들어주었다.

고노는 사법고시를 같이 패스한 동기였지만, 고등학교 졸업 후 1년간 일을 한 데다 재수를 3년 해서 나보다 네 살 위였다. 사법연수에서 경찰의 사법 해부에 입회한 직후에 천연덕스럽게 식욕이 있던 것은 내 주위에서는 이 남자 하나뿐이었다. 변호사에게는 동료 관계가 중요하다. 자연히 술자리도 엄청나게 많아진다. 하지만 시오자키의 사무소를 관둔 이래, 나는 어지간해서는 그런 자리에 얼굴을 내밀지 않았다. 그런 내게 고노는 지금도 친밀한 교제가 이어지는 얼마 안 되는, 마음을 허락한다는 의미에서는 단 한 명의 남자였다.

전화를 하는 중에 노리코가 커피를 가져다주었다. 어머니처럼 보기 좋게 살집이 붙은 비서는 잠시 방 입구에 서서 통화가 끝나기를 기다리고 있었다.

그리고 내 책상으로 다가와 커피 잔을 살짝 놓고 물러갔다. 흘끗 보인 표정에 뭔가를 애써 감추고 있는 것을 알고 나는 더 이상 노리코를 보지 않았다.

고노와의 전화를 끊은 다음, 커피에 입을 대면서 컴퓨터를 만지작거리며 국회의원인 가와타니 고조에 관한 정보를 검색했다. 데이터를 전부 플로피 디스크에 넣은 다음 프린터 스위치를 켰다. 데이터가 인쇄되는 동안에 여행 가방을 열어 상복으로 갈아입었다.

올해로 예순둘. 국회의원으로서 이 나라에서는 아직 젊은 부류에 속했다. 특별한 스캔들도 공적도 없지만, 요 몇 년쯤의 정치적 혼란 속에서 서서히 힘을 붙여 가고 있는 존재였다. 정세를 보는 눈이 뛰어나지만 신념은 부족하다는 평이었다. 상세한 내용은 장례식장까지 이동하는 도중에 훑어볼 생각이었다.

지금까지 입고 있던 정장을 여행 가방에 넣고 검은 넥타이를 매고 있자니, 노크 소리가 들리고 노리코가 다시 얼굴을 내밀었다.

나는 얼굴을 내민 채 아무 말도 하려 하지 않는 노리코에게 미소 지었다. 오른쪽 눈꺼풀에서 뺨에 걸쳐 경직이 되는 것은 어떻게 할 수 없었다. 게다가 내가 일하는 모습에 불안을 느끼는 비서에게, 알게 된 지 2년 만에 처음으로 내심 짜증을 느끼고 있는 것도.

"무슨 용건이 있습니까? 얼굴이라면 신경 쓰지 마세요. 이제부터 고바야시 료코 씨의 빈소에 갔다 오겠습니다. NTT 쪽은 부탁합니다. 그것만 하고 퇴근하셔도 좋아요. 만일 전화번호 주인을 알게 되면 휴대전화로 연락해 주세요."

내가 한달음에 말하니, 노리코는 주저하는 태도로 작은 약봉지를 내밀었다.

"이거 집에서 자주 쓰는 연고예요. 특별한 한방 성분이 들어 있어서 빨리 낫는대요."

나는 왼손 끝을 살짝 뺨에 댔다.

그리고 작은 목소리로 "고맙습니다."라고 말했다.

4

JR 전철 창에 빗방울이 흘러갔다.

해 질 녘을 앞두고 붐비기 시작한 시각으로, 창유리 안쪽이 승객들의 숨으로 흐려져 있었다.

요쓰야에서 지하철을 갈아타서 신나카노에서 다시 지상으로 나왔을 때에는 이미 본격적으로 비가 내리고 있었다.

서류가방에서 접이식 우산을 꺼내어 오우메 가도를 신주쿠 쪽으로 되돌아갔다. 바람에 날리는 안개 같은 가느다란 비는 그칠 기색이 없었고, 기온도 분명히 내려갔다. 이 근처는 비교적 절이 많아서 오늘 밤도 경야가 거듭되는 듯했다. 도로 모퉁이에는 상복을 입은 젊은이가 우산을 받치고 '고바야시 가 장례식장'이라고 적힌 전자 초롱을 들고 서 있었다. 두 번째 젊은이에게 눈으로 인사를 하고 지나간 후에 알아차렸다. 그녀 가게의 종업원들이었다. 사요코가 길 안내를 하라고 보냈을 것이다.

식장은 전체가 쥐 죽은 듯 고요했다. 차가 이삼십 대쯤 들어가면 가득 찰 듯한 주차장의 세 방향을 둘러싸고 건물이 서 있었다. 주차장에서 봐서 정면과 오른쪽에는 식장용 방들이 늘어서 있었고, 왼쪽은 로비와 쇼진오토시(고인의 장례식 때 신세를 진 이들에게 감사를 표하는 자리 ―옮긴이)를 위한 방이 있는 건물이었다.

식장 앞 야외 복도에 사요코가 서 있다가 나를 알아보고 말을 걸어 왔다. 점심때와는 달리 머리를 뒤로 넘겨 묶고 있었다. 사요코는 함께 있는 상복 차림의 여자를 소개해 주었다.

"후나코시 야요이 씨야, 가게의 작은 마담이었던 사람."

마른 여자로 사요코 정도는 아니지만 키가 컸다. 눈이 크고 콧날이 오똑했다. 나와 동년배 같은 느낌이 들었다. 아래턱 왼쪽에 희미하게 점이 있었다.

사요코보다 훨씬 물장사 냄새가 강했다. 그녀뿐만 아니라 작은 식장에 있는 열 명이 넘는 여자들도 마찬가지로 낮에 일하는 것 같지 않은 냄새가 풍겼다. 상복과 술장사의 냄새가 어딘지 모르게 서로를 두드러지게 하는지도 몰랐다. 아무래도 좋을 듯한 느낌이 들었다.

"스즈리오카 건설 앞으로 끊은 청구서 말인데, 아직 당일 밤 일은 확실한 건 알지 못했어. 경야가 끝나고 나서 사람들에게 다시 물어보면 되겠지?"

사요코가 작은 목소리로 말했다.

"물론이지. 그보다도 미안해. 길 안내까지 가게 동료들을 동원하게 해서."

"무슨 소리야. 모두 마담에게 신세를 졌으니까 당연하지."

이번은 조금 목소리가 컸다.

"죄송해요." 야요이가 말했다. "간나한테 들었어요. 손님 일은 제가 제대로 파악하지 않으면 안 되는데 지금 바로는 생각이 안 나서요. 집에서 명함을 확인해 보면 확실해질지도 모르겠지만요."

사요코의 예명을 처음 알았다.

나는 "잘 부탁합니다."라고 하고 고개를 숙였다.

다다미 스무 장 넓이의 방이었다. 장례 업체에서 남자 두 사람이 와서 이미 식장을 다 정리하고 구석으로 물러나 있었다. 안면이 있는 사장의 모습은 보이지 않았다. 더 큰 식장을 정리하러 갔을 것이다.

그들과 인사를 나누고 있으니 야요이가 아가씨들을 모아 경야 준비를 하기 시작했다. 접수는 누구, 소금을 건네는 것은 누구라고 이름을 불러 일을 분담하고 있었다. 가게를 열기 전에 회의하는 것 같은 느낌도 들었다.

사요코는 아까와 같은 야외 복도에 오도카니 서 있었다.

나는 그녀의 제단으로 걸어가 선향을 올리고 합장했다. 제대로 된 사진이 없었던 것이 새삼 슬펐다. 사요코가 갖고 있던 것은 가게의 단체 여행 때에 찍은 것뿐이고 내가 가지고 있는 것은 5년 전에 장난으로 찍은 것뿐이었다. 고민한 결과 결국 내가 찍은 사진을 확대해서 쓰기로 했다. 술이 들어가지 않은 만큼 그나마 낫다고 할 수밖에 없었다.

합장을 하면서 가슴속에서 뭔가 말해 보려 했지만, 꾸민 듯한 말 이외에는 떠오르지 않았다. 그녀에게 뭔가 말할 수 있게 되려면 분명 앞으로 더 있어야 할 것이다.

혼자 서 있는 사요코 쪽으로 돌아왔다.

"공교롭게 비가 오네."

야외 복도의 차양에서 떨어지는 물방울을 사요코는 가만히 보고 있었다.

"접수는 나와 작은 마담이 할게. 스모토 씨는 자리에 앉아 있어."

나는 끄덕였다.

"지금 가게 사람들은 다 왔어?"

사요코가 흘끗 이쪽을 보았다.

"어이가 없어. 반밖에 안 왔어. 매니저를 비롯해 남자들은 모두 왔지만 여자들 쪽은 반 이하." 사요코는 담배를 꺼내 불을 붙였다. "니시가미 류지는 만났어?"

나는 고개를 흔들어 보이고 흥신소 조사원이 잠복하고 있다고 말했다. 그리고 비를 보고 있는 사요코의 옆얼굴에 대고 "하루 몇 대 정도 피워?"라고 아무래도 좋은 것을 물었다.

"그러고 보니 오늘은 좀 많이 피웠네."

아가씨는 희미하게 웃어 보였다.

빗속을 뚫고 오는 조문객은 적었다.

몇몇은 같은 물장사를 하는 호스티스나 경영자 같은 사람이고, 몇몇은 친했던 손님이라는 느낌이었다.

사요코와 작은 마담이었던 야요이 두 사람이 접수에서 응대를 하고, 종업원 아가씨들 몇 명이 쇼진오토시 방으로 안내를 해 주었다. 손님 중 한 명은 같은 업계 사람끼리의 다정함을 드러내며 사요코와 직원들에게 이런저런 말을 걸고 있었다.

나는 어떤가 하면 고개를 숙이고 제단 끝 의자에 그저 앉아 있을 뿐이었다. 커다란 멍이 들어 한쪽 눈이 탱탱 부은 남자가 앞에 나서도 소용이 없지만, 이곳에 앉아 있는 것 또한 이상한 기분이 들어 견딜 수 없었다. 아내도 뭐도 아니었던 여자의 빈소에서 원래라면 가족이 앉아야 할 자리를 나 혼자 차지하고 있었다. 슬픔보다도 어이없다는 느낌이 더 컸다.

그녀의 진짜 가족은 어떻게 하고 있을까? 우리가 이렇게 그녀를 고바야시 료코로서 추도하는 것을 안다면 대체 뭐라고 생각할까? 그러한 상상이 몇 번쯤 스치려 했지만 이성은 그것을 감상이라고 말하고 있었다. 가까운 가족이 살아 있다면 요 닷새 사이에 경찰에게 왔을 것이다. 부모라면 매스컴이 보도한 딸의 얼굴을 잘못 볼 리 없었다.

그녀가 내게 천애고독이라고 했던 말만은 거짓이 아닌 게 틀림없었다. 생각해 보면 고바야시 료코라는 여자도 그랬다. 부모형제가 없는 사람은 이 사회에서 사라져 버려도, 다른 사람으로 바뀌어 살고 있어도 아무에게도 지장이 없는 듯했다.

경야가 시작되고 30분 정도가 지나니 조문객은 드문드문해졌다.

기계적으로 머리를 숙이고 들어 올린 나는 눈앞에 가사오카 가즈오가 서 있는 것을 알아차렸다. 짙은 밤색 정장에 검은 넥타이를 매고 있었다.

눈동자에는 경멸의 빛이 서려 있었다.

착각은 아니었을 것이다. 내가 눈을 깔고 다시 머리를 숙이니 분향을 끝내고 출구를 향했다. 사요코나 다른 직원들과 이야기를 나누는 가사오카를 곁눈으로 흘끗 보고 말았다.

독경도 끝나고 곧 식이 끝나려고 해서 역에서 길 안내를 하던 사요코의 동료들도 돌아왔다. 한 사람씩 선향을 올리는 것을 보고 밖으로 나가니 가사오카는 아까 사요코가 서 있던 야외 복도에서 주차장에 떨어지는 비를 보면서 담배를 피우고 있었다. 반쯤 예상했던 일이었다.

"공교롭게 비가 내리는군."

그는 내가 사요코에게 말했던 것과 같은 말을 했다. 아무 대답도 하지 않자 얼굴만 이쪽으로 돌렸다.

"그 얼굴은 어떻게 된 거야?"

"당신이랑 상관없어."

나는 그렇게 말하는 것과 동시에 이 남자에게서 술냄새가 나는 것을 알았다.

"나와 마찬가지로 료코 녀석 때문에 누군가에게 당한 모양이군."

명답이었다. 누군가가 아니라 이 남자에게 폭력을 휘두른 놈과 같은 사람이라는 것은 알지만, 말할 필요 따위 느끼지 않았다.

"상관없다는 말이 안 들리나?"

"태평스러운데?"

"무슨 뜻이야?"

가사오카가 나를 째려보았다.

"큭, 완전히 남편 행세네."

"그럴 생각은 없어. 친척이 없으니까 누가 식을 치러야 하잖아."

"딱히 그게 당신일 필요는 없어."

"시비를 거는 건가?"

"그런 말은 아니고. 이래 봬도 나도 당신처럼 그 여자를 사랑했으니까."

'당신처럼'이라는 부분에 힘이 들어가 있었다. 힘을 깊게 실을수록 내가 좋지 않은 느낌을 가질 거라 생각했을지도 모른다.

나는 눈을 돌리지 않았다.

가사오카는 담배를 빗속에 던져 버렸다. 내가 등을 돌리려고 하자 그가 불러 세웠다.

"그래서 뭔가 알아냈어?"

"물어서 어쩌려고."

"그냥. 나도 흥미가 있으니까."

"쓸데없는 흥미 따위 보이지 말고, 고향의 폭력단에게 숨겨 달라고나 해."

"뭐라고……?"

가사오카는 당혹한 얼굴이 되었다. 오늘 밤의 나는 나 자신의 예상을 넘을 정도로 심술궂었다.

"잘도 혼자 여기까지 왔군. 아니면 누군가 호위가 붙었나?"

"뭐라고, 이 새끼가!"

다가와서 내 가슴께에 오른손을 뻗었다. 가사오카의 목소리에 놀란 사요코와 동료들이 식장에서 뛰어온 것은 가사오카의 팔을 푼 내가 상대의 가슴을 양손으로 때린 것과 거의 동시였다.

그다지 힘 조절은 하지 않았다. 하지만 가사오카가 뒤로 크게 비틀거려서 야외 복도와 주차장 아스팔트의 단에 발이 걸려 빗속에서 뒤로 쓰러질 거라고는 생각도 못했다.

"이 새끼가!"

가사오카는 엄청난 표정으로 나를 째려보며 일어서려고 했다. 그리고 비틀거리다 엉덩방아를 찧었다.

아니었다. 째려본 게 아니라 울고 있었다. 이 남자 나름대로 그녀의 죽음을 애도하고 있었던 것이다.

아까 이 남자가 의도적으로 시험했던 것보다 몇 배나 기분이 나빠졌다. 가사오카는 우리에게서 얼굴을 감추듯 등을 돌렸다. 오른손과 오른 무릎을 땅바닥에 짚고 일어서려 한 채 움직이지 않았다.

이 남자는 대체 얼마나 술을 마셨을까. 나는 빗속에서 흉한 눈물을 흘리는 남자를 도와 일으켜 주는 다정함을 가진 사람은 아니었다. 하지만 가사오카에게 다가가 옆구리 밑에 손을 넣어 일으켜 세우려고 했다. 보고 있으면 있을수록 기분이 더 나빠지는 느낌이 들었기 때문이다. 아마 이 남자가 원인이라 해도 결코 이 남자에 대한 것이 아니라 더 막연하게 기분이 나빴다.

"잘난 체 하지 마, 변호사 놈이. 네 자식이 대체 뭐라고." 내 팔을 풀려고 하면서 이번에는 쉰 목소리로 말한 가사오카는 제 힘으로 일어섰다. "제기랄……. 나도 그 여자를 좋아했단 말이야……. 그런데 다 나를 무시하고……."

가시오카는 큰 소리로 말하면서 빗속을 걸어 나갔다.

뒤에서 달려간 사요코가 비닐우산을 펴서 씌워 주니 우산을 잡아채고 멀어져 갔다.

사요코가 나를 바라보았다. 강하게 책망하는 시선이 따가웠다.

눈을 피한 나는 사요코와 똑같은 눈빛으로 이쪽을 바라보는 한 여자를 알아차렸다.

자그마한 여자였다.

상복을 차려입고 오른손에 염주를 들고 있었다. 그 염주와 비슷하거나 좀 더 큰 진주를 손가락에 끼고 있었다. 쌍꺼풀진 커다란 두 눈과 높은 광대뼈가 인상적이고, 눈썹은 그린 것 같았다.

콧날이 또렷한 코. 입술은 두꺼웠고 살짝 뾰족한 아래턱과의 균형 속에서는 한층 더 밝은 존재감을 주장하고 있었다. 쉰을 넘은 것은 확실했지만 몇 살쯤인가 하면 뭐라고도 말할 수 없었다. 그런 느낌의 여자였다. 게다가 아주 짧은 순간이었지만 어딘가 그녀를 떠올리게 하는 분위기가 있는 것 같았다. 분위기가 아닐지도 모른다. 하지만 얼굴 생김도 체격도 아닌 뭔가가 내 안에서 그녀의 기억을 불러일으켰다.

여자는 아주 짧은 시간이었지만 내 시선을 정면에서 포착하고는 몸의 방향을 획 돌렸다. 그러고는 식장의 접수를 하던 야요이에게 조의금을 건네고 방명록에 이름을 적은 다음 예의 바르게 고개를 숙였다.

입구에서 보니 제단에 선향을 바치고 가만히 합장을 하는 등이 보였다. 동그스름한 어깨에 가냘픈 등을 하고 있었고 한데 묶은 머리 밑으로 보이는 목덜미가 가늘었다.

"아는 사람이야?"

옆에 있는 사요코에게 작은 목소리로 물어보았다.

"아니. 어느 가게의 마담일지도 모르겠는데, 나는 모르는 사람이야."

분향을 끝낸 여자는 고개를 숙이고 이쪽으로 다가왔다.

야요이가 부정을 씻는 소금을 내밀었다. 건너편 건물 2층에 간단한 식사가 준비되어 있다고 말하니, 여자는 느긋하게 미소 지으며 고개를 숙였다. 그리고 내 옆을 스쳐 밖으로 나가 야외 복도를 걸었다.

접수대의 방명록을 확인하니 '사토 하나코'라고 적혀 있었다.

"긴자의 마담일까?"

사요코가 말했다. 가사오카와 만났을 무렵 그녀가 긴자에 있었다는 이야기를 사요코도 들은 모양이었다.

나는 다른 생각을 하고 있었다. 어떻게 생각해도 은행이나 우체국의 서식 견본에 나오는 이름처럼 느껴졌다.

사요코의 곁을 떠나 여자의 뒤를 쫓았다.

5

로비에는 인기척이 없었다.

답례품을 전시한 상점도 지금은 닫았고 사무소도 형광등으로 밝혀져 있을 뿐 안에 사람이 없었다. 입구를 들어가 바로 계단으로 향하는 도중에 로비 제일 안쪽에 설치된 긴 의자에서 여자의 모습을 발견했다.

여자는 내 쪽에 옆얼굴을 보인 채, 유리 너머로 떨어지는 비를 쳐다보면서 담배를 피우고 있었다. 내가 다가가는 것을 유리에 비치는 그림자로 알아챘는지 의자 옆에 서자 얼굴을 돌렸다.

"옆에 앉아도 됩니까?"

내가 말하니, 여자가 미소 지었다.

"그러세요."

바로 옆에서 보니 놀랍게도 상당히 나이가 들어 보였다. 멀리서 본 인상보다 아무리 보아도 열 살 정도는 위로, 예순은 확실히 넘었다. 동시에 과거에는 거의 모든 남자가 돌아보았을 미인이었던 것도 확실하다는 인상이 들었다. 왼손 약지에는 반지가 없었고, 오른쪽 중지에 진주를 끼고 있었다.

"사토 씨 되십니까?"

내가 물어보니 여자는 앵무새처럼 대답했다

"예, 사토입니다."

"실례지만, 료코와 어떻게 아십니까?"

"옛날에 알던 사이입니다."

내가 명함집을 꺼내려 하자 그녀는 고개를 저었다.

"명함은 필요 없어요. 스모토 선생님이시죠?"

"저를 아십니까……?"

"예."

여자는 그렇게 대답한 후에 다음 말은 하지 않았다. 그리고 담뱃재를 재떨이에 떨어뜨렸다.

"어떻게 저를 아십니까?"

그녀는 말없이 담배를 입으로 가져갔다.

"실례가 안 된다면 료코와 어떤 관계인지 가르쳐 주시겠습니까?"

여자가 미소 지었다.

"뭐가 웃긴 거죠?"

"미안해요. 웃긴 게 아니라 나이를 먹으면 이렇게 가끔 멀쩡하고 자연스러운 이야기를 할 수 있나 해서 좀 기뻐서."

내 쪽이 입을 다물 차례였다.

"변호사님, 그 아이한테 반했군요."

길이라도 물어보는 듯한 말투였다.

"자연스럽다니 무슨 말씀이신지?"

"당연히 이렇게 선생님과 그 아이의 경야를 지내는 거죠."

"……."

"우리는 좀 어려운 건 모르니까, 법률적으로 어떠니 그런 건 모르지만요. 남자가 좋아하는 여자의 장례를 치르다니. 그 누가 보내 주는 것보다 더 훨씬 좋은 일이죠. 아닌가요? 선생님."

"대체 누구십니까?"

"료코의 오랜 지인이라고 말씀드렸잖아요."

"제대로 말씀해 주십시오."

여자는 입을 다문 채 내 얼굴을 가만히 바라보았다. 책망하는 것도 아니고 얼버무리는 것도 아닌 시선이었다. 그렇게 나를 바라보면 내 마음이 편할 리는 없었다. 하물며 커다란 푸른 멍이 든 한쪽 눈이 부은 얼굴인데.

"제 얼굴에 뭐 묻었습니까?"

"아뇨."

여자는 다시 고개를 흔들고 반쯤 재로 변한 담배를 껐다.

그때 나는 여자가 내 얼굴을 보던 시선의 의미를 알아차렸다.

동시에 여자가 물장사를 하는 사람이 아니라는 것을 확신했다. 여자가 나를 쳐다본 것은 얼굴의 상처에 흥미가 있었던 것도, 책망하는 것도, 얼버무리는 것도 아니었다. 그렇게 하고 있으면 상대가 기가 꺾여 화제를 바꾼다. 그런 환경에 익숙한 생활을 해 온 사람 특유의 시선이었다.

손님 장사를 하는 것이 아니라, 반대로 주위로부터 신경을 쓰게 만드는 일에 익숙한 여자.

대체 무엇을 하는 여자일까?

"자연스러운지 어떤지는 모르겠습니다."

내가 말하니 여자는 작게 고개를 갸우뚱했다.

"왜죠?"

"솔직히 말씀드리면 계속 빈소에 앉아 있으면서 왜 여기 앉아 있을까 하고 가슴속에서 몇 번이나 자문했습니다. 저는 고바야시 료코의 남편도 친척도 아닌데." 일단 말을 끊었다. "게다가, 혹시 아십니까? 그녀는 고바야시 료코라는 여자가 아니었을지도 모릅니다."

여자는 내 쪽을 보려고도 하지 않았고, 옆얼굴에서 엿보이는 표정이 움직이는 일도 없었다.

"무슨 말씀이신지 잘 모르겠지만, 어쨌든 신문에서는 그 아이에게 친척은 없다고 했습니다. 가족처럼 생각해 주시는 분이 이렇게 보내 주는 게 좋죠."

"친척이 있는지 없는지는 신문에 전혀 실리지 않았습니다."

내가 쳐다보니 여자는 장난쳐서 혼나는 아이 같은 웃음을 지었다. 오른쪽 볼에 보조개가 생겨 나이답지 않게 귀엽기도 했다.

사실 크게 실수했다고 생각하지 않는 듯이 보였다. 오히려 어딘가에서 대화를 즐기는 것 같다.

"가르쳐 주십시오. 대체 누구십니까? 료코에 관해 뭔가 아시는 것 같은데."

"있죠, 선생님. 저도 솔직히 말씀드리면 여기 온 것은 선생님을 만나고 싶어서예요. 5년 전에 헤어진 여자의 장례를 직접 정성스레 치러주려는 사람이 어떤 남자인지 꼭 보고 싶어서."

나는 아무 말도 하지 않았다. 상대방의 페이스에 끌려가는 것을 느껴 불쾌했다.

"대답해 주십시오. 누구시죠?"

"시시한 질문은 그만해요. 그저 당신을 만나 보고 싶었을 뿐인 여자라니까. 그러면 안 되나요?" 이번에는 아이를 나무라는 말투가 되었다. "그 아이는 고바야시 료코로서 당신이 애도해 줬어요. 그걸로 된 게 아닌가요."

"그런 말로 저더러 납득하라고요? 당신은 대체 누굽니까? 아시는 게 있다면 말씀해 주세요."

"저기, 선생님."

"스모토라는 이름이 있습니다."

"그러면 스모토 씨. 좋아했잖아요. 그런데 어째서 그 아이의 전부를 알 필요가 있죠?"

"……."

"세상에도 남자와 여자 사이에도 알 필요가 없는 일이 있어요. 그렇게는 생각할 수 없나요?"

나는 말을 고르고 있었다.

아니, 그런 것이 아니다. 뭐라고 말을 던지면 여자의 속셈을 알아차릴 수 있을지 생각하려고 했지만 실제로는 여자가 내뱉은 말 자체를 생각하고 있었다.

"……내버려 두라는 겁니까?"

"그런 거죠."

"저는 알고 싶습니다."

"좋아하기 때문이라는 말은 하지 말아요."

"야마기시 후미오와 아쓰미 요시노부의 사건을 아십니까?"

"시시한 질문은 그만두라고 했어요."

위압적인 말투였다.

웅성거림이 로비에 울려 시선을 돌리니 사요코와 동료 무리가 입구의 자동문을 들어와 계단으로 향하는 참이었다.

여자는 말없이 나를 계속 쳐다보고 있었다. 아까와 같은 시선이었다. 나는 기가 꺾이지도, 화제를 바꾸지도 않았다.

"그녀가 고바야시 료코로서 살아야 한 이유와 이 두 사람의 사건은 관계가 있다고, 저는 그렇게 생각합니다. 그녀는 최근 이 사건을 조사했습니다. 그래서 살해당한 게 아닌가 하고도 생각합니다. 만일 뭔가 아시면 가르쳐 주시지 않겠습니까?"

"그게 그 아이를 위해서라는 거예요?"

"그렇습니다."

"아무것도 몰라요. 설령 알더라도 분명 가르쳐 주고 싶지 않을 테고."

"사토 씨."

"스모토 씨, 어째서 남자라는 존재는 모든 걸 그렇게 논리에 끼워 맞추려고 할까요."

"그런 게 아닙니다."

"그러면 뭐죠?"

"사건은 사건입니다."

"사건이라고 해도 당신이 진실이라는 것을 밝혀낼 필요가 어디에 있죠?"

내가 입을 다무니 여자는 말투를 조금 풀고는 말을 이었다.

"할머니가 한 가지 좋은 거 가르쳐 주지요. 여자라면 누구나 사랑한 남자에게 받아들여지고 싶다고 생각해요. 자신을 이해하고 받아 주면 좋겠다고 바라고 있죠. 하지만 모든 것을 알아 달라는 것과는 달라요. 그리고 그 아이는 여자였고. 죽은 뒤에도 마찬가지가 아닐까?"

"……."

"스모토 씨, 잘 생각해 봐요."

여자는 나를 보고 미소 지었다. 그 순간에 알았다.

시선이었다. 아까 먼 곳에서 보았을 때 어쩐지 그녀와 닮았다고 생각한 것은 눈의 느낌이 똑같기 때문이었다. 미소가 그것을 명백하게 했다. 틀림없이 온화한 미소이지만 지나치게 온화했다.

나는 낙천주의자는 아니었다. 지나치게 온화한 미소는 결코 상대를 인정하는 것이 아니었다. 뭔가 통하지 않는다고 포기하는 것이었다.

5년 전의 그녀도 그랬다.

시간의 경과와 함께 확실해졌다. 그녀가 없어지고 나서 나를 괴롭게 한 것은 그 미소였다.

그녀가 띠고 있던 미소. 나는 거기서 많은 것을 보아 왔다. 만났던 밤은 이야기가 통하는 상대를 발견했다고 느꼈음에 틀림없는 그녀의 안도를, 한 달 정도 지나서 다시 스낵주점을 찾았을 때에는 나처럼 그녀도 나와 만나고 싶어 한 게 틀림없다는 두근거림을, 친해지고 나서는 기쁨을, 육체관계가 생기고 나서는 그 모든 것을. 안도와 두근거림, 기쁨과 함께 그것이 당분간은 지속된다는 두 사람 사이의 이해를 그녀의 미소에서 느끼고 있었다.

유일하게 느끼지 못했던 것. 그것은 그녀가 내게 뭔가를 결코 말할 생각이 없었다는 것이다. 계속 감춰 왔기 때문에야말로 그녀의 미소는 그렇게도 온화하고 상냥하고 부드럽고 깊었다. 당시의 내게는 그 건너편에 뭔가가 있다는 것조차 느낄 수가 없었다.

편안함이 있었다. 나는 그 누구와 있을 때보다도 온화하게 미소 지을 수 있었다. 그것이 즐거웠다. 아이 같은 감정이라는 것은 알고 있지만, 진짜 자신으로 돌아갈 수 있을 것 같은 느낌이 들었다. 그러나 그녀는…….

"기다려 주십시오." 떠나려는 여자의 뒤를 쫓았다. "잠시만요. 아직 제 말은 끝나지 않았습니다."

여자는 돌아보지 않았다. 옆에 나란히 서서도 여전히 나를 보려고 하지 않고 로비를 가로질렀다.

자동문을 빠져나가 밖으로 나갔다. 동시에 나는 어째서 여자가 내 명함이 필요 없다고 했는지, 미리 내 이름을 알고 있었는지를 깨달았다.

커다란 남자는 나를 무표정하게 바라볼 뿐 아무 말도 하려고 하지 않았다. 남자 뒤에는 그와 마찬가지로 가만히 리무진이 대기하면서 여자가 올라타기를 기다리고 있었다. 남자가 우산을 펴 받치자 여자는 야외 복도에서 주차장으로 내려갔다.

내가 뒤쫓아가려 하자, 남자는 그녀에게 우산을 받친 채로 얼굴만 이쪽으로 돌려 엷게 웃으면서 고개를 저어 보였다.

"비에 젖어. 안으로 돌아가."

"비켜. 더 물어볼 게 있어."

내뱉었지만 더 이상 앞으로 나갈 수는 없었다. 몸은 솔직해서 이미 심장이 안쪽에서 가슴을 격렬하게 두드리고 있었고, 늑골은 따끔따끔 아파서 두 번 다시 그런 일은 당하고 싶지 않다고 주장했고, 양다리는 지면에 들러붙어 있었다.

여자는 천천히 리무진에 탔다.

남자가 문을 닫았다. 창에는 차광필름이 붙어 있어서 여자 모습은 그림자가 되었다.

운전석으로 가려는 남자의 어깨에 손을 대니 천천히 이쪽을 돌아보았다. 어깨로 시선을 스르륵 떨어뜨렸다. 나는 손을 뗄 수밖에 없었다.

남자는 리무진의 뒤쪽을 돌아 운전석으로 향했다. 나는 뒷좌석의 창을 두드리면서 "잠깐만!" 하고 소리를 질렀다. 여자의 그림자는 이쪽을 보려고도 하지 않았다.

말해야 할지 어떨지 망설였지만, 차가 움직이려고 하자 결국 입이 움직였다.

"알고 있어. 너희들 우즈키 파 사람이지? 무슨 속셈으로 이 건에 관여하는 거야. 사이카와 흥업과 한판 할 건가?"

움직이던 차가 멈추고 뒷좌석 창이 열렸다.

여자가 무표정하게 나를 보았다.

"스모토 씨, 당신, 내가 상상했던 이상으로 훨씬 뭘 잘 모르네."

"웃기는 소리 하지 마. 이런 이야기로 납득할 수 있는 사람이 어디 있어."

운전석 문이 열렸다.

큰 남자가 빗속에 내리려는 것을 제지하며 여자는 다시 나를 보았다. 그리고 과장되게 한숨을 내뱉었다.

"그러면 이렇게 말하면 알아줄까? 이건 당신들 세계의 일이 아니야. 내게 그냥 모든 걸 맡겨. 가까운 시일 내에 정리가 될 거야, 우리 방식으로. 재판도, 변호사도 상관없어. 다른 세계에는 다른 세계의 처리 방법이 있다는 것은 알겠지? 이쪽 세계에서 시작된 일은 이쪽 세계에서 정리해서 끝낸다. 그게 도리라는 거지. 당신은 그 아이를 잘 보내 줘. 그 아이는 고바야시 료코로서 죽는 게 제일 나아. 당신이 해야 할 일은 뭔가를 파헤치는 게 아니야. 그것이 애정이라고 생각하고 싶어 하는 건 남자들의 제일 나쁜 면이지."

받아칠 말이 없는 내 앞에서 창이 닫히고 리무진은 빗속으로 사라져 갔다.

"알겠지? 그게 그 아이를 위한 거야."

그런 말을 마지막으로 남긴 채로.

빗소리가 날 뿐 조용했다.

사요코가 부르러 왔을 때, 나는 그녀의 제단 앞에 앉아 있었다.

사진 속 그녀는 5년 전인 채로, 5년 전의 미소를 내게 보이고 있었다. 그 시절에 그녀가 미소 뒤에 뭔가를 숨기고는 내게 보여 주려 하지 않았던 것도 당연하다는 느낌이 들어 견딜 수 없었다.

"다음에는 햇빛이 있을 때 같이 걷지 않을래?"

그녀에게 말한 적이 있었다. 그렇게 말하면 기뻐할 것 같은 느낌이 들었다.

실제로는 반년 정도의 시간 중에 함께 태양 밑을 걸은 적조차 없었다. 나는 바쁘게 일을 하는 것으로 삶을 견딜 수 있었고, 그녀를 떠올리는 것은 술 마시는 시간이 되고 나서부터거나, 술을 마시고 나서거나, 술을 마시는 것에도 지치고 나서밖에 없었다.

아니, 아니다. 그런 게 아니었다. 나는 그녀를 항상 내가 보고 싶은 대로밖에 보지 않았던 것이다. 딱딱한 껍질 속에 너무나도 부드러운 웃음을 지닌 여자. 하지만 그 웃는 얼굴 속에서 나는 자신이 보고 싶은 것만 보려 했을 뿐이다. 누구에게서 아무것도 기대받지 않는, 마음 놓을 수 있는 곳. 기대받고 있는 것은 단지 일정한 시간뿐, 내가 그곳에 있는 것뿐.

그것은 내가 멋대로 그리고 있었을 뿐인 곳이었다.

이혼의 계기가 된 유부녀와의 불륜뿐만이 아니었다. 이혼한 독신 변호사라는 타이틀로 그 후에도 나는 몇 명의 여자들과 관계를 가졌다. 한정된 몇 시간이나 몇 주, 몇 개월 사이에 서로 좋을 대로 착각을 밀어붙이면서 한정된 시간을 공유했다. 인생보다 훨씬 짧은 한때를.

그녀와 보낸 시간도 정말은 단지 그뿐에 지나지 않는 게 아닐까.

"어머, 담배 피웠어?"

나는 그렇게 물어온 사요코에게 미소를 보였다.

"아주 가끔은 피워."

사요코가 옆에 나란히 앉았다.

"그쪽은 어때?"

내가 물어보니 사요코는 "슬슬 시끌벅적한 술자리가 되고 있어."라고 밝은 목소리로 말했다.

"친했던 손님도 몇 명쯤 남아 줘서 가게 사람들도 반은 가게에 있는 기분으로 흥을 내는 것 같아."

나는 끄덕이면서 세븐스타를 입으로 가져갔다. 반년 만의 담배에 어지러웠던 것은 첫 모금뿐, 이제 그런 일은 없었다.

"아까는 누구였어?"

"니시가미 류지를 데리고 있는 사람이라고 생각해."

"……그러면 우즈키 파 사람이라는 거야?"

"그래."

잠시 후 사요코는 물었다.

"어떻게 된 거야, 스모토 씨. 이상해. 그 여자와 무슨 이야기를 했어?"

"여러 가지."

"여러 가지라니, 무슨 뜻인데."

사요코를 흘끗 보다가 시선이 마주쳐 바로 정면을 보았다.

"네가 물었던, '그녀를 믿느냐'는 말 말이야."

"……."

"그녀는 내가 자신의 과거를 알기를 바라는 걸까?"

"……무슨 말이야?"

"잘 말은 못하겠는데, 정말 믿는다면 과거를 뒤지지 않고 그냥 말없이 보내 줘야 하는 게 아닌가, 그런 느낌이 들었어."

"그 여자가 그랬어?"

"응."

제길. 지금의 나는 스스로도 어이가 없을 정도로 솔직했다. 정직하고 솔직한 서른다섯 살. 그 여자가 그렇게 말했기 때문이 아니었다. 내 마음속에 계속 이런 의문이 있었기 때문에 그렇게 낭패스러웠다. 이런 상태일 때는 아무도 옆에 없었으면 싶었다.

담배를 재떨이에 눌러 끄고 바로 다음 담배를 꺼냈다.

"5년 전에 말이야." 연기를 내뱉으면서 말했다. "나는 아마 그녀에게 나를 밀어붙였던 거야."

사요코는 아무 대답도 하지 않았다.

"만날 수 있는 게 언제가 되든 기뻤어. 집 이야기는 물론이지만 내 일 이야기도, 어떻게 자랐는지도 나는 말하려고 하지 않았어. 하지만 말하지 않았어도 아마 나는 나 자신을 그녀에게 밀어붙이고 있었던 거야."

"정신 차려, 스모토 씨. 대체 무슨 생각을 하는 거야."

"미안. 좀 혼란스러워서."

"상담할 게 있다는 메시지가 남아 있었잖아. 마담은 당신이 이야기를 들어 주길 바랐던 거야."

"하지만 그게 뭔지 몰라."

"그래서 지금 찾는 거잖아."

"그게 반드시 그녀가 바라는 거라고는 할 수 없어."

"지금도 그래."

"뭐라고……?"

"당신은 그냥 고민하면 답이 나올 거라 생각하는 것뿐이야. 마담은 분명 그런 남자가 아무것도 알기를 바라지 않았을 거라 생각해. 알고 싶은지 아닌지는 당신이 결정하는 게 아니야. 아까 그 여자가 결정하는 것도 아니고. 틀렸어, 스모토 씨. 어느 쪽인지 모르겠지만, 좋아한다면 알고 싶을 거라 생각해. 그렇잖아. 나는 이런 여자이고, 당신이 보면 완전히 아이잖아. 하지만 마담은 그런 고민을 하는 당신을 보고 싶지 않았을 거라는 건 알아. 당신은 어제 마담의 뭔가를 믿는다고 했어. 좋아하니까 알고 싶다는 게 왜 안 되는 건데."

"그만해."

나는 사요코의 말을 끊었다.

강한 눈빛에 당황스러운 기분을 감추고, 사요코를 향해 미소 지었다.

"분명 네 말이 맞아."

6

쇼진오토시 방은 정말 술자리로 변해 있었다. 일본식 방에 다다미 열두 장 정도는 될 듯한 크기의 장방형 방이었다.

나는 맥주를 연거푸 두 잔 마셨다. 첫 잔째는 사요코가, 두 번째 잔은 야요이가 따라 주었다.

"잠깐, 가즈." 야요이는 자신의 잔에 맥주를 따르면서, 옆 테이블에서 이쪽으로 등을 돌린 아가씨를 불렀다. "아까 한 이야기를 다시 한 번 변호사 선생한테 해 줘."

야요이의 부름에 돌아본 것은 짧은 머리에 약간 살찐 아가씨였다. 눈이 동그랗고 커서 그냥 있어도 놀란 것 같은 느낌이 들었다. 취기가 도는지 얼굴 전체가 발그레했다. 지금까지 저쪽에서 하던 이야기의 여운에 웃음을 짓고 있었다.

야요이로부터 "정신 차려."라는 말을 듣고는 억지로 진지한 척하는 얼굴로 "가즈미입니다."라고 말하고 머리를 숙였다.

야요이가 내게 얼굴을 돌렸다.

"마담과 내가 분담해서 가능한 한 가게 전체를 살피고 있었어요. 이 아이와 이야기하는 동안에 제법 기억이 돌아왔는데, 역시 나는 그 손님들 테이블에는 가지 않았어요."

"그러면 그날 밤 손님들에게는 야요이 씨가 아니라 마담 쪽이 붙었다는 거군요."

"아니에요." 옆에서 가즈미가 끼어들었다. "자리에는 앉지 않았어요. 계속 앉아 있던 건 나와 미코였고, 몇 명쯤 왔다 갔다 했는데 마담은 가볍게 인사하러 왔을 뿐이에요. 손님이 네 명이니 이쪽도 세 명이면 충분하거든요. 붐비는 시간대였다면 둘만 붙겠지만."

"쓸데없는 소리는 됐어."

나는 야요이의 꾸지람을 자르듯이 물었다.

"외상 장부에 따르면 손님은 네 명이 아니라 다섯 명이던데?"

아가씨는 깜짝 놀라 눈이 휘둥그레졌다.

"아, 그건요. 하나는 호스티스여서."

"손님이 다른 가게의 호스티스를 데려왔다는 말이야?"

"네."

"그래서 나머지 네 사람의 이름은 아나?"

물어보니 야요이가 내게 명함을 내밀었다.

"아까, 이 아이에게 찾아보도록 했는데요. 손님 중 한 분이 이 명함을 준 하다 마키오 씨라는 사람이었어요."

야무진 여자였다. 그녀가 가게의 작은 마담으로 고른 이유를 알 것 같은 느낌이 들었다.

"하다는 짜증나는 아저씨였어요." 가즈미가 말했다. "혼자만 헤롱헤롱 취해서 몸을 더듬으려고 했거든요. 너무 징그러워서. 이쪽에 오는 일이 있으면 연락을 달라면서 명함을 가게 애들에게 뿌리고. 미코에게도 건넸고, 잠깐 앉았을 뿐인 다른 아이들도 받았어요. 그게 바로 가끔 신문 같은 데 나오는 업자와의 유착, 호스티스가 붙은 접대라는 거겠죠."

"입 좀 다물어."

야요이가 야단을 쳤다.

나는 만족스러운 기분으로 명함의 직함을 바라보았다. 하다 마키오라는 남자는 공장 유치를 한 시청의 인사과장이었다.

"왜 업자와의 유착이란 느낌이 든 거지?"

"왜냐고 하시면 곤란하지만, 그런 것쯤 저도 아니까요."

뒤쪽 말은 내가 아니라 야요이와 사요코를 보고 한 것이었다.

"생각 좀 잘 해 봐. 나머지 세 사람은 어떤 남자였지? 보통은 가능한 한 손님 명함을 받으려고 하잖아. 이 사람들에게는 그렇게 하지 않았어?"

"그러니까 하다 혼자만 명함을 뿌렸던 거예요. 우리 쪽에서는 다른 손님 것을 받으려고 했지만 이상하게 빼기면서 안 줬어요. 미코라면 받았을지도 모르지만. 하지만 미코가 데려온 손님이니까."

"손님끼리 뭐라고 불렀는지는 기억나나?"

"그게…… 아까 이야기를 듣고 생각은 해 봤는데."

"사이카와라는 이름은 나오지 않았어?"

사요코가 그렇게 물으니 가즈미는 잠시 생각하고 나서 고개를 흔들었다.

"나오지 않은 것 같아."

"분명하지?"

"스즈리오카 건설의 기노시타 소로쿠라는 남자 앞으로 청구서가 발행되었는데, 그런 이름은 듣지 못했나?"

내가 물었다.

"아, 들었어요. 맞아, 한 사람은 기노시타 씨라고 했어요." 그렇게 말하고 나서 가즈미는 깜짝 놀란 눈을 한층 더 크게 떴다. "잠깐만. 그리고 또 한 사람은 분명 사무장님이라고 했던 것 같아요."

"……사무장."

나는 말을 음미하면서 그런 직함이 존재하는 직업을 몇 개쯤 떠올렸다. 적어도 보통 회사가 아닌 것은 분명했다.

"대화를 듣고 그 남자의 직업이 뭔지 알 수 없었어?"

가즈미는 다시 고개를 갸우뚱했지만 결과적으로는 헛수고를 강요한 것밖에 되지 않았다.

"그러면 하다 말고 다른 한 사람은 스즈리오카 건설의 기노시타이고, 또 한 사람은 사무장이라 불린 남자. 마지막 한 사람은 어때? 역시 직함으로 불렸나?"

"글쎄……. 아닌 것 같은데, 죄송해요. 생각이 안 나서……."

"포기하지 말고 생각해 봐. 아까 업자와의 유착이라고 했는데, 왜 그런 느낌이 들었지? 접대받는다는 느낌이 든 것은 누구야?"

"하다랑 사무장이라 불린 남자요."

"그러면 나머지 또 한 사람과 기노시타가 접대하는 쪽이라는 게 되네. 그 남자도 스즈리오카 건설 사람 같았어?"

"……음, 그건 아닌 것 같아요."

"기노시타와 그 남자는 서로 반말을 썼나?"

"둘 다 존대를 쓰던데요?"

"이 네 사람의 관계에서 또 뭔가 생각나는 건 없어?"

"사무장이라는 사람과 하다는 둘 다 그쪽 동네 사람이었던 것 같아요."

"왜 그렇게 생각하지?"

"음. 때때로 자기들끼리 통하는 느낌의 농담을 했었어요. 그러고 보니 한 남자는 세토나이카이와 도쿄를 왔다 갔다 한다는 말을 했고. 어쩐지 하다는 남자 둘과 기노시타라는 사람과 중간에 선 느낌으로 분위기를 주도했던 것 같아요."

머리 한구석에 한 이름이 스쳤다.

사이카와 흥업이 그 마을에 갖고 있는 폐기물 처리장에 관하여 트집을 잡은 변호사인 내게, 사이카와 야스시가 마을에서 불러온 목이 굵고 짧고 어두운 눈을 한 남자였다.

"그 남자는 아마노라고 하지 않았나?"

가즈미는 목구멍에 박혔던 가시가 빠졌다는 얼굴을 했다.

"맞아, 아마노예요. 그렇게 불렀어요."

사이카와 흥업의 아마노와 스즈리오카 건설의 기노시타가 둘이서 그 마을의 손님을 접대했다. 그런 것이 된다. 스즈리오카 건설과 그 마을과의 관계는 분명히 큰 것이었다.

"아까 이야기 말인데, 이 사람들이 왔을 때 가게는 그렇게 붐비지 않았지?"

"피크 때는 아니었어요."

"왜 마담은 자리에 앉지 않았지? 그런 식으로 손님을 내버려두는 일이 자주 있었나?"

"죄송해요. 말을 잘못했나? 자리에 완전히 앉지 않았던 게 아니에요. 물론 제대로 인사도 했고."

"그럼 마담이라면 명함을 받았겠군."

"네, 받았을 거예요."

"자리에 앉았던 때의 마담의 태도에서 뭔가 마음에 걸리는 건 없었나?"

"마음에 걸리는 거요?"

"예를 들면 손님 중에 아는 사람이 있는 것 같았다거나."

"……그런 느낌은 들지 않았는데."

"손님 쪽은 어땠어?"

"그런 느낌은 없었어요."

"너는 그때 마담이 인사만 하고 일어서서 다른 테이블로 간 게 이상하다고 생각했어?"

"아니……. 그런 말을 해도……."

"그 손님들이 앉았던 자리가 어느 근처였는지 기억해?"

"네. 기억해요. 맞아, 분명 안쪽 테이블에 손님이 더 많이 있었는데, 마담의 단골이었던 게 아닐까요? 그래서 그쪽에 간 거겠죠."

"불려서 간 건가?"

"아뇨, 인사만 하고 훌쩍 일어나서 그쪽으로 간 것 같아요."

이 네 손님 중 누군가와 마주쳐 경악했다고 해도 그녀는 그것을 적어도 이 아가씨의 눈에 감추기에는 성공한 것 같았다.

하다 일행이 술을 마시러 온 밤, 테이블에 제대로 앉지 않았다는 것은 그녀에게 이 남자들의 대화가 문제였던 것은 아닐 터였다. 이 넷 중 누군가와 재회한 것이 문제였다. 아니면 전부 혹은 누구와 누구의 관계를 알고 있던 것이 문제였을지도 모른다. 그것이 그녀의 과거로 되돌린 계기가 되었던 게 아닐까.

머리에 떠오는 것은 야마기시 후미오와 아쓰미 요시노부의 죽음에 얽혀 좋지 않은 소문이 난 당시 그 마을의 오직 의혹 외에는 없었다.

"그런데 미코는 오늘 밤 왔나?"

물어보니 사요코가 대신해 입을 열었다.

"한때 일했는데 이미 그만뒀어."

나는 끄덕이고 나서 가즈미에게 얼굴을 돌렸다.

"아까 녀석들은 미코와 친했던 손님이라고 했지? 그중의 누구와 친했나? 사무장이라고 불린 남자, 아니면 하다?"

"으음. 둘 다 아니에요. 아마노라는 남자가 미코를 알아서 다른 사람들을 우리 집에 데려왔어요. 미코는 더 잘 알고 있지 않을까요? 그날도 더 마시자고 그 사람들이 권해서 가게가 끝난 후에 같이 나간 것 같고."

"확실해?"

"응."

"미코의 본명은 뭐지?"

"아사마 기미코일 거예요." 이번에는 야요이가 대답했다. "본명대로 기미라고 불러도 됐지만, 저번에 일하던 가게에서 미치코로 했다고 해서 그렇게 부르기로 한 거예요."

"그만 둔 건 언제입니까?"

"이달 초였나."

"일한 기간은?"

"두세 달 정도밖에 없었어요."

"그만둔 이유는?"

"미안해요. 마담이라면 자세히 들었겠지만 전 모르겠네요. 하지만 제가 아는 한에서는 특별한 이유는 말하지 않았는데, 아마 다른 가게를 찾았겠죠."

사요코가 이쪽을 보았다.

"저, 미코를 만나서 물어보는 것은 내가 할게."

"부탁해." 나는 끄덕여 보이고 나서 가즈미 쪽으로 얼굴을 돌렸다. "그런데 녀석들과 함께 온 호스티스 말인데, 이름 기억해?"

"본명인지 아닌지 모르지만 게이코라고 했어요."

"어느 가게인지 알아?"

"아뇨, 도쿄 사람이 아니었어요. 역시 그쪽에서 따라온 거예요."

"특징을 이야기해 주면 좋겠는데, 어떤 아이였어?"

"나보다도 더 작았어요. 머리는 길고 약간 갈색이 들어가서. 맞아, 코끝에 작은 점이 있어서 그걸 신경 쓰던데."

"하다와 사무장 양쪽을 그냥 따라온 거야? 아니면 어느 쪽과 특별히 가까운 듯이 보였어?"

"사무장 쪽이었어요. 계속 사무장 옆에 앉아 있었어요."

"가게의 이름은 생각나?"

"'머메이드.' 분명 그렇게 말했어요."

나는 가즈미에게 맥주를 따라 주었다.

이것으로 질문이 끝난 것은 아니었다. 아마노 이외의 세 사람의 자세한 특징을 더욱더 끈질기게 묻기 시작했다.

기요노가 찾아 준 신용조사소의 조사원과 만날 때는 아무리 그래도 상복인 채로 갔다가는 어색할 것이다. 옷을 갈아입으려 방을 빌려 여행 가방 속 정장으로 갈아입었다. 나카노와 신주쿠는 무척 가깝다. 술을 더 마시려는 가게 사람들과 함께 지하철을 타고 이동했다. 내가 누구와 만나는지를 설명하니 사요코는 함께 오고 싶어 했지만, 몇 번 고개를 저어 보이며 "떠들썩하게 보내 줘."라고 하니 포기했다.

"그럼 시간이 있으면 스모토 씨도 합류해. 늦게까지 마실 거야."

사요코는 그렇게 말하고 가게의 전화번호를 남기고 갔다.

만나기로 한 바에 들어 간 것은 9시 조금 전이었다. 가게 안을 둘러보며 이야기를 들은 차림새의 남자가 없는 것을 확인하고 나서 입구가 보이는 자리에 앉았다. 커플과 나름대로 사회적 지위가 있을 법한 옷차림의 남자들로 북적이는 가게였다.

처음 만나는 남자로부터 이야기를 듣는데 술 냄새를 풍기지 않는 편이 좋다고는 생각했지만 바에서 만나자고 한 것은 상대방이므로 마음을 고쳐먹고 마티니를 시켰다. 게다가 나는 이미 술 냄새가 나고 있었다.

9시가 지나도 남자는 나타나지 않았다. 연락을 취할 방법이 없어서 기다릴 수밖에 없었다. 알코올을 홀짝홀짝 마시고 있어도 담배를 피우고 싶어지지는 않았다. 고작 몇 시간 전에 금연을 깨고 담배에 불을 붙인 내 자신이 웃기다고 생각했다. 대학노트를 테이블에서 펼쳐 '사토 하나코'라고 했던 여자와 했던 대화와 그 후 가즈미로부터 들은 이야기를 자세하게 떠올리면서 바의 분위기와 어울리지 않게 열심히 메모를 했다.

눈이 피로해져서 창밖에 펼쳐진 신주쿠의 네온을 멍하니 바라보았다. 비 탓에 한층 더 요란해 보였다.

결국 쓸 것이 없어져서 흥신소의 하세가 니시가미를 찾아내기만 하면 실마리가 술술 풀릴 거라고 생각하기로 했다. 그 여자 쪽도 내가 니시가미와 우즈키 파의 관계를 알아차렸을 가능성을 예측했을 것이다. 그래서 니시가미는 가게를 닫았고 맨션에도 없었던 게 아닐까 하는 걱정이 스쳤지만, 지금은 생각하고 싶지 않았다.

휴대전화가 울려 허둥지둥 받으니 사요코였다.

"아까 알려 준 가게와는 다른 곳에 가게 되어서 전화를 했어."

나는 가게 위치의 설명을 듣고 전화번호를 적었다.

"어때?"

"아직 그쪽이 안 왔어."

그 말만 하고 전화를 끊었다.

그럴듯해 보이는 사람이 입구에 모습을 드러낸 것은 9시 30분이 다 되어서였다.

백발이 제법 섞인 머리를 올백으로 넘기고 있었다. 키도 마른 체형도 기요노에게서 들은 그대로였다. 안경은 쓰지 않았고 눈빛은 그다지 좋지 않았는데, 실제로는 사시에 가까웠다. 남자는 약속대로 주간지를 둥글게 말아 들고 있었다.

나는 테이블에서 일어나 남자를 향해 머리를 숙였다.

남자의 시선이 나를 포착했다. 그는 테이블의 사이를 빠져나와 다가왔다.

"스모토 선생님이십니까?"

남자가 말을 걸었다. 미소 지어도 여전히 사시 눈은 그대로였다. 손에 든 주간지는 그다지 품위가 있는 것은 아니었다.

"시라이 씨 되시죠?"

나는 안주머니에 손을 넣었다. 명함 교환을 끝내고 자리에 앉았다. 다가온 바텐더에게 시라이는 맥주를 주문하고 나는 마티니를 추가했다.

"바쁘신데 시간을 뺏어서 죄송합니다."

나는 다시 머리를 숙였다.

"아니, 전혀 그렇지 않습니다. 저야말로 죄송합니다, 기다리시게 해서. 약간 시간이 걸리는 조사 때문에 시간을 빼앗겨서요. 단지, 모처럼인데 당시 수첩 정도는 가져오는 편이 좋을 것 같아서 사무소에 들렀습니다. 고바야시 씨라는 여성의 조사에 관해서 알고 싶으시다던데요."

"그렇습니다."

"다만 부처님 앞에서 설법이겠지만, 저희들도 일단 비밀 엄수 의무가 있습니다. 사정을 듣고 대답할 수 있는 범위에서만 대답하겠지만 괜찮으십니까?"

"물론입니다."

실제로 말을 나눠 보니 시라이라는 남자의 인상은 변했다.

기요노 노부유키와 무척 공통되는 침착함과 풍채를 갖추고 있어서, 실제로 만나 보니 기요노와 마찬가지로 성의와 열의에 찬 영업사원, 혹은 무척 성실한 공무원 같다는 느낌조차 받았다.

멀찍이서 본 삐딱한 인상이 본성인지 어떤지는 별개로 하고, 이야기를 나누다 보니 그런 인상은 다 사라져 버렸다. 조사원이라는 직업상 많은 사람과 만나며 자연스럽게 타인을 대하는 법이 몸에 익었을 것이다.

시라이는 주문한 맥주에 입을 대고 입술의 거품을 닦으면서 낡은 수첩을 꺼냈다.

"저희의 경우, 조사보고서 사본은 5년이면 처분하기 때문에 나머지는 개인 메모에 의존할 수밖에 없습니다. 그래서, 무엇을 왜 알고 싶으신 겁니까?"

"8년 전에 미하루에 건설된 복지센터 때문에 토지를 매입할 필요가 있어서 고바야시 료코 씨의 소재를 찾았다고 들었는데, 맞습니까?"

"예, 그렇습니다."

"고바야시 료코 씨는 만나셨습니까?"

"그야 의뢰를 받았으니까요. 만났습니다."

나는 주머니에서 그녀의 사진을 꺼냈다.

"몇 년이나 전 일이라 당연히 기억은 애매하시겠지만 잠시 사진을 봐 주십시오."

"잠깐만요." 시라이는 나를 제지하고 사시인 눈을 일그러뜨리며 미소 지었다. "선생님, 순서가 틀렸습니다. 저는 사정을 듣고 가능한 범위라면 말씀드리겠다고 했을 겁니다."

대인 관계가 좋아 보이는 얼굴에서 날카로운 것이 보였다.

나는 사과했다.

"죄송합니다. 최근에 신문은 보셨습니까? 사실 이 여성은 살해당했습니다."

"살해당했다고요?"

"네리마에서 일어난 클럽 마담 살인 사건입니다."

시라이는 '아, 그러고 보니.'라고 하는 듯한 얼굴을 했다.

"그렇군요, 그 사건의 피해자가 고바야시 씨였습니까? 마담이 됐군요."

"마담이 되었다니, 당시도 같은 일을 했습니까?"

"호스티스였습니다."

5년 전, 네즈의 스낵주점에서 만났을 때 슬쩍 느낀 인상은 틀리지 않았다. 역시 그전부터 손님을 상대하는 장사를 했던 것이다.

"그래서요?"

시라이가 재촉하기에 틈을 두지 않고 말했다. 말을 고르는 인상을 주고 싶지 않았다.

"사건의 배후에는 오사카라든지 나고야같이 서쪽 조직이 얽혀 있는 것 같습니다."

"조직이?"

"그래서 고바야시 료코 씨의 과거를 조사하고 있는데, 제가 일을 부탁한 흥신소를 통해서 나가노의 시나노오마치에서 미하루의 토지 때문에 고바야시 료코 씨를 8년 전에 찾았던 사람이 있다는 이야기를 들어서 말입니다."

"그래서 제가 나왔다는 겁니까?" 시라이는 끄덕이고 주머니에서 담배를 꺼냈다. 불을 붙이고 갑은 그대로 테이블에 놓았다. 그리고 노안경을 꺼내 썼다. "사진을 좀 봅시다."

시라이는 내가 내민 사진을 잠시 가만히 들여다보았다.

사진을 돌려주고 코끝에 걸친 노안경의 렌즈를 피해 눈을 위로 치뜨고 이쪽을 보았다. 나이 든 인상에다 약간 비겁한 듯한 인상이 감돌았다.

"아무래도 8년 전이니까요. 죄송합니다. 사진을 봐도 얼굴을 모르겠습니다."

기억을 더듬으면서 뭐라고 대답할지를 생각한 듯한 느낌이 들었다. 그대로 아무 말도 하려는 기색이 없어서 내가 질문을 했다.

"미하루의 본적에서 부표를 단서로 찾아낸 겁니까?"

"그렇습니다. 그런 조사는 우선 거기서 시작하니까요."

"나가노에 전화로 문의한 것은?"

"주민표에 있던 나고야의 아파트가 부재중이라 바로 본인을 만날 수가 없어서 말입니다. 우연히 여행 중이었는데, 이쪽도 출장비를 얼마든지 쓸 수 있는 신분이 아니라서 얼른 있는 곳을 찾고 싶었습니다."

"그래서 만나셔서 미하루의 토지에 대해 말을 꺼냈을 때 상대방 반응은 어땠습니까?"

"어땠다뇨?"

"어떤 눈치였습니까?"

"눈치라. 갑자기 그런 말씀을 하셔도 좀. 잠깐만요."

수첩을 넘기는 척을 했지만 실제로는 훑어보는 것 같지 않았다.

허세를 부리는 태도를 취하며 웃는 얼굴이 이 남자가 원하는 것을 내게 알려 주었다.

이번에는 내가 입을 다물고 있자, 시라이가 말을 꺼냈다.

"다만, 사무소에 돌아가 수첩을 찾아 넘겨보다가 기억이 제법 선명하게 났는데, 상당히 복잡한 사정이 있다는 느낌은 있었습니다."

"그게 무슨 말씀입니까?"

"그러니까, 어디서부터 말씀드릴까." 시라이는 생각하는 듯한 틈을 두고 말을 이었다. "그러니까 만나기는 만났지만, 나중에 변호사가 나오더군요."

"변호사?"

내가 되묻자 시라이는 깊게 끄덕이며 연기를 내뱉고 맥주를 입으로 가져갔다.

나는 내가 남자가 원하는 것을 이해했다고 알려 주기 위해 지갑을 꺼냈다. 확실하게 요구한 것은 아니니 예의 바른 남자라고 보아야 할 것이다.

이쪽도 재빨리 예의로 답하는 것이 상책이었다.

7

남자의 입이 거침없어졌다.

"제가 8년 전에 만난 것은 분명히 이 여자가 맞습니다. 상대방의 얼굴을 모두 기억하지는 못하지만, 일단 저도 프로니까 보통 사람보다는 더 잘 기억합니다. 게다가 아무래도 의미심장한 느낌도 들었고요. 그래서 인상에 남아 있습니다."

"의미심장하다고요?"

"문 앞에서 쫓겨났거든요."

"쫓겨났다니?"

"'어이어이, 이건 아니지.'라는 느낌이 들었죠."

"조부의 토지 때문에 찾아왔다고 용건을 제대로 말씀하셨습니까?"

"물론입니다. 뜻밖의 돈이 굴러 들어오는 일이니까요. 저라면 펄쩍 뛰면서 기뻐했을 겁니다."

이 남자라면 그랬겠다고 생각했지만 감상은 말하지 않았다.

"말을 들었을 때 그녀의 눈치는 어땠습니까?"

"확실히 말하면 완전히 안색이 변하더군요. 저를 문밖으로 쫓아냈습니다. 저로서는 뭐가 뭔지 알 수가 없었고요. 뭔가 착각한 모양이란 생각에 몇 번쯤 노크를 계속했지만 아무리 두드려도 틀어박힌 채 만나 주지 않았습니다."

"그래서 어떻게 하셨습니까?"

"아파트 앞에서 여자가 나오기를 기다렸습니다. 어쩔 수 없으니까요. 그런데 약삭빠르게 택시를 아파트로 불러서, 타고 가 버리지 뭡니까. 정말 이상하지 않습니까? 어쨌든 그녀와 만나 제대로 토지를 팔겠다는 의사를 듣지 않으면 일이 끝나지 않습니다. 아파트 주인에게 부탁해 일하는 가게를 알아내서 그날 밤에 찾아갔습니다."

"어떤 가게였습니까. 이름은 기억하십니까?"

"잠시만요." 시라이가 수첩을 넘겼다. "'란(蘭)'이네요. 전화랑 위치도 적어 놓았는데, 말씀드릴까요? 뭐, 8년 전 일이라 아직 있는지 어떤지는 모르겠지만."

사례를 받자마자, 시라이는 소유주의 유능함을 증명하기 위한 수첩을 재빨리 꺼냈다. 좋은 일이었다. 유능함이란 항상 겉으로 드러내야 하는 것이 아니었다.

"그래서 거기서 그녀를 만나셨습니까?"

"만났습니다. 이번은 손님이니까요. 여자도 쫓아낼 수는 없었고요."

"어땠습니까?"

"쫓아낸 것을 정중하게 사과하더군요."

"이유는 뭐라고 했습니까?"

"미하루는 좋은 추억이 없고 야반도주 비슷하게 나온 동네라서 그렇다고 했습니다."

"'야반도주 비슷하게'라고 말했다고요?"

되물었다. 그녀의 입에서 '야반도주'라는 말이 나왔다면 그녀는 고바야시 료코의 가정사를 알고 있었다는 얘기였다. 조사를 자세히 한 뒤 바뀌었거나, 원래 아는 사이였을 터였다. 후자라면 고바야시 료코와 그녀의 접점은 상당히 컸다. 고바야시 료코의 과거로 거슬러 올라간다면 누군가 반드시 그녀의 정체를 아는 사람과 마주칠 터였다.

"예. 그렇게 메모해 놨습니다. 그런 일이라서 아무것도 떠올리고 싶지 않았고, 게다가 갑작스러워서 뭔가 좋지 않은 용건으로 오해했다던가."

"그 외에는 뭐라고 했습니까?"

"야반도주의 상황에 관해서 말입니까?"

"그것도 포함해 고향인 미하루에 관해서요."

"별로 자세한 이야기는 듣지 못했습니다. 어쨌든 싫은 곳이니까 가까이 가고 싶지 않았다고, 그런 뉘앙스를 되풀이하며 실례를 저질렀다고 사과했습니다."

"겁내는 기색이라거나 담담했다거나, 그런 건 어땠습니까?"

"어느 쪽인가 하면 담담했습니다. 어떤 수속을 하면 되는지 물어봐서 설명을 했고."

"실무적인 수속까지 의뢰받았습니까?"

"아니요, 관청이나 은행 관계도 있었을 겁니다. 저는 어쨌든 고바야시 료코를 찾아내어 승낙 의사를 확인하는 일뿐이었습니다."

시라이는 맥주를 다 마시고 "더 주문해도 됩니까?"라고 확인한 뒤 바텐더를 불렀다.

물을 탄 올드파를 주문했다. 정중하게 15년산이라고 덧붙였다. 술값을 누가 낼지는 이미 정해져 있었다. 병으로 시킨 게 아니니 너그럽게 봐주어야 했다.

"그녀와는 어느 정도 이야기했습니까?"

"10분, 아니 기껏해야 15분 정도였습니다. 제가 한 차례 용건을 설명하고 나니 용무가 끝났다는 느낌으로 테이블에서 떠나 버렸습니다."

"그래서 변호사는 뭡니까?"

"다음 날, 제 사무소에 연락이 왔습니다. 그녀에게 명함을 줬으니까요. 그래서 고바야시 료코 씨로부터 이 건은 전부 일임받았다고 하더군요."

"그 후의 수속은 전부 그 변호사가 했군요."

"예."

"변호사 이름은 뭡니까?"

"사이키 시게루."

나는 시라이가 수첩을 뒤적여 읽어 준 이름을 적어 놓았다.

"그건 99퍼센트 그 '란'이라는 가게에서 소개받은 변호사일 겁니다."

"왜 그렇게 생각하십니까?"

"왜라뇨. 선생님이 생각하시는 것보다 변호사란 친숙한 존재가 아닙니다. 하물며 물장사하는 사람에게는 더 그럴 겁니다. 여자를 찾아간 다음 날 바로 사무소에 연락이 온다는 것은 변호사를 누가 소개해 줬다고밖에 생각할 수 없습니다."

"그렇게 생각하고 조사하셨군요."

상대의 눈을 들여다보고 물었다.

시라이는 사시인 눈을 가늘게 떴다.

"뭐, 약간 마음에 걸려서. 하지만 그렇잖습니까. 규정된 서류에 사인만 하면 돈이 들어온다는데, 누가 비싼 돈을 내고 변호사를 고용할 필요가 있습니까."

시라이는 주문한 올드파를 맛있게 마셨다. 비싼 상담료를 받는 변호사가 내는 술이었다. 나는 바텐더에게 라가불린이 있는지 물었다. 술에 대한 욕구를 억제하기 힘든 시간대였다.

"뭐, 이런 일입니다. 사무소에서 호텔에 연락해서는, 변호사가 끼어들었다는 이야기를 하더군요. 도쿄에 돌아온 다음이었다면 일부러 다시 조사하지도 않았겠지만, 전날 그녀 다음에 나에게 왔던 호스티스의 전화번호도 물어봤으니까. 만나서 잠시 좀 떠봤습니다. 변호사 이름을 말하니까 그 호스티스도 이름을 알았고 마담과 친하게 지내는 손님이고 가게에 몇 번쯤 온 적이 있다고 가르쳐 주더군요."

"그래서?"

"남에게 돈이 굴러든다는 이야기는 대부분 사람들이 기분 나빠 합니다. 이유 없는 질투를 불러일으킨다고 할까."

"돈이 굴러들어온다는 이야기를 그 호스티스에게 했습니까?"

나는 반쯤 질려서 되물었는데, 시라이는 내 기분은 알아차리지 못한 모양이었다.

"보통 잘 하지 않는 이야기를 캐내려면 그런 것을 던져서 상대의 마음을 동요시키는 게 최고입니다. 예상대로 비밀이라고 하면서 재미있는 이야기를 들려줬습니다."

시라이는 내가 어이없어하는 것을 알아차리고는 무시한 듯했다.

"그 남자는 오사카의 야쿠자 고문 변호사였습니다."

가슴이 술렁거렸다.

"그 야쿠자 조직 이름은 뭡니까?"

"우즈키 파. 우즈키 다이스케라는 남자가 두목입니다."

"아시는 남자입니까?"

가게에 들어올 때에 말아서 들고 있던 주간지를 앞에 내밀었다.

"이 주간지에서 읽고 알았습니다. 제법 대담한 두목으로 유명한 남자 같습니다."

"우즈키 파와 '란' 마담의 관계는?"

"두목의 애인이었던 적이 있어서 개업 자금 전액인지 일부인지는 모르겠지만 돈을 척 내준 게 우즈키였다고 합니다."

"즉 '란'의 경영자는 옛날에 오사카에 있었는데 우즈키와 연을 끊고 나고야로 옮겨서 가게를 열었다는, 그런 말입니까?"

"그렇습니다만, 연을 끊었다는 것은 글쎄요. 고바야시 료코 건으로 고문 변호사를 소개해 주었으니까요. 게다가 고바야시 료코를 '란'에 소개한 것도 우즈키였다고 합니다."

"우즈키 다이스케와 고바야시 료코의 관계에 관해서는 뭔가 말했습니까?"

"남자와 여자의 관계를 상상하셨다면 아닌 것 같습니다. 아무리 그래도 옛날에 헤어진 여자의 가게에 자기 여자를 소개하지는 않을 겁니다. 아무래도 마담에게는 옛날 친구의 딸이라는 식으로 설명했다고 합니다."

"친구의 딸……. '란'의 마담 이름은 아십니까?"

"아, 그건 말이죠……." 시라이는 수첩을 뒤적이다가 얼굴을 찌푸렸다. "죄송합니다. 거기까지는 메모해 두지 않았습니다."

"그 외에 호스티스로부터 캐낸 건 없습니까?"

"아뇨, 그 이외는 별로 없습니다."

나는 라가불린을 홀짝였다.

"다시 돌아가서, 그녀가 살던 곳은 어떤 아파트였습니까? 보시기에 호스티스의 수입으로 적당한 느낌이었나요?"

"그렇지는 않았습니다. 직장인 번화가까지 20분 정도 걸리는 임대 맨션으로 비교적 깨끗했다고 기억하는데, 그쪽이라면 집세는 도쿄보다 훨씬 쌀 겁니다."

"혼자 살았습니까?"

만일을 위해 물었다.

"예, 문패도 그랬고, 제가 본 한 남자의 흔적은 느껴지지 않았습니다."

"사진은 찍으셨습니까?"

"사진요? 예, 찍었습니다."

"항상 찍나요? 아니면 의뢰인으로부터 의뢰받아야 찍으십니까?"

"대개 습관적으로 찍습니다. 몰래 찍더라도요. 그때는 고바야시 료코의 친척에게 부탁받았을 겁니다."

그것이 뭐가 문제인지 되묻고 싶어 하는 말투였다.

시라이와 헤어진 다음, 마이시티 밖의 택시 승차장 쪽 통로로 나갔다.

시라이로부터 들은 '란'의 번호에 휴대전화로 전화를 했지만 연결된 곳은 다른 가게였다. 전화번호는 맞았다. '란'이라는 가게가 전에 이 번호였는지 물어도 모른다는 말을 들었을 뿐이었다. 만일을 위해 주소를 물으니 '란'과는 달랐다.

나고야에 있는 기요노에게 연락을 취했다.

"그거 대단한데요." 시라이로부터 캐낸 이야기를 알려 주니 기요노가 말했다. "'란'이라는 가게 주소를 알면 바로 가 보겠습니다. 주인이 바뀌었다고 해도 뭔가 알고 있을지도 모르고 주위의 가게도 조사해 보겠습니다. 실은 부표를 보고 당시 주소를 찾아냈지만, 사는 사람이 모두 바뀌어서 당시를 아는 사람은 이미 아무도 없었습니다. 주인에게도 물어봤지만 대장 같은 것도 남아 있지 않아서요. 오늘 밤은 스모토 씨로부터 연락을 기다릴 수밖에 없나 하고 풀이 죽어 있었습니다."

"시라이를 찾아 준 것은 기요노 씨인데요."

"아니, 뭐 그런 걸로."

나는 그녀의 빈소에 찾아온 여자 이야기를 했다.

"우즈키 파의 관계자일 겁니다. 두목이었던 우즈키 다이스케와 어떤 관계의 여자인지."

"우즈키 다이스케는 이미 죽었지요?"

"예."

"니시가미를 부리고 있다면 간부이거나 혹은 우즈키 본인과 관계가 있는 여자라고 봐야 할 것 같습니다."

"기요노 씨, 내일 오사카로 이동해 주십시오."

"우즈키 파의 관계자를 찾아야겠군요."

"그리고 우즈키 다이스케가 그녀에게 소개한 사이키라는 변호사입니다. 조직의 고문 변호사를 지냈다고 하니까 분명 내부 사정을 잘 알 겁니다. 우즈키는 '란'이라는 가게 마담에게 그녀를 옛 친구의 딸이라고 소개했던 것 같습니다. 어떻게 될지 모르겠지만 그게 정말이라면 우즈키를 조사하면 그녀의 신원이 밝혀질 가능성도 있고."

"알겠습니다. 그런데 니시가미 쪽은 어떻게 됐습니까?"

"아직 하세 씨로부터 연락은 없습니다. 그쪽에서도 제가 니시가미와 우즈키 파의 관계를 알아차렸다고 예상했을지도 모릅니다."

"잠시 자취를 감추었을지도 모른다는 겁니까? 뭐, 잡복 정도밖에 못 하는 녀석이니까 마음껏 부리십시오."

"보기보다 훨씬 우수한 친구더군요."

"머리를 어떻게든 하라고 계속 이야기를 합니다만, 조사원답게 보이지 않는 편이 좋다며 멋대로 핑계를 대서요."

나는 웃으며 전화를 끊었다.

방금 화제가 된 사람에게 연락을 취했다. 니시가미는 금발 조사원이 잠복하는 자택 맨션에는 돌아오지 않았다.

휴대전화를 안주머니에 다시 넣고 손목시계를 확인했다.

사요코 일행이 있다는 가게는 무사시노관 뒤쪽으로, 걸어서 5분도 걸리지 않는 곳이었다. 멈춰 서서 통로 벽에 기대 머리를 정리했다.

결론을 내기에 5분 정도 걸렸다. 그 전에 점검하는 데에 몇 분을 소비했다. 장점과 단점을 저울에 달아 보면 당연한 결론인데 왜 기요노와 이야기하는 동안에 깨닫지 못했는지 오히려 이상하기조차 했다.

역 앞 터미널을 건너 북적이는 거리를 딱 한 블록 걸어서 가게 계단을 내려갔을 때 이미 사요코에 부탁할 것은 확실해져 있었다.

문을 여니 이쪽을 바라보고 웃는 사요코와 눈이 마주쳤다. 카운터만 안쪽까지 쭉 뻗은 가게로, 그녀의 양쪽에는 아무도 없었다.

"다른 사람들과는 헤어졌어. 떠들고 놀 기분이 들지 않아서."

내가 다가가 옆 스툴에 앉으니 사요코는 그렇게 말했다.

상복이 든 여행 가방을 뒤의 벽걸이에 걸고 서류가방을 스툴 다리 밑에 놓았다.

"모두 잘해 줬어. 나하고 너만 있었으면 조문객 안내도 제대로 못 했을 거야."

"맞아."

사요코가 끄덕였다.

"뭐 마시고 있어?"

"싱가포르 슬링."

바텐더에게 생맥주를 주문했다.

"어때, 분위기 제법 좋지?"

나는 가게를 둘러보았다.

사요코가 담배에 불을 붙였다.

물음에 대답하고 시라이로부터 들은 이야기의 요지를 설명했다.

사요코는 턱을 괴고 대각선 앞쪽을 보면서 이야기를 듣다가 짧은 질문을 몇 개 던졌다.

말을 끝낸 내가 맥주를 홀짝이자 사요코가 중얼거렸다.

"그렇구나. 나고야에서 호스티스를 했구나."

"엄청 베테랑이라는 거지."

나는 별로 대단치 않은 농담을 했다.

"내가 있잖아, 세무사가 되고 싶다고 상담했을 때 마담이 말해준 게 있어. 되고 싶다고 결심했으면 물장사에는 깊이 들어가면 안 된대. 만일 생활할 수 있는 돈이 있으면 가게를 그만두고 공부에만 전념하는 편이 좋다고 했어. 난 저금한 게 없어서 일주일에 이삼일은 일하고 싶다고 부탁했는데."

나는 말없이 미소 지었다.

"그런데 마담은 이렇게 말했어. 자기는 물장사를 하면서 살기로 결심했기 때문에 오히려 여러 가지 일이 잘 보이게 됐대. 손님의 인간성이라든지, 사회의 구조 같은 게 딱 보이게 됐다고."

나는 "그렇군."이라고 중얼거렸다.

"마담은 어떤 사람이었어? 스모토 씨가 아는 마담은."

예기치 못한 질문이었다.

"처음 생각한 것은 좋은 녀석이라는 거였어."

그런 다음 내가 아무 말도 하지 않으니 사요코가 재촉했다.

"그리고?"

"그리고, 그렇지……."

나는 그녀의 추억을 몇 가지 말했다 경야의 밤은 그러기 위해 있다는 것을, 이야기하는 와중에 느끼고 있었다. 사요코의 맞장구가 능숙한 덕에 하나를 이야기하고 나면 다음 하나가 입에서 나왔고, 정신을 차리고 보니 맥주잔이 비어 있었다. 말한 내용에 그다지 의미가 있는 것 같지는 않았다.

나는 캐내디언 클럽에 물 탄 것을 주문했다. 스모키한 향이 강한 라가불린 같은 술을 즐기다 보면, 그 반동으로 캐나다 위스키를 중간에 마시고 싶어진다.

"가게 사람들은 새로 일할 곳을 찾은 것 같아?"

나는 화제를 바꿀 생각으로 물었다.

"응, 대충은."

"너는 어떻게 할 거야?"

"난 어쨌든 스모토 씨가 사건을 전부 해결한 뒤에 생각할 거야."

"책임이 막중하네."

오늘 밤의 농담은 정말 썰렁하다.

말을 꺼내기로 했다.

"실은 부탁이 하나 있는데."

"뭔데? 뭐든 말해."

"내일 장례식은 너와 야요이 씨 둘이서 해 줘."

사요코는 내 눈을 들여다보았다.

"……무슨 말이야?"

"내일 아침 일찍 오사카로 가야 해."

"우즈키 파에 대해서 조사하는 거야?"

"응. 지금 나고야에 있는 흥신소 사람도 내일 오사카로 가. 그 남자와 함께 움직여 보려고. 고문 변호사 이름을 알았고 오사카 경시청 폭력단 담당자에게 협력을 부탁하면 우즈키 다이스케의 과거를 아는 형사도 있을 거야. 우즈키와 그녀의 부친이 옛 친구였을지도 모른다는 단서는 그냥 넘길 수 없거든. 게다가 가능하면 내일 중에 세토나이의 마을까지 가 보고 싶어. 니시가미의 집은 아직도 비어 있더군. 자취를 감추었을지도 몰라. 지금 내 손에 있는 단서로는 어떻게 하든 사이카와 흥업에도 스즈리오카 건설에도 쳐들어가기는 불가능해. 도쿄에서 지금 이 이상 조사할 수 있는 게 없어."

"……."

"그런데 가서 조사해야 할 게 엄청나게 많아. 오사카도 물론이지만 13년 전에 일어난 토지 브로커의 뺑소니 사건과 개발과장 살인 사건. 그 당시 시에 있었던 오직 의혹과 두 사람의 관계. 야마기시의 배후에 있었던 것으로 보이는 무로이라는 남자의 정체. 사이카와 야스시와 당시 사건의 관계. 이러한 것을 하나씩 조사해 가면 반드시 어딘가에 그녀에 관한 대답도 있겠지. 사이카와 흥업이나 스즈리오카 건설에 쳐들어갈 단서도 나올 테고."

"그 네 손님과 마주친 것을 계기로 마담이 그 주 주말에 거기로 뭔가 조사하러 갔다고 생각해?"

"그래, 한층 더 그럴 가능성이 높다는 생각이 들었어. 수첩에 있던, 그 마을의 누군지 모를 전화번호도 마음에 걸리고."

사요코는 잠시 생각에 잠긴 것 같았다.

"장례식 끝나고 나서 가면 안 돼?"

"곧 정리가 될 거다, 오늘 밤 빈소에 찾아온 그 여자가 그랬어. 어떻게 정리를 할지는 모르지. 한 가지 확실한 건 그 여자가 자신들 세계의 방식으로 정리해 버리면, 내가 진상을 알아내기는 지금보다 몇 배나 곤란해지리라는 거야. 조사하려면 하루라도 일찍 하는 게 좋아."

"……응." 이번에는 생각하는 시간이 짧았다. 말을 꺼내기를 주저했을 뿐일지도 몰랐다. "있잖아, 나도 같이 가면 안 돼?"

"그녀를 잘 보내 주면 좋겠어."

"……스모토 씨 대신에?"

"그래."

"내가 대신할 수는 없는데."

"그리고 가게의 호스티스였던 아사마 기미코를 찾아서 물어봐 주면 좋겠어."

"기미코에게 물어보는 건 중요한 일이지?"

"응."

그것이 어떻게 중요한 설명하자, 사요코는 말없이 들었다. 그러고는 담배에 불을 붙이고 "알았어."라고 끄덕였다.

그로부터는 나도 사요코도 더 이상 별로 말을 하지 않았다.

몇 차례 말을 주고받은 다음, 그중의 하나가 계기가 되어 사요코가 '라오'에서 일을 시작한 무렵에 헤어진 남자의 이야기를 시작했고, 나는 '그렇구나', '그렇군', '응' 등으로 대답했다. 그리고 각자 좋아하는 술을 두 잔씩 마셨다. 정신이 드니 나는 사요코의 정확한 나이와 남자 취향, 추억담 몇 가지와 미래에 대한 전망 등 여러 가지를 알아 버렸다.

"택시로 바래다줄게."

가게 계단을 올라가서 내가 말하니 사요코는 고개를 저었다.

"됐어. 아직 전철이 있는 시간이야."

"좀 지쳤어. 나도 차를 타고 가고 싶어서."

"방향이 반대잖아."

그런 식으로 대화를 나누면서 신주쿠도리 길에서 택시를 잡아서 사요코를 아파트 근처에서 내려 주었다.

사요코는 보도에 서서 택시가 움직이는 것을 지켜보았다.

나는 "쓰쓰지가오카."라고 기사에게 행선지를 말했다.

제7장

해후

1

마이바라 근처에서 일단 개긴 했지만, 오사카의 날씨는 무겁게 흐려 있었다.

도쿄발 8시 7분. 신오사카에 도착한 것은 11시를 지나서였다. 신칸센은 넥타이 차림의 기업 전사들로 넘쳤고 각자의 일과 회사 내의 소문 이야기로 가득 차 있었다. 버블이 붕괴한 이후 그다지 이러쿵저러쿵 수근거려질 일도 없어진 기업 전사들이지만, 매일매일의 전투에 끝은 없었다.

나는 어떤가 하면 이동 중에 대학노트를 몇 번이고 되풀이해 읽으며 머릿속에서 뭔가가 걸리기를 기다렸다. 그러다 지치면 도쿄 역에서 산 신문 몇 부를 훑어보았다. 20대의 내 모습이 떠올라 제법 감탄했다고는 할 수 있지만, 새롭게 떠오른 생각은 아무것도 없었다.

휴대전화로 연락을 취하던 기요노가 오사카 역에서 마중나왔고 내가 다가감과 동시에 머리를 숙였다.

"도움이 되지 못해 죄송했습니다."

'란'의 조사를 제대로 못 했다는 이야기였다. 가게는 6년 전에 닫았고, 경영자의 행방도 판명되지 않았다. 어젯밤 가게 주변을 조사했고, 오늘 아침 여기로 이동하기 전에 '란'이 입주해 있던 빌딩 주인을 찾아가 가게 계약서에 있던 연락처까지 찾아서 연락했지만 여자는 이사해 버렸고 그 후로는 연락이 안 된다고 했다.

"시간을 좀 들이면 찾아낼 수 있을 것 같습니다."

"아니, 그보다도 우즈키 파 자체에 집중하는 게 좋겠군요."

그쪽에서 뭔가를 찾아내면 '란'의 경영자는 그냥 넘어가도 상관없었다.

택시에 탄 우리는 사이키 시게루라는 변호사의 사무소가 있는 우메다의 주소를 말했다. 그쪽에는 내가 연락을 해서 정오에 사무소에서 만날 약속을 잡아 놓았다.

야쿠자 고문 변호사가 되는 데는 여러 가지 이유가 있다.

사무소에서 기다리던 사이키 시게루를 본 순간, 이 남자의 이유는 뭐였을까 생각했다.

사법연수원 시절에 누구나 한 번은 선배로부터 배우는 것이, 조직 관계자로부터 술자리를 권유받았을 때는 절대로 독방에서 만나면 안 된다는 것이었다. 금전 수수 같은 증명이 불가능한 트집을 잡힐 가능성이 생기는 데다, 장지를 열면 옆방에 절세 미녀가 누워 있는 만화적이라고밖에 생각할 수 없는 함정이 기다릴 가능성도 있었다.

선배 변호사가 거기까지 이야기하면 폭소가 터지는 것이 일반적이지만, 현실이란 때로 만화 같은 형태로 나타난다. 예를 들어 도박 빚. 아내 이외의 여자가 원인인 다툼. 친척의 불상사. 어떤 원인으로 발목을 잡힌 인간은 변호사에게 상담을 하러 오지만, 변호사 자신은 쉽사리 누구에게 상담을 할 수 없다. 그렇게 약점이 생기거나 몸이 망가질 듯한 냄새를 잘 맡는 인간이 야쿠자 세계에는 잔뜩 있다.

일단 야쿠자 조직과 관계를 가져 버리면 평생 빠져나갈 수 없다는 것은 경찰관이든 변호사든 예외가 아니었다.

단지 경찰관과 변호사는 뒷세계와의 관계에서 커다란 차이가 하나 있다. 경찰관의 경우는 야쿠자에게 구워삶아졌을 때 가택수색의 정보부터 시작해 마지막에는 중요 사건 수사 정보 제공에 이르기까지 머지않아 크게 후회할 가능성이 생기지만, 변호사는 후회를 하지 않을 작심을 하면 하지 않는 인생을 살 수 있다. 눈만 감으면 어떤 조직이든 의뢰인인 것에는 변함이 없다는 얘기였다.

사이키 시게루의 경우는 자신이 놓인 상황을 후회하지 않고 오히려 나름의 방법으로 즐기는 듯이 보였다.

스리피스 정장의 색은 감색이고 넥타이는 연지색. 변호사 금배지는 감색 정장에서 제일 돋보였다.

콧수염을 기르고 머리를 딱 7대3으로 나누고 있었다. 금배지보다 몇 배로 빛나는 롤렉스를 비롯해 몸에 걸친 것 전부를 보면 나와 생활 수준의 차이가 역력했다. 비서의 안내로 들어간 응접실은 내 사무소 전체가 다 들어가고도 남았다.

그 한가운데에 놓인 거대한 책상 건너편과 상당히 거리를 두고 마주해야 했다.

"이곳은 회의실입니까?"

기요노가 처음부터 비아냥이 아닌 말투로 물어보니 사이키는 만족스러운 듯한 웃음을 지었다.

"우즈키 다이스케 씨에 대해 묻고 싶다고 하셨지요."

아주 온화한 목소리였다.

"예, 사이키 선생님이 우즈키 파의 고문 변호사를 하셨던 적이 있다고 들어서요."

나는 거리를 생각해서 조금 목소리를 크게 했지만 상대방은 지극히 보통의 말투였다.

"구체적으로는 어떤 일입니까?"

"8년 전이 됩니다만, 우즈키 다이스케의 부탁으로 나고야의 '란'이라는 가게에서 호스티스를 하던 고바야시 료코라는 여성의 대리인을 하셨던 적이 있지요?"

"나고야의 고바야시 료코……." 중얼거리고 나서 바로 생각이 난 것 같았다. "아, 한번 나고야까지 갔죠. 기억합니다. 분명 고향의 땅 때문이었습니다."

"선생님이 상대방과 대화를 전부 하셨다던데요?"

"그랬습니다."

"어떻게 대리인을 부탁받으신 겁니까?"

"무슨 뜻이신지?"

"그러니까 변호사를 세울 정도의 용건도 아닌 것 같은데요."

"아, 그런 뜻입니까? 무식한 여자라서 이래저래 속지 않을까 무서워하니 도와주면 좋겠다. 그렇게 부탁받은 것 같습니다."

"우즈키 다이스케 본인에게 직접 말입니까?"

"예."

"그래서 사례는 고바야시 씨로부터 받으셨다?"

"아니요, 물론 다이스케한테서 받았습니다."

사이키는 죽은 야쿠자 두목을 존칭을 붙이지 않고 불렀고, 그러고는 슬쩍 웃음을 지었다. 전체적으로 남을 우습게 보는 분위기의 남자였지만, 이 웃음은 미묘하게 달랐다. 아마 우즈키라는 남자를 그리워한 것이리라.

"분명 여자에게 좋게 보이고 싶었을 겁니다. 턱짓 한 번으로 변호사를 오사카에서 일부러 보낼 수도 있다고. 그런 게 아니었을까요."

"고바야시 료코라는 여자는 우즈키 다이스케의 옛 친구 딸이라는 이야기를 들었는데, 어떻습니까?"

"옛 친구라. 그런 말을 했던 것 같기는 합니다만, 어떨지. 저로서는 첩 중의 하나 정도로밖에 보이지 않아서. 그쪽으로 상당히 왕성한 남자였으니까요."

나와 기요노는 살짝 얼굴을 마주 보았다.

기요노가 내게 마음을 쓰는 듯, 대신해 입을 열었다.

"사실 고바야시 료코 씨에 대해 자세히 조사하고 있는 참입니다만, 우즈키는 옛 친구 이름을 말하지 않았습니까?"

"고바야시라는 옛 친구 말입니까?"

"아니요, 사정이 좀 있어서 부친은 성이 달랐을 겁니다."

"그렇군요." 사이키는 뭔가 천박한 상상을 하고는 납득한 듯이 끄덕였다. "잠깐 실례하겠습니다. 괜찮겠습니까?"

사이키는 생각하는 표정을 잠시 유지하다가 문득 떠오른 듯 궐련을 꺼내어 가스라이터로 불을 붙였다. 그렇게 하면 뛰어난 것이 떠오르거나 영감을 얻을 수 있다는 느낌의 동작이었다. 이와 똑같은 포즈를 많은 의뢰인 앞에서 취했음이 틀림없다.

"죄송합니다. 생각이 잘 나지 않아서."

제대로 생각했다고 느껴지지 않는 것도 아닌 시간을 두고, 사이키가 연기 속에서 대답을 했다

"우즈키 다이스케와는 상당히 친한 관계였습니까?"

"뭐, 고문을 받아들였을 정도니까요."

"우즈키의 출신은 어딥니까?"

"글쎄, 그런 건 모릅니다. 아마 오사카일 거라고 생각합니다만. 스모토 씨는 의뢰인 한 사람 한 사람의 출신을 기억하십니까?"

지당한 반격이었다.

나는 세토나이의 마을 이름을 입에 올렸다.

"그쪽 출신이라든지, 혹은 무슨 일로 그 시에 관계한 일이 있다는 이야기를 들은 적은 없습니까?"

"아니, 기억에 없습니다."

질문의 목표를 바꾸어 보기로 했다.

"우즈키 파는 분열되었다고 들었습니다만, 그 후에는 어떻게 됐습니까?"

"소멸했습니다. 분열이라기보다 조직을 접었다고 할 수 있을 겁니다."

"해산했군요."

"사실상은 그런 거지요."

"왜 그렇게 된 거죠?"

"직접적인 원인은 다이스케가 급사했기 때문입니다."

"급사라니……. 이유는 뭡니까?"

"아니, 원래 폐암으로 입원했는데, 용태가 급변해 의사가 말했던 예후에 비해 일찍 가 버린 겁니다. 예순을 약간 넘겼으니까 젊었지요."

"언제 일입니까?"

"6년 전입니다. 우즈키 파는 오사카의 항만 관계의 일을 주요 수입원이었습니다. 하역부 등의 항만 노동자나 선원 알선, 선박회사와 협상 같은 것도 하고, 때로는 반대로 선원들의 파업을 제압하러 가기도 하고, 요컨대 항만의 일을 원만하게 진행하려면 우즈키 파의 존재를 빼놓을 수 없었지요. 야쿠자로서는 비교적 깔끔한 조직이었습니다. 항만 일이란 큰 수입이 되니까 별로 더러운 일에 힘을 쓸 필요가 없었습니다."

"왜 우즈키는 죽기 전에 후계자를 지정하지 않았습니까?"

"아까 말씀드렸듯이 용태가 급변해서 마지막 결정을 할 수 없었습니다."

"그렇다고 해도 보통은 암인 것을 알게 된 시점에서 어떤 수를 쓰지 않습니까?"

"글쎄요."

고문 변호사라면 당연히 알고 있을 일이겠지만, 사이키는 말을 흐릴 뿐이었다.

"그러면 조직을 해산시킨 것은 누굽니까?"

"미망인입니다. 이름은 가오루코라고 합니다."

"미망인……. 해산 결단을 내린 것은 왜였을까요?"

"그 이야기는 복잡해서 길어지는데, 한마디로 하면 결국은 오사카의 정세를 예상했을 때 항만이라는 무척 짭짤한 이익을 동반하는 구역을 우즈키 본인이 죽은 뒤에는 유지할 수 없었다는 거겠지요. 우즈키 파가 계속 이어져 왔던 것은 다이스케라는 두목이 있었기 때문입니다. 다른 조직 두목들 사이에서 인망도 나름대로 있었고 일단 힘으로 겨루게 되면 주저 없이 상대의 심장부를 찌를 듯한 냉정함도 가진 남자였습니다. 바다를 관리한다는 것은 일본인 이외의 사람과 분쟁이 일어나거나, 반대로 한데 모아 정리하지 않으면 안 되는 일입니다. 그 남자의 결단으로 오사카 만에 몇 명쯤 빠뜨리기도 했을 겁니다. 협객이라고나 할까요? 저야 좋아하는 말은 아니지만 그런 부분이 남아 있는 남자였습니다. 파티나 격식 있는 자리에 나올 때는 젊은 시절부터 일본 전통 옷을 입고 온 적이 많았습니다."

사이키는 온화한 웃음을 지으며 이야기를 계속했지만, 눈 자체는 웃지 않았다.

"사실상 해산했다고 말씀하신 이유는 뭡니까?"

"그것 말이죠. 이것도 또한 여러 가지 관점이 있겠지만, 우즈키 가오루코라는 미망인은 아십니까?"

나는 고개를 저었다.

"아니요."

"우즈키 파라고 할까, 우즈키 다이스케를 말할 때는 이 여자를 빼놓고서는 할 수 없는데, 진짜 수완가인 아줌마였습니다. 배우자가 죽은 다음에 다른 조직과의 역학 관계를 생각해서 이대로는 항만 일을 해낼 수 없다고 판단한 것은 조직 간부 녀석이 아니라 이 여자였다고 생각합니다."

"그래서 조직을 해산시켰다."

"그뿐이라면 누가 수완가라고 부르겠습니까. 우즈키 파는 항만에 들어온 선박회사나 운송회사 주식을 얼마쯤 갖고 있습니다. 그중 하나의 재정비를 명목으로 가오루코가 경영에 참가했습니다. 한편으로 간사이 최대 폭력단인 교와회와 이야기를 맞춰 항만의 이권을 넘기는 것을 조건으로 자기네 후원자로 만들었습니다."

"……교와회를."

"네. 그때는 정치가를 몇 명쯤 움직이기도 한 것 같습니다. 항만 일이란 폭력단이 얽히지 않으면 할 수 없는 측면이 있으니까요. 교와회와 연결된 가오루코가 바깥 사회에서 자연스럽게 발언력이 강해진 것도 당연하고, 한편 뒷세계로서는 우즈키 다이스케의 뒤를 교와회가 이었다고 하면 아무도 말참견은 못하지요. 나중에 생각해 보면 다이스케가 죽었을 때에 자칫 잘못하면 오사카에 총격전이 일어날 위험도 있었는데, 그 아줌마가 그것을 잘 피해서 새롭게 자리를 만들었다고도 할 수 있습니다."

"조직원들은 어떻게 됐습니까?"

"손을 씻을 녀석은 씻었고 남고 싶었던 녀석은 자신이 경영하는 선박회사에 데려가고, 바깥사회에서는 살 수 없다는 녀석들 몇 명은 교와회에 맡긴 것 같습니다."

나는 가오루코의 외모를 물어보고는 질문을 계속했다.

"그런데 니시가미 류지라는 남자의 이름을 들으신 적이 있습니까? 과거 우즈키 파의 구성원이었습니다만."

"니시가미요?"

나는 사진을 내밀었다.

"이 남자입니다."

"아, 기억합니다. 구성원이라기보다 간부였습니다. 형님뻘인 야나다라는 남자와 둘이서 마지막에 우즈키 파를 지켰습니다. 하지만 다이스케가 죽음과 동시에 손을 씻었을 겁니다."

"손을 씻은 이유는?"

"거기까지는 모릅니다."

"형님인 야나다는 대충 나이가 어떻게 되지요?"

"슬슬 마흔쯤 되지 않았나 싶은데요. 체격이 큰 남자입니다. 제법 잘생겼고 호남아였지만 혈기가 등등한 것도 분명했습니다."

그런 남자를 나는 한 명 알고 있었다.

"조직이 해산한 다음 야나다 쪽은 어떻게 했습니까?"

"가오루코를 따라 지금도 오른팔을 하고 있을 겁니다. 간부 중에서 야나다와 니시가미 두 사람은 원래부터 가오루코 쪽이었으니까요. 제가 본 느낌으로는 해산을 반대한 간부들을 눌러 버린 것은 야나다가 아닐까 하는데."

"사이키 선생님은 현재 가오루코와 어떤 관계십니까?"

"저는 다이스케에 고용되었지, 그 여자에게 고용된 것은 아닙니다. 조직이 해산했을 때 저도 계약을 해소했습니다."

실제로는 그쪽에서 해소한 듯한 느낌도 들었다. 바깥 사회에 나간 가오루코에게 우즈키 파의 고문 변호사를 지낸 사이키는 이미 과거의 남자였다.

나는 가오루코가 경영하는 회사의 이름을 묻고, 우즈키 파의 관계자 중 만나서 이야기를 들을 수 있는 사람은 없는지 물었다.

감사를 표하고 방을 뒤로 하려고 할 때 문득 기억이 되살아났다.

"사이키 선생님은 아까 우즈키 다이스케는 젊은 시절부터 일본 전통옷을 고집한 적이 많았다고 하셨는데, 담뱃대를 모으는 취미는 없었습니까?"

"담뱃대요?"

사이키는 내가 한 말을 되풀이했다.

"잘 아시는군요. 담뱃대를 좋아했던 남자였습니다."

건물 밖으로 나가니 비가 내리기 시작했다.

물을 듬뿍 빨아들인 스펀지가 더 이상 머금지 못한 수분을 떨어뜨리는 것처럼 내리고 있었다.

"고바야시 료코의 빈소에 온 게 우즈키 가오루코라는 여자라고 생각하십니까?"

기요노가 묻기에 끄덕였다. 사이키의 이야기는 내 육감을 자극하기에 충분했다.

"그런데 마지막으로 물으신 건 무슨 의미입니까?"

"그녀 가게의 호스티스였던 아가씨로부터 들었는데 취했을 때 '라오'라는 가게 이름의 유래를 물었더니, 옛날에 담뱃대를 좋아하던 남자에게 신세를 진 적이 있다고 대답했다고 하더군요."

"그렇습니까, 조금씩 이어져 왔네요."

기요노는 끄덕이면서 담배에 불을 붙이고 맛있다는 듯이 연기를 토해 냈다.

그때, 휴대전화가 울렸다.

각자 주머니를 뒤지다가 내 전화의 벨이라는 것을 확인했다.

전화를 건 사람은 눈앞에 있는 남자의 부하였다.

"하세입니다. 스모토 씨, 니시가미가 집에 돌아왔습니다. 그래서 지금 도쿄 역에서 전화를 하고 있는데 아무래도 신칸센에 타려는 것 같습니다. 가는 곳은 확실하지 않지만 오사카일지도 모르겠고 어쩌면 세토나이의 마을까지 갈지도 모릅니다."

금발 조사원은 재빠른 말투로 말했다.

"니시가미는 혼자 있습니까?"

"예, 집에 돌아올 때부터 계속 혼자입니다."

"집에 있던 시간은?"

"한 5분쯤입니다. 바깥에 택시를 대기시켜 놓았고, 10분은 걸리지 않았습니다."

"집에서 가지고 나온 건 없습니까?"

"그건 확실히 모르겠습니다. 비닐 가방을 들고 들어갔다가 나왔을 때도 같은 가방을 들고 있었습니다. 그리고 또 한 가지, 도쿄 역에 도착할 때까지 택시를 갈아타거나 신호에서 급발진을 시키면서 미행을 경계하는 눈치입니다. 사실 겨우 도쿄 역까지 왔습니다. 미행이 붙은 것 자체는 들켰을지도 모릅니다. 그래서 제가 전화드린 것은 이대로 니시가미와 같이 도쿄를 나가도 되는지 어떤지 판단해 주셨으면 해서 말입니다."

"물론입니다. 계속 연락해 주시고. 부디 신중하게, 경솔한 행동은 하지 말아 주십시오."

하세는 "알겠습니다."라고 하고 전화를 끊었다.

"우리 직원입니까?"

담배를 다 피운 기요노가 묻기에, 나는 하세와 나눈 대화를 설명했다.

"설마 이쪽으로 오는 걸까요?"

"아니면, 세토나이까지 갈 생각일지. 니시가미는 혼자였다고 합니다. 어쩌면 가오루코는 이미 한 발 앞서서 오사카나 마을에 들어갔을지도 모릅니다."

"뭐, 일단은 녀석도 잠복 정도는 제대로 할 수 있다는 것을 보니 마음이 놓입니다."

기요노는 농담을 하고는 입술을 일그러뜨렸다.

"잘하고 있습니다."

"그렇게 말해 주시니 정말 마음이 놓이네요."

일단 말을 끊고 나서 아무렇지도 않은 어조로 덧붙였다.

"실은 그놈은 제 아들입니다."

나는 무심코 기요노의 얼굴을 쳐다보았지만, 그는 미묘하게 시선을 피했다.

"……그런데 성이 다르던데요?"

"하세는 헤어진 아내의 성입니다. 뭐, 친아버지는 시시해도 경찰관이었으니까 녀석에게는 나름대로 어엿한 아버지였던 적도 있죠. 얄궂게도 그게 오히려 좋지 않았던 것 같습니다. 경찰관 아들인데 비뚤어져 버렸다고 할까요. 중학교 때부터는 엄청나게 난리를 피웠습니다. 학교에도 제대로 가지 않았으니까." 새 담배를 뽑아내어 손바닥에서 굴렸다. "그런데 정의의 편이라고 생각했던 아버지는 실제로 말도 안 되는 놈이었던 겁니다. 게다가 부모의 이혼도 있었고. 한때는 저와 말조차 하려 하지 않았습니다. 당연히

처가 데리고 갔지요. 하지만 녀석도 무척 고생을 했습니다. 고등학교를 그만두고 나서도 겨우 일을 찾았다가 대개는 한 달도 못 가서 싸우고 그만둔 것 같습니다. 한번은 경시청에 신세를 질 뻔한 적까지 있어서요. 제가 옛날 동료에게 엄청 고개를 숙였고, 그러다 끝내는 뒤에서 한 짓을 폭로하겠다고 협박해서 겨우 석방시켰습니다. 그때 데리러 가서 저도 모르게 말입니다. 같이 일해 볼 생각은 없는지 물었더니, '뭐 심심하니까 해 볼까?' 이러더군요."

담배에 불을 붙였다. 멋쩍은 웃음은 내가 몇 번쯤 일의 의뢰를 하던 때에는 한 번도 본 적이 없는 것이었다.

"왜 처음부터 말씀해 주시지 않았습니까?"

"뭐, 아들과 둘이서 하는 영세 흥신소라는 취급을 받기 싫어서 말입니다."

이번은 평소와 같은 웃음이었다.

나는 말하지 않은 이유를 알고 있었다. 틀림없이 자존심이 높은 깐깐한 변호사에게 사생활 따위 말하고 싶지 않았을 것이다.

기요노와 처음 만난 것은 7년 전, 시오자키의 사무소에 있던 시절부터 우정 하나 없는 채 일을 의뢰해 왔다. 나는 흥신소 사람과 친해지고 싶다고 생각한 적은 없었고, 그쪽도 그런 생각 따위 하지 않았을 것이다.

"그래서 이제부터 어떻게 하실 겁니까?"

사무적인 어조로 돌아가 물어왔다.

"기요노 씨는 잠시 오사카에 남아서 가오루코 주변과 우즈키파 관계자를 조사해 주시겠습니까?" 나도 사무적으로 대답했다. 쑥스러웠던 것이다. "우즈키 다이스케의 선에서 그녀의 부친이 판명될 가능성에 걸어 보고 싶습니다. 그리고 또 한 가지는 스에히로회를 조사해 주십시오."

"사이카와 야스시가 사이카와 흥업의 다음 두목이 되기 전에 소속한 오사카의 조직 말이군요."

"예. 특히 토지 브로커였던 야마기시 후미오나 그 배후로 보이는 무로이라는 남자와의 관계를 포함해서, 당시 스에히로회가 그 마을과 어떤 식으로 관계되어 있는지 알고 싶습니다."

"알겠습니다. 스모토 씨는 이제부터 그쪽으로 가실 겁니까?"

나는 끄덕였다.

"그녀는 그 마을에 뭔가 조사하러 간 것 같습니다. 그것이 무엇인지 알면 그녀의 과거에 무슨 일이 있었는지, 사이카와 흥업이나 스즈리오카 건설은 어떻게 얽혀 있는지를 알 수 있을 겁니다."

"저도 여기 조사가 끝나는 대로 그쪽으로 가겠습니다."

"부탁드립니다."

"만일을 위해 말씀드리는데, 꼭 조심하십시오."

서로 손을 들며 헤어질 때 기요노가 덧붙였다.

"잊어버리시지는 않았겠지만 마을에는 사이카와 야스시가 경영하는 쓰레기 처리장이 있습니다. 지금도 녀석의 수하가 있다는 말입니다. 게다가 아무래도 그 마을에 사건의 핵심이 있는 것 같습니다. 그렇게 생각하시지 않습니까? 우리가 조사하러 온 것을 알면 움직일지도 모릅니다."

금이 간 늑골을 쓰다듬었다.

말없이 끄덕였지만 그런 위험에 대해 이 시점에서 나는 아직 흥신소 경영자만큼은 실감하지 못하고 있었다.

2

딱 한 순간 감상적인 기분이 생겼다.

오사카에서 신칸센을 탄 뒤 지역선으로 갈아탄 지 약 한 시간. 바다까지 접근한 완만한 경사면 발밑을 열차는 지금 오른쪽 왼쪽으로 살짝 커브를 그리며 달리고 있었다.

오른쪽 차창에는 가랑비가 섞인 희끄무레한 빛 아래서 한층 더 짙어 보이는 10월의 잎들과 그 사이로 띄엄띄엄 섞여 단풍의 시작인 노란 잎이 지나가고 있다. 경사면의 각도가 완만한 만큼 손바닥만 한 넓이의 계단식 밭이 포개어져 있었고, 창에 얼굴을 대니 훨씬 위까지 이어진 것이 보였다.

왼쪽은 선로가 해안선에서 조금 높은 곳에 있어서 마을을 한눈에 볼 수 있었다. 밭에 민가가 점점이 있는 풍경은 며칠 전에 찾아간 고바야시 료코의 고향과 마찬가지였다. 그쪽은 산에 둘러싸여 있었고, 이곳은 산과 내해(內海)에 둘러싸인 밭이 지형을 이용해 펼쳐져 있었다.

높은 건물이 존재하지 않기 때문에 상당히 멀리까지 조망을 할 수 있었지만 더 앞에 있을 바다는 보이지 않았다. 바다의 존재를 연상시킨 것은 마을이 가까워짐과 동시에 나타난 먼 곳의 굴뚝과 콘크리트로 된 흰색 공장의 모습이었다.

강어귀 부근에 걸린 철교에 접어드니 생각보다 훨씬 가까이에 바다가 보였다.

내가 상상했던 바다는 아니었다.

강 양쪽도 해안선도 공장의 청결한 경관과 그것을 둘러싼 높은 벽, 그리고 공장들을 연결하는 같은 시기에 깔았을 아스팔트 포장도로로 꽉 채워져 있었다.

수풀도 적지 않았는데 공장 부지 안이나 바깥 둘레에 심어 놓은 가로수와 잔디였다. 공장도 벽도 비의 어스레함에도 불구하고 회색으로 퇴색되지 않은 완전한 흰색이었다. 폭이 넓은 포장도로는 강을 따라 상류를 향해 뻗은 한편, 열차의 철교보다도 더 하류에 해당하는 진짜 강어귀 부근에서 바다를 따라 강을 가로지르고 있었다. 가랑비가 내리는 가운데 주행하는 차는 거의 보이지 않았고, 길 자체가 경치를 몇 개쯤으로 나누어 놓고 있었다.

강은 기슭 보호 공사가 완벽하게 되어 있었고, 일부는 운동장이나 골프 연습장이 되어 있었다. 제방을 따라 포장도로와는 별개로 인공적으로 조성한 산책용 보도가 뻗어 있었다.

이곳이 1기로 유치한 공장인지 2기인지는 알 수 없었지만, 지역 발전을 위해 시장들이 앞장서서 세운 계획의 산물인 것은 분명했다. 이 마을에서 그녀가 고바야시 료코가 되기 전의 인생을 보냈다 해도 이런 경치는 아니었을 것이다.

예비 조사한 지식을 떠올렸다. 시장이 이 근처 공장의 유치 계획을 제안한 20년 전, 공장 건설 예정지였던 시와 세 마을의 인구 합계는 약 6만 명. 농가 호수는 5000호 정도로 어디나 거의 반농반어의 생활을 꾸리고 있었다. 건설 이후에는 공장이 안정된 수입을 가져와 부근의 마을로부터 노동력이 유입되어 20년 동안에 인구는 몇 배로 늘었다. 공장에서 일하는 사람들이 마시고 먹기 위한 요식업을 비롯해 대형 마트나 백화점, 오락시설이나 의료시설 건설도 진행되었다.

동시에 공해도 발생해서 반대 운동은 현재에 이르기까지 이어지고 있다.

이곳의 공장 유치가 계획되었던 것은 IC공장이나 액정공장 같은 하이테크 산업은 청결하고 공해가 수반되지 않는다고 믿던 시절이었다. 철강 등의 중화학 공장과는 달리 원료 및 제품 수송을 위해 거대한 항만에 인접할 필요도 없고 연기를 뭉게뭉게 뿜어낼 일도 없는 깨끗한 공장…….

실제로는 깨끗함을 유지하기 위해 사용되는 트리클로로에틸렌이나 테트라클로로에틸렌이라는 유기용제가 공해의 원흉이며, 그것이 각지에서 문제가 되거나 경영자와 시정자가 필사적으로 감추려고 하게 된 것은 고작 요 10년 사이의 일이다.

이 마을에서도 지금은 똑같은 분쟁이 이어지고 있다고 신문 데이터에 나와 있었다.

역이 가까워지자 맨션과 상가 빌딩이 나타났다. 유명한 대입학원의 간판이 눈에 띄는 곳에 세워져 있었다. 열차의 시골스러운 인상보다 훨씬 세련된 플랫폼에 내려서서 유원지나 리조트 호텔의 입구를 본뜬 듯한 역사 안을 빠져나가면서 시간을 확인했다. 역과 역 빌딩을 잇는 통로에 붙어 있던 호텔 안내를 보고 터미널에 있는 호텔을 찾았다. 그리고 책방에 들러 시 지도를 샀다.

체크인을 끝내고 가격에 적당한 작은 방에 들어갔다.

사요코에게 전화를 해 장례식 상황을 들었다. 유골은 내가 돌아가기 전까지 사요코가 맡았다. 미하루에 있는 고바야시 가의 묘에 합장할 수는 없다. 오사카에서의 일을 이야기하니 사요코는 '라오'의 유래인 담뱃대를 좋아하는 남자의 존재에 놀라움을 표했다. 가게에 있던 기미코라는 호스티스를 찾아내겠다고 약속하고 전화를 끊었다.

비서인 노리코로부터 연락이 온 것은 시내의 밤이 시작되기를 기다리기 위해 약 한 시간 정도 방에서 시간을 죽이다 나가려던 바로 그때였다. 시간을 죽이고 있었다기보다 실제로는 침대에 멍하니 누워, 유골이 되어 버린 그녀를 생각하고 있었다.

"연락이 늦어졌습니다만 전화번호의 소유주를 알았습니다."

"……알아내셨습니까?"

무심코 되물었다.

기대하지 않았다면 노리코에게는 미안하지만, 내심 헛걸음일지도 모른다고 생각하면서 한 부탁이었다.

"호리이 마사아키라는 남자입니다."

"주소는?"

노리코가 말해 준 이 마을의 주소를 적었다.

거듭 감사의 뜻을 표하고 나서 사무소 컴퓨터로 신문 데이터와 인물 정보를 조사해서 만일 호리이 마사아키에 해당하는 데이터가 있으면 팩스로 보내 달라고 부탁했다.

지도에서 호리이라는 남자의 주소를 찾아냈다.

마을 북쪽의 교외였다. 어떤 남자인지 정체를 알기 전까지는 함부로 전화를 걸 수도 없다. 내일이라도 찾아가 보는 것이 최선이었다.

겉옷을 입고 손에 익은 서류가방은 그대로 남겨 두고 마을 지도를 주머니에 쑤셔 넣었다.

역 앞에서 곧바로 바다 쪽으로 뻗은 아케이드 상가를 걸어갔다.

회사도 끝나 사람들이 제일 많이 다닐듯한 시간대이지만 도쿄의 번화가와 비교하니 막차 시간이 가까워졌나 하는 생각이 들 정도로 지나다니는 사람이 없었다.

아케이드 자체는 새로 조성되었는지 역 터미널 앞의 정문도 높은 돔형 천장도 돋보였지만, 생선가게 옆에 정육점이 늘어서 있고 장난감가게의 쇼윈도에는 텔레비전 게임과 함께 플라스틱모델이 전시되어 있었고, 화과자점 앞에서는 찐빵과 고기만두를 팔고 있었다.

번지로 짐작을 하면서 아케이드를 상당히 안쪽까지 걸어간 뒤, 차가 겨우 지나갈 정도의 골목을 왼쪽으로 꺾었다.

가져왔던 접이식 우산을 당겨서 폈다.

길 양쪽에는 젊은이를 상대로 한 카페나 회사원 상대의 커다란 선술집이 이어져 있고 조금 더 가니 클럽이나 일품요릿집이 입주한 건물이 모여 있었다.

지도에서 확인하니 시청사나 법원, 시민회관 등도 가까운데, 길 앞으로 보이는 사무실 빌딩 같은 분위기의 건물이 찾는 곳일지도 모른다.

시간은 7시 전이었지만 '머메이드'는 이미 열려 있었다.

5층 건물의 1층을 완전히 차지하고 입구 옆에는 바니걸 차림의 여자들을 낮은 각도에서 촬영한 사진이 패널로 만들어져 있었다.

변호사 배지를 겉옷에서 뗐다.

가게 안으로 들어가니 실물의 바니걸이 맞아 주었다. 상당한 볼륨으로 록 음악을 틀어 놓았고 가게 안은 밝았다.

"혼자 오셨습니까?"라고 묻는 검은 옷에게 끄덕여 보이고 안내를 받아 안으로 들어갔다. 구레나룻을 길게 기른 남자로, 머리는 짧은 편이어서 뒤에서 걸어가도 머리 양쪽으로 구레나룻이 보였다.

가게에는 이 시간치고 먼저 온 손님들이 제법 있어서, 대여섯 명 그룹 둘과 두 사람 일행 세 팀을 바니걸들이 각각 시중들고 있었다.

테이블 수는 그 몇 배나 되기 때문에 아직 붐비는 상태와는 거리가 멀었다. 이 시간대부터 신바람이 나서 오는 손님이 있으니까 8시, 9시라도 되면 엄청나게 북적이는 가게일지도 모른다.

"뭘 주문하시겠습니까?"

맥주를 주문하니 일단 물러갔다가 다른 바텐더가 물수건을 갖고 온 다음에 아까의 구레나룻이 있는 남자가 맥주를 쟁반에 올려서 돌아왔다.

"지명은 하실 겁니까?"

맥주를 잔에 따르면서 물어서 끄덕여 보였다.

"게이코를 부탁해."

"죄송합니다. 오늘은 게이코는 휴가를 받아서."

나는 너무 아쉽다는 얼굴을 했다. 실제로 아쉬운 마음을 과장해 얼굴에 드러낸 것이다.

"뭐야. 만날 수 있을 거라 기대를 하고 왔는데. 감기라도 걸렸나?"

"뭐, 그렇습니다."

바텐더는 반쯤 얼빠진 어조로 대답했다.

나는 잠시 의기소침한 표정을 계속 지으면서 어떻게 말을 꺼내볼지를 생각했다.

"내가 말하는 것은 거기 코끝에 작은 점이 있는 게이코인데."

"예. 죄송합니다."

"그러면 어쩔 수 없군. 알아서 보내 줘."

바텐더는 미소 지으며 물러갔고, 가게가 붐비기 전의 서비스인지 거의 동시에 바니걸 두 사람이 다가왔다.

한 사람은 너구리 같은 얼굴을 하고 있었고, 또 한 사람은 비교해서 말하자면 여우를 연상시켰다. 어느 쪽도 토끼 귀가 어울리지 않는 것은 분명했다.

문장 사이를 질질 끌며 소개하는 이름들은 즉시 잊어버리고, 두 사람에게 무엇이 마시고 싶은지 물어보았다. 나란히 바텐더에게 우롱차를 부탁해서 내 맥주잔과 성실하게 건배를 하고는 홀짝 홀짝 마시기 시작했다.

나는 대충 엉터리 이름을 댄 후 "어디 사람?"이라고 묻기에 적당히 대답하고, "직업은?"이라고 묻기에 적당히 대답하고, "왜 이 마을에 왔어?"라고 묻기에 적당히 대답했다. 대답을 하기 전까지 "어디라고 생각해?", "어떻게 보여?", "왜라고 생각해?"라고 꼬박꼬박 되묻고는 농담도 섞어 말을 걸어서, 20분 정도 만에 허물없이 지내는 아저씨가 되었다.

맥주를 다 마시고 둘의 최대 관심사를 하나 만족시켜 주기 위해 국산치고 가격이 제법 나가는 위스키를 병으로 주문했지만 내 관심사는 아직 꺼내지 않았다.

머지않아 새 손님이 들어와 여우 얼굴은 테이블을 떠났다.

내가 기다렸던 것은 이렇게 되는 것이었다. 너구리를 고른 이유는 없었다. 꼬치꼬치 캐묻기에는 상대가 둘이면 힘들다.

물 탄 위스키를 홀짝이면서 말을 꺼내니 너구리가 되물었다.

"게이코? 왜 찾는데요?"

"왜라니, 오늘 밤은 만나고 싶었으니까."

"어머, 우리 가게에 전에도 오신 적이 있구나."

"거래처 사람이 데려와 줘서. 아까 감기라고 들었는데."

"응, 잠시 쉬고 있어요."

"잠시라니 오늘 밤 하루뿐이 아닌 거군."

"응, 좀."

"언제부터?"

"지난주부터 나오지 않았어요."

"설마 관둔 건 아니겠지?"

"아니에요, 그럴 일은 없을 텐데."

말끝을 흐리기에 잠시 기다려 보아도 다음 말을 하려고 하지는 않았다.

"너 게이코와 친해?"

"별로 친한 건 아니고."

"친한 아이를 소개시켜 줄래?"

"왜요?"

기요노 같은 흥신소 사람이나 형사들이라면 뭔가 다른 이야기를 꺼냈겠지만 변호사라는 직업은 변호사인 것을 감추고 사람에게 질문하는 게 익숙하지 않다고 할 수밖에 없었다.

"알잖아." 나는 가능한 한 호색한 같은 웃음을 지었다. "게이코의 취향이라든지 여러 가지 물어보고 싶어서. 가능하면 주소도. 아플 때에는 마음이 약해지잖아. 다시 없는 기회지."

너구리는 순간 짜증난다는 얼굴을 했지만 그것을 감출 정도로 접객에 익숙해져 있었다.

"아니면 너라도 괜찮아. 게이코의 연락처를 알려 주면 만 엔 줄게."

정말 변태 영감이 된 기분이 들었다.

"정말 줄 거예요?"

"그럼, 거짓말이 아니야."

"……하지만, 곤란해요. 그런 건 안 된다던데."

"주소는 알아?"

"모르는 건 아니지만."

"너한테 들었다고는 하지 않을게."

"하지만 게이코에게 피해가 될지도 모르고." 너구리는 그렇게 말한 다음 깜짝 놀란 듯이 덧붙였다. "죄송해요. 수상한 분이라는 게 아니고요. 하지만 다들 사생활이란 게 있으니까요."

나는 손을 모아 보였다.

"어떻게 좀 부탁할게. 응?"

바텐더들이 서 있는 가게 입구 쪽에 재빨리 시선을 주고 나서 물었다.

"지갑은 저기에 있어요?"

"응."

끄덕여 보이니, 너구리는 미리 지폐를 꺼내기를 기다리는 기색이었지만, 나는 그럴 정도로 사람이 좋지는 않다.

"잠깐 기다려요."

그렇게 중얼거리고 일어나려는 너구리를 붙잡고 작은 목소리로 말을 꺼냈다.

"그런데 사무장은 누구지? 전에 만났을 때 게이코가 말했는데."

"사무장……."

"그래."

"몰라요."

너구리는 고개를 젓고 멀어졌다.

그럭저럭 잘 해냈다고 만족하면서 물 탄 위스키를 입에 댔다. 게이코를 꼬드기고 싶어 하는 변태 남자에게 순간 주저하며 '몰라'라고 부정한 것은 '사무장'이라 불리는 남자를 안다는 뜻이었다. 아무래도 게이코가 좋아하는 남자 같았다. 이름은 바로 물어보면 된다.

너구리가 돌아오기까지 4~5분 걸렸다.

약간 상기된 얼굴로 내 옆에 앉자마자 귓속말을 했다.

"여기는 좀 곤란해요. 건물 뒤에 주차장이 있거든. 거기서 기다려 줄래요?"

나는 그 말대로 했다.

그녀의 말대로 뒤쪽은 주차장이었다.

번화가의 세력이 미치지 않은 뒤쪽 골목은 조용하고 어두웠다. 우산을 쓸 정도로 비가 내리지는 않았고 바람도 거의 없었다.

부르는 기척에 돌아보고 놀라지는 않았다. 너구리의 태도에서 어쩐지 모르게 예측했던 대로 구레나룻을 기른 바텐더가 솟은 어깨로 주차장을 가로지르는 참이었다.

가게의 어깨들이 나온다는 더 나쁜 가능성도 있었기 때문에 다행한 사태였다. 흐름에 맡길 수밖에 없었다.

"손님, 그러시면 곤란합니다."

말투는 정중했지만 눈빛은 그렇지 않았다. 키는 나와 거의 같았다. 바텐더는 내 정면에 서서 눈을 똑바로 들여다보았다.

"그 아이가 당신에게 의논했어? 아니면 몰래 주소를 알아내려다 들킨 거야?"

"아무래도 상관없어. 어쨌든 종업원 주소는 가르쳐 주지 않도록 되어 있으니까."

"무슨 일인지 가르쳐 주겠어?"

"뭐라고?"

내 말에 남자는 되물었다.

"무슨 일이 있었지?"

"당신, 대체 뭐야?"

"변호사다."

"변호사?"

"규칙상 주소를 가르쳐 줄 수 없다는 건 알겠어. 하지만 그뿐이라면 내 테이블에 와서 그렇게 말하면 돼. 계산을 했을 때여도 상관없었지. 일부러 주차장으로 불러냈다는 건 뭔가 알고 있는 거 아냐? 그래서 나한테 흥미를 가진 거겠지."

"변호사가 대체 게이코에게 무슨 용건이야?"

"사건을 조사하고 있어. 그래서 게이코라는 아가씨에게 물어볼 게 있으니까."

"어떤 사건인데?"

"말해 주면 게이코가 있는 곳을 가르쳐 줄 건가?"

"그런 약속은 못 해. 원한다면 힘을 써서 내쫓아 주지."

"알고 싶은 것만 알면 쫓아내지 않아도 꺼질 거야. 당신, 사무장이라 불리는 남자가 누군지 알아?"

"……왜 녀석에 대해 알고 싶은 거지?"

"지난달 말에 게이코는 이 남자를 따라 도쿄로 갔어. 그때 일을 자세히 물어보고 싶어. 그리고 이 남자가 어디의 누구이고 어떤 짓을 하는지도."

"왜?"

왜인지 나도 가슴속에서 같은 질문을 하고 있었다. 왜 이 남자는 알고 싶어 하는가. 이 남자가 사이카와 흥업이나 그 사무장이라는 남자 쪽 사람일 가능성이 하나. 사무장에게 반감을 가지고 있어서 녀석들의 꼬리를 잡아 속이 시원해지고 싶다고 생각할 가능성이 또 하나. 물어야 할 질문을 생각해 냈다.

"이봐, 혹시 게이코라는 아가씨는 사무장과 관련해 뭔가 지독한 일을 당해서 가게를 쉬는 건가?"

바텐더는 나를 째려보고 이번에는 생각에 잠긴 듯 머리끝에서 발끝까지 시선을 주었다.

화난 듯한 목소리가 돌아왔다.

"당신 그 얼굴은 어떻게 된 거야?"

"조사하러 다니다 맞았지."

"변호사라는 건 정말이지?"

배지를 보이고 명함을 내밀었다.

"뭘 조사하는지 제대로 대답해. 어쩌다 얼굴이 그렇게 됐는지도."

나는 나름대로 설명을 했다. 얼굴이 이렇게 된 것은 사무장이라 불리는 남자의 동료에게 맞았다는 각색을 덧붙였다.

다 들은 바텐더는 잠시 구레나룻을 만지다가 내가 재촉하기 전에 입을 열었다.

"게이코는 팔뼈가 부러져서 끙끙대고 있어."

3

바텐더는 성이 후나키라고 했다.

의외로 순순히 말을 꺼낸 것은 나에 대한 신뢰보다도 오히려 사무장에 대한 분노 때문인 것 같았다.

"아무리 물어도 제대로 된 이유를 말하지 않아. 맨션 계단에서 떨어졌다고 하는데 나는 절대로 그게 아니라고 보고 있지."

주차장과 골목을 구분하는 철망에 기대어 후나키가 말했다.

"팔이 부러진 건 언제 일이야?"

"지난 주말."

"당신은 왜 맨션 계단에서 떨어진 게 아니라고 생각하지?"

"얼굴에 멍이 들었더군." 바텐더가 턱짓으로 내 얼굴을 가리켰다. "뭐 당신 정도는 아니지만."

"계단에서 떨어져도 멍은 생길 수 있어."

"물론 그뿐만이 아니야."

"또 있나?"

물었지만 대답하지 않았다.

"사무장은 이름이 뭐지?"

"성이 다카쓰라고 해. 분명 이름은 신고였던 것 같고."

"공사 관계자인가?"

"왜 그렇게 생각하지?"

"그냥 그럴 것 같아서."

"아니야." 후나카가 고개를 저었다. "병원 관계자야."

"병원이라고……?"

예기치 않은 대답이었다.

"그래. 개인이 경영하는 '오사나이 종합병원'이라는 곳인데 요 몇 년 새 압도적으로 커진 곳이지. 다카쓰라는 놈은 거기 사무장을 하고 있어."

"게이코의 팔을 부러뜨린 게 다카쓰일지도 모른다고 생각하나?"

"몰라. 하지만 아무래도 게이코는 다카쓰와는 헤어진 것 같아. 그 시기와 녀석이 팔이 부러진 시기가 겹치니까."

"다카쓰는 어떤 놈이지?"

"재수 없는 놈."

나는 질문을 거듭해서 체형과 나이를 머리에 집어넣었다.

"아마노라는 남자는 아나?"

문득 생각이 나서 물었다.

"사이카와 흥업의 아마노 다케시 말이야?"

"그래."

"다카쓰와 같이 때때로 마시러 오는데. 그건 왜 물어보는 거야?"

"도쿄에 갔을 때 아마노와 같이 갔을 거야. 그리고 시청의 하다라는 남자가 마시러 오지 않나?"

"하다." 후나키는 입속에서 이름을 음미하다가 대답했다. "아니,

그런 이름은 들은 적 없어."

"게이코가 어디 있는지 알려 줘."

후나키는 생각에 잠긴 다음 손목시계에 시선을 떨어뜨렸다.

"잠시 여기서 기다려. 매니저에게 말하고 같이 가 주지."

쳐다보는 나에게 히죽 웃어 보였다.

"다른 사람을 불러와서 당신을 어떻게 하는 게 아니야. 가게 사람들도 다들 게이코가 왜 팔이 부러졌는지 마음에 걸려 해. 다카쓰 자식이 부러뜨렸으면 이쪽도 생각이 있으니까."

"게이코 집은 가깝나?"

"쓰는 팔을 부러뜨렸어. 혼자서는 밥도 못 먹거든. 선술집을 하는 이모가 근처에 살아서 거기 2층에서 신세를 지고 있어."

일단 말을 끊고 나서 이쪽을 보지 않고 덧붙였다.

"게다가 요전까지 살았던 맨션은 다카쓰가 돈을 내고 있었으니까 더 이상 있을 수도 없어졌고."

그 선술집은 아케이드 건너편에 있었다.

사람이 많이 다닌다고 하기는 힘든 곳이었지만, 단골손님을 잡은 듯 상당히 번성하고 있었다. 후나키도 얼굴을 아는지 포렴 사이로 고개만 쑤셔 넣고 몇 마디 말을 주고받고 나를 건물 옆에 붙은 계단으로 권했다.

2층에 올라가 노크를 하면서 그녀를 불렀다.

잠시 기다리니 잠금을 푸는 소리가 나고 통통하고 몸집이 작은 아가씨가 모습을 드러냈다. 코끝의 점은 작고 희미해서 이렇게 불빛을 등지고 서 있으니 있는지 없는지 알 수 없을 정도였다.

사요코와 나이가 비슷해 보였다. 20대 전반치고는 씁쓸한 것을 너무 많이 맛보았고, 30대로 보기에는 아직 뭔가를 너무 노골적으로 드러내고 있다. 붕대를 둘둘 감은 오른팔을 어깨에서 늘어뜨리고 티셔츠 위에 카디건을 팔을 끼지 않은 채로 걸치고 트레이너 바지를 입고 있었다. 티셔츠는 흰색에 트레이너는 회색. 카디건만은 귀여운 핑크였다.

게이코는 후나키를 보고 미소 짓다가 내 존재를 경계한 듯 웃음을 어중간하게 멈추었다.

"어때, 상태는?"

"그냥 누워 있어 봐야 소용이 없어서 이모한테 밑에서 돕겠다고 했는데, 팔이 이래서야 아무것도 못 한다고 혼났어."

"잠시 들어가도 될까?"

후나키가 말하니, 게이코가 다시 나를 보았다.

"이 사람은 누구야?"

내가 입을 열기 전에 후나키가 대신 대답했다.

"뭐, 여기서는 말하기 좀 그러니까 안에서 소개할게. 그다지 시간을 빼앗지는 않을 거야. 나도 가게에 돌아가야 하니까. 괜찮겠지?"

게이코는 여전히 곤혹스럽다는 얼굴로 끄덕였다.

들어가서 바로 부엌이 있었고 안쪽 일본식 방에 텔레비전이 켜져 있었다. 아가씨는 우리에게 방석을 권하고 텔레비전을 껐다.

"도쿄에서 온 변호사야."

겨울에는 그대로 전기 난방 탁자로 쓸 듯한 정사각형 테이블에 마주 앉아서 비로소 후나키가 나를 소개해 주었다.

아가씨는 내가 내민 명함을 받으려 하지 않고 고개를 갸우뚱해 보였다.

"……도쿄의 변호사?"

"그래, 스모토라고 해. 좀 물어보고 싶은 게 있어서."

명함을 아가씨 앞에 놓았다.

"나 같은 사람한테 대체 무슨 볼일이 있을까?"

명함을 쳐다보고 수상한 듯한 얼굴로 중얼거렸지만, 뭔가 짚이는 것이 있는지 설마 하는 느낌이 몸으로 나타나는 듯한 당혹스러움이 있었다.

"다카쓰 일로 여러 가지 물어보고 싶대."

후나키의 말을 듣고 아가씨는 표정이 굳었다.

"다카쓰와는 이미 끝났어."

"그냥 솔직하게 말해. 나도 듣고 싶어. 그 팔과 다카쓰 자식은 관계가 있지?"

"그만해. 그런 변태 자식이 나한테 뭘 할 수 있다는 거야."

"계단에서 떨어져서 부러졌다는 말을 내가 믿을 거라 생각해?"

"믿든지 말든지 정말이야. 나으면 다시 팔팔하게 일할 테니까 좀 봐줘."

아가씨는 왼손을 들어 비는 듯한 동작을 했다.

후나키가 도움을 청하듯이 나를 보았다.

안주머니에 손을 집어넣어 사진을 넣은 봉투를 꺼내 그녀의 사진을 내밀었다.

"이 여자 알지?"

게이코는 슬쩍 보자마자 고개를 흔들었다.

"몰라."

대답하기까지 시간이 너무 짧았다.

"다카쓰와 하다, 그리고 사이카와 흥업의 아마노 세 사람이 지난달 말에 도쿄에 갔어. 그때 너도 다카쓰를 따라 같이 갔잖아."

"그만해. 그런 거 모른다고 하잖아."

"그런 거라니 대체 뭐지? 도쿄에 간 것과 이 사진의 여자가 관련이 있다고 왜 생각했지?"

게이코는 나를 노려보았다.

나는 눈을 피하지 않았다.

"이 여성은 일주일쯤 전에 자기 집에서 살해당했는데, 알아?"

"……살해당했다고?"

그렇게 중얼거리는 게이코의 눈동자에서 동요의 기색이 비쳤다.

"신문에도 나왔을 텐데 보지 않았어?"

이번에는 말없이 고개를 저었다.

"나는 이 여성의 사건을 조사하고 있어. 만일 뭔가 아는 게 있다면 말해 줘. 물론 너에게서 들었다는 것은 아무한테도 발설하지 않으니까 전혀 피해가 가지 않을 거야."

잠시 동안 눈을 깔고 내 명함을 바라보고 있었다. 그러고 나서 후나키 쪽을 보았다.

"있지, 후나, 이 사람과 둘이서만 있게 해 줄 수 없을까?"

후나키가 눈을 부릅떴다.

"왜 내가 같이 있으면 안 되는 거야."

"그런 건 아닌데……."

"그러면 나한테도 들려줘."

두 사람의 얼굴을 훔쳐보았다. 후나키가 나를 데려온 것은 구실에 불과할 뿐이고 실제로는 자신이 알고 싶은 것이다.

"부탁해. 후나."

게이코가 다시 왼손을 들어 비는 듯한 동작을 했다.

납득을 하고 나가는 표정은 아니었다.

후나키는 게이코의 강경한 태도에 어쩔 수 없이, 그래도 아쉬운 기분을 풀풀 풍기면서 집을 나갔다.

"이 사람, 이케부쿠로의 가게 마담이지?"

두 사람만 남은 방 안에서, 게이코가 약간 목소리를 낮추어 말했다.

"맞아." 나는 끄덕였다. "네가 다카쓰 일행과 이케부쿠로의 가게에 갔을 때에 대해서 말해 주면 좋겠는데, 다카쓰, 하다, 아마노, 기노시타 네 사람이 함께였어. 그렇지?"

"그래."

"이 네 사람이 그녀의 옛날 단골이라고 할까, 아는 사이였다는 느낌은 들지 않았나?"

"아니. 그런 건 없었어. 하다는 헤롱헤롱 취해서 설마 아는 사이였다고 해도 몰랐겠지만, 다른 세 사람도 딱히 그런 눈치는 없었어."

"그녀는 어땠지?"

"그날 밤에는 전혀 그런 것은 느껴지지 않았어. 애당초 마담은 잠깐 인사하러 온 정도였고."

"그런데 그녀는 그 후에 이 마을까지 너를 찾으러 왔어. 그렇지?"

"왔어."

"언제?"

"지지난주. 그러니까 3주 전 주말."

그녀의 수첩에 동그라미 표시가 붙은 날이었다.

"뭘 물어보러 온 거야?"

"먼저 하나 알려 주면 좋겠는데, 누가 이 사람을 죽인 거야?"

"범인이 잡히기는 했어. 주범으로 보이는 남자는 죽었지만. 사이카와 흥업의 구로키 교스케라는 남자야. 공범으로 체포된 것도 같은 사이카와 흥업 녀석인데 사와무라 히토시라는 남자였어. 이 두 사람의 이름은 들은 적 없어?"

게이코는 생각에 잠긴 표정으로 말없이 고개를 좌우로 흔들었다.

"마담이 너를 찾아온 용건은 뭐였지?"

"만나기는 만났는데 사실 나를 만나러 온 게 아니었어."

"무슨 말이야?"

"다카쓰가 나와 함께 있을 때 왔어."

"……."

"후나한테 들었는지 모르겠는데, 난 그 변태 자식의 내연녀였거든. 다달이 수당도 좋았고 넓은 맨션 집세도 내주고, 거기에 안주하고 있었다고 할까."

마치 남의 일 같은 말투였다.

"그 맨션으로 그녀가 쳐들어왔다는 거군."

"응."

"그래서?"

"다카쓰 앞에서, 다카쓰가 우리 집에 들락날락하고 있다는 증거 사진을 들이밀었어."

"그때 혼자 왔나?"

문득 생각이 나서 물었다.

"남자가 같이 있었어."

"몇 명?"

"하나."

"어떤 남자였지?"

"머리가 별로 없는 왜소한 남자인데 약간 음침하게 보였어. 나와 다카쓰의 관계를 조사한 것은 그 남자였던 것 같아. 모든 것을 안다는 듯이 세세하게 다카쓰의 행동을 늘어놨고."

나는 주머니에 손을 넣어 다시 한 장 사진을 꺼냈다.

"이 남자?"

아가씨는 니시가미 류지의 사진에 끄덕였다.

'그렇군.' 하고 가슴속에서 손뼉을 쳤다. 이어졌다. 니시가미는 처음부터 그녀의 협력자였던 것이었다. 배후에서 우즈키 가오루코라는 여자가 니시가미에게 그녀를 도우라고 명령했을지도 모른다. 자신들의 세계에서 일어난 일은 자신들의 세계에서 처리한다. 어젯밤 그 여자는 그렇게 말했다. 그것은 니시가미가 처음부터 그녀와 행동을 같이 하고 있었다는 것을 의미했나.

"마담 일행이 다카쓰를 추궁한 목적은 뭐였을까?"

나는 무의식적으로 몸을 앞으로 내밀었다가 바로 몸 위치를 되돌렸다. 아가씨가 고개를 저었다.

"그건 몰라. 두 사람은 다카쓰를 실컷 협박하고 몰아세우다가 다음 이야기는 장소를 바꿔서 하자면서 다카쓰 녀석을 데리고 나갔어. 다카쓰는 변태인 주제에 공처가라서, 나와 사진을 찍힌

게 치명적이었던 것 같아."

방에서 나눈 대화에서 그녀가 다카쓰에게 무엇을 자백받으려 했는지 짐작이 갈 만한 단서는 없었는지 물어보았지만 다시 고개를 저을 뿐이었다.

"두 사람도 내가 알 수 없게 말을 고르는 것 같았어. 나도 너무 겁에 질려서 참견 못 했고. 그 마담이 정말 엄청나게 박력이 있었거든. 가게에서 봤을 때와 완전히 다른 사람."

"어떤 식으로?"

"어쨌든 무서웠어. 아주 차가운 눈으로 다카쓰를 째려보더라고."

"……."

"살해되었다는 말을 들어서 그런 게 아니라 난 그냥 그 사람이 싫지 않았어. 다카쓰를 쳐다보는 눈은 얼음장 같았지만 방을 나가기 전에 돌아보고 나를 봤을 때는 달랐어. 폐를 끼쳐서 죄송하대."

"그렇게 말했어?"

"뭔가 내 사정을 이해한다는 느낌이었어."

"다카쓰에 관해 아는 것을 가르쳐 줘. 사무장이란 지위의 사람이 너에게 생활비를 주거나 방을 빌려줄 수 있을 정도로 수입이 있을 것 같지는 않은데."

"그게, 다카쓰란 남자는 그 병원 원장의 차녀인지 막내인지의 남편이야. 오사나이 일가는 아들도 의사이고 위의 딸도 의사 신랑이 있어. 친척들로 병원 경영을 하고 있거든. 의사가 아닌 그 남자도 아내 덕분에 사무장으로 들어가서 태평스레 일하는 거고. 왜 공처가인지 잘 알겠지?"

하지만 공처가인 사무장이 아내나 장인들 몰래 여자를 첩 삼을 돈을 당당하게 손에 넣을 수 있을 리가 없었다. 개인이 경영하는 병원의 경우 어이가 없을 정도로 회계가 대충이기는 하다. 다카쓰는 사무장이라는 직위를 이용해 다른 사람이 모르는 눈먼 돈을 몰래 제 주머니에 챙기고 있다는 건가?

"다카쓰와 아마노는 어떤 관계지? 들은 적 없나?"

"일 관계의 사이야. 도쿄에 가자는 말도 아마노 쪽에서 꺼낸 것 같아. 사장이 인사하고 싶다는 거였어."

"다카쓰는 도쿄에서 사이카와 흥업 사장과 만났지?"

"만났을 거야. 낮 동안에 나더러 호텔에서 기다리라며 데리고 가지 않아서 못 봤지만 사장을 만나러 갔다더라고."

"하다와 다카쓰는?"

"그 둘은 학교 선후배."

"학교라면 대학?"

"확실히는 모르겠어. 상당히 옛날부터 아는 사이 같아."

"하다와 함께 도쿄에 간 이유는 뭐지?"

"하다는 같이 간 게 아니야. 관공서 용건 때문에 도쿄에 간 것 같은데 우연히 만나서 마셨을 뿐이지."

"구체적으로 어떤 용건으로 갔는지는 몰라?"

"글쎄. 모르겠어."

"하다가 합류한 건 그날 언제쯤이었지? 사이카와 흥업에 간다면서 호텔을 나간 다카쓰가 네가 있는 곳에 돌아왔을 때 같이 있었어?"

"응, 같이 왔어."

"기노시타라는 남자는 어때?"

"역시 돌아왔을 때 같이 왔어."

사이카와 흥업에서 만났다는 말인가.

"내가 아는 것은 그 정도야."

"네 팔을 부러뜨린 인간이 누구인지는 확실해?"

"모르겠어. 하지만 변호사님이라면 어떻게 생각할 거야? 평소처럼 맨션에 온 다카쓰에게 안겼다가 끝남과 동시에 오늘 밤으로 전부 끝이라고 했어. 더 이상 방세를 내주기는 불가능하니까, 네가 알아서 유지할 거면 마음대로 하라면서 의기양양한 얼굴을 하더라고. 정말 끝까지 짜증나는 놈. 그래서 마구 퍼부어 줬지. 이쪽도 이제 필요 없다고. 당신한테 질렸다고. 그러고는 나가 달라며 쫓아냈어. 그다음 날에 가게에서 돌아오는 도중에 계단 뒤에서 누가 밀쳤고. 이런 건 정말 정황 증거라는 게 될 것 같지 않아?"

팔을 부러뜨린 것이 다카쓰인지, 아니면 다카쓰에게 부탁받은 사이카와 흥업의 누군가인지는 확실하지 않다고 해도, 그래서 이 아가씨가 이렇게 떠들어 주었으니 녀석들에게는 비싸게 치렀다는 게 된다.

"왜 경찰에 신고하지 않았어?"

"신고해 봐야 무슨 의미가 있어?"

"……."

"경찰이 뭘 해 준다고 생각하는 건 변호사님이나 나름 지위가 있는 사람들뿐이고, 우리 같은 사람한테는 경찰도 세무서도 야쿠자도 똑같아. 이놈이나 저놈이나 얽히고 싶지 않는 것들."

나는 미소 지어 보였지만 심약한 미소로 보인 것 같았다.

"있지, 내가 왜 그런 미친 영감에게 안겼는지 생각하고 있어?"

내 눈을 들여다보는 듯이 묻기에 그렇지 않다며 고개를 저어 보였다.

"시간이 지날수록 토할 것 같은 남자로 변했지만 처음에는 나름 괜찮아 보였거든."

"그렇군."

나는 맞장구를 쳤다.

"있잖아, 변호사 님. 여기서 들은 이야기 후나에게는 하지 마."

"왜?"

"나, 인생을 새로 시작해 볼까 하거든. 다카쓰에게서 뜯어낸 돈이 충분히 있어. 갖고 싶은 게 있을 때는 전부 졸라서 받았고 달마다 받은 수당은 다 저금했고. 머리가 빈 척했어, 녀석은 몰랐겠지만. 이 돈으로 자그마한 가게 정도는 열 수 있을 거야. '머메이드'의 단골손님도 온다 치면 이 동네 어디로 하는 게 좋겠지. 이모가 하는 선술집 같은 것도 좋지만 젊으니까 바나 클럽으로 한번 승부를 걸어 봐도 좋겠다, 뭐 그런 걸 여기 2층에서 멍하니 생각하고 있었어."

아가씨는 말하고 미소 지었다. 억척스러움 따위 전혀 느껴지지 않는 어떤 의미에서는 천진난만하게도 보이는 웃음이었다.

"그래서 후나가 난리를 피우게 하고 싶지 않아. 자칫 잘못했다가 다카쓰를 자극해서 다카쓰가 아마노에게 연락해서 다시 복수라도 당하면 손해잖아. 끈질기게 원망받기보다는 팔 하나 부러지고 끝낼 수 있어서 다행이라고 해야지. 어차피 슬슬 헤어질 생각을 한 참이고."

나는 "그렇구나."라며 끄덕였다.

4

오사나이 종합병원은 시청사나 재판소가 늘어선 국도의 조금 앞에 있어서 차로 가면 딱 4~5분, 도보로도 15분 정도였다. 게이코한테서 캐낸 다카쓰 신고의 자택도 차로 가면 얼마 걸리지 않는 거리였다.

휴대전화로 호텔에 연락을 하니 내 앞으로 팩스가 와 있고 보낸 사람은 노리코였다. 일단 호텔에 돌아갔다가 역 앞에서 택시를 잡기로 했다.

걸으면서 생각했다.

살해당한 날 밤, 그녀는 니시가미와 함께 있었던 게 아닐까?

사이카와 흥업은 그녀를 집 안에서 죽일 생각은 아니었을 터였다. 어딘가로 납치해서 그대로 처리할 작정이었던 게 틀림없다. 그렇다는 것은 반격을 당해 죽은 구로키 교스케나 자수한 사와무라 히토시 이외에도 몇 명쯤 같이 있었다고도 볼 수 있다.

야쿠자의 습격에 대해 어떻게 여자인 그녀가 구로키에게 단칼에 내려치는 듯한 반격이 가능했을까. 그것을 도저히 이해할 수 없었는데 납치해서 살해할 계획이 틀어져서 집에서 그녀를 죽인 것도 구로키가 반격을 받아 찔렸던 것도 설명이 된다.

이런 곳에 살고 있었나. 야나다라는 남자는 그녀의 집을 둘러보고 갔다.

연기라고는 생각할 수 없었다. 그 남자는 그 전까지 그녀의 집에 들어간 적이 없었을 것이다.

오사카에서 가오루코의 한쪽 팔을 담당하는 남자다. 사건에 얽힌 것은 그녀가 살해당한 후일지도 모른다. 하지만 니시가미는 우즈키 파가 소멸함과 동시에 손을 씻고 도쿄에 나왔다. 가오루코의 명령일까, 자신의 의지였을까. 남몰래 그녀를 지켜보고 있었다고 해도 이상하지는 않았다.

그녀는 니시가미에게 상담을 했다. 니시가미는 요 한 달 사이에 몇 번쯤 가게를 닫고 그녀를 위해 이것저것 조사하며 이 마을에도 몇 번쯤 왔다.

구로키 교스케를 찌른 것은 그녀가 아니라 니시가미 류지라고는 볼 수는 없을까.

그녀가 살해당한 밤, 같이 있던 사람이 니시가미라면 경찰에게 신고하지 않은 이유는 명백했다. 경찰을 중간에 끼고 처리할 생각이 털끝만큼도 없는 것이었다. 니시가미는 간사이에 연락을 취해 가오루코에게 상황을 설명하고 녀석들과 직접 정리를 하도록 부탁한 게 아닐까? 그래서 가오루코가 도쿄에 쳐들어왔다. 뒷세계의 인맥을 써서 사이카와 흥업에게 진 빚을 갚아 주기 위해서.

변호사답지 않게 정황 증거만 보고 끌어낸 추론일 뿐이지만 핵심에 다가갔다는 느낌이 들었다.

어떤 일에 관해 어떤 식으로 처리를 하려고 하는가. 사무장인 다카쓰 신고라는 남자를 몰아세우면 확실해질까? 어느 쪽이든 사이카와 흥업이나 스즈리오카 건설을 공격하기보다 알아내기 쉬운 부분이 아닐까? 그녀도 그렇게 생각했기 때문에 다카쓰를 찍은 게 아니었을까? 그래서 그다지 오고 싶지 않았던 이 마을까지 직접 왔던 게 아닐까.

호텔 카운터에서 방 번호를 말했다.

방 열쇠를 넣어 놓은 선반에서 팩스를 꺼내 주었다.

방 열쇠는 거절하고 로비에 마련된 의자에 앉아 훑어보았다.

신문기사 데이터였다.

박스 기사다. 그녀의 수첩에 전화번호가 기록되어 있던 호리이 마사아키는 제법 유명인으로, 신문 인터뷰를 했다.

인터뷰 주제는 세토나이카이 바다의 공해 문제. 호리이는 IC공장에 의한 지하수 고갈과, 하천 및 해수의 오염, 그리고 지하수 자체의 오염까지 다양한 관점에서 경고를 하고, 그것이 현재 일본 전국에서 진전되는 문제라고 하면서 시민포럼을 개최하고 있었다.

이른바 시민운동가였다. 변호사 동료 중에도 이런 문제에 적극적으로 뛰어든 사람이 있었다. 내게는 익숙지 않은 세계였다.

무엇 때문에 그녀는 호리이에게 연락을 취하려고 했을까? 아니, 실제로 연락을 해서 이 동네에 찾아와 만났다고 보아야 했다.

잠시 신문 데이터를 보다가 결국 호리이에게 연락을 취해 보기로 했다. 전화번호의 소유주가 어디의 누구인지 판명된 이상 조사해 보는 것이 최상의 방책이었다.

하지만 전화를 받는 사람은 없었고 무기질적인 기계음이 응답했을 뿐이었다.

나는 이름을 밝히고 세세한 용건을 말하지 않고 다시 이쪽에서 연락을 하겠지만 만일 연락이 가지 않으면 전화를 해 달라고 하고 내 휴대전화 번호를 남겼다.

그리고 기요노에게 전화해 보았다. 오사카의 조사 상황을 알고 싶었고 오늘 밤 중에 여기에 합류할 수 있는지 어떤지를 확인한 뒤 앞으로의 행동에 관해서도 의논하고 싶었다.

기요노의 휴대전화는 음성사서함으로 연결되었다. 호텔 이름을 말하고 호리이 건을 메시지로 남긴 다음, 기요노 앞으로 메시지를 첨부한 신문기사를 팩스 접수 카운터에 맡겼다.

그리고 호텔을 나가 택시에 탔다.

국도는 JR 선로보다는 바다에 가까운 쪽으로 뻗어 있어서, 번화가에서 가까운 곳을 빠져나가자 바로 쓸쓸해졌다.

길 양쪽은 민가보다도 밭이 압도적으로 많았고, 밭을 등지고 술이나 옷 등의 대형 할인 판매점이 띄엄띄엄 서 있었다.

시간은 8시를 넘어 9시에 가까워지려고 하고 있었다. 오사나이 종합병원은 당연하게도 정면 현관은 닫혔고, 유리 너머의 로비는 깜깜했다. 건물은 두 동으로 나누어져 있어 로비가 있는 동은 진찰이나 검사를 하는 곳인지 어느 창문에도 불빛은 없었다. 다른 한 동은 입원 환자가 있는지 2층부터 위로는 형광등이 켜져 있고 흰 커튼 너머로 창문의 사각형이 또렷하게 이어져 있었다.

국도에 세운 택시의 뒷좌석에서 생각했다. 다카쓰 신고의 집으로 가야 할까. 중요한 것은 기습을 하는 것이다.

요금을 지불하고 택시를 내렸다. 병원 주차장에서 빨간 BMW를 찾았기 때문이다. 게이코로부터 들은 다카쓰가 타는 애마와 같은 색이었다.

포장도로와 병원 부지를 나누는 것은 폭 50센티미터 정도의 화단이었는데, 흙이 드러나 있을 뿐 꽃은 없었다. 화단을 넘어 주차장에 들어갔다. 차로 다가가 차종을 다시 확인한 후 주차 공간의 표식에 시선을 돌렸다. 직원용이었다.

병원 건물을 둘러보니 가까이에 뒷문인 철문이 있어 구급 환자를 접수하는 창구가 마련되어 있다. 접수 창구는 전기가 들어와서 밝았지만 사람은 보이지 않았다. 부지런한 사무장은 인기척이 없어진 병원에서 장부 정리를 하고 있거나 장부를 위조해 돈을 긁어내는 참일지도 몰랐다.

주차장과 뒷문이 다 보이는 어두운 곳을 찾아 결국 주차장 제일 끝에 설치된 자전거 주륜장이 적당하다고 판단했다. 파도 모양의 지붕이 쇠파이프로 지지되는 주륜장에 자전거는 한 대도 없었다. 비는 이미 그쳐서 지붕 밑에 들어갈 필요는 없었지만 파도 모양 지붕이 가로등 빛을 가려서 눈에 잘 띄지 않을 것이다.

기다리면서 기대와 불안을 둘 다 느꼈다. 시간이 지나면서 몇 번이나 저울이 좌우로 흔들렸다.

9시를 지난 직후 남자가 하나 뒷문을 나왔다.

예상을 배신한 제법 잘생긴 남자였다. 숱이 많은 앞머리를 부풀려 6대4 정도로 나누어 뒤로 쓸어 넘기고 있다. 키는 나와 비슷한 정도. 안쪽에 있는 것은 근육이 아닌 군살 같았지만 정장을 입고 넥타이를 매니 다부져 보이는 인상을 주었다. 모양이 좋은 두 눈과 앙다문 입은 세련되고 현명한 중년 남자로 보였다. 병원 관계자라는 직업이 자아내는 차분함까지 겸비해 등을 꼿꼿이 세우고 큰 보폭으로 걸어 차로 다가갔다.

남자는 열쇠를 꺼내어 문을 열려던 참에 구두 소리를 알아차렸는지 손을 멈추고 이쪽을 돌아보았다.

"다카쓰 신고 씨 되시죠?"

물어보니 남자는 눈썹을 찌푸리며 불안감을 감추는 것 같았다.

"누구십니까?"

명백히 경계하고 있었다. 주차장에서 기다렸다 갑자기 말을 건 사람에 대해 지극히 당연한 반응이었다.

"변호사인 스모토라고 합니다."

말하면서 상대를 일단은 안심시키기 위해 명함을 내밀었다. 겁주기에는 너무 일렀다.

"변호사가 무슨 용건이신지?"

다카쓰는 내 명함을 보면서 그렇게 하면 뭔가가 손안에 떨어지기라도 하듯이 명함을 집은 손끝을 가볍게 흔들었다.

"잠시 여쭤 볼 것이 있어서요."

"실례지만 여기서 저를 쭉 기다리신 겁니까? 이런 시간에 실례잖아요. 용건이 있으시면 낮에 다시 찾아와 주시지 않겠습니까?"

"대낮의 사무소가 아닌 편이 좋다고 판단해서 말이죠. 이런 시간이라 댁으로 갈까 했지만, 그것도 피하는 편이 그쪽을 위해서도 좋겠다고 생각했습니다. 마침 차가 세워져 있는 것을 발견했고 말이죠."

다카쓰는 완전히 경계심의 포로가 되어 조개처럼 입을 다물었다.

"당신과 '머메이드' 바니걸 일로 약간 좋지 않은 소문을 들어서 말입니다."

명백히 안색이 변했다. 역시 영리해 보이는 외면과 내면은 그다지 일치하지 않는 것 같다.

"무슨 말이신지."

다카쓰는 목소리를 낮추어 "어쨌든 저는 바쁘니까 이만 실례하겠습니다."라며 서둘러 차 문을 열었다.

나는 서두르지 않았다.

"지금 바쁘시다면 내일 사무소로 다시 찾아뵙든지 댁으로 찾아뵙겠습니다. 어느 쪽이 좋으시죠?"

"무슨 이야기인지 모르겠지만, 이상한 트집을 잡으려고 하면 경찰을 부를 겁니다."

"전혀 상관없지만, 부를지 어떨지는 제 이야기를 듣고 판단하시는 게 어떨까요?"

다카쓰는 다시 조개가 되었다.

"어떻습니까. 찻집에서는 곤란할지도 모르고, 차에 들어가 이야기하시겠습니까?"

다카쓰는 입술을 꽉 다문 채 끄덕였다.

"이 여자를 아시지요?"

나는 조수석에 앉자마자 천장등을 켜고 그녀의 사진을 내밀었다.

"몰라. 대체 뭐가 목적이야."

"사진을 더 자세히 봐 주시죠. 이 여성이 3주 전 주말에 당신을 찾아왔잖습니까."

다카쓰는 운전석에서 상반신을 비틀어 내 쪽으로 얼굴을 돌렸다. 시선만은 맞추려고 하지 않았다.

"몰라. 애당초 '머메이드'의 바니걸과 관계가 어쩌고 했는데 무슨 이야기야. 증거를 갖고 말하는 건가?"

포기했다고 생각한 것은 틀린 것 같다.

"다카쓰 씨. 증거가 필요하다면 보내겠지만 그런 수고를 할 필요는 없다고 생각합니다. 첩을 들일 돈을 어떻게 변통한 겁니까? 맨션 비용도 여자가 원하는 물건을 사 준 대금도 월급에서 낸 겁니까?"

"무슨 증거가 있다고 그래!"

"여자의 맨션 주소를 알고 있습니다."

사실은 매달 수당도 게이코가 빈틈없이 저금해서 액수가 얼마나 되는지 조사가 되어 있다고 말해 주고 싶었지만, 그러면 그 아가씨와의 약속을 깨는 것이 된다.

"맨션 주소를 부인 혹은 원장에게 알리면 제가 증거 따위 내밀지 않아도 당신이 돈을 어떻게 해서 남겼는지 조사해 주겠지요. 친척이니까 경찰에 넘기지 않을지도 모르겠지만. 하지만 그래서 어떻게 될지는 제일 잘 아실 겁니다."

고개를 숙여 버린 다카쓰를 보고 나는 잠시 기다리기로 했다.

"……두 번째는 안 돼."

"뭡니까?"

"어이, 부탁해, 변호사 양반. 두 번째는 놈들도 용서해 주지 않아. 다짐을 했어. 말하면 나도 그 여자처럼……."

"그 여자처럼 뭡니까?"

"어쨌든 말 못 해."

"다카쓰 씨. 응석부리지 마십시오. 사람이 하나 살해당했습니다. 당신의 보신을 위해 계속 감출 수 있다고 생각합니까?"

"그 여자가 쓸데없는 것을 조사하니까 그렇지."

마음을 독하게 먹을 필요가 없어졌다.

그 한마디로 이미 그런 상태가 되었다.

"다시 한 번 그런 말을 해 봐. 바로 경찰에 찌르겠어. 소용없는 짓은 그만둬. 당신에 대해서 전부 다 털어놓을 거야. 지금 여기서 말하면 경찰에게만은 말하지 않도록 하지. 털어놓지 않는다면 나도 생각이 있어."

다카쓰는 입술을 일그러뜨리고 얼굴을 돌려 앞 유리 앞에 도와줄 사람이 있는지 시선을 왔다 갔다 했다.

"당신, 비열한 남자군. 자신이 사귀었던 여자를 화가 난다고 계단에서 밀었지? 여자는 쓰는 팔이 부러졌어. 가게 사람들은 완전히 열받아서 저지른 놈을 찾아내어 똑같이 팔을 분질러 준다고 하더군. 원한다면 이제부터 '머메이드'에 갈까? 그다음은 경찰이야. 당신이 직접 말하지 않으면 도쿄에서 일어난 살인 사건과 관련되었다고까지 의심받게 되는데, 그것도 괜찮겠지."

"그만해. 나는 도쿄의 살인 사건과 관계없어."

"과연 그럴까? 그녀는 당신이나 사이카와 흥업을 조사하고 다녔어. 그리고 살해당했고. 당신도 동기가 있는 사람 리스트에 들어간다고."

"……이야기하면 나한테 들었다고 말하지 않을 텐가?"

나는 폭소가 터질 뻔한 것을 참으면서 끄덕였다. 그러고는 여기서 말하기만 하면 정말 좋은 도피로가 기다리고 있다는 천사의 속삭임을 다카쓰의 귓가에서 잠시 속삭였다. 아무 근거도 없는 거짓말을, 백 가지 근거가 있는 것처럼 들려주는 일은 익숙했다. 양심의 가책을 느끼지 않고 한 적은 별로 없었다.

"우리 병원의 폐기물을 사이카와 흥업의 쓰레기 처리장에 부탁하고 있어."

천사의 속삭임을 다 들은 사무장은 자신이 아닌 다른 사람이 한 나쁜 짓인 것처럼 몹시 밉살스럽다는 듯이 내뱉었다.

어딘지 모르게 그리고 있던 예상이 벗어나지 않아 만족하면서 사이카와 야스시가 사장으로 되어 있는 쓰레기 처리장에 관해서 데이터베이스에서 검색한 정보를 떠올렸다. 사이카와 흥업이 경영하는 것은 일반폐기물 처리장이다. 병원에서도 일반폐기물이 나오지만, 대부분은 사용이 끝난 거즈나 주삿바늘, 검사용으로 채취한 혈액이나 오줌 등 감염성 폐기물과 각종 시약을 비롯한 유해 화학물질이다. 그 어느 것도 처리는 의료폐기물 전문업자가 해야 하며, 일반폐기물 업자에게 맡길 수는 없다.

이 남자와 사이카와 흥업이 하고 있는 것은 완전히 불법 처리였다.

"이봐, 변호사 양반. 당신은 몰라. 의료폐기물은 전국에서 매일 500톤은 나온다고. 그런데 소각시설은 고작 100톤밖에 안 돼. 어딘가에서 타협을 해야 한다는 말이지."

"변명은 됐고 타협을 하려면 나름대로 약정을 해야지. 의료폐기물 처리와 일반폐기물 처리는 요금이 몇 배나 차이가 나는데."

말을 내뱉고 동시에 나는 어떤 부분에서 착각한 것을 알았다. 이 남자가 게이코를 첩으로 들였던 돈의 출처 자체가 사이카와 흥업과 연결된 이 불법적 투기에 있는 게 아닐까.

"원장은 이 일을 아나?"

다키쓰는 말없이 고개를 저었다.

"당신이 독단으로 하는 거로군."

"내 말도 좀 들어 줘. 어디든 예산에는 한계가 있어. 하물며 우리는 개인 병원이란 말이야. 정부는 폐기물을 '배출자 책임'이라는 소리를 하지만, 의료폐기물을 제대로 처리하다가는 대부분의 개인 병원은 망해 버려. 엑스레이 촬영으로 발생하는 방사성 물질 하나만 봐도 그래. 방사성 물질이라는 것은 나라가 관리하게 되어 있는데, 하나도 손을 쓰려고 하지 않고 병원에만 맡겨 두고 있잖아. 맡겨진 이상 누군가는 손을 더럽혀야 해."

갑자기 어조가 당당해졌다. 자신이 자신을 위해 저지른 나쁜 짓은 눈을 감고 정부니 뭐니 타인을 매도할 때는 논리 정연한 원칙을 내세운다. 세상 어딘가를 뒤집으면 논리 정연하게 정리되는 것이 있다는 것이다.

"그런 헛소리는 집어치워. 당신은 사이카와 흥업과 짜고 의료폐기물 처리장에 보내야 할 폐기물을 놈들이 경영하는 일반폐기물 처리장으로 보냈어. 그리고 의료폐기물로 처리하면 최소한이라도 나오는 처리 대금과의 차액을 차지해 온 거야. 그렇지?"

침묵이 긍정을 나타냈지만, 나는 그것만으로는 만족하지 않았다.

"맞잖아."

"……맞아."

"언제부터지?"

"슬슬 3년 정도 됐어."

구역질이 나올 것 같았다.

하지만 동시에 작은 예감도 생겨났다.

이것은 아니다.

이것은 아마 그녀가 알려고 했던 것의 본질이 아니었다. 본질을 찾을 수단으로 사이카와 흥업을 추궁하기 위해 찾고 있던 재료일지도 모르지만, 3년 전부터 시작된 이 남자와 쓰레기 처리장과의 유착이 그녀가 조사하려 했던 목적 자체는 아닐 터였다.

"그 외에 어떤 이야기를 하라고 추궁했어?"

"이것뿐이야."

"거짓말하지 마."

"거짓말 안 해. 내가 게이코의 맨션에 있었을 때 갑자기 놈들이 찾아왔어. 그리고 여자를 첩으로 들인 돈은 병원의 의료폐기물 처리비를 횡령해서 얻었느냐고 다그쳤어."

"의료폐기물을 속였다는 점은 처음부터 알고 있었군."

"그렇지 않으면 나도 어떻게든 계속 시치미를 뗐을 거야."

아직 판단은 가지 않았다. 만일 진실을 말하고 있다면 이 남자는 통과점일 뿐이었다. 그녀의 목적을 이 남자 입에서 끌어내기는 불가능했다.

"순서대로 말해. 당신은 사이카와 흥업의 아마노와 지난달 말에 이케부쿠로의 '라오'라는 가게에 갔어. 그렇지?"

"……맞아."

"도쿄에 간 것은 사이카와 흥업의 사장인 사이카와 야스시를 만나기 위해선가?"

"초대받았어. 게이코 것도 포함해서 식비와 교통비도 주더군. 이래 봬도 아마노가 맡은 쓰레기 처리업에서는 우리도 소중한 거래처 중 하나니까."

"하다와는 사이카와 흥업 사무소에서 만났나?"

"……그래."

"하다와 당신의 관계는 뭐야?"

"고등학교 선배. 그뿐이야."

하다의 집 주소와 전화번호를 캐내어 수첩에 적었다.

"하다는 뭐 때문에 도쿄에 간 거지?"

"몰라."

"시치미 떼지 마. 잘 생각해서 대답해."

"정말이야. 관공서 일 때문에 출장 왔다고밖에 듣지 못했어. 우연히 가는 날짜가 겹쳐서 합류해서 마시게 된 것뿐이고."

"하다와 사이카와 흥업은 어떤 관계지?"

"몰라. 정말이야, 믿어 줘."

"어이, 다카쓰 씨. 공무원에 한쪽은 폭력단이야. 그런 사람들이 폭력단 사무소에서 만난 데다 당신도 합류해 술집으로 몰려갔다고. 그런데 어떤 관계였는지도 모른다고? 그게 통할 거라 생각하나?"

"……."

"오직이군."

다카쓰는 말없이 고개를 숙였다.

"하다라는 남자의 관공서 경력은 어떻게 돼? 인사과장이 되기 전에는 뭘 했지?"

"……분명 공해 대책과였을 거야."

"그 전에는?"

"몰라."

"공장 유치를 위한 개발과에 있지 않았나?"

"그럴지도 몰라. 모른다고 했잖아."

"그렇군."

"……그래, 분명 개발과였어."

벌레가 우는 듯한 목소리였다.

"하다는 공장 유치에 얽혀 사이카와 홍업과 관계가 생겼다. 뇌물을 받고 정보를 흘렸다. 그런 거잖아!"

"구체적인 것까지는 몰라. 정말이야. 믿어 줘."

"아쓰미 요시노부라는 남자를 알겠지?"

"그게 누군데? 제발 부탁이야. 이제 그만 용서해 줘."

"정말 몰라?"

"그래."

용서해 주기로 하고, 주머니의 녹음기를 멈췄다. 이 남자의 애매한 증언만으로는 공장 유치 당시 오직의 증거는 되지 않지만, 하다에게 들이밀 건수로서는 충분했다. 공무원이 도쿄로 출장을 갔는데 폭력단 사무소에 들러 그대로 마시러 갔다는, 그 한 가지 사실만으로도 흔들어 줄 수 있었다.

다카쓰를 재촉했다.

"자, 그러면 같이 당신 일터에 가 볼까?"

"……뭐 하러?"

"당신과 사이카와 홍업이 경영하는 쓰레기 처리장 사이의 불법적인 의료폐기물 처리의 증거를 받으러 가는 거지."

다카쓰는 아이가 칭얼거리듯이 도리질했다.

5

경리 관계의 파일을 느릿느릿 찾는 다카쓰를 앞에 두고, 휴대전화로 기요노에게 연락을 취하기로 했다. 다카쓰는 창백한 얼굴이었다. 반쯤은 시간을 조금이라도 벌 목적으로 느릿느릿 파일을 뒤지고 있는 게 틀림없었지만, 반쯤은 멍했기 때문에 굼뜬 동작밖에 할 수 없다는 느낌이었다.

다카쓰는 내가 모든 대화를 녹음한 테이프를 보여 주자, 자신이 벼랑 끝에서 똑바로 떨어지려는 상황임을 깨달은 것이 틀림없었다. 벼랑 끝이라는 것은 발끝이 닿기까지는 바로 앞에 있어도 좀처럼 눈에 들어오지 않는 것이다.

다카쓰 앞에서 전화를 한 것은 녀석을 재촉하기 위해서였다. 지금 혼란스러울 게 틀림없는 머릿속 어딘가에서 녀석이 한 이야기를 아는 것이 나 혼자라는 것을 알고 나니 테이프를 되찾기만 하면 전부 예전으로 돌아가 행복한 일상생활이 이어진다는, 좋지 않은 생각을 불러일으키지 않는다고도 할 수 없었다.

기요노의 휴대전화가 여전히 음성사서함으로 넘어가기에, 다카쓰의 이야기의 요점을 요령 좋게 녹음하고 연락을 달라고 하고 끊었다. 이것으로 증인이 탄생했다.

파일을 내밀고 파란 얼굴로 담배에 불을 붙이는 다카쓰를 거들떠보지도 않고 오사나이 종합병원에서 사이카와 흥업이 경영하는 일반폐기물 처리장에 대한 지불명세서를 복사했다.

둔한 복사기 작동 소리를 다다미 열 장 정도 넓이의 사무장실에 몇 번쯤 울리고는 파일을 원래의 선반으로 되돌렸다.

비아냥이라도 한마디 쏘아 줄까 생각했을 때였다.

바깥 복도에서 빠른 발걸음으로 다가오는 구두 소리가 들렸다. 희미하게 안 좋은 느낌이 들었지만 설마 하는 생각이 훨씬 강했다.

문이 열리고 남자 셋이 뛰어 들어온 순간, 나는 내 자신에게 물었다. 이번에 벼랑에 선 것은 나인 건가…….

셋 다 눈빛이 좋지 않았다.

그중 하나는 전에 아사쿠사에서 좋지 않은 눈빛이 드러냈던 적이 있는 아마노 다케시였다.

반사적으로 한 걸음 물러섰다. 그리고 왼쪽에 또 하나 있는 사무실로 이어지는 듯한 문을 보았다.

남자 중 하나가 재빨리 내 왼쪽으로 돌아서 도주로를 차단했다.

설마 하는 기분이 사라지지 않은 채 나는 벽까지 뒷걸음질했다. 왜 이 남자들이 여기로 뛰어든 거지?

나와는 대조적으로 자신의 인생을 구한 사무장은 얼굴에 빛을 밝히고 아마노에게 다가갔다.

"잘 와 줬군. 살았어. 어떻게 될까 했네."

아마노는 전혀 웃지 않고 납이라도 들이마신 듯이 둔하게 빛나는 두 눈을 딱 한 순간 다카쓰에게 향했다. 그리고 내가 방금 전까지 서 있던 복사기 앞까지 걸어가 아직 그대로 남아 있는 복사본을 집어서 읽었다.

"간발의 차군." 일그러뜨린 입술은 이 남자가 처음으로 보인 웃음인 것 같다. "혹시나 해서 와 봤지. 제방은 약해진 곳부터 무너지니까. 그리고 나름대로 머리가 있는 인간이라면 어디가 약해졌는지 알고 공격하려고 할 거야. 어때, 그렇지? 변호사 양반."

복사기 옆에 늘어선 문서 세단기의 스위치를 넣어 증거물을 쓰레기로 바꾸었다.

'혹시나'라니 무슨 말이지?

문득 뭔가가 머리에 걸렸다.

왜 이 남자들이 여기에 왔을까. 나는 합리적으로 설명할 수 있다! 지극히 합리적인 설명이며, 그것을 설명했을 때 계속 걸렸던 번거로운 것도 또한 낱말 맞히기의 마지막 힌트가 풀렸을 때와 같이 딱 맞아떨어지는 답을 얻을 수가 있다.

분명 그런 식으로 생각했겠지만 더 이상 의식을 거기에 붙들어 둘 수는 없었다. 생각을 하기에는 제일 적당하지 않은 상황이었다.

"아마노 씨, 이 자식이 녹음테이프를 갖고 있어."

다카쓰의 말에 아마노는 부하들에게 턱짓을 했다.

저항을 해 봤지만 간단히 양팔을 붙잡혔다. 원래 금이 갔던 늑골이 명치를 맞고 지르는 비명을 들으면서 나는 몸을 꺾었다. 양팔이 등 뒤로 비틀려 올라가고 겨드랑이 밑을 잡힌 채 아마노 앞으로 끌려갔다. 부하 중 하나가 상의 주머니를 뒤져 휴대용 녹음 카세트를 꺼냈다.

문서 세단을 끝낸 아마노는 부하로부터 녹음 카세트를 받아들어 카세트테이프를 꺼냈다. 히죽 웃고는 내가 보는 앞에서 테이프를 끄집어냈다.

"다카쓰 씨. 얼마나 털어놨습니까?"

다카쓰에게 얼굴을 돌리고 물은 뒤 설명하는 것을 말없이 들었다. 하다의 이야기가 나왔을 때는 차가운 시선을 내게 돌렸다.

말을 끝냈을 무렵, 내 휴대전화가 울렸고 다카쓰는 생각났다는 식으로 덧붙였다.

"아참. 그리고 당신들이 오기 직전에 동료에게 연락을 했어. 부재중 메시지를 녹음했을 뿐이지만, 아까워, 조금만 더 빨리 와 주면 좋았을 텐데."

아마노는 아무 말도 하지 않고 내 안주머니에서 휴대전화를 꺼냈다. 그리고 나를 째려보며 바닥에 내동댕이쳐서 신발 바닥으로 짓뭉개듯이 밟았다. 야쿠자의 신발 밑에서 신나게 울리는 휴대전화를 가만히 바라보고 있었지만, 그 소리는 오래가지 않았다. 기계음이 멎고 조용해지니 아마노는 다카쓰에게 바로 다가가 절망에서 살아난 기쁨으로 빛나는 얼굴에 따귀를 때렸다.

"참나, 다카쓰 씨. 나도 바보였어. 배짱도 없는 멍청이에게 이런 저런 것들을 알려 주면 안 되는 건데."

다카쓰는 뺨을 누르며 경악해서 입을 떡 벌렸다.

"당신도 같이 가야 해. 두 번은 안 된다고 했잖아. 일이 어떻게 되는지에 따라서는 각오해야 할 거야."

아마노는 원시인이라도 된 듯 잇몸을 드러내고 뒷걸음질치는 다카쓰를 더 두들겨 패고 쓰러진 옆구리를 몇 번쯤 차서 일어나지 못하게 했다. 때리는 동안에도 차는 동안에도 지루하다는 얼굴을 하고 있었고, 내 앞에 돌아와서도 역시 지루한 표정을 떠올리고 있었다.

"누구한테 전화했지?"

"각오해. 늦었어. 당신들이 한 짓은 이미 전부 이야기했으니까."

나는 바싹 마른 혀를 침으로 축였지만 목소리가 갈라지는 것은 피할 수 없었다.

"하지만 당신이 갖고 있던 증거는 전부 없어졌어. 어이, 변호사 양반. 생각하는 것만큼 자신만만하게 있을 수 없을걸."

나는 안색을 바꾸지 않으려고 필사적이었다.

뭔가 내 입장을 유리하게 하거나 그게 아니어도 절망적으로만은 만들지 않겠다는 의지의 끈이 있을 것이다. 그렇게 생각해 필사적으로 이것저것 찾으려고 했다. 괜찮다. 내가 여기에 온 것은 음성 메시지를 들은 기요노가 알고 있었다. 게이코도 '머메이드'의 바텐더인 후나키도 내가 다카쓰를 조사하는 것을 알고 있었다. 게다가 음성 메시지에는 다카쓰가 자백한 이야기의 요점을 전부 녹음했다. 내 행방이 알 수 없어지면 바로 다카쓰를 조사할 것이다. 다카쓰와 아마노의 관계를.

제길, 그것은 내가 없어진 다음의 이야기였다! 일이 어떻게 되는지에 따라서는 각오해야 했다. 아마노가 다카쓰에게 내뱉은 대사는 무슨 뜻일까…….

"당신, 너무 깊이 들어왔어. 천천히 이야기를 들어야겠는데."

아마노는 여유를 가지고 턱짓을 했고, 오른쪽의 부하가 재빨리 움직였다.

코 앞에 손수건이 대어졌다.

약품 냄새. 다음 순간 나는 필사적으로 숨을 참고 혼신의 힘을 다해 도망치려고 했다. 부하들의 힘이 세서 실제로는 고개를 흔들기조차 불가능했다.

공포는 하얀 안개 같았다. 몸 전체가 차가워지는 것을 느끼면서 지푸라기라도 잡는 심정으로 명줄이 될 것이 있다고 다시 한 번 생각하려 했지만 의식 자체가 안개에 싸여 아무것도 알 수 없게 되었다.

봄은 아직 오지 않은 겨울의 밤.

창을 가만히 올려다보았다.

창은 어둡고 차갑게 식어 있었다. 추위와 고독과 상실감에 휩싸이면서 그 일체를 느끼지 않겠다고 하고 있는 나 자신이 있었다.

그녀는 이유 하나 말하지 않고 내 앞에서 사라져 버렸다. 그런데 이렇게 기다리기만 하면 창문에 빛이 들어올 것 같은 느낌이 들어 견딜 수 없었다.

아니, 자신은 불빛 속에 있고 옆에서 그녀가 미소 짓고 있는 것 같아서 견딜 수 없었다. 우리는 같이 냄비를 뒤적이고 있었다. 편의점에서 산 모둠냄비였다. 데운 술을 곁들였다. 맥주도 마셨다. 그녀도 나도 정말 즐거운 듯이 웃고 있었다. 나는 여기 말고는 돌아갈 곳 따위 없다는 듯이, 그녀는 나와 있는 시간 이외에는 존재하지 않는 듯이 행동하고 있었다.

그 시절의 그녀는 머리가 길었다. 나란히 앉아 어깨에 손을 걸치고 있으면 부드러운 머리의 감촉이 느껴졌다. 나는 그것만으로도 행복해졌다.

알고 있던 계절은 가을과 겨울이었다. 도쿄에도 계절은 있다. 가을부터 겨울에 걸친 반년도 못 되는 기간을 나는 그녀와 보냈다. 봄을 앞에 두고 그녀는 사라져 버렸다. 함께 봄의 온화한 기후 속을 걸어 보고 싶었다. 그녀가 가고 싶어 했던 초여름의 바다에 가 보고 싶었다. 그리고 두 번째 돌아오는 가을을, 두 번째 돌아오는 겨울을 경험해 보고 싶었다.

"저기, 이번 주말에 어머니 성묘를 갔다 올까?"

그녀가 말했다.

"왜?"

나는 놀라면서 이것이 현실의 대화가 아니라는 것을 깨달았다. 여행을 가자고 그녀는 말했다. 영화를 보러 가자고 말했다. 바다가 보고 싶고, 맛있는 레스토랑을 찾고 싶다고 말했다. 다음 주는 네즈의 바다 축제라고 그녀는 말했다. 그리고 또 만나자고…….

하지만 결코 내 가족의 이야기 따위는 하지 않았다. 아내의 일은 물론 딸도, 장인도, 죽은 부친의 이야기도 모친의 이야기도 하지 않았다. 그런데 왜 이렇게 머릿속에 나오는 그녀는 언제나 이런 말을 하는 것일까?

항상 이렇다. 현실이 아닌 그녀는 내 본가의 이야기를 한다. 나와 딱 붙어서 마치 아내처럼 행동하고 싶어 한다. 나는 미소 지으며 대답을 곤란해한다. 그녀는 내가 곤란해 하는 것을 알면서 골리는 것이다.

"당신은 항상 그래."

나는 "뭐가?"라고 되물었다.

"그냥 나에게 도망치고 있을 뿐이잖아. 하지만 그러면 나도 곤란해."

내가 아니라고 고개를 흔들었다.

"옛날이라면 받아들였을지도 몰라. 하지만 이제 안 돼. 두 번 다시 실수하지 않아. 전부 끝이야. 난 이제 다르게 살 거야. 가게를 열겠어. 선술집 같은 거. 아직 젊으니까 바나 클럽으로 한번 승부해 볼 거야."

그만해. 그건 게이코가 한 말이잖아.

“나를 묶어 두려고 하지 마. 당신과 함께 있을 여유는 없어. 나 혼자 살기도 벅차.”

속박할 생각 따위 없었다. 다만 함께 있고 싶을 뿐이었다.

환상 속의 나는 꼴불견이다. 그리고 사랑한다는 말을 되풀이 한다. 어떻게든 그녀의 마음을 붙들려고 한다.

더 꼴불견으로 할 걸 그랬다. 현실의 나는 언제든지 당당했다. 당당하게 있고 싶다고만 계속 바랐다.

“아니야, 세이지 씨. 그런 게 문제가 아니야.”

그러면 뭐가 문제야. 냉정 침착. 논쟁은 이미 결론을 알고 난 뒤에만 시작한다. 그런 변호사다운 절도를 이미 몸에 익혔던 게 아닌가. 그런데 나는 그녀에게 매달리려 하고 있었다. 무슨 이야기일지 공포마저 느끼지만 듣지 않고는 견딜 수 없어서 덤벼들었다.

“그러면 확실히 말해 줄까? 당신은 계속 나와 함께 있고 싶다고 생각한 적 있어? 뭔가를 서로 나누고 싶다고 생각한 적 있어? 당신은 누구와 아무것도 나누고 싶지 않은 거야. 남편도 아버지도 되고 싶지 않아해. 자신이 누군가의 아들이었던 것이 너무 싫어서 견딜 수 없지. 당신은 단지 자신의 인생에서 도망치고 싶을 뿐이야. 자신의 부친이 오직 때문에 자살한 인간이라는 걸 인정할 수 없을 뿐이야. 자신이 이렇게 살아온 것을 어머니의 애정으로 인한 속박 탓이라고 생각하고 싶어 할 뿐이야. 생각해 봐. 왜 가정생활을 계속할 수 없었어? 왜 스스로 선택한 일에 의문을 가지고 있지? 당신은 깊이 생각하는 것에서 도망치고만 있어.”

그만해. 이런 말을 하는 것은 그녀가 아니다. 이것은 그녀가 아닌 다른 누군가이다. 내게 생트집을 잡으려던 다른 누군가.

아마도 나 자신.

의무 교육과 수험 전쟁, 변호사가 되기 위한 밤샘 공부를 하며 10대부터 20대 전반을 보내는 와중에 인간은 모두 평등하다는, 현실적으로 받아들이기 힘든 농지거리에 짓눌렸다. 그리고 차라리 그런 이상을 강요당하는 편이 편하다고 어딘가에서 생각하면서 살아왔다.

이런저런 일들을 머릿속으로만 이해하고, 다 이해하지 못하는 것에는 가능한 한 관여하지 않았다. 이해할 수 있는 범위에서 정의와, 정의가 아닌 것을 나누고 싶어 했다.

나는 부친이 자살한 것을 용서할 수 없었다. 모친이 어리석은 여자로 생각되어 견딜 수 없는 것을 용서할 수 없었다. 부친이 정의로운 남자가 아니었던 것을 용서할 수 없을 뿐 아니라, 완벽한 악인조차 되지 못했던 것을 용서할 수 없었다. 부친이 나를 사랑한 것이 틀림없고, 내가 부친을 사랑했던 것을 용서할 수 없었다. 그 때문에 자신이 어떻게 할 수도 없이 상처받은 것을 용서할 수 없었다. 상처받지 않은 채 아버지와의 관계를 지속할 수 없었던 것을 무엇보다 용서할 수 없었다.

아마도 나는 밝고 아무런 그늘도 없는 것이야말로 좋은 것이라고 배우고 살아온 것이리라. 그런 편이 좋다고 생각해 왔다. 그래서 달아날 수 없을 정도의 상처를, 잊어버릴 수 없을 정도의 과거를 만든 부친이 용서되지 않았다. 용서할 수 없는 편이 낫다고조차 믿었을지도 몰랐다.

꿈속에 나타난 그녀가 계속 말해 왔던 대로였다.

"당신은 나를 원하는 게 아니야. 그저 자신의 인생을 찾지 못하는 것뿐이지."

안타까웠다.

언제부터 이런 그녀밖에 떠올릴 수 없게 되어 버린 걸까. 이런 것을 추궁하는 그녀밖에…….

한마디면 된다. 내 앞에서 사라진 이유를 말해 주면 된다. 그러면 아마 납득을 할 수 있을 것이다. 5년 동안 괴로워하지 않을 수 있었다. 여자 따위 잊어버리고 살아왔을 게 틀림없었다.

아니, 아니다. 나는 그녀를 잊고 싶지는 않았다. 아마 나는 그녀와 함께 있을 때 내 인생을 찾을 수 있다는 느낌이 들었을 것이다. 착각일지도 모른다. 하지만 나 자신이 완전히 알몸으로 있을 수 있었던 느낌이 자꾸 들었다. 그녀를 원하는 것에서부터 전부를 생각하기 시작할 수가 있었다는 느낌이 자꾸 들었다.

그조차도 착각에 지나지 않는 것일까. 착각이 생겨나 시간이 흘러간 뒤에는 그것이 그저 착각에 불과했다는 것을 인식하며 살아갈 수밖에 없을까.

안타까웠다.

코 안쪽이 뜨거워지고 얼굴이 빵빵하게 부풀어 오르는 것을 느꼈다. 그게 아니라, 나는 그녀의 눈을 피해 울고 있었다. 현실 속의 나는 몇십 년 동안 운 적이 없었다. 그러나 꿈속에서는 이렇게 항상 울고 있었다. 울었던 것을 눈을 뜰 때는 이미 완전히 잊어버렸을 뿐인 것 같다.

눈을 떴을 때 남아 있는 것은 짓눌리는 허탈감과, 빙글빙글 계속 돌고 있을 뿐 결코 답이 나올 가망이 없는 논쟁을 한 후 같은 보람 없는 기분. 추잡스런 자기연민과 거기에 기대어 필사적으로 자기 긍정을 시험하려고 하면서 허우적거린 기억. 자기연민도 자기 긍정도 시시하다고 뿌리치면서도 뿌리치지 못하는 모순을 안은 나 자신…….

그녀에게 물었다.

"나는 네 진심을 알고 있었을까? 나에 대한 네 진심을, 네 자신의 인생에 대한 진심을 알고 있었어?"

그녀는 여느 때처럼 대답하지 않는다.

입을 다물고 내가 언제까지나 못 잊을 웃는 얼굴을 떠올릴 뿐이었다. 기가 센 듯이 보이는 두 눈. 쓸쓸해 보이는 눈썹. 하지만 문득 일순 천진난만하기만 한 그녀를 드러내는 웃는 얼굴…….

"충고해 두지. 이 이상 이 건에 관여하지 마. 바깥 사회의 인간이 고개를 들이밀 일이 아니야."

갑자기 야나다가 그녀를 데려가고 내 명치를 때렸다.

아니, 야나다가 아니라 사이카와 흥업의 아마노였다.

"알았어? 당신, 깊이 들어오지 말라고."

늑골을 차였다.

이어서 측두부를 구타당했다.

뒤로 물러설 수 없었다. 그녀는 이미 어디에도 없었다. 하지만 나는 그녀의 인생을 찾고 싶었다. 그리고 지금 여기에 있는 나 자신의 인생을.

……아주 희미하게 옆머리의 아픔이 현실과 교차했다.

……아무래도 어깨도 아픈 것 같다.

……의식이 육체로 돌아오고 있었다.

……눈을 뜨고 있는데 캄캄한 건지 눈을 감고 있어서 아무것도 보이지 않는 것인지 알 수 없었다. 다시 의식이 흐려지려는 것을 필사적으로 버텼다. 소리는 들리지 않았다. 옆에 아무도 없다는 것도 알았다. 아니, 소리는 들리고 있었다. 단조로운 한 가지 소리만 계속 들리기 때문에 없는 것처럼 느껴질 뿐인 것 같았다. 몸 어딘가를 자잘한 벌레가 무수하게 기고 있었다. 그런 느낌이 남과 동시에 문득 다시 모든 것이 멀어졌다.

……눈꺼풀이 꿈틀하고 경련한 느낌.

……아니면 벌레가 눈꺼풀에 기어가는 것일까. 의식이 육체의 끄트머리에 들러붙어 있었다. 아마 전부가 문득 멀어진 느낌이 들고 나서 얼마쯤 시간이 지났을 터였다. ……경련하고 있었다. 그래서 눈꺼풀의 존재는 느껴졌다. 하지만 아무것도 보이지는 않았다. 흐릿한 사이에 헤매면서 뭔가를 느끼는 것과 느끼지 않는 것의 경계에서 허둥지둥, 주뼛주뼛, 서성거림을 되풀이하는 것 같았다.

한 가지 배웠다. 뭔가에 의식을 집중하는 것. 나는 나를 잃어버리는 것을 필사적으로 저항하면서 오른손의 검지를 의식했다. 쓰는 팔의, 아마 가장 많이 쓰는 손가락일 것이다. 움직여. 그렇게 명령했다. 움직이라고.

움직이고 있나? 아닌가? 애당초 오른손 검지는 어디에 있는 거지?

손끝의 감각이 없었다. 첫 번째 관절과 두 번째 관절을 구부리는 감각을 알 수 없었다. 방금 전에 분명히 구부리려고 한 것 같았다. 더듬어 찾았다. 밑에 깔려 있었다. 무게 때문에 구부러지지 않았던 것이다. 구부러지지 않기 때문에 구부리려는 느낌이 들었다. 검지를 움직이고 검지 이외의 어딘가가 깨어나고 있었다. 오른 무릎의 바깥쪽이었다. 오른손은 무릎 밑에 깔려 있었다. 손의 감각이 돌아왔다. 팔이 돌아와 어깨에 붙은 팔 부분까지 내 것이 되어 오른쪽 팔 전체를 약간 움직였다.

무릎을 굽히고 있었다. 허리와 등도 굽히고 있었다. 무척 비좁은 장소에 무척 부자유스러운 자세로 누워 있는 듯했다.

여기는 어디지? 생각하려고 했을 때, 다시 졸음이 찾아왔다. 의식이 멀어지려고 하고 있었다. 몸에 힘이 들어가지 않았다. 목을 약간 움직여 머리를 흔들려고 했다. 납처럼 무거워져서 꿈쩍도 하지 않았다. 오른손은 틀렸다. 그렇게 생각한 순간 거의 무의식적으로 왼팔이 움직였다. 온몸의 힘을 넣어 늑골을 때렸다. 의식을 놓으려는 육체 속에서 가장 의식에 가까운 부분은 둔중한 아픔으로 몸에 달라붙어 있는 늑골이었다.

신음이 새어 나왔다. 다시 한 번 왼주먹을 쥐고, 이번에는 훨씬 의식적으로 늑골을 세게 때렸다.

성공이었다.

신음을 흘리며 아픔과 열을 띤 늑골에 무심코 손바닥을 댔다. 내가 어떤 모습으로 어떤 방향을 향해 누워 있는지를 깨달았다. 눈을 떠도 깜깜해서 아무것도 보이지 않는 이유를 알았고, 계속 들리는 소리의 정체를 알았다. 자잘한 벌레가 무수히 기어 다니던 게 아니라 몸이 진동을 느끼고 있었던 것이었다. 나는 몸이 굽혀진 채로, 주행하는 차의 트렁크에 갇혀 있었다. 의식을 회복해 돌아온 곳이 장밋빛 인생이 아닌 것은 아쉬웠지만, 아마노가 목적지에 도착하기 전에 정신을 차린 행운을 기뻐해야 할 것이다.

게다가 손발이 묶여 있지 않았다. 어떤 약품을(아마, 클로로폼이리라.) 맡게 한 뒤 안심하고 트렁크에 밀어 넣은 것일 터였다.

나는 반격하려는 의욕에 불타올라 트렁크 뚜껑을 밀어 올리려고 했다. 쓸데없는 노력이라고 인정하기 싫어서 계속 같은 짓을 반복하는 동안 갑자기 구역질이 났다. 반고리관이 계속 흔들린 결과일 것이다. 그대로 넘겨보려고 숨을 깊이 들이쉬었지만 기름 냄새나는 탁하고 얼마 안 되는 공기를 폐에 들이마셨을 뿐, 갑갑함과 구역질은 오히려 더 커졌다.

그대로 두기로 하고 뭔가 없나 하고 팔을 움직였다. 트렁크에는 보통 뭐가 들어 있는지 떠올리려고 노력하면서 손으로 더듬어 보다가, 구역질을 참을 수 없게 되어 위 속의 것을 토해 냈다.

견갑골에서 어깨 근처가 끈적끈적해졌고 내가 뱉은 토사물의 냄새로 한층 더 구역질이 올라왔다. 참을 틈도 없이 다시 솟구쳤다. 입 주위도 뺨도 토사물 투성이가 된 데다 머리카락이 끈적거리는 것이 느껴졌다. 몸을 굽혀 계속 토하고 있기 때문에 위가 거센 손아귀에 꽉 잡힌 듯이 아팠다. 마지막에 위액을 토했다. 옛날 어떤 책에서 캄캄한 곳에서 계속 흔들리면 사람은 정신을 잃기 전까지 계속 토한다는 이야기를 읽은 것이 떠올라 오싹했다.

정신을 잃을 수는 없었다.

왼손 끝이 딱딱한 것에 닿았다. 들어 올리니 가벼웠고, 손 위치를 옮겨 보니 까슬까슬한 딱딱한 털 같은 감촉으로 이어졌다. 세차용 브러시일 것이다. 위치를 확인한 채 손에서 놓고 다른 곳을 더듬었다. 머리에 가까운 쪽에는 아무것도 없었다. 손을 몸 밑을 향해 뻗으면서 동시에 양다리로도 더듬기로 했다. 발끝에 뭔가가 닿았다. 몸을 깊이 굽혀 손을 뻗으니 금속의 차가운 감촉이 있었다. 잡힐 정도로 손이 뻗어지지 않았다. 몸을 등 쪽으로 힘껏 세웠다. 그때 다시 한 번 위액을 토하고서는 떠오르는 대로 욕을 중얼거렸다. 입을 움직이는 편이 구역질이 잦아들 듯한 느낌이 들었다. 입술을 빈번히 핥는 것도 효과가 있을 것 같았다.

발끝이 닿았다!

신중하게 끌어올려 잡은 순간 스프레이 캔이라는 것을 알았다. 아무리 기다려도 눈이 어둠에 익숙해지지는 않았다. 트렁크 속은 완전한 암흑이었다. 스프레이 캔의 표시를 읽을 수가 없었다. 나는 면허를 땄고 차도 갖고 있지만 운전은 별로 하지 않았다. 차 트렁크에 들어 있는 스프레이가 무엇인지 떠올려 보려고 했지만 생각나지 않았다.

스프레이의 머리 부분을 살짝 눌렀다. 액체가 분무하는 것을 확인했다.

포기할 생각은 없었다. 차가 어디로 향하는지 몇 번이나 상상을 했고, 그리고 실제로 몇 개쯤 안 좋은 상상이 스쳤지만 그것들을 머리의 구석으로 멀리 쫓아 버렸다. 상상해 봐야 소용없었다.

나는 아마노와 다카쓰를 욕했고, 이름도 모르는 아마노의 부하들도 욕했고, 그리고 사이카와 야스시를 욕했다. 타인을 욕하는 데 지치자, 모르는 사이에 나 자신을 욕하고 있었다. 내 부주의와 부족한 경계심이 이러한 결과를 불렀다고.

트렁크 뚜껑이 열리는 순간이 기회였다. 그때까지 구역질이 잦아들지 않으면 공격을 할 수 없었다. 공포로 쪼그라들어서는 공격 따위 할 수 없었다. 못하면 아마도 나는 끝이다.

몸이 튀어 올랐다.

왼쪽 어깨와 왼쪽 측두부가 트렁크 천장에 부딪혔고, 바로 다음 순간에는 오른쪽 어깨와 오른쪽 측두부가 바닥에 부딪혔다.

포장도로가 끝난 듯했다. 차의 진동이 커져서 나는 몸이 여기저기 부딪히는 것을 피하기 위해 양팔을 좌우로 뻗었다.

바로 팔이 피로해졌다. 커브가 많아져서 아래위로 흔들리는 데다 몸이 머리 쪽으로 끌려갔다가 발 쪽으로 끌려갔다.

트렁크의 바닥이 기울어지는 것을 느꼈다. 산비탈을 오르는 것이다.

목적지가 가까워진 듯이 느껴졌다.

머지않아 차 속도가 떨어지고 정지함과 동시에 나는 심장이 고동치는 것을 느꼈다. 침착해야 한다고 소리 내어 중얼거렸다.

운전석에서 조작하자 잠금이 풀리고 트렁크 뚜껑에 틈이 생겼다. 뛰쳐나갈지 어쩔지 생각하기도 전에 차 문이 열리는 소리가 들렸다. 희미한 차체의 흔들림으로 탄 사람들이 밖으로 내려선 것을 알았다.

귀를 기울여 의식을 집중하니 자갈을 밟으며 걷는 발소리가 났다. 말소리. 무슨 말을 하는지 알 수 없었다. 남자들이 이쪽으로 다가왔다.

스프레이를 오른손으로 잡아 윗옷 안쪽에 숨겼다. 세차 브러시는 바로 손에 닿는 곳에 놓여 있었지만 일시적인 무기에 지나지 않았다.

트렁크 뚜껑이 올라가서 바깥공기가 흘러들었다. 시원함과 신선한 공기의 향기로움을 느꼈지만 동시에 머리 주위에 배어 있는 토사물의 냄새도 강하게 했다.

남자 하나가 "우엑." 하고 익살을 떠는 소리를 질렀다.

"토했네요, 이 인텔리 자식."

아마노의 목소리가 아니었다.

시선이 느껴져 항문이 근질거렸다. 스프레이를 쥔 오른손에 땀이 나고 흔들렸고 호흡도 빨라진 것 같았다.

호흡의 변화를 들키면 의식이 되돌아온 것도 들킬 터였다. 차라리 먼저 공격해 버리자고 생각하면서 나는 기다렸다.

남자가 어깨에 손을 걸쳤다.

고개를 돌렸다. 상대와 눈이 맞은 순간, 그 눈을 향해 스프레이를 뿌렸다. 남자는 내 어깨에서 손을 떼고 양손으로 얼굴을 감싸며 물러났다.

오른 팔꿈치와 왼손을 트렁크 바닥에 짚고 일어났다. 왼무릎 어딘가를 세게 부딪혀 근육이 경련하는 아픔을 느꼈다. 트렁크 안에서 무릎으로 서려는 내게 두 번째 남자가 덤벼들었다. 아마노였다. 내가 발사한 스프레이를 아마노가 팔로 막자, 나는 스프레이 캔으로 상대의 옆얼굴을 때렸다. 내 체중을 아마노에게 실어 기대듯이 차 밖으로 떨어졌다.

자갈이 깔린 지면에 쓰러진 순간 운 좋게 내 팔꿈치가 아마노의 위를 직격해서 그가 고통스러운 듯이 큰 숨을 토해 내는 것을 느꼈다. 아마노를 뿌리치고, 운전석과 조수석에서 각각 하나씩 내려선 것을 알아차린 나는 반사적으로 뛰어나갔다.

어두웠다. 길이 아니라 일정한 넓이가 있는 공간인데 주차장 같았다. 주위에 온통 벌레 소리가 나고 있었다. 모기 소리가 겹쳤다.

차 앞쪽에 흘끗 시선을 던지니 그쪽에 건물 그림자가 보인 듯했지만, 내가 뛰는 방향에는 인공적인 직선이 하나도 보이지 않았다.

어슴푸레 흐려진 밤하늘과의 밝기 차이 때문에 멀리 산 능선이 돋보였다. 산 자체는 그저 검은색으로 펼쳐져 있었다. 달빛이 없기 때문에 내 발밑의 땅이 간신히 보일 뿐, 눈앞이 막다른 길이었다고 해도 알 수 없었다.

쫓아오는 발소리는 하나가 아니었다. "기다려, 이 자식아."라는 욕설도 하나가 아니었다. 아스팔트로 나갔다. 포장도로였다. 가로등은 없었다. 왼쪽으로 갈지 오른쪽으로 갈지 판단도 가지 않은 채 나는 왼쪽으로 뛰었다.

눈이 어둠에 익숙해져서 포장도로 오른쪽은 덤불이 우거진 산비탈이라는 것을 알았다. 차 두 대가 어떻게든 스쳐 지날 정도의 폭의 길을 따라 계속 덤불이 이어졌다. 왼쪽은 아주 어두워서 어떻게 되어 있는지 알 수 없었다. 길에서 조금 내려간 근처가 논이나 밭일지도 몰랐다.

헤드라이트 빛이 어둠을 훑으며 회전했다. 돌아본 나는 차가 도로로 나오는 것을 보았다. 그보다 먼저 나를 쫓으러 뛰어오는 두 남자들……. 남자들과의 거리는 조금 벌어졌지만 차로 쫓으면 바로 잡을 수 있다고 대수롭지 않게 여긴 게 틀림없었다.

닥치는 대로 달리는 속도를 높였다. 그러나 아무리 속도를 낸들 차와 경주해 이길 수는 없었다. 덤불의 비탈에서 짐승길을 찾았다. 이대로 포장도로를 달려 봐야 잡히는 것은 시간문제였다.

헤드라이트가 비쳤다.

눈 깜짝할 새 가까이 와 있었다.

어느새 땀을 주룩주룩 흘리고 있었다. 머리카락을 쓸어 올리는 팔을 움직이니 스프레이 캔을 계속 들고 있었다는 것을 알았다.

그것을 쫓아오는 헤드라이트를 향해 던졌다. 스프레이 캔은 앞 유리에 명중한 모양이었지만, 그저 그뿐이었다.

차는 나를 치어 죽일 듯이 접근하나 했더니 아주 갖고 노는 듯 주행 속도를 갑자기 낮추고 상황을 살폈다. 나는 어깨를 들썩이며 숨을 쉬기 시작했다. 지그재그로 달렸다. 내 의지에 의한 것이 아니라 차가 나를 부추겼기 때문이었다.

덤불의 비탈을 뛰어오르려고 결심한 나는 덤불은 이미 끝났고 머지않아 경사가 급해진 비탈이 콘크리트로 발라져 있다는 것을 알았다. 왜 아까 주저 없이 덤불로 뛰어들지 않았을까.

길 반대쪽으로 도망칠까 했지만 생각함과 동시에 주저되었다. 어둠에 익숙해지기 시작한 눈에조차 논도 밭도 보이지 않았다. 어느 정도 깊은지 알 수 없는 것이다.

엔진이 돌아가는 기척이 나더니 바로 뒤에 차가 다가왔다.

피할 틈도 없이 허리뼈에 강렬한 충격을 받은 나는 보닛 위로 굴러 올라갔다.

눈 속에서 불꽃이 튀었고 숨이 목구멍 속에서 얼어붙었다.

반회전해서 앞 유리에 부딪혔다. 일그러진 눈꺼풀 틈으로 유쾌한 듯 이쪽을 바라보는 얼굴과 맞닥뜨린 느낌이 들었다.

차가 갑자기 후진해서 나는 차 앞으로 떨어졌다. 허리와 어깨를 아스팔트에 부딪쳤고 후두부를 제대로 받혔다. 갈비뼈는 비명을 질렀고 심장은 터질 듯한 기세로 뛰었고, 목 혈관에서 관자놀이까지 일직선으로 피가 돌고 있었다. 나는 비명을 지르고 있었는데 스스로도 영문을 알 수 없는 말이었다.

차 문이 열리고 아마노 일당이 내려섰다. 아마노가 말했다.

"귀찮게 굴다니, 멍청한 놈."

나는 그를 째려보며 몸에 힘을 넣었다. 일어서고 싶었지만 몸이 너무 무거웠다. 간신히 엉거주춤하게 섰다.

양손을 허벅지에 짚어서 상반신을 지탱했다. 그렇게 해서 딱 한 호흡 숨을 쉬었다. 크게 숨을 들이마시려 하니 가슴이 부풀어 오르면서 늑골이 아팠다. 허리뼈와 꼬리뼈의 이음매가 욱신욱신 했다. 후두부가 지끈거렸다.

양다리에 힘을 넣어 달려 나갔다.

오른쪽을 향해 세 걸음.

네 걸음을 디뎠을 때는 이미 땅이 없었다.

뛰어들고 싶어서 뛰어든 것은 아니었다. 뛰어들도록 몸을 던지는 것 말고는, 움직일 힘이 남아 있지 않았다.

아마노 일당의 욕설을 들은 것 같았다. 그때는 이미 나는 비탈을 굴러떨어지고 있었다. 양손으로 머리를 감쌌다. 무릎을 배 쪽으로 끌어당기고 싶었지만 생각대로 되지 않았다.

하늘과 땅이 뒤바뀌고 머리와 몸통이 뒤집어졌다. 비탈은 흙으로 덮여 있었고, 풀도 나무도 자라지 않았다. 나는 데굴데굴 굴러 결국 미지근하고 습한 지면에 얼굴로 착지했다.

딱딱한 지면이 아닌 만큼 운이 좋았다. 입안 가득 밀려든 진흙을 토했다. 흙탕물을 마셔 버렸다. 숨이 막힐 것 같았지만 그래도 경사면도 착지 지점도 부드러운 흙이었다는 예상 외의 행운을 기뻐했다. 나무 줄기나 대나무 그루터기에 내장을 찔릴 가능성도 있었을 것이다.

"제길, 어디까지 귀찮게 하는 거야. 어이, 손전등 있지?"

아마노가 고함치듯이 말하는 것이 들렸다.

목소리와의 거리로 생각하면 빌딩 2층 정도의 높이는 구른 것 같았다.

나는 겨우 깨달았다. 풀도 나무도 나 있지 않은 지면은 인공물이었다. 길에서 내려가는 비탈도 사람 손으로 만든 결과였다. 나는 아마 99퍼센트의 확률로 폐기물 처리장에 끌려온 모양이었다. 지금까지 도망친 길은 일반적인 길이 아니라 쓰레기를 운반해 온 트럭이 통과하는 시설의 바깥에 마련된 포장도로가 아닐까?

살살 몸을 움직였다.

비탈 위에 있는 아마노 일당이 내 기척을 눈치 채지 못하게 하기 위해서가 아니라 만신창이가 된 몸의 통증을 느끼기 위해서였다.

어쨌든 여기에 있으면 안 된다. 그렇다면 어디로 달아나면 좋을지도 판단이 가지 않은 채 경사면을 따라 천천히 이동을 시작했다. 그러다가 이렇게 이동하면 위의 도로에서 손전등으로 비추면 끝이라는 것을 겨우 깨달았다. 비탈에 등을 돌리고 시커먼 쓰레기 처리장의 중심부를 향해 뛰기 시작했다.

손전등으로 비춰지기 전에 한 걸음이라도 멀리 달아나야 했다. 밤의 어둠을 타고 달아나려면 그것밖에 없었다. 쓰레기를 투기하는 광대한 구덩이. 투기한 위에 흙을 덮어 놓았을 뿐인 구덩이. 거꾸로 말하면 발밑 몇 센티미터, 몇십 센티미터 부분에 방대한 폐기물이 잠들어 있었다. 불법 투기 이야기를 듣고 나니 기분 좋은 곳은 아니었다.

흙은 저녁까지 내린 비의 영향으로 질퍽거려서 구두 끝이 젖어 있었다. 스니커가 아니라 가죽구두여서 뒤축이 흙 속에 박혀 벗겨질 것 같았다.

손전등 빛이 지면을 비추기 시작했다. 거리는 벌써 삼사십 미터는 떨어져 있었다. 희망적인 감각에 지나지 않는 것일까? 다행히 내가 있는 곳보다도 훨씬 앞을 비추고 있는지 조명은 이쪽까지 쫓아오지는 않았다.

다리가 꼬여 앞으로 넘어졌다. 목구멍이 울리고 있었다. 쓰러진 채로 몸 방향을 바꾸어 녀석들이 있는 방향으로 시선을 집중했다. 단 몇 초만이라도 이렇게 쉬고 싶었다.

입속이 꺼끌꺼끌했다. 몇 번이나 침을 뱉어 냈다. 깜짝 놀랐다. 손전등 빛이 예상보다도 훨씬 낮은 곳에 있었다. 상대도 비탈을 내려온 것이다. 차 엔진 소리가 바람을 타고 들려서 헤드라이트가 이동을 시작한 것을 알았다.

두 팀으로 나뉘어 양쪽에서 나를 찾아내려는 속셈인가? 주위를 두리번거렸다. 여전히 달은 구름 뒤에 숨어 어둠은 넓고 깊게 전부를 삼켜 버렸다. 녀석들의 눈에서 내 모습을 감추어 주지만 제일 좋은 탈출로를 내 눈에서 감추어 버리기도 한 어둠이었다.

아니다, 놈들은 빛을 갖고 있으니 유리하기도 하지만 동시에 불리하기도 했다. 나는 놈들이 어디에 있는지 한눈에 알 수 있으니까.

나는 자신이 냉정함과는 거리가 먼 곳에 있다는 것을 알았다. 그것을 알고 나니 조금은 침착해질 수 있었다. 손전등 빛은 나보다도 오른쪽으로 이동하고 있었다. 호흡을 가다듬으면서 일어나

상체를 낮춘 자세로 대각선 왼쪽 방향으로 걷기 시작했다.

다행한 일이었다. 역시 운은 내게 있었다. 아까 놈들이 차를 세운 주차장이 분명 이쪽이었다. 아까는 주차장을 뛴 다음에 포장도로를 왼쪽으로 달렸다. 그래서 쓰레기 처리장의 바깥을 따라 뛰는 게 되어 버렸다. 그렇다면 주차장에서 오른쪽 길로 가면 쓰레기 처리장에서 벗어날 수 있을 것이다. 도로는 피하는 편이 좋다. 하지만 방향적으로는 그쪽으로 도망가는 게 희망이 있다.

헤드라이트는 쓰레기 처리장 바깥을 따라 달리고 있었다.

이것도 또한 내가 향한 곳과는 반대 방향이었다. 헤드라이트보다도 먼저 시설 밖에 도달하기만 하면 된다. 아니면 차가 지나간 뒤를 노려 쓰레기 처리장을 둘러싼 포장도로를 넘어가면 된다. 어쨌든 이곳을 나가야 한다. 그다음은 얼마든지 달아날 방책이 있다. 어딘가에 몸을 숨기고 가만히 날이 밝기를 기다려도 된다.

제법 호흡이 편해져서 다시 뛰기 시작했다. 뛰어가는 방향 끝에 뭔가가 있다는 것을 깨달았다. 다가가 보니 불도저였다. 어둠 속에 잠든 불도저는 무척 차가워 보였고 엄청나게 거대하고 섬뜩했다. 손전등 불빛이 이쪽을 향했다. 불도저 뒤에 몸을 숨겨 지나가기를 기다린 다음 불도저를 등지고 다시 달렸다.

이상했다.

차 헤드라이트가 어느새 아무 데도 보이지 않았다. 있는 곳을 들킬까 염려해 헤드라이트를 껐을까? 하지만 이런 어두운 밤에 그렇게 하면 핸들을 잘못 꺾어 쓰레기 처리장 경사면으로 차째 굴러 떨어질 수도 있었다.

귀를 기울였지만 엔진 소리도 들리지 않았다. 어딘가에서 차를 세운 것이다. 무슨 속셈이 있는 듯이 느껴져 으스스했다. 어둠 속을 도망치는 사람을 찾아낼 때, 나라면 어떻게 할까?

경사면이 가까워졌다.

처리장은 건너편 끝이다!

어쨌든 경사면을 뛰어올라야 했다. 놈들이 계략을 세워도 상관없었다. 그 전에 경사면을 다 올라가서 재빨리 도망치면 된다.

경사면 밑에 도착하기 딱 한 걸음 전에 나는 눈앞이 아찔해져서 멈춰 섰다.

갑자기 강렬한 서치라이트 빛이 비쳤다.

"변호사 양반. 그만 포기하시지."

아마노의 고함이 들렸다. 광원이 강했기 때문에 손으로 빛을 가리면서 눈을 가늘게 떠도 아마노의 모습은 전혀 보이지 않았다.

뒤를 돌아보았다.

지금은 쓰레기 처리장 전체가 비춰지고 있었고, 손전등을 든 아마노의 부하들이 나를 향해 달려오는 참이었다.

6

나는 도망치려다 그들의 분노를 사서 얻어맞았고, 시시한 도주로 놈들의 옷을 더럽혔다고 분노를 사서 얻어맞았다. 나를 인텔리라 부르는 놈들의 마음에 들지 않는 직업을 갖고 있는 것과 그럼에도 불구하고 놈들의 세계에 너무 깊숙이 들어간 것에 분노를 사서 얻어맞다가, 끝에는 그저 반쯤 재미로 얻어맞았다.

그리고 접착테이프에 양손을 묶이고 겨드랑이 밑을 붙잡혀 경사면을 올라갔다.

양손을 묶지 않아도 더 이상 스스로 움직일 수 있는 상태가 아니었지만, 내가 질리지도 않고 다시 도주를 꾀하리라 보고 그것을 완전히 봉쇄할 작정이었을 것이다.

나는 정말 지쳤지만 도주할 마음이 사라진 것은 아니었다. 잠시 보류하고 있을 뿐이었다. 내게 남겨진 미래가 어떤 것일지 상상하기도 싫었다.

경사면을 올라가니 자갈을 깐 주차장이 나왔고 그 끝에는 사무소로 보이는 2층 건물이 있었다. 처음에 아마노가 차를 세운 곳 같았다.

건물 안으로 끌려갔다.

사무 책상이 몇 개쯤 놓인 방을 그대로 지나쳐 안쪽 문을 빠져나갔다.

양쪽 벽에 로커가 늘어선 세로로 기다란 방이 있었다. 창은 없었고 바닥은 콘크리트를 발라 놓았을 뿐이었다.

바닥 위에 내동댕이쳐졌다.

나는 바닥을 가만히 바라본 다음 몸을 돌려 아마노와 남자들을 째려보았다. 아마노는 담배 연기를 내뿜고 있다.

"일단 손을 씻고 와."

그가 부하 두 사람에게 명령했다.

두 사람만 남은 방에서 아마노는 맛있다는 듯이 담배를 피웠고, 나는 아마노의 얼굴을 계속 째려보았다.

"어이, 그렇게 슬픈 얼굴로 쳐다보지 마."

아마노가 즐거운 듯이 말했다.

입안에서 피 맛이 났다. 혀가 바싹 말라서 그런지 철분 맛이 한층 더 진해져서 까끌까끌하게 입속에 들러붙었다. 목소리를 낼 수 있을지 어떨지 모르는 채로 나는 입술을 움직였다.

"다카쓰 자식은 어떻게 됐나……?"

"다른 사람 걱정보다 자기 걱정이나 해라."

"……내가 다카쓰 사무실에 있는 걸 어떻게 알았지?"

"글쎄, 어떻게 알았을까?"

나는 그로부터 질문을 몇 개쯤 던졌고, 그때마다 아마노에게서 나를 완전히 깔보는 대답을 들었다.

"형님, 냄새가 나서 참을 수가 없습니다." 돌아온 부하가 밝은 목소리로 말했고, 그로부터 약간 목소리를 낮춰 덧붙였다. "큰형님도 삼사십 분이면 도착하신답니다."

아마노는 끄덕이고 담배를 껐다.

"형님이라면 사이카와 말인가……."

나는 그렇게 말했고, 또 나를 가지고 노는 듯한 대답을 하는 아마노는 그것을 알고 있었다. 이런 상태의 인간을 수없이 봐 왔을 것이다.

"분명히 냄새가 나는군." 아마노는 중얼거리고는 좋은 생각이 난 듯이 끄덕였다. "큰형님이 오기 전에 변호사 양반을 깨끗하게 해 주자고."

그리고 부하를 향해 턱짓을 했다.

로커실 안쪽은 샤워실이었다.

아마노는 나를 거기 던져 넣고 샤워꼭지를 틀었다.

상처에 물이 스민 것은 순간적이었다. 아픔으로 달아오른 몸이 숨을 쉰 듯한 착각을 느낀 것도 또한 한순간이었다.

물은 눈 깜짝할 사이에 무거운 흉기로 변했다.

나는 곧바로 떨기 시작했다. 턱에 힘을 넣어 어금니가 울리는 것을 참을 수 있었던 것은 딱 1분뿐이었다. 양손이, 양다리가 내 의지를 배신하고 떨리기 시작했고, 팔꿈치도 무릎도 어금니에 맞춰 리듬을 타기 시작했다. 물의 차가움은 통증을 대신해 뜨거움으로 바뀌었다. 부하 한 놈이 양동이 물을 뒤집어씌워서 내 심장은 메추리알만 한 크기까지 줄어들었고 폐 속이 텅 비어 버렸다. 바닥에 쓰러져 거의 경련에 가깝게 떨고 있는 내게 부하들은 몇 번이나 양동이 물을 뒤집어씌웠다.

샤워가 멎고 아마노가 몸을 굽혔다.

"어때. 한심하지? 너는 물에 빠진 생쥐가 되어 덜덜 떨면서 손도 발도 못 움직이는 얼빠진 놈이야. 가르쳐 줄까? 너희들은 너희들 일만 하고 괜히 쓸데없는 주둥이를 들이밀지 말았어야 했어. 어이, 변호사 양반, 이 세상은 약육강식이야. 그것을 잊고 살면 당신처럼 되는 거지. 명심해."

나는 아무 대답도 하지 않았다. 자존심의 파편들을 필사적으로 그러모으려고 했지만 어디에 남아 있는지 짐작도 가지 않았다.

샤워실에서 끌려나왔다. 아마노는 둥근 의자를 가져와서 내 정면에 털썩 앉았고 양쪽에서 부하가 내 상반신을 들어 올렸다. 문초를 당하러 끌려나온 죄인 같은 기분이 들었다. 죄인 앞에는 물이 담긴 양동이가 있었다.

"말해. 네가 다카쓰 사무장실에서 전화를 한 사람은 누구지?"

후두부의 머리카락을 잡혀 몸을 힘껏 앞으로 쓰러뜨려진 나는 양동이의 용도를 겨우 알았다.

허우적거리며 양동이에서 얼굴을 들어 올리려 했다. 헐떡거리며 숨을 쉬던 몸은 대량의 산소를 원하고 있었지만, 코와 입에 닿는 물밖에 들이마실 수 없었다. 나는 오른발 끝을 바닥에 질질 끌었다. 왼발에 힘을 주어 어떻게든 몸을 일으키려고 했다. 머리가 한 단계 팽창했고, 머지않아 두 단계 팽창했다. 코에서 목구멍으로, 목구멍에서 폐로, 그리고 폐에서 뇌로 이루 말할 수 없는 고통이 퍼졌다. 가슴속 깊이 세세한 파열이 무수히 겹쳐진 다음 소용돌이치며 하나의 커다란 파열이 되어 몸 전체를 휘감았다.

머리를 들어 올림과 동시에, 몸이 따로 노는 것 같았다. 산소가 필요해서 숨을 들이쉬려는 한편, 폐와 위에 들어간 물을 토해 내려고 한 것이다. 나는 침과 눈물과 콧물을 흘렸고, 흐느끼듯이 목을 울렸고, 위액을 양동이 안에 토해 냈다.

바로 또다시 후두부가 눌려 이번에는 위액으로 흐려진 양동이에 들어갔다. 나는 다시 오른발로 바닥을 끌면서 왼발로 어떻게든 일어서려고 해 보았다. 어깨를 흔들고 목을 좌우로 흔들려고 했지만 상황은 전혀 좋아지지 않았다. 그다음과 다음까지는 물속에 밀어 넣어진 횟수를 세었다. 그 후 심장 고동이 무척 크게 귀에 들러붙어서 그것을 세었다. 세려고 해도 셋까지밖에 셀 수 없었다. 정신을 차려 보니 나는 기요노의 이름을 말하고 있었다.

"기요노는 뭐하는 놈이지?"

"……흥신소 조사원이다."

내가 대답하니 부하가 팔의 힘을 살짝 풀었다. 내가 더 이상은 참을 수 없다는 것을 알아차리고 다음은 순서대로 털어놓을 것이라 생각한 모양이었다. 놈들은 틀리지 않았다.

"홍신소라." 아마노는 증오스럽다는 듯이 중얼거리다가 잠시 침묵한 후에 말투를 바꾸었다. "그렇군. 그러면 네가 대체 무엇을 알고 있는지 다카쓰한테 들은 이야기도 포함해서 전부 털어놔."

필사적으로 머리를 움직이려고 했지만 50시시 엔진으로 외제차를 움직이려는 듯한 답답함에 휩싸였다. 어떤 대답을 해야 할까? 필요 이상으로 뭔가를 알고 있는 듯 보여야 할까? 알고 있는 것 중 무엇을 감추어야 할까? 어떻게 하면 내가 살아남을 가능성이 생길까?

나는 그것을 어떻게든 재고 또 재어서 대답을 하려 했지만, 꼬치꼬치 캐물어지는 동안 대체 무엇을 감추고 무엇을 아는 척했는지 알 수 없어졌다.

결국은 허망하게 함락했을지도 모른다.

놈들은 술술 불어 버린 나를 남기고 로커실 문을 잠근 후 나갔다.

바닥 위에서 숨을 이어 가며 어쨌든 혼자가 된 것에 감사했다.

귀에 의식을 집중하고 바깥의 방에서 이루어지는 대화를 들으려 했지만 그래 봐야 소용없다는 생각도 바로 들었다.

머리가 무거워서 견딜 수 없어서 상반신을 일으킬 수조차 없었지만 고개를 돌려 방 안을 둘러보았다. 출입구는 놈들이 잠그고 나간 문 하나뿐이었다. 방 안쪽은 아까 엄청난 일을 당한 샤워실이고 여기에도 샤워실에도 창은 없었다. 벽 천장에 가까운 곳에 환기구 구멍이 있었다. 내가 어깨가 없으면 기어들 수 있을지 모를 정도의 크기밖에 되지 않았고, 발판이 될 만한 물건도 없었다.

접착테이프로 묶인 양손을 움직여 보았다. 물에 젖어서 접착이 조금 약해진 느낌이 들었다. 아무리 접착이 약해진다 해도 삼중 사중으로 감아 놓은 접착테이프는 손목을 단단히 고정해서 도저히 빠져나갈 수 없을 것 같았다. 나는 양 손목을 계속 문댔다.

여전히 뭔가 마음에 걸렸지만 생각할 여유는 없었다. 내게 살아남을 가능성이 있을까? 놈들은 흥신소의 기요노를 찾아내기 전까지는 나를 죽이지 않을까? 내가 오사나이 종합병원의 다카쓰를 찾아간 것을 기요노는 알고 있다. 내가 조사해서 알아낸 것도 그는 알고 있다. 그렇게 되뇌고는 혀를 찼다. 그러나 기요노는 내가 사이카와 흥업의 아마노 일당에게 납치된 것을 모른다. 추측은 가능할지도 모르지만 증거는 어디에도 남기지 않았다. 설령 다카쓰를 추궁해 보아도 절대로 말하지 않을 터였다. 아니, 다카쓰까지 제거될지도 몰랐다.

다카쓰조차 내가 이렇게 쓰레기 처리장 사무소 바닥에 뒹굴고 있는 것은 모를 것이다.

어떻게든 해서 접착테이프에서 손을 빼려고 한층 더 힘을 넣었다. 설마 하는 기분도 없지는 않았다. 쓰레기 처리에 관한 법률은 그다지 엄격하지는 않다. 엄격하게 하면 손쓸 수 없는 문제에 직면하므로 정치가나 공무원들이 다들 거기서 눈을 돌리고 싶어 하기 때문이다. 오사나이 종합병원이 사이카와 흥업에 의료폐기물의 처리를 맡겨도, 그저 냄새를 맡았을 뿐인 나를 설마 죽이려고까지는 하지 않지 않을까.

질리지도 않고 그렇게 생각했을 때 마음에 걸렸던 것의 일부가 풀렸다. 뭔가가 있다! 오사나이 종합병원과 사이카와 흥업 사이에는 의료폐기물 불법 투기뿐만 아니라 더욱더 깊은 관련이 있었다. 아마 그녀도 의료폐기물의 위법 처리를 돌파구로 해서 거기에 덤벼들 작정이었거나, 혹은 이미 덤벼들었다. 그래서 내가 이 마을에 찾아온 것을 안 아마노는 제일 먼저 오사나이 종합병원으로 달려왔다. 다카쓰가 내 표적이 되었는지 아닌지를 염려해서 찾아온 것이다.

제기랄, 이런 때에 참으로 대단하게 수수께끼가 풀렸다.

자물쇠를 푸는 소리가 나서 고개를 돌린 나는 사이카와 야스시가 방에 들어오는 것을 보았다.

"어째서 네가 이 마을에 있는 거지?"

사이카와는 관심 없다는 듯이 내뱉었다.

"……나도 궁금하군……. 왜 당신이…… 여기에 있는 거야……."

내 목소리에 관심 없는 것 같지는 않았다.

사이카와는 내게 다가와 아까 아마노가 앉은 둥근 의자에 앉았다. 아마노 일당은 사이카와 뒤에 대기하고 있다.

"어이, 스모토라고 했나? 왜 그렇게 한 여자의 과거에 집착하는 거야? 너 동정이었어?"

나는 입술을 꽉 물었다.

사이카와를 째려보며 배 속에 힘을 주어 내뱉었다.

"이 마을 공장 유치에 따른 오직 의혹에 관련해 개발과장인 아쓰미 요시노부와 토지 브로커인 야마기시 후미오 두 사람을 죽인 건 당신들이지?"

허를 찔러 반응을 살피려고 한 것은 아니었다. 무엇을 어떻게 말을 꺼낼지 대화의 순서를 생각할 힘이 없었을 뿐이다.

"이거이거, 이런 꼴로 다시 덤벼들 기운이 있나." 사이카와는 뒤를 돌아보았다. "어이, 아마노, 제대로 혼내 주지 않은 것 같은데."

아마노는 굵고 짧은 목을 어깨 사이에 쑥 넣고, 어두운 눈빛으로 끄덕여 보였다. 두목이 있는 곳에서는 그다지 많이 떠들지 않는 남자 같았다. 말수가 적고 해야 할 일을 척척 해치우는 행동대장이라고 해야 하나.

"이런저런 것을 알고 싶으면 저승에 가서 직접 마사미에게 물어봐. 놀랄 일도 많을 거야."

사이카와는 내 쪽으로 얼굴을 되돌리고 말했다.

한순간이지만 나와 사이카와가 서로의 눈 속을 들여다보았다.

어색함을 인식하기에는 지나치게 충분한 시간이었다.

"……마사미라니, 그게 누구지?"

나는 물었다.

사이카와는 의아한 듯이 두 눈을 깜빡인 다음 다시 한 번 아마노를 돌아보았다. 그러고는 몸을 수그렸다.

"뭐야, 넌 그 여자의 정체도 모르고 거기를 뒤지고 다닌 거야?"

"……거기라니, 오사나이 종합병원 말인가……?"

사이카와는 아무 대답도 하지 않았다.

나는 숨을 들이쉬고 뱉었다.

남은 힘을 전부 짜내어 상반신을 들어 올렸다. 부하 하나가 다가오려는 것을 사이카와가 오른 손끝으로 제지했다.

정신이 들고 보니 나는 애원을 하고 있었다.

"부탁이야, 말해 줘……. 그녀의 진짜 이름은 마사미인 거야? 성은 뭐지? 이 마을에 살았나? 그녀는 대체 왜 다른 사람이 되어야 했지? 대체 어떤 일에 휘말린 거야? 공장 유치나 오직 의혹과 관련이 있는 건가……?"

"시끄러워. 사건 주변을 빙글빙글 돌면서도 아무것도 모르는 모양이군. 공장 유치에 관계가 있는 거고 뭐고, 마사미는 개발과장 아쓰미 요시노부의 딸이다."

"……."

머리를 정리하고 싶었다.

제대로 생각을 할 수 있는 상태로 돌아가고 싶었다.

겨우 그녀의 정체에 도달했다. 나와 같은 시간을 보내고, 내 품 안에 있던 그녀가 정말 누구였는지를 겨우 알 수 있었다. 이제부터였다. 그녀의 인생을 밝혀낼 것이다. 그녀가 짊어지고 있던 것을 내 손으로 밝혀낼 것이다. 그러나 실제로는 그런 가당찮은 소원을 이룰 수 있는 시간이 남아 있을까.

"처리해 버려! 자꾸 골치 아프게 되고 있어. 이 이상 귀찮은 일은 만들지 않는 편이 좋겠지."

사이카와는 일어나 아마노에게 명령했다.

"하지만 형님. 이놈을 처리하면 그 여자가 어떻게 나올까요?"

아마노가 속삭이듯이 물었지만, 사이카와는 관심 없다는 듯이 고개를 흔들었다.

"상관없어. 우리가 처리했는지 모르게 하면 될 거 아냐. 그렇잖아. 사람 하나 없어지는 것뿐이지."

등을 돌리려는 사이카와에게 나는 다시 애원했다.

"기다려. 아직 말이 끝나지 않았어. 부탁이야, 제대로 이야기를 해 줘."

사이카와는 걸음을 멈추었다.

"어이, 알아서 뭐 할 거야, 변호사 양반. 곧 쓰레기 산 속에 묻혀 버릴 텐데. 이제 와서 안다 한들 늦었어."

나는 눈을 꼭 감았다.

제8장

이별

1

그로부터 어느 정도 방치됐는지 시간적으로 전혀 짐작이 가지 않았다. 젖은 몸이 뼛속까지 차가워져서 살 속에 딱딱한 축이 하나 생겼다. 똑바른 축이 아니라 몇 번이나 구부러지고 삐그덕거리며 호흡에 맞춰 뼈와 근육, 내장을 아프게 했다.

멈추지 않는 한기가 덮쳐 왔다. 열이 나는지 머리가 멍해지면서 해머로 계속 맞는 듯이 지끈지끈 아프기 시작했다. 다리 사이에 따뜻한 것을 느낀 것은 조금 전이었는데, 지금 그것도 다시 차갑게 식어 성기와 엉덩이 사이에 찝찝한 느낌이 남아 있었다. 그것을 찝찝하다고 생각하는 기분도, 더럽다고 생각하는 기분도 전부 잃어버리고 있었다.

나는 희망에 매달리다가 절망의 구렁에 떨어졌다가를 몇 번이나 되풀이하고 그리운 추억에 매달리려 하다가 어이가 없어져서 그만두고, 사이카와와 아마노에 대한 적의를 불태웠다. 시간이 지나면서 희망도, 그리운 추억도, 적의도 전부 쪼그라들면서 절망의 구렁만이 모든 것을 삼키고 크게 입을 벌리기 시작했다.

멀리서 울리는 소리를 들은 지 상당히 지난 다음에야, 그것이 일반 차량의 엔진 소리가 아니라는 것을 알아차렸다. 덤프트럭이라는 생각이 들었고, 또한 밤 동안 남의 눈을 피해 뭔가를 약삭빠르게 버리러 왔다고 상상하는 데에도 시간이 더 걸렸다.

내가 방치된 것이 이 트럭의 도착을 기다렸기 때문인 게 틀림없다고 눈치 챈 것은 빨랐다. 투기하는 쓰레기에 사람 하나 묻어 버리면 될 뿐이니까 일거양득이었다.

사이카와가 가 버린 지 상당한 시간이 흐른 것도 확실해서, 나는 최후의 덧없는 희망도 놓아야 했다. 즉, 어떤 우연이 발생해 기요노나 아들인 하세가, 이 마을에 사이카와가 들어온 것을 알아채고 수상하게 여겨서 뒤를 밟다가 우연히 이 쓰레기 처리장에 왔는데 뭔가 묘한 분위기를 느껴 우연히 나를 구하러 나타난다는, 대체 우연이 몇 번이나 겹쳐야 할지 모를 행운 말이다.

내 인생이 이대로 끝나지 않기 위해서는 트럭이 가득 찰 만큼의 행운이 계속되어야 할 수밖에 없는 것 같다.

그런 것은 인정하고 싶지 않았다. 인정해 버리면 그 시점에서 미칠 것만 같았다. 양손의 손목을 비비면서 접착테이프를 벗기려는 작업은 불치병 환자가 신약 투여에 모든 것을 거는 듯한 정열로 이어졌지만 벗겨질 기색은 없었다. 설령 떼어졌다고 해도 망가진 내게 어떤 반격이 가능할지 상상하는 것 또한 불가능했다.

문이 열렸다.

들어온 것은 아마노와 두 부하였고, 사이카와의 모습은 이미 없었다.

“자, 가 볼까.”

아마노가 말하고 부하 둘이 다가와 내 몸을 잡아들었다.

“형님, 이 자식 오줌 쌌네요.”

한 놈이 나를 바보 취급하는 듯, 질린 목소리로 말했다.

“뭐, 어떨 수 없지. 너도 죽을 때가 다가오면 똑같이 할지도 몰라.”

아마노의 목소리는 위로와 다정함으로 가득 차 있었다.

나는 필사적으로 양다리를 버텨 로커실에 평생 살고 싶다는 의지를 보였지만 바로 주차장으로 끌려 나갔다.

아까 나를 잡았을 때 썼던 서치라이트가 켜지며 쓰레기 처리장을 비추었다.

차 뒷좌석에 밀어 넣어졌다. 부하 하나가 더러운 것에 가까이 가기 싫다는 티를 내면서 내 옆에 앉았고 아마노는 조수석에 털썩 앉았다. 다른 부하가 운전석에 타서 차를 후진시켰다.

자갈이 깔린 주차장에서 포장도로로 나가, 몇 시간 전에 내가 필사적으로 도망간 쓰레기 처리장을 빙 둘러싼 길을 천천히 나아갔다. 그때는 영원으로 느껴진 거리를 달린 느낌이 들었는데 서치라이트로 구석구석까지 비춰지니 쓰레기 처리장 자체는 축구장 반 정도 크기밖에 되지 않았다.

아까 어둠 속에 잠들어 있던 불도저 옆에 대형 덤프트럭이 세워져 있었다. 밖의 포장도로에서 쓰레기 처리장 경사면을 내려가는 길이 몇 개쯤 만들어져 있었다. 차는 그중 하나를 내려가 거기서 흙 위를 달려갔다.

"뭐, 금방 끝날 거야. 별로 걱정하지 마."

방금 싼 오줌으로 소파를 더럽히고 싶지 않다고 생각했는지 아마노는 나를 달래듯이 말했다.

아무것도 생각할 수 없었다. 하얗게 탈색된 뇌가 두개골 안쪽에서 잠들어 있고 몸은 이미 내 몸이 아니라 고통의 씨앗이 가득 찬 자루에 지나지 않았다. 이 고통과 공포에서 빠져나갈 수 있다면 그 수단이 죽음이어도 좋다는 생각에 사로잡힐 것만 같았다.

"……어이, 그녀를 왜 죽인 거야?"

나는 까칠까칠한 목소리로 물었다.

"멍청한 놈. 이제 와서 그걸 알아서 뭐하려고."

나는 다시 한 번 같은 질문을 했고, 아마노는 혀를 차고 다시 앞을 보았다. 그래서 내 옆에 앉은 남자를 보고 "왜 죽였어?"라고 물으니, 남자는 외면했다.

차가 속도를 떨어뜨렸다. 앞으로 덤프트럭과 불도저가 가까워졌다. 덤프는 아무래도 엔진을 켜 놓은 것 같았다.

"어때? 하고 싶은 말이 있으면 지금 들어 주지."

아마노가 이번에는 이쪽을 돌아보려고도 하지 않고 말했고, 나는 "그녀를 왜 죽였냐고."라고 물었다.

옆 남자가 갑자기 옆구리를 때려서 더 이상 말을 할 수 없게 되었다. 원한이 있는 듯 같은 질문을 반복해서 질린 건가? 이런 남자들도 어딘가에 양심이 남았는지 그것이 주먹이 되어 돌아온 듯했다.

세워 놓은 덤프트럭의 엔진 소리가 커지고 쏜살같이 이쪽을 향해 오고 있었다. 아니 이미 앞 유리 안의 시야를 크게 차지할 정도까지 근접했고, 가속 때문에 그렇게 보이는 것도 있어서 헤드라이트가 이쪽을 집어삼킬 듯 보였다.

운전석의 부하가 운전대를 돌려 어떻게든 차 방향을 바꾸려고 했지만, 맹렬한 충격을 받은 나는 몸을 문에 부딪쳤다. 같이 뒷좌석에 앉은 남자의 몸이 내 쪽으로 튕겨 와서 나는 문과 남자의 몸 사이에 끼어 찌그러졌다.

그대로 차가 기울어진 것 같았다.

다음 순간에는 아마노가 뒤집어져 있었다.

몸을 구부리고 있어서 머리 꼭대기가 차 천장에 격돌하는 것은 피했지만 양손이 묶인 나는 팔로 충격을 완화할 수도 없어서 어깨를 부딪치고 목 아래와 견갑골을 부딪치고 끝내는 요골을 부딪쳐 신음을 흘렸다.

"제길……. 대체 무슨 일이야."

아마노의 목소리 같았다.

완전히 뒤집힌 차는 안에 있는 우리가 버둥거리는 것에 맞추어 흔들거렸다.

내 쪽의 문이 열리고 "……스모토 씨, 스모토 씨."라고 누가 나를 부르는 것 같은 느낌과 함께 양어깨를 잡혔다. 겨드랑이 밑에 손에 들어와 누군가가 나를 끌어내려고 했다.

"이 자식."

구부려서 포개지듯이 쓰러져 있던 뒷좌석 남자가 양손을 뻗는 것을 보고 힘껏 다리를 뻗었다.

운 좋게 내 발끝이 남자 얼굴 한가운데에 명중하자, 남자는 비명을 지르며 손을 뗐다.

"접니다. 괜찮습니까?"

어째서 이 남자가 여기에 있을까…….

흙 위로 끌려나오니 먼 옛날에 인간적인 애정을 모조리 나누기라도 한 존재처럼 느껴졌다. 기요노 노부유키와 눈이 마주쳤다. 아니, 내 애정의 전부를 이 남자에게 쏟고 싶은 것은 지금 여기에 있는 나였다. 나 자신이 미소 짓는지 우는지 짐작도 가지 않았고, 산소가 결핍된 금붕어처럼 입을 뻐끔뻐끔거렸다.

운전석과 조수석의 문을 열고 아마노와 부하가 기어 나왔다.

기요노는 내 몸을 땅에 눕히고 아마노의 얼굴을 노려 차 버렸다. 구두 끝이 뺨에 명중해 아마노는 몸을 뒤로 젖혔다. 내가 찼을 때처럼 운이 내 편을 든 게 아니라 정확히 노린 결과로 느껴졌다.

기요노는 계속해서 차고 있었다.

두 번 세 번, 아마노의 얼굴을 노려서 찼다. 나는 싸움은 이렇게 하는 것인가 하고 멍하니 생각하고 있었다.

아마노는 코피를 흘렸고 머지않아 입에서도 피를 흘렸다. 기요노는 아마노의 머리카락을 꽉 움켜잡고 피투성이가 된 얼굴을 들어 올려, 코에 오른 무릎을 찍었다. 아마노는 눈을 까뒤집고 진흙 속에 얼굴을 처박은 채 움직이지 않게 되었다.

나도 기요노를 따라, 내 발밑으로 기어온 남자를 노려 다시 한 번 찼지만, 내 몸에는 상대에게 타격을 줄 만큼의 힘이 남아 있지는 않았다. 남자는 내 발끝을 꽉 누르며 정강이에서 허벅지로 올라왔다.

"기요노 씨."

있는 힘껏 목소리를 짜내어 외쳤다.

도움을 원한 게 아니었다. 운전석에서 기어 나온 다른 남자가 차 뒤쪽을 돌아 이쪽으로 다가오는 것이 보였다. 기요노는 아마노 쪽을 보고 있어서 다가오는 남자에게는 등을 지고 있었다.

남자가 달려드는 속도보다 빠르게, 기요노는 떨어진 것을 줍는 듯이 허리를 굽혔다. 중심을 내려 몸을 낮춘 채로 양손을 후려치듯이 휘둘렀다.

잡고 있는 것이 무엇인지 알 수 없었다. 남자의 허리에 부딪침과 동시에 살을 치는 시원한 소리가 났다. 삽이라는 것을 알았다.

남자는 허리를 맞은 충격으로 차에 부딪혀 내 바로 앞에 쓰러졌다. 허리를 잡고 괴로워서 뒹구는 남자의 몸을 기요노는 아무데나 계속 찼다.

내 허벅지까지 기어오른 남자는 공포를 느낀 모양이었다. 다음은 자신이라고 생각했을 것이다. 나를 공격하려던 것을 포기하고 몸을 넘어 쏜살같이 도망쳤다.

기요노는 남자를 쫓으려고 했지만 먼저 해야 할 일이 발밑에 뒹굴고 있다는 것을 깨닫고는 내 몸을 일으키고 양 손목의 접착테이프를 벗겨 주었다.

그러는 중에 계속 나는 어머니의 젖을 원하는 아기처럼 기요노의 팔을, 가슴을, 배를, 허리를, 턱을, 볼을, 코끝을, 어쨌거나 무리하게 목을 비틀지 않고 볼 수 있는 생명의 은인의 어딘가를 계속 쳐다보았다.

"……어떻게 여기에 계신 겁니까?"

시선이 마주쳐 물어보니, 기요노는 쑥스러운 듯이 시선을 돌렸다. 내가 어떤 눈빛을 하고 있었는지 알 수 없었지만, 이 남자가 내게 영웅인 것은 틀림없었다.

"자세한 설명은 나중에 합시다. 차를 거칠게 뒤집어 버려서 미안합니다. 솔직히 말해 수적으로 열세라, 게다가 놈들이 변호사님을 방패로 삼을 위험도 있어서 어떻게 해야 좋을지 몰랐습니다. 한번 도박을 해볼 수밖에 없었던 게 사실입니다. 어쨌든 여기를 나가죠. 덤프트럭으로 조금 달려 나가면 길에서 잘 안 보이게 렌터카를 세워 놨습니다."

기요노도 얼마간 흥분한 듯 평소보다 말이 빨랐다.

신나서 일어서려 했지만 실제로는 힘을 빌리지 않으면 몸을 일으킬 수조차 없었다.

"……기다려 주세요. 아마노 일당을 이대로 두면 곤란합니다."

놀랍게도 방금 몇 분 전까지 생각할 능력을 잃었던 뇌는 다시 움직이려 하고 있었다.

기요노가 끄덕였다.

"알고 있습니다. 하지만 그것은 호리이 씨에게 맡깁시다. 바로 올 겁니다. 이놈들은 어엿한 살인 미수를 저질렀습니다. 쓰레기 불법 처리뿐만이 아닙니다. 호리이 씨 같은 시민운동가도 여기를 감시한 보람이 있는 거지요."

"……호리이."

바로 이름이 생각이 나지 않았다.

"그보다 어쨌든 병원에 가야 합니다. 바로 의사한테 진찰을 받는 편이 좋겠습니다."

자신이 어떤 상태인지 짐작도 가지 않았다.

기요노에게 부축을 받아 덤프트럭 조수석에 들어갔다.

기요노는 운전석에 앉자 난방을 제일 세게 틀어 주었다. 나는 어깨를 들썩이며 몇 번이나 숨을 쉬면서도 기어를 넣으려는 기요노를 말렸다.

"잠시만요……. 역시 아마노가 마음에 걸립니다. 만일 놈들이 정신이 들면……."

"괜찮아요." 기요노는 살짝 턱짓을 했다. "접착테이프는 사람을 움직일 수 없게 하는 데 편리한 도구라서 저희도 항상 갖고 다닙니다. 덤프트럭 짐칸에 아마노 부하 중 하나를 접착테이프로 둘둘 말아 태워 놨습니다. 놈들을 데리고 여기까지 덤프트럭을 운전해 온 운전수는 다른 트럭을 타고 돌아갔고요. 사무소 안에 있던 남자 하나가 운전석에 앉아 대기하고 있었습니다. 아마노란 놈과 함께 있던 부하는 몇 명이었습니까?"

"분명 세 사람이었습니다."

"그러면 그중 하나일 겁니다. 놈들의 얼굴을 모두 보셨으니 살해당할 뻔했다고 증언할 수 있잖습니까. 어때요, 변호사님 관점에서 만에 하나 아마노가 정신을 차리고 달아났다고 해도 괜찮지 않나요?"

희미하게 미소 짓고 끄덕였다.

변호사이기보다 그저 물에 빠진 생쥐가 된 남자에 지나지 않은 나는 덤프트럭이 토해 내는 온기를 맞으며 떨고 있었다. 사정을 모르는 사람이 보면 장난치는 것 같은 동작으로 보일지도 몰랐다. 양어깨에 힘을 넣으려 해도 어깨 자체의 떨림이 멎지 않아서 양팔을 둘러 나 자신을 감싸 안고 있었다. 무릎을 붙여 앉을 수도 없었다. 오른 무릎은 왼 무릎을, 왼 무릎은 오른 무릎을 떨어서 밀쳐 버렸다.

경적이 울려 시선을 향하니 쓰레기 처리장 사무소의 주차장에 차가 두세 대 미끄러져 들어오는 참이었다.

뛰쳐나온 남자가 이쪽을 향해 손을 흔들었다.

"타이밍 좋네요. 호리이 씨입니다. 뭐, 제 욕심대로 한 걸음만 일찍 와 줬으면, 덤프트럭으로 승용차를 쓰러뜨리는 짓은 하지 않았을 텐데 말이죠."

"그래도 속이 시원해졌습니다."

농담으로 한 말이 아니었다.

호리이 마사아키는 나와 동년배의 남자였다.

노리코가 팩스를 보내 준 공해 반대를 호소하는 인터뷰 박스 기사에서 상상한 시민운동가의 느낌과는 달리 검은자위가 큰 눈을 한, 어느 쪽인가 하면 운동선수 타입의 남자였다. 몸집은 작지만 가슴이 두텁고 다부진 체형이었다.

나는 기요노의 음성사서함에 두 번에 걸쳐 메시지를 남겼다. 결과적으로는 이 두 메시지가 내 목숨을 구해 주게 되었다.

이 마을의 역에 내려선 기요노는 내가 팩스를 받은 직후에 호텔에서 건 메시지를 듣고 내가 숙박하는 호텔을 알았다. 그리고 같은 호텔에 체크인을 끝냄과 동시에 내가 기요노에게 남긴 노리코가 보낸 팩스를 읽었다. 이 시점에서 이미 호리이는 내가 남긴 음성사서함 메시지를 듣고 이 호텔에 전화를 했다고 했다.

기요노는 내가 오사나이 종합병원으로 가서 사무장인 다카쓰 신고를 추궁해 캐낸 비밀을 녹음한 메시지도 듣지는 않았지만 내가 그대로 납치당했다고는 상상도 못 했고, 호텔에서 만날 수 있다고 생각했던 것 같다.

내가 다카쓰 앞에서 음성사서함에 남긴 시간에서 계산해 두 시간 이상이 경과해도 호텔에 돌아오지 않고 전화 연락도 없어서 머릿속에서 좋지 않은 느낌이 들기 시작했지만, 사람은 최악의 가능성을 생각하는 것을 가능한 한 뒤로 돌리려고 하는 법이다. 기요노도 그래서 내가 다카쓰를 만난 후에 호리이에게 간 게 아닐까 생각했다는 것이다.

기요노는 그것을 확인하러 호리이에게 전화를 했다.

물론 나는 가지 않았다.

그러나 기요노는 당황하지 않았다. 만일 이때 그가 당황해서 호리이와의 전화를 부리나케 끊고 정신없이 오사나이 종합병원에 뛰어갔다면 지금 나는 여기에 이렇게 있을 수 없었을지도 모른다.

기요노는 호리이에게 고바야시 료코라는 여성을 아는지 물었다. 짐작 가는 여성이 호리이를 방문했었다는 이야기를 듣고, 기요노는 여자의 방문 목적이 호리이가 최근에 주목해 심야 잠복을 계속하고 있던 사이카와 흥업의 쓰레기 처리장 문제를 자세하게 묻는 거였다는 사실을 알았다.

그 쓰레기 처리장이 공장의 위험한 산업폐기물을 심야에 슬쩍 투기하는 것 같다는 정보를 입수한 호리이와 동료들은 공장과 쓰레기 처리장 부근에서 매일 밤 교대로 지켜보며 같은 번호의 덤프트럭이 공장과 쓰레기 처리장을 몇 번 왕복하는지 계속 체크했다고 한다.

그런데 오늘 밤만은 검은 벤츠 한 대가 심야에는 좀처럼 차가

다니지 않는 길을 곧바로 달려가 쓰레기 처리장으로 향했다. 동료 중 한 사람이 호리이에게 그런 정보를 전했다.

이 이야기를 들었을 때의 감상을 기요노는 이렇게 표현했다.

"등골이 오싹해지는 느낌이 들었습니다."

기요노는 호리이에게 내가 놈들에게 납치당했을 가능성이 있다고 말했다. 그리고 호리이와 시내에서 만나 쓰레기 처리장의 정확한 위치를 물었다. 호리이는 동료를 모아서 가겠다고 약속했고, 기요노는 렌터카를 타고 바로 쓰레기 처리장을 향했다.

신의 뜻이다! 얼마쯤 감상적이 된 내게 이 우연은 그녀가(고바야시 료코가 아니라, 지금은 아쓰미 마사미라는 이름이 있다.) 나를 구해 주려고 신의 등을 한번 찌른 결과라는 생각이 강하게 들었다.

아까 내 몸을 넘어 도망간 아마노의 부하도 이미 호리이 일행에게 잡혔다. 손이 뒤로 묶여 아무도 없는 쪽을 향해 소리를 질러대고 있었다.

호리이 일행은 일곱 명. 모두가 그 양아치를 둘러싸고 있어서 누구와도 눈을 마주치지 않으려면 제법 고생을 할 것이다.

"이제 이 쓰레기 처리장을 고발할 수가 있습니다." 사건의 경과에 대해 설명을 끝낸 호리이는 만면에 미소를 띠고 말했다. "물론 증인이 되어 주시겠지요?"

나는 끄덕였다. 나는 혼자 호리이 일행이 타고 온 차 중 하나에 앉아 있었다. 심야 잠복용으로 쓰던 방풍 재킷을 입고 담요를 덮었지만, 몸의 떨림이 잦아들 기색은 없었다. 몸이 따뜻해지기 시작함과 동시에 두통은 더 심해져서 얼굴이 몸과 떨어진 듯이 달아오르기 시작했다.

어떤 사람이 내민 포트에 담긴 커피를 나는 양손으로 소중하게 감싸서 위장 상태를 봐 가면서 조금씩 마셨다.

"……죄송하지만 누구 아스피린 갖고 계신 분 없습니까?"

꺼칠한 목소리라 동정을 산 듯, 다들 내게로 고개를 돌렸다.

다행히 한 사람이 차 글러브박스에 아스피린과 감기약을 갖고 있었다.

감사를 표하고 받아 복용량의 두 배 이상을 아득아득 씹어 커피로 삼켰다. 무의식적인 행동이었지만 주위를 아연하게 한 듯했다.

"경찰에 연락은 하셨습니까?"

기요노가 물으니 호리이가 끄덕였다.

호리이의 동료 몇몇이 지금 아마노 일당을 묶어 버리는 게 낫다고 하면서 차를 타고 나갔다.

"어쨌든 병원으로 갑시다."

기요노는 내게 속삭인 뒤 호리이에게 제일 가까운 병원을 묻는 것을 어딘지 모르게 멍하니 듣고 있었다.

뭔가 찝찝한 느낌이 들어 정리해서 생각해 보고 싶었지만 그럴 만한 상태가 아니었다.

"……여러분이 여기 왔을 때 저놈은 뭐하고 있었습니까?"

나는 여전히 소리를 질러 대고 있는 아마노의 부하를 턱으로 가리켜 물었다.

"사무소에서 어딘가에 전화를 하고 있었습니다. 어차피 사이카와 흥업 사무소에 걸었겠지만 이제 끝입니다."

호리이의 목소리는 나와는 달리 기운차고 커서 부하의 귀에도 들어간 듯 뻔뻔스러운 표정으로 이쪽을 보았다.

눈이 마주친 순간에 전류가 흘렀다.

"공무원 하다……. 기요노 씨, 하다와 다카쓰, 특히 하다가 위험합니다."

내 모습에 놀란 기요노가 얼굴을 가까이 댔다. 내 목소리는 여전히 쉬어서 알아듣기 힘든 것 같다.

나는 오른손을 기요노의 어깨에 걸쳤다.

"하다가 위험합니다. 공장 유치 때의 오직 의혹에 관해 시청의 하다는 뭔가를 알고 있습니다. 녀석이 제거되면 끝입니다. 살인 미수와 쓰레기 처리장 문제로 놈들을 고발할 수는 있어도, 아마노와 부하들은 입이 찢어져도 더 이상은 불지 않을 겁니다. 하다가 제거되면 진상은 어둠 속에 묻혀 버립니다."

기요노의 안색이 변했다.

"하다의 주소를 아십니까?"

나는 윗도리 주머니를 뒤지다가 수첩을 아마노에게 빼앗겨 버린 것을 깨달았다. 다행히 금방 기요노가 주소를 찾아 주었다.

"제게 맡겨 주십시오. 바로 가겠습니다."

기요노의 말에 나는 고개를 흔들어 보였다.

"아닙니다. 저도 같이 갑니다."

기요노가 이번에는 놀란 얼굴을 했다.

"스모토 씨는 한시라도 빨리 병원에 가는 편이 좋습니다. 다음은 제게 맡겨 주십시오. 경찰에게도 협력을 요청해 보겠습니다."

"아까 말씀하신 렌터카는 어디 있습니까? 그걸 타고 가시죠."

"……."

"얼른 갑시다, 기요노 씨. 생각할 틈이 없어요."

기요노는 호리이 쪽을 보았다.

"렌터카가 바로 근처에 세워져 있습니다. 거기까지 이 차를 빌려도 되겠습니까?"

"호리이 씨. 사이카와 흥업의 악랄한 짓을 뿌리째 뽑아낼 기회입니다. 협력해 주십시오."

내가 말했다.

호리이는 끄덕였다.

"알겠습니다. 타세요. 제가 운전하겠습니다."

2

렌터카에 갈아탄 뒤에도 호리이는 내게 방풍 재킷과 담요를 그대로 쓰게 해 주었다.

나는 친절에 감사하며 아마노를 고발할 증인이 되기로 약속하고 호리이와 헤어졌다.

기요노의 조언에 따라 젖은 상의와 와이셔츠, 게다가 라운드넥 속옷까지 벗고 담요를 바로 몸에 둘둘 말았다. 젖은 것을 입은 것보다는 좀 나은 상태가 되었다. 난방을 세게 틀어 놓아서 기요노의 이마에 땀이 맺혀 있었다.

목이 아픈 것을 깨달았다. 두통이나 경련에 가까운 떨림이나 온몸의 통증 등, 너무 많은 곳이 아파서 목이 아픈 것을 미처 느끼지 못했나 보다.

기요노는 솜씨 좋게 운전대를 돌리면서 휴대전화를 꺼내 하다의 자택에 걸었다.

전화를 받은 것은 하다의 아내였다. 아직 돌아오지 않았다는 대답을 들은 것 같았다. 어디에 들렀는지 질문을 해도 확실히 모르는 듯했다.

“하다가 있을 만한 곳 중 짐작 가시는 데는 없습니까?”

기요노가 전화를 끊고 물었다. 나는 고개를 흔들었다.

“그러면 어쨌든 바로 집을 찾아가서 다시 부인에게 물어볼 수밖에 없겠네요.”

“지금 몇 시입니까?”

“슬슬 날이 바뀔 겁니다.”

이런 시간까지 귀가하지 않은 것은 이상하다고 봐야 할까. 사이카와 흥업에서 하다에게 연락이 들어가 뭔가 교묘한 말로 구슬려 이미 나가 버렸나. 쓰레기 처리장 사무소의 부하에게서 연락을 받음과 동시에 사이카와도 재빨리 움직였다고 보아야 할 것이다.

하다가 이미 사이카와의 손아귀에 있다면 희망은 거의 없었다. 하지만 하다 자신이 위험을 느껴 사이카와 흥업에서 도망쳤을 가능성도 있고, 그냥 어디서 누군가의 접대를 받으며 술을 마시는 바람에 귀가가 늦어지고 있을 뿐일 수도 있었다.

지금은 고민해 봐야 소용이 없었다.

기요노는 이마의 땀을 손바닥으로 닦고 운전대를 잡은 손에도 땀이 난 듯 몇 번쯤 바지에 문질렀다.

다시 휴대전화로 경찰에 전화해서 협력을 부탁했지만 공무원다운 대응에 의해 거의 거절당해 버렸다. 가까스로 하다와 다카쓰의 자택에 경관을 보낸다는 약속을 받기까지는 긴 시간이 걸렸다. 경찰이란 그다지 시민의 도움이 되는 존재가 아닌 것이다.

"설령 두 사람의 행방이 알 수 없어졌다 해도 아직은 찾아 달라고 도움을 요청하기는 무리일 것 같습니다."

전직 경찰관인 남자는 전화를 끊고 불쾌함을 꾹 참는 어조로 말했다.

"어쨌든 하다의 집으로 갑시다."

"예."

나는 끄덕였다. 지금 할 수 있는 것은 그것밖에 없었다.

"몸은 좀 어떻습니까?"

"조금 전에 비하면 천국 같습니다."

조금도 따뜻하다고는 느껴지지 않았고, 뿐만 아니라 등에 전류가 흐르는 듯한 한기가 들러붙어 있던 것을 생각하면 도저히 좋은 상태라고는 할 수 없었다.

"시트를 젖히는 게 어때요?"

그 말대로 좌석 등을 뒤로 젖혀 머리를 목받침에 놓아 보니 보잘 것 없는 천국에 한층 더 색깔이 더해졌다.

"우즈키 파의 조사는 어떻게 됐습니까?"

"음, 몇 가지 재미있는 사실을 알게 됐지만, 지금 이야기하기보다는 잠시 눈이라도 붙이고 쉬시는 게 어떨까요?"

나는 목받침 위에서 고개를 돌려 기요노의 옆을 보고 미소 지었다.

"아니, 괜찮습니다. 말씀해 주십시오."

그때 비로소 생각이 났다. 제정신이 아니었나 보다. 생명의 은인에게 가장 소중한 이야기를 하지 않다니.

"그전에 말씀드릴 게 있어요. 그녀가 누구인지 알았습니다."

"뭐라고요!"

기요노가 순간 전방에서 눈을 떼고 나를 보았다.

언제나 이 남자가 하듯이 뜸을 들이려던 것은 아니었다. 숨이 차서 이야기를 오래 계속할 수 없었다.

"아쓰미 마사미. 시청 개발과장이었던 아쓰미 요시노부의 딸입니다."

"아쓰미의 딸……."

기요노는 그렇게 중얼거리고 브레이크를 밟으면서 커브를 돌았다. 여러 가지 일이 머릿속에서 빙글빙글 도는 바람에 운전에 집중하기가 힘들어 보였다. 커브를 빠져나가는 것과 동시에 기요노는 고개를 끄덕거렸다.

"그렇군요. 제가 입수해 온 우즈키 파나 다른 이야기와도 이제 바로 연결됐습니다. 그녀가 아쓰미 마사미라는 여자라면 딱 맞아떨어집니다."

"……무슨 뜻이죠?"

다시 한 번 흘끗 이쪽을 보고 바로 전방으로 얼굴을 되돌렸다. 이번은 반대 방향으로 커브가 들어간다. 기요노는 오토매틱 기어를 2단으로 넣어 엔진 브레이크를 작동시켰다. 길이 내리막으로 접어들었다. 아마노 차의 트렁크 안에서 느낀 커브가 많은 비탈길은 여기 같았다.

"우즈키 파의 고참이었던 남자한테 들었는데 아쓰미 요시노부와 우즈키 다이스케는 같은 고등학교에 다녔답니다. 오사카 쪽 보통 학교였던 것 같습니다."

"그러면 사이키 변호사가 말했던 친구 딸이라는 이야기는 맞군요."

"예, 그것도 절친한 친구였습니다. 같은 고등학교였을 뿐만 아니라, 야구 배터리를 했던 사이로 우즈키의 방에는 그 시절을 그리워하듯 야구부 시절 사진이 액자에 장식되어 있었다고 합니다."

"야쿠자 두목과 시청 개발과장이 배터리였다니."

그렇게 중얼거렸지만 둘 다 고등학교 시절부터 야쿠자였던 것도 시청 개발과장이었던 것도 아니었다. 시간의 흐름 속에서 각자의 인생으로 흘러가야 할 곳에 흘러갔을 뿐이다.

"우즈키가 투수, 아쓰미가 포수였던 것 같습니다."

"그러면 아쓰미도 이 시가 아니라 오사카 사람이었을 겁니다."

"이곳은 아쓰미 모친의 고향이라고 합니다. 아쓰미가 고등학교를 졸업할 때 부모가 이혼해서 모친은 친정으로 돌아간 것 같습니다. 그 말을 해 준 남자가 우즈키에게서 들었던 것은 그 정도인데 아쓰미에 관해서는 더 이상은 몰랐습니다. 모친을 돌보려고 이쪽에서 취직했을지도 모르겠습니다.

우즈키는 고등학교를 끝까지 마칠 수 없었다고 합니다. 싸우다가 상대를 찔러 소년원에 들어가서, 뭐 그다음 이야기도 이것저것 해 줬는데, 야쿠자 세계의 진부한 출세담이었습니다. 스무 살 무렵 조직에 들어간 다음 남보다 두 배 이상 담력이 크고 나름대로 사람도 좋아서 두각을 나타내었고, 머지않아 조직 내 세력 다툼에 참가할 정도의 힘을 갖추어 선대로부터 조직을 물려받게 된 겁니다. 생략하지 않는 편이 좋다면 좀 더 자세히 들려 드릴까요? 그보다 스에히로회에 관련해 말씀드릴 게 있습니다만."

내 상태를 염려하는 것을 기요노의 말투에서 알 수 있었다.

나는 아마 스스로 생각하는 것보다도 훨씬 창백한 얼굴이었던 것 같다. 아까 몸을 따뜻하게 하려고 마신 커피가 위에 좋지 않았는지 구역질이 약간 도지려고 했다.

머리는 어느새 목받침에 들러붙었는지 들기가 힘들었다. 목통증도 본격적으로 시작되고 있어서 호흡을 할 때마다 목 안쪽이 사포인지 뭔지로 긁히는 느낌이 들었다.

"스에히로회가 어쨌습니까?"

"아쓰미 요시노부에게 아들도 있었다는 사실은 아십니까?"

고개를 살짝 저었다.

"아니요. 그녀의 오빠입니까?"

"나이를 계산해 봤더니 동생입니다. 이름이 아쓰미 후사오라고 합니다. 그 동생이 스에히로회의 조직원이었던 적이 있더군요."

"……뭐라고요?"

이 이야기는 어디에 놓아야 할까? 개발과장인 아쓰미 요시노부 아들이 시의 공장 유치 때 암약한 토지 브로커의 흑막으로 보이는 스에히로회의 구성원이었다는 말인가…….

"이 마을에 공장 유치 이야기가 진행될 때의 일입니까?"

"그게 좀 미묘한 시기인 것 같습니다. 그래서 좀 더 자세히 조사해 봐야 할 것 같습니다. 옛날 인맥을 통해 오사카 부경 4과에서 들었습니다. 그래서 아쓰미 후사오의 나이는 정확하다고 봐도 틀림없지만, 부친이 유서를 남기고 자취를 감춘, 지금으로부터 13년 전에 후사오는 열여덟 살입니다. 그 전해, 그러니까 열일곱 살 때 한 번 소년과에 온 적이 있습니다."

경찰 시절의 인맥을 쓰지 않는다는 금기를 조금 깬 모양이었다.

"오사카에서요?"

"아니요, 이 마을입니다."

"소년과에 온 이유는 뭡니까?"

"절도입니다. 초범이어서 가정법원 결정도 가벼웠고, 부모가 상황을 보는 정도였던 것 같습니다. 그런데 이듬해, 아버지가 자취를 감춘 해에는 이미 집을 뛰쳐나가 오사카로 나왔다고 합니다. 일단은 바텐더인지 뭔지를 하면서 일했던 것 같지만, 이때는 이미 스에히로회 준조직원으로 관여했던 모양입니다."

"부친 아쓰미 요시노부가 실종되기 전 일입니까?"

"그 전후 관계는 아직 확실하지 않습니다. 앞으로 조사해야 합니다."

"정식 조직원이 된 건 언제입니까?"

"그 이듬해에는 배지를 받았더군요."

"사이카와 야스시, 아니 당시는 와쓰지 야스시이겠지만, 그 사람이랑은 어떤 관계죠?"

"이것도 구체적으로는 아직 모릅니다. 하지만 사이카와가 스에히로회에 소속했을 때의 일이니, 당연히 관련이 있었다고 봐야겠지요. 저는 우연이라고는 도저히 생각할 수 없는데, 어떠십니까?"

동감이었다.

그렇다면 이것은 무엇을 의미하는가? 다시 한 번 그렇게 질문을 던져 봤지만 어느 방향에 손을 뻗어 생각하면 답이 나올지 상상이 가지 않았다.

"그래서 아쓰미 후사오가 지금 뭐하는지는 아셨습니까?"

"아니요, 아쓰미 후사오는 죽었습니다."

"……죽었다고요?"

"예."

"언제 일입니까?"

"오사카에 나온 지 2년 후입니다."

"그러면 지금으로부터 11년 전……. 어떻게 죽은 거죠?"

"자살입니다."

"이유는?"

"마약 중독이었습니다. 환각을 보는 증상까지 갔는지 가족이 병원에 입원시킨 것 같은데, 그 병원에서 목을 맸다더군요."

"잠깐…… 가족이라면?"

"아, 아까 딱 들어맞는다고 한 것은 여기입니다. 부친은 이미 죽었고 모친도 그 직후에 자살했습니다."

기요노는 일단 말을 끊었다.

평소처럼 뜸을 들이는 게 아닌 것은 몹시 불쾌한 듯한 옆얼굴을 보고 알았다. 기요노의 울대뼈가 동그랗게 움직였다.

"……당시 남은 가족은 아쓰미 후사오의 누나인 마사미뿐입니다, 스모토 씨. 아쓰미 마사미, 아니, 변호사님에게는 고바야시 료코라 부르는 편이 익숙하시겠지만, 그녀의 부친은 자살했습니다. 실제로는 누군가에게 살해되었지만 당시에는 자살로 보여서 모친도 그 뒤를 따르듯이 스스로 목숨을 끊었고, 끝내는 마약으로 병원에 입원한 남동생까지 자살했다는 게 됩니다."

나는 앞을 바라보고 있었다.

차 앞 유리 건너편의 어두운 밤하늘을, 그리고 밤하늘 아래서 헤드라이트에 비춰져 천천히 차 밑으로 빨려드는 짙은 남색의 아스팔트를 보고 있었다. 실제로는 아무것도 보이지는 않았다.

등줄기가 오싹해지기 시작했다.

그것이 그녀가 다른 사람으로 신분을 바꾸어 살게 된 제일 큰 이유일까? 부친의 오직 의혹. 그에 얽힌 살인. 모친의 뒤따른 자살. 마지막으로 결정타와 같은 남동생의 야쿠자 전락과 마약 중독, 그리고 자살.

내가 아는 그녀는 결코 약한 사람이 아니었다. 피붙이 전부가 자살했다는 것만이 다른 사람으로 그 후의 인생을 다시 살고 싶다고 생각한 이유의 전부는 아닐 것이다. 부친의 오직 의혹에 관해 뭔가를 알고 있었을지도 모른다. 그래서 사이카와 같은 사람들에게서 자취를 감출 필요가 있었을지도. 아니면 언론이나 경찰, 세상의 이목으로부터 몸을 감출 필요가 있었다고도 생각할 수 있었다. 언론도, 경찰도, 세상의 이목도, 범죄의 의혹이 씌워진 인간의 가족에게는 거대한 중압감이었다.

그녀에게는 아쓰미 마사미로서의 인생은 너무 무거웠다.

너무나도 무거운 인생을 던져 버릴 수 있다면, 하고 생각한 순간이 누구에게나 한두 번쯤 있지 않을까.

그런 소망을 마음 속 어딘가에 품고 있던 그녀가 아버지의 오랜 친구인 우즈키 다이스케와 만났다. 혹은 부친의 조언을 받아서 의지했다고 한다면? 보통 세상에 살고 있는 보통 여자가 다른 사람으로 신분을 바꾼다는 범죄를 생각해 내어 실행하기는 지극히 어렵다. 하지만 우즈키라면 그런 생각을 할 수도 있고, 조직력과 뒷세계의 정보력을 활용해 바꿔치기할 만한 적당한 사람을 찾아내기도 손쉬웠을 게 틀림없다.

우즈키 다이스케는 그녀를 위해 그렇게 해 준 게 아닐까?

고바야시 료코로서의 인생을 준비해 주고 나고야에 '란'이라는 가게를 찾아 그녀를 보냈다. 오사카에 있었을 때도 그녀는 호스티스를 했던 것 같다. '란'은 우즈키의 여자가 하던 가게였다. 새로운 인생에서 야쿠자 두목으로서는 제일 적절해 보이는 직장을 마련해 그녀를 오사카에서 보낸 게 아닐까?

'이쪽 세계에서 시작된 일은 이쪽 세계에서 정리한다.'

우즈키 가오루코는 내게 그렇게 말했다.

그 말은 니시가미 류지가 이번 사건이 일어났을 때부터 그녀에게 협력했다는 것을 가리키는 게 아니라, 10년 이상 전에 고바야시 료코로서의 인생을 준비해 준 것은 자신들이라는 사실을 의미한 게 아닐까?

그녀가 직접 부탁했는지 우즈키 다이스케 쪽에서 그런 아이디어를 떠올렸는지는 모른다. 어느 쪽이든 인생이 너무 무거웠던 한 여자 앞에 다른 인생을 준비해 준 사람이 있었다면…… 그녀는 다시 시작하자고 생각한 게 아닐까. 우즈키가 그녀에게 해 준 것이 햇볕 아래에 드러났을 때 공명정대하다고 할 수 있는 애정에 의한 것인지 어떤지는 모른다. 그러나 몇 년이나 시간이 흐른 뒤에도 그녀가 자신의 가게를 '라오'라고 이름 짓고 담뱃대를 좋아했던 우즈키에 대한 감사를 표하고 있었던 것은 부정할 수 없는 사실이었다.

대체 공명정대한 애정이란 있는 것일까? 의무나 권리, 다른 뭔가라면 있다고 해도 애정이란 밝은 곳에 나가면 사라져 버릴 듯한 공명정대와는 그다지 거리가 먼, 어딘가에 꺼림칙함조차 있는 존재가 아닐까.

그곳에 오도카니 있던 여자.

네즈에서 처음 만났을 때의 인상이 지금도 떠나지 않는다. 5년 간 시간의 흐름도 무시하고 계속 내 안에 머무른 것 같다.

나고야에서 일했던 그녀는 우즈키 다이스케가 죽자 우즈키 파의 비호 밑에서 떠나기로 결심했다고 할 수는 없을까. 그리고 혼자서 도쿄로 나왔다. 니시가미 류지와는 교류가 있었을지도 모른다. 그러나 그것도 곧 멀어지게 되었다면? 딱 부러지는 면이 있는 여자였다. 헤어진다고 결심하면 전부를 직접 다시 할 작정이었을 것이다. 그래서 그 무렵 세탁소에서 일을 시작하고 싸구려 아파트에 살고 있었다. 작은 스낵주점에서 아르바이트를 하면서 인생을 찾으려고 했던 게 아닐까.

나는 고통으로 눈을 감았다.

기요노에게 부탁해서 조금 쉬고 싶다고 거짓말을 하고 얼굴을 반대쪽으로 돌렸다.

생각을 하고 싶었던 것은 아니었다. 그럼에도 이미 생각을 하고 있었다.

그녀는 내 앞에서 사라졌다. 그것은 장인이었던 시오자키 레이지로가 그녀를 찾아갔거나, 혹은 사람을 시켜 나와 헤어지라고 했기 때문이 아닌 게 아닐까.

나는 그녀와 함께 인생을 찾고 싶었다.

그러나 그녀가 찾고 싶었던 인생은 나와 함께 있는 시간에는 없었다. 그것이 이별의 현실이었다. 아니, 그것을 내게 털어놓지 않으려 했기 때문에 그녀는 이유도 말하지 않은 채 그저 내 앞에서 사라졌다. 그것이 바로 5년 전의 진실이 아닐까.

그녀는 그로부터 긴자라는 거리로 나가 호스티스가 되었다. 호스티스의 세계로 돌아갔다고 해야 할 것이다. 10년 이상 전부터 도쿄로 나올 때까지 계속 호스티스를 했으니 당시 서른을 넘겼던 그녀에게 달리 살 방법은 없었을 터였다. 서른이 넘은 데다 가족이 없는 여자는 어디에서도 고용해 주지 않는다. 세탁소나 노부부가 하는 스낵주점이 고작이었다.

그녀는 긴자에서 가사오카 가즈오와 만나 단단히 마음을 먹고 그에게 안겼다. 돈을 끌어내어 가사오카를 발판으로 해서 클럽을 열었다. 그 후에는 이미 남에게 고용된 호스티스가 아니었다. 직접 사람을 쓰는 클럽의 마담이었다. 가사오카에게 돈을 갚은 그녀에게 클럽은 명실공히 그녀 자신의 것이며, 살아갈 성이었다.

겉치레로 하는 말이 아니다. 그것이 그녀가 찾아낸 인생이었다. 내게는 아내가 있었다. 아니, 그조차도 문제가 아니다. 내게는 아무도 받아들일 생각이 없었다. 누군가를 받아들여야만 한다는 것이 고통으로 느껴져 견딜 수가 없었다. 나는 단지 나 자신만을 위해 자신의 인생을 찾고 싶었을 뿐이다. 아니, 5년 동안 나는 무엇 하나 찾으려고도 하지 않게 되었다.

나는 그녀와는 정반대 방향을 보며 살았을지도 모른다. 그녀와 함께 보낸 그 반년도 되지 않는 동안 같은 것을 다르게 보았을지도 모르고.

내가 느낀 것은 틀리지 않았다.

처음 만났을 때 그녀는 네즈라는 거리에 오도카니 혼자 있었다. 꾸밈없이 살고 있었다. 그렇기 때문에야말로 나는 그녀와 있을 때 편안해진 것 같았다. 자신도 인생을 꾸밈없이 드러내고 싶었고, 그렇게 될 것 같은 착각도 했을지 모른다.

하지만 꾸밈없이 드러낸 인생이란 뭘까? 나는 인생이 뭔지 모르겠다. 35년을 살면서 알게 된 것은 우리는 인생이라는 뭔가 대단한 것을 사는 게 아니라 나날의 생활을 영위하고 있다. 아침을 살고 낮을 살고 밤을 사는 것뿐이다.

어려운 생각을 할 필요는 없었다.

나는 그녀에게 아무것도 해 줄 수 없었다. 아마 그뿐이리라.

그녀에게 필요했던 것은 나와 함께 보내는 시간이 아니라 자신이 살아가기 위한 버팀목이었다. 그녀는 사라지고 난 후 그것을 직접 제 손으로 쌓아올렸다.

나와 만났을 때 그녀는 고독했다. 그전부터 계속 고독했고, 나와 만났을 때도 고독했고, 그리고 나와 함께 보내고 있어도 또한 고독했을 것이다. 나는 그녀의 고독을 몇 분의 1만큼도 이해하지 못했다. 하려고 하지 않았다. 나 자신만을 밀어붙이려 했을 뿐.

나는 대체 그녀에게 뭐였을까? 잃고 나서 계속 그것을 그녀에게 다시 한 번 만나서 묻고 싶었다. 나는 네게 뭐였지? 그렇게 묻고 싶다고 계속 바랐다. 그러나 대답은 아마 그녀가 사라진 것 자체로 답은 나와 있었다. 나는 다만 자신이 그녀에게 아무것도 아니었다는 사실에서 눈을 돌리고 싶었을 뿐이다.

그녀는 아마도 나를 사랑했을 것이다.

그러나 사랑하는 것만으로는 무엇 하나 계속 지탱할 수 없다.

3

하다의 집 현관불은 꺼져 있었고 쥐죽은 듯 고요했다.

슬슬 새벽 1시가 될 때였다. 경관의 모습은 아무 데도 없었다.

"스모토 씨는 차 안에서 기다려 주십시오."

기요노는 집 주변을 주의 깊게 둘러보며 경관 이외의 누군가가 잠복하는 눈치는 없는지 확인하고 나서 말했다.

"아무래도 이런 시간이니까요. 스모토 씨가 그런 모습으로 나타나면 무슨 일인가 할 겁니다."

나는 쓴웃음을 지었다.

"기요노 씨는 괜찮습니까?"

"그럼요, 이런 때 저는 옛 직업으로 재빨리 돌아가는 특기가 있습니다."

차를 내리다가 돌아보고 진지한 눈빛으로 덧붙였다.

"주변에 수상한 사람은 없는 것 같은데, 제가 떨어져 있는 동안 누군가 차에 다가오면 망설이지 말고 경적을 울리세요. 저도 바로 뛰어나올 것이고 아무래도 주택가니까 주위를 의식해 달아날 겁니다."

"알겠습니다."

순순히 끄덕였다.

기요노가 차를 내림과 동시에 안에서 문을 잠갔다.

대문으로 들어가는 것을 확인하고 잠시는 주변에 주의를 기울였지만, 금세 눈을 뜨고 있는 것이 고통스러워 견딜 수 없어졌다.

어떤 기척에 귀를 기울이면 된다고 자신을 납득시키고는 눈을 감고 뜨기를 되풀이하다가, 머지않아 아주 잠시만 눈을 뜨게 되었고, 결국 눈을 감고 그저 기요노가 돌아오기를 기다렸다.

한기는 전혀 가시지 않았지만 조금 전부터는 손발도 머리도 어처구니없을 정도로 뜨거워져 있었다. 네 개의 손발이 나란히 부풀어 오른 느낌이 들었고, 혀는 입안 가득 부어서 설거지용 스펀지로 채워져 있는 것 같았다.

목을 1밀리미터 움직이기조차 고통스러워 견딜 수 없었다. 목의 아픔은 계속 안으로 진행되어 호흡을 되풀이할 때마다 이상한 소리가 나기 시작했다. 쇄골 안쪽 정도까지 깔깔해졌고 휘익휘익 바람이 빠져나갔다.

창유리를 가볍게 두드리는 소리가 났다. 허둥지둥 눈을 뜨니 기요노가 밖에서 차 열쇠로 문을 열려고 하고 있었다.

몸을 움직이고 싶었지만 움직일 수 없었다. 지금 내 머리는 머리가 아니고 그저 두통 덩어리로 변해 있었다.

"하다는 돌아오지 않았습니다." 운전석에 스르르 들어온 기요노가 말했다. "다만 조금 전에 전화가 왔었다고 하네요."

"……뭐라고 했답니까?"

자신의 목소리가 평소와 다르다는 것이 먼저 들렸다.

"오늘 밤은 일 때문에 밖에서 자게 됐다고 했다더군요. 하지만 어디서 묵는지는 듣지 못했답니다. 그런 일이 지금까지 몇 번쯤 있었다더군요. 묵는 곳은 시청 수면실이나 시청 옆의 제휴 비즈니스호텔 둘 중 하나라서 별로 수상하게 생각하지 않고 되묻지도 않았다고 합니다. 뭐, 실제로는 밖에서 뭘 하는지 모르겠지만 부인 입장에서는 일을 열심히 하는 공무원이라는 거겠지요."

"경찰은 여기에 오지 않았습니까?"

"왔다고 하는데 방금 한 이야기를 듣고 바로 철수했다고 합니다. 정말 믿음직한 놈들입니다. 왜 밤에 자는 사람을 깨워 똑같은 소리를 하느냐며 부인이 열을 내더군요."

"비즈니스호텔 위치는 어딥니까?"

"물어봤습니다. 그리고 만일 남편에게서 무슨 연락이 있으면 긴급한 용건이니 경찰서가 아니라 휴대전화로 전화를 달라고, 스물네 시간 언제든 상관없다고 했다는군요."

"그러면…… 비즈니스호텔로 가 볼까요……."

내가 말하는 것과 거의 동시에 기요노는 "잠깐 실례."라고 중얼거리고 다가왔다.

나는 상대의 오른손이 내 이마에 대어지는 것을 멍하니 보고 있었다.

"이거 곤란합니다. 스모토 씨, 이마 위에서 물도 끓이겠습니다."

"커피가 좋겠네요."

병원으로 실려 가리란 건 알고 있었다.

의식을 잃었다가 몽롱한 상태로 돌아오기를 반복했기에 차가 어느 정도 달렸는지는 짐작도 가지 않았지만, 시민운동가인 호리이 마사아키 덕에 동네 의사에게 도착했다는 것만은 알았다.

기요노 쪽에서 전화를 건 게 아니라 호리이가 기요노의 휴대전화에 연락한 듯했다. 나는 호리이가 걱정한 대로(예상대로라 할까.) 심각한 상태가 되었고, 우리 두 사람은 내가 이렇게 된 계기인 오사나이 종합병원밖에는 의료시설을 몰랐다. 공해반대 운동에 가담하는 사람들 중 하나가 개인 병원을 하고 있는지 호리이는 우리를 그곳으로 안내해 주었다.

주사를 맞고 링거를 꽂았다.

한숨을 돌렸다는 느낌은 전혀 들지 않았다. 의사가 기분이 어떠냐고 물어서 머리가 깨질 것 같다고 대답하니, 바지와 팬티를 벗겨 좌약을 넣어 준 듯했다. 점막 흡수가 제일 빠르다는 설명을 받은 것 같다.

다음으로 정신이 들었을 때에는 마른 잠옷으로 갈아입혀져 아무도 없는 방 안에 누워 있었다. 방은 천장 보조등이 켜져 있을 뿐이어서 어슴푸레했다. 팔에는 링거 줄이 달려 있었고 후두부에 물베개가 대어져 있었다.

조금 전 기억 속에서 나는 인어처럼 피부가 젖어 있었는데, 그것은 바닷물이 아니라 내가 흘린 땀 때문이었다. 누군가가 잠옷을 몇 번쯤 갈아입혀 준 것일까? 아니면 흠뻑 젖어 기분이 나쁘다고 생각한 것은 기요노가 운전하는 차 조수석에서 떨고 있던 때의 기억인지 아무래도 확실하지 않았다.

나는 몇 번쯤 침대를 떠나 파도 위를 떠돌다 하늘을 떠돌다 저 끝까지 떠돌았다.

쾌적한 여행은 아니었다. 머리는 계속 죄어들거나 깨져 흩어지기 직전이거나 둘 중 하나였다. 몸은 너무 뜨겁거나 한기가 닥쳐서 딱 좋은 지점에서 머물러 주려 하지 않았다. 파도를 떠돌면 파도에 취했고, 하늘을 떠돌면 고도에 취했고, 저 끝까지 가면 끝을 알 수 없는 불안에 취했다.

문득 의식이 돌아와서 침대 옆에 누가 있다는 것을 깨달을 때가 있었다.

"하다를 찾았습니까?"

나는 그렇게 물었는데, 침대 옆에 있던 사람은 의사나 간호사가 아니라 아마 기요노였으리라.

"아니요, 안타깝지만 못 찾았습니다. 어쨌든 지금은 그런 걱정은 하지 말고 한시라도 빨리 나아야 합니다. 잊지 마세요, 당신은 사이카와 일당의 살인 미수를 증명할 증인이고 제게는 앞으로도 사이카와를 추궁하기 위한 의뢰인이니까요."

나는 고집을 부린 것 같다.

"저는 괜찮습니다. 하다를 찾아 주십시오."

아마 기요노는 곤란했을 것이다. 찾아 달라고 애원해도 대체 이 깊은 밤중에 어디로 가서 찾는다는 말인가.

그렇게 생각하고 나니 아직 별로 시간은 지나지 않은 것 같다고 느꼈다.

눈을 뜨고 기요노의 모습을 찾으니 기요노가 아니라 하세 쓰구오가 나를 쳐다보고 있었다.

하세가 물주전자를 내밀기에, 나는 내가 물을 원했던 것을 알았다. 목을 통과하는 차가운 느낌에 몸이 아직 열을 띠고 있는 것을 깨달았다. 그러나 두통은 거의 잦아들었고 몸도 대체로 편해져 있었다.

"무슨 일 있습니까?"

하세가 묻는 걸 보니 아무래도 내가 미소 지은 모양이었다.

"아니, 분명 이렇게 정면에서 보니 아버지와 얼굴이 닮은 것 같아서……."

말을 하니 바로 목이 마르는 것 같았지만 혀는 입속 가득 부풀기를 멈춘 것 같았다. 목소리가 겨우 나다운 목소리가 되어 있었다. 고막에 머리 안쪽부터 압력이 걸린 것 같아서 주위가 무척 조용한 반면 심장 고동만은 잘 들렸다.

"뭐야, 영감탱이, 말해 버렸나." 하세는 머리를 긁으면서 웃었지만, 내 두통에 영향을 주지 말라는 주의를 받았는지 목소리는 낮고 작았다. "일 관계로는 부자 사이를 감추기로 약속했습니다. 그런 게 알려지면 둘이서 하는 흥신소는 신용을 잃어버리니까요."

"당신 머리를 봤을 때가 더 신용이 안 가던데."

하세는 아무 말도 하지 않고 웃었다.

"니시가미는 어떻게 됐습니까?"

그렇게 물으니 그는 잠시 대답하지 않았다.

"놀랍네요. 머릿속에 사건밖에 없어요? 어쨌든 안정하고 주무세요. 저는 스모토 씨의 간병 겸 보디가드를 하라고 아버지가 시켜서 여기 들어온 거니까. 이것저것 떠들라는 말은 못 들었습니다."

"말해 주는 편이 더 편하게 잘 수 있을 것 같은데. 미행하다가 들켜서 도망쳤습니까?"

"아뇨, 있는 곳은 제대로 알아 놨으니까 안심하세요. 다만……."

"다만, 뭡니까?"

"막연한 감인데, 어쩌면 제가 미행했던 게 들켰을 수도 있다는 생각도 드는데, 모르겠습니다."

"왜 그렇게 생각하죠?"

"신칸센 안에서 도발하듯이 제 좌석 옆을 몇 번쯤 지나가더군요. 잡지를 읽는 척 얼굴을 가렸지만, 그 자식이 이쪽을 무시하는 눈빛으로 째려보는 것 같았습니다."

미행자가 있어도 내버려 둘 생각이었다는 말인가. 사태의 끝이 가까워졌다는 말인가. 가까워졌다면 더 신경질적으로 나올 가능성은 없을까?

"그리고 그다음에는?"

"니시가미나 우즈키 가오루코라는 여자의 일행이 묵고 있는 호텔을 알아 놨습니다. 그리고 이 마을에는 그 여자가 경영하는 회사와 친밀한 거래처가 있는데, 그 사무소가 어떤 형태로든 협력하는 것 같고, 가오루코는 거기를 회의나 연락 때 쓰는 것 같습니다."

"그리고?"

"거참 곤란하네. 정말 이야기가 끝나면 얌전히 주무세요. 우즈키 가오루코와 부하들은 오늘 밤 국회의원인 가와타니 고조를 찾아갔습니다."

"가와타니를……."

그는 '농공양립'을 제창하고 '육사방식'을 제안했다. 솔선수범해 공장을 유치한 시장이며, 공장 유치의 완성을 고향에 대한 선물로 표방하며 표를 모아 국회의원에 당선된 남자였다.

"예. 국회 회기 중이 아니니까요. 가와타니는 이쪽 저택에 돌아와 있습니다."

"순서대로 이야기해 주십시오. 니시가미 류지도 같이 갔습니까?"

"예. 니시가미, 여자, 부하들은 아까 말한 그 호텔에서 만났습니다. 해안가에 세워진 호텔인데 역에서는 차로 10분 정도 걸립니다."

"부하들은 누굽니까?"

"같이 있던 것은 스모토 씨가 맨션에서 마주친 야나다라는 남자일 겁니다. 그 외에 몇 명쯤 부하로 보이는 남자가 호텔 로비를 멀찍이 둘러싸고 있었지요. 사이카와 흥업의 역습을 경계하는지도 모르겠습니다. 저도 가까이 갈 수는 없어서 놈들이 이야기한 내용까지는 알 수 없습니다."

"가와타니를 찾아간 것은?"

"가오루코, 야나다, 니시가미 세 사람입니다."

"가와타니가 이쪽 저택에 돌아온 것은 확실한 모양이군요."

"예. 확실합니다."

"거기서 얼마나 있었습니까?"

"6시부터 대충 한 시간 정도입니다."

나는 천장을 바라보고 눈을 깜빡였다.

이 상태로 가능한지 어떤지 알 수 없었지만 이것저것 정리를 해 보고 싶었다.

가오루코가 가와타니 고조를 만난 목적은 무엇인가. 뒷세계의 방식으로 정리를 한다. 그 여자는 그렇게 말했다. 어떤 식으로 정리를 하기 위해 가와타니와 만났을까? 나는 사이카와와 아마노가 나눈 대화를 잊지 않았다. '이 남자를 처리하면 그 여자가 어떻게 나올까요?' 아마노는 분명 그렇게 말했다. '상관없어, 우리가 처리했는지 모르게 하면 될 거 아냐.' 사이카와는 분명 그렇게 말했다. 그 여자란 99퍼센트 우즈키 가오루코를 가리켰다.

그 대화를 나눈 것은 몇 시쯤이었을까? 내가 기요노에게 구출된 것은 12시를 지나서였다. 역산한다면 11시를 지난 참일까? 가오루코 일행이 가와타니를 만난 지 너덧 시간은 가볍게 지났다.

놈들은 가와타니와 가오루코의 회담을 알고서 그런 대화를 나누었을까? 알았다면 어떤 경위로 사이카와의 귀에 들어갔을까? 사이카와의 부하가 가오루코나 가와타니의 저택을 감시했을 가능성이 하나. 또 하나는 가와타니가 직접 사이카와에게 귀띔했을 가능성……. 후자라면 가와타니는 사이카와와 연결된 것이 된다. 아니, 그럴 가능성은 낮았다. 당시 '농공양립'과 '육사방식'을 세웠던 가와타니에게 그것을 침해하며 돈을 벌던 사이카와가 설사 10년 이상의 세월이 흐른 후에라도 친하게 지내고 싶은 상대일 리 없었다.

가오루코가 정리를 한다는 심산에서 가와타니 고조라는 정치가는 어디에 위치할 수 있을까. 가와타니가 이 지역에서 유력 인사인 것은 틀림없었다. 그런 가와타니를 움직여 사이카와 흥업을 무너뜨리려 하는 것일까…….

"어쨌든 내일은 다시 아침부터 가오루코 쪽에 붙을 겁니다."

하세가 말했다.

"기요노 씨는?"

"사이카와 흥업의 사무소를 감시하는 중입니다."

"사이카와 흥업을……."

"예. 하다는 시청이 제휴한 비즈니스호텔에도, 만일을 위해 가족을 가장해 심야지만 시청에 연락해 봐도 어느 쪽에도 묵지 않았습니다. 사이카와 흥업이 납치했다면 녀석들을 감시하다 보면 뭔가 단서를 잡을 수 있을 것 같았습니다. 그리고 다카쓰라는 남자 일도 있으니까요."

나는 뭔가 더 말을 하려고 했는데 몸이 그에 따라 주지 않았다.

"스모토 씨, 정말 그만 좀 하세요. 가오루코라는 여자도 니시가미도 오늘 밤은 이미 자고 있을 겁니다. 저는 복도로 나갈 테니 쉬세요."

하세가 그렇게 말해서 눈을 감으니 눈 깜짝할 사이에 다시 깊은 잠 속으로 끌려 들어갔다.

꿈을 몇 개쯤 꿨다. 맥락이 없는 부분도 있고 마치 갖다 붙인 듯이 맥락이 너무 잘 통하는 부분도 있었다.

나는 아버지와 둘이서 밤의 유원지에서 햄버거를 입안 가득 물고 같이 관람차에 타 있었다. 수험 공부에 몰두하며 어머니가 야식으로 만들어 준 냄비우동을 먹고 있었다. 검도부 합숙 중에 보호구를 입고 땀투성이가 되어 연습을 하고 있었다. 현실의 내 몸은 이 꿈을 꾸는 동안에 열이 다시 올라가기 시작했을지도 모른다.

나는 내가 몰랐던 그녀와 만났다. 그녀는 이케부쿠로의 가게에서 화려한 드레스를 입고 손님들과 대화하고 있었다. 나는 동료 변호사 몇몇과 함께 안쪽 테이블에서 마시면서, 얼른 그녀가 여기로 안 와 주나 내심 질투를 하는 주제에 동료들 앞에서는 태연한 척하며 안절부절 못하고 있었다.

"저 여자인가?" 동료들이라고만 생각했던 술자리에 어떻게 된 일인지 섞여 있던 시오자키 레이지로가 내게 말을 걸었다. "세이지 군, 저 여자인가?"

나는 억지웃음을 지었다. 그런 때만 그녀가 이쪽으로 다가왔다. 우리에게 예의 바르게 인사를 한다. 예의 바르게 인사를 하는 주제에 내 마음속을 들여다본 듯이 나만은 보려 하지 않았다. 뭔가 재미있는 농담 하나라도 던지고 싶었지만 뭐라고 말을 걸면 좋을지 모르겠다. 내가 알던 그녀와 눈앞의 그녀는 상당히 달랐다.

그녀가 갑자기 당황한 얼굴을 했다. 그것은 단 한 순간뿐, 다음 순간에는 다시 원래의 웃는 얼굴로 돌아갔다. 그러나 나는 놓치지 않았다. 그녀의 표정 변화라면 나는 뭐든 안다. 안색을 바꾼 원인도 알고 있었다. 내 옆에서 넉살좋게 물을 탄 위스키를 마시고 있는 사이카와 일행이다. 사이카와, 아마노, 하다, 다카쓰, 기노시타. 아니, 사이카와는 없었다고 어딘가에서 생각하는 내가 있었다. 생각함과 동시에 나는 이미 가게 안에 있지 않았고 그녀 앞에서 마시는 것은 놈들뿐이었다. 그녀는 안색을 바꾼 것을 싹 감추고 적당한 대화를 나누고는 테이블을 떠났다.

내가 기다리던 것은 이때였다. 뒤에서 아무렇지 않게 말을 건다. 아니다. 말을 건 것은 그녀였다.

"선생님, 아는 가게가 있는데 잠시 한잔 어때요?"

그렇다, 이렇게 해서 우리는 나란히 가게를 나갔다. 지금은 이미 막연한 인상밖에 떠올릴 수 없는 네즈의 스낵주점 주인 부부가 "료코를 잘 부탁합니다."라고 한 것을 기억하고 있다. 상당히 으슬으슬한 가을날 밤이었다. "들어줬으면 하는 이야기가 있어." 그녀가 자기 집에서 말했다. "우리 아버지는 오직이라는 억울한 죄를 뒤집어쓰고 자살에 몰렸어." 그녀가 내게 그렇게 상담하기 전에 내가 했던 이야기가 있다. 세키야 무네요시와 함께 원죄 사건의 해결을 위해 재판에서 싸우고 있다는 이야기다. 그녀는 끄덕이면서 들어주고 있었다. "내 아버지도 오직으로 몰려 자살했어." 그런 이야기도 그녀에게 했다.

지금은 그런 이야기를 하고 있을 때가 아니었다. 그녀가 말하고 싶어 하는데 어째서 나만 계속해서 떠들고 있는지, 또 하나의 내가 조바심을 내고 있었다. 그런데 나는 말을 그치려고 하지 않았다. 자신의 이야기를 들어 달라는 기분만이 앞서서 말을 하고 있는 나는 무척 오만한 얼굴이었다. 자신이 정의의 대변자인 듯 결론을 내렸을 때는 스스로조차 혐오감을 들 정도로 보기 싫은 얼굴이 되었다.

너는 그렇게 가당찮은 인간이었나?

그렇게 생각하는데도 나는 나를 멈출 수 없었다. 그녀가 표정을 감추었다. 아까 아마노 일당을 앞에 두고 감춘 것과 마찬가지로 감춘다. 나는 그것도 깨닫지 못하고 실컷 이야기하고 싶은 만큼 하고 나서 다음에는 그녀의 몸을 원했다. 기가 막힌 애정이었다.

나는 나를 욕해 주고 싶었지만 욕할 수도 없었다. 그녀의 하얀 피부가 내 눈앞에 있었다. 곱고 아름다운 피부. 내 요구에 따라 다양한 표정을 드러내던 몸이었다. 점점 빠져들어 가는 동안 이것이 애정이라 믿을 수 있을 듯한 느낌이 들었다. 그렇다, 그녀를 이렇게 해서 안고만 있으면 전부 다 잘될 터였다.

말도 안 되는 소리 하지 마. 생각해야 할 것이 무수히 많았다. 의기양양한 얼굴로 그렇게 말하는 나는 이미 없었다. 크지는 않지만 모양이 좋은 유방이었다. 앞니 사이로 느껴지는 튀어나온 유두가 좋았다. 배에서 다리로 이어지는 부분의 작게 금이 그어진 곳도 내 혀를 받아들여 부드럽게 감싸고 혀를 딱딱하게 해서 밀어 넣으면 조금씩 안으로 녹아내렸다. 그 바로 옆의 수풀도 옆의 작게 팬 곳도 혀로 기어가면 똑같이 가련하게 꿈틀거렸다.

녹아내린 더 안에 있는 아기의 입속 같은 곳의 느낌을 내 손끝은 아직도 기억하고 있었다. 희미하게 까끌까끌한, 희미하게 작은 기복을 되풀이하면서 손의 움직임에 따라 그녀의 다양한 반응을 끌어낸 민감한 몸의 중심부. 나 자신이 밀고 들어가면 나를 감싸며 꿈틀거리고 넓어졌다가 수축하면서 나의 쾌감을 그녀의 쾌감으로, 그녀의 쾌감을 나의 쾌감으로 만들어 주었다.

때때로 그녀는 나를 보았다. 희미하게 뜬 눈꺼풀 사이로 내 눈동자를 바라보고 있었다.

어슴푸레한 천장을 보고 있었다. 평범한 일본 가옥을 연상시키는 옹이무늬가 돋보이는 천장이었다. 무늬 하나에서 그녀가 수를 놓은 기린이 연상되었다. 낮은 곳에서 거꾸로 들어와서 반사된 빛이 반사되어 천장에서 흔들리자 기린이 금방이라도 뛰어갈 듯했다.

그녀의 모습을 찾았다.

아무 데도 없었고, 대신에 나무틀을 하얗게 칠한 양쪽으로 열리는 창이 보였다. 아래쪽 3분의 2는 불투명유리이고 위는 투명한 유리창이었다. 투명한 유리 건너편에 얼룩무늬를 그린 구름이 보였다.

구름은 아침노을의 붉은색으로 희미하게 습기를 띠고 물들어 있었다. 구름 앞에 정원수의 가지 끝이 보였다. 그 가지는 창유리의 아슬아슬한 곳까지 뻗어서 바람으로 흔들릴 때마다 그림자가 방안으로 떨어졌다.

이름을 불린 것 같아 얼굴을 돌리니, 사요코가 바로 옆에서 나를 바라보고 있었다.

처음 만난 날의 사요코였다. 부루퉁한 얼굴을 하고 나를 째려보던 사요코. 아니, 아니다. 요전에 그녀의 경야 후에 함께 마시고 헤어진 때의 사요코다. 아니, 그것도 아닌 것 같다.

"기분은 어때?"

사요코가 묻는데 나는 "으응."이라고만 대답했다. 실제로 입을 움직인 것 같은 느낌이 들었다.

아무래도 사요코라는 아가씨는 순간이동을 할 수 있는 것 같다. 어떤 교통수단을 썼는지 어느새 도쿄를 떠나 다음 날 아침 일찍 이렇게 세토나이의 마을까지 와 있었다.

"지금 몇 시지?"

이것이 현실이라는 것을 깨달음과 동시에 나는 사요코에게 시간을 물었다.

"슬슬 저녁 5시 30분이 될 거야."

입을 딱 벌리고 창 쪽을 다시 쳐다보았다. 그리고 알아차렸다. 창밖의 하늘은 아침노을이 아니라 저녁노을이었다.

침대가 하나 있는 방이었다. 벽은 어른 허리쯤에서 위는 크림색의 회반죽을 발라 놓았고, 아래는 짙은 갈색 판자를 깔았다. 바닥도 마룻바닥으로 영화 세트장에라도 들어온 듯이 시대가 거꾸로 돌아간 느낌이었다.

"놀랐어. 이렇게 자 버린 건 태어나서 처음이야."

"일단 열은 내렸다고 의사 선생님이 말했어. 안 돼, 손 움직이지 마."

링거를 꽂은 것을 잊고 왼손을 침대 옆 사이드보드 쪽으로 뻗으려던 참이었다.

"뭐 줄까?"

"물주전자."

사요코가 물주전자를 들어 내 얼굴 쪽으로 상반신을 가져왔다. 아가씨가 주는 물을 마시는 것은 하세가 따라 줄 때보다 훨씬 기분이 좋았다.

"어떻게 여기에 있지?"

"스모토 씨 휴대전화는 부서졌다고 하더라."

"응."

"연락이 안 되어서 어떻게 됐나 해서 사무소 쪽에 연락을 했거든. 그랬더니 흥신소의 기요노 씨라는 사람이 이미 비서에게 연락을 해서 자기 휴대전화 번호를 가르쳐 줬어."

"기요노와 연락을 한 거야?"

"무슨 일이 있었는지는 대충 기요노 씨가 알려 줬어. 스모토 씨의 상태를 듣고 바로 뛰어온 거야."

"생각보다 지독하지는 않아. 기요노라는 사람은 뭐든 과장해서 말하는 버릇이 있거든."

"그러게."

나는 또 한 모금을 부탁하고 나서 농담을 했다.

"자기네 흥신소에는 조사원이 백 명 정도 있다는 식으로 최근까지 계속 거짓말했었다고."

나 스스로는 제법 몸 상태가 괜찮다고 느꼈다.

사요코는 조용히 미소 지었다.

"여러 가지 들려줄 이야기가 있지만 좀 기다려. 눈을 뜨면 바로 연락을 하라고 의사 선생님이 그러셔서."

사요코는 그렇게 말하고 일어서서 방 밖으로 나갔다. 아무래도 너스콜 하나 설치되지 않은 동네 병원인 듯했다. 아니면 보통은 병실로 쓰지 않는 방일까? 몽롱한 기억을 더듬어 보니 호리이 마사아키 지인의 병원으로 급히 실려 온 나를 기꺼이 받아 주었다.

바로 사요코와 함께 들어온 의사는 상당히 노인이었지만, 키가 크고 자세가 좋았다. 압축 렌즈란 것을 모르는 듯, 우유병 바닥처럼 두꺼운 검은 테 안경을 쓰고 있었다.

의사는 손목시계로 시간을 재면서 맥을 짚고 열을 재고, 그리고 입을 벌리게 해서 혀와 목구멍을 들여다보았다. 그리고 기술이나 나이와 상관없이 환자를 안심시키는 침착함이 깃든 웃음을 지었다.

"아직 조금 열이 있네요. 호리이 씨로부터 대충 이야기는 들었는데 몸이 많이 상하기도 했습니다. 어쨌든 하룻밤이나 이틀밤쯤 쉬어야 합니다. 그렇게 하면 괜찮을 겁니다."

나는 끄덕이고 감사하다고 했다. 하룻밤은커녕 한 시간도 느긋하게 있을 생각은 없었다.

생리 현상을 호소하니 링거 튜브를 들고 화장실까지 따라와 주었다. 침대에서 몸을 일으켰을 때 스스로도 아직 열이 있다는 것을 확실히 깨달았고, 침대에서 내려서니 몸의 마디마디가 삐걱삐걱 아팠다. 볼일을 다 보고 뒤에서 기다려 준 의사에게 감사를 표하고 방을 향해 복도를 돌아갔다.

복도도 화장실도 상당히 오래되었다. 내가 잠들어 있던 방 외에 세 개나 네 개 방이 있는 것 같은데, 전부 다인실 같았다.

침대 위에 앉으려고 했지만 의사의 조언에 따라 제대로 누웠다. 의사가 나가고 나서야 그의 이름을 묻지 않았다는 것을 비로소 알아차렸다.

"기요노와 하세는 어떻게 됐지?"

사요코에게 물었다.

"하세라는 사람은 만나지 못했어. 기요노 씨와는 아까 병원 복도에서 인사했고. 스모토 씨가 체크인했던 호텔에는 기요노 씨가 가서 하룻밤 더 숙박 요금을 내고 왔으니까 걱정하지 말라고 하더라. 스모토 씨는 여기서 자니까 경우에 따라서는 오늘 밤에 내가 묵어도 상관없겠지."

제법 빈틈이 없었다.

사요코는 침대 발밑에 웅크리고 앉아 종이봉투를 들어 보였다.

"그리고 갈아입을 잠옷과 옷을 샀어. 스모토 씨가 입었던 정장과 바지는 세탁소에 맡기기보다는 포기하는 편이 좋을 것 같아."

나는 쓴웃음을 짓고 감사를 표했다.

"그래서 기요노는 지금 어디야?"

"여기저기 돌아다니고 있어."

"여기저기라니?"

"저기, 그보다 먼저 말해 줘. 마담이 누구였는지 알았잖아. 기요노 씨는 전화로 이야기했을 때도 이쪽에서 만나서 이야기했을 때도 자기 입으로는 말할 수 없다고 했어. 그것이 흥신소의 비밀 엄수 의무라며 고집스럽게 말을 흐리기만 해서."

어떤 의미에서는 당연하다고 해야 할까. 아무리 사요코가 내 지인이라고 해도 흥신소 사람이 그것을 그대로 믿고 조사 내용을 말했다면 신용에 문제가 생긴다.

나는 사요코가 이렇게 뛰어온 이유를 알았다.

내 몸을 걱정했다는 것은 웃기는 상상이고, 제일 큰 이유는 한시라도 빨리 그녀의 정체를 알고 싶은 게 틀림없었다. 제일 큰 이유는…….

몇 번쯤 물주전자를 입에 따라 주는 사실을 마시며 내가 그 사실을 알기 위해 경험한 고통에 관해서는 생략하고 사이카와의 입에서 그녀가 '아쓰미 마사미'라는 것을 듣기까지의 경과를 담담히 털어놓았다.

"아쓰미, 마사미……." 사요코는 입속에서 음미하듯이 중얼거리고 자신의 손을 내려다보았다. 천천히 몇 번쯤 눈을 깜빡이고 나서 창을 보고는 다시 깜빡였다. "그러면 개발과장이었던 아쓰미 요시노부의……."

"그래. 딸이야."

"그런데 왜 고바야시 료코라는 여자로 바뀌었지?"

나는 그녀의 남동생이 자살한 이야기를 하고 그녀가 타인으로 바뀌는 것을 도운 사람은 우즈키 다이스케라는 남자 같다고 한 다음 내가 추측한 그녀의 내면을 말해 주었다.

사요코는 내가 이야기를 끝낸 뒤에도 잠시 동안 천천히 눈을 깜빡이면서 입속에서 뭔가를 반추하는 듯한 얼굴을 하고 있었다.

이 마을에서 알게 된 오사나이 종합병원은 물론, 그곳과 사이카와 흥업이 경영하는 쓰레기 처리장 이야기도 했다. 요컨대 일부러 달려와 준 아가씨에게 최대한의 경의와 호의를 표했다.

"하다라는 남자의 행방에 관해 기요노가 무슨 말을 하지 않았나?"

"스모토 씨가 눈을 뜨면 전해 달라고 했어. 하다라는 남자는 아직 찾지 못했다고."

"그게 얼마나 전이지?"

"두 시간쯤인가."

나는 질문을 고르다가 사요코가 아까부터 뭔가 말하려던 것을 느꼈다. 아니, 어떻게 이야기하면 좋을지를 생각하는 느낌이랄까.

오래 기다릴 필요는 없었다.

"그리고 지금 기요노 씨가 자세한 정보를 모으러 다니는 참인데, 사이카와 야스시가 죽었대."

나는 멍해져서 사요코를 쳐다보았다.

4

"뭐? 살해당했나……?"

나는 필사적으로 자신을 진정시키려고 노력하면서 물었다.

"지금은 사고로 되어 있어."

"얼마쯤 전이야?"

"죽은 게 언제인지까지는 아직 알 수 없는 것 같아. 시체가 발견되어서 경찰이나 사이카와 홍업이 허둥지둥하기 시작한 지는 두 시간쯤 전이고."

3시 30분 전후라는 말인가.

낮에 살해당했다기보다 어젯밤에 어딘가에서 처리되어 오늘 오전에 발견되었다고 생각해야 할까?

만일 그렇다면 하세가 어젯밤, 이 병원에 찾아오면서 가오루코 일행에 대한 감시를 게을리한 것이 커다란 실책이 되지는 않을까……? 아니, 근거 없는 추측은 위험하다.

"아까 너는 두 시간 전에 기요노에게서 내게 메시지를 전해 달라고 부탁받았다고 했는데, 그러면 이 건도……."

"맞아. 사이카와 야스시가 죽었다는 이야기를 전해 달라고 했을 때, 하다의 건도 같이 말해 달라고 했어. 사이카와 흥업 사무소를 감시하고 있었는데 경찰이 와서 사이카와의 일을 알게 됐대. 경찰이나 지역 신문사에서 어느 정도 자세한 이야기를 캐내면 다시 연락한다고."

"그 후에 아직 연락은 없지?"

"응."

지금쯤 경찰도 언론도 아마 필사적으로 야쿠자 두목의 사고사에 관해 배후 관계를 조사하고 있을 것이다. 당연하지만 호리이와 그 동료들이 경찰에 넘긴 아마노 일당이나 쓰레기 처리장 문제와의 관련도 다루어지겠지만, 그것은 사건의 표면에 지나지 않았다.

그렇게 생각한 동시에 깨달았다. 사이카와의 배후에 있는 놈들로서는 사이카와를 도마뱀 꼬리로 잘라 버리기에 지금이 절호의 기회였다고 할 수 있다. 쓰레기 처리장 문제에 경찰이나 언론의 눈이 집중되면 세상은 사건을 그것만 설명해서 납득하려고 한다. 설령 납득할 수 없다는 느낌이 남았다고 해도 일단은 설명이 되는 내용만 있으면 된다. 세상이라는 것은 설명이 되지 않는 수수께끼를 원하지 않는다. 조금쯤 어긋나는 것이 있어도 단순명쾌하게 설명할 수 있는 결말이 수수께끼보다 몇십 배는 소중한 것이다.

즉, 그다음에 있는 수수께끼도, 그에 관련된 것이 누구인지도, 사이카와의 죽음에 의해 어둠에 묻힐지도 몰랐다.

나는 천장을 올려다보고 잠시 호흡을 되풀이했다. 천장에 반사되는 빛이 정원과 연못에도 있어서, 그곳에서 반사된 것인지도 모르겠다는 아무래도 좋은 것을 머릿속 한구석에서 생각했다.

"우즈키 가오루코라는 여자 일행의 짓일까?"

"……가오루코라는 여자가 자신들이 정리한다고 한 것은 사실이야. 그럴 가능성은 있겠지."

사이카와의 배후에 있는 사람이 직접 할 필요는 없는 것이다. 신병을 가오루코에게 넘기거나 혹은 그저 있다는 것을 귀띔하기만 해도 된다. 다음은 그 여자가 할 것이다.

하지만.

그러면 어떻게 될까?

어제 가오루코가 국회의원 가와타니 고조를 찾아간 것과 사이카와의 죽음을 어떻게 연결 지어 생각해야 할까…….

아니, 아마노 일당이 잡힌 것도 사이카와 야스시의 죽음과 크게 관계가 있을지도 모른다…….

따로 떼어 놓고 생각하는 것은 무의미하다.

순서대로 생각하기로 했다. 제일 먼저 생각해야 할 것은 사이카와 야스시가 어떻게 살해당했는지보다도 오히려 뒷세계에 어떤 포석이 깔린 후에 살해당했는지였다. 그것을 나는 경험으로 알고 있었다.

뒷세계에서 살아가는 사람들은 사회적으로는 무법자이지만, 사실은 다들 바깥사회 이상으로 꼼짝할 수 없는 인간관계에 얽매어 있다. 계약으로 성립된 사회가 아니라 서로의 신용과 대차로 성립한 사회이기 때문이다.

즉 우즈키 가오루코가 사이카와 야스시에게 손을 썼다면, 그에 따라 생기는 제일 커다란 곤란한 점은 실제로 사이카와를 묻어 버리는 것 자체보다도 오히려 묻더라도 뒷세계에 불화가 생기지 않는 사전 공작을 해 두는 것이다. 사이카와 흥업에서뿐만이 아니라 이 나라 어디에서도 보복을 받지 않을 만한 정세를 만들어 둘 필요가 있었다. 서쪽도 동쪽도 하나가 되어 꿈틀거리는 지금, 하카타에서 일어난 불화가 바로 도쿄로 불똥을 튀기고 삿포로에서 일어난 불화가 도쿄며 오사카로 불똥을 튀긴다.

그리고 불화의 원인을 만든 사람 본인도 상당한 확률로 뒷세계에서 묻혀 버린다.

실제로 경찰이나 검찰이나 우리 변호사들이 법을 지키고 있어서 이 나라의 치안이 지켜진다는 것은 정말 한 측면의 사실에 지나지 않는다. 그보다 훨씬 큰 확률로 이 나라의 평안을 지키는 것은 뒷세계 사람들이 평화를 사랑한다는 '박애주의'를 외치며 특히 헤이세이(1989년 이후—옮긴이)에 들어와서는 가능한 한 크게 불화를 일으키지 않도록 하는 노력을 게을리하지 않기 때문이었다. 불화가 일어나면 모두 망한다. 그리고 경찰과 같은 바깥 세계의 놈들에게 이용당한다.

사이카와 야스시를 사이카와 흥업의 다음 두목으로 만든 것은 교와회의 간부였다. 이것은 이미 알고 있었다. 하세가 조사해 준 이름은 분명 마키 야스키였을 것이다. 며칠 전 마치 대입 학원 강사를 연상시키는 듯한 아르마니 차림의 인텔리풍 야쿠자와 사이카와 흥업의 선대 두목, 그리고 사이카와 야스시는 후카가와에 있는 선대 두목의 맨션에서 만났다. 그러니까 사이카와의 몸……

이라고 할까, 놈들의 말로 한다면 사이카와의 '다마'는 사이카와 자신의 것임과 동시에 선대의 것이기도 하며, 교와회의 것이기도 했다.

한편 변호사인 사이키 시게루로부터 들은 이야기에 따르면, 우즈키 가오루코는 우즈키 다이스케가 죽은 뒤 우즈키 파를 해산시키고 항만회사의 경영자가 되었을 때 교와회를 항만 정리에 끌어들였다. 가오루코에게 있어서도 또한 교와회는 적으로 돌릴 수 없는 파트너라는 것이다.

사이카와 흥업과 우즈키 가오루코가 아무리 적대하려고 해도 교와회와의 관계 속에서는 부득이하게 공존을 하게 되었다고 보아야 할 것이다. 그런 상황 속에서 만일 가오루코가 사이카와에게 손을 쓴다면 어떻게 될까?

아니, 그렇게 생각할 게 아니라 가오루코는 사이카와 야스시에게 손을 쓰기 위해 교와회와의 관계에 어떤 포석을 깔았는지 생각해야 할지도 모른다. 아무리 그렇다고 해도 사이카와가 이런 때 사고사할 리가 없었다. 그리고 지금 현재 손을 쓸 가능성이 높은 인간 중 유일하게 아는 것은 그 여자였다.

가오루코가 가와타니 고조를 찾아간 것은 사이카와 야스시를 매장한다는 것을 몰래 전하기 위해서였을까? 그를 매장해서 일어날 불화를 진화하기 위한 포석이었을까? 포석을 깐 위에서만 누구든 움직일 수 있다는 의미에서 실제로 뒷세계와 정치가들의 사회는 가장 비슷하다. 현실적으로 지극히 가까운 관계이기도 하다. 지역 정치가를 불화의 조정 역할로 쓰는 것은 충분히 생각할 수 있다. 가오루코가 도쿄에 나온 것도 또한 아쓰미 마사미의 사건을 자세히 조사하기 위한 것임과 동시에 동쪽 뒷세계와 정치가들과의 사이에 포석을 깔아 두기 위해서였을지도 몰랐다.

어느 쪽이든 가오루코라는 여자가 사이카와 야스시를 매장해 버려도 자신들과 교와회 사이에 불화는 일어나지 않도록, 적어도 사이카와 흥업과 자신들 사이에 죽고 죽이는 것에는 교와회가 보고도 못 본 척하도록 어떤 수를 썼던 게 틀림없지 않을까? 조직을 사이카와 야스시에게 넘기고 여자에게 가게를 차려 주고 은퇴 생활을 하는 선대 두목에게 실질적인 힘이 남아 있다고는 보기는 어렵다. 교와회의 마키 야스키라는 남자가 포인트가 될지도 몰랐다.

무엇보다 확실한 것이 하나…….

내가 꿈과 생시를 헤매던 열몇 시간 사이에 두려워했던 사태가 일어나 버린 것이다!

가오루코 일행은 자신들의 방법으로 포석을 다 깔아 놓고 사이카와 야스시를 정리했다. 이제 진상을 찾아내기는 지금까지와 비할 수 없을 정도로 어려워졌다.

사이카와 흥업의 아마노 일당은 오사나이 종합병원과 쓰레기 처리 문제, 나에 대한 살인 미수로 추궁할 수 있었다. 그러나 놈은 절대로 그 이상의 일에 관해서는 입을 열지 않을 터였다.

가오루코도 교와회도, 정치가인 가와타니도 무너뜨리기는 불가능에 가까웠다. 정리가 되면 다음은 관계자 전원이 입을 다무는 것이 놈들 세계의 규칙이었다.

이 마을에 공장이 유치되었을 때 대체 무슨 일이 있었을까? 아쓰미 요시노부의 딸인 그녀는 그에 얽힌 뭔가를 어떻게 조사하려고 했을까. 이제 전부 어둠 속에 가라앉아 버리는 것인가…….

아니다.

아직 가능성이 딱 하나 있다.

시청의 하다!

하다를 찾아내자. 하다는 반드시 입을 열 터였다. 이 사건에 얽힌 사람들 중에서 입을 열 가능성이 있는 유일한 사람이었다. 왜냐하면 하다는 사이카와 홍업에게는 물론, 사태를 뒷세계의 방법으로 정리하려는 우즈키 가오루코에게도 방해자였다.

방해자에게 남겨진 길은 두 가지였다. 헤매고 돌아다니다 입을 다문 채 살해당하거나, 제3자에게 비밀을 밝혀 살아남거나.

동시에 그것은 한시라도 빨리 하다를 찾아내지 않으면 녀석이 분명히 제거된다는 것을 의미했다.

"……왜 그래?"

침대에서 일어난 나를 보고 사요코는 눈이 휘둥그레졌다.

"아까 말한 갈아입을 옷을 보여 줘."

"무슨 말이야? 설명해 봐, 스모토 씨……. 안 돼, 의사 선생님도 아직 열이 있고 안정을 취해야 한댔어."

"그런 말을 할 상황이 아니야. 샅샅이 뒤져서라도 시청의 하다를 찾아낼 필요가 있다니까."

사요코는 입을 굳게 다문 채 아무 말도 하려 하지 않았다.

나는 방금 전 자신이 순서에 따라 생각한 것을 상당히 요약해서 정확히 전달했다. 그리고 휴대전화를 빌려 달라고 부탁했다.

"기요노 씨에게 전화할 거야?"

"그래. 그리고 조사원인 하세에게도."

나는 맨발로 침대에서 내려와서, 아직 판단이 가지 않는다는 얼굴로 바라보는 사요코를 재촉했다.

"너도 협력해 줘서 계속 같이 조사해 왔잖아. 그녀가 실제로는 아쓰미 요시노부의 딸이라는 것을 겨우 알게 됐어. 요 며칠간의 노력이 전부 헛수고가 되어 버릴지 어떨지는 하다에게 달렸다고."

침대 밑으로 몸을 굽히려고 하니 두통이 느껴졌다.

사요코가 한 걸음 먼저 몸을 굽혀 종이봉투를 꺼냈다.

"세 사람이 아니라 네 사람이 분담해서겠지. 취향을 몰라서 아무거나 그냥 사 왔어."

종이봉투에는 검은 폴로셔츠와 검은 터틀넥 스웨터. 그리고 평소의 나라면 휴일에도 입지 않을 파란 요트파카. 밑단을 걷을 필요가 없는 청바지가 들어 있었다

내가 입었던 재킷과 바지에서 사이즈를 알았는지 모두 편하게 입을 수 있었다. 청바지만은 중년이라 배가 나오고 엉덩이가 처진 것을 고려했는지 약간 컸다. 조금 실례일 정도의 배려가 있었다.

"휴대전화는 어디 있어?"

요트파카에 손을 넣으면서, 내게 등을 돌린 사요코에게 말을 걸었다.

사요코가 작은 백이 있는 곳으로 다가가서 열었을 때 2층짜리 목조 건물 복도를 삐걱삐걱 울리며, 누군가 달려왔다.

요란하게 문을 열고 뛰어든 것은 지금 내가 전화를 하려던 사람이었다. 내가 침대에 누워 있지 않은 것을 보고 놀란 모양이었지만 괜찮은지 묻지는 않았다.

"제 메시지 들으셨지요?"

"예."

어깨를 들썩이며 숨을 쉬는 기요노의 안색은 나와 사요코가 서로 얼굴을 마주 보게 할 정도로 파랬다.

"스모토 씨. 제 멍청한 아들 놈이 가오루코에게 잡혔습니다."

"뭐라고요! 확실합니까?"

"확실이고 뭐고, 제 휴대전화에 가오루코가 직접 전화하더군요."

"그래서 뭐라고 했습니까?"

"한 시간 후에 다시 연락을 하겠다. 그때까지 스모토 씨와 함께 역 앞 터미널로 와 있으라고……."

큰일이다!

'어쩌면 미행이 붙은 것 자체는 들켰을지도 모릅니다.' 어젯밤 하세가 그렇게 이야기했을 때, 놈들이 하세를 풀어 주고 있을 뿐일지도 모른다는 가능성을 생각했어야 했다.

자신이 커다란 실수를 했다는 것을 알아차렸다.

가오루코가 뒷세계에서 면밀히 사전 공작을 행한 끝에 사이카와를 처리했다면, 사건에 이렇게까지 깊숙이 관여한 우리를 어떻게 할지 또한 당연히 생각했을 게 아닌가. 나는 그 여자의 경고를 무시하고 사건을 계속 조사하면서 이 마을까지 온 어리석은 놈이었다.

"미행을 들켰다고요……?"

역 앞 터미널에 역사를 등지고 나란히 선 내가 어젯밤 하세로부터 들은 이야기를 하니 기요노는 작게 중얼거렸다.

나는 니시가미 류지가 신칸센 안에서 몇 번쯤 하세의 자리 옆을 지나가며 마치 바보 취급하는 듯이 하세 쪽을 보고 있었다는 말을 해 주었다.

"제길, 미행 같은 기초적인 작업이야말로 제대로 주의해야 한다고 몇 번을 말했는데."

기요노는 이쪽을 보려고도 하지 않고 마치 해 질 녘 시골 마을 터미널 어딘가에 자신의 아들이나 아들을 납치한 사람 중 누군가가 섞여 있기라도 한 듯한 시선으로 둘러보고 있었다.

그는 아까부터 몇 개비나 담배를 피우고 있었다.

사요코는 함께가 아니었다. 같이 오겠다고 우기는 그녀를 설득해 납득하도록 차근차근 사정을 설명한 것은 나였다.

오늘이 되어 이 마을로 달려온 사요코의 존재는 아직 가오루코에게 알려지지 않았을 가능성이 높았다. 다행히 사요코는 기요노와는 만났지만 하세와는 만나지 않았다. 그래서 설사 하세가 입을 열어 부친인 기요노나 나에 대해 여태까지의 경위를 이것저것 말해 버렸다고 해도, 사요코만은 가오루코에게 이야기할 수가 없었다.

"그러니까 너는 우리에게 마지막 명줄이 될 가능성이 있어."

나는 그렇게 말하고, 가능한 동네에서 큰 호텔에 체크인하고 방에서 절대 한 걸음도 나오지 말라고 부탁했다. 어느 호텔이라고는 지정하지 않았다. 우리가 모르는 편이 좋다고 판단했다.

사이카와 야스시의 시체가 발견된 상황에 관해서는 병원에서 여기로 오는 도중에 기요노가 상당히 자세히 설명해 줬다.

사이카와의 시체는 유치된 공장이 늘어서고, IC공장 등의 중요한 수원이 되는 강어귀에서 발견되었다고 했다. 나는 어제 이 마을에 들어왔을 때 열차의 창으로 보인 하구의 풍경을 떠올렸다.

공장 건설과 함께 만들어진 콘크리트 다리의 교각에 걸린 사이카와는 물결에 흔들리며 떠 있었던 것 같다.

상류에서 떨어져 휩쓸려 내려온 것이 아니라는 것은 다리 기슭에 주차된 차가 사이카와 홍업의 것이고 차 안에는 사이카와가 타고 있던 흔적이 남아 있어서 확실했다. 사이카와의 몸에서는 다량의 알코올이 검출되었고 차 안에 남아 있던 위스키 병 내용물과 성분이 일치했다. 다리 위 보도에는 사이카와의 타액이 검출된 담배꽁초가 몇 개쯤 떨어져 있었고 그 바로 옆 난간에서 사이카와의 지문이 발견되었다.

같은 날 밤 사이에 부하인 아마노가 나를 처리하려다 실패해 체포되었고, 사이카와의 신변을 위협하는 중요한 증인인 내가 살아남았으며, 적대하는 가오루코는 같은 날에 마을의 실력자인 정치가 가와타니 고조와 만났다는 사이카와 야스시를 둘러싼 상황을 전부 없는 것으로 치면, 술에 취한 남자가 차를 달리다 풍류를 즐기는 마음으로 다리에서 바다를 바라보다가 잘못해서 떨어져 버렸다, 혹은 취한 몸으로 담배를 피우면서 공장에 둘러싸인 외로운 가을바다를 보는 동안 인생의 무상함과 저지른 죄를 깊이 후회하다가 갑자기 바다를 이런 공장으로 둘러싸이게 해 버린 자신의 어리석음을 비관해서 다리에서 몸을 던졌다는 가능성을 상상하지 못할 것도 아닌 상황이었다.

하구의 다리에서 떨어진 사이카와의 시체는 그때가 밀물이었던 관계로 일단은 강 상류로 흘러갔다가 해류의 변화와 함께 돌아온 것 같았다. 교각에 걸리지 않았으면 내해로 가서 어딘가로 흘러들었을 것이다. 자연 현상의 장난이라는 해석이 사이카와가 현재에 처한 상황 속에서 단지 사고나 혹은 스스로의 의지에 따라 죽었다고 생각하는 것보다는 훨씬 더 종잡을 수 없을 듯한 느낌이 들었다.

의문이 하나 생겼다.

왜 사이카와는 어둠에 매장되지 않고 시체가 명백히 남는 형태로 목숨을 빼앗겼을까?

이유는 있을 것이다. 시체가 나오면 뒷세계 불화의 원인이 된다. 얼굴에 먹칠이 되면 설사 그럴 의도가 없어도 보복할 수밖에 없는 것이 놈들의 세계였다. 설령 바깥 세계에서는 사이카와의 죽음이 수수께끼인 채로 끝났다고 해도 뒷세계에서는 절대로 어떤 결말이 요구된다. 가오루코가 그러한 상황을 감안해 사이카와를 노출시켰다면 거기에 어떤 이유가 있다고 보아야 하지 않을까? 적어도 얼굴에 먹칠을 당한 놈들이 소동을 피워도 보복을 당하지 않을 만큼의 포석을 깔았을 것이다.

슬슬 6시 30분이 되려고 했다.

가오루코가 지정한 한 시간이 지나고 있었다.

햇살이 본격적으로 짧아지는 계절이라 이미 주위는 어둑어둑했고 서쪽 하늘에 빛의 여운이 남아 있었다.

하늘 꼭대기에는 구름이 저 끝 어둠 속으로 녹아들기 시작했다. 호텔이나 상업 빌딩이나 슈퍼마켓에 가까운 백화점과 같이 높은 빌딩이 몇 개쯤 있지만 도쿄보다는 훨씬 너른 하늘이다.

자동차가 돌아다니고 귀가를 서두르는 사람들이 역사에서 계속 나오는 가운데 까마귀 소리가 때때로 들렸다.

상의 안주머니에서 휴대전화의 호출음이 울렸고 기요노는 연기를 폐에 그러모으듯이 급하게 담배를 피웠다. 발밑에 버리고 구두 뒤축으로 문질러 끄면서 휴대전화를 꺼냈다.

그는 한두 마디 대화를 하고 내게 전화를 내밀었다.

"당신과 이야기하고 싶다고 합니다."

기요노는 휴대전화의 통화구를 손을 막고 "가오루코가 아니라 남자 목소리입니다."라고 빠른 말투로 덧붙였다.

"어이, 변호사 양반. 내 목소리 알겠나?"

남자는 전화 저편에서 그런 식으로 말했다. 여유가 있는 말투라기보다는 일이 흘러가는 상황을 즐기는 느낌이 있었다.

나는 잠깐 생각하고 나서 말했다.

"야나다?"

목소리가 누구인지를 생각한 것이 아니라 내가 상대의 이름을 파악하고 있다는 것을 알릴지 어떨지를 고민했다.

알리는 편이 좋았다. 보다 많은 것을 알고 있다고 보이는 편이 적어도 하세 혼자만 처리해 버리려는 생각이 들지 않게 할 터였다. 제일가는 방해자는 나라는 사실을 떠올리게 하자.

"호오, 놀랍군. 어떻게 조사했나? 제법 하는데."

"하세는 어떻게 됐지?"

"뭐 어떻게 된 것도 아니야."

"쓸데없이 손을 대거나 하지는 않았겠지."

"쓸데없이 손을 대지는 않지. 필요에 따라 손을 댄 거지."

역시 야나다는 대화를 즐기고 있었다. 위액 때문에 위가 타들어 가는 것을 느꼈다.

"그래서 우리더러 어떻게 하라는 거야?"

"진정해. 만일을 위해 묻겠는데 경찰에 알리지는 않았겠지?"

"안 했어. 우리도 경찰과는 사이가 나쁘니까."

"알았어. 곧 거기로 당신들을 맞으러 갈 거야. 그 차에 타. 터미널에 버스가 들어왔지? 그 몇 대쯤 뒤에서 당신들 있는 쪽으로 가고 있어."

역에서 수직으로 뻗은 도로를 달려와서 방금 전 터미널 바깥을 따라 돌기 시작한 버스로 눈을 돌렸다. 그 뒤로 버스에 앞이 가려진 채 염주를 꿰듯이 줄줄이 달려온 차가 몇 대쯤 이어졌다. 야나다는 어딘가에서 우리를 내려다보고 있었다. 그리고 그것을 알려 주기 위해 이렇게 전화를 걸었다.

나는 순간적으로 몇몇 빌딩을 둘러보다가 바로 그만두었다. 상대를 기쁘게 만들 뿐이라는 것을 깨달았다.

"그러면 나중에 만나자고."

그는 친한 친구를 부르듯이 말하고 일방적으로 전화를 끊었다.

"무슨 말을 했습니까?"

어느새 또다시 새 담배를 피우고 있던 기요노가 내 코앞까지 얼굴을 가져왔다.

"바로 차가 온답니다. 거기에 타라고 했습니다."

기요노의 울대뼈가 움직였다.

야쿠자가 사랑하는 벤츠나 국산 고급차를 예상했으나, 경적으로 신호를 한 것은 기대와는 달리 회색 밴이었다.

운전석에 야구 모자를 쓰고 안경을 낀 점퍼 차림의 남자가 앉아 있었다. 약간 느낌이 변했지만 그가 니시가미 류지라는 것은 밴의 옆문을 열기 전에 알아차렸다.

기요노가 먼저 내가 나중에 밴에 탔다. 네 줄 있는 좌석 한중간에 먼저 탄 기요노는 니시가미의 바로 뒤에 앉았다.

니시가미는 내가 문을 닫자 아무 말 없이 차를 출발시켰다.

그는 기요노가 "우리 조사원은 무사하겠지?"라고 물어도 무시했고 "대체 어쩔 속셈이야."라고 덤벼들어도 무시했지만, 내가 "그녀는 당신 재판을 방청하러 간 거지?"라고 말하니 백미러 너머로 이쪽을 쳐다보았다.

"좋은 녀석이었어. 가게를 빼앗기려는 나를 여러모로 걱정해줘서."

"그녀와 당신은 오사카에서 같은 시기에 도쿄로 나왔지. 자주 만났나?"

그렇게 물어보니 다시 백미러에서 눈이 빛났지만 이번은 오랫동안이 아니었고, 바로 시선을 앞쪽으로 되돌렸다.

"정말 누님 말씀대로야. 여기저기 냄새를 맡고 돌아다녔군. 어이, 호기심은 개를 죽인다는 속담을 알아?"

"누님이라면 우즈키 가오루코 말인가?"

"어이, 변호사. 신바시에서 내가 한 말을 잊었나? 나는 변호사 놈들이 정말 싫어. 입 다물고 있으라고." 그러고는 잠시 후 짜증난다는 듯이 덧붙였다. "그리고 말이야. 곧 형님이 탈 텐데, 형님 앞에서 누님께 경칭을 붙이지 않고 부르면 너는 그 자리에서 앞니가 부러질 테니 각오해."

나는 아무 대답도 하지 않았다. 기요노와 얼굴을 마주 보고 얌전히 있기로 했다.

기요노도 이미 알아차렸겠지만, 이 밴은 계속 같은 길을 달리고 있었다. 아마 야나다는 지금도 어딘가 높은 곳에서 밴을 향해 눈을 빛내고 있을 것이다. 도쿄와 달리 해 질 녘의 체증이 심하지 않은 시골 마을이었다. 주행하는 차의 숫자가 별로 되지 않았다. 길을 한눈에 볼 수 있는 곳에서 보면 계속 따라오는 차가 있는지 손바닥 위를 들여다보듯 알 수 있었다.

제법 신중한 놈들인지 니시가미의 휴대전화가 울린 것은 약 20분 정도나 그렇게 달린 후였다.

간단한 대화가 오간 뒤 역 터미널에 가까운 곳에서 야나다가 탔고 밴 제일 뒷좌석에 앉았다.

아버지라는 것은 대단한 존재다. 기요노는 상반신을 크게 비틀어 야나다에게도 다시 "하세는 어떻게 했어. 무사한 거지?"라는 질문을 던졌지만 니시가미 때와 마찬가지로 무시당했다.

"변호사 양반. 아무래도 그 얼굴은 아마노 일당에게도 상당히 당한 것 같은데."

"아마노 일은 하세의 입을 벌려서 들었나?"

내가 물으니 야나다는 흘끗 기요노를 보고 나서 말했다.

"뭐, 팔다리는 무사하니까 안심해."

"정말이겠지?"

"시끄러워. 너는 입 다물고 있어. 나는 당신의 고용주와 이야기할 게 있어. 고용된 탐정은 닥치라고."

기요노의 가슴속에서 뭔가가 폭발한 것 같았지만, 그는 그것을 겉으로 드러내는 남자가 아니었다.

"어이, 변호사 양반. 어때, 당신이 반한 여자가 어디의 누군지 알게 된 감상이?"

나는 야나다를 째려보았다.

말의 주도권이 누구에게 있든 어떤 질문에 어떤 태도를 취하는지는 이쪽의 자유였다. 내가 어떤 얼굴을 하고 있을지 짐작이 갔다. 요컨대 나는 기요노만큼은 어른이 아닌 모양이었다.

"어이, 그런 얼굴 하지 마. 나는 당신과 달리 배운 것도 없는 사람이야. 하지만 여자에 관해서는 당신보다 몇십 배는 더 잘 알지. 울린 적도 있고 운 적도 있으니까. 어이, 누님이 너한테 말씀하셨지? 여자란 어디의 누구인지 따위는 상관없고, 당신이 반했는지 그렇지 않은지 그뿐이라고."

"……그렇지만."

나는 진지하게 반론하려다가 그냥 그만뒀다. 이 남자는 단지 재미있어할 뿐이었다.

"그렇지만, 뭐지?"

"아무것도 아니야."

"어이, 아직 한참 가야 해. 말해 봐."

나는 단어를 몇 개쯤 고르고 말 돌리는 방법 몇 가지를 검토한 다음, 결국 말을 돌리기로 했다.

"댁의 죽은 우즈키라는 두목은……."

"어이, 말 돌리지마."

"돌리는 게 아니야. 대답하고 싶지 않다면 안 해도 상관없는데, 나는 그녀를 아쓰미 마사미라는 여자에서 고바야시 료코라는 다른 여자로 만든 것은 우즈키 다이스케일 거라고 생각해."

"뭐, 생각은 자유지. 그게 어쨌다는 건데?"

"나는 잘 모르겠어."

“뭐가?”

“당연하잖아. 그녀에게 다른 인생을 준비한 것이 과연 좋은 일이었는지 어떤지 말이야.”

“호오, 어째서?”

“아니, 당신이라면 자신의 과거를 잊을 수 있겠나? 나는 도저히 잊을 수가 없어. 아무리 어떻게 해도 자신이 살아온 과거가 사라지는 건 아니라고 생각하지 않나?”

“쳇, 닥쳐. 이러니까 인텔리라는 놈들은 감당하기 힘들다니까. 그래서 무슨 말을 하고 싶은 거야. 너는 아무것도 몰라.”

아마노도 나를 인텔리라고 불렀던 것을 떠올렸다. 이놈들에게는 타인의 다툼으로 먹고살 뿐인 변호사라도 대학 교수나 뭔가와 똑같이 인텔리에 속하나 보다.

“뭘 모른다는 거야?”

그렇게 내뱉으니 야나다는 덤벼들 듯한 얼굴을 한 다음 갑자기 몸을 뒤로 뺐다.

입을 열게 하려는 내 도발을 알아챈 것이다. 나는 앞으로 한 시간 후에는 자신들이 어떻게 될지 모르는 지금의 상황에서 내가 반했던 여자가 어떻다는 거냐는 이야기를 이유도 없이 순진하게 말할 인간은 아니었다.

“그렇다면 묻겠는데, 네가 대체 뭘 할 수 있지? 어이, 인텔리. 너는 대체 그 여자를 위해서 무엇을 해 줄 수 있냐는 말이야.”

말이 막힐 수밖에 없었다. 아무래도 어리숙한 면도 살아 있는 것 같다.

“……어째서 우즈키 다이스케는 그녀에게 고바야시 료코라는 다른 여자의 인생을 준비해 줬나? 대체 그녀의 과거에 무슨 일이 있었지?"

"알아서 뭐 할 건데?"

알 수 없었다. 대체 알아서 어떻게 한다는 건가. 그녀는 이미 이 세상에 없다. 5년 전에 자취를 감추고 딱 일순간 내 앞에 돌아온 뒤 완전히 없어져 버렸다…….

"너, 우리 형님과 아쓰미 요시노부의 관계도 조사했다던데."

야나다의 말에 나는 순순히 끄덕였다.

"그렇다면 형님이 아쓰미와 고등학교 시절에 배터리를 했다는 이야기는 들었겠지?"

"……그래."

"형님은 술을 마셨을 때, 때때로 그립다는 듯이 말씀하셨어. 우리도 태어났을 때부터 이런 일을 한 건 아니니까. 소중하게 여기고 싶은 과거라는 것도 있어. 두목님에게 아쓰미 요시노부는 그런 남자였지. 그 딸이 혼자서는 감당할 수 없는 문제를 떠안고 곤란해했어. 거짓말이 아니야. 그것을 해결해 주기 위해서 형님은 제일 좋을 듯해 보이는 방법을 골랐어. 어때, 그 여자가 떠안고 있던 과거를 무엇 하나 모르는 당신에게 이래저래 말할 자격이나 있나?"

입을 다문 나를 앞에 두고 야나다는 기분 좋다는 듯 웃음을 지었다.

5

가오루코는 이 마을에 자신의 일과 관계된 사무소가 있어 그곳이 협력하고 있다고 했다. 어젯밤 열에 들뜬 상태에서 하세가 그렇게 말한 것을 들은 기억이 있다. 아마 여기가 그곳일 것이다.

밤의 장막이 완전히 내렸고 콜타르처럼 새카맣게 된 바다가 눈앞에 펼쳐져 있었다.

해안선은 완만한 커브를 그린 만(灣)을 형성하면서, 물가 자체는 포장도로와 제방과 테트라포드의 인공적인 직선으로 형성되어 있었다. 내해의 해면은 잠잠했다. 바람이 멎는 시간대라서 바람도 거의 없었다. 그 때문에 해면은 한층 더 콜타르 같은 검고 끈적끈적한 느낌을 강하게 갖고 있었다.

달이 나와 있었다. 남동쪽 하늘이었다. 만의 완만한 커브 오른쪽 끝에 달빛이 검은 수면에 바다 끝에서 해안선에 대해 거의 정확히 45도 각도로 한 줄기 빛을 흘리고 있다.

지방세와 나라의 보조금에 의해 만들어진 가로등이 만의 물가에 있는 포장도로를 상당히 긴밀한 비율로 비추고 있어서, 헤드라이트의 수가 질릴 정도로 적었다.

귀를 기울이기만 하면 파도 소리가 들려올 정도의 조용함을, 나는 가능한 한 알아채고 싶지 않았다.

니시가미가 경적을 울리자 철문 안에서 남자가 둘 나타났다. 수위나 경비원이라는 부류가 아닌 것은 풍채와 분위기로 보아 명백했다. 문 안쪽은 더욱더 조용하고 남의 이목이 없어서, 누가 누구에게 무엇을 하든 세상과는 완전히 관계없이 있을 수 있는 자유가 충만한 듯이 느껴졌다.

문 양쪽에는 콘크리트 벽이 포장도로를 따라 상당히 앞까지 뻗어 있었다. 벽은 높아서 여기서는 안쪽의 모습을 살필 수 없었지만 창고 지붕 같은 지붕이 몇 개쯤, 그에 비해 두 배 정도 넓이인 빌딩이 하나 부지 안에 있는 것만은 볼 수 있었다.

니시가미가 차를 몰아 부지 안에 들어가는 것과 동시에 우리 뒤에서 문이 닫혔다. 경비원을 위한 박스가 문 옆에 있어서 두 남자는 거기서 우리를 기다리고 있었던 것 같다. 문을 빠져나갈 때에 훔쳐본 표시로 통조림 공장이라는 것을 알았다.

부지 내 도로를 안으로 들어가면 바로 바다에 맞닥뜨렸다. 길 좌우는 드러난 철골에 지붕을 붙였을 뿐인 건물이었다. 창고의 지붕이라고 생각한 것은 이 지붕이었다는 것을 알았다. 소형 어선을 여기에 붙여 그대로 통조림용 생선을 육지로 올리는 벨트컨베이어에 실어 가공 공장 쪽으로 운반하는 것 같다.

바다를 따라 오른쪽으로 꺾었다.

벽 바깥에서 보인 빌딩이 바다에서 제방과 제방 옆길을 구분 지어 세워져 있었다. 4층짜리로 빌딩 측면에 크게 통조림회사의 이름이 씌어 있다. 불이 켜진 것은 1층과 제일 위층뿐이었다.

그 빌딩 입구에서 차를 내렸다.

무척 완력에 자신이 있든가 우리가 반격하려고 했을 때 제지할 수 있는 도구를 지니고 있는지, 야나다는 아직 니시가미가 운전석에 남아 있는 동안에 혼자서 우리를 재촉해 건물로 들어갔다.

"벽에 손을 대."

입구를 들어가자마자 그렇게 말하고 오른쪽 벽을 턱짓으로 가리켰다.

우리는 순종했다. 나란히 벽에 손을 대고 뒤에서 주머니를 뒤져졌다. 무기가 아니라 도청기나 녹음기 종류를 찾았을지도 모르겠지만, 우리는 어느 쪽도 지니고 있지 않았다.

엄청난 힘으로 팔이 비틀어 올려졌고 등 뒤로 양손이 묶였다. 그리고 안으로 걸어가라고 명령받았다.

아주 짧은 복도의 막다른 곳이 엘리베이터이고 그 오른쪽에 계단이 있었다.

"이쪽이다. 계단을 내려가."

계단을 향해 턱을 내밀고 우리를 앞세웠다. 계단은 복도보다도 어두컴컴했고 내려간 지하도 어두컴컴한 채였다.

다 내려가니 철문이 있었다.

"비켜."

이번은 우리를 비키게 하고, 자물쇠를 풀어서 자신이 먼저 들어갔다. 문 옆에 스위치가 있는지 천장 형광등이 바로 켜졌다.

형광등 불빛이 뒤로 손이 묶여 기둥에 결박된 하세 쓰구오를 비추었다. 하세의 얼굴을 퉁퉁 부었고 입 끝이 찢어져 있기는 했지만, 내 얼굴보다 훨씬 낫다고 느껴졌다. 이쪽을 보고 미소 지으려고 한 것 같지만 실제로는 표정을 희미하게 경직시켰을 뿐이었다.

기요노가 아들의 이름을 부르면서 달려갔다.

내가 움직이지 않은 것은 야나다에게 팔을 붙들렸기 때문이다.

야나다가 기요노 부자를 향해 말을 걸었다.

"너희들은 잠시 여기서 기다려. 알겠나, 쓸데없는 생각은 하지 마. 얌전하게 있으면 바로 그대로 돌려보내 줄 수도 있으니까."

기요노가 이쪽을 돌아보았다.

"스모토 씨를 어떻게 할 생각이야?"

"어떻게도 하지 않아. 누님이 할 이야기가 있을 뿐이지."

야나다는 그렇게 말하자마자 나를 문밖으로 밀어냈다. 문을 잠그고 "올라가."라고 하며 계단을 향해 등을 떠밀었다. 나는 문이 닫혀 버리기 직전까지 기요노 부자를 바라보고 있었다. 불량 경관과 불량소년이었던 탐정 부자도 나란히 나를 바라보고 있었다. 세 사람 다 무사히 돌려보내 준다는 야나다의 말을 그대로 받아들일 정도로 낙천가는 아니었지만, 아무런 수를 쓸 수도 없다는 의미로도 공통되어 있었다.

계단 위에서 니시가미가 우리를 기다리고 있었다. 미리 그렇게 하기로 되어 있는 듯, 니시가미는 엘리베이터의 올라가는 버튼을 누르고 문을 열고 서 있었다.

제일 위층으로 올라갔다. 엘리베이터가 선 정면 끝은 1층과는 구조가 달라서 정면과 오른쪽이 바로 나무문이었다.

정면 문을 야나다가 열자, 2인용 의자 한 쌍이 마주 보고 놓인 작은 응접실이 나왔다. 응접실 건너편 벽에도 문이 있었는데, 이쪽을 향해 열려 있었다.

그 안쪽 방에 여자가 있었다.

"기다렸어, 스모토 씨. 들어와."

창문가에 기대 이쪽을 보고 있던 가오루코는 오늘 밤은 검은 원피스를 입고 있었다. 빈소에 나타난 때의 전통 옷차림과 비교해 살집뿐 아니라 키도 한 사이즈 더 작아 보였다. 진주목걸이를 걸고 있었다. 어쩌면, 하는 추측에 지나지 않았지만 상복을 입고 있을 작정이었을지도 몰랐다.

창을 등지고 나왕제의 멋없는 사무책상이 하나 놓여 있고, 방 중간에는 바로 앞 방 응접 의자보다 훨씬 멋있고 편해 보이는 소파와 테이블이 놓여 있었다. 창은 좌우 벽에 잔뜩 있었고 커튼을 치지 않았다. 우리의 모습을 비춘 창 건너편에 밤바다가 펼쳐져 있었다.

바다는 그저 커다란 검은색에 지나지 않았지만, 만의 끄트머리 부근에 있는 집의 불빛과 그 만을 가로질러가는 배 불빛이 방의 조명에 대항해 존재를 주장하고 있었다.

나를 방에 데려온 것은 야나다였고, 니시가미는 앞의 작은 응접실에 남아 있었다. 야쿠자 시절에 야나다 쪽이 형님이었던 것은 알고 있었다. 아마 그러한 처신에는, 손을 씻은 다음에도 변하지 않는 약간의 규칙이 있을 것이다.

"그렇게 할 필요가 없잖아. 손을 풀어 줘."

여자가 명령하니 야나다는 상의 안에 손을 넣었다. 그리고 잭나이프의 날을 세워 내 뒤쪽 손의 포박을 잘랐다.

"앉아, 스모토 씨."

여자는 미소 지으며 소파를 가리켰다.

흘끗 뒤를 돌아보니 야나다는 문 옆의 벽을 등지고 이쪽을 보고 있고 니시가미는 문 건너편 응접실에서 우리 쪽으로 옆을 보이며 각각 직립부동의 자세로 대기하고 있었다. 이 이상 연기처럼 보이는 동작은 없는 듯이 느꼈지만 스크린이나 브라운관 저편에서가 아니라 눈앞에서 당하니 예기치 않았던 압박감과 긴장감에 둘러싸였다.

가오루코는 내가 앉기를 기다려 방을 비스듬히 가로질렀다. 입구에서 보아 오른편에 몇 종류의 고급술과 유리잔을 넣은 선반이 있었다.

"뭘 마시겠어?"

그렇게 묻기에 나는 괜찮다고 하려다 부탁했다.

"보모어를 주십시오."

갈매기 그림이 날고 있는 12년산 병을 나는 재빨리 발견했다. 라가불린과 같은 아이라 몰트였다. 아직 열이 있는 몸으로 터프가이인 척할 생각은 없었다. 상대방이 내 긴장을 알아차리기 전에 어떻게든 풀고 싶었다. 나와 지하실에 있는 두 사람을 어떻게 할지까지 포함해서 모든 열쇠는 이 여자가 쥐고 있었다. 적어도 평상심으로 여자를 대하며 확인할 것을 확인해야 하지 않을까?

"어떻게 마실 건데?"

"그냥 마시면 됩니다."

여자는 브랜디 잔에 아이라 몰트위스키를 두 잔 따라 양손에 들고 돌아왔다.

하나를 내 앞에 놓고 자신의 몫은 든 채로 앉았다.

나는 잔을 들어 '설마 이런 경우에 서로의 건강을 비는 일은 강요당하지 않겠지.' 하고 생각하며 재빨리 입으로 가져갔다. 목에 남은 열과 긴장 때문에 평소의 몇 배나 더 얼얼했다.

가오루코는 내가 마시기를 기다렸다가, 자신도 홀짝이고 눈을 살짝 크게 뜬 다음 어울리지 않을 정도로 귀엽게 웃었다.

"어머, 요오드팅크 같은 맛이네."

상대방의 편한 태도가 고통스럽게 느껴졌다.

"이곳은 누구 방입니까?"

"여전히 질문을 좋아하는 변호사님이시네. 왜 그런 걸 알고 싶어 하지?"

"당신이 이곳 주인이라면 늘어놓은 술의 맛도 모를 리가 없다고 생각해서요."

"나는 여자야. 저런 술을 내가 다 마시는 게 아니라고. 전부 손님용이니까."

그렇게 얼버무릴 뿐, 사업 관계 혹은 뒷세계의 인연으로 친해진 사람의 사무실을 쓰는 듯한 느낌도 들었지만, 의외로 수완가인 여자라면 시골 마을에 있는 통조림 공장 하나 정도는 산하에 거느리고 있을지도 몰랐다.

"처음에만 모두 그런 감상을 말하지요."

"뭐?"

그렇게 묻기에 나는 내 잔을 돌려보였다.

"하지만 익숙해지면 몇 명 중 하나는 이 맛에 빠집니다."

여자는 감탄하지 않는 것도 아닌 느낌으로 끄덕이고 야나다를 향해 턱짓을 했다.

"남자를 여기로 데려와."

야나다는 말없이 머리를 숙이고 나갔다.

'남자'라는 게 누구인지 묻고 싶었지만 묻지 않았다. 아무것도 묻지 않으면 상대편이 말할 것이다.

"어때, 스모토 씨. 그 애가 누군지 알게 된 감상은?"

가오루코는 아무 설명도 하려 하지 않고 내게 질문을 던졌다.

"아까 당신네 야나다 씨로부터도 같은 질문을 받았습니다."

"그래서 어떻게 대답했지?"

"아직 전부 안 게 아닙니다. 지금은 아직 뭐라고 대답해야 좋을지 모르겠습니다."

별로 재미있는 대답은 아니었다는 것이 상대방의 얼굴의 움직임으로 알 수 있었다.

거친 숨소리가 들려서 시선을 돌리니 야나다와 니시가미가 양쪽에서 팔을 붙들고 마른 50대 남자를 끌고 들어오는 참이었다.

나는 모르는 남자였다.

"시청 직원인 하다 마키오 씨. 이름은 알겠지?"

나는 가오루코와 남자 사이를 몇 번쯤 번갈아 가며 쳐다보았다. 그리고 완전히 선수를 빼앗겼다는 것을 깨달았다. 필사적으로 하다를 찾아다니려 했을 때에는 이미 늦은 것이었다.

그래서 가오루코는 나를 왜 여기로 불렀을까?

"스모토 씨. 나는 말이야, 이해력이 떨어지는 남자는 싫어해. 특히 그것이 훨씬 연하의 남자일 경우에는. 나는 이제 할머니라서 남자분을 상대로 이런 식으로 말해도 용서해 주겠지?"

나는 가오루코의 입가를 바라본 채, 아무 대답도 하지 않았다.

"하지만 지금부터 잠시만 예외를 인정할게. 묻고 싶은 게 있으면 물어봐. 내가 대답할 수 있는 건 대답해 주지. 이 남자에게 대답하게 하는 편이 좋으면 이 남자에게 말하게 하고. 대답할 수 없는 내용에 관해서는 앞으로 일체 캐묻지 않고, 여기서 들은 이야기는 발설하지 않는다고 약속한다면. 또 하나 미리 말해 두자면 이 특전은 자네가 그 아이의 옛날 남자친구였기 때문도, 그 아이의 장례식을 직접 치렀기 때문도 아니야. 밑에 있는 남자들도 포함해 세 사람이 행방불명이 되면 사회에서 무척 귀찮게 할 거야. 당신들이 요 며칠간 무엇을 찾고 있었는지 아는 사람은 쓸어다 버릴 만큼 잔뜩 있으니까."

나는 보모어를 한 모금 더 마셨다.

긴장이 풀렸는지를 스스로에게 물어보아도 이렇게 물어보는 것 자체가 풀리지 않았다는 증거이리라.

목을 축일 생각이었지만 오히려 갈증이 났고, 희미하게 돌기 시작하는 취기에 열이 있는 기분이 좋지는 않았다.

"……내가 이곳에서 끄덕인다고 해도 그 약속을 지킬 거라 생각하십니까?"

나는 말을 끝내기 전에 엉덩이 위치를 약간 옮겼다. 야나다가 움직이려는 것이 보였기 때문이다.

가오루코는 맹수 조련사의 채찍 같은 시선으로 맹수를 제지하고는 내 눈을 들여다보았다.

"하지만 자네는 약속을 지킬 거야. 지키지 않으면 자네보다 먼저 자네 외동딸에게 무슨 일이 일어날지 모르고. 게다가 스모토 씨, 자네는 자신이 알고 싶은 것을 모르는 채로 있을 수 없을 뿐이고. 그렇잖아. 정리가 된 이 사건에 관해 이 이상 나설 데가 없다는 것은 스스로도 잘 알 거야."

"……정리가 되었다는 것은 당신들이 사이카와 야스시를 처리한 것을 말하는 겁니까?"

묻고 나서 나는 내가 약속을 지킬 수밖에 없다는 것을 알았다. 내가 묻고 놈들이 대답한다. 그것을 밖에서 누군가에게 한마디라도 발설하면 저절로 철퇴가 내린다. 여기에 끌려온 순간부터 내게 남겨진 선택은 이미 평생을 놈들의 규칙 속에서 살아갈 수밖에 없다는 것이었다. 이놈들은 이혼한 아내가 데리고 있는 딸까지 파악하고 있었다.

"처음부터 그런 평범한 질문을 하다니 전혀 변호사 양반답지 않아 보이는데." 가오루코는 한 차례 여유의 웃음을 짓고 가시자마자 고개를 흔들었다. "대답은 '아니다'야. 사이카와를 죽일 생각 따위 없었고 실제로 죽인 것도 우리가 아니지. 못 믿겠으면 아까 말한 조건에 또 한 가지 덧붙여도 돼. 대답할 수 있는 거라면 전부 솔직하게 대답한다고."

"……그러면 사이카와를 죽인 것은 누구입니까?"

"몰라. 그것은 내 문제가 아니라 사이카와 흥업의 문제니까."

여자가 말하는 뜻을 이해했다.

동시에 이 여자가 나를 상대로 어느 정도의 사정을 이야기할 생각이 든 또 하나의 이유도 알아차렸다. 눈앞에 있는 여자는 내가 생각했던 것보다 훨씬 강했다. 뒷세계에서 불화의 원인이 되는 사이카와 야스시의 시체가, 어둠에서 어둠으로 묻혀 버리지 않고 그렇게 사람들 눈에 띄게 살해된 것도 납득이 되었다.

가오루코는 자신의 손을 더럽히지 않은 것이다! 사이카와를 자기들 손으로 처리하면 불화의 원인을 자신이 만든 것이 된다. 그것을 계산해 상대방 스스로 조직 안에서 처리할 수밖에 없도록 만든 게 틀림없었다.

"순서대로 말씀해 주십시오."

"좋아. 그렇게 해 주지. 뭘 알고 싶어?"

나는 하다를 턱으로 가리키고 직설적으로 말을 꺼냈다.

"……20년 전에 시작해 거기에 얽혀 13년 전에는 아쓰미 요시노부와 야마기시 후미오라는 두 사람이 살해당한, 이 마을의 공장 유치의 이면을 말입니다."

"좋아, 사양하지 않겠어. 당신이 직접 물어봐. 순서대로 캐묻는 건 익숙하잖아."

나는 완전히 겁에 질린 고양이 같은 얼굴을 한 하다를 돌아보고, 일단 가오루코 쪽으로 얼굴을 돌리고는 일어섰다.

하다는 다가가는 내 쪽을 보려고 하지 않았다. 바로 어제 자신이 말하고 싶지 않은 내용을 아마노 일당에게 이야기할 수밖에 없었던 나는 지금 이 남자의 심중을 아플 정도로 이해했다. 다만 동정심은 느껴지지 않았다.

"당신을 찾고 있었어."

내가 말하니 하다는 고개가 비틀어 끊어질 정도로 얼굴을 돌렸다.

"당신은 아쓰미 요시노부의 동료였지?"

대답하지 않으려 했던 하다는 야나다에게 팔이 비틀려 희미한 비명과 함께 끄덕였다.

"어이, 너, 어른이잖아. 제대로 된 말로 대답해."

야나다가 하다의 귓가에 입술을 대고 사랑의 말이라도 속삭이듯이 말했다.

"……맞아. 아쓰미 씨는 동료였어."

"공장 유치를 한 당시에 말이지."

"그래."

나는 솔직하게 말을 꺼내기로 했다. 법정에서도 원고나 피고의 팔이 비틀려질 수 있다면 훨씬 솔직한 대화가 가능하겠지만 이런 것에 익숙해지고 싶다고는 생각하지 않았다.

"당시의 당신 소속은 어디지?"

"……아쓰미 씨와 같은 개발과에 있었다."

"그러면 궁금한 건 시장의 아이디어인 '농공양립'과 '육사방식'에 따른 토지 취득이 좌절되고 토지 브로커들이 갖고 있던 토지 취득 각서가 휴지 조각이 될 위험성이 발생할 수도 있는 상황이 되었을 때, 야마기시 후미오로부터 돈을 받고 시장이 슬로건을 철회할 시기를 놈들에게 발설한 것은 당신인가?"

"……아니야."

나는 무의식적으로 야나다의 얼굴을 보았다. 가오루코가 이미 하다에게 자백시킨 것은 명백했다. 이 남자가 거짓말을 하고 있다면 야나다가 다시 팔을 비틀 터였다.

야나다는 내 심중을 읽은 듯 희미한 웃음을 지으며 이쪽을 바라볼 뿐이었다.

"시치미 떼지 마. 당신은 그 이후 계속 사이카와 흥업에 빌붙어서 단물을 빨아 왔잖아. 그렇지?"

"아니야……."

"그러면 슬로건을 철회할 시기를 발설한 건 누구라는 거야?"

하다는 흘끗 가오루코를 보았다. 자신의 말에 의해 이 상황에 뭔가 변화가 생길지 필사적으로 엿보려는 시선으로 느껴졌다.

이 남자는 이제 어떻게 될까? 생각하지 않으려고 했던 것이 흘끗 뇌리를 스쳤지만, 지금은 아직 모르는 체 하기로 했다. 가오루코가 이 남자를 처리할 생각이라면 나는 말없이 모른 척할 수 있을까? 입을 다무는 수밖에 나나 내 딸에게 해가 미치는 것을 방지할 길이 없다고 해도…….

"당시 여기 시장이었던 가와타니 선생님이 직접 몰래 지시했어……."

"……뭐라고?"

하다의 한마디가 내 머리를 일순 새하얗게 만들어 이 남자의 앞일을 생각하던 마음을 구석으로 밀어냈다. 경악과 흥미가 온갖 우려에 이긴 것이다.

사고와 기억을 빠르게 회전시켰다.

"……하지만." 나는 말하려다가 다시 입을 다물었다. "아니, 이상하잖아. 가와타니는 '농공양립'이나 '육사방식'을 직접 만들어서 당시의 신문에 따르면 그것을 정치 신념으로 삼고 공약으로도 했을 거야. 그래서 시의회로부터 대체 농지 개발의 지체나 토지 취득 지체, 토지 브로커의 암약에 따른 땅값 상승과 예기치 못한 각서의 암거래의 횡행 등을 추궁받아도 어떻게든 자신의 슬로건을 지켜내려고 고군분투하며 매달렸어. 그렇잖아."

가와타니라는 정치가에게는 신념을 관철한다는 허울 좋은 말로는 끝나지 않고 시장으로서의 정치 생명을 건, 뒤로 물러날 수 없는 생명줄이었을 것이다.

그 당시 개발 반대파는 세력을 만회했고, 공장 건설 예정지에 포함된 세 마을 중 한 촌장으로부터도 공공연한 반대 표명이 있었다. 1기 유치로 조업을 시작한 공장에서 공해 문제가 발생해 반대파들은 시장에 대한 리콜 청구와 새로운 시장 후보의 옹립도 계획했다. 내가 데이터베이스에서 검색한 신문 데이터는 당시의 상황을 그런 식으로 전하고 있었다.

즉, 시의회의 갑작스런 슬로건 철회와 그에 따른 '육사방식'의 폐지 결정은 가와타니 고조에게는 괴로움에 가득 찬 선택이었을 것이다. 그런데도 시장 자신이 토지 브로커에게 정보를 흘릴 것을 명령한 장본인이었다니…….

"……가와타니는 슬로건을 철회해서 궁지에 몰렸을 거야. 어째서 그런 가와타니 직접 슬로건을 철회할 타이밍을 토지 브로커에게 흘렸다는 거지?"

목에 갈증을 느끼며 캐물으니 하다를 양쪽에서 누르던 야나다와 니시가미가 정말 재수 없는 희미한 웃음을 지었다. 당신은 아무것도 몰라. 희미한 웃음의 저편으로 소리 없는 목소리가 들린 느낌이 들었다.

"……그래. 분명 가와타니 선생님에게 '농공양립'과 '육사방식'의 철회는 고통스러운 선택이었지. 선생님의 정치생명 중 그 해의 시의회를 상대하신 때가 제일 힘든 위기였다고 할 수 있을지도 몰라. 하지만 선생님은 전화위복이라는 수단을 쓴 거야."

"……무슨 말이야?"

"현실적으로 생각해서 '농공양립'은 이미 그 시점에서 완전히 암초에 부딪혔어. 대체지 개척은 계속 늦어지고 농지를 보증할 수 있는 가망도 없었지. 공장 유치 반대파에게 있어서 뿐만이 아니라 추진하던 우리 눈에도 '농공양립'의 지속이 불가능하다는 것은 명백했어. 공장을 유치하고 지역 발전을 바란다면 농업이나 어업을 버릴 수밖에 없잖아. 그 당시 그것이 많은 사람들의 본심이었지.

가와타니 선생님 측근들도 잘 알고 있었어. 선생님이 슬로건을 취하할 수 없었던 것은 취하하면 개발 반대파가 허점을 파고들어 올 게 눈에 보였기 때문이고, '농공양립'의 방침 자체는 더 이상은 계속할 수가 없었던 거야."

위액이 역류했다.

"문제는 '농공양립'의 공약을 지켜는 게 아니라, 반대파에게 허점을 파고들게 하지 못하는 것이지."

"맞아. 하지만 선생님은 한 가지 통찰이 있었어. 공장 유치는 원래 선생님이 지역 출신의 재계인들을 초청해 협력을 요청해서 산업 개발 회의를 발족시키는 것부터 시작한 거야. 중앙 각 부처와의 관계도 선생님이 중간 역할을 한 거지. 이미 1기 유치 공장은 조업을 시작했고, 건설이나 서비스업이라는 관련 산업도 윤택해지기 시작했어. 개발 반대파 놈들이 공장 유치의 시비를 따질 선거전에 나왔다고 해도 상당한 확률로 승산이 있어."

"잠깐. 그 이야기와 가와타니가 자신의 '농공양립'의 슬로건을 취하한 타이밍을 토지 브로커에게 흘린 것 사이에 무슨 관계가 있다는 말이지? 선거 자금 조달 때문에?"

"돈 따위는 문제가 아니야."

"그러면 뭐지?"

"선거에서 지지표를 확보하기 위해서지."

"뭐라고……?"

"2기 유치에서 공장을 건설할 예정이었던 공장 경영자나 공장 건설을 담당하는 건설업자들에게도 '농공양립' 따위는 아무래도 상관없었어. 토지의 취득과 공장 건설이야말로 급선무야. 그리고 야마기시 후미오의 뒤에 있던 스에히로회는 건설업자와도 공장 경영자 일부와도 연결되어 있었고."

"건설업자라면 스즈리오카 건설 말인가?"

"그래, 맞아. 게다가 각 부서의 매매처로서 유치 공장과도 접촉을 가져서 몇 곳과는 깊은 관계가 되어 있었지."

"하, 유치할 공장은 토지 브로커를 횡행하게 하지 않기 위해 비밀이었고 각 부서의 수매 창구도 관청이 정한 '개발조합' 하나로 통일되어 있었지 않았나?"

하다는 고개를 옆으로 홱 돌렸다.

나도 대답을 기대한 것은 아니었다. 단지 질렀을 뿐이었다.

"건설업계나 유치 예정 공장 측에서, 스에히로회가 뒤에 붙은 야마기시 같은 토지 브로커의 각서에 관해 놈들에게 손해를 입히지 않도록 가와타니에게 손을 쓴 거군."

"……그런 거야."

손을 썼다고 보기보다는 상부상조 관계였다고 이해해야 할지도 모른다.

공장 노동자도, 그 공장 건설에 관련한 노동자도 정치가에게는 유권자다. 특히 건설업은 거대한 피라미드 구조를 이루고 있다. 스즈리오카 건설 등, 공장 건설에 관련된 건설업 노동 인구는 그 자체로 엄청난 표밭이 된다. 가와타니는 그 표를 자기 쪽으로 끌어들이기 위해 공장 경영자와 건설업자들을 자기편으로 묶어 둘 필요가 있었다. 스에히로회가 후원자인 토지 브로커에게 손해를 보게 할 수는 없었다는 말인가.

그뿐일 리 없었다.

토지 브로커를 사이에 두고 가와타니와 스에히로회의 사이카와가 거기까지 깊이 관여했다는 것은 가와타니는 '농공양립'의 슬로건을 취하할 시기를 흘린 것에 대해 그에 상응하는 담보를 받았음에 틀림없었다. 그것은 선거 자금으로 바뀌었을 것이고 공공연히 알려질 수 없는 정치 자금으로도 변했을 것이다. 정치가란 자기 옆에서 생긴 돈이나 앞을 지나간 돈을 일단 주머니에 넣지 않고는 절대 참을 수 없는 인간이니까.

"당신은 어떻게 관여했지?"

하다는 다시 공포를 드러내며 가오루코의 표정을 살폈다.

내가 또 내뱉었다.

"각서를 사들인 것은 관청의 개발과 사람이 주도해서 만든 공업지역 개발조합이었어. 시장이 '농공양립'을 취하하기 직전에 이 창구에 손을 써서 야마기시의 각서를 사들이게 한 거지."

"……맞아."

관청은 상명하달식으로 움직인다. 하다 한 사람만 시장과 직접 연결되어 있었을 리가 없었다. 하다의 자백을 받기만 하면 아마 당시 직속 상사로부터 조연급까지 줄줄이 이름이 나올 터였다.

그것을 캐는 것은 나중으로 돌리고 최고의 관심사를 먼저 물어보기로 했다.

"아쓰미 요시노부도 당신네들과 동조해서 움직였나?"

"……그 인간은 너무 바보처럼 정직한 남자였어."

속으로 애써 감추려 했을지 모르지만 미처 감추지 못하고 과거의 동료를 매도하는 느낌이 얼굴에 비쳤다.

나는 하다를 욕하지 않았다.

"어떻게 바보처럼 정직했다는 거지?"

"돌머리라는 건 그런 남자를 위해서 있는 말이지. 그 자식은 '농공양립'이라는 슬로건에 집착해서 타협을 허락하려 하지 않았어. '농공양립'을 취하하는 것은 농민들에 대한 배신이 된다며 고집을 부릴 뿐 현실을 보려 하지 않았어."

"하다 씨, 그런 건 공무원으로서 당연한 성의로 생각되는데."

"허울 좋은 소리는 집어치워. 그 인간에게는 현실이 보이지 않았을 뿐이야. 농가 놈들은 토지를 내놓으려 하지 않아. 토지 브로커들의 암약에 맞춰서 관청에 좋은 값으로 팔기보다는, 놈들에게 파는 편이 좋다고 생각하는 인간도 속속 나왔고. 대체지 개척은 속도를 따라잡지 못하고 공장 유치를 완성 못 하고 1기 공장만 조업시켜서 전력의 효율적인 운용이나 공해 대책 예산 관계 등, 계획 외의 단점도 커졌어. 현실적인 대응을 할 수밖에 없었다고. 시민이란 한 사람 한 사람이 에고로 꽁꽁 뭉쳤어. 우리가 얼마나 힘들게 일하는데……."

"그래서 뭐."

처음으로 상대의 말을 도중에서 잘랐다.

하다는 나를 째려보며 분노로 얼굴이 파랗게 질렸다.

"계속해. 아쓰미 요시노부는 가와타니가 야마기시 후미오와 거래를 한 것을 알아차렸다. 그래서 처리되었다. 그런 건가?"

"몰라. 나는 살인에 관여하지 않아. 그런 것은 하나도 모른다고."

"그러면 뭘 알지? 바다에 몸을 던졌다고 알려진 개발과장이 2년 후에 나라의 산 속에서 백골 시체로 발견된 건 왜냐고."

"……나는 절대로 살인 사건에는 관여하지 않았어."

"당신이 아는 것을 말해."

"아쓰미 씨도 결국은 한 배를 탔어. 그 인간도 토지 브로커들과의 거래에 끝내는 한몫 끼더군."

"뭐라고?"

"처음에는 반대했지. 하지만 불량배 아들이 마약을 소지했던 것 같아. 그것을 무마하기 위해 토지 브로커에게 정보를 흘리는 것을 묵인했어."

하다는 말이 끝나기도 전에 고통으로 얼굴을 일그러뜨리며 비명을 질렀다. 야나다가 부러질 정도로 팔을 비틀었기 때문이다. 야나다 쪽은 대나무 젓가락을 비트는 정도로밖에 보이지 않았지만, 당하는 쪽이 얼마나 고통스러운지 나는 몸으로 알고 있었다.

"어이, 말단 공무원. 그렇게 말하면 안 돼."

야나다가 내뱉은 것을 듣고, 나는 단번에 사정을 이해했다.

6

정신이 드니 나는 하다의 멱살을 붙들고 있었다.

"내말대로 하지 않으면 아들을 경찰에 넘긴다. 당신들 그렇게 아쓰미를 협박했지. 그렇게 해서 당신네들의 악행을 고발하려던 것을 막았고. 그렇지?"

하다는 얼굴 전체를 찡그리고 괴로운 듯이 숨을 토했다. 야나다가 팔의 힘을 풀려 하지 않았던 것이다.

"……팔이 부러질 것 같아. 그만해."

그렇게 애원했지만 야나다가 한층 더 힘을 넣는 바람에 하다는 후회했다.

"아니야. 나는 몰라. 야마기시나 사이카와가 한 짓이다…… 부탁이니까 풀어 줘……."

"시끄러워서 견딜 수가 없네, 놔줘."

가오루코의 명령을 받은 충실한 개는 비로소 힘을 풀었다.

"스모토 씨, 피라미는 모르는 이야기도 있어." 가오루코가 말했다. "그 남자가 아는 것은 그 정도야. 아까 당신이 지적한 대로 개발조합에 손을 써서 야마기시의 손에 있던 각서를 놈들에게 좋은 가격에 가까운 금액으로 사들이게 한 것은 이 남자야. 아쓰미 씨는 그것을 알아차렸고. 다음은 사이카와 야스시 같은 뒷세계 사람들이 어떻게 움직였나 하는 이야기가 되니까. 그건 내가 말하지."

나는 하다의 멱살을 잡은 채로 가오루코 쪽을 돌아보았다. 말단 공무원의 옆얼굴을 쳐서 넘어뜨리고 싶은 기분이 가시지 않았다.

"이쪽에 와요. 앉아서 이야기하지."

세상 이야기라도 하는 듯한 어조였다.

"누님. 이놈을 어떻게 할까요?"

가오루코는 그렇게 묻는 야나다에게 "원래 있던 방으로 돌려보내."라고 명하고 내게 시선을 되돌렸다.

"놈들이 한 짓은 더 악질이야. 아쓰미 씨의 아들이 빗나간 것은 분명히 맞는 것 같아. 엄격하고 성실한 공무원 부친과 아들의 관계는 여러 가지 요인을 품고 있었겠지. 하지만 이런 시골 마을에서, 게다가 지금으로부터 10년 이상이나 전인걸. 손쉽게 나쁜 놀이 도구를 손에 넣었을 리가 없지."

"그러면……."

"사이카와 놈들이 노리고 약을 준 거야. 아들에게 즐기라고 약을 건네고, 다음에는 그걸로 용돈벌이를 하지 않겠냐고 제안했지."

기요노가 오사카에서 조사한 사실을 떠올렸다. 아쓰미 요시노부의 아들인 후사오는 절도로 한 번 체포되었다. 소년법은 기본적으로 갱생을 위한 것이어서 초범으로 이 정도라면 아버지와 같이 훈계를 하고 보호자의 곁으로 돌려보내는 것으로 결론이 나는 경우가 많다. 그러나 용돈벌이로 마약을 중간에서 팔아치웠다면 이야기는 완전히 달라진다.

게다가 아마 그뿐만은 아닐 것이다. 후사오는 그 후 스에히로회의 조직원까지 되었다. 사이카와나 야마기시에게 완전히 농락당했을 것이다. 그것은 즉 사이카와가 부친인 아쓰미 요시노부를 꼼짝 못 하게 만들 근거가 되었다는 말이다.

"그러면 아들인 후사오는 직접 부친을 협박하기 위해 이용당한 것을 알지 못하고 스에히로회와 계속 접촉하다가 끝내는 조직원까지 된 겁니까?"

"불쌍한 녀석. 그러다 약에 절은 것 같아."

그리고 병원에 수용된 뒤 거기서 스스로 목숨을 끊어 버렸다.

"아쓰미라는 남자는 직접 만난 적은 없지만, 남편이 했던 말에 따르면 완고하고 기개가 있는 사람이었던 것 같아. 그런 사람은 다른 사람으로부터 주목받기 쉽겠지. 게다가 그것이 관청의 토지 취득을 현장에서 처리하는 중심인물이라면 뭔가 약점을 찾아서 파고들려는 게 야쿠자니까. 약점이 없으면 만들어 낸다. 본인이 안 되면 가족을 노린다. 뭐 이런 것은 스모토 씨도 알겠지?"

구역질이 올라왔다.

아마 아쓰미 요시노부는 안과 밖 양쪽에서 궁지에 몰렸을 것이다. 위로는 시장 아래로는 동료인 하다를 포함해, 이 시의 부정에 관해 공무원인 아쓰미가 혼자 적발하는 것은 직장에 대한 배신이 되고 개발과장으로서 일해 온 자기 자신의 일에 대한 부정으로도 이어진다. 게다가 외동아들은 스에히로회의 손아귀에 떨어져 고발하려고 하다가는 마약 판매상으로 범죄자가 되거나 더 심한 상황에 처할지도 몰랐다.

"그러나 사이카와는 그렇게 약점을 잡아 자기네들 쪽으로 끌어들였는데, 시장이 시의회에서 '농공양립'을 취하하는 연설을 한 며칠 후에 아쓰미를 처리해 버린 이유는 뭡니까?"

"며칠 후에 처리?"

가오루코가 되묻자 내가 뭔가를 오해하고 있다는 것을 알았다.

"며칠 후에 처리한 게 아닙니까? 분명 아쓰미는 가와타니가 '농공양립'을 철회하는 연설을 한 이틀 후에 곶에서 바다에 몸을 던진 흔적을 남기고 사라졌습니다."

"그거 말이지." 가오루코가 끄덕였다. "실제로 처리한 것은 좀 더 전의 일이지. 사이카와는 아쓰미 요시노부를 일단 자기들 쪽으로 끌어들였어. 하지만 실제로 시장이 시의회에서 연설을 해서 마을 사람들로부터 시정의 배신을 규탄하는 목소리가 올라오자 아쓰미는 양심의 가책을 견딜 수 없어진 거지. 그래서 전부 폭로할 결심을 한 거야. 그런데 사이카와가 냄새를 맡았고. 놈들은 바로 처리해 버릴 작정이었을지 모르지만 바깥 사회의 사람들은 아무도 그런 해결책은 바라지 않아. 가와타니와의 사이에서 잠시 동안 아쓰미를 어떻게 할지를 둘러싸고 옥신각신했을 거지."

"아쓰미 요시노부가 자살한 듯 꾸민 이유는 경찰이 움직이는 것을 바라지 않아서입니까?"

"맞아. 그리고 나라 산 속에 시체를 옮겨서 묻어 버렸고."

문득 뭔가 걸린 것 같았지만 무엇인지 알 수 없었다.

"왜 시체를 나라 산 속으로 옮겼습니까?"

"당연하잖아. 시체가 발견되지 않도록 하기 위해서. 당신, 마을에 와서 생각하지 않았어? 여기는 세토나이카이의 마을이라고."

"무슨 말을 하고 싶은 겁니까?"

"아쓰미 요시노부가 몸을 던졌다고 된 곳에 가 봤어?"

"아니요."

내가 고개를 흔들자 가오루코는 일어나 나에게 손짓했다. 그리고 나란히 창가에 서서 4층의 창문에서 보이는 만의 오른쪽 끝을 가리켰다. 꼼꼼하게 일정 간격으로 세워진 가로등이 완만한 커브를 그리며 뻗은 끝에는, 빛이 끊기고 해수면의 어둠이 시작되는 곳이 있었다.

"저 끝이야. 해류는 생각지도 못한 장난을 치니까, 시체가 떠오르지 않을 가능성도 충분히 있지. 하지만 그럴 가능성은 먼 바다보다는 아득히 낮으니까. 그렇잖아."

"……분명 그렇군요."

창유리에 나와 가오루코가 나란히 비치고 있었다. 그 유리 속의 가오루코가 나를 똑바로 쳐다보았다.

"스모토 씨, 이것은 뒷세계에서 살아온 할머니의 혼잣말이라고 생각해 줘도 돼. 하지만 시청 개발과장이 곳에 유서를 남기고 사라졌고 시체가 발견되지 않았는데도 지역 경찰은 대체 뭘 했을까?"

"……."

"신문에도 나온 것처럼 자살 가능성이 크다고 보인 것은 알겠어. 하지만 과연 정말 시체를 찾으려고 한 걸까? 경찰 양반들도 한몫 끼었을지도 모른다, 그런 이야기를 하고 싶은 게 아니야. 하지만 이 마을은 공장을 유치해서 발전을 했어. 개발과장의 자살은 시장의 슬로건을 철회한 것을 견딜 수 없었기 때문이라고 가능한 한 단순하게 결론을 지어 버리는 편이 좋아. 그 이상은 파고들지 않는 편이 좋다는 마음을 모두가 어딘가에 갖고 있었던 게 아닐까? 나한테는 세상에 아름다운 일만 있는 게 아닌데, 되도록이면 어둠의 안쪽으로 파고들고 싶지 않은 것이 건전한 직업을 가진 사람들이라는 생각이 자꾸 드네."

나는 유리에 비친 가오루코로부터 밤바다로 시선을 옮긴 뒤 다시 가오루코에게 끌어당겨졌다.

가오루코는 쑥스러운 듯이 미소 지었다.

"그렇기는 해도 그래서 우리가 살아갈 틈새가 있겠지."

나란히 선 그녀를 위에서 내려다보고 깨달았다. 관자놀이 부근의 머리카락이 난 부분에 작은 상처가 무수하게 있었다. 눈에 띄지 않을 정도의 상처였지만, 방의 불빛 때문에 뚜렷해져 버렸다. 성형외과 의사가 주름을 당긴 흔적이었다.

"뭐, 그것은 그렇다 치고. 아까 시체가 왜 나라로 옮겨졌냐는 질문. 나라는 놈들의 구역에 가까워. 태풍으로 시체가 나와 버렸지만 2년간 계속 발견되지 않았으니 많은 것을 증명하기 힘들게 하기에는 충분한 시간을 번 게 되니까."

가오루코는 턱을 내밀고 소파에 돌아가 먼저 앉았다. 하다를 어떤 방에 밀어 넣고 온 야나다와 니시가미가 돌아와서 아까와 똑같은 위치에 각각 대기했다.

인정하고 싶지 않은 일이었지만 마음속 어딘가에서 이놈들이 사이카와를 정리한 것에 갈채하고 싶은 기분이 생겨났다. 농담이 아니다! 법률에 위반되는 행위를 분명 몇 가지나 해치운 게 틀림이 없고 그 결과로 정리를 한 것에 지나지 않는다. 그러나 법률이 그만큼 만능이 아니라는 것도 나는 이미 예전부터 알고 있었다.

"그다음은 뭡니까. 토지 브로커인 야마기시 후미오를 치어 죽인 것도 사이카와지요. 야마기시가 아쓰미 요시노부를 처리한 실행범이니까 관계를 거기서 끊어 버리고 싶어서입니까?"

"과연." 가오루코가 재미있다는 듯이 끄덕였다. "변호사님은 두 사건을 그런 식으로 연결지어 생각했군."

"아쓰미 요시노부가 자취를 감춘 것이 13년 전 6월. 그가 실제로 언제 살해당했는지는 모르겠지만 야마기시의 뺑소니 사건이 있었던 것은 같은 해 11월입니다. 관련을 짓기 싫어도 지어집니다."

"분명 야마기시도 아쓰미를 처리하는 데에 관여했겠지. 하지만 야마기시가 제거된 커다란 이유는 따로 있어. 혹시 무로이라는 이름은 아려나?"

"야마기시 후미오 같은 토지 브로커들의 흑막이었을 가능성이 있는 남자 아닙니까. 그러나 가명이라 결국 정체는 알 수 없었습니다. 그게 누구입니까?"

"어젯밤에 당신을 마구 괴롭혔던 것 같던데."

"……아마노라고요?"

가오루코는 끄덕이는 대신에 옆의 응접실에 대기하고 있던 니시가미를 불러들였다.

"네가 조사한 이야기를 해 봐."

니시가미는 "예."라고 낮지만 또렷한 목소리로 대답을 하고 이쪽 방에 들어왔다.

"방금 말한 것처럼 무로이라는 것은 가명이고 정체를 아는 사람은 많지는 않았어. 야마기시는 그중 하나였는데 거기에 경찰의 손이 뻗쳤고."

"하지만 토지 브로커와 관련된 것이 들킬 위험보다 야마기시를 처리해서 살인자가 될 위험이 훨씬 크지 않나?"

그렇게 물어보니 니시가미는 음흉한 웃음을 지었다.

"그거야 당신들 세계의 사고방식이고. 변호사라면 알겠지, 각서를 거래할 때는 토지 등기가 필요 없다는 걸. 그래서 돈의 흐름을 자세히 보기 힘들어. 하지만 그 시기에 경찰과 세무서가 덤벼들어 움직이기 시작했어. 등기 따위 하지 않아도 각서의 거래가 있었던 이상 돈의 흐름이 발생한 것은 사실이야. 관청에서는 토지 브로커들을 탈세 용의로 적발하기 시작했지."

신문 데이터에서 이미 그런 기사를 읽었다.

"모르겠나? 아마노가 야마기시를 이용해서 거래한 각서의 금액은 이미 수억 단위가 됐어. 야마기시 때문에 걸려서 탈세로 적발되면 엄청난 액수의 추징금을 뜯기지. 그렇다면 사람 목숨 하나와 바꿔 경찰로부터 추궁을 면하는 편이 좋잖아. 실제로 그렇게 해서 야마기시를 처리하고, 그로부터 13년 동안 놈들은 편히 살아왔지. 죽일 만한 가치가 있었다는 거야."

오싹해지는 말투였다. 손을 씻고 일품요리점의 주인이 되어도 니시가미의 안에는 과거의 피가 흐르고 있다.

사건의 전모가 이어지는 것을 느꼈다.

"또 하나 가르쳐 줘. 당신은 그녀에게 부탁받아서 함께 여러 가지를 조사했어. 그 계기가 된 것은 지난달 말에 그녀의 가게에 하다, 아마노, 다카쓰, 기노시타 네 사람이 온 거였고. 그렇지?"

"맞아."

"그녀가 자신의 과거에 관련이 있는 사건을 조사할 생각이 든 것은 거기서 하다와 아마노가 같이 있는 것을 봤기 때문인가?"

"맞아. 하다는 부친의 동료라서 얼굴을 어슴푸레 기억했다고 해. 아마노는 동생이 오사카에 가서 스에히로회와 관계가 깊어졌을 때의 형님이었고. 사이카와 놈은 간부였기 때문에 실질적으로 동생을 돌봐주는 척을 하면서 약물 중독으로 몰아넣은 것은 아마노지. 마사미도 오사카에 나와 호스티스로 일하고 있었어. 같은 오사카에 있는 동생과는 당연히 만났지. 그래서 아마노의 얼굴을 알고 있었고. 어째서 시청의 하다가 스에히로회에 있던 아마노의 접대를 받아 술을 마시고 떠드는 건가. 10년 이상 지난 그날 밤, 마사미는 둘의 연관을 알고 기겁한 거야."

"……사이카와 야스시뿐만 아니라 아마노도 원래는 스에히로회의 조직원이었나?"

"맞아."

"이 마을의 공장 유치를 미끼로 각서를 굴려서 얻은 돈을 선물로 들고 두 사람은 사이카와 흥업으로 소속을 옮긴 건가?"

니시가미는 흘끗 가오루코를 보고 나서 끄덕였다.

가오루코가 말을 이어받았다.

"어차피 사이카와 흥업에 대해선 여러 가지 조사했겠지?"

"조사할 수 있는 범위 내에서는 다 조사했습니다."

"그렇다면 선대 사이카와 노보루가 후계자가 없어서 곤란했던 이야기는 알겠네. 조직을 맡길 사람을 찾고 있던 사이카와 노보루와 스에히로회에서는 위가 정체되어 더 이상 위로는 올라갈 수 없다고 생각한 와쓰지 야스시의 생각이 일치한 것 같아. 그리고 와쓰지는 자신의 오른팔이었던 아마노를 데리고 사이카와 흥업으로 자리를 옮겼어."

"먼저 얘기를 꺼낸 것은 교와회의 마키 야스키라는 간부 아닙니까?"

"조사를 잘했네."

"당신들이 이번에 사이카와 야스시를 몰아붙이기 위해 협력을 부탁한 것도 마키입니까?"

깊이 파고드는 질문을 굳이 꺼냈다. 사이카와 흥업에 정리를 시키기를 재촉하는 경우, 교와회와의 공존 관계를 생각하면 가오루코는 이 마키라는 남자를 자기들 쪽에 붙여 둘 필요가 있었을 것이다. 그렇게 하면 사이카와 흥업과 교와회는 분리된다. 정확히 말하면 선대의 사이카와 노보루는 마키에게 중개를 받아 2대째 두목에 앉힌 사이카와 야스시보다도 교와회와의 관계를 우선하지 않을 수 없어진다. 결과적으로 사이카와 야스시를 조직 안에서 처리하지 않을 수 없게 되었다.

사이카와 야스시와 아마노 다케시. 가오루코가 정리를 할 생각이었던 사람은 이 둘이었다. 아마노도 경찰에게 체포되지 않았다면 사이카와 야스시와 같은 운명을 맞이했을 터였다.

"협력 따위 하지 않았어. 단지 사업상 거래를 했을 뿐이야."

"무슨 말입니까?"

"오사카의 항만을 맡고 있는 그곳 간부와 마키 씨는 형제나 마찬가지야. 그러니까 우리의 일터를 통해 마키 씨와는 예의 바른 회합을 했지. 그 형님에게도 주선을 받아서 상응하는 사례를 지불하고 몇 가지 조건이 좋은 비즈니스를 소개했고. 와쓰지 야스시와 사이카와 흥업의 중개인 역할은 마키 씨였으니까 그 사람에게 넘겨받는 것이 제일이잖아."

"……."

"아까 니시가미가 한 말 말인데, 그 아이의 마음을 상상해 봐. 아버지는 자살을 가장해 납치당했지. 몇 주 후에는 모친은 남편이 자살하고 시민으로부터 배신자 딱지가 붙여진 것을 비관해 스스로 목숨을 끊어 버렸지. 그것만으로도 참을 수 없었을 텐데 남동생까지 길을 잘못 들어 폐인처럼 되어 자살했어. 같은 해에 부친의 시체가 발견되었는데 뭔가 일이 있었던 것만은 알겠지만 구체적으로는 모르겠지. 그러기는커녕, 시체가 발견되니 매스컴은 부친이 토지 브로커로부터 뇌물을 받고 '농공양립'이 철회될 타이밍을 흘린 장본인이었다는 가능성을 암시했어. 하지만 2년의 세월이 흘렀으니 조사할 수도 없고.

이해할지 모르겠어. 그 아이는 불행의 그림자를 항상 어딘가에 짊어지고 있었어. 계속 짊어지고 인생을 살아온 거지. 10년 이상 지난 후에 불행이 운 나쁘게 겹친 게 아니라 누군가 의도한 결과일지도 모른다는 것을 알게 되면 당신이라도 그 놈들에게 죗값을 치르게 하고 싶어질 거잖아."

나는 아무 대답도 하지 않았다.

그녀를 생각하고 있었다. 내 5년간의 가슴앓이 따위, 그녀가 짊어진 것과 비교하면 없는 거나 마찬가지였다. 나와 만나 같이 보낸 반년 따위, 그전까지와 비교해도 앞으로의 인생과 비교해도 아무것도 아니었을 것이다…….

"야나다." 가오루코가 내뱉었다. "말을 많이 해서 목이 타. 탄산이 든 미네랄워터를 줘."

그러고는 내게 얼굴을 돌려 "스모토 씨는?"이라고 물어서 나는 물을 부탁했다.

야나다가 몸에 어울리지 않는 움직임으로 살짝 놓아준 유리잔의 물을 단숨에 반 정도 비웠다.

"하다나 아마노와 함께 술자리에 있었던 다카쓰에 관해서는 그녀가 처음부터 알고 있었을까요?"

가오루코는 고개를 저었다.

"아니. 다카쓰는 13년 전의 일과는 관계없어. 그렇지만 여자를 데리고 와서 아마노 일당에게서 접대를 받았지. 아마노가 책임자인 쓰레기 처리장 사이에서 뭔가 묘한 용돈 벌이를 하는 것 같더군. 조사하는 동안에 밝혀져서 사이카와 흥업에 대한 돌파구가 된다고 판단해 몰아세웠던 것 같아."

"스즈리오카 건설의 기노시타와 함께 있었던 건 왜입니까?"

"그냥 접대역인 거지. 건설회사는 폭력단과의 관계는 끊으려야 끊을 수 없고, 이 시는 스즈리오카에게 소중한 일터였지."

스즈리오카 건설은 이 시에 스즈리오카타이헤이 토목이라는 자회사를 갖고 있었다. 시청과의 관계를 잘 다져 둘 필요가 있다는 말인가.

나는 남은 물을 다 마셔도 또다시 갈증을 느끼며 니시가미를 돌아보고 물었다.

"니시가미 씨, 한 가지 더 묻고 싶은 것이 있어. 그녀가 살해당한 밤, 그녀와 같이 있었던 거 아니야?"

니시가미는 가오루코를 보고 허락을 얻은 뒤 입을 열었다.

"그래, 쳐들어온 구로키라는 놈의 불알을 뗀 건 나지."

"그녀는 살해당하기 사흘 전에 이용했던 대여금고에 넣어 둔 것을 전부 꺼냈어."

"불길한 예감이 들었는지도 모르지. 내가 전부 맡았어. 운은 이쪽에 있었던 거지. 만일 대여금고의 내용물이 놈들에게 넘어가면 정리를 하는 데에 시간이 더 걸렸을 거야."

"설마 보여 달라는 건 아니겠지?"

가오루코가 말했다.

부탁해도 보여 줄 리가 없었다.

"하다는 어떻게 할 생각입니까?"

"걱정 마. 아무것도 하지 않으니까. 처리할 생각이었으면 여기서 당신을 만나게 하지도 않았어."

가오루코는 내 마음속을 들여다보는 듯한 웃음을 지었다. 하다를 처리했다가는, 내가 입을 다무는 것에 부담을 느끼고 언젠가 타인에게 전부 털어놓을 가능성도 있었다. 그렇게 예상했던 것이 틀림없었다. 상대방이 한 수, 두 수나 위였다.

"하지만 그렇다면……."

"가와타니 선생님은 가까운 시일 내에 정계를 물러나게 될 거야."

"뭐라고요……."

"물러나지 않는다면 사이카아 야스시의 죽음과의 관련이 추궁당할 것이고, 하다라는 남자가 사람들 앞에서 전부 증언하기로 되어 있으니까."

"어제 가와타니를 찾아간 것은 그렇게 협박하기 위해서였습니까?"

"그것뿐은 아니지만. 스모토 씨, 정치가는 교와회와 같은 큰 뒷조직과는 반드시 깊숙이 관계하고 있어. 교와회가 사회에 비밀을 전부 털어놓으면 국회에서 으스대는 선생님들의 반 이상은 반드시 스캔들에 휩싸이게 될 테지."

"교와회가 정치가 놈들을 끌어들여 그쪽 방면에서도 가와타니를 몰아붙이도록 수를 썼다는 겁니까?"

"지금 것은 어디까지나 예를 든 거야. 할 수 없는 이야기는 할 수 없다고 아까 말했어. 그 부분은 더 이상 깊이 묻지 말 것. 그냥 잠시 조용히 기다려 줘. 언젠가 신문에 가와타니의 은퇴 뉴스가 실리기를."

나는 가오루코가 들려준 이야기를 반추하며 개별적인 이야기의 연결성을 검토해서 더 물어봐야 할 것을 몇 가지 생각했다.

그리고 생각했다.

정리가 되었구나.

인정해야 할 것이다. 사이카와 야스시는 사이카와 흥업이라는 조직 안에서 처리되고 아마노는 경찰에 체포되었다. 공장 유치 때의 시장이며 그 완성을 토대로 국회로 진출한 가와타니는 정치가 생명이 끝나게 된다……. 결국 자신보다는 몇 수나 위였던 이 여자가 그녀가 남긴 원통함을 풀고 정리를 해 주었다고 인정해야 한다. 정리를 한 것이 나 자신이 아니었던 것과, 내가 생각했던 것처럼 전부를 사회에 밝히는 방법이 아니었다는 것이 어딘가에서 납득할 수 없었지만, 그것은 시간이 해결해 줄 것이다.

자신을 납득시킬 수밖에 없었다. 아직 뭔가가 감추어진 느낌이 들지 않는 것도 아니었지만 그것은 아마 들어가서는 안 되는 세계의 문제이고, 그 세계에서 꿈틀거리는 채 결코 햇빛 아래에 밝혀질 리가 없는 일이었다.

게다가 이 시의 공장 유치에 얽혀 더 이상 놈들을 규탄하려고 하면 그녀가 고바야시 료코가 아닌 아쓰미 마사미라는 사실을 밝히지 않으면 안 되게 된다…….

그녀의 과거와 거기에 얽힌 사정에 관해 남은 질문은 하나뿐이었다.

7

"고바야시 료코라는 여성은 어떻게 되었습니까?"

물어보니 가오루코는 내 얼굴을 쳐다보았다.

"그건 우즈키밖에 모르는 일이야. 우즈키 다이스케라는 남자가 친한 친구였던 아쓰미 요시노부의 딸이 짊어진 짐을 해방시켜 주기 위해서 한 일이지. 대역이 된 사람의 조건은 친척이 전부 죽었고 아쓰미 마사미와 비슷한 나이거나 가능하면 같은 나이일 것. 그리고 얼굴 느낌도 되도록이면 닮은 편이 좋고. 고바야시 료코라는 아가씨의 불행은 우즈키라는 어떤 의미에서는 비정한 남자의 구역 안에서 그런 조건을 전부 갖춘 채 존재했다는 거야."

"진짜 고바야시 료코는 어떻게 되었습니까?"

"모르지. 정말이야. 천국의 우즈키에게 물어볼 수밖에."

모른다는 것은 정말일지도 몰랐다.

그러나 동시에 이 건은 더 이상 파고들면 천국의 우즈키에게 물어보러 가게 도와준다는 협박으로도 느껴졌다.

베일 바로 앞에서 멈춰 설 수밖에 없다는 말인가.

아니, 추궁해서 대체 뭐가 된다는 말인가. 고바야시 료코는 우즈키 다이스케의 명령으로 살해당했을 게 틀림없다. 그러나 살해에 앞장선 우즈키도 또한 6년이나 전에 세상을 떠나 버렸다. 그리고 고바야시 료코로 변해 살아온 그녀 자신도 마찬가지다…….

"있잖아, 스모토 씨. 그 아이는 고바야시 료코로 그냥 이대로 묻어 줘. 고바야시 가의 묘에 넣는 게 꺼려지면 새로 묘지를 수배해 주겠어? 그 아이는 과거의 인생을 버린 거야. 당신은 도망쳤다고 할지도 모르지만. 하지만 도망치면 안 돼? 살아 있는 동안은 어느 쪽이든 과거를 떠안고 있잖아. 그래서 그렇게 우연히 하다와 아마노의 관계를 알아차리고 어쩔 수 없이 조사하러 다니다가 끝내 사이카와에게 들켜 제거되어 버렸어. 아니, 불쌍하잖아. 이 이상 시끄럽게 하지 않는 것이 그 아이를 위해서라고 생각하지 않아?"

그러나.

그렇다면 살해당한 고바야시 료코라는 아가씨는 어떻게 되는

가. 이 땅에 생명을 얻어 이십 몇 년을 살았다. 그런데 다른 인생을 손에 넣고 싶은 여자가 있었고 그 소원을 이루어 주려는 남자의 눈에 띄었기 때문에 어둠에서 어둠으로 묻혀 버렸다. 그 아가씨의 존엄은…….

나는 고바야시 료코라는 여자의 인생을 거의 모른다. 고바야시 료코의 가족은 미하루에서 야반도주 비슷하게 신슈로 이주했다. 형의 빚까지 떠안게 된 부친은 딸이 고등학교 때 세상을 떠났다. 모친도 몇 년 후에는 죽었다. 고바야시 료코라는 아가씨가 어떤 사정으로 오사카에 갔는지 구체적으로는 모른다. 백모에 해당하는 고바야시 스즈코가 말했듯이 패션 사업이나 양품 관계의 일을 했는지 어떤지도 모른다. 어떤 경위를 거쳐 물장사에 발을 들였는지도.

그러나 그곳에는 고바야시 료코라는 한 여자의 인생이 있었다.

"저, 스모토 씨. 당신, 시시한 휴머니즘을 생각하는 건 아니지?"

"……."

"당신, 그 아이를 좋아했잖아. 좋아한다면 비밀을 공유하지 않나? 그 아이에게도 고바야시 료코라는 아가씨에게도 이미 가족은 없어. 그 아이가 누구로 묻히든 대체 문제가 뭐지? 사람이 바뀐 게 확실해지면 세상은 놀라서 떠들겠지. 그리고 그 아이의 인생도 아쓰미 요시노부나 후사오의 인생도 당연히 전부 까발려질 거야. 그게 무슨 의미가 있어. 매스컴이 떠들어 사회를 시끄럽게 해서 그 아이의 인생을 남들 앞에 까발리기보다 이대로 조용히 고바야시 료코로서 잠들게 해 주는 게 무엇보다 좋다고 생각하지 않아?"

대답할 수 없었다.

확실한 것이 하나. 기꺼이 끄덕이지는 못해도 자신은 도저히 그것을 부정할 수 없다.

끝난 것이다.

그런 말이 기쁨도 안심한 느낌조차도 섞이지 않은 채 묵직한 서글픔과 함께 다시 떠올랐다.

약 30분 후에 풀려났다.

그렇게 해서 해방되기까지 동안 아마노에 대한 추궁은 어디까지나 오사나이 종합병원이 다카쓰와 아마노 사이에서 일어난 의료폐기물의 불법 처리 및 그것을 알아차린 나에 대한 살인 미수라는 정도로 끝난다고 들었고, 그렇게 약속을 했다.

그 외에는 일체 공표하지 말라고 다시 한 번 주의를 받은 다음, 새어 나갔을 때에는 나와 내 소중한 사람에게 무슨 일이 일어나는지에 대해 정중하게 다시 한 번 설명을 들었다.

가오루코는 유리잔의 보모어를 다 마시고 일을 다 끝냈다는 느낌으로 담배를 꺼냈다. 성실한 하인처럼 다가온 야나다가 불을 붙였고 맛있다는 듯이 연기를 토해 냈다.

"스모토 씨, 담배는?"

"아, 끊었습니다."

한 차례 나의 금연 이야기를 꺼내어 가벼운 잡담 분위기를 즐긴 후 야나다와 니시가미에게 말했다.

"스모토 씨를 배웅해 줘."

일어선 나는 앉아 있는 가오루코로부터 앞으로 두 번 다시 서로의 얼굴을 볼 일은 없을 거라는 이별의 말을 들었다.

야나다와 니시가미의 양 옆에 끼어 엘리베이터를 타고 1층으로 내려갔고, 그 아래로는 계단으로 가서 기요노 부자와 재회했다.

서로 재회의 기쁨을 음미하면서 기요노와 하세가 묶인 줄을 풀고 야나다에게 재촉받아 밖으로 나갔다.

내가 밴 두 번째 줄 시트에, 기요노가 하세를 껴안은 자세로 제일 뒷좌석에 들어갔다.

"잘 지내. 알겠지? 누님의 명령을 잊지 마라."

야나다는 함께 타지 않고 차 안에서 내게 그렇게 내뱉고는 등을 돌렸다.

통조림 공장 부지를 달리는 동안에도 일반도로를 달려 나가서도 차 안의 누구 하나 말을 하지 않았다. 기요노도 하세도 자신들이 무사하게 바깥 공기를 마신 것은 나와 가오루코 사이에 그에 상응하는 합의가 있었던 결과라는 것을 알고 있을 것이다.

다시 열이 오르기 시작했다. 앞 유리를 바라보면서 몇 번쯤 자신에게 물음을 던지고는 부정한 끝에 결국 무력감에 휩싸여 현실을 인정하지 않을 수 없었다.

나는 그녀가 누구였는지를 알았다. 그리고 그녀가 젊어졌던 것을 알았다. 아쓰미 마사미로서 떠안고 있던 것을, 다른 이로 바뀌어야했던 이유를, 그로부터의 인생을 전부 나름대로 알 수 있었다. 제 손으로 사건을 끝내지는 못했지만 아마노 일당을 경찰이 체포하게 만들 수 있었다는 의미에서는 내 무모한 대모험도 나름대로 의미는 있었을 것이다. 가와타니 고조는 국회의원을 은퇴하고 하다, 마키오 등 몇몇 공무원들도 시청을 쫓겨날 게 틀림없다.

그리고 사이카와 야스시는 목숨을 빼앗겼다. 그녀에게 불행을 짊어지게 한 인간에게는 남김없이 제재가 가해진 것이다

나는 내가 손을 댈 수 없는 세계가 존재한다는 것을 절절하게 깨닫고는 납득하지 못하고 있을 뿐일지도 모른다. 아니면 어디까지나 제 손으로 결론을 짓고 싶었던 것에 계속 집착하는 것일까? 아니면 그녀가 짊어졌던 것을 알아 버린 지금, 앞으로 내가 할 수 있는 것은 그녀에게 이별을 고하는 것밖에 없다는 현실을 받아들일 수 없을 뿐인가.

5년 동안 동결된 시간은 다시 흐르기 시작할까? 과거는 사라지지 않는다. 다만 조금씩 멀어져 갈 뿐이다. 그녀는 두 번 다시 내게 돌아오지 않는다.

내일부터 또 나는 어딘가에서 그녀의 그림자를 질질 끌며 내 나름대로 살아갈 것이다.

시내가 가까워졌고 차는 역 터미널 바로 앞길에 들어섰다. 서서히 상점이 늘어나기 시작했지만 대개는 영업을 끝내고 셔터가 닫혀 있었다.

"여기면 돼."

역 건물이 길 앞에 보이자 니시가미가 말했다. 니시가미는 흘끗 이쪽으로 시선을 던진 뒤 깜빡이를 켜고 길가에 차를 댔다.

나는 옆문을 열고 기요노 부자를 먼저 내리게 했다.

이어서 내린 내가 문을 닫자 니시가미는 다시 이쪽을 보지 않고 바로 밴을 발진시켰다. 역 터미널 바로 앞에 있는 길을 좌회전해서 눈 깜짝할 사이에 보이지 않게 되었다.

"괜찮습니까?"

나는 기요노의 반대쪽에서 하세의 몸을 받쳤다.

사람들은 거의 지나가지 않았지만 역 쪽에서 드문드문 사람이 걸어왔다. 취해서 어깨동무를 하고 있는 삼인조로 보이는지 모두 우리를 피해 갔다.

"괜찮습니다. 스모토 씨야말로 여전히 휘청거리는 듯한데요."

하세가 부어오른 얼굴로 미소 지어 보였다.

"참 멍청한 놈입니다." 하세의 건너편에서 기요노가 웃은 다음 말투를 바꾸고 물었다. "……그래서 가오루코와는 무슨 이야기를 했습니까?"

"놈들이 전부 정리를 했다고요."

나는 기요노의 얼굴에서 눈을 돌렸다.

"어쨌든 어디 들어갑시다. 이야기는 그때부터 천천히 하죠."

나는 내가 하룻밤 신세를 진 의사에게 진찰받을 것을 제안했지만, 하세뿐 아니라 기요노도 이런 것은 의사에게 갈 정도의 상처가 아니라고 우겼다.

사요코에게 연락을 취하기로 하고 기요노로부터 휴대전화를 빌렸다.

호출음이 나자 바로 받았다.

사요코가 물었다.

"지금 어디야?"

"역 근처에 있어."

"기요노 씨와 하세 씨는?"

"같이 있어. 전부 끝났어. 방금 전에 풀려나서."

수화기 저편에서 크게 한숨을 내뱉는 소리가 들렸다.

"다행이야." 사요코는 일단 말을 끊고 나서 다시 말했다. "정말 다행이야."

그 목소리를 들으면서 이 아가씨에게 가오루코가 뒤에서 전부 처리를 했다는 것을 납득시키려면 기요노나 하세에게 설명하기보다 몇 배나 어려울 것 같다는 느낌이 들었다.

호텔 위치를 물어보니 역에서 거리가 별로 떨어지지 않아서 프런트에 말해서 우리 방도 확보해 달라고 부탁했다. 내 짐은 역 앞 호텔에 놓아두었지만 체크아웃을 하고 짐을 가져가면 된다.

"바로 갈 테니까 기다려 줘."

"응, 기다릴게. 놈들은 어떻게 됐어?"

"사정은 거기 가서 설명할게."

"그러면 그다음에 말해도 되나? 나 아까 스모토 씨 일행이랑 헤어지고 나서 생각이 났는데, 완전히 당황해서 부탁받은 걸 하나도 대답하지 않았잖아. 말하는 편이 좋지 않을까 하는 느낌도 들어서 계속 애가 탔어."

"무슨 일인데?"

"어머. 잊어버렸구나. 도쿄에서 미코를 찾아서 이야기를 듣고 왔어."

분명 본명이 아사마 기미코라는 '라오'의 호스티스였다.

나는 그쪽에 도착하고 듣겠다고 말할 생각이었고, 실제로 그렇게 말하려고 했지만, "간단한 이야기야?"라고 재촉했다.

"응. 그날 밤, 가게가 끝난 다음에 미코는 놈들에게 불려서 나간 것 같다고 했잖아."

"응."

"역시 그랬어. 그랬더니 놈들은 사이카와 노보루 일행과 합류해서 또 다른 클럽에서 마셨대."

"사이카와 야스시겠지."

"아니야. 선대 두목인 사이카와 노보루."

"그렇군."

혀에 자잘한 모래가 들러붙은 듯한 느낌이 들었다.

"확실해? 뭔가 착오가 있는 건 아니겠지."

자신이 목소리가 높아진 것은 옆의 기요노 부자가 내 쪽을 쳐다봐서 알았다.

숨을 들이마시고 내뱉었다. 함께 술을 마셨을 뿐이지 않은가. 가슴속에서 그렇게 중얼거려 보았지만 등에 정체 모를 잔물결이 일어나는 것을 느꼈다. 바람에 움직이는 수면처럼 잔물결이 빛을 흩어놓고 있다. 이쪽을 향해 불어오는 바람이었다.

왜 시청의 하다 일행을 접대한 아마노가 선대 두목인 사이카와 노보루와 합류했을까…….

나는 휴대전화를 귀에 댄 채 의미도 없이 뒤를 돌아보았다. 그로부터 터미널의 불빛을 바라보았다. 기요노 부자는 내 분위기가 이상한 것을 느낀 듯 아무 말도 걸지 않았다.

뭔가 잘못된 것 같았다.

그것이 무엇인지는 알 수 없었지만 분명히 발밑이 무너지고 있었다.

"사이카와 노보루와 합류해 마신 것은 아마노 일당 네 사람이 전부였어?"

"아니. 다카쓰는 고향에서 데려온 호스티스와 놀 생각이었는지 우리 가게를 끝으로 헤어졌대."

"그러면 아마노와 하다, 그리고 스즈리오카 건설의 기노시타 세 사람이군."

"응."

"아까 사이카와 일행이라고 했는데, 사이카와 노보루 외에 누가 있었어?"

나는 의외의 인물의 이름을 들었다.

동시에 맹렬한 기세로 머릿속을 정리해야 할 필요를 느꼈다. 누군가 거짓말을 했다. 누군가는 그것을 믿고 거기서 다시 거짓말을 했거나 진상을 찾으려고 했다.

다시 한 번 모든 것을 처음부터 봐야 했다. 그녀가 사건을 조사하게 된 계기는 무엇인가. 그녀가 내게 남긴 부재중 메시지, 내게 남긴 그녀의 마지막 말에는 어떤 의미가 담겨 있었을까? 그녀는 왜 오사나이 종합병원과 사이카와 흥업의 쓰레기 처리장 문제를 일부러 이 마을에 와서 조사했을까? 어째서 그 며칠 후에 대여금고에 맡긴 것을 전부 꺼냈을까? 그리고 그녀 집 열쇠는…….

요 며칠 사이 몇천 번이나 질문한 물음을, 다시 한 번 내 자신에게 들이밀었다. 그녀는 어째서 아쓰미 마사미로 살아가기를 포기하고 고바야시 료코가 되어 다른 인생을 살아야 했는가.

아직 직감뿐이었다.

몇 가지를 조사하고 확인할 필요가 있다. 그러나 그다지 시간은 걸리지 않을 것이다.

나는 아마도 이제야 사건의 진상을 알아차린 것 같다.

최종장

가을색

1

가을 바다가 펼쳐져 있다.

오후 이른 시간의 햇살이 내리는 바다다.

내려다보며 아버지를 생각하고 있었다. 어머니를, 그리고 두 사람의 아들인 나를 생각했다. 내 가족과 그녀의 가족은 닮았을까? 아마 많은 점에서 다르다는 것은 명백했지만, 문득 그런 물음이 스쳤다.

튀어나온 곶 끝에서 내다보이는 큰 바다에는 몇 개나 되는 작은 섬이 온화한 햇살을 맞으며 파도 소리에 둘러싸여 꾸벅꾸벅 졸고 있었다. 물가 수면에서 바위가 경단 같은 동그란 머리를 내밀며 아주 약간 드러났지만 그 외에는 다 녹색으로 덮인 섬들이었다.

몇 개는 멀리서 사람 사는 흔적이 보이지 않는 섬, 배를 댈 곳조차 보이지 않는 섬, 단지 거대한 바위 밭이나 다름없는 느낌의 섬도 셀 수가 있었다.

플라스틱 모델보다 더 작은 배가 섬 사이를 요리조리 달리고 있었다.

바람은 약했고 평일의 곶은 조용했다.

해안선에 따라 얼굴을 돌리니 해안선 길 끝에 청결한 공장들이 나란히 무리지어 있는 것이 보였다. 인가는 그 뒤에 숨은 것처럼 공장보다 훨씬 허술하고 볼품없이 어깨를 맞대고 있었다.

곶의 끝에서 바다로 조금 내려간 곳에 세워진 등대를 향해 나는 좁은 계단을 내려가기 시작했다.

계단 양쪽에 서 있는 것은 소나무인데 다들 조금씩 육지 쪽을 향해 굽어 있었다. 떡갈나무인지 뭔지가 섞여 있는 듯, 비탈길에 통나무로 단을 놓은 식의 간단한 계단에는 때때로 도토리가 굴러다니고 있었다.

계단을 다 내려가니 등대는 훨씬 커졌다. 인기척은 없었다. 나는 방금 내려온 계단을 올려다본 다음 등대로 다가가 주위를 돌았다.

뒤쪽은 절벽으로 목재로 보이는 무늬를 찍어 넣은 콘크리트 난간이 달려 있었다. 난간에 양손을 짚고 내려다보니 상당히 아래에서 파도가 부서지고 있었다. 흙이 떨어져 나가 드러난 바위는 바다에 가까운 쪽이 파도와 바람에 의해 깎여서 올라갈수록 조금씩 튀어나와 있었다.

수면의 움직임보다도 부서진 파도의 색깔과 물보라가 눈을 끌었다. 삼켜지듯이 밀려와서 바위의 푹 팬 곳을 향해 휘어지고 뒤

틀렸다 부서져 갔다.

여기서 몸을 던졌다고 알려졌던 아쓰미 요시노부가 생각이 나, 문득 무서워져서 아무도 없는 등 뒤를 돌아보았다. 난간에 기대어 얼굴을 살짝 위로 들어 하늘을 보았다. 솜을 뜯어 놓은 듯한 구름이 띄엄띄엄 있을 뿐, 그 어느 것에도 흘러갈 기색은 보이지 않았다. 하늘색은 어른스럽고 얌전한 푸른색이었다.

20분쯤 계속 기다렸다. 기다리는 것 외에는 생각하지 않았다. 하룻밤 사이에 이미 충분히 다 생각했다. 그리고 이른 아침부터 기요노 부자와 분담해 조사해야 할 것은 마쳤다. 이 자리에서 뭔가를 생각하기 시작하면 주저나 공포라거나 후회 같은 제대로 된 감정은 일어나지 않는 것은 잘 알고 있었다.

약속 시간에 딱 맞춰 가오루코는 계단 위에 모습을 드러냈다. 검은 원피스에 길고 검은 숄을 두르고 연한 물색 선글라스를 끼고 있었다. 예상대로 따라온 것은 야나다와 니시가미 둘뿐이었다. 둘 다 영화의 악역처럼 새카만 선글라스를 쓰고 있다.

가오루코는 완만하게 두세 번 꺾어 굽어진 계단을 내려오는 동안 마치 내 모습 따위 안중에도 없는 듯이 이쪽을 보려고 하지 않았다. 계단을 다 내려온 뒤에는 그저 나만을 보며 다가왔다. 눈앞에 선 후 아래턱을 내밀듯이 해서 올려다보고는 말했다.

"따뜻하고 좋은 날이네. 스모토 씨." 그녀는 날씨에 관한 내 대답을 기다리지 않고 말을 이었다. "서로의 인생에서 두 번 다시 만날 리는 없다고 했을 텐데 무척 빨리 재회하게 되었네."

햇빛 밑에서 보니 나이가 훨씬 더 뚜렷해서, 얼굴의 매끈매끈한 느낌은 관자놀이 양쪽에서 피부를 끌어당긴 결과였다는 게 떠올랐다.

"시간은 오래 빼앗지 않겠습니다."

"세상을 비관해 아쓰미 씨의 뒤를 쫓기로 했다며 증인이 되어 달라는 말은 아니겠지?"

가오루코는 그렇게 내 말을 자르고는 조금도 웃지 않았다.

경야날 밤에 만났을 때보다 어젯밤에 만났을 때보다 더 짜증스러운 것 같았다. 자신의 의도가 아닌 면회 때문에 귀중한 시간을 쓰는 것이 싫을 것이다.

"전화로 말했던 내가 모르는 것을 가르쳐 준다는 건 대체 뭐지? 거드름 피우지 않고 말해 주겠어?"

거드름 피울 생각은 조금도 없었다.

"어제 당신들과 헤어진 다음 새로운 사실이 한 가지 판명되었습니다. 그녀가 경영했던 '라오'의 호스티스 한둘이 함께 여러 가지를 조사해 줘서. 아마노 일당 네 사람이 '라오'라는 가게에 우연히 나타난 경위는 아셨습니까?"

"무슨 뜻이지? 우연은 우연이잖아."

"그런데 우리 남자들은 의외로 소심한 면이 있습니다. 접대든 자기 돈으로 마시든, 웬만해서는 모르는 클럽에는 가지 않습니다. 여러 가지 의미에서 모르는 가게는 마음이 놓이지 않거든요. 아마노 일당도 다른 가게에서 '라오'로 옮겨 온 호스티스와 아는 사이였습니다."

"그래서 무슨 소리를 하고 싶은 거지?"

계속 말하는 게 고통스러워질 듯한 냉랭한 말투였지만, 모르는 척했다.

"그 호스티스는 아마노에게 불려나와 '라오'에서 나간 다음 가게까지 같이 갔는데 거기에 있던 사람 중 하나는 사이카와 흥업의 사이카와 노보루였습니다."

가오루코의 표정이 살짝 움직인 것을 느꼈지만, 그렇다고 딱히 큰 변화는 아니었다. 상당히 유능한 경영자임에 틀림없는 여자에게는 표정으로 상대방이 뭔가를 간파하는 것을 싫어하는 경향이 있는 듯했다.

"너, 그 건은 알고 있었나?"

가오루코가 니시가미 쪽을 돌아보고 물었다.

니시가미는 예의 바르게 선글라스를 벗고 예의 바르게 고개를 흔들었다.

"아니요, 역시 거기까지는."

가오루코가 얼굴을 이쪽으로 되돌렸다.

짜증을 떨치기 위해서인지 핸드백에서 담배를 꺼내 입에 물었다. 야나다가 거대한 방풍림처럼 해풍을 가로지르며 크게 몸을 숙여 아담한 여자를 위해 불을 붙였다.

"하지만 말이지, 스모토 씨. 그게 대체 뭐라는 거야? 선대도 때로는 조직원을 불러서 술을 마시잖아. 부탁이니까 요점만 제대로 말해 줘. 우리도 오늘 중에 오사카로 돌아갈 생각이니까. 별로 시간을 빼앗기고 싶지 않아."

"사이카와 노보루와 함께 있었던 것은 스즈리오카 건설의 스즈리오카 겐고였다고 합니다."

이번에는 확실하게 내 말에 표정이 움직였다. 담배 연기가 솔솔 바람에 삼켜졌다.

"그래서? 아마노 일당과 있던 것은 하다와 다카쓰도 함께였던 거잖아."

"아니요, 다카쓰는 고향에서 데려온 불륜 상대와 같이 있어서 한발 먼저 호텔로 돌아갔습니다."

"선대와 스즈리오카는 어떤 목적으로 같이 마셨지? 아마노 일당을 불러들인 이유는 뭐야?"

"불러들인 것 자체에는 이유라고 할 정도의 이유는 없었던 것 같습니다. 어쨌든 술자리니까요. 하지만 마음에 걸리는 것은 선대 두목인 사이카와 노보루와 스즈리오카 건설의 스즈리오카가 같이 있었다는 겁니다. 그리고 또 한 가지, 사이카와 노보루와 스즈리오카 겐고 두 사람이 이쪽 시청의 하다와 술을 걸치는 사이였다는 겁니다."

가오루코는 아무 대답도 하지 않았지만, 아까까지의 불쾌한 침묵이 아니라 뭔가를 생각하기 위해 머리를 마구 굴리는 것처럼 보였다. 그녀가 반 정도 피운 담배를 끄지 않은 채로 야나다 쪽에 내미니, 야나다는 불을 손끝으로 집어서 끄고는 그대로 주머니에 넣었다. 담배꽁초로 경치를 더럽히지 않는 멋진 태도였다.

나는 타이밍을 재고 나서 말을 이었다.

"우즈키 씨, 저는 당신이 정리를 한 것에 조금도 이의를 제기할 생각은 없습니다. 그렇지만 어쩌면 당신이 파악한 것 중 일부에 커다란 착오가 있는 게 아닌가, 문득 그런 생각이 들었습니다."

"들려줘 봐요. 대체 어디가 착오였을까?"

"13년 전에 가와타니 고조가 토지 브로커들에게 '농공양립'의 슬로건을 취하할 시기를 흘린 것은 말씀대로 당시 스에히로회의 간부였던 와쓰지 야스시, 즉 사이카와 야스시가 건설업자나 유치 공장 경영자들을 움직여 가와타니에게 손을 썼기 때문이었던 겁니까? 혹시 그 주도권을 쥐고 있던 것은 스에히로회나 와쓰지 야스시가 아니라 건설업계 쪽이었던 게 아닐까요?"

"스즈리오카 겐고라고 말하고 싶은 건가?"

"눈치채셨습니까? 스즈리오카 건설은 이쪽에 스즈리오카타이헤이 토목이라는 자회사를 갖고 있습니다. 공장 유치에 의해 마을이 발전함과 동시에 커져서 가와타니가 나라에서 받아 온 예산으로 부지런히 산을 뚫고 다리를 놓고 도로를 만드는 토목사업을 혼자 도맡았죠. 그리고 스즈리오카 건설의 본사는 후카가와로 사이카와 흥업 바로 앞입니다. 사이카와 야스시에게 조직을 넘기고 난 사이카와 노보루는 후카가와의 고급 맨션에서 은거하고 있습니다. 그리고 또 한 가지. 사이카와 야스시가 사이카와 개발이라는 건설 토목 자재 반입 회사의 중역이 된 것은 아셨습니까?"

"몰랐어."

"이 사이카와 개발의 거래처는 사실 스즈리오카 건설과 스즈리오카타이헤이 토목 두 회사뿐입니다. 빨판상어처럼 두 회사에 들러붙어 오른쪽에 있는 자재를 왼쪽으로 옮기는 것만 하면서 단물을 빨고 있습니다. 흥신소에서 그녀가 살해당한 다음다음 날부터 사이카와 야스시 주위를 탐색하기 시작했는데, 사건 사흘 후의 오전에 사이카와 야스시는 사이카와 개발과 스즈리오카 건설을 차례대로 돌았습니다."

"그래서, 스모토 씨의 해석은 뭐지?"

"처음에는 사이카와 야스시가 그런 바깥 세계와의 관련 이외에 뭔가 다른 곳에서 스즈리오카 건설이나 스즈리오카타이헤이 토목에 도움을 줬고, 자재 반입의 이익은 그 담보일 거라고 생각했습니다. 아니면 과거에 큰 도움이 된 데 대한 보답이 아닌가 하고."

"이 시의 토목 산업과의 중계역이라든지 그런 거지."

"예. 하지만 사이카와 노보루와 스즈리오카 겐고가 함께 술을 마시고 있었다는 이야기를 듣고는 문득 발상을 바꿔 봤습니다. 상부상조해 온 것은 사실 사이카와 야스시와 스즈리오카 건설이 아니라 선대 두목 사이카와 노보루와 스즈리오카 건설이 아닌지."

"……."

"그렇게 되면 와쓰지 야스시가 공장 유치에서 얻은 이익을 내세워 출세하기에는 후보가 너무 많은 스에히로회를 나가 사이카와 흥업으로 옮긴 것이 아닌 게 아닐까요? 와쓰지가 이 마을의 공장 유치에 얽혀 각서를 굴려서 한몫 벌려고 하고 있을 때와 마찬가지로 공장 유치에 얽혀 단물을 빨던 사이카와 노보루와 스즈리오카 건설의 스즈리오카 겐고 콤비와 만났다면 어떨까요? 그리고 나름의 수완을 평가받아 사이카와 흥업에 왔고 머지않아 건강이 나빠진 사이카와 노보루를 대신해 조직을 이어받는 지위에까지 올라온 게 아닐까, 그렇게 생각해 봤습니다. 그렇다면 공장 유치에 얽힌 일련의 일들에 관해 당시 시장이었던 가와타니 고조를 움직인 것을 포함해 제일 뒤에서 실을 당기고 있던 것은 와쓰지 야스시가 아니라 사이카와 노보루와 스즈리오카 건설의 스즈리오카 겐고 두 사람이라는 것이 됩니다."

가오루코는 내 얼굴에서 눈을 돌리고 야나다와 니시가미를 흘끗 돌아보았다. 내가 본 느낌으로는 야나다와 니시가미 두 사람도 또한 정도의 차이는 있지만 내 이야기에 빠져 있는 느낌이 들었다.

"그리고." 나는 말을 이었다. "만일 제 상상대로라면 정말 정리를 해야 했던 사람은 당신이 깐 포석을 피해 앞으로도 계속 태평하게 살아가게 됩니다."

"스모토 씨, 당신 생각은 무척 흥미롭지만 방금 한 이야기는 직접 말씀했듯이 전부 상상이야. 상상 이상의 것이라는 증거가 있을까?"

"없습니다." 나는 고개를 흔들었다. "도쿄에 돌아가 조사해 보면 반드시 찾을 거라 확신하지만 현재 증거는 아무것도 없습니다. 그러나 사이카와 노보루나 스즈리오카 건설 주위에서 찾아내려고 하지 않아도 여기서 아마 어젯밤 이상으로 조금만 더 속마음을 밝혀 주시기만 하면 증명할 수 있을 겁니다."

"무슨 일일까?"

"제가 의아하게 생각한 것은 어째서 당신이 저와 거의 비슷한 정보를 입수했으면서도 다른 판단을 했나, 그 점입니다. 당연하지만 당신은 사이카와 흥업에 관해서도 스즈리오카 건설에 관해서도 잘 알고 계셨지요. 스에히로회와 사이카와 흥업의 관계에 대해서도 와쓰지 야스시와 사이카와 노보루를 중개한 것이 교와회의 마키 야스키라는 남자라는 것도 말입니다. 그날 밤 사이카와 노보루와 스즈리오카 겐고가 함께 술을 마시고 있었다는 정보만은 모르셨지만, 그런 것은 아주 사소한 사실에 지나지 않습니다. 그런데 어째서 13년 전의 사건에 관해 흑막은 사이카와 노보루와 스즈리오카 겐고가 아니라 사이카와 야스시라고 판단했는가.

어쩌면 누군가가 의도적으로 어떤 부분의 정보를 알리지 않은 게 아닐까? 그렇게 생각했을 때 떠오른 것은 그녀가 살해당하기 사흘 전에 대여금고의 내용물을 전부 꺼낸 일입니다. 그 내용물이 당신 손에 건네졌다는 것은 어젯밤에 들었습니다. 그러나 그것은 정말 그녀가 조사한 그대로였을까? 어쩌면 어떤 부분이 수정된 후에 당신 손에 건네진 게 아닐까요."

나는 눈앞의 여자에게 내가 말하려던 의미가 통했는지 어떤지 잠시 눈치를 살폈다.

내 추측이 틀림없다면 가오루코 본인이 이번 일에 본격적으로 관계하기 시작한 것은 그녀가 살해당한 후였다. 그러나 그 이전부터 그녀에게 협력해서 함께 움직였던 남자가 있었다.

가오루코가 뒤를 돌아보며 누구를 쳐다보았는지 확인하고, 이 여자가 확실하게 이해했다는 것을 깨달았다.

니시가미 류지는 미동도 하지 않고 나와 가오루코를 쳐다보고 있었다. 순순한 태도로도, 뻔뻔스러운 태도로도 보였다. 어느 쪽이든 여간해서는 내면을 보이지 않는다는 것은 이 음울한 남자와 가오루코의 공통점이었다.

나는 계속해서 말하기로 했다.

"제 마음 한구석에서 계속 걸리던 것 하나는 그녀 집의 열쇠입니다."

"열쇠라." 가오루코는 내 말을 반복했다. "당신이 마음에 걸린 게 뭔지 말해 봐."

"놈들은 그녀 집 문을 어떻게 열었는가. 관리실의 여벌 열쇠를 가져간 흔적이 없다는 것은 경찰도 저도 직접 확인했습니다. 깊은 밤의 맨션이니 설마 택배나 피자 배달을 가장해 열게 한 건 아닐 겁니다. 그렇다면 놈들은 어떻게 해서 자물쇠를 부수지 않고 방으로 들어갔을까요? 하지만 만일 그녀가 동료라고 믿었던 사람이 상대와 내통하고 있었다면 이 의문은 해소됩니다."

"작작 해라." 니시가미가 낮고 차가운 목소리로 말했다. "가만히 듣고 있자니 이러니까 변호사라는 종자가 싫다는 거야. 사소한 것까지 꼬치꼬치 따져서 있지도 않은 걸 추론하고. 누님, 이놈 목적은 내분을 일으키려는 겁니다."

가오루코가 니시가미를 돌아보았다. 내게 상당히 길게 느껴지는 시간 동안 상대방을 쳐다보고 나서 문득 짧게 미소 지었다.

"그래? 나는 방금 들은 이야기에 무척 흥미가 많은데. 너는 우리에게 그 아이의 후원자였던 가사오카라는 남자가 방 열쇠를 사이카와 홍업에게 빼돌린 게 아닌가라고 했어. 그래서 야나다랑 같이 가사오카라는 남자를 혼내 주러 갔고. 그렇지?"

"누님, 저는 거짓말은 하지 않습니다. 그런 일로 저를 의심하시지 말아 주십시오. 형님, 가사오카는 부정했지만 어떤지는 모르잖습니까. 그렇잖아요." 니시가미는 옆에 선 형님에게 도움을 바라는 듯한 시선을 돌렸다. "……그래서 방해를 받지 않는 곳에 데려가 입을 열게 하려고 한 거잖아. 게다가 가사오카가 빼돌린 게 아니라고 해도 놈들이 열쇠를 어떻게 했는지 나는 상상이 안 간단 말이다. 그런 일로 나를 탓해 봐야 어떻게 할 수도 없어……."

말하면서도 니시가미는 오싹했을 것이다. 나도 같은 기분이었다. 설령 니시가미가 무죄이고 내 추측이 틀렸다고 해도 지금의 야나다라면 가오루코가 한 마디 명령만 하면 바로 니시가미의 목을 비틀어 버릴 것 같았다. 야나다는 내가 지금까지 만난 적이 없는 인간의 얼굴을 하고 있었다.

"누님. 저도 한마디 하고 싶은데 괜찮겠습니까?" 야나다는 그렇게 중얼거리면서 내게 다가왔다. "어이, 인텔리. 너한테 못을 박아 둘 게 있다. 너는 내 동료를 의심해서 물고 늘어졌다. 그렇다면 그게 틀렸을 때 어떻게 되는지는 잘 알겠지?"

알고 있었다. 아마 이번 사건을 조사하면서 만난 인간 가운데, 지금 이렇게 나를 내려다보고 있는 놈이야말로 제일 위험한 남자일 것이다.

야나다의 눈동자에는 분노도 살의도 없었다. 시시한 것을 지껄이는 인간은 제 손으로 해치워 버린다는 차가운 의지만이 엿보였다. 목을 비틀릴 가능성이 있는 것은 니시가미뿐만이 아니었다.

나는 끄덕였다.

"알아."

"그렇다면 계속해. 열쇠에 대해서는 나도 니시가미와 함께 가사오카를 추궁했어. 고향의 조직으로 도망쳤고 놈은 피라미라서 그냥 뒀지만, 다시 한 번 제대로 따지면 확실히 가려질 일이야. 그러나 나는 그런 설명만으로는 도저히 네 추측을 믿을 수가 없다. 어쨌든 너는 완전히 남이니까."

내가 대답하려고 하자, 그는 제지하고 자신의 머리를 가리켰다.

"게다가 나도 여기에 든 건 장식이 아니거든. 네 설명에 결정적으로 빠진 게 한 가지 있다. 알겠나, 만일 네 말대로 우리 쪽에 배신자가 있고 사이카와 흥업과 내통하고 있었다고 하지. 하지만 그러면 사이카와 흥업이 사이카와 야스시를 처리한 것에 대한 설명이 되지 않아."

"무슨 말이지?"

"네 생각은 네 머릿속 허상이야. 선대 두목 사이카와 노보루가 지금도 사이카와 흥업 안에서 나름대로 힘을 갖고 있다고 해도 두목으로서 이끌어간 것은 어디까지나 사이카와 야스시다. 적어도 이번 건에 관해서는 마사미의 맨션을 덮치게 한 것도, 그 후의 일처리도 놈이 지휘를 했어. 설령 사이카와 노보루와 스즈리오카 건설이 공장 유치 때 암약한 흑막이었다고 해도 지금 현재 놈들은 사이카와 야스시를 포함해서 모두가 같은 배에 타고 있다는 말이다. 알겠나. 만일 니시가미가 배신해서 놈들과 내통했다면 사이카와 야스시만 그것을 몰랐다는 것은 있을 수 없다. 알고 있으면서 사이카와 흥업의 선대 영감이나 스즈리오카 건설이 자신을 도마뱀 꼬리처럼 잘라 버릴 계획을 꾸미는 것을 가만히 보고 있을 리가 없잖아."

"그건 아니지." 나는 야나다의 시선을 되받아보면서 고개를 흔들었다. "당신이야말로 허황된 생각을 하고 있어."

"뭐야?"

"당신들과 사이카와 흥업 사이에서 펼쳐진 것은 칼을 휘두르는 싸움이 아니라 양쪽 다 교와회라는 거대한 조직과의 공존을 꾀해야 하는 상황 속의 정치 전쟁이야. 틀렸나? 당신들은 거기서 승리했고, 그래서 그쪽 내부에서 사이카와 야스시를 처리시키도록 한 거지. 하지만 그것은 당신들이 결과적으로 이겼을 뿐, 실제로 어떻게 구를지 몰랐을 거야. 결과적으로 당신들은 하다라는 비장의 카드를 손에 넣어 가와타니 고조를 공격하는 것에 성공했어. 게다가 계산 외로 사이카와 흥업의 아마노 일당이 체포된 것도 유리하게 작용했을지 몰라. 하지만 만일 하다라는 비장의 카드를 확보하지 못했다면 과연 어떻게 됐을까? 물론 당신들이 하는 일이니까 만일 그렇게 됐다면 다른 데서 가와타니를 공격할 구실을 찾았겠지만, 13년 전에 가와타니를 움직인 것이 사이카와 야스시가 아니라 스즈리오카 겐고와 사이카와 노보루였다는 것을 당신들이 몰랐다는 것은 사이카와 야스시에게도 또한 자신을 유리하게 만든 구실이었어. 실제로 당신들은 사이카와 야스시를 묻어 버릴 포석을 깔았지만, 사이카와 노보루와 스즈리오카 건설은 포석 바깥에 있었지. 포석 바깥에 있었다는 것은 놈들이 당신들에게 쳐들어갈 틈을 찾기 쉽다는 거지. 정치적으로 움직였던 것은 당신들뿐만이 아니라 그쪽도 마찬가지였다는 말이야." 나는 가오루코 쪽으로 시선을 돌렸다. "그녀가 살해된 다음 날, 경찰에게 여자 목소리로 사이카와 흥업을 지명한 제보 전화가 들어왔다고 하던데, 그게 당신의 선전포고였지요. 아닙니까?"

가오루코는 미소 지으며 끄덕였다.

"제법 뭘 아는 변호사 양반이네."

"그렇게 선전포고를 하게 된 경위를 알려 주시지 않겠습니까?"

"경위라고 할 만한 것도 없어. 마사미에게서 사이카와 야스시를 조사하고 있다, 그래서 오사카의 스에히로회를 조사하려고 하는데 도와 달라는 부탁을 받았지. 그리고 사건이 일어나 감을 딱 잡았어. 예상대로 니시가미에게서 사이카와 흥업 놈들이 습격했다고 들었고. 그쪽에서 싸움을 건 거지. 응할 수밖에 없잖아."

"그러니까 사이카와 흥업 입장에서는 누군가가 당신들의 진두에 서는 것만큼은 피할 수 없었던 것이 됩니다. 선다고 하면, 선대 두목 사이카와 노보루가 아니라 사이카와 야스시일 겁니다. 사이카와 야스시는 납득하고 자기 혼자 진두에 섰을 겁니다. 그리고 당신들이 정보의 일부밖에 파악하지 못한 것을 역이용해 사건을 표면적으로는 단지 치정에 의한 것으로 처리하고 뒤쪽에서는 당신들을 공격할 포석을 깔고 전부를 흐지부지하게 만들려고 했고."

니시가미가 웃음을 흘렸다. 처음에는 마치 딸꾹질처럼 딱 한 번 새어 나온 웃음은 그로부터 낮고 음침하게 여운을 끌었다.

"작작해. 형님, 누님. 제대로 봐 주십시오. 잊으셨습니까? 저는 이 손으로 그날 밤 사이카와 흥업 구로키의 불알을 땄습니다. 놈들과 내통했다면 그런 짓을 왜 합니까? 여자인 마사미는 도저히 놈들을 단칼에 내려칠 수 없습니다. 그놈을 죽인 것은 분명 접니다. 그 사실이 제 결백함을 증명한다고 생각하시지 않습니까?"

나는 니시가미에게 다가갔다.

"당신 말대로 여자 혼자 놈들을 습격할 수는 없지. 구로키를 찌른 것이 당신이라는 말은 거짓말이 아닐 거야. 나도 왜 사이카와 흥업과 내통한 당신이 사이카와 흥업 사람을 찔렀는지 도저히 이해할 수 없었어. 하지만 그날 밤 일은 전부 돌발적이었던 거야. 그녀의 시체가 경찰에게 발견되면 다른 사람으로 위장해 살아온 사실이 밝혀져 버릴 위험성이 있어. 당연히 경찰은 그녀의 과거를 조사하겠지. 시의 개발과장이었던 아쓰미의 딸이라고 판명이라도 되면 수사하다가 이 시의 공장 유치에 얽힌 뒷사정도 밝혀질지도 몰라. 그래서 놈들은 그녀를 납치할 생각이었을 거야. 그럼에도 불구하고 당신이 저항했고, 돌발적으로 그녀를 그 자리에서 죽여 버렸어. 그렇지?"

"……."

"나는 간단하게 이렇게 생각해 봤지. 그랬더니 당신이 놈들을 찌른 것도 또한 그때까지 의도했던 전개와는 다른 돌발적인 일이었던 게 아닐까 하고 말이야."

"헛소리는 그만해." 니시가미의 목소리가 거칠어졌다. "돌발적으로 찔렀다가, 찌른 상대방과 다시 손을 잡았다는 건가? 그런 건 아무 설명도 되지 않아."

"조금만 더 가만히 있어 봐. 내가 생각한 것은 왜 돌발적인 사태가 일어났느냐 하는 이유야. 그것은 당신에게도 사이카와 흥업에게도 정말 예상하지 못했던 일이 일어났기 때문이 아니었나?"

"……무슨 소리지?"

"나는 그녀가 살해당한 날 밤, 자동응답기에 남겨진 그녀의 메시지를 받았어. 상담하고 싶은 일이 있다. 내일 다시 연락한다. 그뿐이었지. 나는 이 메시지에 마음이 움직여 사건을 조사했지만, 상담할 일이 뭐였는지는 알 수 없었어. 우즈키 씨에게 도움을 부탁했지만 결국 직접 정리하려고 했을 거야. 합법적이라기보다는 뭔가 다른 방법으로 사이카와 흥업을 압박할 방법에 의해서 말이야. 폐기물 처리장과의 관계를 꼬투리로 잡아 다카쓰라는 남자를 몰아세운 것처럼. 왜냐하면 많은 일을 공공연하게 결말을 지으려면 사실은 자신이 아쓰미 요시노부의 딸이며 몇 년 동안이나 남으로 위장해 살아온 사실까지 밝히지 않으면 안 되게 된다. 그렇게 생각했고, 그렇다면 내게 상담할 일이 뭐였을지는 전혀 몰랐어."

"……."

"그렇지만 어젯밤 당신들과 헤어진 후에 갑자기, 하지만 확실히 알았지." 나는 일단 말을 끊었다. 효과를 노린 것이 아니라 그저 말이 막혔던 것이다. "그녀는 고바야시 료코로서 살아온 자신을 버릴 결심을 했어. 공개적으로 자신은 아쓰미 마사미라는 사람이라고 과거를 전부 밝힐 결심을 했다는 거지."

공기가 파르르 떨렸다.

가오루코와 야나다가 나와 니시가미의 얼굴을 번갈아 보았다.

둘 다 경악이라기보다는 오히려 마음에 들지 않는 이야기를 들었다는 듯한 불쾌감과 도저히 믿을 수 없다는 불신감을 드러내는 듯이 보였다. 니시가미만은 표백한 듯 표정이 빠져 있었다.

나는 계속했다.

"니시가미 씨, 당신은 요 몇 주 동안 가게를 몇 번이나 닫았지. 그녀가 협력을 부탁해 사이카와 흥업 주변이나 이 마을 당시 상황을 조사하기 위해서. 즉 그녀가 모르는 정보도 알고 있었던 거지. 당신 쪽에서 사이카와 흥업에 접근했는지, 당신의 움직임을 알아챈 사이카와 흥업이 당신을 구워삶았는지는 모르겠어. 다만 어느 쪽이든 손을 잡은 당신에게도 사이카와 흥업에게도 공통된 대전제가 있었지. 그것은 그녀가 자신의 과거와 바꾼 사건을 표면화시켜 정리를 하려고 할 리가 없다는 거지. 그렇다면 핵심적인 정보까지는 주지 않고, 적당한 부분에서 구슬릴 가능성은 충분이 있어. 그녀를 잘 구슬릴 수 있다면 우즈키 씨가 관여한 것을 대비할 위험이 없어져서 사이카와는 안심할 수 있다. 그리고 당신에게는 돈이 들어가서 그것도 좋은 결과가 되고. 그러니까 당신이 사이카와 흥업과 거래를 한 것은 그녀를 파는 것이 아니야. 그런 것을 우즈키 씨에게 들키면 당신 자신이 제거되어 버리지. 당신은 사이카와 흥업으로부터 그녀를 잘 납득시켜 그것으로 일을 끝내는 것을 조건으로 돈을 받았어."

표백되었던 얼굴에 붉은 기가 스쳤다.

"……아니야. 그런 건 다 날조야."

"하지만 그녀는 당신들 예상과는 달리 자신이 아쓰미 마사미라는 것을 공표할 결심을 했어. 그녀가 자신이 누구인지 직접 밝혀버리면 구슬리는 일 따위야 날아가 버리지. 그리고 경찰이나 매스컴이 일제히 움직일 테고. 당신들에게는 그게 바로 무엇보다도 돌발적 사태였던 거야. 그 후 주도권을 잡은 것은 사이카와 흥업이겠지. 그녀가 이런 저런 것을 바깥 세계에 폭로하면 치명적이 될 수 있어. 치명적이 될 때 놈들은 당연히 당신과 같이 가려고 하겠지. 당신의 배신을 우즈키 씨에게 폭로할 것이고. 당신은 그저 그녀를 구슬리면 된다고 생각해서 손을 잡았다가 어쩔 수 없는 사태에 몰려 버린 거야."

말을 끊었다. 가슴속에서 목구멍으로 올라오는 뜨거운 덩어리가 있어 그것을 억누르기 위해서였다.

그녀의 메시지를 또렷이 기억하고 있었다.

머리에 들러붙어 떠나지 않았다.

'오늘은 미안했어. 서두르고 있어서 제대로 이야기도 못하고. 사실 고민했지만 거기서 당신을 만난 것도 인연이라는 느낌이 드는데. 괜찮으면 한 가지 상담을 해 줬으면 하는 일이 있어. 내일 다시 전화할게.'

그녀는 아마 공장 유치에 자신이 몰랐던 이면이 존재할지도 모른다고 생각한 뒤 계속 자신이 고바야시 료코로서 쌓아 올린 성에서 우연히 아마노 일당을 마주친 것은 놈들을 규탄하는 계기였던 것과 동시에 자기 자신도 규탄하기 시작한 계기였을 것이다. 살해되기 몇 시간 전에 내게 메시지를 남겼을 때에는 이미 확실하게 결론을 지었으리라. '당신을 만난 것도 인연이라는 느낌이 드는데'라는 것은, '한 가지 상담을 해 줬으면 하는 일이 있어'라는 것은, 바로 그런 의미가 아니었을까.

그러나.

그렇다면 그날 나와 재회하지 않았으면 그녀는 그날 밤에 그렇게 살해당하지 않았을까?

의지가 강한 여자였다. 나와 재회하지 않아도 가까운 시일 내에는 자신이 결심하고 경찰에 갔을 것이다. 그러나 경찰로 가기만 했다면 그녀는 죽지 않지 않았을까.

우연히 나와 재회한 것을 계기로 결심을 하고 그것을 니시가미에게 말했기 때문에 그날 밤 사건이 일어나 버렸다면…….

그녀의 죽음에 자신이 관여했을 가능성은 내가 계속 바라 왔던 재회와는 너무나 먼 것이 아닐까. 순간의 재회가 그녀 인생의 마침표와 관련되어 버렸다면…….

"니시가미 씨, 당신은 그날 법원에서 그녀와 만났을 때나 혹은 그 후에 전화를 받고 그녀의 최종적인 결심을 들었어. 그렇지. 다음 날이 되면 변호사인 나와 상담을 할 거라고. 그래서 당신은 그녀의 방에 뛰어들었지, 사이카와 흥업 놈들을 몰래 데리고. 그녀는 당신이 찾아왔다고 생각해 문을 열었어. 사이카와 흥업에는 당신이 그녀를 직접 설득한다고 약속했을지도 모르고. 그러나 당신을 따라온 놈들의 판단은 달랐어. 여자를 납치해서 처리하자는 거였지. 어쩌면 당신도 함께 처리해 버릴 생각이었던 게 아닐까? 당신이 구로키와 싸운 것은 예상외의 일에 대한 당신과 사이카와 홍업의 대응의 차이에서 생긴 균열의 결과였어.

하지만 그 후의 상황을 판단해 사이카와 홍업은 당신을 죽이기를 포기하고 스파이로 삼기로 했어. 그녀의 대여금고 내용물을 수중에 넣은 것은 당신일 테니까 놈들도 그것을 세상에 들키고 싶지 않고. 그런 약점이 있어서 당신을 묻어 버릴 수 없었다는 요소도 있을지도 모르지. 게다가 당신이 구로키를 죽인 것은 당신이 직접 말한 대로 우즈키 씨가 당신을 신용할 커다란 근거가 될 거야. 사이카와는 구로키의 목을 딴 당신을 제거하기보다 우즈키 씨와의 일을 대비하는 것에 당신을 유용한 말로 쓰는 쪽이 더 낫다고 봤어. 당신은 배신이 들키면 살아남을 방도가 없잖아. 놈들과 손을 잡을 수밖에 없었다는 거지."

"……증거도 없이 상상해서 말하는 건 그만둬."

"아까 증거가 없다고 한 것은 스즈리오카 겐고와 사이카와 노보루 이야기이고 당신에 관해서 증거는 있어."

"헛소리하지 마."

"당신들 세계에서도 노리던 상대를 깨부수려고 할 때 이런 저런 수를 쓰겠지만, 변호사에게도 변호사만의 방법이 있지. 공판에서 다투는 상대의 품행과 재정 면에 대해 되도록 자세히 조사하는 거야. 당신이 지금 떠안고 있는 신바시의 맥아더도리 길 재판. 그 피고 측 변호사와는 좀 아는 사이라서 오늘 연락을 해서 당신이 가게를 이전할 때 상당한 빚을 졌다는 이야기를 들었지. 은행에서 빌리지 않고 사채를 이용했다고 하던데."

"……."

"그다음부터는 흥신소가 조사했어. 사채 빚이 얼마나 되는지는 온라인으로 바로 나오던데. 알겠나? 내가 하려는 말은 빚을 졌다는 사실이 아니야. 최근 그 빚을 다 갚은 거지. 당신, 그 돈 어떻게 한 거야? 옛 지인인 야나다 씨나 누군가에게 부탁해서 빌렸나?"

니시가미는 옆에 서 있는 과거 의형제 관계였던 사람의 얼굴을 올려다보았다. 그리고 가오루코에게 시선을 옮기고, 마지막은 그 둘을 교대로 바라보며 고개를 흔들었다.

"형님, 생트집입니다. 이놈은 아무런 근거도 없는 트집을 잡아서 누님과 형님을 혼란시키려고 하고 있을 뿐이라고요."

야나다는 니시가미의 머리를 움켜잡고 자신이 내린 판단을 주먹으로 전했다.

"너, 손을 씻더니 더럽게 물들었구나."

나는 누군가가 누군가를 자신의 바로 앞에서 폭력을 가하는 것을 태어나서 처음 보았다. 폭력을 당한 인간이 고통과 공포로 비명을 지르면서 용서를 계속 구걸하는 것을 처음으로 보았다.

말릴 생각도 부추길 생각도 들지 않았다. 가슴이 후련하지도, 체증이 내려가는 느낌도 없었다. 야나다 같은 남자라면 여기서 니시가미를 죽여 버릴 정도로는 때리지 않을 것이라는 계산을 무의식중에 하고 있었다. 죽이지 않은 채로 몸에 엄청난 고통을 주는 기술을 아는 남자니까.

이것으로 속이 시원해지면 얼마나 좋을까 하고 나는 진지하게 생각하고 있었다. 상담을 하러 온 그녀를 배신해 함께 사건을 조사하는 척하면서 적에게 팔아넘긴 남자였다. 신뢰를 멋지게 배반

하고 돈 때문에 그녀를 구슬리려 한 남자였다.

나는 지금 얻어맞고 있는 저 남자를 마음속 깊이 증오하고 있었다.

2

니시가미가 움직이지 않게 되자 야나다는 손수건을 꺼내어 자신의 주먹을 닦으면서 충실한 개와 같은 눈으로 가오루코를 쳐다보았다. 호흡은 조금도 흐트러지지 않았고 내게는 완전히 어울리지 않게 느꼈지만 어딘가 쑥스러운 듯한 눈치도 보였다.

"고마워. 엄청난 망신을 당할 참이었네. 귀중한 이야기를 들려줬어."

가오루코는 내게 미소 지어 보였다. 감사하고 있다는 눈치는 새끼손가락 끝만큼도 보이지 않았고 이런 이야기를 들려준 내게도 내심 화를 내는 듯한 느낌마저 들었다. 자존심에 상처를 입은 것이다. 가오루코와 같은 여자에게 자존심은 소중했다.

"다음은 우리가 알아서 하지."

가오루코는 그렇게 말하면서 야나다를 향해 턱짓을 하며 내게 등을 돌리려 했다.

"잠시만요. 제 이야기는 아직 끝나지 않았습니다."

내가 불러 세우자 자존심 센 여자는 미소를 그치고, 더 이상 없을 불쾌한 얼굴을 했다. 말없이 나를 쳐다보았지만 나도 그것을 되받아 보고 있으니 참지 못하고 입을 열었다.

“이 이상 뭘 더 이야기한다고? 내 수를 상대가 읽었어. 나도 태세를 정비해서 다시 한 번 어떻게 할지를 생각해야 하니까 빨리 혼자 있고 싶다는 말이야.”

“알 수 없는 게 있습니다. 솔직하게 말씀해 주시지 않겠습니까?”

“변호사란 건 정말 끈질기네. 이미 말할 건 전부 했어. 이 이상 대체 뭘 알고 싶지?”

“당신은 어젯밤 이렇게 말했습니다. 그녀의 가게에 온 손님 중에 사이카와 흥업의 아마노와 시청의 하다의 연결이야말로 그녀가 사건을 다시 조사해 볼 생각이 들게 한 계기이고, 다카쓰는 직접적 계기는 아니었다고. 정말 그렇습니까?”

“나도 슬슬 지치는군. 사소한 일이라면 이제 됐잖아.”

“아마노와 하다뿐만이 아니라 다카쓰가 함께 있던 것도 그녀가 뭔가를 의심하기 시작한 계기는 아니었을까. 제게는 그렇게 생각됩니다.”

가오루코는 차가운 눈으로 나를 바라보고 있었다. 나는 말을 멈추지 않았다.

“그녀는 니시가미와 이 마을에 와서 다카쓰와 아마노의 쓰레기 불법 처리에 관해서 조사했습니다. 그것을 조사한 것 자체는 그녀의 목적이 아니라 배후의 사정에 접근하기 위한 수단이었습니다. 그러면 그 목적이란 불법적인 쓰레기 처리를 근거로 사이카와 흥업을 몰아세우는 것이었을까? 사이카와 흥업뿐만이 아니라 오사나이 종합병원도 그녀의 목표였던 게 아닐까? 쓰레기 처리에 관한 법률의 허술함을 보면 쓰레기 처리장의 이면을 까발려도 사이카와 흥업에는 그다지 큰 손해는 되지 않을지 모르지만, 오사나이 종합병원에는 엄청난 스캔들이 됩니다. 큰 목표는 오히려 오사나이 종합병원 쪽이 아니었을까요.

그렇다고 해도 노리는 것은 사무장인 다카쓰 따위가 아니라 그 배후에서 데릴사위에 지나지 않는 다카쓰 따위는 알지도 못했던 연결고리를 정치가인 가와타니나 사이카와 흥업과의 사이를 잇고 있던 원장들이었던 게 아닙니까?"

가오루코는 흘끗 야나다를 보고 내 쪽으로 얼굴을 돌렸다. 아무 대답도 하려고 하지 않았다.

"그녀의 남동생인 아쓰미 후사오는 마약 중독으로 입원한 곳에서 자살했습니다. 이것도 오늘 밝혀졌는데, 그가 입원한 곳은 오사나이 종합병원이었습니다. 그녀는 아마노 일당이 우연히 가게에 온 날 밤, 다카쓰가 그 병원 사무장이라는 것을 알았습니다. 그런 남자가 하다나 아마노와 함께 마시고 있었던 것도 과거의 일에 의문을 가지는 계기였던 겁니다. 그렇지 않습니까?"

"스모토 씨, 이제 그만하지."

가오루코는 질책하는 듯이 말했다. 아니, 질책한다고 하기에는 눈동자가 너무 온화하다. 아마 나무라는 것일 것이다.

나는 조용히 고개를 흔들었다.

"아까의 이야기로 돌아갑니다. 그녀는 자신의 성에서 우연히 아마노 일당 네 사람의 관계를 알고 놈들을 규탄함과 동시에 자신도 규탄하려고 했습니다. 그리고 마지막에는 아쓰미 마사미라는 것을 밝힐 결심을 했습니다. 그러나 잠시 생각해 봤습니다. 그것만으로는 사이카와 흥업에게 큰 피해가 가지 않습니다. 그녀에게 고바야시 료코의 인생을 준비해 준 것은 우즈키 다이스케라는 남자이고, 그 때문에 손을 더럽힌 것은 놈들이 아니니까요.
물론 그녀가 자신을 밝히고 나와 경찰이나 언론이 움직이면 이 마을 공장 유치에 대해 여론의 시선이 향해질 위험성은 있습니다. 그러나 이미 10년 이상 세월이 흘렀고 공장 유치의 이면에서 무슨 일이 있었는지에 관한 확고한 증거를 잡기는 어려울 겁니다. 그녀가 나름의 설득력을 갖고 경찰이나 매스컴을 움직일 가능성조차 그다지 높지는 않았습니다.
그러나 실제로는 그렇지 않았습니다. 그렇지 않다는 것을 놈들은 알았습니다. 왜일까요? 그녀가 아쓰미 마사미라고 밝히는 것은 놈들이 이 마을에서 행한 악행과도 밀접히 관련된 하나의 살인 사건을 공공의 장소로 끌어내어 버리기 때문입니다. 그렇기 때문에 놈들이나 니시가미는 그녀가 이름을 밝히고 나올 리가 없다고 대수롭지 않게 여기고 있었습니다."
나는 숨을 깊이 들이쉬었다.
그렇게 하지 않으면 마지막 한마디를 할 수가 없었던 것이다.
"아쓰미 요시노부를 살해한 것은 토지 브로커인 야마기시 후미오도, 스에히로회도 아닙니다. 아쓰미 요시노부를……, 자기네 부친을 살해한 것은 그녀와 남동생인 아쓰미 후사오입니다." 나는 말을 계속했다. "……당신은 어젯밤 아쓰미 요시노부는 이 곳에서 자살을 한 듯이 꾸며지고 그 후 바로 처리된 게 아닌지 내가 물었을 때 딱 한순간이지만 의외라는 듯한 얼굴을 했습니다. 아쓰미 요시노부가 언제 누구에게 살해당했는지를 알고 있고, 그것은 아쓰미가 자취를 감춘 지 며칠 후 정도는 아니라는 것도 알고 있어서, 짧은 순간 말을 잇지 못한 겁니다."

착각일지도 모른다.

나는 가오루코의 눈 속에 나에 대한 동정을 본 듯한 느낌이 들었다. 아니면 그것은 동정이 아니라, 단지 말없이 그녀를 고바야시 료코인 채로 내버려 두려고 하지 않은 어리석은 변호사에 대한 경멸일까…….

진실에 무슨 의미가 있는가. 모르는 채 나는 말을 계속했다.

"그녀가 고바야시 료코가 되어야 했던 이유는 부친에게 오직 의혹이 씌워진 것 때문도, 부친과 모친과 동생이 연달아 자살을 했기 때문도 아니었습니다. 그녀는 심지가 강한 사람이었습니다. 제가 잘 압니다. 그런 일로 도망칠 사람이 아닙니다. 그러나 자신과 동생이 부친을 살해했다면 이야기는 달라집니다. 게다가 11년 전에 부친의 시신이 발견되어 신원이 판명되어 버렸습니다. 동생의 자살도 마찬가지로 11년 전입니다.

자살한 이유는 부친의 시체가 발견되어 자신의 죄가 발각될 것을 두려워했다기보다 죄의 고통 자체를 참을 수 없었던 것일지도 모릅니다. 외톨이로 세상에 남겨진 그녀도 언제 경찰이 자신을 잡으러 올지 모른다는 상황을 견딜 수 없었습니다. 그것이야말로 그녀가 아쓰미 마사미로서의 인생을 버리고 고바야시 료코로서 살지 않으면 안 되었던 제일 큰 이유입니다. 제 말이 틀렸습니까?"

"스모토 씨. 세상에는 모르는 편이 좋은 일이 있다고 했을 거야. 당신은 그 아이를 더럽히고 있을 뿐이란 걸 모르겠어?"

"그렇게 생각하지 않습니다."

"그 아이가 그런 것이 알려지길 원했을 거라 생각해?"

"그건 모릅니다."

"그렇다면 이제 그만해."

"그만하지 않겠습니다."

"어째서?"

"그녀를 사랑하니까."

그렇게 말한 순간 나는 자신의 우둔함과 솔직함에 질렸다.

가오루코가 나로부터 눈을 돌렸다.

"이봐, 더 때리면 죽어 버리잖아." 야나다를 쳐다보고 그렇게 내뱉은 그녀는 나를 재촉했다. "저쪽에서 이야기할까?"

나는 가오루코의 뒤를 따라 등대 뒤쪽으로 돌아갔다.

가오루코가 오기 전에 혼자서 내려다보던 바다를 나란히 서서 내려다보았다. 햇살. 바다새의 목소리. 해명과 그 안을 지나가는 증기선 소리. 발밑 멀리 보잘것없이 부서져 가는 파도와 바닥까지 보이는 투명한 물. 온화하기 그지없는 풍경이었다.

"오사나이 종합병원과 사이카와 흥업의 유착을 구체적인 데까지 조사했어?"

가오루코가 물어서 나는 고개를 저어보였다.

"아니요. 단지 오사나이 종합병원이 이 마을에서 으뜸가는 병원으로 발전한 시기가 마음에 걸렸습니다. 그 발전에 시정의 뒤쪽과 연관이 있다면? 그렇게 상상한 겁니다. 오사나이 종합병원은 뭔가 파악한 게 아닐까? 그렇다면 후사오가 자살하기 전에 부친의 살해와 그 이유를 유서에 남겼다면 어떨까? 그 안에 공장 유치에 얽힌 사이카와와 가와타니의 관계가 시사되었다고 하면 유서를 공표하지 않고 들고 있는 것은 병원이나 원장 몰래 시나 지역 정치가에게 희망을 주게 하는 커다란 재료가 됩니다."

부친을 살해하고 나서 상당한 시간이 지났다. 아마노 일당의 꾐에 빠져 여러 가지 잘못된 이야기를 들었던 후사오에게도 오히려 아마노 일당의 움직임으로 보아 이 시 공장 유치의 이면을 알 기회도 있었을 것이다. 그것이 완전한 진상은 아니라도 유서로서 공표되면 경찰이 움직여 진상까지 다가올 위험성이 있다.

사이카와 야스시 일당은 토지 브로커인 야마기시 후미오를 살해했다. 경찰이 움직이면 지극히 위험한 시기였지만 스캔들을 우려한 시장 가와타니 일당에게 있어서도 경찰이 움직이는 것은 절대로 피해야 하는 사태였음에 틀림없다.

오사나이 종합병원이 후사오가 입원할 곳으로 선택된 것이 우연이 아니라 사이카와 흥업이나 가와타니 일당 사이에서 원래 뭔가 관계가 있었을 가능성도 생각할 수 있었다. 만일 그렇다고 하면 후사오의 유서를 제일 유효하게 활용하는 방법도 그를 위해 필요한 주변 지식도 원장들은 미리 갖추어 놓았을 터였다.

아마 그녀는 다카쓰와 쓰레기 처리장 사이의 부정을 근거로 오사나이 종합병원에 쳐들어가 동생의 죽음이 병원을 크게 만들기 위한 뒷거래에 이용되었을 가능성을 파헤치려고 한 것이다.

가오루코는 입술만으로 미소 짓고 부서지는 파도를 내려다보았다. 너른 바다에 늘어선 작은 섬에 시선을 돌린 후 이번에는 한층 더 깊이 파도를 내려다보았다.

"아쓰미 요시노부는 정말 여기서 뛰어내릴 생각이었겠지." 그녀가 살짝 중얼거렸다. "……책임감이 강한 남자였던 것 같으니까 정말로 죽을 생각이었다는 느낌이 들어. 하지만 죽지 못했어. 인간이란 간단히 죽을 수 있는 게 아니니까. 그렇지? 스모토 씨."

순간적으로 나는 아버지를 생각했다. 그렇다고도 그렇지 않다고도 할 수 없었다.

"……분했을 거야. 공장 유치에 관해 그 남자 나름의 이상이 있었을 테니. 마사미로부터 들은 이야기니까 미화된 부분도 있겠지만, 자신의 인생에서 도망치기 전까지는 등을 꼿꼿하게 편 남자였던 것 같고. 남자란 자존심과 의지로 사는 동물이야. 그렇게 생각하지 않나? 개발과장에 발탁된 것을 아쓰미는 자랑스러워했을 게 틀림없어. '농공양립'이라는 슬로건을 견지하며 공업과 농업을 함께 발전시켜 양 바퀴처럼 해서 마을의 발전을 꾀해 가는 것에 삶의 보람을 느끼기도 했겠지.

그런데 어느 날 갑자기 자신의 손이 닿지 않는 곳에서 모든 것이 뒤집어지려는 것을 알았지. 모든 것이 자신의 이상과는 멀었던 거야. 슬로건을 만든 시장은 시민을 배신하고 상사나 동료까지 알면서도 가담했어. 게다가 아들은 스에히로회에 넘어가 버렸고 자신은 사실을 알면서 고발도 할 수 없었어. '농공양립'을 앞장서서 설명하고 다녔던 아쓰미 자신이 시민들로부터 가차 없는 배신자 딱지가 붙여졌지.

죽으려고 했지만 죽지 못하고 소년시절을 보낸 오사카로 간 것 같아. 태어나서 처음으로 싸구려 여인숙을 전전하며 산 듯해. 이때에는 이미 아쓰미 요시노부로 살고 싶지 않았을지도 모르지. 당신도 있잖아. '나 자신이 내가 아니면 좋을 텐데.'라고 생각하는 순간이. 마사미에게도 있었고, 아마 부친에게도 있었던 게 아닌가 하는 생각이 들어."

"……아쓰미는 오사카에서 어느 정도 살았습니까?"

"마사미가 아버지와 재회한 것은 약 반년 후였다고 해."

"……반년."

무심코 중얼거렸다. 반년간 아쓰미는 돌아갈 곳도 잃은 채 무엇을 생각하고 어떤 것을 느끼면서 싸구려 여인숙을 전전했을까?

"놀랐어? 당신이 어떤 인간들을 봐 왔는지 모르지만 우리에게 인간이란 쉽게 엉망이 되는 동물이지. 자신이든 타인이든, 엉망으로 만드는 거야 간단해. 몰아넣고 마지막은 자신의 의지로 도망쳐 버리면 되는 거지. 그다음은 하나도 어렵지 않지만, 나름대로 살 수 있어서 고민을 계속했던 날들에 비하면 그것은 그것대로 나을지도 몰라. 그런 식으로 생각하면 돼. 일단 도망쳐서 싸움에 진 개가 되면 평생 그대로 살아갈 수밖에 없어."

"……."

"아쓰미가 유서를 남기고 사라진 다음 달에는 모친이 배우자의 뒤를 따르듯이 목숨을 끊어 버렸어. 공해 발생도 개발과장의 책임이었던 것처럼 추궁당했다는 이야기도 들었고. 집도 몇 번쯤 유리창이 깨어졌다고 해.

시민이라는 놈들은 모두 힘없는 어린양이지만, 귀염성이 있는 어린양은 아니잖아. 손을 대지 못하는 것에 대해서는 바로 포기하고 송곳니를 드러내려고도 하지 않는 주제에, 가까이에 표적으로 삼을 만한 상대가 있을 때에는 음험하기 짝이 없는 괴롭힘을 시작하지. 집단이 되어 누군가를 규탄하는 것이 사회정의라고 믿고 있는 거야. 그런 생각이 들어.

모친이 돌아가셨을 때 동생은 이미 오사카에서 스에히로회 준조직원 같은 생활을 하고 있었어. 장례는 마사미가 혼자서 치른

듯해. 동생이 며칠 후에 취해서 돌아와서 울면서 선향을 피웠다고 하더군. 그 아이도 모친을 묻자마자 여길 떠나 오사카에서 일하기 시작했지. 우즈키 다이스케가 그 아이를 알게 된 것은 그때야.

우리 남편과 아쓰미가 과거에 친구였다는 이야기는 들었겠지? 아름다운 남자들의 우정이지. 시청에서 일하게 되고 나서도 아쓰미 쪽에서도 우리를 잊지 않았던 것 같아."

어라. 이 여자는 남자들의 우정이라는 것을 어지간히 싫어하는 것 같다. 야나다가 어제 실로 기분 좋은 듯 말한 것과는 거의 대조적으로조차 느껴지는 어조였다.

"어느 날 그 아이가 우즈키를 찾아와서 아쓰미의 딸이라고 했어. 멀쩡한 아가씨가 야쿠자 두목을 찾아온 거지. 어지간히 고민하고 많이 방황했을 거예요. 하지만 그 아이는 우리 남편에게 부탁할 것이 있었어."

"동생 말입니까?"

"응, 맞아. 동생이 스에히로회에 속고 있다. 손을 썼지만 어떻게 해도 들어주지 않고 주위에는 설교할 만한 사람도 없다. 그러다 부친과 우리 남편이 옛날에 함께 배터리를 했던 사이였다는 게 떠올랐다. 분명 어린 시절에 남편과 만난 적이 있었다는 말도 했고."

"그래서 우즈키 다이스케가 말을 해 줬다?"

"다른 조직 일이니까 직접 참견은 할 수 없지. 하지만 이것저것 움직여 주겠다고 약속하고, 동생을 데리고 오면 신물이 날 정도로 설교해 주겠다는 소리도 했어. 그리고 마사미도 여러 가지로 보살펴 주게 됐어. 일하는 가게도 돌봐 주고. 이쪽에 있었을 때는 전문대를 나온 뒤 멀쩡한 일을 했던 것 같은데 일본의 회사는 뭘 하든 보증인이 없으면 안 되잖아." 가오루코는 일단 말을 끊고 내 쪽을 다시 돌아보았다. "나중에 계산해 보니 그렇게 우리 집에 찾아오고 나서 두세 달 지났을 때 그 남매는 둘이서 아버지의 시체를 나라의 산속으로 감춘 게 되더라고."

"……그때는 당신이나 우즈키 다이스케는 그 일을 알았습니까?"

"몰랐지. 정말이야. 우즈키가 그 사실은 안 것은 백골로 발견된 시체가 아쓰미의 것인지 확실해지고 나서니까. 그 아이는 궁지에 몰려서 우즈키에게 상담하러 온 것 같아. 하지만 그 남자는 이전부터 어렴풋이 뭔가를 느꼈을지도 모르지. 지금도 나는 다른 사람이 된다는 생각을 한 것이 그 아이 본인인지 아니면 우즈키가 시시한 꾀를 알려 준 결과인지 정말 모르겠어."

"왜 그녀와 동생은 부친을……."

"찌른 것은 동생인 후사오라고 했어."

가오루코는 내 얼굴을 쳐다보고 뭔가를 찾는 듯이 눈을 한 번 가늘게 떴다. 나는 그녀가 그다음 이야기를 해 주기를 기다렸고, 기다린다는 것을 나타내기 위해 눈을 돌리지 않았다.

"……나이를 먹은 탓인가? 나는 말이지, 스모토 씨. 찌른 후사오와 그 동생을 감싸기 위해 같이 아버지의 시체를 처리한 그 아이 마음도 그렇고, 살해당한 아쓰미 요시노부라는 남자의 마음을 차마 생각할 수가 없어. 그 남자는 오사카에서 싸구려 여인숙을 전전하는 동안에 아들을 우연히 본 모양이야. 이 마을에 있던 시절에 스에히로회에서 나쁜 장난감을 받아 마약 판매상이라는 안 좋은 일에 손을 물들였던 아들이 어느새 이미 완전히 넘어가 조직의 일원이 된 듯한 거만한 얼굴로 미나미 근처를 돌아다니고 있었던 것 같은데.

산송장처럼 된 아쓰미는 고민에 고민을 거듭한 끝에 아들과 이야기를 하려고 했겠지. 그리고 딸과 아들 앞에 모습을 드러냈어. 그러나 당신도 짐작했겠지만, 아들은 아마노로부터 실컷 사이카와에게 유리한 이야기를 들은 것 같아. 후사오뿐 아니라 그 아이도 놈들이 흘린 소문에 넘어간 거지. '농공양립'을 밀고 나아가면서 뒤에서 그것을 파기할 기회를 엿보고 뇌물을 받아 토지 브로커와 내통했던 것이 자신의 아버지일지도 모른다는 소문에. 설마 그 토지 브로커와 동생을 엉망으로 만든 스에히로회가 밀착되어 있다는 이야기는 10년 이상 동안 알지도 못했고.

부친과 아들이 말싸움이 난 거지.

마사미에게는 동생을 말릴 사이도 없었다고 해. 부친이 손을 올리고 흥분한 동생이 아버지를 맞받아쳐 때리고 드잡이 싸움이 되었는데. 정신이 드니 아버지의 배에 칼이 찔려 있었다나 봐."

"……약 때문일까요?"

그렇게 중얼거리니 가오루코는 또렷이 고개를 저었다.

그녀의 눈이 차갑게 식어 있었다.

"그건 아니야. 그렇게 생각하고 싶은 건 자유지만, 후사오라는 아이가 부친을 찌른 것은 약 때문이 아니야. 확실히 단언할 수 있지만 찌른 것은 남매가 아버지를 증오했기 때문인 거지. 유서를 남기고 자취를 감춰서 모친을 자살하게 만들고 자신들 두 사람의 삶을 엉망으로 만들고 싸구려 여인숙에서 꼴불견으로 살던 아버지가 한심하고 증오스러워서 견딜 수 없었겠지. 반년이나 지나 아비 행세를 하며 갑자기 나타난 사람을 용서할 수 없었던 거지. 증오했기 때문에 머지않아 후사오에게는 자살하지 않으면 안 될 정도의 고통이 되었고 마사미에게도 10년 이상이나 끌어야 했던 후회와 고통이 되었고. 육친이라는 건 번거로운 거야."

가오루코는 담배를 뽑아내어 손바닥으로 바람을 가리면서 불을 붙였다.

나는 자신이 귀만 남아 이 자리에 서 있는 느낌이 들었다. 흘러 들어오는 말을 정리하는 것도 생각하는 것도 하고 싶지 않았다. 내가 바라서 안 것임에도 불구하고 비겁하게도 후회감이 들어 견딜 수 없었다.

"시체를 어딘가에 감추자. 그렇게 결단을 내린 것은 마사미였던 것 같아. 남동생을 다독여 나라의 산 속까지 가져가 묻었지. 부친은 이미 죽은 것으로 되어 있잖아. 그런 생각이 뇌리를 스쳤다고 해. 유일하게 남은 육친인 남동생이 미치지 않는 게 무엇보다도 중요했다고 생각해. 머릿속 어딘가에는 부친이 차마 자살하지 못하고 싸구려 여인숙에서 살아남았다는 사실이 세상에 알려지는 게 싫은 마음도 있었을지도 모르고.

스모토 씨. 시체를 본 적이 있어? 배를 찌르면 아무리 마른 사람이라 해도 피와 함께 지방이 나와. 손이 미끌미끌해지지. 피가 묻은 손이 씻어도 씻어도 지워지지 않는 것은 그 때문이야. 그 아이는 자신의 아버지로 그것을 경험했지. 그런 데다가 오사카에서 나라까지 무거운 시체를 지고 산속까지 들어가 흙을 파서 묻었어. 이것이 당신이 알고 싶었던 사실이라는 녀석이지. 이만큼 들었으면 만족하시나?"

아무것도 대답할 수 없어진 내게 가오루코는 다시 한 번 "만족해?"라고 도발하는 듯이 물었다.

완전히 말라 버린 혀를 나는 억지로 입속에서 꺼냈다.

"한 가지 부탁이 있습니다."

"뭐지?"

"니시가미의 신병을 제게 맡겨 주십시오."

"재미있는 소리를 하시네. 맡기면 어떻게 할 건데?"

"고발할 겁니다. 니시가미는 사이카와 흥업의 구로키를 살해한 범인입니다."

"이건 우리 세계의 일이라고 못을 박았을 텐데. 우리가 자체적으로 처리할 거야."

"현실적인 이야기를 하고 있습니다. 제가 처리하는 편이 빠릅니다. 그렇게 생각하지 않습니까?"

"무슨 소리지?"

"아마노는 이미 경찰에 체포되었습니다. 그리고 저는 아마노 일당에게 살해당할 뻔한 증인입니다."

"그래서?"

"경찰에 아는 것을 전부 숨김없이 말할 겁니다. 제가 아마노 일당에게 살해당할 뻔한 것은 오사나이 종합병원과 사이카와 흥업이 경영하는 폐기물 처리장 간의 부정한 쓰레기 처리만 원인이 아니라 놈들이 죽이려고 한 배경에는 스즈리오카 건설의 스즈리오카 겐고나 사이카와 흥업의 선대 두목 사이카와 노보루가 획책한 과거 이 마을의 공장 유치의 뒷공작이 있다고 말입니다. 마찬가지로 아쓰미 마사미라는 여성이 살해된 것도 니시가미라는 증인이 있으면 입증할 수 있습니다. 하다에게는 이 마을에서 일어난 일을 증언시킬 수 있고요. 당신들의 일을 표면화할 생각은 없지만 설령 그 누군가가 떠들었다고 해도 당신들이 한 일은 정치적인 밀고 당기기이지 경찰에 책잡힐 만한 일은 무엇 하나 없다고 생각합니다. 어떠십니까?"

나는 말하면서 주머니에서 사진을 꺼냈다. 사이카와 노보루의 맨션에서 사이카와 노보루, 야스시, 그리고 교와회의 마키 야스키 세 사람이 나오는 것을 찍은 사진이었다.

"어제 당신들이 혼내 준 흥신소의 하세가 사이카와 야스시에게 붙어 있다가 찍은 사진입니다."

나는 하세가 언제 어디서 이것을 찍었는지 말했다. 그 점이 포인트라는 것을 이 여자라면 알아차릴 것이다.

단어를 신중히 골라서 말을 이었다.

"뒤쪽에서 다시 한 번 태세를 정비해 놈들을 공격할 포석을 까는 사이에 놈들은 놈들대로 다시 포석을 깔 겁니다. 그러나 니시가미를 제게 넘겨주시기만 하면 그것으로 놈들은 항복해야 합니다. 살인 사건과 살인 미수 사건. 경찰은 싫어도 이 두 가지가 관련되는 사정을 철저하게 과거까지 거슬러 올라가 조사합니다. 어떻습니까? 바깥 사회에 맡긴다고 생각하시지 말고, 저를 통해 바깥 사회를 움직이는 것뿐이라고 생각해 주시지 않겠습니까?"

특히 마지막 한마디는 자긍심 높은 여자를 힘껏 치켜세운 말투였다.

"그 아이가, 아쓰미 마사미로부터 고바야시 료코로 바뀌어 살아온 것은 어떻게 할 생각이지?"

"변호사인 내게 그녀가 하려던 의뢰는 그것을 공표해 달라는 것이었으리라고 믿습니다."

"……."

"남편은 이미 돌아가셨으니 이 일이 드러나도 당신에게 피해가 가는 일은 없다고 생각하는데, 어떠십니까?"

가오루코는 잠시 생각에 잠겼지만 내용은 내가 기대한 것과는 다른 내용 같았다.

"스모토 씨, 당신이 그렇게 하고 싶은 건 그 아이를 위해서인가?"

"예."

"저기, 내 이야기도 아직 끝나지 않았어. 어떻게 생각할까. 어둠이란 건 말이지, 들여다보고 있을수록 깊어져. 어딘가에서 그만둘 수밖에 방법은 없어. 하지만 당신은 여기까지 들여다보았어. 하나 더 깊숙이 들여다보겠어?"

뭐라고 대답해야 할지 알 수 없었다.

가오루코가 쳐다보는 눈빛에서 자신이 아마 이 자존심 높은 여자를 구슬리기에 실패한 것 같다는 것만은 느껴졌다.

여자의 두 눈은 웃음 뒤로 유난히 좋지 않은 빛을 감추고 있었다.

"남자라는 건 때때로 어이가 없을 정도로 로맨틱한 면이 남아 있어. 그렇게 생각하지 않나? 예를 들면 야나다는 흉폭한 남자인 주제에 자신이 의리로 산다는 걸 믿고 있지. 아까 니시가미에게 한 말 들었나? '너, 손을 씻더니 더럽게 물들었구나.'라니. 호쾌한 호통일지도 모르지만 어처구니가 없지. 어떻게 생각해도 손을 씻는 것보다 우리 쪽이 더럽잖아. 우리는 상대가 어떻게 당하면 아플지 알고 있고 그것을 할 수 있는 인간이니까.

그런 얼굴 하지 않아도 돼. 당신을 구워삶아 먹으려는 게 아니야. 있지, 고등학교 시절의 배터리라는 건 좋은 이야기잖아. 우리 남편은 자기 방에 액자에 넣은 당시의 사진을 장식했어. 아쓰미 요시노부도 시청 같은 곳에 근무하면서 성실 하나로 일해 왔을 텐데, 야쿠자 두목이 된 친구를 잊지 않고 있어 준 것 같고. 그리고 당신도 또한 같은 남자인 거지. 여자인 그 아이는 어디까지나 파고들려던 주제에 어딘가에서 역시 로맨티스트지. 그렇지만 변호사 양반, 이 세상에는 무엇 하나 깨끗하게 끝날 일은 없어."

"……확실히 말해 주시죠. 대체 무슨 말이 하고 싶으신 겁니까?"

"시간은 흘러. 아쓰미가 시청 일을 하며 몇십 년이나 살아온 것처럼 우리 남편은 뒷세계에서 몇십 년이나 살아온 거지. 우정은 우정으로 소중히 여길 생각도 있었을 거야. 사진을 장식해 놓고 옛날을 그리워할 때가 있는 것처럼. 하지만 그 아이는 우즈키 다이스케라는 두목의 손아귀에 알몸으로 뛰어든 가련한 작은 새 한 마리였어. 그것도 남자도 제대로 모르는 완전히 고지식한 아가씨."

나는 가오루코의 얼굴을 구멍이 뚫릴 정도로 쳐다보았다. 무의식적으로 입술을 씹기 시작했다.

가오루코가 차가운 목소리로 계속했다.

"당신, 의문으로 생각한 적 없어? 왜 고바야시 료코와 아쓰미 마사미 두 사람이 무척 닮은 얼굴을 하고 있었는지."

"……."

"호적이고 주민표고 전부 입수해서 바꿔치려면 얼굴이 닮을 필요는 전혀 없잖아. 그렇기는 해도 만일의 경우에는 얼굴도 닮은 편이 좋을지도 모르지. 실제로 8년 전이었나? 고바야시 료코를 찾아내려던 사람이 그 아이 앞에 나타나자, 우리 남편이 고문 변호사를 끼워 준 적이 있었으니까 닮았다는 사실이 실제로 장점도 됐지. 이렇게 해서 그 아이가 살해당하고 설사 작다고는 해도 신문에 사진이 실렸는데 일주일 이상 지나도 아직 의문을 제기하는 말이 나오지 않는 것을 보면 이 상황에도 도움은 된 거겠지.

하지만 변호사인 당신이라면 알 거야. 사람이 바꿔치기되는 데에 얼굴 따위는 무엇 하나 의미 없어. 아쓰미 마사미와 고바야시 료코라는 아가씨의 얼굴이 닮은 것에는 현실적으로 더 아무래도 좋을 듯한 이유가 있어. 그런 얼굴이 원래 우즈키 다이스케라는 두목의 취향이었던 거지.

나고야도 조사했다면 알고 있으려나? 우즈키는 여자에 관해서는 어쩔 수도 없는 남편이라서. 거기서 자기 여자에게 가게를 차려 줬어. 오사카에도 그런 가게가 몇 군데나 있어. 물론 가게를 차려 주지 않은 여자도 몇 명이나 있었던 것 같고. 안을 수 있는 여자에게는 수단 방법을 가리지 않았어. 그게 내 남편이지. 남자들이 보면 호쾌하다는 칭찬이라도 받을 수 있으려나?

아쓰미 마사미라는 아가씨는 그런 남자에게 혼자 찾아왔어. 아쓰미 요시노부가 우리 남편과 배터리를 했던 고등학교 시절의 우정을 믿은 것은 제 맘이지. 그러나 아가씨가 곤경에 처한 때에 상담을 하려는 상대로 야쿠자 두목을 골라 버릴 정도로 우즈키 다이스케라는 남자를 신뢰했다면, 그것은 사람만 좋은 엄청난 바보야. 야쿠자란 사람의 아픈 곳도 알고 여자가 어떻게 하면 자신을 따르게 하는지도 보통 사람들 몇 배나 잘 알거든. 그리고 갖고 싶다고 생각한 여자라면 어떤 짓을 해서라도 반드시 손에 넣고."

그만하라고 말하고 싶었다. 그럼에도 불구하고 가오루코의 눈빛에 사로잡혀 소리치기는커녕 목소리를 내기조차 불가능했다.

이 여자에게 간파되었던 대로였다. 나는 어딘가에서 순진하게 믿고 싶었다. 아마 그녀의 과거 남자관계에 관해서만은…….

그녀가 가게의 이름을 '라오'라고 붙인 것은 자신의 은인인 우즈키 다이스케에 대한 감사 때문이라고 믿고 싶었다. 그런 이야기 하나쯤 그녀 인생의 흥취로 보고 있으면 좋겠다고조차 생각했다.

"물장사 업계에는 그대로 사라져도 아무 일도 없을 여자가 몇 명이나 있어. 고바야시 료코도 그중 하나였어. 그리고 그 아가씨에게 불행인 것은 우즈키 다이스케라는 남자의 유혹을 거부한 것이고. 신슈 쪽에서 오사카로 나온 여자 같아. 나오기 이전에 부모 중 하나는 돌아가시고, 나온 지 얼마 안 되어 나머지도 잃었고. 그렇게 들었어. 우즈키는 집념이 강한 남자라서 당하면 반드시 갚아 주거든. 항만 세력권을 지킬 수 있었던 것은 그런 성격 덕분이고. 그게 자신을 박대한 여자에게도 돌아가지 않을 리가 없지.

이해가 되나? 변호사 양반. 친구 딸이라고 하면 돈다발로 뺨을 때린다 해도 안을 수 없고, 강제로 안아도 의미가 없어. 우즈키는 처음에 아쓰미 마사미를 보고 3년 동안 계속 키다리 아저씨 같은 역할을 수행했지. 하지만 그 남자와 부부가 된 나는 알지만, 그 남자는 누구에게도 그런 역할만으로 만족할 인간은 아니었어. 설령 그게 친구 딸이라고 할지라도. 결말은 그 여자에게 자신을 남자로서 반하게 할 수 있으면 제일이니까.

우즈키로서는 아쓰미 마사미에게 다른 인생을 준비해 준 게 아쓰미 요시노부에 대한 우정 때문도 자신과 아쓰미의 청춘시절 추억 때문도 아니야. 노리던 여자를 꼬드겨 넘어뜨리고 자기 새장 안의 새로 만들기 위한 마지막 승부구에 지나지 않았던 거지."

"당시에…… 그런 것을 전부 아셨습니까?"

"아니. 당시는 몰랐지. 난 우즈키의 아내니까. 우즈키는 그 아이와 그런 관계가 됨과 동시에 그 아이를 나고야로 옮겨 내 눈에 보이지 않는 곳에 뒀어. 그건 바로 그 남자가 마사미에 대해 진심으로 빠지기 시작했다는 의미로도 생각할 수 있어."

어떻게 된 일인가.

그녀가 고바야시 료코로 바뀌어 나고야로 옮긴 것에는 그런 의미가 숨어 있었다는 말인가. 그녀가 나고야에서 호스티스를 했던 가게의 마담은 우즈키의 옛 여자였다. 우즈키는 그런 여자의 가게에 자신이 첩살림을 차린 아가씨를 맡겼다는 말인가…….

"스모토 씨, 당신은 아무래도 좋은 사람처럼 보이네. 하지만 알까 몰라. 이 세상에는 미담 따위 하나도 없어."

부아가 치밀었지만 나는 지금 터무니없이 타격을 받았다.

그리고 한층 더 부아가 치민다는 것을 눈앞의 여자는 꿰뚫어 보고 있었다.

"나는 말이지, 스모토 씨, 우쓰키 다이스케라는 남자의 네 번째이자 마지막 아내가 됐어. 우즈키의 뒤를 이어 항만 비즈니스로 살고 있는 인간이지. 그 남자의 강렬한 개성 덕에 버텨 올 수 있었던 세력권을 도저히 그대로 유지하기는 불가능해서, 조직의 깃발을 내리고 교와회에게 조력을 부탁했지만. 그대로 이렇게 몇

몇 남자들을 통솔해서 일을 계속하고 있어. 어떤 부분에서는 우즈키 다이스케라는 남자의 전설을 남겨 두는 편이 좋지. 그래서 지금 한 이야기는 당신의 가슴속에 담아만 둬. 아무리 경찰이 샅샅이 뒤지려고 해도 절대로 고바야시 료코의 시체는 찾을 수 없을 것이고, 그것을 지시한 것이 우즈키였다는 사실을 증명할 증거도 무엇 하나 찾지 못하겠지만." 가오루코는 일단 틈을 두고 반응을 떠보려는 듯한(어딘가 즐기는 듯도 했지만) 시선으로 내 몸을 훑어 보고는 내뱉었다. "자, 그럼 이제 내 이야기도 끝났어. 이 사건의 마무리는 스모토 씨, 당신에게 맡기겠어. 니시가미를 놔두고 갈 테니 잘 부탁해."

나는 등을 돌리려는 가오루코에게 질문을 던졌다.

"……이렇게 몇 년이나 지난 지금 아쓰미 마사미를 위해 이렇게 해 주신 이유는 뭡니까?"

"마사미를 위해서 해 준 걸로 보이나? 나는 사이카와 흥업이 걸어 온 싸움을 한 것뿐인데."

"그건 아닐 겁니다."

"고마워. 그렇게 보였으면 그것대로 기쁘네. 그 아이는 우즈키가 죽었을 때 어떻게 된 일인지 나를 찾아왔어. 속에 꾹 눌러 놓았던 것이 북받친 걸까. 그 아이 입에서 여러 가지 이야기를 들은 것은 그때야. 여자에게도 우정은 있어. 아마 나는 그 아이를 좋아했나 봐. 고집스럽다고도 할 수 있을 정도로 올곧고 스스로 자기를 책임지려는 각오에, 흔해 빠진 단어지만 내 어린 시절을 본 듯한 느낌이 들었는지도 모르겠네. 게다가 5년 가까이 우즈키의 새장 속 새였던 그 아이를 새장 밖으로 꺼내 주고 홀로 도쿄에 보낸 것은 어떤 의미로는 나니까."

"……무슨 뜻입니까?"

물으려다가 나는 묻지 않았다. 얼어붙어 버린 것이다.

가슴 깊은 곳에 해머로 맞은 충격이 스치는 것을 알았다. 사이키 시게루로부터 들은 이야기가 갑자기 뇌리를 스쳤던 것이다.

'용태의 급변으로 최종 결정을 할 수 없었다.'

어째서 우즈키 다이스케가 조직의 후계에 관해 의사 표명을 하지 않은 채 죽었는지 물었을 때 우즈키 파의 고문 변호사였던 그 남자는 그렇게 대답했다.

병실이라는 밀실 속에서 말기암으로 최후를 맞은 우즈키 다이스케에게 무슨 일이 일어났을까. 그것은 네 번째이자 마지막 아내였던 이 여자밖에 모르는 게 아닐까…….

추리라고 부를 수 없는, 추측으로조차 부를 수 없는 단지 직감에 지나지 않았지만, 만일 우즈키 다이스케가 후계를 누구로 할지 표명해 버리면 그 후 자신이 제 손으로 항만 관계의 사업을 이끌어나갈 가능성은 제로가 된다는 것을 우즈키 가오루코라는 여자가 생각했다면……. 우즈키 파를 해산시키고 그 대신에 대주주로서 좌지우지할 수 있는 항만 관계의 회사를 자신의 산하에 넣고, 한편으로 교와회와 손을 잡는 것에 의해 항만을 지휘하는 것을 유지하려 했다고 한다면…….

생각해도 의미 없는 일이었다.

우즈키 다이스케의 죽음에 어떤 수수께끼가 감추어져 있든지 절대로 밝혀질 일은 없을 것이다. 밝히려는 사람이 있으면 그야말로 뒷세계의 바닥을 알 수 없는 어둠 속에 묻힐 것이다. 내게는 상관이 없는 일이다. 들여다볼 필요가 없는 어둠의 안쪽이었다.

나는 이 아담하고 가냘픈 여자의 뒷모습을 보고 있었다.

3

“그렇다고 해도 가오루코라는 여자는 잘도 니시가미를 이쪽에 넘기고 스모토 씨 방식으로 마무리 짓는 것을 받아들였군요.”

니시가미를 경찰로 데려가는 도중에 조수석에서 뒤를 돌아본 하세 쓰구오가 한 차례 설명을 끝낸 내게 말했다. 운전대를 잡은 것은 그의 아버지였고, 니시가미는 몸이 움직일 수 없게 묶여 내 옆에서 죽은 듯이 가만히 창밖을 바라보고 있었다.

나는 흘끗 니시가미를 보고 나서 하세에게 미소 지었다.

“당신이 찍은 사진 덕분입니다.”

“무슨 뜻입니까?”

“교와회의 마키 야스키와 사이카와 야스시, 그리고 사이카와 홍업의 선대 두목 사이카와 노보루가 맨션에서 나란히 나온 것을 찍었잖아요.”

“……그게 어쨌단 말입니까?”

“그건 그녀가 살해된 지 사흘 후의 아침이었습니다. 확증은 없었지만 그게 마음에 걸렸죠. 그 사진을 언제 찍었는지를 가오루코에게 말했더니 그 여자가 정확하게 짐작을 한 것 같습니다.”

다시 한 번 “무슨 말입니까?”라고 묻는 하세에게 옆에 앉은 기요노가 말을 받아서 설명을 시작했다.

“경찰에게 가오루코로부터 사이카와 흥업을 지명하는 밀고 전화가 들어온 것은 그 전전날 일이었어. 그러니까 여자가 사이카와 흥업에 막 선전포고를 했을 때라는 거지. 니시가미와 야나다라는 형님도 전날 밤에는 가사오카를 찾으러 다녔어. 즉 가오루코 쪽은 그날 아침의 시점에서는 사이카와 흥업을 공격할 포석으로 교와회의 마키 야스키에게 아직 관련되지 않았을 거야. 그렇다면 마키는 자신의 의지로 직접 사이카와 노보루와 야스시에게로 가서 두 사람을 만난 게 되고.”

“그러면…….”

“모호한 부분이라고 할 수밖에 없죠.” 내가 말했다. “사이카와 노보루와 스에히로회 당시의 와쓰지 기요시는 이곳의 공장 유치 때 알게 되었고, 사이카와가 와쓰지의 유능함을 사서 사이카와 흥업으로 끌어왔다고 하면 교와회의 마키라는 남자는 우리가 처음에 생각한 듯이 두 사람을 이어 준 강력한 중개자가 아니라 오히려 형식적인 중개역이었던 게 되는 겁니다. 형식적인 중개인을 맡았다는 것은 마키에게도 거기에 나름대로 이득이 있었겠죠. 그런 마키가 가오루코의 사전공작을 받기 전에 자신의 의지로 사이카와 흥업에 갔다면.”

“마키는 가오루코 쪽의 부탁을 받아 주는 척하면서 사이카와와 연결되어 있었다는 말이군요.”

“모호한 부분이라고 했지요. 그런 것에 확신을 가질 수는 없습니다. 저도 가오루코도 가질 수 없었다는 말입니다. 의외로 기회주의를 결심하고 유리한 쪽에 붙을 생각이었을지도 모르고. 어느 사회에나 거대한 조직을 뒤에 세운 사람이란 그런 겁니다. 가오루코라는 여자에게는 내가 이 사진을 보여 줬을 때 그 가능성이 보인 거고요. 시간을 두면 교와회와의 관계에서 사이카와 노보루가 다시 공격할 위험성이 있습니다. 그 여자는 그 위험을 회피하기 위해 사건을 우리 손에 맡긴 거죠."

하세는 질렸다는 얼굴로 몸의 방향을 다시 앞으로 돌렸다.

가오루코가 말했던 대로 분명히 이 세상은 깨끗하게 끝나는 일도 미담도 무엇 하나 없을 것이다. 지금은 내게도 다 알 수 없는 부분도 있고 들여다보아서는 안 된다고 생각되는 어둠의 부분도 펼쳐져 있다.

그러나 알고 있었다. 자신들의 이익을 위해 공장 유치를 이용해 아쓰미 요시노부라는 남자의 이상을 엉망으로 만들고, 딸이었던 그녀와 남동생의 인생을 농락한 놈들에게 죗값을 치르게 할 수 있는 재료는 이미 우리 손안에 있었다.

니시가미를 경찰에 넘기고 사정청취를 받은 우리가 호텔에서 기다리는 사요코와 합류할 수 있었던 것은 밤도 상당히 늦은 시간이 되어서였다.

네 사람이 늦은 저녁 식사를 하는 동안 대화는 모두 호기심 왕성한 아가씨의 질문에 나머지 세 사람이 대답하는 것이 되어 버렸다.

물론 경찰의 사정 청취는 그날 하루만으로 끝나는 게 아니라 다음 날에도 다시 나와 기요노와 하세는 각각 다른 방에 들어가 아는 것을 몇 번이나 되풀이해 말해야 했다.

사요코가 제일 먼저 도쿄로 돌아가서 호리이 마사아키와 함께 그 지역의 공해 반대 운동을 하는 사람들에게 목숨을 구해 준 보답으로 저녁 식사를 대접한 다음 날에는 기요노와 하세 부자도 경찰에서 허락을 받아 이 마을을 뒤로했다.

마지막으로 마을을 떠나는 것을 허락받은 나는 약간 감상적인 기분으로 그녀가 태어나 자란 마을을 걸어 다닌 뒤 귀경했다.

도쿄에서는 경시청의 후지사키 고스케에게 며칠에 걸쳐 설명을 해야 했다. 그 마을 경찰서의 경찰에게 가서 설명을 한 것은 당연하다 해도, 사건의 진상에 스스로 한 걸음도 다가가려고 하지 않았던 후지사키에게 설명하기 위해 내가 몇 번이나 경시청에 가야하는 것은 정말 화가 났다. 하물며 후지사키에게 나는 시민으로서의 의무를 게을리해서 자신이 알게 된 비밀을 계속 보고하지 않은 비국민에 해당하는 것 같다.

며칠간에 걸친 사정청취에서 겨우 사건의 전모를 거의 정확히 파악한 후지사키는 마지막으로 겨우 웃음을 지으며 여자가 고바야시 료코가 아니었다는 것 따위는 나가노 현경에 협력을 구하기만 하면 바로 알았을 것이라는 허세를 비롯해, 그녀 집 열쇠 건도 니시가미 류지라는 남자와 그녀의 관계도, 사이카와 흥업에는 뭔가 뒤가 있었다는 것도 모두 내가 계속 감추지만 않았으면 자신들이 더 쉽게 파악할 수 있었다는 의견을 말했다. 맞는 말이었다. 사실이란 것은 약간만 깊이 생각하면 누구든지 알 수 있을 것이다. 문제는 그것을 할지 하지 않을지였다.

고통스러웠던 것은 후지사키와의 대화보다도 오히려 경시청에서 귀가하는 길에 사쿠라다몬 지하철 계단에 접어드니 밑에서 그녀가 올라올 듯한 느낌이 들어 견딜 수 없었던 것이었다.

세토나이에서 돌아온 내게 도쿄라는 도시는 잠시 보지 못한 동안 가을색이 짙어진 듯이 느껴졌다. 사쿠라다몬이나 가스미가세키 주변의 은행나무 가로수도 완전히 물이 들어 빌딩 사이를 걷는 사람들의 발밑에 잎을 흩뿌리기 시작했다. 하늘은 한층 더 해 질 녘을 서두르듯이 되어 푸르던 낮보다도 아주 잠깐만 물드는 붉은 빛이 더 인상적으로 보이기 시작했다. 나는 코트를 꺼내어 입고 밤에는 어깨를 움츠리고 걷는 것에 익숙해졌다.

더 이상 경시청에 불려 사정을 설명할 필요가 없어진 날 밤에 이번 사건으로 여러 가지 협력을 받은 감사의 표시라며 사요코에게 저녁 식사를 권했다. 경찰에 대한 불평은 일체 하지 않고 사요코의 장래의 꿈이나 '라오'에서의 추억담 등을 들으며 술을 마셨다. 같은 시기에 도착한 기요노 흥신소의 청구서는 바로 직접 은행으로 가서 처리했다.

신문은 하다 마키오 및 그 상사나 동료 몇 명이 수뢰 용의로, 스즈리오카 건설의 스즈리오카 겐고가 증뢰 용의로 각각 체포되었다는 사실을 전했다. 사이카와 노보루는 살인 교사 용의로 체포된 후에 사이카와 야스시 살해 건으로는 그 이상의 가능성도 현재 수사중이라고 암시하는 글이 덧붙여져 있었다. 아마노는 쓰레기 처리장에 얽힌 살인 미수에다가 13년 전의 야마기시 후미오 살해에 관해서도 추궁을 받기 시작했다. 오사나이 종합병원 및 몇 개쯤의 공장이 쓰레기 불법 투기로 이름이 올라오고 오사나이 종합병원에 관해서는 시정과의 유착을 전하는 기사도 보도되었다. 게다가 바로 그것을 뒤따르는 듯이 공장 유치 당시의 시장이며 그 후에도 토목작업이나 건설사업의 발주에 관해 스즈리오카 겐고와 깊이 관련된 정치가로서 가와타니 고조의 이름이 밝혀졌다. 신문이 정치가의 이름을 공표하는 것은 그 정치가가 이미 검찰에게 소환될 날이 다가왔음을 의미한다.

그녀의 유골은 아쓰미 가의 묘가 있는 절과의 교섭이 필요해서 사건이 조금 더 진정이 되기까지 최종적인 마무리는 기다려야 할 것이다. 나는 일단 임시로 친한 장의사가 소개해 준 도쿄 근교의 납골묘에 안치했다.

그리고 다시 조금씩 시간은 흐르기 시작했다.

그 가을에 일어난 일로 내 사무소를 흔들었던 것은 유능하며 걱정이 많은 비서인 노리코가 갑자기 남편의 일 관계로 퇴직을 신청한 것이다. 전근이 결정된 남편을 따라 다음 달에 함께 규슈로 가고 두 사람의 아들은 이쪽에서 독립해 생활을 한다고 한다. 아들이 아니라 남편을 따라가기를 선택한 그녀다움에 나는 박수를 보냈다.

얼굴의 멍이 완전히 사라지기를 기다리지 않고 사무소의 활동을 재개한 나는 기요노에게 다음 의뢰를 하는 한편, 자신이 기요노와 같은 경마광이라는 비밀을 밝혔다. 기요노는 기요노대로 아들에게는 도박을 금지하고 있음에도 불구하고 하세도 또한 경마에 빠진 사실을 밝혀서 우리 세 사람은 일 이외에 같은 취미를 가진 친구 사이가 될 것 같았다.

사요코와의 관계는 변함이 없다. 나는 노리코 대신에 새 비서가 필요했고 사요코는 수험 공부를 옆에서 계속할 수 있는 아르바이트를 필요로 하고 있었으므로 다음 달부터 일주일에 사흘 정도 비서로 오기로 했다. 나머지 이틀은 정보지에 모집 광고를 내야할 것이다. 나는 세무사를 지향하는 그녀를 격려하면서 좋은 결과가 나오기를 바랄 뿐이다.

어느 쪽이든 만추에서 겨울로 가는 시간을 내가 무척 길게 느꼈던 것은 확실했다.

그러던 어느 날 저녁이었다.

사무실 책상에 넣어 둔 라가불린을 혼자서 홀짝거리면서 그녀의 사건을 위해 만든 메모용 대학노트를 아무 생각 없이 다시 펼쳤을 때였다.

사무실 입구의 불투명 유리 바깥에 희미하게 사람 그림자가 서 있는 것이 보였다.

노크 소리가 들릴까 했지만 사람 그림자는 문 밑을 향해 몸을 굽힌 듯 작아지고는 그대로 복도를 돌아나갔다.

의아해하면서 입구 문으로 다가가니 밑에 하얀 봉투가 미끄러져 들어와 있었다.

집어 들고 받는 사람도 보낸 사람도 씌어 있지 않은 봉투를 열어 시선을 떨어뜨리면서 나는 허둥지둥 문을 열었다.

복도로 나가려다 사무소를 가로질러 방에서 다용도빌딩 바깥의 골목을 내려다보았다.

블라인드 날개를 손으로 휘어 틈에서 내려다보았을 뿐이어서 상대로부터 내 모습이 보였는지 어떤지는 모른다. 익숙한 진보초의 골목에 내게 엄청난 위화감을 주며 서 있던 야나다는 아주 흘끗 내가 있는 창문을 올려다보았다. 지루한 표정이었다. 옆에 주차해둔 차 문을 열고 모습을 감추었다. 차는 바로 달려 나갔다.

'니시가미의 주위에서 이런 것이 나왔어. 그놈 나름대로 자기 명줄이 될 거라 생각해 증거를 몇 개쯤 잡고 있었나 봐. 이것은 그중에 섞여 있던 거야. 그러면 건강히 잘 지내, 스모토 씨.'

가오루코의 것으로밖에 생각할 수 없는 워드프로세서 글자의 문면에 시선을 주면서 다시 사진에 눈길을 떨어뜨렸다. 그녀의 방에 있던 앨범의 내용물이 이 사진 몇 장이었음에 틀림없었다.

유리잔에 라가불린을 더 따라 함께 들어 있던 파란 여성용 편지지를 열었다.

거기에 그녀가 있었다.

세이지 씨에게

어느새 콧수염을 길렀네. 게다가 약간 살이 쪘나? 놀랐어. 그런 곳에서 그렇게 당신과 딱 마주치다니. 그리고 무척 반가웠어. 당신은 이 편지를 어떤 얼굴로 읽을까? 나는 분명 이 편지가 당신 손에 도착할 때에는 형무소에 있을 거야. 아니, 혹시 운이 나쁘면 이미 이 세상에 없을지도 몰라. 다 쓰면 나는 이 편지를 내가 신뢰할 수 있는 사람에게 맡기고, 그리고 전부 끝나면 당신에게 건네 달라고 부탁하려고 해.

나는 지금 당신과 헤어진 다음 아는 사람의 재판을 방청하고 나서 바로 맨션으로 돌아왔어. 한숨 돌리고 이렇게 붓을 잡으니 기분이 무척 안정되어 역시 이렇게 당신 앞으로 편지를 써 본다는, 요 며칠간 계속 생각한 것을 실행하는 것이 나 자신에게 제일 좋았다는 생각이 들어. 당신이니까 내 인상에서 알아차렸을까? 지금 나는 이케부쿠로에서 가게를 하고 있어. 하지만 오늘은 감기라고 거짓말하고 휴가를 냈어.

그곳에서 당신과 만난 것이 이상한 인연이라는 생각이 자꾸 들어. 도쿄에 혼자 나와서 네즈라는 동네에서 어찌할 바를 모르면서 살던 내 앞에 당신이 나타났을 때 일이 떠올라. 처음 만난 날 밤의 당신은 약간 피곤해 보였지만 다정한 듯 쓸쓸해 보여서 이상하게 인상에 남는 사람이었다는 것을.

세이지 씨, 당신을 다시 한 번 만나고 싶었어. 내가 아는 당신은, 아마 스스로 생각하는 것보다 훨씬 섬세하고 정말은 연약하고, 그리고 때로는 불안하게 만들 정도로 어린아이 같은 면도 있는 사람이었어. 하지만 당신과 지낸 네즈에서의 몇 달은 그 후에도 내 안에서 계속 살아 있었어. 즐거웠어. 따뜻하고 나 자신이 순수하게 있을 수 있었어. 세이지 씨, 나는 당신 생각보다 훨씬 더럽고, 그리고 순수 따위와는 거리가 먼 생활을 한 여자야. 그런데 당신과 있으면 이상하게 저인 채로 지낼 수 있었던 것 같아.

결심이 흐려지기 전에 먼저 쓸게. 나는 내일 당신 사무소를 찾아갈 생각이야. 분명 당신을 깜짝 놀라게 하겠지. 하지만 나 자신이 계속 아무에게도 말하지 않고 감추어 둔 비밀을 들어줄 사람은 어쩌면 이 세상에 단 한 사람, 당신밖에 없지 않나 하는 생각이 자꾸 들어. 실은 요 며칠 사이에 계속 당신에게 상담하고 싶다는 기분이 들면서도 참고 있었어. 아니, 아마 5년간 마음속 어딘가에서 계속 그런 기분이 잠들어 있었다는 느낌이 들어.

그런데 설마 그렇게 당신과 딱 마주치다니. 어쩌면 이것은 신이 내게 준 기회일지도 모른다는 생각이 자꾸 들어. 망설이지 않고 전부 당신에게 제대로 말하라고 등을 떠밀어 준 게 아닐까 하고.

당신은 내 의뢰를 받아들여 줄까? 왜 그런 것을 의뢰하느냐고 생각할까? 그저 내가 염치없다고 생각할까? 만일 거절당한다 해도 상관없다고 지금은 생각해. 당신에게 무거운 짐을 지우게 할 수는 없어. 내가 고바야시 료코라는 이름의 여자가 아니라는 것은 분명 당신을 놀라게 하겠지. 그로부터 고백할 내 가족 이야기는 당신을 놀라게 할 거야. 게다가 내가 정말은 자신이 누구인지 털어놓고 과거에 저지른 일을 세상에 밝히는 동시에 규탄하고 싶은 사람들의 과거의 범죄도 또한 당신을 놀라게 할 거야.

세이지 씨, 고마워. 정말로 마음속 깊이 고마워하고 있어. 왜냐하면 당신이 이 편지를 읽는 것은 내 부탁을 듣고 변호사로서 나를 도와주었을 때뿐이니까. 나는 이 편지를 맡길 어떤 여성에게 그렇게 되지 않았을 때는 이 편지를 찢어 달라고 부탁할 생각이니까.

그렇지만 미안해. 당신은 분명 힘들 거야. 이 편지를 읽고 있는 당신은 힘들어할 텐데. 그것이 무척 걱정이야. 그런 생각이 들면서도 부탁하는 나를 아무쪼록 용서해 줘. 세이지 씨, 사실을 말하면 나는 지금 너무 무서워서 견딜 수 없어. 당신과 함께 싸우고 싶어. 내가 하는 것을 옆에서 지켜봐 주면 좋겠어. 변호사로서 당신의 힘이 필요해. 아니, 단지 당신의 힘이 필요하다고 생각해. 나는 비겁하고, 그리고 제멋대로인 여자일지도 몰라. 오늘 본 당신의 눈 속에 아직 내가 있는 것처럼 느껴진 것이 기뻤어. 설마 착각이라고 해도 기뻤어. 도망치듯 멀어지려는 나를 불러 세워, '5년 만에 만났는데 그것뿐이야?'라고 마치 떼를 쓰듯이 화를 낸 것이 무척 당신다워서 기뻤어.

당신과 얼굴을 마주 보면 아마 말할 수 없었을지도 모르는 이야기를 하나 여기에 적을게.

5년 전 이야기야.

갑자기 당신 앞에서 자취를 감추어 버려서 정말로 미안해. 오랜 시간이 지나 버린 지금이 무슨 말을 하려는 건가 하겠지? 하지만 그때 나는 그렇게 할 수밖에 없었어. 오늘 당신은 장인어른의 사무소를 그만두었다고 했지. 혹시 부인과 헤어진 게 아닌가 해서 과감하게 이야기를 할게. 게다가 어쩌면 5년의 세월 동안 어딘가에서 이 사실을 이미 들어 버렸을지도 모른다고 생각하니까.

당신과 헤어지기 며칠쯤 전에 시오자키 레이지로라는 분이 오셔서 장인이라고 밝혔어. 그리고 어떻게든 이대로 당신이 모르는 곳으로 가 달라고, 나를 향해 고개를 숙이셨어. 염치없는 부탁이라는 것은 아주 잘 안다. 자신이 참견을 할 일이 아니라는 것도 안다. 그러나 제발 들어주지 않겠느냐고 정중하게 몇 번이나 머리를 숙이셨어.

하지만 이 일을 이야기하는 것은 내가 당신 앞에서 없어진 것은 절대로 그 분이 그렇게 머리를 숙이셨기 때문은 아니라는 것을 당신에게 전해 두고 싶기 때문이야.

기억하고 있어? 당신이 아버님 이야기를 한 날 밤의 일을. 그 이야기를 듣고 나는 무척 놀랐어. 그리고 당신이 어딘가에서 계속 숨겨 온 어두운 그늘이 어떤 의미에서는 나와 비슷한 경우였기 때문이라는 것을 알고 한때는 당신이 한층 더 가까운 사람이 된 느낌도 들었어. 그러나 그것이 바로 내 안에서 참을 수 없을 정도로 무거워졌어. 당신의 경우는 내게 아버지의 일을 떠올리게 해 버려서 견딜 수 없었어. 하지만 내 경우는 당신과 달라. 우리 아버지는 자살할 생각으로 유서까지 남겼지만 결국은 차마 죽지 못하고 몰래 혼자 살고 있었어. 그리고 이 편지를 손에 들 때의 당신은 이미 알겠지만 아버지를 죽인 것은 나와 동생 두 사람이야. 당신과 있으면서 내 과거를 떠올려야 하는 것이 힘들어서 참을 수 없었어.

세이지 씨, 당신은 자신의 한마디가 아버지를 죽음으로 몰아넣었을지도 모른다고 계속 괴로워했지만 그것은 아니라고 생각해. 아버지는 당신을 유원지에 데려가서 당신에게 작별을 고할 생각이었던 게 아닐까? 그렇다는 생각이 자꾸 들어. 둘이서 식사를 하고 둘이서 관람차에 타는 것으로 아버지는 작별을 말하고 싶었던 게 아닐까 하고.

그리고 당신은 어머니를 어리석은 여자라고 생각하고 증오하는 듯이 보였지만, 내가 볼 때는 그것도 아닌 것 같아. 남편을 잃은 후 당신을 홀로 키우신 어머님은 분명 당신을 필사적으로 지킨 것 같아. 가족이란 당연하게 가족으로 있을 수 있는 듯이 보이지만 사실은 누군가 한 사람이라도 강하지 않으면 흩어져 버리는 듯해.

우리 가족은 누구도 그런 강함을 가질 수 없었어. 아버지도, 어머니도, 남동생도, 그리고 내 자신도 서로를 생각해 주는 척하면서도 사실은 제대로 마주 볼 수 없었어.

아버지가, 그리고 어머니가 떠안고 있던 고통을 조금이라도 그때 이해할 수 있었다면, 동생이 빗나가려고 할 때 모든 것을 던져서라도 막았더라면. 가족을 생각하면 지금이라도 모든 것이 분해서 견딜 수 없어. 특히 동생을 생각하면 어떻게 할 수가 없어. 어쩌면 동생을 자살에 몰아넣어 버린 것은 나였는지도 몰라. 그때 경찰에게 자수만 했더라면 동생은 죽지 않았을지도 몰라.

당신은 자신의 인생에서 도망치고 있을 뿐이라고 내가 말했던 것을 기억할까? 사실은 나 자신에게 한 말이었어. 그렇게 해서 당신의 앞에서 자취를 감춘 것도 결국은 도망친 것일지도 몰라.

그러나 당신을 만났을 때 나는 내 인생을 찾으려고 할 때였어. 과거의 일을 잊고 행복해지고 싶었어. 과거에서 되도록 멀리 떨어져 내 손으로 나 자신을 행복하게 해 주고 싶었어.

그로부터 5년 사이에 많은 일이 있었지만, 나는 나의 성이라고 부를 수 있는 가게를 쌓아 그 안에서 내 인생을 계속 찾고 있었어. 과거는 사라지지 않아. 하지만 결코 그것에 묶일 필요는 없다고 스스로를 타일렀어.

놈들이 내 가게에 온 우연은 과거가 나를 부르러 온 것이라 생각해. 이번에는 도망치지 않을 작정이야. 아버지도 어머니도 동생도 이제 없어. 내가 해야 하는 일이야. 잃어버린 가족을 위해서라기보다도 나 자신을 위해서. 내가 한 짓을 외면할 생각은 아니야. 하지만 역시 놈들은 용서하지 않을 거야. 아버지를 배신하고 막다른 곳에 몰아넣은 것도 용서할 수 없지만, 아직 어렸던 동생을 구슬려 약을 주고 입맛대로 조종한 것이 무엇보다 용서할 수 없어.

정리를 할 거야. 놈들뿐만이 아니라 내가 이렇게 살아온 것에 대해서도, 정리를 해야 한다고 결심했어.

형무소에 들어간다고 인생을 새로 살 수 없는 것은 아니야. 나름대로 살면서 한 가지 알게 된 사실이 있어. 포기하지만 않으면 인생은 몇 번이나 다시 살 수 있다는 걸.

세이지 씨, 내일 당신을 만나기를 기대하고 있을게.

그리고 모든 것이 끝난 다음에 만일 이 편지를 당신이 읽는다면 정말로 고마워. 무리한 부탁을 들어줘서 고마워. 당신을 만나서 정말로 행운이야.

안녕히.

어쨌든 나를 기다리지 마.

나는 나대로 다시 새롭게 살아 볼 생각이야.

아쓰미 마사미

도중부터 편지가 흐려지기 시작했다.

나 자신이 눈물을 흘릴 수 있다는 것을 깨달았다. 눈물이라는 것이 어떤 감정으로 흘러내리는 것인지 다시 생각났다…….

몇 번이나 되풀이해 눈물을 닦으면서 그녀의 편지를 다시 읽고, 그리고 그녀의 옛날 사진을 보았다. 시치고산 때, 입학식, 졸업 때, 가족의 미소로 둘러싸인 그녀가 있었다. 나와 만나기 한참 전의 그녀였다. 과거를 버리려 한 그녀에게조차 버릴 수 없었던 몇 개쯤의 추억이 내 손바닥에서 숨을 쉬고 있었다.

가슴의 아픔이 당분간은 낫지 않겠다는 것을 깨달은 한편, 나는 또 하나의 사실도 깨달았다.

자신의 마음에 억지로 마무리를 지을 필요 따위 없었다. 억지로 잊어버리려고 애쓸 것도, 그녀를 생각하지 않으려고 할 것도, 하물며 안녕을 고하려고 할 것도 없었다. 그녀는 내 안에 살아 있었다. 울고 싶으면 울고, 몸부림치고 싶으면 칠 수밖에 없을 것이다. 그것이 내가 살아 있다는 것이다. 살아 있는 내 안에서 죽어버린 누군가가 계속 살아간다는 것이다.

그것은 고통스러운 것일지도 모른다. 그러나 과거는 결코 사라지지는 않고, 조금씩 멀어져 갈뿐이다. 그렇게 지독한 일은 아니라고 생각할 수 있다는 것도 발견했다.

눈을 감고 바라기만 하면 언제든 그녀를 만날 수 있다.

〈끝〉

옮긴이 | 한희선

1976년에 태어났으며, 한국외국어대학교 영어과를 졸업하였다. 옮긴 책으로 『고양이는 알고 있다』, 『북의 유즈루, 저녁 하늘을 하는 학』, 『기발한 발상, 하늘을 움직이다』, 『점성술 살인사건』, 『기울어진 저택의 범죄』, 『이방의 기사』, 『키리고에 저택 살인사건』, 『고토바 전설 살인사건』, 『미타라이 기요시의 인사』, 『전설 없는 땅』, 『가다라의 돼지』, 『우리 집에 놀러 오세요』, 『북의 유즈루, 저녁 하늘을 나는 학』, 『이즈모 특급 살인』, 『제물의 야회』 등이 있다.

환상의 여자

1판 1쇄 찍음 2015년 2월 27일
1판 1쇄 펴냄 2015년 3월 6일

지은이 | 가노 료이치
옮긴이 | 한희선
발행인 | 김세희
편집인 | 김준혁
책임편집 | 장은진
펴낸곳 | 황금가지

출판등록 | 2009. 10. 8 (제2009-000273호)
주소 | 135-887 서울 강남구 신사동 506 강남출판문화센터 5층
전화 | **영업부** 515-2000 **편집부** 3446-8774 **팩시밀리** 515-2007
홈페이지 | www.goldenbough.co.kr

도서 파본 등의 이유로 반송이 필요할 경우에는 구매처에서 교환하시고
출판사 교환이 필요할 경우에는 아래 주소로 반송 사유를 적어 도서와 함께 보내주세요.
135-887 서울 강남구 신사동 506 강남출판문화센터 6층 민음인 마케팅부

ISBN 978-89-6017-965-3 03830

㈜민음인은 민음사 출판 그룹의 자회사입니다.
황금가지는 ㈜민음인의 픽션 전문 출간 브랜드입니다.

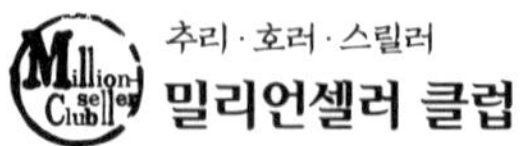

추리 · 호러 · 스릴러

밀리언셀러 클럽

1 리타 헤이워드와 쇼생크 탈출 사계 봄 · 여름 | 스티븐 킹
2 스탠 바이 미 사계 가을 · 겨울 | 스티븐 킹
3 살인자들의 섬 | 데니스 루헤인
4 전쟁 전 한 잔 | 데니스 루헤인
5 쇠못 살인자 | 로베르트 반 훌릭
6 경찰 혐오자 | 에드 맥베인
7·8 고스트 스토리 (상) (하) | 피터 스트라우브
10 어둠이여, 내 손을 잡아라 | 데니스 루헤인
11·12 미스틱 리버 (상) (하) | 데니스 루헤인
13 800만 가지 죽는 방법 | 로렌스 블록
14 신성한 관계 | 데니스 루헤인
15·16 아메리칸 사이코 (상) (하) | 브렛 이스턴 엘리스
17 벤슨 살인사건 | S. S. 반다인
18 나는 전설이다 | 리처드 매드슨
19·20·21 세계 서스펜스 걸작선 1 · 2 · 3 | 제프리 디버 외
25 쇠종 살인자 | 로베르트 반 훌릭
26·27 나이트 워치 (상) (하) | 세르게이 루키야넨코
29 13 계단 | 다카노 가즈아키
30 마이크 해머 시리즈 1 내가 심판한다 | 미키 스필레인
31 마이크 해머 시리즈 2 내총이 빠르다 | 미키 스필레인
32 마이크 해머 시리즈 3 복수는 나의 것 | 미키 스필레인
33·34 애완동물 공동묘지 (상) (하) | 스티븐 킹
35 아이거 빙벽 | 트레바니언
36 뱀파이어 헌터 애니타 블레이크 1 달콤한 죄악 | 로렐 K. 해밀턴
37 뱀파이어 헌터 애니타 블레이크 2 웃는 시체 | 로렐 K. 해밀턴
38 뱀파이어 헌터 애니타 블레이크 3 저주받은 자들의 서커스 | 로렐 K. 해밀턴
39·40·41 제 1의 대죄 1 · 2 · 3 | 로렌스 샌더스
42·43 스티븐 킹 단편집 스켈레톤 크루 (상) (하) | 스티븐 킹
44 아임 소리 마마 | 기리노 나쓰오
45 링 | 스즈키 고지
46·47 가라, 아이야, 가라 1 · 2 | 데니스 루헤인
48 비를 바라는 기도 | 데니스 루헤인
49 두번째 기회 | 제임스 패터슨
50 톰 고든을 사랑한 소녀 | 스티븐 킹
51·52 셀 1 · 2 | 스티븐 킹
53·54 블랙 달리아 1 · 2 | 제임스 엘로이
55·56 데이 워치 (상) (하) | 세르게이 루키야넨코
57 로즈메리의 아기 | 아이라 레빈
58 데릭 스트레인지 시리즈 1 살인자에게 정의는 없다 | 조지 펠레카노스
59 데릭 스트레인지 시리즈 2 지옥에서 온 심판자 | 조지 펠레카노스
60·61 무죄추정 1 · 2 | 스콧 터로
62 암보스 문도스 | 기리노 나쓰오
63 잔학기 | 기리노 나쓰오
64·65 아웃 1 · 2 | 기리노 나쓰오
66 그레이브 디거 | 다카노 가즈아키
67·68 리시 이야기 1 · 2 | 스티븐 킹
69 코로나도 | 데니스 루헤인
70·71·74·75·77·78 스탠드 1 · 2 · 3 · 4 · 5 · 6 | 스티븐 킹
72 머더리스 브루클린 | 조나단 레덤
73 로즈메리의 아들 | 아이라 레빈
76 줄어드는 남자 | 리처드 매드슨
80 블러드 더 라스트 뱀파이어 | 오시이 마모루
84 세계대전Z | 맥스 브룩스
85 문라이트 마일 | 데니스 루헤인
86·87 듀마 키 1 · 2 | 스티븐 킹
88·89 얼터드 카본 1 · 2 | 리처드 모건
92·93 더스크 워치 (상) (하) | 세르게이 루키야넨코
94·95·96 21세기 서스펜스 컬렉션 1 · 2 · 3 | 에드 맥베인 엮음
97 무덤으로 향하다 | 로렌스 블록
98 천사의 나이프 | 야쿠마루 가쿠
99 6시간 후 너는 죽는다 | 다카노 가즈아키
100·101 스티븐 킹 단편집 모든 일은 결국 벌어진다 (상) (하) | 스티븐 킹
102 엑사바이트 | 하토리 마스미
104 신의 손 | 모치즈키 료코
105 하루하루가 세상의 종말 | J. L. 본
106 부드러운 볼 | 기리노 나쓰오
108 황금 살인자 | 로베르트 반 훌릭
109 호수 살인자 | 로베르트 반 훌릭
110 칼날은 스스로를 상처 입힌다 | 마커스 세이키
111·112·113 언더 더 돔 1 · 2 · 3 | 스티븐 킹
114 폭파범 | 리사 마르클룬드
115 비트 더 리퍼 | 조시 베이젤
116·117 스튜디오 69 (상) (하) | 리사 마르클룬드
118 하루하루가 세상의 종말 2 | J. L. 본
120 지하에 부는 서늘한 바람 | 돈 윈슬로
121 이노센트 | 스콧 터로
122·123 최면전문의 (상) (하) | 라슈 케플레르
124·125 개의 힘 1 · 2 | 돈 윈슬로
126 해가 저문 이후 | 스티븐 킹
127 아버지들의 죄 | 로렌스 블록
128·129 존은 끝에 가서 죽는다 1 · 2 | 데이비드 웡
130·131 이지 머니 1 · 2 | 옌스 라피두스
132 종말일기Z | 마넬 로우레이로
133 대회화전 | 모치즈키 료코
134 죽음의 한가운데 | 로렌스 블록
135 살인과 창조의 시간 | 로렌스 블록
136 어둠 속의 일격 | 로렌스 블록
137 환상의 여자 | 가노 료이치

한국편

1 몸 | 김종일
2·3·4 팔란티어 1 · 2 · 3 | 김민영 (옥스타칼니스의 아이들 개정판)
5 이프 | 이종호
8·10·12·14·16·26 한국 공포 문학 단편선 | 이종호 외
9 B컷 | 최혁곤
11·13·18·22 한국 추리 스릴러 단편선 | 최혁곤 외
15 섬 그리고 좀비 | 백상준 외 4인
17 무녀굴 | 신진오
19 모녀귀 | 이종호
20 사건번호 113 | 류성희
21 옥상으로 가는 길, 좀비를 만나다 | 황태환 외
23 10개월, 종말이 오다 | 최경빈 외
24 B파일 | 최혁곤
25 좀비 그리고 생존자들의 섬 | 백상준
27 재림 | 안치우
28 크르르르 | 김민수 외